U0574950

张明刚自选集

张明刚 著

人民出版社

责任编辑：刘松弢
封面设计：杜维伟

图书在版编目（CIP）数据

军履回望：张明刚自选集 / 张明刚 著 . —北京：人民出版社，2022.10（2023.1、2023.2、2023.3、2023.4、2023.8、2023.12、2024.2、2024.4、2024.10 重印）
ISBN 978－7－01－025064－9

I. ①军…　II. ①张…　III. ①中国文学－当代文学－作品综合集　IV. ① I217.2

中国版本图书馆 CIP 数据核字（2022）第 169529 号

军履回望
JUNLÜ HUIWANG
——张明刚自选集

张明刚　著

人民出版社 出版发行
（100706　北京市东城区隆福寺街 99 号）

中煤（北京）印务有限公司印刷　新华书店经销

2024 年 10 月第 7 版　2024 年 10 月北京第 10 次印刷
开本：710 毫米 ×1000 毫米 1/16　印张：44.5　印数：140,001-150,000 册
字数：790 千字

ISBN 978－7－01－025064－9　定价：99.00 元

邮购地址 100706　北京市东城区隆福寺街 99 号
人民东方图书销售中心　电话（010）65250042　65289539

读《军履回望》，我感受到明刚同志以真诚、笃实之心书写着从乡村少年到边防战士，到共和国将军的生动、奋进之路。他的超常勤奋，他对事业始终葆有的敬畏、激情、朝气，以及对故土、亲人、战友淳朴、深情的描述，洋溢在涉猎广泛的题材、篇章里，读者从中看见了一位时代追梦者有血有肉、有胆识、有担当的英姿和风貌。

——铁　凝

明刚同志惠存

勤為徑

邵華澤

軍旅回望
孫曉雲題

集四十年心血智慧汗水之
大成出雄文三卷
所得兆華章萬言
悟千百箇營盤邊關哨卡生

賀明剛將軍著作出版

壬寅秋月
侍印於北京

近照

自古忠孝不能两全。在母亲的坚持下，我在两难的抉择中，背着一捲包书，第一次走出故乡，南下武汉、北上京城，然后继续一路北上，经过三四天的行程，最终来到额尔古纳河畔，成为一名边防战士。

穷人的孩子早当家。我深知自己心中的向往和肩上的重

张庆刚手稿

目　录

contents

序　言

第一卷　理论之光

• 理论阐释

• 时政评论

第二卷　军营之声

• 宏观视野

• 晚霞满天

• 深度报道

• 连续报道

• 问号拉直

第三卷　心灵之窗

• 故乡情思

• 军营咏叹

• 名人访谈

• 荧屏回声

• 现场直击

• 凡人善举

• 浪漫军营

• 兵歌嘹亮

• 书声朗朗

附　录

后　记

序　言

边工作边写作

孙继炼*

近日，我接到张明刚同志寄来的《军履回望》书稿，记忆中接触交流的点点滴滴浮现脑海。我长期在军事新闻宣传岗位工作，明刚同志也曾任军区和部队新闻干事，其间有过很多次交集。明刚同志后来调入军委机关后，工作接触也更多，对其人其文其事了解颇深。因此，明刚同志作品自选集请我作序，也就欣然从命，没有推辞。认真拜读厚厚的书稿后，透过字里行间，我看到他思想的深度、足迹的广度、情感的热度、语言的高度，对明刚同志有了更为立体的了解。

明刚同志的作品底蕴很厚实。理论文章言之有理、言之有物、言之有情、言之有新，紧跟党的理论创新步伐，结合自身的大量实践，使理论不断升华，实现了学有所悟、学有所获、学有所用。新闻作品鲜活丰满，人物、事件、环境可触可摸，冒热气、有军味，读来犹如置身其中。文学作品忠实于内心真实情感，质朴中含理性，故事中有人性，文字中见率性。文章的深度，源自生活的厚度。明刚同志生长在农村，入伍后从一名边防战士起步，在基层连队及各

---

* 孙继炼，陆军少将，中华全国新闻工作者协会原副主席、解放军报社原总编辑、解放军新闻传播中心原政委。

级政治机关都工作过，走过了从一名普通士兵到共和国将军的成长历程。20世纪80年代后期，明刚同志曾参加边境自卫反击作战，在一年多的烽火岁月里，他出生入死，英勇顽强，被评为“火线优秀共产党员”，荣立战时三等战功，并在火线上破格直接从士兵提拔为军官。作为一名军人，在战场上捍卫国家领土主权，是最高荣耀与价值的体现。这些经历，在他这个岁数的一代军人中，是不多见的，殊为难得。正是源于丰富的军旅生活经历，使他专注军事题材、讴歌军营生活，形成了自己的创作风格。

明刚同志的创作之路艰辛而执着。人们常说，和文字打交道是个苦差事，点灯熬油，耗尽心力。明刚同志却以苦为乐，对文字工作充满着热爱和追求。当边防战士，爱边防写边防乐此不疲；当机关干部，结合工作搞报道写文章有声有色；走上领导岗位，学理论深思笃行运笔如飞。四十载军旅人生笔耕不辍，青春年华付于笔墨之中。寒来暑往贵在坚持，孤灯背影难在恒心。一路走来，何其不易。我常想，明刚同志这种执着与追求，既凝聚着超常的勤奋与刻苦，更反映出一种对文字表达的孜孜追求和深沉热爱。应当说，这是一种难能可贵的精神品质，也是成就明刚同志及其作品的重要因素。

结合工作搞创作是明刚同志作品的鲜明特色。长期边工作边创作，使得明刚同志不经意间，成为一个写作上的高手快手多面手，堪称杂家大家。他不是专职的记者编辑，却在各个时期几乎不间断地采写了大量上乘新闻作品；不是专业作家，却创作了许多具有真情实感读来动人心弦的优秀文学作品；不是专门的理论工作者，但有新意有深度有影响的理论文章却佳作频出。是什么给了他创作灵感和题材的不竭源泉，答案就是结合工作搞创作，四十年来，无论在哪个工作岗位上，他始终没有放下手中的那支笔，做到了工作与写作的有机结合，两不误、互促进。这正是我军政治工作的优良传统，也是许多同志从事文字工作的成功之道。“唯有热爱，才是最好的老师”，这句话在明刚同志身上再次得到诠释。

创作离不开时代与土壤。每个人的创作经历都不可复制，但蕴含其中的成长规律、共性特点、体悟经验，终能带给他人以启迪。人若成事，离不开坚持不懈的追求，这是指引成功之路的灯塔；离不开不断挥洒的汗水，这是铺平成长之路的基石；离不开健康向上的氛围，这是成就人生之路的环境。火热的军营培育了一代代优秀人才，因而当之无愧地被称为大学校。明刚同志在军营大熔炉里锤炼四十年，得益于斯，成长于斯，也成就于斯。

明刚同志这本文集所表达的正是感恩党和人民、感恩军队的赤子情怀。唯愿在党的绝对领导下，人民军队新时代的强军事业不断推进，早日建成世界一流军队，为中华民族伟大复兴提供坚强有力保障。这是明刚文集凝聚的思想情感和家国情怀，也是每一名中华儿女的共同心愿和坚定目标。

最是军旅情深，最是家国难舍。唯愿明刚同志集四十载心血、智慧和汗水之大成的个人作品自选集，向更多人传递更多家国、军旅、人生、人文的情感与力量；期盼明刚同志在新征程上再创辉煌、未来的军旅人生愈发精彩，继续在创作的道路上书写新的华章。

是为序。

壬寅年五月于京城

文学点燃梦想

徐贵祥*

朋友近日转来张明刚所著《军履回望》样书，老厚的一本子，并捎话说希望我能从文学角度作个序言。几天来，我断断续续阅读，不断唤起记忆，经常火花对撞，遂欣然提笔写几句感想。

我同张明刚同志并不认识，但看了他的这本作品自选集，竟生出似曾相识的感觉。首先，我们都来自农村，都有苦涩的少年求学经历，尤其是从小都做着文学梦，然后携笔从戎。其次，他的军旅生涯之初，也是从新闻报道起步，我们同样是在不知道新闻为何物的前提下写新闻，在不具备文学创作基础的前提下写诗、写散文、写小说，写着写着，就摸到了一些门道，写着写着，就上路了，无师自通，自成体系。再次，我们同样都有着当兵经历、带兵经历、基层工作经历、机关工作经历……最重要的一点，是我们都有共同的参战经历。想当年，我作为侦察大队一名排级干部奔波在老山地区，在前线摸爬滚打一年半后，担任侦察连指导员。那时候，小我几岁的张明刚在遥远的东北边疆，徜徉于语言文字的海洋里苦苦求索，终于杀出一条血路，成为一名全集团军乃至

* 徐贵祥，中国作家协会副主席、中国作家协会军事文学委员会主任、原解放军艺术学院文学系主任。

全军区闻名的新闻报道骨干，并凭借这个特长，主动申请参战，到前线采访。遗憾的是，他到前线的时候，我们侦察大队已经归建了，所以那时未曾谋面，今天看到他的作品，方知我们曾经擦肩而过，不曾想几十年后一见如故。

在我的印象中，上个世纪 90 年代之前，军队有很多干部——不仅是政工干部，也包括军事干部和后勤干部——是从写新闻报道开始崭露头角的。读了书稿之后，我同张明刚取得了联系，并特意了解他的学历情况，结果证实了我的判断：他的第一学历并不高，连高中文凭都是参军后在部队开展“两用人才”活动中考取的。这个发现让我产生了浓厚的兴趣，从战争中学习战争，在工作中摸索工作，是我军很多干部成长的重要途径，本人深有体会，对此高度认同。第一学历不高，不等于能力不强，特别是对于那些求学心切、永不满足的人来说，第一学历不高很有可能产生积极的作用，促使我们知耻后勇，弯道超车。

张明刚从一名普通的边防战士到名气渐大的新闻报道员，不屈不挠奋斗六年，在老山前线直接破格提干，从基层干部、各级机关干部到军委机关干部，再到一个正军级部队领导干部，衔至共和国将军，一步一个脚印，每个台阶几乎都不落空。这个经历说明了什么呢，既说明“功夫不负有心人”，也说明“有志者事竟成”，还预示着，这个从社会和部队底层出发、在向上向善的道路上顽强攀登的人，内心强大，潜力雄厚。他在担任部队新闻干事期间，就成为驻地报社的“大人物”，在报纸上开设专栏，被请去做新闻辅导授课，所作“十论写作”，每篇都是经验之谈，每句都是肺腑之言，每个观点都闪烁着智慧与创新的光芒。这是多么难得。要知道，这个站在讲台之上指点江山的“新闻写作老师”，其实本身并没有受过新闻写作的专门训练，而他所面对的却是新闻学科班出身的记者编辑，有些甚至是名记名编。那么，是谁给了他如此强大的自信？只能理解是他的襟怀和眼光，他对于写作的挚爱，他对于新闻真谛的感悟，他对于生活异乎寻常的敏感，以及他长期的对于语言文字的感觉、咀嚼、积累和锤炼。

《军履回望》是张明刚的作品自选集，内容涵盖军营生活、学习、工作、战斗的方方面面，体裁包括理论、新闻、文学，涉猎非常广泛。书稿既不乏血肉丰满的人物，形象生动的故事，也不乏理性思考的真知灼见，洋洋洒洒，丰富多彩，充满积极健康向上的正能量。在我看来，可以作为军营生活、学习和工作的辅导教材。当然，我所看重的还不是这些。在众多的文稿里，以一个作家的视角筛选，我尤其重视三篇散文。

《长寿的姥姥》。姥姥一生辛劳，深明大义，农村实行“火葬”之后，别人不接受，姥姥率先接受。孙辈没有遵守媒妁之言，谈了恋爱，不敢跟家人说，但是很快就被姥姥恩准了。姥爷去世后，母亲同她斗争了一年多，把她接到家里，但是七十多岁的姥姥仍然不肯停歇，总是要在家里忙这忙那，拄着拐杖也要干活。为什么？作者用姥姥的一句话“不能吃闲饭”作为答案。看看，姥姥是多么要强的人，是多么自尊的人——这种要强和自尊在妈妈的身上得到了青出于蓝地体现。如果我没有说错的话，作者的妈妈可能比姥姥经受的苦难还要多，在《妈妈笑了》一文中，作者写了这样一个情节：困难时期，锅里没有一粒粮食，只能吃点甘薯和野菜，但是到了该做饭的时候，妈妈还是要往灶膛里扔一把柴草，孩子们感到不理解，多少年后妈妈才解开谜底——“我烧火，是让烟囱冒烟。不然，让别人知道了我们家没了饭吃，又给政府添麻烦啦。”看到这里，我的心里不禁一颤，我想了很多，想到了安徒生的童话《卖火柴的小女孩》，想到了我的外婆和我的母亲，在最困难的时候，外婆和母亲就是我们温暖的家，就是我们精神血液里的金子和钢铁。

显然，张明刚是一个对生活细节十分敏感的人，同时他也善于用语言文字进行生动的表达——看得出，他的语言文字功力相当深厚。这就要讲到他的另一篇散文《少北先生》了。少北本是乡村知识分子，在特殊年代里，因为家庭出身问题，被剥夺了教书的资格，直到有一天一名女老师休产假，他才被校长请来代课。这个能把课文倒背如流、连标点符号书写都不容许有丝毫马虎的代课老师，带出来的一个生产大队（即现今村里）学校的班级，在全人民公社（即现今的镇）所有学校中成绩排名第一，但是因为拒绝配合一次官僚主义和形式主义行动，再次被驱赶出学校。作者记住了少北先生的一句话：我宁肯你们现在恨我，也绝不能让你们将来骂我。

我注意研究了张明刚所选每篇作品的标注，以上三篇也包括另外几篇引起我格外关注的作品，发表时间大都在 1992 年，这一年他 28 岁，于是我猜测，1992 年前后的张明刚，应该是意气风发、踌躇满志的。那个时期，也是理想飞扬的时期，或许在当时，他处在一种无意识的选择中，隐约看见了前方至少有三条路：当将军、当记者和当作家。而在当时的军营语境里，除了专业知识分子以外，对于多数青年军官来说，当将军应该是意识和潜意识里的首选，不管做什么，都是要服从服务于这个目标的。

但我还是执拗地认为，张明刚有点另类，他在那个“青年职业选择”时期，脑海里经常萦绕着文学梦，并且表现出相当出色的文学才干。只不过，带兵事业上的顺风顺水，机关工作上的得心应手，导致了他与文学渐行渐远。否则的话，他应该是一个很优秀的军旅作家。

当然，我这样讲并不是为他惋惜，而是为他高兴。不是吗，到了今天，事业有成，功德圆满，他的文学梦依然继续。我相信，丰富的军旅生活体验，长期的语言锤炼，尤其是不断的思想进步，或许会为明刚的文学梦想插上翅膀，使他更加有力地振动在未来无限辽阔的疆域中。

是为序。

壬寅年五月于京城

明刚其人其文

樊希安*

张明刚是我相识十多年，且一直保持着密切联系的老朋友。由于同是出身行伍，又都喜欢舞笔弄文，有共同的爱好，在一起切磋较多，故对其人其文其事，还是颇有一番了解的。

因此，他让我为他的自选文集《军履回望》作序，我也就欣然答应下来。看着他从千余篇公开发表的作品里，精心筛选出来的百余篇文稿，就像看到他从士兵到将军的一行行清晰脚印。

明刚近 1.80 米的个头，腰板挺直，不胖不瘦，大背头，高鼻梁，剑眉浓密，双眼有神，衣着得体，佩戴眼镜。不但看上去威武英俊帅气，而且还是个有内涵有故事的人。许多事儿，乍看起来似乎不大可能，但在他身上，竟然真真实实地发生了。

起初，他揣着初中文凭参军入伍。来到部队，通过在职学习，他逐步取得高中、大学和研究生学历，并且成为我军最高学府——国防大学硕士生导师。

一般而言，特别是他当兵的那个年代，作为一名士兵，如不考取军队院

---

* 樊希安，原国务院参事，生活·读书·新知三联书店原总经理、中国出版传媒公司原副总经理。

校、取得相应学历，要想成为一名军官，那将是不大可能的事。然而，并未考取和就读过军校的他，在云南老山前线的火线上，经层层研究上报统帅部批准，直接破格从士兵提拔为军官。

解放军原总政治部，是军队领率机关。那里选调干部，面向全军，对德才、学历、经历、年龄等软硬件要求近乎苛刻。那时候还特别看重学历，而在这方面并不占优势的他，却顺利通过一系列严格的考核程序和试用期，最终被破例调入。在那个进去不易、蹲住也难的藏龙卧虎之地，他一干就是 23 年。

当年，他谈恋爱的时候，时兴“三转一响”“三大件”，而他是一个来自农村的义务兵，几近一无所有。那姑娘呢，是一个拥有城镇户口的粮食局职工，条件相对要好一些。相亲时，大家都以为两人没戏，谁知当她看了他的几本见报文章剪贴本以后，便认定“这个当兵的小伙子有才”，顿时动了心。于是，她不顾家人反对，毅然决然地要嫁给他，“倒贴”也嫁。倒是后来和现在，娘家人都夸她有眼力、有主见，嫁对了人。

他是在庄稼地里种冬小麦的时候，接到入伍通知书的。第二年，他临当兵前种下的这块地大获丰收，村里因此在这里开了个现场会。那一年，他所在的人民公社，即现今的湖北省随州市随县吴山镇，一共有 36 名青年应征入伍，他是最后一个定下来的、第 36 名。当时市里、省里和他一起到东北当兵的有数百人，现在仍服现役的硕果仅存。

从充满希望的田野里走来，从黑龙江的边防哨所里走来，从云南老山前线的战火硝烟里走来，从首都北京的军委机关大院里走来……如今战斗在我国反恐维稳前沿阵地和主战场上的他，五年前，已跻身共和国将军行列。

是命运之神格外青睐他吗？上述种种，凭什么？为什么？找答案，数数他的军功章，二等功 1 个、三等功 4 个，还有战功；看看他的荣誉簿，各职级、各岗位，都清楚无误地写着“标兵”“先进”“优秀”字样；品品他的文章，这本书里有的，以及尚未编入的。于是，明白了，这个农民家的孩子，自幼失去父爱，又是长子，他靠不上别的什么，只能靠组织、靠自己。

他是个孝子。记得那是十多年前，一次几位好友小聚，他赠送每人一本书，我也得了一本，书名是《纪念刘恩华女士》。原来，这是在他母亲逝世三周年时，他特意组织家人编写的，目的是纪念母亲，传承家风。这本书图文并茂，里面的文章无论何种体裁，皆为真人真事，悲欢离合、家长里短，写得情真意切，相当感人。好友们一边听着他的叙说，一边翻阅着这本书，对他的行孝之心，甚为感动。他当时讲的一席话，时至今日，我还记忆犹新：读遍天下书，无非一孝字；行孝当及时，免得后悔迟；不孝之人，不可为友……并且，身体力行。这本书，我至今仍保存着。当兵之初的那几年，作为义务兵，明刚每月可领取10元钱的津贴费，加上积攒的三两块一篇的稿费，平均月收入能有50多元。每个月，他都不忘给年迈的外婆寄20元生活费，给最小的弟弟寄30元学费，而自己只用那剩下的几元钱维持日常开销……他说："父亲去世早，作为长子，我得扛起这个家啊！……"

他学习刻苦。青少年时期，阅读力强，好书难觅，他常常一两个晚上，就读完一本书。入伍后，他托人搞了套大学中文系教材，一年多就通读完了。无书可读时，一部《现代汉语词典》，他从头看到尾，再从尾看到头，津津有味。在团政治处搞报道时，他清凉油、风油精不离身，经常读书写作通宵达旦，天亮之后还给机关搞卫生。天南地北，经历不知次数的搬家"精减"，他的藏书仍有数千册，许多书都被翻烂了。无论多忙，他数十年如一日，每天坚持读书看报，早听广播新闻，晚看电视新闻。如此勤奋，明刚成名较早也就不足为奇了。当兵两三年以后，20岁出头的他即崭露头角，名声渐起，本来是采写人家新闻的他，却成为人家笔下的新闻人物，其事迹相继见诸多家报刊电台和上级有关表彰会议材料，新闻单位上门约稿并开辟专栏连载他的文章，部队也邀请他开班讲学。那时候，作为团、旅、师新闻报道组组长的他，弄得风生水起、红红火火，有作品有理论、有读者有学生，遂成"名记"。

他做事用心。全身心地投入事业中，是他的人生态度。无论大小，但凡有需要他做的事情，他总是在事前做准备，设想好各种预案、方案，力求完美。事情进行过程中，遇到新情况、新问题，他总是尽最大努力解决好。事毕，他还要认真总结一番，以资日后借鉴。他有个好习惯：白天，笔和本不离身，以便随时记录；夜里，似睡非睡之间，经常突然爬起来，伏在床头柜上记下什么。因此，常有人对他说：“看得出，这事你用心了！”“你看，用心和不用心，效果就是不一样！”我也认为，一个人做事情，用心投入和倾力钻研到如此境界，还有什么解决不了的难题呢？所以啊，明刚当报道员，把新闻采写给悟透了（详见本书“十论写作”）；当机关干部，把一应业务理得门儿清(详见本书“干事论”)；当领导干部，把工作研究得相当明白（详见本书“理论阐释”“工作研究”等）。

他性格坚强。骨子里的不怕苦、不畏难，加上军人的刚毅、勇敢和定力，注定了他的坚强性格。有恒心、有毅力，不气馁、不放弃，善始善终、善作善成。正如他少年耙耕，摔倒了爬起来，失败了再努力，忍住泪水、不擦血迹，没有抱怨、也不悲伤，积极进取、功成方罢，且从此“我心无苦，我脑无难，我肩有责，我手有策了”（详见本书“后记”）。与人相处，他有一副热心肠；而自己能做的事情，他不会麻烦别人……都说人如其文、文如其人，这话不假。知道了他的性情和为人为官为文，也就不难理解他为什么能写出像《永葆攻坚克难的锐气和斗志》《艰苦奋斗精神的时代价值》这样的雄文了。而“工作研究”“讲义精选”和“十论写作”等板块的文章，则是他的经验之谈，是他自己的“真货”“干货”，拿来能用且管用。是的，明刚的人与文都有那么一股子精气神，下接地气、有气场，上触高度、有格局，充满积极的、健康的、向上的正能量，朝气蓬勃、正气充盈，感染人、鼓舞人、启迪人，给人以智慧、力量和美感。

明刚从事写作，有几点给我留下较深印象。一般文稿他通常不过夜，当报道员时就坚持一天写一篇；各种机关的、新闻的、文学的以及理论方面的文种，他基本没有不曾写过的；对自己的每篇文稿他都很用心，哪怕只是区区几百字的小稿，也总是反复推敲、字斟句酌，呕心沥血、唯恐差池；他不但自己写，还注重“带徒弟”，面对面、手把手，言传身教、悉心指导，在师、旅、团工作时还开办培训班，带出了一批新闻宣传人才，其中多人已成为大校、上校级别军官或地方新闻宣传领域领导干部。

论他的写作成就，我认为最高水平还是体现在理论造诣上。作为党的高级干部，明刚具有很高的理论素养，他紧跟党的理论创新步伐，紧密结合思想和工作实际，深入进行学思践悟，许多方面的见解独到而深刻，且善用清新优美的语言，阐述深奥新颖的道理，使人乐于接受，令人耳目一新。因此，他的文章被广泛采用传播，不仅拥有大量的网络读者，还是一些单位党团组织的学习教材。通常，他的一篇理论文章，中央级大报发表后，各大网络媒体纷纷跟进转发，在网上有超过千万次的浏览量，有的文章还被当作教学范文学习赏析，军地有关单位经常邀请他作理论学习辅导授课、讲授专题党课。他也因此受到夸赞，被称为领导型专家、学者型领导。学习强国、党史学习教育官网等网站，把他的名字和文章，与国内理论界权威大家并列。他的研究范围较广，在政治工作多个领域，包括新闻写作理论方面，都有所涉猎探究，且颇有心得。总之，他的理论文章深入浅出，好读易记，实在管用，因而深受广大读者喜爱，产生积极广泛影响。明刚的新闻和文学作品，也有相当高的水准和影响，这方面不用多说，自有他的 30 多本获奖证书为证。简言之，其新闻作品坚持用事实说话，以蕴含其中的思想性取胜，通过简洁明快、动感传神、平实无华的语言文字表达，使报道传播的新闻事件新鲜、新闻人物鲜活、新闻故事生动，尤其那些饱蘸战火硝烟的新闻作品，读后印象深刻，感想颇多；其文学作品以真挚的感情、健康的情趣、优美的笔调和质感的意境，表达抒发他的思想情感和内心世界，让人得到真善美的熏陶。

作品特色方面，我感到明刚观点新颖、视角独特，行文干净利落、生动形象，如行云流水，颇具穿透力、感染力和生命力。看得出，对理论文章，他总是力求写出历史深度、思想高度和时代新意，富有哲理，引人入胜，发人深省。新闻作品门类多、品种全、分量重，量大质高，刊发位置显赫（大报头版头条多，上个国字号大报头版头条到底有多难，新闻从业者知晓），配发社论评论、编前编后多，长篇大论多，是其突出特点。这些作品，将读者带入一个独特的、新奇的、真实的、多彩多姿的“军人世界”，里面的人和事，可视可触可感。我想，这应得益于他的脑勤腿勤手勤，注重研究事物特点规律，善抓本质要害，思维前瞻、引领风尚，追求新闻价值，突出思想、精神、人物、故事。语言鲜活，形式多样，守正创新，极具时代感、画面感、现场感，是其新闻作品又一特点，也是比较个性的东西。再一个特点是，明刚擅长写人，军队里面的人，社会上的人，各行各业各种各样的人，皆可成为其笔下的“新闻人物”，虽文字不长、着墨不多，却写得真实鲜活、可亲可敬，有血有肉、有闪光点。都说新闻作品“易老”“易碎”，他的上述三个特点则可在一定程度上“保鲜”“抗压”。说他许多新闻作品可以当作散文来读，说他有些20世纪八九十年代的新闻作品至今读来仍不过时，放在今天仍是好新闻……这些话，我觉得并无不当。他的文学作品，最大特色和亮点在于，没有丝毫的风花雪月、无病呻吟，篇篇都是来源生活、句句都是发自内心，是自己真情实感的自然流露。报告文学《血战封丘》，再现了抗日烽火中的真实历史故事，甚感精彩，颇见功力。散文作品，或写人或写物或写事，都是来自心灵，抒发自己的真实情感，动人心弦，令人陶醉。诗歌作品，吟出了战士的心声，唱响了时代的声音，表达了对生活的热爱。综上，我感到明刚这部文集具有教科书意义，不仅适合普通读者阅读，更适合党员干部和新闻工作者、理论工作者、文学爱好者、老干部工作者阅读，谁读谁受益。

算起来，明刚真正从事新闻宣传工作的时间，也就5年左右，40年军旅生涯中的绝大多数时间，都担负着繁重的基层、机关工作和领导职务。说到他的经历，有件事特别值得一提。那就是，他曾主动要求并被批准参加了那场持续 10 年之久的自卫反击战，有过难忘的 15 个月的战斗经历。在我国西南那片弥漫着战火硝烟、布满了地雷的战场上，在真刀真枪面前，他经受住了血与火、生与死的考验，向祖国和人民交出了一份优异的答卷，这在和平年代是不多见的。漫长的 40 年里，不管在哪里做什么，他都没有忘记初心使命，都没有停止对知识的渴求和对真善美的追求，都没有放下手中的那支笔，这是非常难能可贵的。走上将军岗位后，在身兼数职、军务繁忙的情况下，他仍挤出时间，潜心学研、笔耕不辍，这是尤其让人敬佩的。

热血铸忠诚，倚马作妙文。有信仰、有追求，有灵魂、有格局，有情怀、有作为，站位高、视野宽、思维深、文笔好，对党忠诚、甘于奉献，这是拥有近 40 年党龄的明刚，给我留下的最为深刻的印象。他把自己的青春、心血、智慧和汗水，毫无保留地献给了国防和军队建设事业，同时也在部队经历了各职级、多岗位锻炼，因而他的能力素质比较全面，能文能武，坐下来能写，站起来能讲，下部队能指导。我感到，他的写作成果只是一个方面，相比较，他工作上取得的成就更大一些。

明刚少年时做着文学梦，青年时做着新闻梦，现在做着强国强军梦。有梦想的人让人敬佩，因为他们有奋斗目标。明刚是既有奋斗目标，又有奋斗精神的人，因而他取得的奋斗成果也就不同寻常。人生贵在有精神。在明刚身上，我是分明看到了一种精神的，这就是他始终葆有的那么一颗上进的心和那么一股不怕苦、不畏难、不服输的劲头。因此，我要真诚地祝贺明刚在各方面取得的优异业绩，特别是他的那种精神。

总结是为了前进，回顾是为了前瞻。阅读明刚文集里的作品，看着他走过的一串串脚印，相信他还会以更加坚实的步履走下去，取得新的更加辉煌的成果。我和他的战友们、朋友们都在期待着。

是为序。

壬寅年五月于京城

第一卷　理论之光

艰苦奋斗精神的时代价值*

习近平总书记在庆祝中国共产党成立 100 周年大会上的重要讲话中，23 次讲到“奋斗”、11 次讲到“精神”。深入学习贯彻习近平总书记重要讲话精神，深切感悟到蕴含其中的艰苦奋斗精神是中华民族的传统美德，是我党我军的政治优势，是党员领导干部必备的基本政治素养，无论过去、现在还是将来都至关重要。进入新时代，越是国家建设发展形势向上向好、越是人民生活水平不断提高，艰苦奋斗精神越是不能丢、越是不能忘，必须永远继承下去、发扬光大。

回望历史，汲取艰苦奋斗的意志力量

艰苦奋斗集中表现为不畏艰难、奋发图强、艰苦创业、争取胜利的思想品格、斗争精神、工作作风和生活态度。它贯穿体现于中华民族和我党我军的全部历史进程中，诠释着党和人民事业兴旺发达的真谛逻辑，是我们党不断从胜

* 原载《光明日报》2021 年 9 月 12 日第 7 版右头条，又载《中国军网》理论频道，并被其他报刊和网络媒体转载转发。

利走向胜利、不断取得辉煌业绩、不断创造人间奇迹的宝贵精神财富。

中华民族自古就有艰苦奋斗的传统美德。在中华民族悠久的历史文化中，艰苦奋斗是吃苦耐劳、勤俭节约的代名词，是不思进取、吃喝玩乐的反义词，常与社稷兴衰、社会风尚、家风家教、个人修养相联系，相关名言警句比比皆是。比如，《左传》中的“人生在勤，勤则不匮”，《尚书・大禹谟》中的“克勤于邦，克俭于家”，《新唐书》中的“奢靡之始，危亡之渐”；再比如，诸葛亮在《诫子书》中写的“静以修身，俭以养德”，司马光在《训俭示康》中写的“由俭入奢易，由奢入俭难”；还比如，欧阳修的“忧劳可以兴国，逸豫可以亡身”，苏轼的“古之立大事者，不惟有超世之才，亦必有坚忍不拔之志”；等等。上下五千年，中华民族始终自强不息、革故鼎新，守护大好河山，建设美丽富饶家园，创造了辉煌灿烂的文明，形成了伟大的民族精神。而艰苦奋斗精神作为伟大民族精神的重要组成部分，则始终熠熠生辉、光芒四射、分外耀眼，为一代代中华儿女不畏艰难困苦、矢志奋发图强、乐于拼搏奉献提供了延绵不绝的精神支撑、源源不断的思想动力。

中国共产党正是靠着艰苦奋斗一路走来。党的百年光辉历史，就是一部艰苦奋斗的创业史。1936 年，毛泽东同志在《中国革命战争的战略问题》中写道：“没有中国共产党在过去 15 年的艰苦奋斗，挽救新的亡国危险是不可能的”，尤其是他在党的七届二中全会上向全党发出的“两个务必”警示告诫，至今读起来仍然振聋发聩。邓小平同志指出：“艰苦奋斗是我们的传统，艰苦朴素的教育今后要抓紧。”江泽民同志认为：“经济越是发展，物质生活条件越是改善，共产党员尤其是领导干部越要发扬艰苦奋斗精神。”胡锦涛同志强调：“必须大力弘扬艰苦奋斗、自强不息的精神，坚忍不拔地创造历史伟业。”习近平总书记指出：“我们党在革命、建设、改革各个历史时期都遇到了种种艰难险阻，我们的事业成功都是经过艰辛探索、艰苦奋斗取得的。”回望我们党的光辉历史，无论是艰苦卓绝的战争年代夺取中国革命的伟大胜利，还是轰轰烈烈的社会主义建设、改革开放，包括进入新时代打赢脱贫攻坚战、全面建成小康社会、实现第一个百年奋斗目标，无不闪耀着艰苦奋斗精神的光芒。

人民军队始终在艰苦奋斗中发展壮大。艰苦奋斗、勤俭节约历来是我军的光荣传统和优良作风，是人民军队由小到大、由弱到强、从胜利走向胜利的强大精神力量和政治优势。革命战争年代，井冈山上，红军将士在寒冬腊月里，只穿着两层单衣打仗，经常靠拔野笋、挖野薯、煮南瓜充饥。长征路上，面对敌人的围追堵截，将士们爬雪山、过草地，穿草鞋、吃树皮，战胜难以想象的艰难困苦，创造了人类历史上的伟大奇迹。抗美援朝期间，志愿军将士靠着“一把炒面一把雪”坚持战斗，以劣质装备战胜了武装到牙齿的以美军为首的“联合国军”。和平建设时期，人民军队勤俭节约、自力更生，向土地要粮食、向沙地要蔬菜，积极减轻人民负担，有力支援国家经济建设。进入新时代，我军后装保障条件实现了质的变化与飞跃，但依然保持着艰苦奋斗的作风，坚持勤俭办一切事情。可以说，无论是战争年代还是和平建设时期，艰苦奋斗、勤俭节约始终是我军的传家之宝、立军之本、取胜之道。

观照现实，体悟艰苦奋斗的时代价值

艰苦奋斗是一种难能可贵的精神品质，与时俱进、历久弥新，不同时期有着不同的内涵和表现形式。进入新时代，艰苦奋斗精神更多的表现是干事创业过程中的探索创新之艰、埋头实干之苦、过程漫长之累。正因如此，艰苦奋斗精神必将释放更强的驱动力、凸显更大的时代价值。

艰苦奋斗事关党和人民事业兴衰成败。艰苦奋斗是在伟大革命斗争实践中孕育出来的传家宝，不仅是我们党一路走来、发展壮大的精神支柱，更是我们党继往开来、再创辉煌的重要保证。“常将有日思无日，莫待无时思有时”的道理简单而通俗。进一步往深里思考，从中华民族长远发展战略角度看，我们领土领海领空等所有资源都是有限的，而人类的消耗和需求却是无限的，如果我们对自然资源无限制的攫取，长此以往必将走到资源枯竭的那一天。现在我国一些资源型城市已经出现了资源衰退、发展乏力甚至难以为继的艰难无奈局面，为我们敲响了警钟。所以，我们一定要始终提倡艰苦奋斗、勤俭节约，倡导适度、节约、合理并且可循环、可持续的生活和发展方式。这种生活方式和发展理念蕴含着珍惜物质资源的价值取向，体现着对高质量发展的重视、对子孙后代的负责，意义十分重大而深远。这就要求我们始终要有居安思危的忧患意识，守正创新、艰苦创业，尽可能将每一份财力、物力用到现代化建设最需要的地方，使之发挥最大的效益，而绝不能大手大脚、铺张浪费，丢掉艰苦奋斗、勤俭节约这个“传家宝”。

艰苦奋斗事关当今社会道德风尚。无数历史经验教训告诉我们，只有艰苦奋斗才能成就海晏河清之业，骄奢淫逸必遭荆棘铜驼之悲。过去一段时间，社会上节约意识不强，过度消费、超前消费现象普遍，要面子、讲排场、比阔气等不良风气盛行，特别是一些党员干部，享乐主义、奢靡之风司空见惯，“舌尖上的浪费”“会所中的歪风”“车轮上的铺张”触目惊心，这些都严重背离我党我军优良传统，严重脱离工作实际和群众意愿，艰苦奋斗、勤俭节约一度有被虚化淡化甚至丧失的危险。如果任由这种不良风气发展下去，势必导致整个党风政风、社会风尚出现严重问题，必将贻误祸害党和人民事业的发展。因此，我们必须大力弘扬艰苦奋斗精神，特别是党员干部要培塑坚守初心、抵御诱惑的信念追求，培育集中精力投身事业的敬业精神和不怕困难、勇于吃苦的坚强意志，切实以艰苦奋斗的姿态净化党风政风民风，形成正气充盈的良好社会道德风尚。

艰苦奋斗事关党员干部革命意志。艰苦奋斗不仅是简朴的生活方式、勤俭的生活态度问题，还更是关系理想信念、道德操守、精神品格的革命意志问题，是党员干部包括人民群众、部队官兵世界观、人生观、价值观的重要体现。当前，“90后”“00后”青年群体成为社会、军队新生的“主力军”，他们大都是在温室里、蜜罐中长大的，从小过着衣来伸手、饭来张口的生活，不少党员同志没有经历过风吹雨打，不知道什么是艰难困苦，尤其需要经受艰苦环境的磨砺，补上艰苦奋斗这一课。当然，在物质资源丰富、价值文化多元的今天，讲艰苦奋斗并不是说要吃不饱、穿不暖，要大家去当“苦行僧”，重新回到过去那种勒紧裤腰带过苦日子、白手起家闯天下的情景状态，而是要接过革命前辈艰苦奋斗精神的接力棒，在现有良好的工作和生活条件下，继承发扬艰苦奋斗思想品质、精神意志，始终保持昂扬、向上、进取和朴素的工作生活态度，不追求奢靡、不贪图享乐，不铺张浪费、不好逸恶劳，勤奋学习、努力工作，低调做人、踏实干事，情趣健康、简朴生活，以昂扬的革命斗志和奋斗精神去创造一流工作、美好生活和幸福人生。

展望未来，永葆艰苦奋斗的前进姿态

习近平总书记指出：“人类的美好理想，都不可能唾手可得，都离不开筚路蓝缕、手胼足胝的艰苦奋斗。”我们过去的辉煌成就，特别是在中华大地上全面建成小康社会，是靠艰苦奋斗取得的；我们将来实现全面建成社会主义现代化强国的第二个百年奋斗目标，实现中华民族伟大复兴的中国梦，仍然需要继承和发扬艰苦奋斗精神来创造。

始终砥砺艰苦奋斗的意志品质。艰苦奋斗的精神品质不会与生俱来、凭空产生，需要坚持不懈地培塑、磨砺和锻造。要深刻认识到，越是经济社会发展形势向上向好，越是需要弘扬艰苦奋斗精神，要坚决摒弃、自觉克服一些人头脑中的艰苦奋斗过时论、吃苦论、无用论。要更加自觉地向革命先烈、革命前辈和英模人物学习，坚守甘于奉献的无私品格，不丢勤俭节约的传统美德，永葆不畏艰险的奋斗精神。要始终牢记党的领袖关于艰苦奋斗的教导和论述，以党史学习教育为契机，从我们伟大建党精神这个源头汲取艰苦奋斗的意志力量，努力鼓起迈进新征程的精气神。

始终保持不懈奋斗的实际行动。艰苦奋斗，简而言之就是人生要肯吃苦、能奋斗。幸福是奋斗出来的，奋斗的人生必然肯吃苦，不奋斗不吃苦就失去了人生的意义。要脚踏实地、起而行之、勇挑重担，勤恳实干、埋头苦干、紧抓快干。要始终保持对工作、对事业极端认真负责的态度，把心思用在岗位上，把精力用在落实上，把智慧用在建设上。要依靠勤劳、智慧和汗水去创造幸福人生、锦绣前程，不贪图安逸，不惧怕困难，不怨天尤人，始终以奋斗的姿态在本职岗位上不断开创新局面、创造新业绩。

始终培养积极健康的生活情趣。保持和发扬艰苦奋斗精神，与我们党员干部的党性觉悟、道德修养、价值追求等有着直接关系，必须从根本上加以解决。要始终如一地自觉加强党性修养和锻炼，保持高尚的思想道德情操、健康向上的生活情趣。要树立积极健康正确的人生观、世界观、价值观，坚持以俭修身、以俭兴业，克勤克俭、去奢从俭。要做到思想上坚定，学习上刻苦，工作上努力，生活上俭朴，坚决抵制享乐主义、奢靡之风，永葆共产党人的政治本色。

始终强化领导干部的表率作用。党员领导干部要充分认清新时代继承和发扬艰苦奋斗精神的极端重要性，坚持以身作则、率先垂范，自觉做艰苦奋斗的践行者、示范者、宣传者、推动者、引领者。要带头弘扬我党我军优良作风和光荣传统，倡导艰苦奋斗、再创辉煌，反对无所作为、铺张浪费。要带头坚持吃苦在前、享受在后，用心想事、激情干事、节约办事，落实厉行节约、反对浪费各项措施。要按照过“紧日子”要求，勤俭节约、精打细算、量入为出、绿色健康消费，用实际行动模范践行艰苦奋斗、勤俭节约的优良作风。

永葆攻坚克难的锐气和斗志[*]

习近平主席在党史学习教育动员大会上指出，“我们党长期执政，党员干部中容易出现承平日久、精神懈怠的心态，缺乏攻坚克难的锐气和斗志”，要求我们“赓续共产党人精神血脉，始终保持革命者的大无畏奋斗精神，鼓起迈进新征程、奋进新时代的精气神”。学习贯彻习近平主席的重要指示，必须始终永葆攻坚克难的锐气和斗志，不畏强敌、不惧难题，敢于斗争、勇于胜利，汇聚起干事创业的磅礴伟力。

把握攻坚克难精神品格的本质特征

透过中华民族五千年的文明史和中国共产党的百年奋斗史，可以清晰地看到，攻坚克难精神品格在历史的天空中，始终熠熠生辉、光彩夺目，闪耀着中华民族精神、彰显着共产党人意志品质。

中华民族精神图谱的重要内容。中华民族是历经磨难、百折不挠的民族，

---

* 原载《解放军报》2021 年 6 月 18 日第 7 版头条，并被其他报刊和网络媒体转载转发。

愈是在困难灾难和风险挑战面前，伟大的民族精神愈发激活彰显，顽强的抗争力量愈是迸发激荡。中华民族历经磨难而不衰、饱尝艰辛而不屈，其基因密码就在于始终不畏艰难险阻、勇于战胜困难，锐意进取、自强不息。且不说女娲补天、后羿射日的美好愿望，也不说精卫填海、愚公移山的执着精神，我们从“宝剑锋从磨砺出，梅花香自苦寒来”的意志品质，“苟利国家生死以，岂因祸福避趋之”的责任担当，“长风破浪会有时，直挂云帆济沧海”的坚定信念，以及“千磨万击还坚劲，任尔东西南北风”的坚忍不拔中，即可真切感知，攻坚克难精神品质根植于绵延数千年的中华传统文化中，流淌在亿万中华儿女的基因血脉里，成为中华民族最深层次的精神追求和价值取向。

共产党人砥砺奋进的精神底色。沧海横流，方显英雄本色。从石库门到天安门，从兴业路到复兴路，百年来一代代共产党人，抱定为人民谋幸福、为民族谋复兴的初心使命和铮铮誓言，前仆后继、上下求索、赴汤蹈火，在任何困难灾难、风险挑战面前，无不展现着不畏强敌、不惧风险、敢于斗争、勇于胜利的优秀品质，甘为党和人民的事业担苦担难担重担险。回望中国共产党领导中国革命、建设、改革的辉煌历程，无数革命先烈视死如归，无数英模人物大智大勇，无数中华儿女奋发图强，真可谓艰苦卓绝、壮怀激烈，如诗如画、可歌可泣，惊天地、泣鬼神。所有这些，无不生动诠释着共产党人面对顽敌强敌、困难灾难时，所表现出的那种知难而进、勇猛顽强的宝贵精神品格。

我们党从胜利走向胜利的重要法宝。在内忧外患中诞生，在磨难挫折中成长，我们党之所以历经沧桑而初心不改、饱经风霜而本色依旧，就是凭着那么一股革命加拼命的强大精神，始终保持着攻坚克难、锐意进取的精气神。我们党的领导人对此有着精辟的阐释，毛泽东同志曾号召，要承认困难，分析困难，向困难作斗争；下定决心，不怕牺牲，排除万难，去争取胜利。习近平主席反复强调，在实现中华民族伟大复兴的新征程上，迫切需要迎难而上、挺身而出的担当精神；领导干部无论担任什么职务，都要勇于担当、攻坚克难；广大党员领导干部能否敢于担当、迎难而上、积极作为、开拓进取，事关中华民族复兴成败。这些重要论述，正是我们党团结带领人民砥砺奋进、不懈努力、夺取胜利，创造举世瞩目、辉煌灿烂伟大成就的真实写照。

领悟攻坚克难精神品格的丰富内涵

知难则不难，奋斗则不难。攻坚克难既是一种价值追求，一种责任担当，也是一种工作作风，内涵十分丰富。我们党奋斗百年历经千难万险，为攻坚克难精神品格赋予新的时代内涵，展示出强大感召力、凝聚力和战斗力，成为共产党人宝贵的政治本色和价值追求。

“明知征途有艰险，越是艰险越向前”的胆识气魄。越是伟大事业，越是充满艰难险阻。大多时候我们遇到的主要问题或首要问题，不是能不能，而是敢不敢。攻坚克难精神品格，彰显的是“明知山有虎、偏向虎山行”的胆识，突出的是不怕任何艰难险阻、勇于迎接任何风险挑战的魄力，重要的是知难而进、逆流而上的英雄气概。像“一不怕苦、二不怕死”“困难面前豁得出、关键时刻冲得上”“不相信有完成不了的任务、不相信有克服不了的困难、不相信有战胜不了的敌人”“压倒一切敌人而不被任何敌人所压倒、征服一切困难而不被任何困难所征服”等，都是攻坚克难精神品质的生动体现。这种胆识气魄，使得我们在任何困难挑战面前从不胆怯、在任何艰难险阻面前从未屈服。

“敢啃硬骨头、敢涉险滩”的昂扬斗志。前进的道路从来不是平坦的，也不会是一帆风顺的，总会遇到险滩恶浪、难关隘口和难啃的硬骨头。攻坚克难精神品格，展现的是在深水险滩面前敢闯敢试、敢为人先，在风险挑战面前敢抓敢管、敢于碰硬，在现实困难面前敢作敢为、敢担责任，始终以事不避难的意志和斗志，破茧而出、拨云见日、成就大业。想想我们党的百年历史，何止历经九九八十一难，哪一次不是靠这种敢啃硬骨头、敢涉险滩的昂扬斗志和拼搏精神闯出来、挺过来。在党和国家事业“滚石上山、闯关夺隘”的紧要关头，坚持逢山开路、遇河架桥的开拓精神，坚持闯关夺隘、攻城拔寨的斗志锐气，就没有过不去的“火焰山”，没有挑不动的“千斤担”，没有攻不下的“娄山关”。

“为有牺牲多壮志，敢教日月换新天”的奋斗精神。幸福是奋斗出来的，要奋斗就会有牺牲，共产党人从来就不怕牺牲。攻坚克难精神品格，反映的是不骛于虚声、不驰于空想，始终以敢干为先、实干为要，以百折不挠、愈挫愈勇的斗争意志，以顽强拼搏、不懈奋斗的实干精神，横下一条心，杀出一条血路。唯有奋斗，才有出路。革命战争年代夺取胜利就是如此，和平建设时期创造辉煌也是这般。新时代，前进道路上还会遇到更多的急流险滩，还要经历更多的爬坡过坎，我们必须一如既往，兵来将挡、水来土掩，坚定不移开辟新天地、创造新奇迹。

“咬定青山不放松”“不破楼兰誓不还”的革命韧劲。惟其艰难，才更显勇毅坚韧；惟其笃行，才愈发弥足珍贵。既然是攻坚克难，就说明不是一般的坚，需要以坚定不移的恒心和坚忍不拔的毅力不懈奋斗；既然是攻坚克难，就说明不是一般的难，需要充分做好应对曲折和反复的心理准备，矢志夺取最后的胜利。中国共产党的百年奋斗史雄辩地证明，一代代共产党人不忘初心、牢记使命，咬定目标、紧盯任务，坚忍不拔、奋力拼搏，战胜了一个个艰难险阻，迎来了一次次胜利曙光。接过历史的接力棒，继承革命前辈的事业，我们仍需不惧风浪、奋楫笃行，一棒接着一棒传、一锤接着一锤敲，不见成效不撒手、不获全胜决不收兵，奋力开创新时代的历史伟业。

践行攻坚克难精神品格的实践要求

奋进在全面建设社会主义现代化国家、向第二个百年奋斗目标进军新的历史进程中，我们面临的风险挑战前所未有，“黑天鹅”“灰犀牛”事件还会不期而至，尤其需要党员干部勇开顶风船、敢啃硬骨头，知重负重、破难而进。

坚定理想信念。革命理想高于天，理想信念之火一经点燃，就会产生巨大的精神力量。理想信念是共产党人崇高的目标追求和强大的精神支柱，是攻坚克难锐气和斗志的源头活水。要把坚定理想信念作为战略任务，坚持不懈强化党的创新理论武装，筑牢信仰之基、补足精神之钙、把稳思想之舵。要把个人追求融入党和国家、民族事业之中，坚定对远大理想和奋斗目标的执着追求，自觉为党分忧、为党担责、为党尽责。要坚定为党和人民奋斗的意志，不断提升党性修养和思想境界，不骄不躁，不消沉不动摇，不屈不挠、一往无前，向着中华民族伟大复兴的中国梦奋力前行。

践行根本宗旨。我们党自诞生之日起，就矢志不渝地践行全心全意为人民服务的根本宗旨，乘风破浪，披荆斩棘，一路走来之所以能够在攻坚克难中不断从胜利走向胜利，根本原因就在于不管是处于顺境还是逆境，始终不忘初心、牢记使命，义无反顾向着这个目标前进。要始终把人民放在最高位置，坚持以人民为中心，尊重人民主体地位，把群众观点、群众路线深深根植于头脑中。要履行好人民赋予的职责，发扬为民服务孺子牛、创新发展拓荒牛、艰苦奋斗老黄牛精神，勇于担当积极作为，为官一任造福一方。要着力解决人民群众所需所急所盼，坚持人民群众利益无小事，真正为人民群众办实事、解难题。

强化忧患意识。不困在于早虑，不穷在于早豫。忧患意识是一种预见意识和防范意识，更是危机感、责任感和使命感的直接体现，只有保持强烈的清醒和忧患，才能始终以旺盛的斗志继续前进。要坚持底线思维，充分研判可能发生的矛盾问题和风险挑战，随时做好应对更加复杂困难局面的准备，逢事想在先、干在前。要透过现象看本质，准确识变、科学应变、主动求变，洞察先机、趋利避害。要善于化危为机，把握危与机的互变规律，在危机中育先机、于变局中开新局。

练就过硬本领。没有金刚钻揽不了瓷器活。攻坚克难，光有一腔热情远远不够，没有几把“刷子”和几手“硬功”“绝活”万万不行。要提高能力素质，尤其是提高政治能力、调查研究能力、科学决策能力、改革攻坚能力、应急处突能力、群众工作能力以及抓落实能力。要注重火线摔打，接烫手山芋、当热锅蚂蚁，实打实、硬碰硬培养锻炼，在实践中经风雨、见世面、强筋骨、长才干。要学会游刃有余的斗争策略、灵活机动的战略战术、实在管用的方式方法，把握时度效、做到稳准狠，牢牢掌握主动权。

弘扬优良作风。党的优良作风和光荣传统是激励我们不畏艰难、勇往直前的宝贵精神财富，风险越大、挑战越多、任务越重，越要以过硬的思想作风作保证。反思当前出现的一些安稳官、太平官，不思进取、庸政懒政，患得患失、贪图享受，不作为、乱作为等问题，最关键的原因就是背离了我们党的优良作风。要始终保持真抓实干的作风，脚踏实地、埋头苦干，力戒形式主义、官僚主义，把工作往深里抓、往实里抓、往细里抓。要始终保持雷厉风行的作风，少一分“等、靠、要”，多一些“闯、钻、拼”，让马上就办、办就办好成为每个党员干部的工作准则。要始终保持求真务实的作风，以抓铁有痕、踏石留印的劲头，咬定青山不放松，持之以恒抓下去。

人是要有点精神的。共产党人是用特殊材料制成的，必须永葆攻坚克难的锐气和斗志，永葆一往无前的革命精神、战斗精神、斗争精神，生命不息、冲锋不止，坚决战胜前进道路上的一切困难和风险，以昂扬姿态奋力开启全面建设社会主义现代化国家新征程，努力建功伟大新时代。

在改进思路方法中提高抓建基层能力*

编者按：基层是部队全部工作和战斗力的基础，我们党在长期建军治军实践中始终高度重视基层建设。各级党委和领导机关必须强化强基固本思想，树立大抓基层鲜明导向，坚持把工作重心放在基层，不断改进指导抓建基层的思路方法，切实提高新时代军队基层建设的质量效益。

我们党在长期建军治军实践中，始终高度重视基层建设。加强新时代我军基层建设，是强军兴军的根基所在、力量所在。

习近平主席在中央军委基层建设会议上强调指出，这些年，强军兴军步伐很快，我军基层建设在使命任务要求、建设内涵、日常运行状态、部队组织形态、官兵成分结构、外部社会环境等方面正面临许多新情况新变化。要科学把握、积极适应，认真解决突出矛盾和问题，推动基层建设全面进步、全面过硬。

站在强军兴军的新起点上，各级党委和领导机关必须深刻把握新要求、主

* 原载《解放军报》2020 年 9 月 16 日第 7 版头条加按语，并被其他报刊和网络媒体转载转发。

动适应新变化、积极研究新情况，从基层实际出发、从具体问题入手，不断改进指导抓建基层工作的思路方法，切实提高抓建基层的质量效益。

立足长远，保持滴水穿石的持久力

绳锯木断，水滴石穿。建设“三个过硬”基层不是一朝一夕的事情，贵在经常、难在长远，必须经常抓、抓经常，反复抓、抓反复，长远抓、抓长远。无论形势如何发展变化，始终保持大抓基层的态势与定力不能变。

要坚定“依靠基层、建强基层”的信念。只要我们一步一步、扎扎实实把基层这个基础打牢、底蕴夯实，不为出名挂号，不搞短期行为，不求轰动效应，不图一时之效，我军基层建设一定能够取得长足进步。

要保持“功成不必在我”的境界。树立正确的政绩观，处理好当前与长远、前任与现任、己任与继任的关系，尽心尽责干事，始终把主要心思和精力集中到抓经常打基础上，放在提高各项工作末端落实质量上，抓长远、使长劲，努力夯实强军根基。

要有“功成必定有我”的担当。只要是有利于基层长远发展的，就必须发扬钉钉子精神，一张蓝图抓到底，一年接着一年抓、一任接着一任干，即使任期内一时难见成效，也要耐得住寂寞，扎扎实实、默默无闻地做下去，为部队长远发展打下良好基础。

因时制宜，探索适应时代的新举措

明者因时而变，知者随事而制。面对新时代基层建设的新情况新变化，在抓建基层工作中，“老办法”要会用，“新办法”也要敢用，必须因势而谋、应势而动、顺势而为，积极探索新思路、谋求新举措，推进各项工作落实落地。

要在思维方式上紧跟适应。着力克服“身子进了新时代、脑子还在过去时”的问题，解放思想、更新观念、理清思路，树立与时代要求相适应的网络思维、创新思维、底线思维、战略思维、辩证思维等，打破因循守旧的禁锢，走出经验主义的误区，使抓建基层的思路方法紧紧跟上时代发展步伐。

要在工作方法上紧跟适应。着眼形势任务变化探索新方法、创造新经验，始终用信任的眼光、欣赏的眼光、发展的眼光看待基层官兵，多与官兵坐在一条板凳上思考问题，多用官兵喜闻乐见的形式抓建帮带基层。同时，要相信和依靠基层官兵，充分发挥他们的主观能动性和创造性，鼓励支持他们探索符合单位实际的鲜活管理方法，最大限度地激发官兵热爱基层、建功基层的内生动力。

要在形式手段上紧跟适应。着眼新时代部队青年官兵认知特点和价值需求，把信息网络、5G、大数据等时代“新元素”吸纳进来，融入基层日常的教育、训练、管理和生活中，探索开展“网络直播课”“军营直通车”等新形式，融合在线教育、评比、检查等新载体，增强工作的吸引力感染力，使新的平台、新的载体成为提升新时代基层建设质量的“新引擎”，充分发挥信息网络传播的正向效力。

力求精准，保持精益求精的高标准

天下大事，必作于细。当前，各级高度重视抓建基层工作，但效果却不尽相同，关键是精细度的问题。

要精准精细帮建。领导机关指导帮建基层，要学习借鉴精准扶贫的经验做法，组织搞好精准帮建，谁弱帮谁、什么弱帮什么，从整体建设的“短板”补起，从长期“落伍”的单位帮起，不搞普遍撒网、广种薄收，防止资源浪费、方向“跑偏”。面对面、心贴心、实打实地帮，真正帮在关键处、帮在困难处，并且一帮到底，问题不解决不撒手，工作不见效不收兵。

要分级分类指导。新体制下，各基层单位编制大小不一、担负任务不同、建设基础各异，党委机关指导帮建既不能一刀切、一锅煮、大呼隆，也不能大包大揽，“一竿子插到底”，必须区分不同基础、不同任务、不同环境，逐个研究特点、探索规律、拿出对策。对每个基层分队，要坚持具体问题具体分析，因地制宜探索“一队一策”“一情一案”的抓建模式，把个性特征研究透，把建设目标定准确，把思路重点理清楚，保证工作指导的精准性实效性。

要精益求精落实。发扬大国工匠精神，始终如一讲求精细、追求精准、务求精确，以细求实、以细求深、以细求质，做到精细、精细、再精细。对基层需要落实的工作，每一项都精耕细作、精益求精、精雕细刻、精准到位，一个环节一个环节地抓，一个细节一个细节地抠，真正把指导抓建基层的工作抓在要害处、抓出成效来。

突出全面，保持整体推动的大格局

实现基层全面进步、全面过硬，既是建设目标，也是工作指向。抓建基层重在“全面”二字上，即全面抓建设、全面打基础，不能只抓一项或几项工作，也不能只抓一阵子，而要一锤接着一锤敲，持续用力、常抓不懈。

要坚持按纲抓建。强化落实《军队基层建设纲要》就是落实法规的意识，把贯彻落实《军队基层建设纲要》作为抓基层打基础的根本管用之举，不断强化按纲抓建的持久定力，并按照“三个过硬”标准、“四个坚持扭住”要求，一招一式推进、一步一动落实，促进基层全面发展进步。

要坚持以战领建。军队因使命任务而存在，任务对部队建设有着重要引领作用，各项工作都要围绕使命任务来筹划、运转、聚力。要紧紧围绕新时代军队使命任务引领建设目标、确立工作重点和思路举措，切实做到担负什么使命就搞什么建设、任务推进到哪里建设就跟进到哪里，确保建设与任务相互促进、相得益彰。

要坚持系统抓建。基层建设涵盖战备工作、军事训练、思想政治工作、日常管理等方方面面，是一个紧密联系、相互贯通、有机统一的整体。建设质量主要是由最短的那块板子决定的，必须成体系成系统全面建、整体抓。反观一些单位一边出彩、一边出事，很重要的原因就是不注重系统抓建、统筹推进，导致单打独斗、单项冒进。抓基层建设一定要注重全面性、系统性、整体性，全方位打牢部队建设发展的各项基础，唯此才能推动基层建设全面进步、全面过硬。

深入实地，保持“脱鞋下田”的好作风

“脱鞋下田”是我党我军一贯坚持的好传统好作风，也是抓建基层的客观要求。没有这种务实扎实的良好作风，重视基层、建强基层就成为一句空话。

要做到重心下移。党委和领导机关必须把工作重心放在基层，心往基层想、人往基层走、事为基层办，多做“传经送宝”式指导、“雪中送炭”式服务。特别是要重视加强对小散远直、任务部队和问题突出单位的精准帮建，确保不留死角。

要做到深入兵中。多去基层“融入”，多与战士“五同”，放下架子、扑下身子，上门问诊、摸清实情，真正掌握“第一手资料”，了解官兵“原生态想法”，在相互交流中增进感情，在零距离倾听中反思和改进工作指导，切实把抓建基层工作搞得很科学、很接地气。

要做到跟踪问效。在着力提高基层自建能力的基础上，指导督促基层严格按照标准要求抓好每项工作，尤其要紧盯不易落实的工作、经常踩空的环节、容易反弹的问题，多搞几个“回头看”、多杀几个“回马枪”，做到不落实到位

不撤手，不抓出成效不收兵。指导帮建绝不能以文电代替行动、以开会代替贯彻、以活动代替落实，每项工作都要形成“筹划、部署、实施、检查、督导、总结、反馈”的闭合回路，切实打通“最后一公里”，真正把抓基层的责任落实到位，推动“三个过硬”基层建设蹄疾步稳、行稳致远。

主动来一场学习革命和头脑风暴*

重视和抓紧学习，是我们党的特有优势，也是我军的重要法宝。当前，中国特色社会主义进入了新时代，国防和军队建设也进入了新时代，要履行好新时代使命任务，就必须主动来一场学习革命和头脑风暴，培养与新时代新使命相适应的思维理念和过硬本领，切实提升落实新体制、胜任新岗位、履行新使命的能力素质。

进行学习思想上的革命
立起新时代学思践悟新标杆

"学如弓弩，才如箭镞"，只有学习的弓弩拉得弯如满月，才识的箭头才能飞似流星。面对新时代新使命，必须来一次学习思想上的革命，破除站位不高的问题。一是用强烈的政治责任感来破除。习近平主席指出："领导干部学习不学习不仅仅是自己的事情，本领大小也不仅仅是自己的事情，而是关乎党和

* 原载《解放军报》2018 年 11 月 28 日第 7 版，并被其他报刊和网络媒体转载转发。

国家事业发展的大事情。”领导干部要把学习作为提升政治能力的第一要务，对习近平新时代中国特色社会主义思想和习近平强军思想要真正学懂弄通，切实让自己的思维水平、工作能力适应岗位职责要求。二是用强烈的本领恐慌感来破除。要瞄准强军要求找差距强素质，在投身强军实践中提高本领，始终怀着紧迫感加快知识更新，优化知识结构，拓展眼界格局，提高适应强军职责使命要求的能力素质。三是用强烈的内心认同感来破除。要增强学习的自觉性，变“要我学”为“我要学”，像习近平主席讲的那样“把学习作为一种追求、一种爱好、一种健康的生活方式”，切实学出信仰来、学出本领来、学出热情来。

进行学习方法上的革命
营造新时代改进学风新氛围

学风问题是学习“第一个重要的问题”。必须来一场学习方法上的革命，大力弘扬习近平主席力倡力行的学风，解决方法路径这个“船”和“桥”的问题。一是带着问题研究。要树立问题导向、坚持问题倒逼，深入基层听心声、摸实情，认真查找影响和制约部队建设发展的矛盾问题，积极主动搞谋划、出思路。二是结合实际思考。“为学之道，必本于思。”学是思的基础，思是学的深化，二者紧密相连，缺一不可。要发扬理论联系实际的马克思主义学风，边学习、边工作、边思考，使学习成为战斗力提升的增长点、倍增器。三是推动进入实践。实践是对学习成果的最好检验，必须坚持“学中干、干中学”，把理论学习与研究思考结合起来，与形势任务和部队建设实际结合起来，着力提升理论素养、转变思维理念，不断提高治军带兵、遂行使命任务的能力素质。

进行学习目标上的革命 培养新时代学用一致新风尚

衡量学习搞得好不好，关键要看学习能不能取得实实在在的效果。必须在学习目标上来一场革命，使学习成效更加聚焦思维理念的转变、工作标准的提升、工作方式的转变。一是培养新时代的新观念。旧船票登不上新客船，旧观念带不来新发展。工作中既要开展头脑风暴，摒弃思维定式、固有模式、路径依赖，树立全新的思维理念，又要全面更新知识结构，积极适应新时代、新体制的工作模式和运行方式。二是树立新时代的新标准。要认真对标新使命新要求，贯彻落实党中央、中央军委决策部署，从更高站位、更宽视野、更远考量来学习和思考，谋划和推进部队建设发展；坚持以细求胜、以精取胜，拿出“绣花功夫”“工匠精神”精雕细刻、精耕细作、精益求精，真正把每个环节、每个步骤都抓到底抓到位，使部队建设从一开始就高起点、高标准有序有力推进。三是体现新时代的新担当。推进强军事业，“不仅要有担当的宽肩膀，还得有成事的真本领”。要从担负起新时代使命任务的高度，直面深化改革和跨越发展中的困难和矛盾，努力提高学习能力，不断掌握新的本领，以永不懈怠的精神状态和一往无前的奋斗姿态，为实现党在新时代的强军目标、全面建成世界一流军队贡献力量。

以清风正气助力强军兴军*

基层是部队全部工作和战斗力的基础。加强新时代我军基层建设，是强军兴军的根基所在、力量所在。习近平主席在中央军委基层建设会议上强调："要把正风肃纪反腐压力传导到基层，深入纠治官兵身边的'微腐败'和不正之风，把基层搞得清清爽爽。"这为我们加强基层风气建设指明了方向，提供了遵循。

这些年，全军部队坚决贯彻习近平主席指示，强化监督执纪，大抓正风反腐，深入推进基层风气专项整治，不正之风得到有效遏制，基层作风建设向上向好。但也要看到，风气建设形势依然复杂严峻，必须持之以恒加强基层风气建设，切实以清风正气助力强军兴军。

思想防线必须筑起来。风气为形，思想为根。必须从思想觉悟这个源头抓起，不断夯实清正廉洁的思想道德基础。要深化党的创新理论武装，组织官兵系统学习理解习近平新时代中国特色社会主义思想和习近平强军思想，抓实"传承红色基因、担当强军重任"主题教育，以理论上的坚定、思想上的清醒保证行动上的自觉。要加强纪律警示教育，定期梳理典型案例通报部队、编

---

* 原载《人民日报》2020年9月15日第5版，并被其他报刊和网络媒体转载转发。

发廉政短信进行提醒，引导党员干部知敬畏、存戒惧、守底线。要强化党性锤炼，严格“三会一课”，严肃组织生活，帮助党员干部树牢正确的世界观、权力观、事业观。

监督执纪必须严起来。一些单位之所以基层风气不好，很重要一条就是监督不力。要加强巡察力度，纪委要切实肩负起监督责任，采取常规巡察与专项巡察、明察与暗访相结合的方式，增强巡察的监督力和震慑力，切实将正风反腐压力覆盖全员、传导到末端。要强化组织监督，严格落实组织生活制度，经常开展批评和自我批评，发挥好纪检委员的监督职能。要严肃执纪问责，建立正查问题、倒查责任机制，对不守纪律不讲规矩的行为决不姑息，形成正风反腐、利剑高悬的强大势场。

关键重点必须抓起来。风成于上，俗化于下。基层风气表现在一线，但关键在党委机关，重点在党员干部。部队各级党委领导要始终强化“基层至上、士兵第一”观念，察实情、用实劲、办实事；要带头加强党性修养，遵守廉洁自律规定，管住管好亲属子女，净化“三圈”、过好“三关”，始终以良好形象取信于兵。要坚持党管党员、党管干部，把每名党员干部纳入监督视线，事事出以公心、处处恪守公正。

创新载体必须用起来。现在，风气建设的制度规定应该说很全了，但有的单位还存在不会用、用不好的问题。近年来，各单位依据上级要求制定实施加强基层风气建设规定，建立基层风气监察联系点，选聘基层风气监督员，常态开展“读书思廉”活动，持续推进基层风气专项整治，极大地鼓舞了士气、净化了风气。要着眼强化思想道德、规范权力运行、维护官兵权益，结合实际探索创新管用有效的载体抓手，持续全面畅通民主渠道，常态化抓好正反典型引导警示，真正使基层风气清清爽爽。基层兴，军队生机勃发；基层稳，军队坚如磐石。加强基层风气建设，脚踏实地强基固本，我们就一定能实现党在新时代的强军目标、把人民军队全面建成世界一流军队。

营造节约为荣的良好氛围*

加强宣传教育引导、推进保障模式改革、提升伙食管理水平、推广应用新技术新方法……连日来，全军上下坚决贯彻落实习近平主席坚决制止餐饮浪费行为的重要指示，用实的举措、严的要求，采取有效措施，建立长效机制，使勤俭节约之风吹到军营的每个角落。

艰苦奋斗、勤俭建军是我军的优良传统，彰显着人民军队的本色，蕴含着人民军队发展壮大的制胜密码。我军历来以勤俭节约为荣、以铺张浪费为耻，良好的作风形象赢得了广泛赞誉。制止餐饮浪费是勤俭建军的一项重要内容，如果仅看作是一种餐饮习惯、只当“光盘侠”是远远不够的。对加快国防和军队现代化建设而言，厉行节约、反对浪费既是一个重大而紧迫的现实课题，也是一项长期而艰巨的系统工程，涉及部队建设的方方面面。无论是练兵备战还是科技创新，无论是后装保障还是基层建设，都离不开艰苦奋斗的意识、逸豫亡身的忧患、勤俭高效的作风。

党的十八大以来，全军上下坚决整治“舌尖上的浪费”，治理“车轮上的

---

* 原载《解放军报》2020 年 9 月 14 日第 2 版右头条，并被其他报刊和网络媒体转载转发。

腐败”，享乐主义思想得到纠治，铺张浪费现象明显改观。但从现实情况看，个别领域的浪费现象仍然不同程度地存在，个别官兵的节约习惯还没有自觉形成。比如，“指尖上的浪费”就不容忽视，有的热衷于网购，看到新奇的、好玩的东西就想下单；有的盲目攀比、跟风消费，经常买了换、换了再买；还有的痴迷网络游戏，重金购买游戏装备……细数这些浪费现象，不仅耗费大量金钱、时间，还容易带来一系列问题，必须综合施策、标本兼治。

艰苦奋斗、厉行节约，核心在“奋斗”二字上。从号召“节省每一个铜板为着战争和革命事业”，到提倡“勤俭是咱们的传家宝，千日打柴不能一日烧”，我军在很多时候不只是物质上的清苦，更多的是精神上的不屈不挠，战天斗地的奋斗状态。如今，我们告别了“吃树皮、嚼草根”，“一把炒面一把雪”的艰苦岁月，物质生活条件极大改善，武器装备水平有了质的提高。但也要看到，我军面临的形势更加严峻、任务更加繁重、使命更加神圣，每名官兵、各个领域、各条战线都迫切需要涵养节俭情怀、夯实胜战本领、永葆奋斗精神，勇于战胜一切艰难险阻。

“清贫，洁白朴素的生活，正是我们革命者能够战胜许多困难的地方！”今天，弘扬勤俭节约的优良传统，重要的是既要甘过“苦日子”，也要善过“好日子”，引导官兵不断强化文明节俭的饮食观念，坚持勤俭办一切事情。同时，创新是最有效的节约方法，要倡导节能、绿色、智能新理念，探索应用先进炊事设备，加强科学管理，统筹资源配置，切实在全军部队营造节约为荣的良好氛围。

练好抓建基层的“内功”*

基层是部队全部工作和战斗力的基础。党的十九届四中全会审议通过的《中共中央关于坚持和完善中国特色社会主义制度、推进国家治理体系和治理能力现代化若干重大问题的决定》中，专门用一个部分就坚持和完善党对人民军队的绝对领导制度、确保人民军队忠实履行新时代使命任务进行了部署，其中很多任务的落实要从基层建设抓起。做好新时代军队基层建设工作，需要各级官兵练好“内功”，增强本领，形成顺畅高效的抓建基层工作格局，推动我军基层建设全面进步全面过硬。

任何时候不忘初心。对党忠诚，是革命军人初心的底色，是一个党员的基本品格，也是党组织战斗力凝聚力的根本保证。对党忠诚需要打牢理论基础，要经常检视自己对党的创新理论学深了没有、悟透了没有。对党的忠诚来自对党的创新理论坚定信仰，是对习近平新时代中国特色社会主义思想的学思用贯通、知信行统一，是对党的十九届四中全会关于坚持和完善中国特色社会主义制度、推进国家治理体系和治理能力现代化若干重大问题的决定深刻理解和

* 原载《人民日报》2019 年 11 月 17 日第 6 版，并被其他报刊和网络媒体转载转发。

把握。

服务基层捧出真心。今年是大抓基层之年，军队各级党委出台了一系列关爱基层、为官兵减压减负的实际举措，让基层官兵实实在在体会到了服务基层的真心诚意。对基层部队遇到的困难、反映的问题，要第一时间给予回应，想办法帮助解决，不让官兵失望，对基层官兵的事绝不能撒手不管、推脱了事，做到每件事都有回声。要多办暖心惠兵的实事，多帮基层官兵解决牵肠挂肚的事，心里面始终装着基层官兵，真正做到人到、心到、情到，赢得官兵的信任和支持，把真心服务官兵的暖流，升华为官兵备战打仗的热情。

狠抓落实保持恒心。当前，练兵备战要求高，部队遂行任务重，要自觉克服表态多、调门高、抓落实缺乏认真态度和持续韧劲的问题。保持抓工作落实的恒心，实战化练兵备战、经常性基础性工作落实等工作，要持之以恒地抓，一以贯之地落实，遇到困难要敢于破解难题，不回避矛盾。做到不断提升思想的纯度，增强革命军人的使命担当，锤炼能打胜仗的过硬本领，保持真抓实抓，以钉钉子精神，把工作落到实处。

干好本职需要诚心。革命军人干工作，始终需要一份诚心和坚守，这是党员思想觉悟的体现。诚心，体现在履职上。要爱岗敬业，始终把端正工作态度，聚力备战打仗，服务基层官兵，夯实部队基础，厚实部队底蕴作为工作目标。诚心，体现在作为上。把岗位当平台，把工作当事业，多学习思考，多调查研究，多和战友们探讨问题、研究工作，善于听取意见，要坚持高标准严要求，埋头苦干，善作善成。诚心，体现在敬畏上。要坚持履职为公、干事为公，把为党工作，公心公正作为一种自觉，养成一种习惯，自觉接受组织监督和基层官兵的监督，不触底线、不碰红线、不摸高压线，履职尽责，守住初心。

从古田会议决议学习政治教育方法 *

近来重温 90 年前那部我军政治工作经典文献——古田会议决议，深受启发。决议规定的思想政治教育上政治课、早晚点名说话、集体讲话、个别谈话等“七种方法”，提出的上政治课启发式、说话通俗化、说话要有趣味等“十大教授法”，内容具体、要求实在，既是对当时红军政治教育丰富实践经验的总结，又为后来我军政治教育立起了丰碑，至今闪烁着灿烂的光辉。

当前，政治教育在与时俱进中成效明显，对提振官兵士气和战斗精神作用显著。但不可否认的是，在抓教育过程中，“大水漫灌式”“任务式”教育的现象不同程度存在，一定程度上影响了政治教育的威信威力。新时代加强和改进思想政治教育，更需要传承和弘扬我军的优良传统，并赋予其新的时代内涵，使其不断丰富发展。

要“一人讲”，更要“大家谈”。讲授是最常用的政治教育形式。教育工作者应在如何紧贴官兵实际，在运用“十大教授法”上使劲用力，把远的拉近、大的破小、虚的讲实，善于用群众语言和官兵身边的鲜活事例，把深奥的理论

* 原载《解放军报》2019 年 11 月 15 日第 7 版右头条，并被其他报刊和网络媒体转载转发。

观点，用通俗易懂、生动形象的语言和方式传递给官兵。在此基础上，探索运用“大家谈”的方式，让官兵从台下走到台上，既当学生又当老师，既接受教育又教育别人，让官兵在感同身受中明白事理。可讨论互动，根据调查了解的官兵思想情况确定主题、梳理提纲，先以班排为单位进行讨论准备，然后单位集中组织大家讨论，中间搞好引导，最后归纳总结，从讨论到结论过程也是解开思想疙瘩的过程；可现身说法，教育过程中，让官兵走上讲台谈成长经历、谈个人体会、谈先进事迹，以兵言兵事、兵辩兵理，促进思想互动，实现共同提高；还可正反辩论，结合鱼龙混杂的网络信息，摆出正反两个方面现象，让大家以辩论的形式，在真理越辩越明中挖出问题背后深层次的原因，让教育触及官兵灵魂。

要“普遍抓”，更要“分层次”。有人说，思想教育就像农民“打枣”，一竿子打下来的是经常性基础性教育解决的问题，打不下来的就需要做一人一事的思想教育。教育工作者应用好“上政治课、早晚点名说话、集体讲话”等基本方法抓好政治教育。在此基础上，可以探索“分层次”的教育引导方式，让不同类型官兵、不同任务单位、不同思想基础的官兵接受更有针对性的教育。具体而言，区分人员组织实施教育，针对军官、士官、义务兵、文职人员、新入伍入职等不同人员、不同特点、不同思想基础，分门别类组织针对性教育；区分任务类型开展教育，认真研究遂行任务部队、机关小散单位、动态条件下部队组织教育特点规律，针对官兵思想变化，随时随地开展教育动员、宣讲鼓动、小结讲评等；重点教育问题较多的人员、对象，认真做好一人一事的思想工作和“个别人”管控，因人施教、促成转变。

要“课堂讲”，更要“处处讲”。不可否认，课堂教育灌输作为教育最常见的形式载体，发挥着不可替代的作用。但如果仅仅局限于课堂上的有限时间，教育难以达到预期效果。作为教育的组织者，应努力促成“人人是教员，事事是教材，处处是课堂，时时受教育”的良好局面。善于借助网络等现代媒体，探索组织网上问计、网上答疑、网上讨论方式，努力打造“不下课的教育课堂”。同时，抓好环境熏陶，按照政治意蕴深厚、军事特色突出、人文气息充裕、激励导向鲜明的原则，设立醒目标语、悬挂英模画像、打造文化长廊，让官兵在潜移默化中得到熏陶感染。此外，加强实践磨砺，让官兵在艰难困苦中磨砺战斗精神、在攻坚克难中铸就团队精神、在创先争优中激发拼搏精神、在推陈出新中培养创新精神，从而达到教育培养人、塑造人、鼓舞人的目的。

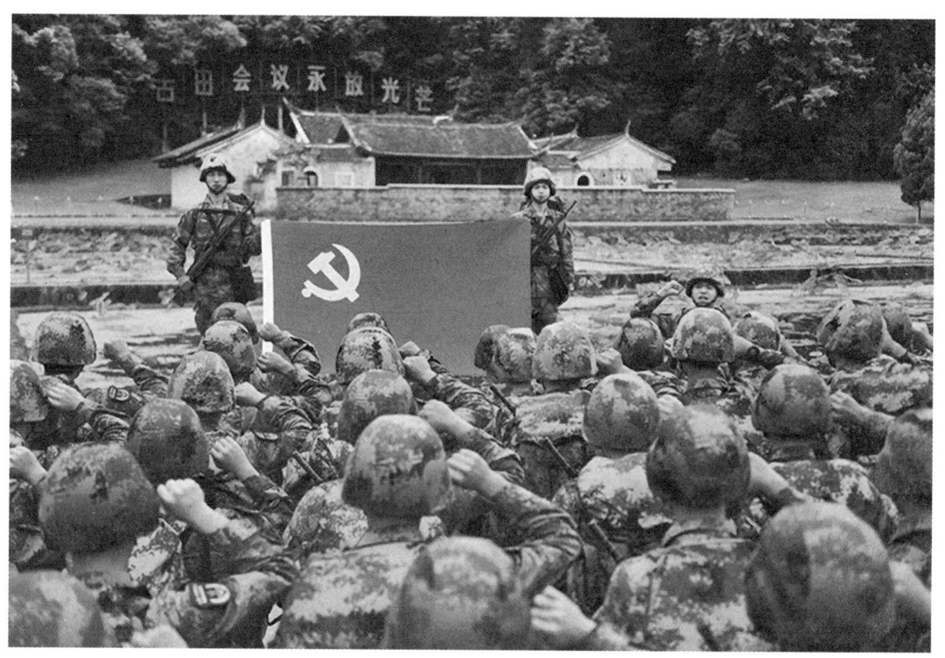

提升纪检监察工作对战斗力的贡献率*

军队是要准备打仗的，一切工作都必须坚持战斗力标准，向能打仗、打胜仗聚焦。纪检监察工作服务党委中心工作，就要始终坚持围绕中心、服务大局，牢固确立服务战斗力的鲜明导向，聚焦练兵备战，把监督工作融入重大任务、重要演训，把监督链条嵌入指挥链、作战链，着力提升纪检监察工作对部队战斗力建设的贡献率。

扭住党委机关这个“龙头”。始终扭住党委机关备战打仗这个关键，聚焦练兵备战，把党委议训制度落实情况、议战议训质量作为监督检查重要内容，督导各级端正事业观、价值观、政绩观，严格按照打仗要求统揽工作、按照实战标准抓训管训。重点检查各级党委议训、主官主训、机关领训制度落实情况，适时向党委提出意见建议，视情向部队通报有关情况。针对备战打仗领域工程建设多、物资采购多、经费使用多、装备调拨多的实际，把住事前、事中、事后关键环节，盯住风险点、打破利益链、打造“铁笼子”，坚决纠治不作为、乱作为、懒作为，最大限度压缩违纪空间。

---

* 原载《解放军报》2021 年 5 月 25 日第 10 版右头条，并被其他报刊和网络媒体转载转发。

握住法规制度这个“标尺”。始终坚持“实战实训、按纲施训、依法治训”原则，督导各级着眼应急应战准备及部队遂行任务特点，严格按照军事训练大纲施训，从训练计划、训练准备、训练实施到训练考评，严格按法规制度办、按标准要求办。大力整治训风不正、练兵不实等问题，着眼“仗怎么打兵就怎么练、打仗需要什么就苦练什么”，树牢实战导向，灵活组训方法，真正使训练内容与遂行任务一致，训练标准与作战要求对接。持续大力纠治和平积弊，既向“危不施训、险不练兵”开刀，也向“随意拔高、盲目蛮干”亮剑，切实维护军事训练大纲的严肃性、权威性，不断促进军事训练管理法规化、制度化。

把住训风演风考风这个“关口”。建立健全纪检监察部门与训练管理部门的协同配合机制，成立训风演风考风监督问责小组，深入一线查问题、找短板、提建议，形成齐抓共管合力。积极拓宽群众监督渠道，用好举报信箱、风气监督员和热线电话，发挥群众监督作用，调动群众监督积极性。坚持发现问题在平时，解决问题在平时，常态化深入训练场、演习场、考核场监督检查，使训练监察工作直达基层末端、任务一线。要主动跟进、深度融入，把监督检查贯穿备战打仗全过程，紧盯训风演风考风，重点监督训练有无打折扣、掺水分，演习有无念稿子、图热闹，考核有无搞突击、凑尖子等情况，倒逼实战化训练责任落实，不断提升备战打仗质效。

抓住奖惩并举这个“杠杆”。立起练战有功的激励导向，加大对表彰奖励指标分配的监督检查，保证奖励指标向训练先进倾斜、向岗位能手倾斜。加大对军事训练“一票否决”的监督检查，对成绩不达标、发生严重问题的，硬起手腕取消评先评优资格。真正把谋战打仗的干部选出来、用起来，让练兵谋战的官兵香起来、得实惠。建立军事训练考评问责机制，对不真训的要敢动真格，对打折扣的要敢打板子，发现问题线索不讲情面、一查到底、从严处理，进一步释放从严从紧的信号。同时，积极发挥容错纠错的正向激励作用，为想

干事的人撑腰、为敢担当的人鼓劲，为官兵练兵备战营造良好氛围。

提升纪检监察工作对部队战斗力的贡献率，还必须把监督执纪问责融入战斗力建设的各领域、全过程，在跟进监督、常态监督、全程监督上下功夫、使长劲。要开展好备战打仗巡视巡察、军事训练专项检查、训风演风考风联合督查，把纪检监察工作融入练兵备战全过程、各环节，在发现问题、解决问题中促进部队备战打仗能力不断提升。

老干部工作要全面协调持续健康稳步发展*

新的一年里，我们要深入学习贯彻党中央、中央军委对老干部工作提出的新要求，进一步增强政治意识、大局意识、使命意识、责任意识，把老干部工作做深、做细、做实，使老干部工作更好地为推动部队建设科学发展、促进社会和谐稳定服务。

总体思路是：以邓小平理论和“三个代表”重要思想为指导，深入贯彻落实科学发展观，认真学习贯彻党的十七大和十七届四中全会精神，着眼军队现代化建设大局，适应改革开放和社会主义市场经济发展要求，统筹谋划，整体推进，大力加强离退休干部思想政治建设，切实加大移交安置工作力度，不断提高服务管理水平，逐步完善政策法规，确保老干部工作全面、协调、持续、健康、稳步发展。

一是以深入开展学习实践科学发展观活动为主线，大力加强工休人员思想政治建设。当前，国际国内形势深刻变化、各种思想思潮相互激荡，意识形态领域斗争复杂尖锐，这对保持老干部政治坚定、思想稳定提出了新的更高的要

* 原载《老战士》2010 年第 1 期。

求。要继续巩固深化学习实践科学发展观活动成果，以党委班子和工作人员队伍为重点，以“党员干部受教育，服务管理上水平，老干部得实惠”为目标，着力转变干休所党委班子工作作风，在解决矛盾问题、为老干部办实事办好事上下功夫，在整改落实上见成效。按照新《党章》要求，抓好干休所党组织建设，保证党的各项组织生活制度落到实处。加强离退休干部的教育管理，不断探索新方法、新途径，尤其要把离退休干部待安置期间的教育管理工作做扎实。及时总结宣传老干部系统的先进典型，深入挖掘、整理、宣扬老同志的革命精神和历史功绩，引导部队官兵继承和弘扬我军优良作风和光荣传统，自觉践行当代革命军人核心价值观。

二是以实现良性循环为目标，扎实推进离退休干部移交安置工作。离退休干部移交政府安置工作，是当前老干部工作的一个重点和难点，各级有关部门要克服畏难情绪，迎难而上。要按照2012年前后实现移交安置工作良性循环的目标要求，编制住房保障和移交安置工作三年规划，对历年计划完成情况进行全面清理，明确移交时间节点，做到后墙不倒，督导军地安置部门抓好落实。会同有关部门，加快集中建房工作进度，拓宽住房保障渠道，为顺利交接创造条件。各级老干部工作部门要加强跟踪指导和过程控制，确保年度移交指标顺利完成，做到稳中有升。2009年7月3日，《伤病残军人退役安置规定》正式颁发，这是做好伤病残军人退役安置工作的基本遵循和依据。要充分利用政策资源，广泛争取地方政府支持，集中精力采取有效措施，力争3年内将滞留部队的伤病残干部全部移交地方，维护伤病残干部的合法权益，为部队排忧解难。

三是以学习贯彻《军队干休所工作条例》为重点，切实加强干休所全面建设。《军队干休所工作条例》，是我军老干部工作的第一部条例。这部《条例》今年出台后，各级老干部工作部门要指导干休所抓好学习贯彻落实。重点是对照《条例》规定，大力加强干休所党委班子和工作人员队伍建设，督导各级各类工作人员按照明确的岗位职责，认真履职尽责，抓好工作落实；不断加强老干部教育管理，确保离退休干部政治坚定、思想常新、理想永存；切实加强干休所“三个中心”建设，深化用车、医疗、住房、用工等方面的改革，不断改善老干部休养条件；扎实开展“以人为本、爱岗敬业、竭诚服务”主题教育，搞特殊服务、个性服务、随机服务，提高服务管理水平，在新的更高的起点上推进全军干休所建设跃上一个新的台阶。

四是以学习贯彻全军老干部工作暨“三先”表彰会议精神为牵引，努力提高老干部工作整体水平。经胡主席和军委批准，总政治部 2009 年 9 月 7 日召开全军老干部工作暨“三先”表彰电视电话会议。胡主席向全军先进干休所、先进离退休干部和先进老干部工作者致信祝贺，向全军广大离退休干部、老干部工作者表示亲切慰问，并对做好新形势下的老干部工作提出了新的要求。中央军委领导对过去 5 年来的老干部工作进行了认真总结，对当前和今后一个时期的老干部工作作了全面部署。这次会议规格高、规模大，内容丰富、主题集中，开得隆重热烈、圆满成功，受到军委总部首长的充分肯定和高度赞扬。我们要按照军委、总政的统一部署，认真抓好会议精神的传达学习和贯彻落实，切实用会议精神统一思想、指导工作，推动老干部工作不断创新发展。

五是以维护离退休干部切身利益为出发点，积极稳妥地推进政策制度调整改革。针对当前老干部工作面临的突出矛盾问题，着力从政策制度上寻求突破。目前，我们正在做的主要工作有：根据军队出台的政策规定，协调国家和军队有关部门，调整规范移交政府安置的军队离退休干部津贴补贴；调整提高部分离退休干部医疗费标准，给伤病残退役军人发放安置补助；商中组部、财政部提高部分离退休干部医疗待遇和用药标准；督促地方政府有关部门抓紧落实军队离退休干部住房货币补差和购买现有住房政策；等等。这些政策规定出台后，各级要不折不扣地抓好落实，切实维护好老干部的合法权益。相信这些政策制度的出台和待遇标准调整，必将进一步改善老干部生活条件，受到老干部的欢迎。

打造老干部颐养天年的幸福家园*

编者按：2012年，总政治部下发通知，转发北京军区联勤部天津干休所做好离休干部服务保障工作的经验做法。北京军区联勤部天津干休所以《干休所工作条例》为规范，紧贴离休干部高龄期、高发病期实际，坚持以人为本、主动作为、务实创新，推动了干休所建设科学发展、整体跃升。所党委连续13年被评为先进党委，2004年、2009年被评为全军先进干休所，两次荣立集体二等功。北京军区联勤部天津干休所的经验做法，是运用科学发展观指导干休所建设的生动实践，是贯彻落实《干休所工作条例》的有效举措，对推动全军干休所建设具有积极的借鉴意义。

北京军区联勤部天津干休所组建于1979年4月，现有离休干部85名，遗孀87名，老干部平均年龄85岁。

近年来，他们深入贯彻落实科学发展观，按照中央军委主席胡锦涛的重要指示，以《干休所工作条例》为规范，紧贴离休干部高龄期、高发病期实际，

* 原载《中国老年报》2012年10月17日头版头条加按语。与王昌伟、史小威合作。

坚持以人为本、主动作为、务实创新，推动了干休所建设科学发展、整体跃升，提升了老干部生活生命质量。

总政治部最近发出通知，向全军推广了他们的经验做法。

顺应形势　把握规律

该干休所坚持把科学发展观作为建设干休所、服务老干部的根本遵循，努力顺应时代发展，紧跟军队现代化建设步伐。

确立科学发展的建所理念。2001 年以来，干休所连续多次受到总部和军区表彰。在成绩和荣誉面前，所党委明确提出“一切荣誉归零，一切工作向前”，创造性地提出了发扬“真诚信仰、真抓实干、真心培育、真情服务”精神，开展“个性化、精细化、亲情化”服务，实现各项日常服务到家等新思路新办法。围绕推动干休所建设科学发展，组织工休人员到先进单位参观见学，帮助大家解放思想、开阔视野，牢固确立了“创新谋发展、发展为服务、服务促创新”的指导思想，较好地解决了“建设什么样的干休所”和“怎样建设干休所”的思想困惑。

理清科学发展的建设思路。依据《干休所工作条例》，结合自身实际，制定了《干休所建设发展三年规划》，对建设思路、目标、举措、标准等进行了具体明确。利用军区组织建设托老中心试点的契机，积极探索服务保障模式由共性服务向个性服务转变、由一般服务向精细服务转变、由找我服务向上门服务转变的新路子，确立了“深化创新促发展，精细管理促增效，密切关系促和谐，全面提高促服务”的基本思路。

明确科学发展的工作标准。严格按照上级有关规定，研究制定了《干休所日常管理规定》《为老干部服务若干规定》，明确了为老干部服务的 180 条承诺，从所长、政委到全所工作人员，人人签订责任书；从一日生活制度、办公秩序到老干部医疗、生活保障等，都有具体规范，做到时时有人管、事事有遵循、样样有标准。

真抓实干　主动作为

舒适的休养环境是老干部颐养天年的基本条件。所党委从解决老干部住房简陋问题入手，抢抓机遇，科学规划，聚力发展，努力提升干休所整体保障能力。

抓住机遇改善居住条件。干休所地处天津市海河风光带，受城市规划限制，住房改造一直是个难题。2005 年，天津市实施海河沿线综合整治工程，所党委敏锐地意识到这是启动老所改造的良好机会。他们主动作为，多方协调，建成 2 栋高档住宅楼，使 43 户老干部喜迁新居。新建住房充分考虑老年人生活需要和生理特点，科学设置电梯大小和居室户型等，为每户预留了氧气通道、紧急呼叫系统等设施接口，做到家家能通氧气，户户能当病房，上下能乘电梯，通道全无障碍。

借助力量拓宽保障渠道。他们充分利用社会资源，走融合式保障路子，提高服务保障效益，着眼为老干部提供方便快捷的日常生活服务，把超市、邮政、家政、美发、足底保健等社会化服务项目引进干休所，使老干部足不出院就可以轻松办理业务、享受服务。他们还自筹资金 350 余万元，加入天津市首批“远传红外”水表改造工程，将供暖、供电、供水全部实行社会化，既节省了经费开支，又提升了保障能力。

前瞻设计建好托老中心。认真学习借鉴地方社区养老的做法，积极探索“两高期”老干部照料新模式。针对重病、“空巢”老干部现实需求，超前思考，精心筹划，利用 1 套约 150 平方米的新建住房，按照家居标准配齐医疗、生活、娱乐等设施，安排专业医护和家政人员全天服务保障，建立了集“家庭式”养老和集中服务保障为一体的“托老中心”。首批入托的6名老干部普遍感到，在“托老中心”过得很舒适、很充实、很快乐。

以人为本　竭诚服务

“两高期”老干部体弱多病，个体差异大，需求多元化，干休所坚持实行个性化、精细化、亲情化服务，竭力让老干部晚年生活更有质量、更加幸福。

开展个性化服务，满足老干部特殊需求。他们针对每名老干部的需求特点，坚持开展一对一、点对点服务。专门开办老干部餐厅，聘请医学专家和营养师，根据老干部既往病史和饮食习惯，逐人定制健康食谱。生活服务中心实行按需制作、电话订餐、送餐上门，让老干部吃得可口、吃得营养、吃出健康。抽调16名战士组成“琐事服务队”，从送水购物、打扫卫生到陪护洗澡、看病就医等，实现全时全程服务保障，受到老干部一致称赞。

开展精细化服务，提高老干部生命质量。干休所在门诊部安装了“远程视频技术宽带”和“网上挂号”系统，实行咨询、送药、治疗、护理、保健“五上门”服务。聘请军地老年病专家，为每名老干部量身定制了医疗保健方案。对8名重症老干部专门开设“家庭病房”，配备了护理床、急救呼叫器等诊疗设备，确保遇有病情都能得到及时救治。协调就近的地方医院开辟急救“绿色通道”，提高了老干部应急抢救的效率。在公共活动场所配备老花镜、放大镜、拐杖等老年人日常用具，在卫生间安装安全扶手，在楼道拐角处放置“歇脚椅”，为活动室配备大号字棋牌，让老干部处处感受到方便、舒适和温馨。

开展亲情化服务，提升老干部幸福指数。工休感情深不深，关键看服务态度真不真。全所工作人员牢固树立“甘当好儿孙”的服务理念，与老干部结成“亲情对子”，有事没事上门坐一坐、聊一聊，努力营造“共享天伦之乐”的和谐氛围。坚持过年过节慰问、生病住院探视，每逢老干部生日，所领导都要和工作人员带着蛋糕、鲜花、长寿面、慰问品登门祝寿，与他们共享幸福快乐时光。干休所还先后为老干部购置了制氧机、按摩器、一键通老年人专用手机等现代科技产品，使老干部充分享受到改革发展成果。此外，利用板报橱窗、专用手机、广播电视等手段，开展“强化党性修养永葆先进本色”等学习教育活动，确保老干部政治坚定、思想常新、理想永存。

真心培育　从严要求

干休所着眼服务管理工作的特殊性，按照政治觉悟高、思想品质好、服务意识强、业务技术精、工作作风实的要求，狠抓工作人员队伍建设。

抓教育提升思想境界。广泛开展“知所爱所、知老爱老、知责爱岗”教育实践活动和“前辈为国建功勋，我为前辈服好务”大讨论。新调入人员的第一课就是参观荣誉室，请老干部忆过去、话传统，帮助他们了解我党我军的光辉历史，自觉强化为老干部服务的光荣感和责任感，切实打牢真心爱老、真情尽责的思想根基。

抓培训强化业务技能。定期聘请专家教授对工作人员进行老年人心理、营养、医疗保健等方面的知识辅导，有计划地选派工作人员到院校深造、体系医院实习、参加各类专业技术培训，努力使他们既精通本职业务，又能胜任“一人多岗”的需求。组织编写了《干休所精细化管理与服务标准》，对 95 个岗位、121 个流程、158 项制度逐一进行规范。比如，要求司机做到“六个一”，即：提前与老干部联系一下，提前一刻钟到家门口，到家里帮着拿一下东西，上下车搀扶一把，看病购物陪护一下，回来后一直送到家；医护人员必须做到“四个熟”，即：老干部的健康状况和病史熟，老年保健知识技能熟，抢救预案和急救方法熟，附近军地医院情况熟。

抓养成端正工作作风。实施首问负责制，干休所要求工作人员把老干部的

小事当成大事来办，把老干部的事当成自己的事来办。无论是谁接到老干部帮助需求，必须做到“谁接手、谁承办、谁负责、谁回复”，确保“我的工作无差错、我的工作请放心、我的工作您满意”。每季度展评老干部服务意见反馈卡，每月召开一次老干部代表座谈会，请老首长对每个岗位、每个人员的工作打分排队，监督工作人员做好工作。近 5 年，干休所老干部对工作人员满意度测评都是 100%。

| 调研报告 |

做好新时代部队思想政治工作的思考与实践*

习近平主席深刻指出："我军政治工作只能加强不能削弱，只能前进不能停滞，只能积极作为不能被动应付。"突出强调："要积极推进政治工作思维理念、运行模式、指导方式、方法手段创新，提高政治工作信息化、法治化、科学化水平。"

结合此次在国防科技大学的学习以及前期在武警新疆总队的调研，我深切地体悟到，习近平主席这一重要论述，为我军思想政治工作现代化指明了发展方向、提供了根本遵循。新时代要有新气象，更要有新作为。思想政治工作要保持和发扬优良传统，在守正创新中持续铸牢生命线；要顺应新时代特征，在与时俱进中不断焕发新活力；要紧跟新形势新任务，在破局开新中不断实现新发展；要用好信息网络技术，在换挡升级中不断提升贡献率。

一、顺应新的时与势，在挑战考验中认清现实紧迫性

没有创新，思想政治工作就缺乏活力，优良作风和光荣传统也不可能真正

* 原载《第二期军队高级干部高科技知识培训班研究报告汇编》，国防科技大学出版社 2020 年版。为作者参加该校培训毕业论文。选入本书时有删节。

继承。提高思想政治工作信息化、法治化、科学化水平，必须树立现代化的思维理念，积极发挥信息化技术手段的助力作用，体系化推进思想政治工作现代化建设，不断提升新时代思想政治工作对促进部队全面建设、官兵全面发展以及对战斗力生成提高的贡献率，这既是时代的呼唤、官兵的期盼、形势的使然，更是胜战的内在要求。

（一）思想政治工作不能停滞，就必须跟跑时代并跑时代。不能与时俱进就不能彰显时代性。当今世界，信息技术日新月异，我国经济社会深刻变革，思想文化更加多元多样多变，意识形态领域斗争更加尖锐复杂，给思想政治工作提出了新挑战新考验。我军政治工作实质上是党领导和掌握军队的工作，既要靠思想的根本引领，始终用党的创新理论成果武装官兵、教育官兵、引领官兵，铸牢党对人民军队绝对领导的军魂；也要坚持与新时代发展相适应，积极创新思想政治工作思维理念、运行模式、方法手段，不断增强思想政治工作的时代性、吸引力、引领力，确保我军在新时代新考验面前，始终听党话、跟党走，能打仗、打胜仗，法纪严、风气正。

（二）思想政治工作不能被动，就必须建好网络用好网络。过不了网络关就过不了时代关。随着现代科技的发展，网络越来越深入地渗透影响经济社会生活的各个方面。“标志时代的最灵敏的‘晴雨表’是青年人。”新生代官兵入网比入伍早，网龄比军龄长，网络已经成为他们的活动“主场”、信息获取主渠道。前期我们组织总队部分官兵问卷调查，99.8%的官兵入伍前上过网，88.3%的日均上网超过 1 小时、28.1%的超过 3 小时、12.6%的超过 5 小时、41.3%的通宵上过网，48.1%的主要靠上网获取信息，54.9%的 1 天不上网就会心理不适、情绪烦躁。而与此同时，32.3%的认为当前部队思想政治工作网络信息化程度，与个人期望差距较大。思想政治工作根本上是做人的工作，必须围绕官兵、关照官兵、服务官兵，人在哪里工作就要跟进到哪里，必须用网络的思想观念、思维模式、方法手段等破解因网而生的一系列问题，化被动为主动，把网络这个最大变量变成思想政治工作的最大增量。

（三）思想政治工作不能削弱，就必须聚焦打仗聚力打赢。不能适应新形势就不能有新作为。党和军队新形势下的中心任务决定我军政治工作的任务。新形势带来了新变化，新任务提出了新要求。武警新疆总队广大官兵，守卫着全疆 166 万平方公里土地、5600 多公里陆上边境线，防袭扰、防回流、防热兵器入境压力很大；高原山地反恐、沙漠戈壁反恐、城市反恐、村镇反恐、境外反恐、特种反恐等军事行动类型很多；既有传统的执勤、维稳、处突、反恐怖、抢险救援等任务，也有新的联合打击、联合巡逻等境外清源任务。在第三次中央新疆工作座谈会上，习近平主席强调要完整准确贯彻新时代党的治疆方略，牢牢扭住社会稳定和长治久安工作总目标，坚持依法治疆、团结稳疆、文化润疆、富民兴疆、长期建疆，努力建设团结和谐、繁荣富裕、文明进步、安居乐业、生态良好的新时代中国特色社会主义新疆。这对我们“集中精力做好维稳这件大事”提出了新的更高政治要求，因此我们必须加快创新思想政治工作，提高思想政治工作服务保证作用质效，只有这样才能有力确保各项任务圆满完成。

二、把握时代特征，在识变应变中实现破局开新

习近平主席指出：“要顺势而为、因势利导，不断研究把握信息网络时代政治工作的特点规律，用好用活网络平台，占领舆论网络阵地，推动政治工作传统优势与信息技术高度融合，增强政治工作主动性和实效性。”我们要深刻学习领会习近平主席系列重要指示精神，坚持着眼部队建设、形势任务和官兵思想新变化，积极运用新发展理念、系统论思维、网络信息和大数据等技术，扎实推进部队思想政治工作现代化，不断激发新活力、新动力。

（一）贯彻新发展理念，抓好思想政治工作现代化顶层设计。思想是行动

的先导，思想的现代化是最根本的现代化。我们要坚持以习近平新时代中国特色社会主义思想为指导，深入贯彻习近平强军思想，坚持用创新、协调、绿色、开放、共享新发展理念和科技强军战略思想，引领、筹划、推动部队思想政治工作现代化实践。在思维理念上，积极推进思想政治工作的“供给侧”改革，突出备战打仗需求导向，推动思想政治工作向动中开展、散中结合、战中融入转变，把实效检验权交给战斗力。充分尊重官兵主体地位和个人发展需要，推动思想政治工作向智能匹配型、个性定制型、自主选择型转变，把内容选择权交给官兵。在运行模式上，坚持集成化、集约化、开放化、共享化和可持续化，推动思想政治工作信息化功能不断整合、载体平台体系化运行，开放接口共享平台、资源、技术和数据，平衡资源力量地区和部门差异化，优化资源配置。更加注重向单位时间、人力、资源投入要产出，向质量、精准要效益，向内涵式发展转变。在方法手段上，积极运用大数据、虚拟现实、网络直播、融媒体等网络信息技术，拓展丰富思想政治工作形式载体，不断增强思想政治工作的“时代味”“科技味”。

（二）坚持系统论方法，构建政治工作信息化集成体系。系统论作为一种普遍的方法论，是迄今为止人类所掌握的最高级思维模式。它按照一定的联系性规律性，将零散的、孤立的、单一的各个部分结合成为一个有机整体，实现了体系作用大于各部分的简单相加。我们坚持运用系统论思维，推进建设总队政治工作信息网络中心，联结整合强军网、军营电视台、微信公众号、舆情监测引导、手机上网管控、网上查课等平台，形成了“一网”（强军网）、“一区”（综合阅览区）、“四平台”（文化创作、心理服务、VR体验、智能单兵）、“四系统”（网络电视、舆情监测、数字信息、融媒体）框架的思想政治工作信息化体系。初步实现了“五型”政治工作，即：突出VR科技、3D数字史馆、虚拟演播技术体验感受的体验型政工；具备网络舆情监测引导、认知心理行为模式学习预测、手机上网行为管控分析、信息实时感知获取、危机预警等功能的智慧型政工；对官兵个人情况、政治实力、政治资源、心理测量结果等信息进行数据化处理和存储管理，将图书阅览室数字化升级为综合阅览区的数字型政工；能够进行网上查教查课、评比竞赛、政治工作业务训练、心理行为训练、建言议政、热线咨询的网络型政工；部队、家庭、社会三位一体、衔接联动、工作联做的拓展型政工。同时，将“五型”政治工作集成融合，打破了现有信息化平台相对独立运行，缺乏联动，难成合力的状况，推动了小政工、小信息化向大政工、大信息化的转变。

（三）运用网络化手段，搭建思想政治工作开放型平台。网络化的本质是消除资源孤岛，实现资源共享。武警新疆总队小散远单位、单独遂行任务单位多，有些中队距离支队机关一百甚至几百公里，还有一些边境县中队。这些“孤岛型”单位是基层网络建设中的离散节点，资源占有少、信息流转慢，影响了思想政治工作开展质量。坚持运用网络化思维和手段，破解“散”和“远”带来的新情况新问题。推进建设“军营直通车”平台，主动将新闻资讯、理论武装、思想教育、通知提示、军营电视等“20个直达”同步推送到基层中队接收终端，方便基层官兵及时了解各方面最新信息。建立“天山云课堂”教育资源库，将各类宣传教育提纲，总队集中编写的精品思政课、专题好课、主题党课，“双百”微课、心理微课、百家讲坛视频，以及红色电影、优秀纪录片等都汇集入库，方便各单位网上下载共享，更好发挥优质教育资源价值作用，提高基层自主教育水平。建设一体化心理服务网络，依托强军网开设心理服务网站，基于移动网络开发心理服务手机APP，线上开通总队“知心大姐”心理服务电话热线，线下成立心理工作协作区，实现了心理服务的内外网结合、线上线下联动。研发总队智能单兵平台，根据工作实际和遂行任务需求，通过自定义组网功能，把分布在全疆各个点位的智能单兵加入网络，使每一部智能手机都能成为记录仪、采集器，每一名官兵都能成为小记者、情报员，实时为指挥控制中心上传现场态势、上报情报信息、采集一线素材，提高了任务中思想政治工作跟进作为的主动性、时效性。充分发挥网络媒体、网络直播等传播形式优势，网上组织培训集训，网上开展“忠勇·阳光·强军”主题军营歌曲大比拼、“一队一品”基层文化创作观摩评比活动等，克服了今年年初全国疫情暴发、年中新疆疫情反弹、部队长时间封闭隔离的不利影响，拓展丰富了思想政治工作形式方法。

（四）发挥大数据优势，提升思想政治工作精准化水平。大数据本质上是一种管理革命，其根本目的是以数据计算分析为基础，用数据说话，提高决策的科学性、精准性，优化管理和运转。武警新疆总队编制人数多、部队类型多、小散远直多、担负任务重、兵力枪弹车辆动用频繁，影响内部安全稳定的隐忧很多，依靠传统人力、物力投入的预防工作面临很大挑战考验。注重树立大数据思维，积极运用大数据、人工智能等技术优势提升精准防测能力，提高工作效益。在常态化监测记录官兵手机异常上网行为、经常性摸排掌握重点人员情况基础上，充分发挥公安、国安、网信、金融、通信等部门身份管理、违法犯罪、网络行为、金融消费等大数据平台作用，每月对官兵社会行为、上网信息、工资卡使用、思想心理动态等进行分析，形成了“四张表”，即：“官兵网上违纪涉法行为分析表”“官兵上网行为分析表”“官兵异常消费情况分析表”“个别人和重点关注对象情况分析表”，提高了预防工作的精准化、灵敏度和主动性。积极推进总队心理综合数据中心建设，采取规范化标准程序，对官兵个人基本信息、家庭情况及成长背景、社会关系及重要交往圈、社会经历及重大影响生活事件、文化教育情况、训练落实情况、任务完成情况、个性心理特征、思想心理动态、兴趣爱好等信息数据应采尽采，重点开发分类、聚类、关联规则，神经网络方法等数据挖掘算法、数据计算可视化呈现、学习机制和知识库管理等核心功能，通过对官兵认知行为模式的学习，预测官兵心理行为倾向，提高风险危机预警能力。今年以来，已经发现并有效处置了涉网赌网贷、网上乱交友和异常消费、心理危机等情况。

三、坚持战略眼光，在前瞻谋划中把准发展重点

思想政治工作现代化是一项艰巨任务，必然需要一个长期的建设发展过程。从实际工作看，运用现代化思维理念、信息化方法手段做好新时代思想政治工作，还面临着许多矛盾困难，特别是一些事关根本性、方向性、原则性的问题亟须研究解决，必须坚持战略眼光、前瞻谋划，突出重点、抓住关键，把准方向、引领实践。

（一）要坚持守正创新。任何技术都不是万能的，思想政治工作中面临的很多问题，也不能期望通过技术的运用就得到全部彻底解决。运用信息网络技术创新思想政治工作，不是要用信息化手段替代传统优势方法，而是要在守正前提下推动创新，以达到传统与现代的优势互补。不能用单纯技术观点批判甚至否定优良传统，不能只重视技术运用而忽视人的决定性作用。技术的本质是工具，是人的功能的强化和延伸，人可以想到做到的，技术可以帮助人做得更好；人想不到做不到的，技术不可能单独做到，实际上科学技术的运用，是一边在解决新问题，一边又制造更新的问题。比如智能手机的普及使用，一方面加强了官兵的社会联系，方便了工作学习生活；另一方面也导致了手机成瘾、手机泄密、交往容易交心难等问题，高度的信息化、网络化、智能化极大拓展丰富了思想政治工作的形式方法，同样也意味着我们对信息网络产生了高度依赖。真实的战场环境，最后都可能回归没有网、没有电的原始状态，要有在信息中断、网络瘫痪、电力丧失情况下，仍然能够做好思想政治工作的本领和准备，即使科学技术发展再先进，好的传统什么时候都不能丢。

（二）要搞好规划设计。抓规划，就是设计思想政治工作的未来，是为思想政治工作现代化建设指明方向、设计路径、制定目标、明确标准。必须聚焦党在新时代的强军目标，顺应以信息化为核心的世界新军事革命浪潮，坚持战

略视野和前瞻眼光，瞄准数字化、网络化、信息化、智能化发展方向，积极适应国防和军队现代化建设进程，坚持在国防和军队建设的“五年规划”总体框架内，分阶段、分领域、分层次地搞好规划设计，画出建设发展的“路线图”“统筹图”，立足当前实际优化人力、物力、财力、技术等关键资源投向，解决好近期建设和长远发展的关系，突出重点、稳扎稳打、稳中求进、有序推进，防止好高骛远、浮夸冒进，导致走弯路甚至走错路。

（三）要立起标准导向。思想政治工作现代化，必须回归战斗力本真、坚持战斗力标准，融入战斗力体系来推进，用使命任务和作战需求来牵引，用对战斗力提升的贡献率来检验。要着眼我军联合作战的新样式，走向海外的新需求、动中抓建的新常态、使命任务的新变化，找准与战斗力生成提升的结合点，推进思想政治工作的信息化、现代化，坚持在积极跟进、主动作为中发挥服务保证作用，确保部队能打仗打胜仗、切实跳出自我设计、自我循环、自我检验的误区怪圈。只有这样，才能真正把标准导向立起来。

（四）要坚持体系建设。思想政治工作现代化是一项系统性工程，必须坚持体系建设思路。在平台、系统、硬件等方面都应该执行规范统一的建设标准、接口标准，不能各自为政、各搞各的信息化、网络化。在做好保密工作的前提下，确保全军上下一盘棋，各战区、各军兵种、各单位、各部门之间的信息化平台横向能够对接，上下之间纵向能够互通，军地之间内外能够融合，真正实现平台互通、资源共享、功能互补。要树立体系配套意识，建设的思想政治工作信息化平台，要能够融入联合作战信息化支撑体系。制度机制、人才队伍、专业力量、能力素质建设等要与平台建设一体推进。每运用一项新技术、每建成一个新平台，都要同步建立相应的制度机制，培养能力素质与信息化发展相匹配的人才队伍，不能因为没有机制保证、没有人才支撑造成平台空耗。宁可人等平台技术，不能平台技术等人。

（五）要加强人才培养。强军兴军、要在得人。思想政治工作现代化，离不开高素质人才队伍。军队性质、使命特殊，我们既要深入推进军民融合，充分发挥地方人才资源优势，也要培养自己的、政治过硬的、懂科技的人才队伍，切实把思想政治工作的创新主动权掌握在自己手里。没有人才、不会将科学技术与思想政治工作进行结合，再先进的技术都只能是“拿来主义”的死技术，是不会有什么“生命力”的。也就是说，没有高素质的政工人才队伍发挥科学技术的真正价值，思想政治工作就不可能真正实现现代化。

（六）要深化军民融合。军民融合是兴国之举、强军之策。社会民用领域科技创新极具活力，5G、大数据、云计算、云存储、虚拟现实、增强现实、军事仿真等技术运用广泛，军地深度融合发展的舞台很广阔。特别是5G技术在单兵系统建设、网络直播、空中课堂、掌上教学等方面，大数据、云计算、神经网络以及深度学习等技术在政治工作效果模拟推演、认知行为模式学习、心理画像、危机预警等方面，人工智能、VR、AR等技术在虚拟数字史馆和党史军史展馆建设、现实增强型红色教育基地建设、数字化军营政治环境建设、全息会议学习系统、心理行为训练等方面，区块链技术在人力资源和政治实力管理、OA办公等方面都有着广泛应用前景，将极大地拓展思想政治工作深度广度，提升服务保证质效。

赴韩国、新加坡军队考察情况报告*

背景提示：2005 年 12 月 5 日至 16 日，本书作者随解放军师旅主官考察团，对韩国、新加坡两国军队进行了考察访问。回国后，与人合作完成这篇考察报告。

一、考察概况

在韩国主要考察了首都防卫司令部和陆军本部，参观了防空阵地；在新加坡考察了军训学院、海军基地和陆军第 3 综合师。考察团与韩、新军队高中级军官进行了广泛深入的交流和座谈。

韩、新两军对我考察团给予了热情友好的接待。韩国陆军参谋次长朴兴烈中将、首都防卫司令部副司令宋升锡准将、国防部国际合作次长崔中一准将、陆军企划参谋部长金基洙少将和新加坡军训学院院长陈清耀准将，分别会见或

* 原载《考察借鉴与启示》，解放军出版社 2011 年版。与周和平、洪亨武合作。选入本书时有删节。

宴请了代表团。

在韩、新使馆和武官处的协调配合下，整个考察工作准备充分、组织严密、安全顺利，全体成员认真学习、勤于思考、严守纪律、团结协作，展现出了良好的素质和风貌，达到了学习交流、开阔视野、增进友谊的目的。

二、主要启示

总的感到，韩、新两国高度重视国防和军队建设。韩国只有4800万人口，在驻韩美军提供保护的前提下，仍建设了一支兵力达68.1万人的现代化军队。新加坡国土总面积只有682平方公里，却拿出全国20%的土地用于国防和军队建设，同时还在多个国家和地区建有军事基地。大家普遍感到，韩、新虽然是资本主义国家，存在某些社会弊端，但两国现代化程度较高，尤其在军队建设、人才培养、军官管理等方面有许多地方值得借鉴。

（一）韩、新两军高度重视思想道德教育，把激发官兵的荣誉感、使命感作为政训工作的重要内容，启示我们要进一步加强战斗精神培养教育的针对性、实效性

韩、新两军没有专门的政治机关和政工干部，但他们十分注重加强军人的思想道德教育。

一是重视提高“精神战斗力”。两国军队都把培养军人对祖国的忠诚、对荣誉的珍惜以及强烈的自信，作为政训教育的重要内容。韩军在提升军队“物质战斗力”的同时，积极推行以提高“精神战斗力”为核心的“教育改革”，确立韩国军人的“国家观”“生死观”“职业观”和“伦理观”。具体做法是在继续加强传统“忠”“孝”“礼”部队精神教育的同时，结合教育改革的要求制订新的教育计划，重点提高官兵的士气、团结精神和责任感。韩军军营内无论

是门卫礼兵还是引路标兵，都要在敬礼的同时，高喊两个字“忠诚”或“团结”“必胜”“无敌”，以激发军人荣誉和士气。

二是重视规范教育系统。韩国军队的政训教育是陆海空三军必须实施的共同教育，分为精神教育和宣传教育两种形式，每种教育都有严格规范的落实制度。精神教育有巡回教育和精神教育日。巡回教育每年都有明确的次数，由陆海空三军本部、参联会和国防部组织，对军师以上部队巡回实施，主要由军队高中级将领授课，内容为国家政策、南北关系形势、军队在政治中保持中立的意义等。精神教育日主要进行基本政训教育、特别政训教育、主题发言教育、品格指导教育和法制教育。同时，积极运用媒体和网络，通过唱、看、听、写对官兵进行教育，体系十分完备。

三是重视营造浓厚的教育氛围。两国军队师旅单位都设有荣誉室，办公楼门口、楼内走廊、办公室以及官兵宿舍，都挂有相应军官、英模人物的画像或照片。韩国首都防卫司令部醒目地写着该部的训词：忠诚、荣誉、团结、胜利。他们把忠诚作为义务，把荣誉作为尊崇，把团结作为基础，把胜利作为时刻追求的目标，响亮地提出每战必胜。新加坡经常组织官兵参观花柏山上的历史浮雕和万象馆里的蒙耻室等，用以增强军人的忧患意识。其军训学院四处张贴着军官的使命誓词：领导、超越、克服。韩、新两军军营还摆有许多坦克、飞机、大炮或武器模型。在这种浓厚氛围的熏陶下，两军官兵对担负的使命任务都有很深的理解，责任感、使命感非常强。

这启示我们：“思想教育是战斗力生成提高的倍增器”，无论什么时候、什么情况，都要坚定抓好思想政治教育的信心。特别是新世纪新阶段，我军的使命任务发生了深刻变化，要坚定不移地坚持我军思想政治教育的传统优势，并紧贴部队实际，进一步提高部队战斗精神培养教育的针对性和实效性，通过准确把握战斗精神的时代内涵，积极拓展教育培养的方式方法，建立健全切实可行的运行机制，培植出适应未来作战需要的过硬战斗精神，为高标准完成我军新的历史使命提供有力的精神支撑。

（二）韩、新两军均采用美军建设标准模式，紧趋世界军事革命的潮头，积极推进军队信息化建设，启示我们要进一步加快军队一体化建设的步伐

考察访问中，韩、新两军重视信息化建设的浓厚氛围给我们留下了深刻印象。韩、新两国军队都是美军的盟军，军队建设标准也是美军模式。两军突出的特点是，紧紧盯着高技术信息化战争目标建设军队。

一是特别重视联合作战和信息化建设，思想超前，起点较高。伊拉克战争后，两国军队都修改了作战指导思想，高度重视信息化在现代战争中所起的重要作用。韩国国防部研究制订了“信息化军队 2010 年计划”，准备投资 3.6 亿美元用于 C4I 系统建设，并提出了每年把 20 万名官兵培养成信息化人才，明确了陆军的建军方向是建设以尖端信息化为主的陆军结构。2003 年 11 月，新加坡成立了“未来作战系统研究委员会”，他们的第二代军队信息化计划，将于 2010 年完成。

二是在体制编制上，联合、精干、高效的特点比较鲜明。近年来，韩、新两军大力构建以参联会为中心的独立作战指挥机构，逐步形成了最高统帅部、战区联合作战指挥部、作战部队的三级指挥体制。新军司令机关十分精干，1 个师只有 1 名师长和 1 名副师长，师机关也只编设四个部门 30 名军官，实行联合的战时体制。

三是在训练上注重实战，手段先进，内容规范，效果明显。两军“练为战”思想牢固，从训练器材到训练场地，从训练内容到训练强度，从一体化训练到实战性的演习都紧贴作战实际。韩、新两军都注重从制度上规范训练的内容、程序，每年均进行三军联合演习，还非常重视与邻国进行联合军事演习，与美军、泰军、马军、印军等多次进行联合演习。韩、新两军重视模拟训练，投入

巨资，研发或引进先进的训练模拟系统，建设科学化战斗训练场，成立专门对抗军，能实施立体观察、科学分析、作战进程现场评价，追求训练成果的最大化和训练条件的最优化。新加坡陆军推出了电脑作战模拟系统，还与美国合作开发了“全方位指挥官”的软件，训练军人的决策、资源、管理及灵活思考和解决问题的能力。

四是在武器装备上投入巨大。为实现多军兵种一体化，韩、新军队逐年提高装备费用在国家年度预算中的比例。韩军计划投资 435 亿美元更新武器装备，到 2010 年形成独立自主的高精尖武器系统。新军最近采购了 15 架最新型号的 F15 战机。

通过考察，我们深深感到：积极推进中国特色军事变革，尽快提高我军一体化作战能力，十分紧迫，时不我待。当前，很重要的是建立科学的一体化作战体制，在指挥通信建设上注重顶层设计，走出由下而上改革的误区，解决条块分割、相互之间硬件不匹配、软件不兼容的现实问题。训练上要解决一体化体制问题，从目前部队训练情况看，观念转变了，但实际动作没跟上。要改变单一兵种训练模式，逐步增加诸军兵种合练次数和内容，并建立科学的模拟训练系统。装备建设上也要努力改变现状，提高层次。

（三）韩、新两军坚持军官生长培养使用规范化制度化，始终保持人才队伍充满活力，启示我们要进一步加大高素质人才队伍培养力度

在向考察团介绍情况时，韩、新两军经常使用“精英群体”“领袖人才”等词称呼他们的军官队伍。考察中，我们真切感受到韩、新两军确实重视人才队伍建设，培养造就了与信息化战争相适应的一大批高素质军官，并依靠法规制度使这支队伍充满生机与活力。

一是指导思想明确。韩军强调，要迎接新军事变革的挑战，仅有武器装备上的优势远远不够，必须占据人才的优势，而且人才优势是第一位的优势。新

军训学院的目标是：培养一批具有优良素质的军官，来领导保卫国家及捍卫国家独立和主权的完整。

二是生长军官起点很高。韩、新两国从政策法规上保障只有最优秀的人才，才能成为他们的军官。两国都在法律上规定，所有男性公民年满 18 岁必须到部队服役。要想成为一名军官，则必须同时具备大学本科以上学历、最优秀的士兵、军校培训这三个“硬件”。新军在服兵役大学生中挑选见习军官学校学员的标准是：完成三个月基本训练，学业成绩优良，表现良好，具有领导才能。

三是培训方式灵活多样。韩军特别强调军官的培训要适应未来战争需要，因此他们不断调整军官培训内容，加大了对高科技知识、联合作战和信息化战争作战理论的学习研究，并经常通过各种演习来检验和评估军官的战斗素质。新军采取“三军三阶层”培训制，即陆海空三军军官和见习军官、中级军官、高级军官，均在一个学院同时培训，所有培训内容均按未来作战需要设置，师资力量既有军人又有非军人，既有本校的又有外聘的，既有国内的又有国外的，培训时间长则一年，短则两个星期。韩、新两军还十分注重通过增加出国留学数量，依托地方高校培养军官，开展网络化教育，完善终身教育制度，加大演习特别是三军联合演习、与外军联合演习的数量等灵活多样的方式方法，不断提高军官素质。

四是实行职业军官制度。韩、新两军都建立了一整套科学合理的职业军官机制。新军为从根本上保证军官队伍的年轻化，规定军官的职业生涯为 23 年，50 岁之前服预备役，即：无论什么级别的军官如果 20 岁当兵，那么 42 岁则必须退休，之后随时根据军队需要，再服战备役（即预备役）至年满 50 岁，方可与军队脱钩。韩、新两军都十分注重引入竞争机制，实行择优晋升。他们定期对军官的训练水平和作战能力进行考核评估，并依据考评结果确定军官的使用和发展前景。韩军对营长以下军官一年评估两次，团长一年评估一次，师长以上军官两年评估一次；新军则每年都要对军官进行一次考评。为确保军官晋升的公开公平公正，韩军采用计算机管理军官人事档案，对在思想品德、资历、学历、能力和工作政绩等方面突出的军官，通过计算机择优提拔晋升，并由选拔监督委员会负责最后的审核和把关。

大家在座谈中一致谈道：中央军委做出的实施人才战略工程的重大决策非常英明，经过多年不懈的努力，我军军官队伍的整体素质有了很大的提高。韩、新两军的上述做法颇有学习借鉴的价值，尤其在完善培训体系、规范培训内容和时间、改进培训方法等方面，要采取多种措施加大人才培养力度，切实培养出一大批适应未来高科技战争需要的高素质新型军事人才。

（四）韩、新两军注重依法治军、建立人性化的和谐军队，启示我们要进一步把以人为本思想贯穿于从严治军之中

从考察的情况看，韩、新两军既重视依法治军，又坚持人性化管理，而且作风简朴务实。

一是有法可依。韩、新两军法纪意识比较强，都很重视建章立制工作，官兵按职尽责，照章办事，根本没有“土政策”“土规定”的现象。

二是执法严格。韩、新两军的法规制度一旦制定，执行起来非常严格，不折不扣，毫无通融余地，到了“机械”“死板”的程度。军官严格按规章行使权力，士兵严格按规章自我约束，教育训练都依靠制度来高效运转，很少有人为因素影响和外界干扰。如新加坡一名叫陈万荣的国际知名钢琴大师，1977年本应依法服役，却因为在英国学习钢琴而未回国服役。由于害怕法律追究，于次年申请加入了英国国籍，并且一直不敢回新。28年过后，他以为没事了。可前不久，当他悄悄返新探望父母时，一下飞机即被警方抓获，并被送上法庭接受逃避兵役的惩罚。这个例子，是我们在新期间从当地报纸上看到的。

三是管理科学。韩、新两军在训练、管理、教育上都非常讲究科学，一日

生活张弛有度，因人因时施管施训，特别强调层次领导、人性化管理，倡导“弘扬个性”，做“快乐战士”，内务设置相对简单，官兵定期放假，社会化保障水平较高，并尊重士兵某些需要和隐私，如允许使用手机、在床头柜张贴照片等，从而给官兵营造了宽松和谐的训练、工作、学习和生活环境。

四是简朴务实。韩、新两军师旅领导工作务实，讲究“简捷、快捷、敏捷”。新军第 3 综合师欢迎我们的仪仗队只有 14 人，仪式仅 2 分钟，韩国军队陪同我们的只有国防部的 1 名中校军官和 1 名文职事务官。所有讲话都开门见山，三言两语，简短明了，所做的情况介绍也都干练清晰，直截了当，吃饭招待简单快捷，酒水随意，没有繁琐礼仪和铺张浪费现象。

这些都给了我们有益的启示：我们一些搞形式、讲排场、顾面子的事，的确应该摒弃。同时，也可以看到，从严治军是世界各国军队面临的共同课题。加强从严治军，根本的是坚持以人为本，以建设和谐军队为目标，既要以法规制度为准绳，把法规制度落实到工作实践中去，做到党委依法决策、机关依法指导、部队依法运转，同时又要注重人性化管理，尊重官兵的利益和首创精神，充分调动官兵的积极性。

（五）韩、新两军注重把军人的价值和待遇相统一，增强军队的凝聚力和吸引力，启示我们要在教育官兵发扬奉献精神的同时，逐步改善部队的物质文化生活条件

韩、新两军在这方面给考察团留下的印象较深，主要有两点。

一是重视军人价值的体现。韩、新两军都大力倡导实现自我、完善自我，鼓励每名官兵在军营建功立业，实现自我价值。由于个体在军队有很强的价值认同感，因而吸引了大批优秀人才投身军旅、报效祖国。

二是福利待遇和社会地位高。韩、新两军采取各种措施改善和提高军人待遇，大力创造拴心留人的良好环境。两军军官的工资待遇优厚，实际收入普遍

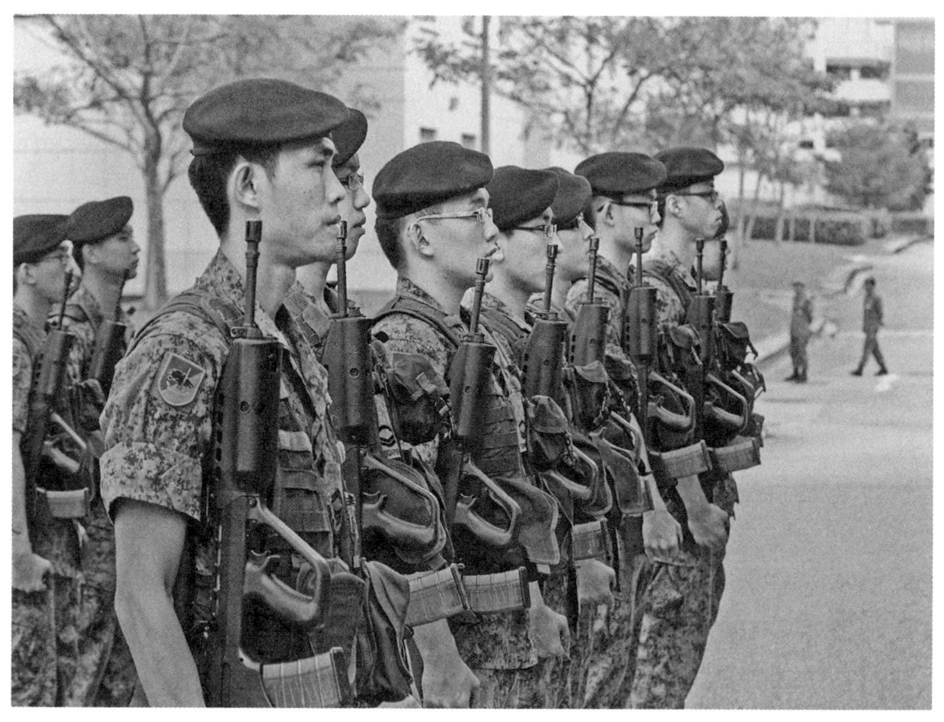

高于政府公务员20%以上，上校级军官可以拿到相当于人民币4万元的月工资。军官的工作和生活环境也比较优越、舒适。因此，两军军官队伍具有较高的社会地位，被称为“精英阶层”。

这启示我们：要在教育官兵发扬奉献精神的同时，逐步提高工资福利水平，改善部队的物质文化生活条件，以吸引和保留高素质军事人才，保持军官队伍的稳定。

总结座谈时，大家普遍感到收获很大，感触很深。深感军委、总部首长对部队建设特别是对师旅主官的关怀厚爱，深感放眼世界思考军事变革、走出国门借鉴外军经验的极端重要性和必要性。同时，大家也对进一步改进师旅主官出国考察工作提出了一些意见和建议。

干 事 论*

作为总政机关的一名“老干事”，我今天讲的题目是《干事论》。具体讲三个问题：第一，什么是干事；第二，干事应当具备的基本功；第三，干事基本功的获取途径。重点讲第二个问题。

一、什么是干事

什么是干事呢？提出这个问题，有的同志可能不以为然，说我都当了几年、十几年甚至二十几年的干事了，还不知道什么是干事、干事干什么吗？其实未必。坦率地讲，要把“干事”两个字说清楚，真还不那么容易，我也是因为要讲这个题目，才对此进行一番研究与思考的。

《辞海》《现代汉语词典》上讲，干事，是指专门负责某项具体事务的人员，如宣传干事、人事干事等。这当然是一般意义上的说法，军地通用的。那么我们再查《中国军事百科全书》，可以知道，干事，是中国人民解放军各级政治

* 原载《加强机关业务建设不断提高综合素质》，解放军出版社 2011 年版。为作者 2010 年 6 月 10 日，在原总政治部机关干部业务培训班所作辅导授课提纲。选入本书时有删节。

机关编配的承办具体业务的政治工作干部，由军官或文职干部担任。按担负的工作性质和任务，可分为组织、干部、宣传、保卫、纪检、联络、群工干事等。一些不设立政治机关的单位也编有干事。干事必须是中共党员，应经过军队院校培训，在基层任职 2 年以上，有一定的政治工作经验，达到《政工条例》对政治机关干部所提的 5 条要求。干事通常在机关业务部门首长领导下工作，不设业务科室单位的干事，在政治协理员或单位军政首长直接领导下工作。一般情况下，干事的职务编制等级为连职至师职（或者科员至局级），军衔等级为中尉至大校。干事是政治工作干部的基本组成部分，在机关工作中发挥着重要作用。

综上，是不是可以这样理解：从广义上讲，干事应当是在机关或团体及其派出机构中，负责某项或多项具体业务的没有担任领导职务的工作人员；从狭义上讲，干事应当是在军队各级政治机关及其派出机构，以及不设政治机关及其派出机构的单位中，负责某项或多项具体政工业务的没有担任领导职务的军官或文职干部。

干事的本质是参谋人员。解放军四总部《关于提高参谋队伍素质若干问题的意见》讲，参谋是指“团以上机关业务部门领导和参谋、干事、助理员等”，是对团以上机关业务部门工作人员的总称。总政最近印发的《中国人民解放军参谋军官考核评价实施办法》第二条规定：本办法所称参谋军官，是指“担任团级以上机关业务部门领导和参谋、干事、助理员、秘书等职务的军官”。由此可见，干事具有参谋人员的一般属性，应归类于参谋队伍的范畴。

干事干什么？我概括为 6 句话：领导决策的参谋者，机关文电的拟制者，工作运转的协调者，具体事务的承办者，信息传递的联络者，会议活动的组织者。另外，我还认为，对一个具体的干事来说，在他的工作或者职业生涯中，当干事只是一个动态的过程。因为今天的干事，可能就是明天的领导；今天的领导，昨天也可能当过干事。因此，从某种意义上说，当干事实际上就是在为当领导打基础、做准备。

二、干事应当具备的基本功

（一）干事基本功的意义

干事的基本功，就是干事应当具备的本领、干事的基本能力素质。干事个体素质的高低，决定着干事队伍的整体素质水平；干事队伍整体素质的高低，决定着政治机关职能作用的整体发挥水平，影响着部队的建设和发展质量。

总政是全军政治工作的领率机关。总政的特殊地位和作用，从根本上决定了总政干事的战略层次：岗位重要，责任重大，任务艰巨，使命光荣。因此，只有把基本功打得更加牢固扎实，素质练得更加全面过硬，才能真正肩负重任，不辱使命，出色地完成各项工作任务，推动国防和军队建设高质量发展。

俗话说政工干部是万金油。此话怎样理解，可以见仁见智。我倒认为这不是什么贬义的，它恰恰说明一个具有过硬基本功的优秀的政工干部，也就是我们当干事的，如同武林中人练就了一身好武艺，绝技在身，包打天下，什么工作岗位轮换、提升担任机关和部队的领导职务，统统不在话下，很快就能胜任工作，甚至出类拔萃，取得优异成绩。

（二）干事基本功的内涵

《政工条例》规定，政治机关干部应做到“5 个具有”，四总部《意见》对参谋人员的基本素质，概括为“6 个有”；四总部《意见》对总部机关参谋人员的能力，也概括了“3 条”（《条例》和《意见》大家都熟悉，有关具体内容我就不重复了）。不难看出，《政工条例》要求政治机关干部所应做到的“5 个具有”既是对干事思想行为进行规范，也是对干事能力素质所提出的基本要求；而四总部《意见》对参谋人员基本素质和能力所概括的“6个有”和“3条”，则突出了一个“全”字，强调了一个“高”字。

总的来说，能力素质问题是一个涵盖面很广、综合性很强的问题。比如能力，我们随口就可以说出政治鉴别能力、依法行政能力、调查研究能力、应对突发事件能力、协调能力、学习能力、创新能力等许多方面的能力。再比如素质，我们还可以说出政治素质、思想素质、军事素质、文化素质、业务素质、身体素质、心理素质等许多方面的素质。

我的体会是，万变不离其宗。对干事的基本功，即能力素质问题，尽管可以进行各种各样的归纳和概括，但如果从实在管用的技术层面上讲，我认为，归根结底，最根本的也就是说话、写字、办事6个字。

在我看来，说话、写字和办事，既是奠定干事基本功的3大基石、也是判断干事基本能力素质的3块试金石。就是说，若想了解一个干事的能力素质如何，不用别的，你只听他说一番话，看他写一篇稿，让他办一件事，就可以了，足够了。他这个人“行不行”，是不是有“两下子”，有“几把刷子”，手“硬不硬”，你一下子就基本清楚了，有数了。

（三）干事基本功的解析

1.说话

（1）说话是干事基本功的基本要素，具有极端重要性。说话是人们交流思想、传播信息的主要方式，是日常学习、工作和生活的主要行为表现模式。古往今来，许多关于说话的经典例子，常常令人无限感慨、唏嘘不已。古人咬文嚼字，反复推敲，颇有讲究，谈笑之间，常有惊人之语，动人心魄；今人青出于蓝而胜于蓝，亲疏恩怨，是非成败，乃至玉帛干戈，皆在三言两语之间。

作为干事，我们所从事的每一项工作，都要进行多部门、多层级、多人次的沟通与合作，而语言是最常用、最普遍、最方便、最快捷和最直接的沟通方式。因此，学会说话，意义十分重大。语言能力强，所表达的信息就能顺利、准确地被对方理解和接受，就能顺利交流合作，共同完成任务。反之，语言能力弱，所表达的信息就不能顺利、准确地被对方理解和接受，双方的合作就有可能中断甚至中止，工作任务就无法完成。常常看到，那些思想深刻、工作出色、事业有成的同志，绝大多数具有很强的语言能力；而那些表达能力差的，纵有新颖的观点、高明的见解，却是“茶壶里煮饺子——有货倒不出”，显得非常可惜。还可以看到，不会说的一句话可以把人说跳，会说的一句话也可以把人说笑。

所以我感到，说话是世界上最容易的事儿，小孩子没学会走路就先学会了说话，只要不是哑巴人人都会说话；说话又是世界上最困难的事儿，有的人说了一辈子的话，到头来还是没有完全学会说话。

（2）说话是语言的艺术，会说话是个真本事。且不说语言大师的高超水平，也不讲相声、小品演员的语言技巧，这里，我就从日常工作和生活中一些有趣的语言现象谈起。

先做一个假设性的试验。挑选几个从外表看上去差不多的人，就是说他们的性别、年龄、长相、气质等基本上是一样的，让他们去办同样一件事情，所给的前提条件和遇到的情况也完全一样。然而，事情的结果会是什么样子呢？我想完全有可能出现大相径庭的局面，有的办成了，有的办砸了。为什么呢？关键的因素就是语言问题，会说的办成了，不会说的办砸了，就这么简单。

再说一种经常遇到的有趣现象。就是同样一件事情，譬如一个有意思的故事，往往从会说的同志嘴里讲出来，听起来就很有味道，就会不由自主地发出会心的微笑，并且印象深刻，听一遍就记住了。甚至一段比较平常的故事，如果由会讲的同志来讲，听起来也是很有意思的。若是让不会说的同志来讲，那效果就大不一样了，即便是他十分卖力并蓄意模仿，千方百计地想说得好一点，但别人听了还是无动于衷，并无什么印象。为什么呢？因为他的语言功夫没到家，或讲的没劲儿，或缺乏幽默感，听起来索然无味，没有给人留下什么印象。由此，我们不得不佩服会说的人，不得不承认语言表达是一种本事，更是一种艺术。

还有一种姑且称之为电影台词的文化现象。大家可能都有这样的感觉，许多年前看过的一些老电影，随着时光飞逝，什么片名、故事梗概、主要人物，这些都被我们渐渐遗忘了，现在回想起来非常困难。但对其中的个别精彩台词却记忆犹新，想忘记都不容易。这些台词非常经典，令人久久回味，成为具有广泛适用性的大众流行语。比如，“高，实在是高！”“就为这一字之差，两万斤大米全完了！”“我胡汉三又打回来啦！”“张副官，你跑呀！”“你们的炮，是怎么保养的？”“老子在城里下馆子都不要钱，吃你两个破西瓜还要钱？”“大炮不能上刺刀，解决战斗还得靠步兵！”等等，还有许多，不再列举。语言艺术达到如此高妙境界，确实令人折服。

（3）说话要有原则，不可随便乱说。口无遮拦、信口开河、言多必失、祸从口出……这些成语时时提醒我们，说话是有原则的，是要负责任的，是要讲事实、讲道理、讲良心、讲感情的，无论是一时痛快还是一时兴起，都不能忘乎所以地瞎说、胡说、乱说。就是开玩笑也应有个“度”，不能太离谱了。我体会，说话一般应遵循以下原则。

①真实性。实事求是，有什么说什么，是什么讲什么，一就是一，二就是二。无论怎样，都应坚持如此说话；如此说话，无论怎样都应受到尊重、得到信任。所以，一定要多说真话、实话、心里话，少说客套话、过头话、不讲理的话，不说假话、大话、空话。如果实在不能说真话，选择沉默，也绝不说假话。

②准确性。应该说，除了主观上为了达到某种个人目的而故意昧着良心说话这种个别情形外，造成说话不准确的原因，在更多的时候还是属于非主观的、纯技术的，这就是人们常说的心里想的挺好，一说出来就走样了。因此，

强化语言训练，努力克服词不达意的问题，是提高说话准确性的关键。

③艺术性。它的涵盖面非常广泛，包括这里谈到的和没谈到的有关说话问题的总和。如果往小处说，就是关于如何把话说好的问题，这就需要我们用心琢磨、悉心研练，不断总结语言表达的经验教训，努力提高语言表达的技术水平。

④逻辑性。紧紧围绕谈话的主题和核心问题，按照一定的内在的和外在的逻辑关系建立秩序，比如按前与后、远与近、大与小、重与轻、厚与薄等逻辑关系进行排队，统筹规划，就可分清条理，防止混乱。

⑤简洁性。大家的时间都很宝贵，化繁为简就是进步，说话啰唆不是好事。因此，一句能说清楚的不要用两句，两句能说清楚的不要用三句，尽可能地简约，惜“话”如金，还可少出差错。

⑥针对性。就是要事先做好准备，把我是谁、他是谁，谈什么、怎么谈，在什么时间、地点谈，用什么方式谈，谈到什么程度，达到什么效果等要素弄清楚、搞明白，以便准确进行角色定位，掌握说话分寸，把话讲得恰到好处。

⑦保密性。就是要遵守保密规定，不该说的不说，大家都知道，不多讲。

（4）把话说好，还要正确处理几个关系。

一是说与做的关系。我们加强机关业务建设，不断提高综合素质，说得好不如做得好，光说不练等于没说，靠耍嘴皮子是过不了日子的。作为总政的干事，既要会说，更要会干。干事干事，首先就得干事，不干事还要你这个干事干什么？

二是说与知的关系。有一个很形象的比喻，说老师要给学生一碗水，自己得有一桶水。说与知的关系，同这个教与学的道理一样：厚积薄发。上至天文、下至地理无所不知的饱学之士，和任何人讨论任何问题非但有话可说，并且表现出色，具有很强的感染力和说服力，妙语连珠，令人拍案叫绝；而不读书、不看报的知识贫乏者，“侃功”再佳，也难以“侃”出什么“真东西”。

三是说与思的关系。思就是思考、想问题、打腹稿、做准备，只有把问题想清楚了，弄明白了，琢磨透了，才能把话说好、说到点子上。要注意多想少说，想两句说一句，想五句说三句，一般不会出错；反之，想得少说得多，想两句说三句，想三句说五句，则言多必失。

四是说与听的关系。说者和听者是对立统一的关系，二者要互相担待体贴，换位思考，互为对方着想。此外，说者还要考虑听者理解和接受能力以外的因素，这样才能真正达到所要说的目的；听者还要琢磨说者的用心和话外之音，这样才能真正把话听准、听全，真正听个明白。

五是说与不说的关系。这里面至少有两种情形：一种是，该说的要说足、说透、说到位，不该说的则只字不提；另一种是，此时无声胜有声，有时候不说比说好，少说比多说好，这方面的经典例子比比皆是。

六是平常与非常的关系。一般地讲，正常状态下大都能把握好，特殊情况下就不那么好把握了。因此，一定要把握得意与失意、高兴与生气、对上与对下、台上与台下、酒后与酒前、公开与私密的关系，始终做到淡泊宁静，宠辱不惊，保持一颗平常心态。

2. 写字

(1) 写字就是写文章，干事必须会写文章。写文章是我们当干事的看家本领，很难想象，一个不会写文章的干事如何能够胜任工作岗位。过去人们说谁谁有才，实际上就是说他妙笔生花，文章写得好。那时在人们的观念里，会写文章和有才华是一回事，是可以画等号的；老百姓甚至简单地认为，能说会写就是干部。现在虽说时代发展了，人们的观念变了，写文章不再是有才华的唯一标志了，但要说写作是政治、思想、理论、政策、道德、业务、经历、见识、逻辑、语言等诸多方面的修养或水平的综合体现之类的话，相信大多数人还是认同的。

机关不可一日一事无文字，总政机关尤其如此。文字材料谁起草？当然是干事。并且，相对司令和装备机关的参谋、后勤机关的助理员而言，政治机关的干事通常被称作“秀才”“笔杆子”，说的就是写文章应是干事的本分、拿手好戏和看家本领。这里面的道理就像农民种地、工人做工一样，既自然又必然。

(2）写文章是艰苦并快乐的复杂的创造性的个体的脑力劳动。这句话，只是我从个人体会角度，给写文章下的一个并不那么准确的定义。

说艰苦，大家恐怕不会有意见，因为谁都知道写文章是个苦差事，愈是写大文章、好文章，艰苦的程度就愈高。曹雪芹写《红楼梦》，就曾“披阅十载，增删五次”，还流了“一把辛酸泪”。毛主席的诗词好，我们从李银桥的回忆中得知，他的每个字同样来之不易。

说艰苦并快乐，这也不难理解，苦与乐、苦与甜，从来都是相伴相生的。“文章千古事，得失寸心知。”你写文章辛苦，个中滋味只有自己知道，但你的快乐也是特别的，只属于你自己。比如，你熬夜写篇文章并发出传真，第二天早晨刚起床，就听到中央人民广播电台播报了，你是什么心情？再如，你的文章获得领导赞赏，一高兴就批了“很好”之类的赞语，或者你文章中的观点甚至某句话被人们普遍接受并引用，或者你参与起草的文件成为全军执行的政策，你又是什么心情？还有，写文章的人苦是苦点，但吃苦不吃亏，因为写文章的过程本身就是一个学习提高的过程，一种文字历练、思想升华的过程。并且，我还认为，写文章的人终将不会被埋没，总会有出人头地的那一天。

说复杂，是说你要想写篇文章，必须首先把所要写的东西吃透了，把相关的情况掌握了，还要经历一个从接受任务、确定主题、研究提纲、谋篇布局、构思腹稿、下笔起草、修改完善到正式报批或发表的复杂过程。很多时候，还是一个反反复复的过程，甚至每一步都有反复。

说创造性，是因为工人在生产线上作业，可以日复一日、年复一年地重复劳动；农民种地，也可以一成不变地按季节、按品种、按固有的套路或模式来种；写作呢，这么干显然不行。文无定法，贵在创新，好文章一篇一个样，题目、思想、观点、内容、例子、结构、风格、语言等，都应避免重复。一部《水浒传》，写了一百单八将，一人一个写法，没有一个重样的。不然的话，千篇一律，千人一面，那样的文章还有谁看？

说个体的脑力劳动，是说绝大多数情况下，作者只有甘当“个体户”，力戒浮躁，静下心来，耐住寂寞，顶住诱惑，吃苦受累，独立思考、创新，才能写出具有自己独特个性的“这一个”的好文章。即便是起草重要文件、领导讲话等需要通过集体讨论统一思想的材料，也有“大兵团作战”中的“单兵独立作战”要求，比如集体研究后，分工每人完成一个部分，然后再合成统稿。我们的国学，经、史、子、集，浩如烟海，其中文王演《周易》，孔子著《春秋》，司马撰《史记》，李白吟诗歌；再看近当代，鲁迅作杂文，曹禺编话剧，冰心著散文，巴金写小说……大师们的不朽之作，无一不是个人呕心沥血的结果。

（3）总政的干事应当成为写文章的硬手、快手、多面手。

①硬手。何谓硬手？我认为硬手就是写得一手好文章的高手、妙手，这里强调的核心问题是质量。陆游诗云“文章本天成，妙手偶得之”，说的就是这个意思。

硬手写的文章，首先应当“像”。如果一个人写什么不像什么，驴唇不对马嘴，我敢肯定，他的文章绝不是什么好文章，也就谈不上什么硬手不硬手了。那么，是不是写什么像什么就是硬手，就是好文章了呢？未必。“像”，毕竟是个浅层次的皮毛的东西，真正出自硬手的好文章，不仅从表面看上去很“像”，骨子和血液也就是本质上也应当“是”。对作者，好文章是有感而发的一种境界的升华，是客观事物在头脑里碰撞出的火花，是浮想联翩、夜不能寐的心血之作；对读者，好文章是一种美的享受，是武装头脑的营养液，是陶冶心灵的净化剂，是寻找知音的共鸣箱。具体讲，我认为以下几点在硬手的好文章里不可或缺。

一要有时代感。“年年岁岁花相似，岁岁年年人不同”。每个时代都有每个时代的特征，每个时代都会留下每个时代的印记，好文章应当是时代的深刻反映。21 世纪，人们的思想观念、价值文化、生活节奏、知识更新速度等都已发生了深刻变化，有的甚至完全不是那么一回事了，如果再去照搬老一套的东西，肯定行不通。因此，谁坚持与时俱进，写出时代最强音，谁就是高手。

二要有信息量。有的也叫“思想点”或“知识点”什么的。有人做过统计，一台晚会若没有 5—8 个“亮点”，一集电视剧若没有 3—5 个“看点”，一个小品若没有 2—3 个“包袱”，就没有什么收视率，观众不买账，就失败了。文章也是这样，要想吸引人，让人耳目一新，有所收获，就要加大信息量，密集型地给人以新东西，如新思想、新观点、新知识、新经验等。不然，毫无新意，你的文章就没人爱读。

三要有自己的东西。原版比盗版值钱，原创比改编正宗，原唱比翻唱地道，创作与模仿有天壤之别，不可同日而语。这些硬道理，强调的都是一句话：差点没关系，但不能没有你自己的东西。不然，看到谁的文章好就照抄照搬，听说领导表扬某篇稿子了就照猫画虎，其结果可想而知。高明的作者引经用典，信手拈来，看似无意，实则为自己的文章增色不少；反之，则糟糕透顶。“文革”时有些文章，通篇摘录的都是马恩列斯毛对某问题怎样讲，就是看不到作者自己怎样讲；现在也有些文章，一下笔就是三代领导核心对某问题怎样论述，很难找到作者自己的观点。读这样的文章还不如读原著呢！所以说，好文章必须是自己的，自己的所见所闻，自己的所思所想，自己的真情实感。

四要有文采。我常想，文章是写给人看的，其底线是让人家看得下去，最好是看时不难受，看完不后悔，过后不能忘，回想有余味。而要达到这样的标准，靠什么？当然是文采。文采，既指文章的精彩，也指作者的才华。文采是有品位的，是水平线以上的东西。打个比方，如果可以用温饱型或经济适用型这个层次来比喻一般性文章的话，那么有文采的好文章就属于小康型甚至豪华舒适型这个层次了。文采能给人带来美感和享受，还能给人以启迪、智慧和力量。思想深刻、文思敏锐、观点新颖、见解独到、结构精巧、论述精辟、行文别致、文笔流畅、文辞优美……这样的精美之作，谁不喜欢？晚清时，慈禧太后爱看张之洞的折子，现在的老百姓爱看金庸的武侠书，20 世纪八九十年代的中学生爱读琼瑶的小说，大概就与文采不无关系，他们文采飞扬啊。我感觉，看一篇文章是否有文采，最简单的办法有三个。

一是看他的观点是否有新意。好的文章必须给读者以新的东西，新的思想、新的观点、新的价值、新的见解、新的感受、新的体验等。

二是看他的语言是否精彩。读毛主席、鲁迅等大家的文章，一不小心就读到名言警句，精彩语言比比皆是。我还喜欢那种文字不是很多、容量却是很大的“压缩饼干式”的语言，这种语言像水中冰山、雪泥鸿爪，耐人寻味，引人深思。高明的领导批示即属于此，往往三言两语，甚至一句话一个字，就把问题的核心、本质、意见和办法说透了。你琢磨吧，他想要你做的、你想知道的，都浓缩在这批示里面了。

三是看他的标点符号是否丰富。好文章里，标点符号丰富多彩，什么都有，像跳动的音符；反之，则一“逗”到底，一“句”了事，单调乏味得很。总之，写东西时头脑里要有根弦：或大或小、或多或少，总得有点文采。

五要朴实。桃李不言，下自成蹊。大道无形，大雪无痕。比如打扑克牌，一张王牌轻轻放下也是大牌，谁都管不了它；一张小牌摔得再响也是小牌，谁都能管它。我理解，这就是朴实，本真，返璞归真。朴实和文采并不矛盾，朴实无华不等于作者没有才华。朴素、真实、本真、自然，本身是美，永远是美。况且古朴之中藏有玄机，平实里面可见功力；没技巧就是大技巧，朴实就是大技巧。赵树理、孙犁、老舍、冰心、铁凝的文章都很朴实，小平同志的文章更是大白话，陈寅恪、费孝通、季羡林等大家公认的学贯中西的大师的文章也很好读，但他们都很深刻，有思想有文采。

六要通俗。通俗不是庸俗，不是文雅的对头，而是朴实的近邻，是一种好的文风。它表面上土里土气，像没文化，实质则恰恰相反，是一种成熟了的大智慧。除了像霍金《时间简史》那样的最新科技和理论专著以外，古今中外的好文章都是同时代人看得懂的。能把深奥的理论和复杂的事情通俗化、简洁化，是一种本领，而只会讲本专业的术语和行话，其思想和主张则很难推广；而故作高深、满口让人听不懂的“洋话”，注定会被时代和读者抛弃。一般认为哲学是深奥和枯燥的，但在毛泽东、朱光潜、冯友兰、张岱年等大师的经典著作中，哲学却是好懂的；普通医师和医学科普工作者举办心脑血管疾病防治方面的讲座，听众感觉相当复杂、不得要领，但若出自洪昭光之口，你听起来就有味道了，并且一听就明白，就能记住。为什么？通俗是一个重要原因。

②快手。何谓快手？我认为就是快速完成写作的文章高手，这里强调的主要问题是速度。时代在发展，科技在进步，国家在改革，军队在跨越，现代社会节奏越来越快，各级领导和各项工作对时间要求越来越高，有的急件要求不过夜，有些紧急事情甚至以分秒计时。在此背景下，加快写作速度，提高工作效率，非常重要。

快手的标准是：小稿立等可取，取之能用；大稿在规定的时间内出手，基本能用。快手如同神枪手，时刻处于待命状态，一声令下，弹无虚发，指哪打哪，打哪中哪。那么，怎样才能成为这样的文章快手呢？

首先要有深厚的文字素养。“一口吃不出个胖子”，神枪手是子弹“喂”出来的。“读书破万卷，下笔如有神”。不经过必要的写作基础训练，不具备较为扎实的基本功，没达到一定的文字层次，“快”就无从谈起。

其次要“吃透精神”。接受任何一项写作任务，都必须快速反应，把上面是什么意图，下边是什么情况，想要解决什么问题，达到什么目的，都有哪些相关政策规定，过去怎样，现在如何，未来走势、发展方向以及文章的主题、核心内容是什么，采用什么文种、标题、结构、风格和语言等，都在第一时间给琢磨透了，熟烂于心了，才能号准脉搏，直击要害，出口成章，一气呵成。

再次要刻苦和勤奋。鲁迅先生在世的时候，是公认的高产优质作家，被誉为天才，他却说哪里有什么天才，只是自己把别人喝咖啡的时间都用在写作上罢了。由此可见，鲁迅是非常刻苦的、勤奋的。鲁迅这样伟大的天才尚且如此，我们还有什么理由允许自己懈怠呢?

最后要保证质量。“快”，不能以牺牲质量为代价。质量与速度，两相比较，宁要有质量的“慢”，不要没质量的“快”。因为“快”到一定程度，就会影响质量，“萝卜快了不洗泥”，也就失去了“快”的意义。

③多面手。何谓多面手?我认为就是啥都会写的文章高手，这里强调的关键问题是“杂”与“博”。作为一名总政的干事，不会写文章不行，只会写一种或一类文章也不行。比如说，你会写机关常用的材料了，领导要你结合工作写报道，怎么办?你会写报道了，领导要你为一本书作个“序”，为一期杂志写个“卷首语”，为一部电视片写个“解说词”什么的，又怎么办?是的，政治工作需要起草各种各样的文章，作为政治机关的干事，则要摸爬滚打，拳打脚踢，善于当杂家，即便不能做到十八般武艺样样精通，起码也要做到样样会用，拿得起、放得下。只有这样，才能从容应对工作，胜任岗位要求，做一名优秀的干事。

我感到，总政的干事应当较好地掌握和运用以下三类文种。

一是机关应用文类实用性文种。包括《总政机关办文工作实用手册》提到的命令、通知、报告等12种常用公文文种，也包括这个《手册》没提到的许多实用性文种，如讲话谈话类、司法文书类、商业合同类、白头纸类等。这类实用性极强的文种，是机关日常工作使用最多的文种，理应首先掌握。

二是新闻类由媒体刊登或播出的文种。包括消息、通讯、评论、特写、故事、综述、广播稿、解说词等，细分起来大小也有一、二十个品种。作为总政机关的干事，如果不明白“五个 W”是怎么回事，见到“本报讯”就发懵，也是很难胜任工作的，因为重要会议的召开、重大政策的出台、重点工作的部署和总结等，一般来说，都需要干事以新闻形式行文，通过媒体公开宣传，以营造良好的舆论环境，推动和促进工作落实。所以说，这类文种也应掌握。

三是文学艺术类文种。包括小说、散文、诗歌、杂文、随笔等，虽说这类文种专业性、艺术性、娱乐性很强，对作者的思想、经历、生活、语言、文字、艺术、美学等方面修养要求很高，机关使用的不那么经常，但也不能一点不会。比如，这些年我们搞片子、出光盘、编画册、印书籍，就需要撰写脚本、剧评、前言等文学色彩较浓的东西，如自己拿不下，请人代写，因为人家不懂你的专业，也未必能写好，这样的话，既不好跟领导交代，又会让人笑话。因此，如时间允许，学点文学基础知识，阅读和欣赏一些文学名著，打点文学修养的底子，练练文学的基本功，也是十分必要的。

3. 办事

什么是办事呢？我理解，办事是对政治机关办理一切事务性工作的总称，其范围较为广泛。在政治机关工作、当干事，如果语言表达、文章写作不是强项，就更要学会办事，深谙办事之道，把各种事情处理得妥妥当当，明明白白，干净利落，恰到好处，找到自己的“用武之地”。

那么，干事都需办些什么事呢？应该说，凡是开展政治工作所能遇到的事，或者说凡是需要政治机关办理的事，干事都有可能遇到，都有可能被领导安排去办理。根据多年机关工作的体会，我觉得，如果分分类，主要有以下几个方面。

一是协调事。干事有大量的事情需要协调办理。在军内，有对上的协调，对下的协调，也有平行的协调；在军外，有对党政机关和人民团体的协调，有对企事业单位的协调，也有直接对个人的协调。可以这么说，机关干部所做的任何一项工作，都离不开协调。

二是会务事。政治机关需要开很多会。从规模上看，有大会、中会、小会；从类别上看，有部署会、座谈会、报告会、研讨会、表彰会等；从形式上看，有现场会、分组会、电视电话会等；从范围上看，有全国的、全军的、条条的、块块的等；从主办单位上看，有单独开的、联合开的、协助开的等。总之，无论什么会、开多大、怎么开，会前、会中、会后都有成堆的事情需要工作人员即干事具体办理。

三是交办事。即有关领导和上级交代办理的具体事项。其特点是“缺乏规律”“内容丰富”，随时随地都可能遇到，并且在领导或上级交代之前，谁也不会预料到。但是，仔细琢磨就会发现，“缺乏规律”本身正是它的规律，“内容丰富”本身就是它的内容。

四是勤务事。也就是各单位内勤干部管理的一些具体事务，其特点是相当庞杂，具有很强的综合性，大到重要事项的上传下达，小到各种内部事务的安排办理，吃喝拉撒睡，无所不包，不一而足。

五是往来事。就是人们常说的迎来送往、来来往往，包括接待军队地方、上下左右、里里外外一切与工作有关的单位和个人，包括接待来信来访，也包括自己到本单位以外的地方和单位所进行的一切公务活动。

其他的事情还有一些，就不再一一列举了。

干事应当怎样办事呢？政治工作无小事，哪件事干不好都不行，十件事九件办好一件办不好也不行。若办不好，轻则误事，产生不良影响；重则带来严重后果，甚至造成无可挽回的损失。有的同志办事非常认真，主观上百分之百想干好，可为什么常常事与愿违，出现好心办坏事、明白人办糊涂事、想帮忙却帮倒忙的尴尬结果呢？面对那么多的事情，究竟应该如何去办理呢？到底需要注意哪些问题呢？是否有什么诀窍呢？

我感到，任何事情要想办出效果、办出水平，都必须讲求“道行”，这“道行”就是按事物发展的客观规律办事，按有关政策规定办事，按党性、人性办事。北京人管这个叫“弄明白”，上海人叫“拎得清”，其他地方也有一些意思差不多的叫法。在这里，我将自己的“看、预、诚、勤、严、度、效、恒”8字办事体会，一一向大家作个汇报。

①“看”。“看”是办事的第一道“工序”。许多事只有审时度势，看不“走眼”，才能办不“走板”。因此，一事当前，首先要擦亮双眼，看个清楚明白，看出点门道。怎么看？先看性质：即给事情定性，要从政治和大局的角度往“高”处看，从领导和领导机关的角度往“大”处看，从个人职责的角度往“小”处看，多角度全方位地看，给是好是坏、办还是不办，定个调子。再看分量：即分清事情的大小、轻重、缓急程度，从而“对症下药”，相应处置。三看类别：即分门别类，合并同类项，优化处置。四看远近：用望远镜看长远的，用观后镜看过去的，用放大镜看当前的。

②“预”。“预”是正式办事之前的准备工作。“凡事预则立，不预则废”。“预”的好坏，直接关系到事情的成败。有些事“预”的比重要占全部工作量的绝大部分，以致正式的“办”反而成了配角，不过是个简单的形式而已。“预”是未雨绸缪，讲究一个“早”字。抢占先机，见一备二眼观三，才能遇事不急，把事办好。“预”有虚实之分：虚是务虚，是思路，是研究探讨、理论先行；实是务实，是实实在在的准备工作，包括非正式的实际演练等。务虚与务实都很重要，应坚持同样对待，不可偏废。

③“诚”。“诚”是办事的真诚态度，是为人之基，处事之本，正所谓“心诚则灵”。“诚”原本是做人的基本准则，没有什么“技巧”可言，无论是从为人和处事的角度出发，还是从总政和政治工作的角度出发，我们都应当诚诚恳恳、诚诚实实、诚信为本。退一万步讲，你“诚”，即使说错了话、办错了事，也可以得到谅解；否则，你话说得再光溜、事办得再圆滑，一旦人家知道了不诚实的“底细”，如耍小聪明、撒谎什么的，则是断不可信任和原谅的。

④“勤”。“勤”是办事的必要条件。事在人为，影响事情发展进程的决定

因素在人。光说不练是假把式，干事就是要实实在在干事的，一杯茶水、一支烟、一张报纸看半天的干事是办不成事的。干事办事情，不但要手勤、腿勤、眼勤，做到身体上的勤劳，而且还要脑勤，做个思想上的勤快人。实践证明，肯动脑子，把事情办到“点子”上，往往事半功倍；不动脑子，事情办不到“点子”上，有时跑断腿、磨破嘴也无济于事。

⑤“严”。“严”是办事方法之一种。干事办事要严谨、稳妥、靠谱，就是要严格按照党的纪律、国家的法律、军队的政策、领导的意图、事物的规律、既定的程序以及党性和人性办事，并努力做到这些方面的相互协调与统一。同时，还要处理好“严格”与“灵活”的关系。俗话说，山无常势，水无常形。事物总是发展变化的，沧海桑田，一切都会改变。形成思维和方法上的定式，以不变应万变，不符合客观规律。因此，要做到严格而不死板，灵活而不随便。

⑥“度”。“度”是办事的尺度、程度和角度。一个优秀的干事，应当是个处理事情很有分寸、很得体，也就是很会把握“度”的人。“度”是较高的艺术境界，不能简单看成中庸。把“度”说得很清楚不容易，但起码有一条，我们办任何事情都不妨这样想：凡事都有个“度”，无论是左是右、是前是后，是大是小、是多是少，是轻是重、是冷是热，不管哪个方向，都不能走极端，办过头了；好事办过了，量变转为质变，未必还是好事。“度”说清不易，做好更难。不知多少人和事，出问题的根子就出在于没有把握好这个“度”字上。而且，有时不是不明白，而是很无奈，身不由己，没有办法，比如烟民、赌徒、贪官、色狼等。因此，必要时应使狠劲、下死决心，切实把好“度”。

⑦“效”。“效”是检验办事水平的标尺。效率要高，效益要好。先说效率，过去曾以年月日为单位计时，现在许多事情则以分秒计。军队历来讲求效率，打仗时自不必说，有些事平时也很急。所以说干事要有雷厉风行的作风，有时不我待、只争朝夕的精神，切不可拖拖拉拉，磨磨蹭蹭。再说效益，干事想问

题、办事情，必须首先考虑政治效益，优先考虑社会效益，最后考虑经济效益，这个账一定不能算错了。此外，还要处理好效率和质量的关系。效率应当服从质量。质量不高甚至办错了，速度再快也没用。假设效率相同，若粗枝大叶，毛毛草草，则成事不足败事有余；而严谨细致，不骄不躁，则必能成就一番事业。因此，哪怕对一个标点符号，也要认真推敲，仔细斟酌，不可马虎。

⑧“恒”。“恒”是办事的一种相对稳定的状态，即恒定、恒稳、持之以恒。办事情要善始善终，善作善成，切忌虎头蛇尾，有头没尾，搞半截子工程。常常有些事情二十四拜都拜了，只差一哆嗦没办好，结果导致不圆满，令人扼腕叹息。法院办案要求办“铁案”，干事办事也要讲求积极稳妥，四脚落地。既不能顾了这头，顾不了那头，引起连锁反应；也不能现在看行，过段时间看就不行了，经不起时间检验。

三、干事基本功的获取途径

我们是唯物论者，深知并不是谁天生的就具备干事的基本功，就会说话、写字、办事，无论多么优秀的干事，都是通过后天学习、锻炼和提高的，是刻苦学习学出来的，是开动脑子想出来的，是脚踏实地干出来的，是奋力拼搏拼出来的。干事基本功的获取途径是多种多样的。我感到学习、思考、实践这三个方面对干事基本功的获得至关重要。

（一）学习。当今世界，从某种意义上说，一个国家的兴衰强弱在一定程度上取决于这个国家的学习能力，一个人的荣辱沉浮也是如此。党中央、中央军委和我们总政历来高度重视学习问题，不断强调学习的重要性，一再要求学习、学习、再学习，党的十六大发出建立学习型社会的号召，更是将学习提到了前所未有的高度。

我非常羡慕那些能够直接从中学考入大学、再考上研究生的同志，我也非常羡慕那些从军后能够脱产到军队院校学习深造的同志，因为他们接受了系统的学历教育，终身受益。而全日制大学，无论是军队的还是地方的，我一天也没上过，我的大学和研究生文凭，甚至高中文凭，都是通过在职函授学习取得的。虽然没读过正规的大学，没有过硬的学历，但这并不妨碍我对知识的获取。当战士的时候，我就曾经将大学的文科教材通读了一遍。

我感到，全日制大学是规范化、格式化的在一定时间内获取某方面专业知识和学历的一种学习形式，它固然是重要的，但它不是唯一的，此外的学习形式还有很多，只要你愿意，可以随时随地以各种方式学习，从而获取任何你所需要的知识。自学的天地非常广阔和自由。自学是没有围墙的大学，并且不受学制限制，可以是终身制。自学还是一种非常灵活、实用和充满快乐的学习方法。自学的类型大致可分为两种。

一种是应急型学习。即学习的目的性非常明确，干什么学什么，缺什么学什么，没有文凭就去攻读文凭，领导要求学什么就去学什么。这类学习讲究实用，像小平同志讲的那样“学马列要精，要管用的”，强调的是“学用结合”，学以致用。

另一种是兴趣型学习。兴之所至，天马行空，想学什么就学什么，这类学习的目的性不那么明确，属于一种长远的方向性系统性学习，一种主动进行知识积累的潜移默化的自觉行为。所学的知识眼前不一定用得上，但说不上什么时候就有用。自学的关键在于恒心，在于虚心，在于信心。关于学习，我还有一个体会，即无论学什么、怎样学，心里都要装着一个“活”字，用好用足用活这个“活”字，活学活用，切忌“死读书”“读死书”。

（二）思考。什么是思考？思是思想、思维、思辨，考是考虑、考证、考究，思考就是在表象、概念的基础上，进行综合、分析、判断、推理等认识活动的过程，是从感性认识到理性认识的升华过程，是人类特有的一种高层次的精神活动。

如果把思考比作“工厂”的话，那么它的“原料”就是情况，“产品”就是思考的结果。“原料”货真价实，既好又多，就能“加工”出高质量的“产品”。思考的“原料”即情况，既有现实的也有历史的，并且是纷繁复杂的。现实的可以通过观察和调查的方法获取，历史的可以通过学习和考证的方法得到。

我们作为共产党人，思考的科学方法莫过于运用马列主义的立场、观点、方法认识和分析问题，进行哲学的辩证的思考。这样可以避免“绝对化”“片面化”“简单化”“庸俗化”和“理想化”的思考，克服主观性、浅表性、片面性和想当然的思考，杜绝动歪脑筋、出馊主意的思考。

思考的形式有很多种，总结性思考、前瞻性思考、论证性思考、逆向性思考、跳跃性思考……思考重在独立、深入和缜密。人云亦云，不动脑子，不独立思考，不会有大的出息；浅尝辄止，浮皮潦草，不深入思考，不利于问题的解决；顾此失彼，好走极端，不缜密思考，不符合辩证的法则。

（三）实践。实践就是“干”，人类一切改造自然、改造社会、改造自身的有意识的活动都是实践。实践出真知，实干长才干。文雅者说：“纸上得来终觉浅，绝知此事要躬行”；通俗者讲：“说一千道一万，不如两横一竖——干”。不难看出，那些在机关挑大梁干大事，独当一面当骨干的优秀干事，都是在长期的工作实践中艰苦地摸索、历练出来的，是正儿八经地干出来的、拼出来的。

实践要抓住机遇。不要怨恨生不逢时，不要叹息怀才不遇，总政干事这个舞台已经不小了：出个好主意可以进入首长的决策，起草个好文件可以成为全军执行的政策。因此，只要能进总政，无论干什么都要珍惜，都要把工作的过程当作学习、实践和提高的过程。

实践贵在深入实际。不经过实际锻炼，不进行调查研究，不了解真实情况，就谈不上什么实践。基层是部队全部工作和战斗力的基础，广大基层官兵是部队建设发展的主体，只有老老实实地深入到基层官兵中去，深入到具体问题和矛盾中去，才能真懂部队真知兵，才能经风雨、见世面、长才干，从而真

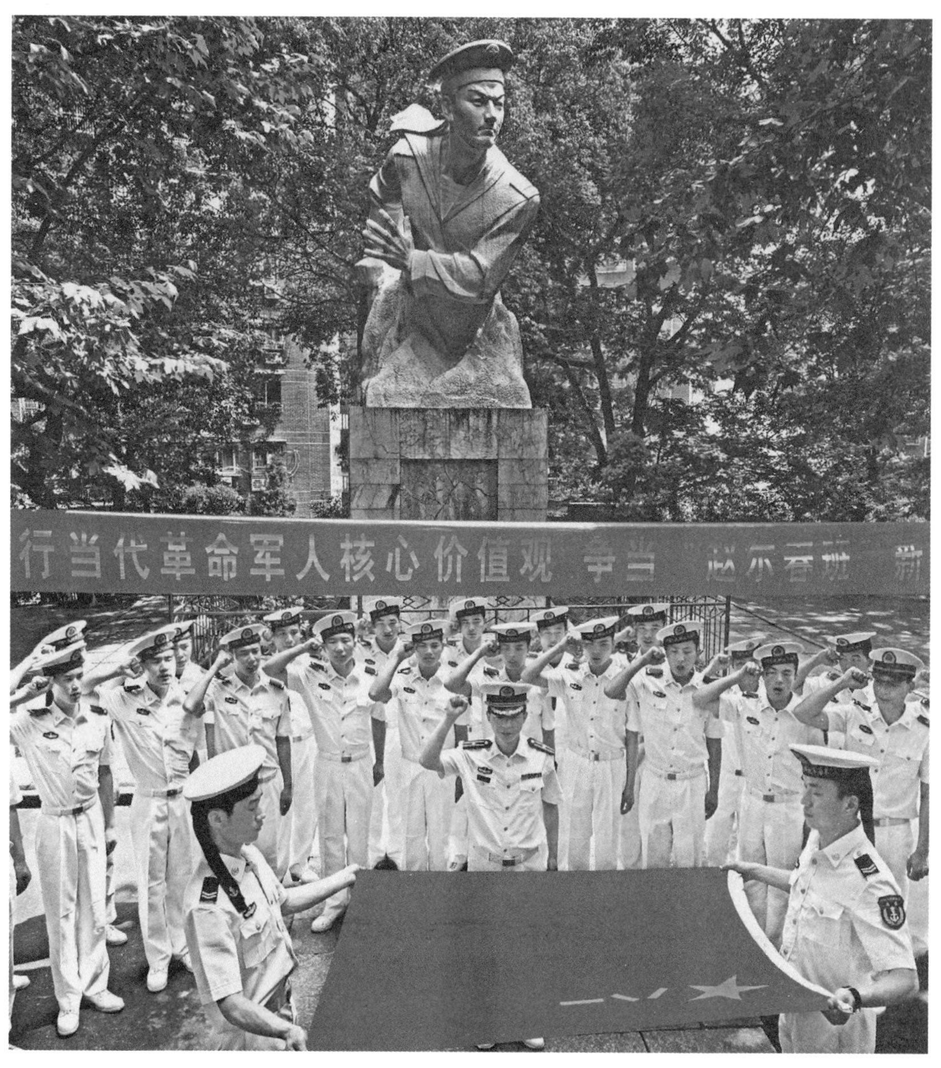

正上好实践这一课。

实践还要在总结中提高。毛主席曾经谦虚地说他自己“只不过比别人更善于总结罢了”，小平同志也讲过他是“靠总结吃饭”的大实话。的确，总结可以让实践得到升华，找到规律性的东西，上升到理论层次，以更好地指导实践。总结要全面，成功的、现在的、自己的，要总结；失败的、过去的、别人的，也要总结。全面总结，才能全面提高，全面搞好实践。

坚定理想信念　加强党性修养

争做新时代忠诚干净担当的党员干部*

今年是建党 100 周年，党中央部署在全党开展党史学习教育，习近平总书记多次发表关于我们党的百年奋斗史方面的重要讲话。前期，我结合学习党史特别是学习习近平总书记重要讲话，作了一些研究与思考，形成了一些理论学习成果。其中，在《解放军报》发表的题为《永葆攻坚克难的锐气和斗志》理论文章，被新华网、人民网、求是网、党史学习教育官网、“学习强国”等主流媒体网站频道转载转发，全网大约有 100 多个转载版本，有的单个版本浏览量就达 150 多万，总浏览量达千万级。一些机关、公司、学校、医院、部队等党政军和企事业单位还组织集中学习，产生积极广泛影响。许多单位邀请我作党史学习教育辅导授课、讲授专题党课。

为满足上述需求，我认真地备了几课，如《艰苦奋斗，攻坚克难，做一名新时代优秀共产党员》等。今天，之所以到邮储银行讲专门为你们准备的《坚定理想信念，加强党性修养，争做新时代忠诚干净担当的党员干部》这个题目，

* 本文为作者 2021 年 8 月 13 日，公开讲授专题党课提纲。这次党课主会场设在中国邮政储蓄银行新疆分行机关，全疆邮储银行营业网点设分会场，并作公开报道。选入本书时有删节。

主要是基于以下三点考虑。一个是，邮储银行自成立以来，发挥网点多、覆盖广等优势，致力于为中国经济转型中最具活力的城乡居民、中小企业等客户服务，迅速成为全国领先的大型零售商业银行，新疆分行更是为当地经济社会发展特别是脱贫攻坚作出了突出贡献。在今年建党百年这个特殊政治年份，在邮储银行贯彻新发展理念、推动高质量发展的关键时候，更应从我们党的历史中汲取智慧力量，传承红色基因，坚定理想信念，提升品牌形象，把企业做大做强。另一个是，银行业、金融企业的工作，每天都跟钱打交道，需要警钟长鸣、警惕常在、常抓不懈，时刻筑牢思想防线，增强党性观念、纪律意识和廉洁意识，始终保持干干净净、清清白白、廉洁自律。再一个是，我了解到邮储银行新疆分行今年提出了“深化改革创新，加快转型升级，打造竞争优势，奋力开创高质量发展新局面”的战略目标，那么要实现这一目标，我相信还有很多大事难事要干、有很多硬仗恶仗要打、有很多矛盾困难和问题要解决，这些都离不开各级党员干部在坚定理想信念、加强党性修养基础上的担当作为、拼搏奋斗和无私奉献。下面，我围绕今天授课主题，和大家交流三个问题。

一、什么是共产党人的理想信念，坚定的理想信念体现在哪里？

大家都知道，理想是对未来事物的想象或希望，是人们在实践中形成的、有可能实现的、对未来社会和自身发展的向往与追求，是人们的世界观、人生观和价值观在奋斗目标上的集中体现，是指有根据的、合理的、理性的预想，跟空想、幻想不同，具有前瞻性和远大性；信念是坚信正确而不肯改变的观念，是认知、情感和意志的有机统一体，是人们在一定的认识基础上，确立的对某种思想或事物坚信不疑并身体力行的精神状态，具有稳定性和执着性。

在人的生命历程中，理想和信念是如影随形、互相依存的。理想是信念的根据和前提，信念则是实现理想的重要保障。在很多情况下，理想就是信念，信念就是理想。当理想作为信念时，它是指人们确信的一种观点和主张；当信念作为理想时，它是与奋斗目标相联系的一种向往和追求。

那么，我们共产党人的理想信念是什么呢？共产党人的理想信念，就是马克思主义信仰、共产主义远大理想、中国特色社会主义共同理想。坚定理想信念，就是坚定对马克思主义的信仰、对共产主义和中国特色社会主义的信念，这是中国共产党人矢志不渝的精神追求。对马克思主义真理及其中国化全部理论成果，包括毛泽东思想、邓小平理论、“三个代表”重要思想、科学发展观、习近平新时代中国特色社会主义思想的坚定信心，把其作为全部工作与行动的指导思想不动摇，坚信只有在党领导下走中国特色社会主义道路，才是中华民族走向美好未来的正确道路，并为此不懈奋斗。

正如习近平总书记指出的那样：“对马克思主义的信仰，对社会主义和共产主义的信念，是共产党人的政治灵魂，是共产党人经受住各种考验的精神支柱。”习近平总书记在今年“七一”重要讲话中深刻阐发我们伟大建党精神，指出：“一百年前，中国共产党的先驱们创建了中国共产党，形成了坚持真理、坚守理想，践行初心、担当使命，不怕牺牲、英勇斗争，对党忠诚、不负人民的伟大建党精神，这是中国共产党的精神之源。”一百年来，中国共产党弘扬伟大建党精神，在长期奋斗中构建起中国共产党人的精神谱系，无论是战争年代的井冈山精神、长征精神，还是社会主义建设时期的“两弹一星”精神、大庆精神，无论是以共产党员个人为载体的夏明翰、方志敏、刘胡兰精神，还是以共产党员某个组织集体展现的延安精神、抗美援朝精神、载人航天精神等，虽然具体内容有所不同，但这些精神都鲜明地体现着共产党人对自己理想信念的坚定和执着，无论何时何地何种情况，都不忘为中国人民谋幸福、为中华民族谋复兴的初心使命，并为此不懈奋斗。在革命战争年代，共产党人的理想信念表现在为推翻帝国主义、封建主义、官僚资本主义反动统治，完成新民主主义革命而奋斗；在社会主义初期，共产党人的理想信念表现在为建立、巩固和完善社会主义制度、推进社会主义现代化而奋斗；而在今天，共产党人的理想信念表现在为推进中国特色社会主义现代化强国建设、实现中华民族伟大复兴的中国梦而奋斗。为了以上的理想信念，中国共产党人集中体现出以下特征。

一是为了崇高的理想信念而一生奋斗。一百年来，共产党人始终将自己的整个生命与理想信念连在一起，使自己的一生成为为理想信念奋斗的一生。我们永远敬爱的周恩来总理就是这样的光辉典范，一生都遵奉着自己的誓言。周总理从少年就立志“为中华之崛起而读书”，在确立共产主义信仰时，他说：“我认的主义一定是不变了，并且很坚决地要为他宣传奔走。”他还说：“在任何艰难困苦的情况下，都要以誓死不变的精神为共产主义奋斗到底。”此后，不论革命力量多么弱小，白色恐怖多么残酷，对敌斗争多么激烈，政治局势多么复杂，担负的责任多么艰巨，个人的处境多么困难，他都始终保持坚定的理想信念和旺盛的革命精神。老一辈革命家朱德也是这方面的榜样，习近平总书记高度评价说：“朱德同志在确立马克思主义信仰、树立为共产主义事业奋斗的崇高理想后，无论面对什么样的艰难险阻和重大挫折，他始终没有动摇。越是危难关头，他越是信念坚定。”革命理想高于天。坚定理想信念是共产党人的政治灵魂。中国共产党能够历经挫折不断奋起，历经苦难而淬火成钢，归根到底在于千千万万共产党人心中有着坚定执着的远大理想和革命信念，并且为了崇高的理想信念而努力一生奋斗。

二是在为理想信念奋斗的征程中百折不挠。一百年来，在党领导革命、建设、改革的历程中，共产党人始终表现出面对挫折和困难敢于迎难而上、攻坚克难、百折不挠的大无畏精神，从未被任何困难所吓倒。长征途中“风雨浸衣骨更硬、野菜充饥志越坚”；抗美援朝中，在零下 40 摄氏度严寒下身穿两层单衣的志愿军饮冰卧雪；大庆油田会战中，“有条件要上，没有条件创造条件也要上”；尤其是这两年，在打赢脱贫攻坚战中，包括中国邮储银行在内的党员干部、职工和贫困群众一起“汗珠子摔八瓣”，书写了“最成功的扶贫故事”。全国9899万农村贫困人口全部脱贫，832个贫困县全部摘帽，12.8万个贫困村全部出列，区域性整体贫困得到解决，完成了消除绝对贫困的艰巨任务，创造了又一个彪炳史册的人间奇迹。在我们大家工作生活的新疆这片热土上，这样的典型也不少。比如，新疆生产建设兵团，当年党中央一声令下，随王震将军进疆的十万军队就地转业、铸剑为犁、屯垦戍边，组建新疆生产建设兵团，几代兵团人怀着“到祖国最需要的地方去、到最艰苦的边疆去”的豪情壮志，默默无闻屯垦在祖国西北边陲，以“热爱祖国、无私奉献、艰苦创业、开拓进取”的兵团精神，在戈壁沙漠上创造了胜似江南的美丽画卷。这些都体现了共产党人为理想信念、为了党和人民的事业，排除万难、拼搏奋斗的崇高品格和精神。

三是为了崇高神圣的理想信念，把个人的生死置之度外，甚至牺牲宝贵生命也义无反顾。一百年来，在实现为中国人民谋幸福、为中华民族谋复兴的伟大实践中，许多共产党人面对牺牲没有丝毫犹豫彷徨、苟且偷生，而是义无反顾、视死如归，为了追求和信仰慷慨明志、从容赴死。我这里有一组数字，仅从1921年中国共产党成立到1949年中华人民共和国建立，28年间在中国革命中英勇牺牲且有名可查的共产党员就多达370万人，比新中国成立时的300万党员人数还多。他们当中有“砍头不要紧只要主义真”的夏明翰，“骨头烧成灰还是共产党员”的邓中夏，就义前用俄语高唱《国际歌》的瞿秋白，在狱中写出《可爱的中国》从容就义的方志敏，被关押在重庆渣滓洞受尽各种酷刑高喊“竹签子是竹子做的，共产党员的意志是钢铁”的江姐，肠胃切开后只有草根和棉絮的抗日将领杨靖宇，不满15周岁面对铡刀毫无惧色的刘胡兰，等等。

前段时间热播剧《觉醒年代》生动反映了我们建党之初那段激情燃烧、艰苦卓绝的岁月，展现了无数革命前辈为中国革命英勇牺牲的壮举。安徽合肥的

"延乔路"也由此引起了世人的关注，这条路实际上是为纪念革命先烈陈延年、陈乔年，就是陈独秀的长子和次子，以他们的名字命名的。我们新疆也有这样的典型，像新疆第一任财政厅厅长毛泽民，1938 年 2 月受党中央派遣，化名周彬到新疆做统战工作。作为新疆第一任财政厅厅长，面对新疆因连年战乱导致经济凋敝、财政混乱、民不聊生的局面，采取一系列有效措施，把新疆财政整顿得井井有条。1942 年被新疆督办盛世才逮捕，次年被秘密杀害。这位"红色大管家"坚贞不屈、视死如归，为中国革命事业作出了突出贡献。还有陈潭秋烈士，他是中共一大代表、党的创始人之一，也是和毛泽民一样被盛世才杀害于当时的迪化、现在的乌鲁木齐。虽然革命先烈们入党时期不同、党内地位不同、家庭出身不同，但"为共产主义奋斗终身"的理想信念和忠贞信仰却始终如一、至死不渝。

讲到这里，我突然想起，"共产党人是用特殊材料制成的"这句话。为什么讲共产党人而不是别的什么人是"特殊材料"制成的呢？我理解，这个"特殊材料"就是信仰，就是理想信念，不明白这个，就不会懂得为什么会有那么多的革命先烈，为了民族的解放和国家的独立，抛头颅、洒热血，前仆后继、死而无憾。

应当讲，树立坚定的共产主义理想信念，自觉投身于中国特色社会主义伟大实践，是当代共产党人坚强党性的本质特征。作为党员干部，我们在坚定理想信念上，更要站排头、作表率。

二、什么是共产党员的党性修养，如何加强党性修养？

先理清 4 个概念。一是党性，是一个政党固有的本性，是阶级性最高和最集中的表现。二是共产党员的党性，是共产党的性质、目标、宗旨、作风、纪律、道德等各方面要素的综合反映，是共产党员共有的属性和特征，其核心内容是为共产主义奋斗终身。三是党性修养，特指共产党员的党性修养，也称党性锤炼，是党员的自我教育、自我改造、自我完善；是对共产党的本质属性的内化；是党员在改造客观世界中，自觉克服错误思想，不断改造主观世界，用党性原则规范自己的言行，不断开创实践和认识新境界的过程。四是党性修养的主要内容，是包括马克思主义的理论修养、政治修养、纪律修养、作风修养、思想道德修养、业务能力修养等方面。由此可知，共产党的党性是马克思主义政党的本质属性，是党员干部立身、立业、立德的基石。人有人性，党有党性。人生在世，要做好人，丧失人性，不配做人；在党忧党，在党为党，党性不纯，一事无成。新时代党员干部加强党性修养，既要体现传承性，更要突出时代性，在传承党性修养一贯要求中赋予更多新时代内涵。

（1）加强新时代政治修养，最重要的是坚决做到“两个维护”。政治修养是党性修养的核心，是党员干部政治素质、政治立场和政治态度的集中体现，也是衡量一个党员政治上是否成熟的主要标志。新时代党员干部加强政治修养，必须着重在坚定政治方向、落实政治任务、强化政治担当上下功夫，最核心的要求就是坚决做到“两个维护”。2018 年秦岭北麓西安境内违建别墅问题，央视专门制作专题片进行曝光，1194 栋违建别墅被列为查处整治对象，而他们最初上报只有 202 栋，这 202 栋也并未整治彻底；习近平总书记 6 次作出批示指示，时任省、市领导简单圈阅、口头布置、层层批转，以上报材料代替问题整治。还有，祁连山生态破坏问题，大家知道，祁连山是我国西部重要生态安全屏障，是黄河流域重要水源地，是我国生物多样性保护优先区域，在 2014 年至 2017 年期间，却因时任有关省、市、县领导对党中央决策部署贯彻不坚决、不彻底，为破坏生态行为“放水”，整改落实不担当、不碰硬，导致矿产资源被违规开采、水电设施违法建设运行，祁连山局部生态遭到严重人为破坏。这些问题就是没有做到“两个维护”的典型案例，是政治意识、大局意识、核心意识、看齐意识严重不足的具体表现。

因此要深刻认识到，“两个维护”不是抽象的而是具体的，不是口头的而是行动的，不是有条件的而是无条件的，不是片面的而是全面的。作为党员干部，我们要坚决做到“两个维护”、增强政治修养。一是要有高度的理性认同、情感认同。在理论与实践、历史和现实、当前和未来的结合中，在“中国之治”与“西方之乱”的对比中，深化对习近平总书记党中央的核心、全党的核心地位，党中央权威和集中统一领导的认同，不断增强对我们党的核心、人民的领袖、军队的统帅的拥护和爱戴之情。二是要有高度的思想自觉、行动自觉。做到党中央提倡的坚决响应、党中央决定的坚决执行、党中央禁止的坚决杜绝。三是要联系实际、落实落地。无论任何时候都自觉同党中央部署对表对标，不打折扣、不偏不倚，严格执行到底，无论在哪个岗位都要坚决做到守土有责、守土负责、守土尽责，日常生活中要坚决对歪风邪气说“不”、旗帜鲜明予以斗争，切实在思想上政治上行动上同以习近平同志为核心的党中央保持高度一致。

（2）加强新时代理论修养，最根本的是学懂弄通做实习近平新时代中国特色社会主义思想。理论修养是党性修养的基石。我们党员干部政治上的坚定、党性上的坚定都离不开理论上的坚定。习近平总书记深刻指出，“要练就‘金刚不坏之身’，必须用科学理论武装头脑，不断培植我们的精神家园”“要在常学常新中加强理论修养，在真学真信中坚定理想信念，在学思践悟中牢记初心使命”。刘少奇同志在《论共产党员的修养》中说过，一些党员一起参加革命，在大体相同的环境和条件下有的进步快些，甚至原先比较落后的都赶到前边去了，有的进步却很慢，有的甚至发生动摇等等，这是为什么？其中一个重要原因就是他们进行党性锻炼的自觉性不一样。刘少奇同志这里讲的党性锻炼就是加强理论学习、理论修养。

回顾我们党的历史，早在1924年，党的第一次中央执委会扩大会议就提出加强党内教育、设立党校。党的六届六中全会提出在全党开展学习竞赛，在延安时期还陆续创办抗日军政大学等十几所干部学院，推动了马克思主义理论的传播和研究。应当说我们党在各个历史时期、每个重大转折时期，面对新形势新任务，都首先从理论学习开始，通过理论与实践相结合，提高全党马克思主义理论水平。实践反复证明，思想建党、理论强党是我们党的政治优势，也是我们党能够始终保持统一的思想、坚定的意志、彻底的执行力、强大的战斗力的根本原因。同时，我们党在长期革命、建设、改革实践中，不断开创发展马克思主义中国化理论，形成毛泽东思想、邓小平理论、“三个代表”重要思想、科学发展观、习近平新时代中国特色社会主义思想等一系列既一脉相承又与时俱进的理论成果，尤其是习近平新时代中国特色社会主义思想，以崭新的思想内容丰富和发展马克思主义，是一个系统全面、逻辑严密、内涵丰富、内在统一并不断丰富发展的科学理论体系，更是当代广大党员干部理论修养的根本所在，必须坚持学思用贯通、知信行统一，持之以恒推动学习往深里走、往心里走、往实里走，做到真学、真懂、真信、真用。

怎么真学？就是变“要我学”为“我要学”，第一时间反复学习理解习近平总书记重要讲话，读原著、学原文、悟原理，做到融会贯通、入心入脑，克服零散化、碎片化和实用主义，力求由浅入深、由表及里，掌握精髓真谛。怎么真懂？就是紧密联系实际，深刻认识其时代意义、理论意义和实践意义，深刻理解其丰富内涵和精神实质，深刻把握蕴含其中的马克思主义认识论、方法论，真正做到学深悟透。怎么真信？就是始终坚信党的创新理论、坚信习近平新时代中国特色社会主义思想，是我们认识、分析和解决问题的“金钥匙”，不心怀疑虑、不心存观望，始终坚信、坚持、坚守。怎么真用？就是把学习成果更多地转化为实践成果，用科学理论指导谋划建设发展思路，开展战略性、全局性问题研究，善于观大潮、谋大局、抓大事，善于想新招、出实招、使硬招，不断增强工作的原则性、科学性、预见性和创造性。

（3）加强新时代纪律修养，最重要的是严守政治纪律。纪律修养是党性修养的底线要求。我们党是用铁的纪律组织起来的马克思主义政党，纪律严明是我们党的优良传统和政治优势，也是我们党的力量所在。习近平总书记指出，党的政治纪律是打头、管总的，遵守政治纪律和政治规矩是遵守党的全部纪律的基础。1939 年 6 月，中共中央刊物《解放》刊登了一篇题为《为什么要开除刘力功的党籍》的文章，作者是时任中共中央组织部部长陈云。

刘力功何许人也？开除党籍所为何事？刘力功，1938 年入党，先在抗日军政大学学习，后来到中央党校训练班学习。毕业时，党组织安排其去基层锻炼，他却坚持要进马列学院或回原籍，否则就退党。组织找他谈过 7 次话，对他进行耐心说服教育，他依然拒绝执行党组织的决定。最后党中央决定开除其党籍，并向全党公布。陈云同志的文章中有这么一段话，至今读起来仍很受警醒和教育，这里跟大家一起重温一下："那么，怎样才叫做真正遵守纪律呢？一句话：迅速确切地执行党的决议。为什么执行决议是遵守纪律的表现呢？因为党所规定的'个人服从组织，少数服从多数，下级服从上级，全党服从中央'，无非是用这样民主集中的制度来作出党的决议，统一党的意志和行动。这个决议，这种纪律，就不仅是口头上的赞成，而要实际上去执行。你执行中央和上级决议才算是真正遵守纪律。那么，为什么要'迅速确切'地执行呢？因为要考验你在实际工作中执行决议是拖延的，敷衍的，甚至是故意歪曲的，还是真正忠实执行的。党不容许任何党员在党的决议面前有'阳奉阴违'的两面派态度。"围绕着"为什么要开除刘力功的党籍"，陈云又组织延安各机关、学校开展了一场热烈讨论，广大干部、学生纷纷检查自己是否以一个共产党员的标准来严格要求自己。当时，延安出现了"三多三少"现象，即讲个人要求的少了，服从组织分配的多了；图安逸比享受的人少了，要求到前线和艰苦地方锻炼的人多了；自由主义现象少了，严守纪律的人多了。应当说，我们党对政治纪律、政治规矩的要求是一以贯之的，铁的纪律也是我们党由弱到强、从小到大，团结带领人民不断创造奇迹的坚强保证。加强新时代纪律修养，必须以党章党规党纪为遵循，把“严”的主基调长期坚持下去，突出严守政治纪律，带动组织纪律、廉洁纪律、群众纪律、工作纪律、生活纪律等党的其他纪律全面严起来。

作为新时代共产党员，我感到，最起码要做到以下三条。一是增强纪律意识，做到警钟长鸣。认真学习党章党规党纪，以“君子检身、常若有过”的态度来检视自身的不足和问题，自我净化、自我完善、自我革新、自我提高，防止小问题变成大问题。二是严明纪律规矩，做到有纪必依。坚决杜绝发生“上有政策、下有对策”“有令不行、有禁不止”“打折扣、搞变通”等问题。三是强化领导带头，做到正己率下。坚持从自身做起，从一言一行严起，做尊崇纪律、敬畏纪律、严守纪律的模范实践者，特别是领导干部要自身正、自身硬，以上率下，形成“头雁效应”。

(4) 加强新时代作风修养，最紧要的是力戒形式主义、官僚主义。作风修养是党性修养的集中体现。习近平总书记强调，党的作风就是党的形象，关系人心向背，关系党的生死存亡。回顾党的百年历史，我们党十分注重运用开展重大学习教育整顿活动的形式，来解决党内存在的突出问题特别是思想作风问题，这对确保党的纯洁巩固发挥了重要作用。比如，延安整风运动、“讲学习、讲政治、讲正气”教育、深入学习实践科学发展观活动、创先争优活动，还有党的十八大以来开展的党的群众路线教育实践活动、“三严三实”专题教育、“两学一做”学习教育、“不忘初心、牢记使命”主题教育以及今年的党史学习教育等一系列重大学习教育活动，都有力地促进了党内政治生态好转，取得了巨大成效。细数历次学习教育活动需要解决的突出问题、重点问题，其中都有形式主义、官僚主义的影子。为什么？因为形式主义、官僚主义极易反弹回潮、变形异化、隐身潜藏，治理起来很难毕其功于一役。加强新时代作风修养，必须以破除形式主义、官僚主义为切入口，在标本兼治上动真碰硬、抓常抓长、久久为功。

一要用整风精神破除形式主义、官僚主义。坚持刀刃向内，敢于刮骨疗毒，既要解决工作方式方法上的问题，更要解决政绩观、权力观、地位观、价值观等主观世界中的问题。二要用务实作风破除形式主义、官僚主义。坚持实事求是的思想路线，大兴求真务实、调查研究之风，做到察实情、出实招、求实效，坚决纠治“五多”问题。三要用改革思路破除形式主义、官僚主义。与时俱进改进工作模式，改变过去的传统思维、惯性做法，防止遇到问题还是老办法、旧套路，以前怎么办现在还是怎么办，如果那样，作风修养永远也提高不了。

（5）加强新时代道德修养，最突出的是明大德、守公德、严私德。为政之道，修身为本。道德修养是党性修养的重要标尺。在今年庆祝中国共产党成立100周年“七一勋章”颁授仪式上，习近平总书记发表重要讲话，指出“共产党人拥有人格力量，才能赢得民心”，要求“全党同志都要明大德、守公德、严私德，清清白白做人、干干净净做事，做到克己奉公、以俭修身，永葆清正廉洁的政治本色”。其实早在2018年3月10日，习近平总书记在参加十三届全国人大一次会议时就指出，领导干部要立政德，政德是整个社会道德建设的风向标。立政德就要明大德、守公德、严私德。这为广大党员干部特别是领导干部如何加强道德修养指明了努力方向和实践路径。当时习近平总书记还将“狱中八条”一一读出来，可谓良苦用心。这“狱中八条”就是：①防止领导成员腐化；②加强党内教育和实际斗争的锻炼；③不要理想主义，对上级也不要迷信；④注意路线问题，不要从右跳到左；⑤切勿轻视敌人；⑥重视党员特别是领导干部的经济、恋爱和生活作风问题；⑦严格进行整党整风；⑧惩办叛徒、特务。可以说，“狱中八条”是革命烈士用鲜血和生命换来的经验与教训，是一份宝贵的党史资料、一份厚重的党性教材、一份沉甸甸的政治嘱托。

应当看到，一个党员的党性，不是随着党龄的增长和职务提升而自然提高的，如果不加强修养和锤炼，党性不仅不会提高，反而会降低甚至可能完全丧失。因此，我们每名党员干部都要不断加强思想淬炼、政治历练、实践锻炼，从小事小节上加强道德修养，从一点一滴中完善自己，不断提升思想道德品质。具体地讲：明大德，就是要做到理想信念坚定。深入学习习近平新时代中国特色社会主义思想，筑牢信仰之基、补足精神之钙、把稳思想之舵，坚持把个人追求融入党的事业、单位建设发展之中，坚定对远大理想和奋斗目标的执着追求，始终为党分忧、为党担责、为党尽责，为单位建设发展尽心尽力。守公德，就是要做到全心全意为人民服务。银行的工作，服务经济社会，支持实体经济，与人民群众的利益息息相关。要始终把群众观点、群众路线深深根植于头脑中，自觉践行服务宗旨，广泛开展“我为群众办实事”活动，热忱为人民群众提供全方位的金融服务，让金融改革发展成果惠及更多人民群众，不断提升老百姓对邮储银行的满意度、信赖感、获得感。严私德，就是要做到洁身自好。弘扬“吾日三省吾身”精神，以自重铸品德、以自省管小节、以自警慎言行、以自励把操守，慎独慎微、慎始慎终，追求健康向上的生活情趣，自觉净化工作圈、生活圈、社交圈，树立清正廉洁的党员干部形象，营造风清气正的政治生态。

（6）加强新时代能力修养，最关键的是增强适应新时代中国特色社会主义发展要求的能力。能力修养是党性修养的关键。习近平总书记强调，我们党既要政治过硬，也要本领高强。这个道理也很简单，没有金刚钻揽不了瓷器活，我们干任何工作，光有一腔热情远远不够，没有几把“刷子”和几手“硬功”“绝活”万万不行。因此，要把新时代能力修养作为党员干部的基本功，不断提高履行职责使命、完成各项任务的实际能力。

一是统筹谋划能力。统筹谋划是开展工作的起点和根本方法。统筹谋划好，单位建设就能协调发展；统筹谋划不好，就会失衡受挫。党员领导干部的统筹谋划、顶层设计能力更是决定了本单位建设的层次水平。要自觉加强学习研究、丰富知识、开阔眼界，提高思维层次和谋略水平，学会多角度观察分析问题，研究把握工作运转规律，更好谋划工作、指导实践。二是防控风险能力。这两年，金融行业风险持续攀升，习近平总书记多次强调，要打好防范化解金融重大风险这场攻坚战。我想，强化忧患意识、风险意识，对于邮储银行来讲更具现实意义。要善于洞察风险，增强敏锐性，及时发现各种潜藏的风险，科学研判风险发展趋势，掌握风险发生演变规律，做到“一叶落知天下秋”；要善于防范风险，完善预测预防体系，防止小风险发展为大风险、局部风险蔓延为全局风险；要善于化解风险，把坚定的政治立场、正确的政策策略和科学的方法手段结合起来，力争把复杂问题处理得“平稳妥当”，从根本上解决风险背后的深层次问题。三是提高改革创新能力。只有改革创新才能谋求更大发展。要破除思维定式，树立与奋斗目标要求相适应的思维方式和思维观念，紧贴实际、立足实践、着眼实效，冲破思想禁锢、打破陈规陋习，在创新驱动上实现跨越式发展。四是提高本职业务能力。银行的工作专业性很强，要熟练掌握各项制度规定，提高像金融货币、证券投资、财务管理以及营销等各方面能力。大家都是专业的，我在这里班门弄斧，简单提一下。五是提高狠抓落实能力。一分部署，九分落实抓工作，行动是根本，落实是关键。工作部署后，谁来干，谁来落实？首先是党员干部，尤其是主要负责同志，要一级带着一级干，一级盯着一级抓，形成有部署安排、有检查指导、有总结讲评、有长效反馈的闭合回路，以抓铁有痕、踏石留印的劲头，抓好各项工作末端落实，不断开创工作新局面。

三、党员干部的标准是什么，如何做一名新时代党员干部？

习近平总书记多次强调，党员干部要“对党忠诚、个人干净、敢于担当”。这一重要指示，高度概括了党员干部的标准，为广大党员干部立身、处事、做人提供了根本遵循。忠诚是政治品格、干净是做人底线、担当是职业素养。党员干部只有始终把忠诚、干净、担当作为座右铭，内化于心、外化于行，作为自己修身之本、为政之道、成事之要，才能做一名让党放心、让人民满意的好党员、好干部。

（1）要永葆对党忠诚这个金科玉律。对党忠诚，是党员干部的首要政治品质和政治生命线，也是党的事业顺利发展的坚强政治保证。像刚才讲的秦岭北麓西安境内违建别墅问题、祁连山生态破坏问题等，就是对党不忠诚的突出反面典型。现在还有一种不忠诚的表现，就是丧失党员干部的信仰信念，不信马列信鬼神，不信组织信“大师”。党的十八大以来，查处的很多“老虎”“苍蝇”，通报中都提到丧失理想信念，大搞封建迷信活动，仅 2020 年以来，中央纪委国家监委就通报 30 多起这样的典型案例。有的在“风水问题”上绞尽脑汁，请一些所谓的“仙家”“大师”给祖坟、办公室破风水、破“捆龙锁阵”，指使行贿人给“大师”捐款；有的装修房子时在家中发现几只蝙蝠尸体，就认为这是“不吉之兆”，便千方百计拜入“活佛”门下，领取“皈依证”，还在家中专门辟出一间屋子作为佛堂，摆放佛像、转经筒，每日焚香膜拜，念诵经文。还有一些党员干部，违背政治信仰，相信“转世轮回”“因果报应”等佛教教义，佩戴佛饰、佛珠，时常到寺庙参加法会、放生、烧纸等活动。

这些鲜活的案例说明，走上歧途的党员干部，精神世界迷雾未除，任由封建迷信的沉渣花样泛起，把空虚的内心寄托在神佛身上，丧失对党的忠贞信仰、忠心赤胆、忠勇风骨，势必会如同盲人碰上瞎马，只会从悬崖上跌落，也都必然会受到法纪严肃惩处、付出惨重代价。记得小时候我们看戏，一个角色刚出场，我们就迫不及待地问身边的大人们，这个是好人还是坏人，是忠臣还是奸臣？是好的，我们就鼓掌欢迎、喝彩叫好；反之，则咬牙切齿、恨之入骨。可以说，中华民族自古就有崇尚真善美、厌恶假恶丑，敬重忠臣良将孝子、痛恨奸臣坏蛋小人的光荣传统。那么，作为共产党员、党的干部，特别是领导干部，我们如何做一个新时代的“忠臣”“良将”呢？

一要忠于信仰。信仰马克思主义，信仰社会主义和共产主义，立志为共产主义奋斗终身，任何时候任何情况下，都要表里如一，从心灵深处、从骨子里做到对党和人民的绝对忠诚，做到任尔东西南北风，我自岿然不动。二要忠于核心。增强“四个意识”，坚定“四个自信”，做到“两个维护”，特别是一定要把维护习近平总书记党中央的核心、全党的核心地位作为最大政治，带头忠于核心、拥戴核心、维护核心、追随核心。三要忠于党性。这是共产党人立身、立业、立言、立德的基石，要从落实“三会一课”、民主生活会、交纳党费等点滴做起严起，切实在严肃党内生活的熔炉中加钢淬火、提纯党性。

（2）要坚守个人干净这个立身之本。只有自身正、自身净、自身硬，才能确保能干事、干成事、不出事。应当说干净是“底线”，更是不能踩的“红线”。尤其是对于作为每天跟钱财打交道的金融企业的银行来讲，这方面的考验更为直接。我注意到十九届中央纪委四次全会作出“深化金融领域反腐工作”部署以来，这两年金融领域反腐呈现高度密集的态势。据不完全统计，仅去年一年银行系统至少有来自国有大行、商业银行以及农村信用社等61人被查。像2018年的中国华融资产管理股份有限公司原党委书记、董事长赖某一案，其受贿、贪污敛财数额多达17.88亿元，创下党的十八大以来“老虎”敛财数额之最。还有2019年6月中纪委通报的，某银行行长严重违反八项规定精神，违规出入私人会所，违规收受贵重礼品、礼金；严重违反组织纪律，在干部选拔任用过程中，为关系人“量身定做”选拔任用方案；利用职务便利为他人牟取利益，非法收受他人1.36亿元巨额财物；严重违反生活纪律，道德败坏，生活腐化。曾有媒体披露，他本人也亲口承认潜规则32名女下属，着实令人震惊，教训十分深刻。如果我们党员干部自身不干净、不硬气，每搞一次特殊就会降低一份威信，每破一次规矩就会留下一个污点，每牟一次私利就会失去一片人心。“君子爱财、取之有道”。

党员干部一定要坚决克服和纠正金钱至上、特权思想、利己主义等问题，始终做到慎独慎微、慎初慎终，不违规不逾矩，坚守为官做人的底线。要加强廉洁自律。严格遵守廉政有关规定，守身如玉、洁身自好，过好金钱关，绝不能见钱眼开，财迷心窍，见利忘义，取不义之财，成为金钱的奴隶。要培养高尚道德情操。自觉遵守社会公德、恪守职业道德、弘扬家庭美德、提升个人品德，慎独慎友慎行，树立党员干部良好形象。要始终谨言慎行。做到心有所畏、言有所戒、行有所止，始终对自己、对他人负责，做一名守规矩、有作为的好党员、好干部。

（3）要践行敢于担当这个成事之要。一个时代有一个时代的主题，一代人有一代人的使命。习近平总书记强调指出："干部就要有担当，不能只想当官不想干事，只想揽权不想担责，只想出彩不想出力。"担当大小，体现着党员干部的胸怀、勇气和格局，有多大担当才能干多大事业。反之，不敢担当、不愿担当，遇到问题绕道走，对上级"缩头"、对平级"踢球"、对下级"甩锅"，一定会带来失责渎职的憾事。这方面，我们经常会看到一些不作为、乱作为、慢作为、假作为，消极懈怠、庸政懒政的党员领导干部被通报问责，特别是这两年脱贫攻坚、疫情防控中有很多这样的反面典型，具体的案例就不再列举了，我们从不担当的表现上来作些分析，帮助大家更清晰地认识这个问题。

不担当的表现常见的有以下几条。一是不愿担责。遇事要么"绕着走"，要么"打太极""踢皮球"，不是冒着风险去解决问题，而是多做些"表面政绩"混个好名声。二是但求无过。信奉"不做不错、多做多错"的官场哲学，宁肯不出事也不愿多做事，一心就想把自己洗白、把自己撇干净。三是应付了事。能力素质和工作水平低下，习惯"照葫芦画瓢"，老情况、老问题可以对付，新情况、新问题难以解决，常规工作可以完成，突发事件难以把控。四是光说不练。说起来头头是道，做起来缩手缩脚，说得多干得少，一旦出了问题和失误"一推六二五"，明哲保身，不敢负责。五是敷衍塞责。对上级决策部

署，该办的事不办，该管的事不管，最好责任都是别人的，自己什么也不干。

以上五个方面，大家可以对照对照，看自己身上有没有？有则改之、无则加勉。作为党员干部，我们一定要树牢“功成不必在我，功成必定有我”的担当精神。要强化担当之责，常思岗位之责，常想尽职之策，自觉摒弃“不干事就不会出事”的错误思想，杜绝懒政怠政行为。要锻造担当之勇，实干而不虚耗、苦干而不苦熬，以时不我待、只争朝夕、勇立潮头的进取精神，干好该干的事，扛起属于自己的那份历史使命和责任担当。要提高担当之能，学会游刃有余的斗争策略、灵活机动的战略战术、实在管用的方式方法，切实以过硬本领迈向新征程，展现新作为，建功新时代。

以人为本　竭诚服务

扎实做好老干部“两高期”服务管理工作*

今天，能和总政直属单位的各位领导、同志们交流如何做好军队老干部高龄期、高发病期（以下简称“两高期”）服务管理工作体会，我感到很高兴。

自20世纪90年代末以来，随着军队老干部逐步进入“两高期”，总政直属单位各级党委和广大老干部工作者认真学习贯彻落实军委、总部关于做好老干部工作的一系列决策指示，紧紧围绕老干部“两高期”出现的新情况新问题，认真研究探索，积极改革创新，开展优质服务，加强教育管理，狠抓直属党委8号文件的贯彻落实，使老干部生活生命质量得到明显提高，老干部服务管理工作出现了蓬勃发展的可喜局面。

一、总政系统近年来老干部“两高期”服务管理工作的基本成绩

2005年11月，全军召开了老干部“两高期”服务管理工作座谈会，专门

* 原载《每月一课授课提纲》，解放军出版社2008年版。为作者2007年12月23日，在原总政治部直属单位领导、机关干部和干休所主官培训班所作辅导授课提纲。选入本书时有删节。

研究和部署了如何做好老干部“两高期”服务管理工作问题。会后，以总政和总后的名义下发了《关于做好老干部高龄期高发病期服务管理工作的意见》。两年来，总政直属单位坚持以科学发展观为指导，牢固树立以人为本理念，认认真真地学习好、贯彻好、落实好会议和文件精神，扎实做好老干部“两高期”服务管理工作，取得了很大成绩。

一是各级对老干部“两高期”服务管理工作高度重视。总政首长和直工部领导对老干部工作特别重视，非常关心，在各方面给予特殊照顾和亲切关怀。各级党委坚持把老干部“两高期”服务管理工作作为新形势下老干部工作的重要任务，自觉摆上重要议事日程，坚持常抓常议。老干部工作领导小组定期开会分析形势，专题研究解决问题。机关业务部门坚持齐抓共管，加强指导帮带，积极发挥作用。一些单位还召开了老干部“两高期”服务管理工作会议，总结经验，完善政策，规范和推动工作发展。近年来，在经费供需矛盾比较突出的情况下，总政直属党委、直工部投入了大量经费，各单位也想方设法筹措资金，较好地解决了老干部住房、医疗、用车、通信等方面存在的难题。各级狠抓干休所领导班子建设、工作人员队伍建设和干休所全面建设，深入细致地开展工作，取得了显著成效。

二是老干部思想政治建设不断加强。总政系统各级始终坚持把加强思想政治建设作为老干部工作的首要任务，组织广大老同志深入学习“三个代表”重要思想，坚持用党的创新理论，特别是科学发展观武装头脑，广泛开展保持共产党员先进性教育活动，使所属老干部保持了政治上的清醒和坚定。针对老干部“两高期”的实际情况，不断改进教育形式，增强了教育的针对性、有效性。加强老干部党组织建设，坚持党管党员、党管干部，形成了一套行之有效的教育管理制度。所属老干部讲政治、顾大局、守纪律，自觉弘扬优良传统，积极发挥自身优势，为构建和谐社会，全面建设小康社会作出了新的贡献，涌现出了以李中权、李景荣等为代表的一大批先进典型，树立了老党员、老干部的良好形象。

三是服务保障水平明显提高。总政所属各单位牢固树立以人为本、竭诚服务思想，以服务保障为中心，积极完善服务设施，拓宽服务渠道，改进服务方法，努力满足老干部的晚年生活需求，提高老干部晚年生活生命质量，干休所普遍对身边无子女、生活不能自理的老干部和遗孀实行重点服务、特殊服务和个性化服务。有的干休所积极稳妥地推进服务管理方式改革，大力引进社会化服务项目，建立了以干休所为主体，与家庭、社会相结合的“三位一体”服务保障模式。下大力搞好精神服务，采取多种形式，扎实开展老年教育活动，创办了一批在全国全军具有广泛影响的老干部大学。着眼老干部兴趣爱好，普遍建立了书画、球类、棋牌、演唱等文体组织，丰富和充实了老干部的精神文化生活。

四是医疗保健工作更趋规范。军委、总部对老干部的医疗保健问题十分重视。2002 年以来，先后 5 次提高离休干部的医疗待遇。总政所属各级医疗保健机构，特别是干休所卫生所、门诊部，高度重视老干部医疗保健工作，努力改善医疗条件，积极开展优质医疗服务。一些干休所还建立健全了值班、门诊、巡诊、陪诊、抢救、监护等各项规章制度，普遍建立急救呼叫系统，开设家庭病床，开展健康普查。定期邀请专家教授为老干部及家属、子女讲授保健、急救常识，使广大老干部和家庭成员掌握了不少危急病症的处置方法。

五是休养环境得到很大改善。总政直属各级普遍加大投入，对干休所营房营院和服务设施配套建设进行综合整治。从 2004 年开始，军委拨出专款对现住房不符合出售条件的老干部住房进行重新修建；对 1979 年前修建的干休所进行改造；对 1980 年后修建的干休所进行专项整修。总政直属各单位也投入大量经费，用于干休所“水电气暖”等设施设备更新改造和营院美化绿化，下大力搞好生活服务中心、医疗保健中心、文体活动中心建设。目前，全军 60%的干休所营房营院规范化管理实现达标，20%的干休所被评为达标先进单位。总政系统也有一些干休所被评为全国全军先进单位。

总的看，总政直属单位老干部“两高期”服务管理工作确实取得了很大成绩，积累了不少经验。但这项工作发展还不够平衡，还存在一些突出的矛盾问题和薄弱环节。主要是有的单位对老干部“两高期”服务管理工作重视不够，工作指导不够有力，解决矛盾和问题的力度还不够大；老干部日益增长的物质文化和精神需求与服务保障能力不足的矛盾仍然比较突出，医疗、住房和日常服务等面临的一些急难问题尚未得到有效解决；工作人员队伍的整体素质与做好“两高期”服务管理工作的要求还有一定差距。这些矛盾和问题，有的是改革发展中出现的新情况，有的则是由于政策不完善，或认识不到位、工作不到位造成的。对此，我们必须引起高度重视，采取有效措施，认真加以解决。

二、当前总政直属单位老干部“两高期”服务管理工作的主要特点

据统计，总政系统的老干部平均年龄已达到79.8岁，其中80岁以上的占38%。随着年龄的增长，他们的身体和心理等方面都呈现出与以往明显不同的特点，对服务保障工作提出了新的更高要求。当前，总政系统老干部“两高期”服务管理工作，有哪些基本特点和规律呢？我感到，至少应该有这么四个方面。

一是老干部的自理能力越来越弱，对服务保障工作的主动性提出了更高的要求。进入“两高期”后，老干部的生活自理能力越来越弱，给行动上带来很多不便。仍靠过去那种等老干部提出服务需求、定期到老干部家中走访了解情况、按照一般老年人的常规要求等常规做法搞好服务保障的方式，显然已经不能满足他们的需求，必须增强服务工作的主动性，把老干部没想到的事主动想在前，把老干部不便说的事主动做上门，把老干部希望做的事主动做到位。这

就要求我们不断强化服务工作的及时性和随机性，切实把握工作主动权，把服务保障工作做深、做细、做实。比如说，过去干休所传达学习文件，一声招呼大家都来了，现在是“两高期”，老干部走不动了，就很难集中了，我们就要一个一个地到医院、到家里、到床头来传达。如果这样还不行，有的听不见怎么办？有的看不见怎么办？这些都需要我们多想办法，多动脑筋，主动做好工作。

二是老干部的发病就医越来越急，对服务保障工作的实效性提出了更高的要求。老干部进入“两高期”后，患有各种疾病特别是高危急重病症的逐年增多，医疗保健成为他们的第一需求。据统计，现在全军老干部普遍患有一种甚至几种疾病，平均起来有三、四种，有的干休所30多人，就有10多人患癌症，超过了半数。我想，总政系统老干部的病情，未必比全军的平均情况好。应该说，这个情况是非常严重的，必须引起我们的高度重视。要看到，随着国家经济建设发展，老干部的各项保障经费逐步增加，各方面的待遇也在不断提高，但是与他们的实际需求相比，仍然存在不小的差距，特别是医疗费用的缺口还比较大，救治手段还不能完全保证第一时间得到良好医治的需要。因此，必须强化医疗保障服务体系建设，在坚持搞好日常保健和自我保健的基础上，最大限度地保障好高龄老干部疾病救治经费，增强救治的时效。因此各级党委要不断加大经费投入、医疗建设和应急保障的力度，努力减轻老干部的医疗负担，赢得最佳抢救时间，取得最好的救治效果。

三是老干部的生活依赖越来越强，对服务保障工作的系统性提出了更高的要求。对正常人而言，衣食住行是最基本的生活技能，但这些却是“两高期”老干部遇到的新难题，他们在这方面不能自理。因此，我们必须积极探索，进一步改进服务内容和保障模式，拓宽服务领域，围绕搞好老干部生活保障，在充分发掘干休所内部潜力的基础上，尽快建立起与市场经济相适应，与社会保障机制相衔接，与家庭内部服务相匹配的保障体系，进一步提高服务保障的整体效能。各单位要通过积极开展有偿服务、借助社会力量、搞好共建活动、发挥家庭养老作用等形式，帮助老干部节约经费开支，搞好日常家政服务，解决家庭细小困难，营造充满爱心和亲情的家庭养老环境。

四是老干部的精神需求越来越高，对服务保障工作的灵活性提出了更高的要求。“两高期”老干部的生活空间越来越小，很容易产生孤独感、忧郁感和失落感，帮助他们排除心理障碍，使他们的精神生活更加充实，显得更为迫切。这就要求我们在组织理论学习、开展文体活动、抓干休所文体设施建设、搞好心理疏导等方面，都要根据老干部身体和心理特点科学安排，努力为他们提供方便，从而使他们的思想得到更广的交流，精神上得到更好的慰藉，心理上的困惑和疑虑得到消除，进一步理顺情绪，陶冶情操，提升精神境界和幸福指数。

三、进一步做好老干部“两高期”服务管理工作需要把握的几个问题

2004 年 10 月，胡主席专门向全军老干部工作暨“三先”表彰电视电话会议发了贺信，军委领导亲自到会并作重要指示。这充分体现了军委、总部领导对老干部工作的高度重视和对广大老同志的亲切关怀。根据胡主席和军委领导的指示要求，当前和今后一个时期，做好老干部“两高期”服务管理工作，就是要结合深入学习和贯彻落实科学发展观，把以人为本理念牢固树立起来，使之真正进入思想、进入工作，不断提高广大老干部的生活生命质量，推进老干部工作全面健康发展。

（一）必须正确把握坚持以人为本对老干部工作的内在要求。树立以人为本理念，首先就要“尊重人”。这是以人为本的前提条件和根本准则。把“尊重人”落实到老干部工作中，就是要尊重军队老干部这个在特殊历史条件下形

成的特殊群体，尊重他们的政治地位、历史功绩和革命精神，学习他们的光荣传统、优良作风和人格魅力，这是坚持以人为本做好老干部服务管理工作的内在要求。

以人为本是老干部服务管理工作的本质要求。胡主席强调指出：“军队老干部是人民的功臣，是党、国家、军队的宝贵财富。”要求我们：“要进一步提高对老干部工作的重要性的认识，切实加强领导，满腔热情、认真细致地把这项工作做好。”总政系统广大老干部在白色恐怖和战火纷飞的年代，南征北战，出生入死，为推翻反动统治，为中华民族的独立和解放，建立了不朽的功勋。新中国成立后，他们为国家和军队现代化建设，呕心沥血，励精图治，作出了重大贡献。没有老同志们长期艰苦卓绝的英勇奋斗，就没有我们党、国家和人民的今天，也就没有我们人民军队的今天。因此，关心照顾好老干部，不是一个单纯的服务问题，而是党中央、中央军委和胡主席赋予我们的一项重要的政治任务，是树立以人为本思想理念、构建和谐社会的本质要求。

以人为本体现了老干部工作的特点规律。新老交替如同生老病死一样，是不可抗拒的自然规律。相对青壮年群体来说，老干部群体是个弱势群体，特别需要他人提供服务、关怀和照顾。邓小平同志在 1979 年就鲜明地提出，实行退休制度，是关系到我们国家兴旺发达、朝气蓬勃的一个大问题。多年来，广大老同志识大体、顾大局，坚决服从组织安排，愉快退出领导岗位，为大批年轻优秀干部的成长创造了有利条件。我们把退下来的老同志安置好、照顾好、服务好，有利于实现党中央、中央军委关于干部队伍年轻化的战略任务，有利于各级领导集中精力搞好军事斗争准备和部队革命化、正规化、现代化建设，有利于激发广大老干部关心支持军队建设的政治热情。

以人为本符合老干部工作的实际情况。目前，老干部生理机能日趋老化，普遍患有 3 种以上疾病，患绝症和特殊病症的明显增多，有的还常年卧床，生活不能自理；心理调节能力下降，不少老干部患有孤独症和恐惧症，存在一定的心理障碍，精神需求日趋突出；“空巢”家庭和孤寡老人不断增多，家庭养老功能弱化，使服务内容骤然增多，服务难度不断增大。因此，我们必须牢固树立以人为本的理念，设身处地为老干部着想，想方设法满足老干部晚年生活需求，千方百计为他们送温暖、办实事，最大限度地提高他们生活生命质量，使他们幸福愉快地安度晚年。可以说，这既是促进家庭和谐、代际和谐、社会和谐的必然要求，又是弘扬中华民族孝老、敬老、养老、助老优良传统的具体体现，是积德行善之举。

（二）必须注重提高老干部精神生活质量。树立以人为本理念，对处于“两高期”的老干部而言，就是要针对他们的身体和心理特点，在搞好物质保障的同时，注重为他们提供精神食粮，丰富他们的精神生活，满足他们的思想情感和心理需求。

要坚持思想领先，注重知识更新，让老干部始终保持永不落伍的精神状态。政治上的关心是最大的关心。老干部进入“两高期”后，仍然具有很强的理论学习热情和政治生活需求。因此，要注意保护他们的政治热情，努力满足他们思想政治方面的需求。一是要注重搞好创新理论武装。坚持做到“三个辅导”，即：对生病住院的老干部采取上门辅导，对文化程度偏低的老干部搞好个别辅导，对探亲疗养归来的老干部指定专人辅导。二是要注重加强时事或政策宣讲。“两高期”老干部活动范围小了，同社会接触面窄了，信息不如过去灵了，但关心国内外大事、关心军队建设的要求并没有降低。为了让老干部不出门、不出院就能知道“天下事”，就要把上级的文件精神分别送上门、送到床头、送进医院，对当前的一些“热点”“难点”问题，积极做好释疑解惑的工作，帮助他们开阔视野，活跃思维，解除困惑。在营院内设立宣传橱窗，并做到天天有新消息，月月有新内容；在休闲区安装小广播，定时播放时事新闻，及时通报上级党委的重大决策。三是要注重普及科技知识。近年来，网络、多媒体、金融卡等现代科技产品相继进入老干部的家庭生活。面对这些新的变化，老干部感到既新鲜又陌生、既想参与又无从下手。因此，要举办电脑、数码产品、游戏机、校园一卡通等知识讲座，通过面对面、手把手的指导，使老干部不但学会用电脑编辑文字、扫描图片、上网浏览信息、下载资料等新技能，而且还要力争使有的老同志能够收发电子邮件、进行视频聊天等。

要立足陶冶情操，丰富文化生活，让老干部始终保持情趣盎然的精神活力。要把开展健康向上、多姿多彩的文化活动，作为丰富老干部精神生活的重要内容，使“两高期”老干部始终保持旺盛的朝气和活力。一是要着眼身体状况，科学合理安排。根据实际情况，开展喜闻乐见的文体活动，组织身体素质较好的老同志进行乒乓球、投篮、飞镖、台球等健身活动；组织身体较弱的老同志参加棋牌、麻将等娱乐项目；根据季节的变化，举办纳凉晚会、练功舞剑、散步、跳舞、迎春游艺会等不同类型的活动。二是要区分兴趣爱好，体现个性需要。根据老干部的个人特长和兴趣爱好，成立老干部书画协会、钓鱼协会和京剧组、集邮组、歌舞组、棋牌组、球类组、中国结组等，定期召开座谈会协调活动事宜，定期聘请专业人员来所指导和排练，让他们在各种活动中愉悦身心，修身养性。三是要发挥专业特长，提倡公益服务。老干部群体有各种各样的人才，比如，有的老干部过去长期从事医疗工作，具有很高的医疗水平和丰富的医疗经验。要注重发挥他们的余热，组织他们走出营院，到驻地社区、工厂、学校免费开展医疗咨询、保健防病知识宣传，真正让他们做到老有所为。老干部在发挥特长、服务他人和社会的同时，也可以得到巨大的身心满足，重新焕发出生命光彩。

要满足情感需求，加强心理疏导，让老干部始终保持身心愉悦的精神面貌。“两高期”老干部容易产生情绪上的波动、认识上的偏差和心理上的误区，更需要心灵沟通，提供亲情服务。因此，要通过不同的途径和方法，像“爱小”一样护老、爱老、敬老，自觉做老干部的知心人、贴心人，帮助排解思想和心理障碍，使他们始终保持良好心态。一是针对老干部年高易病产生的悲观情绪，重视科学指导。要定期邀请医院的专家教授进行心理卫生咨询服务，请百岁健康老人来所讲授养生之道，从而使老干部认识到生老病死是人生的自然规律只可正确对待，不可抗拒。同时引导他们加强正确的自我保健，使人延年益寿。二是针对老干部鳏寡“空巢”出现的孤独心理，重视感情沟通。通过采取“帮困结对子”等方法与老干部交朋友、“攀亲戚”，赢得老干部的信任和理解，掌握他们的喜怒哀乐。通过陪伴老干部钓鱼、散步、休闲聊天、床边谈心、医院看望等形式，把工作生活化、生活工作化，主动与老干部亲密接触，加强心理沟通，进一步增强他们对组织的信任和理解，使老干部始终保持良好心态。三是针对老干部离职休养引发的失落心态，重视组织关怀。一些老干部常常念叨：“战争年代不怕阵亡，离休后就怕被人遗忘。”这句话客观地反映出老干部渴望得到组织关怀和领导重视的真实心态。为此，我们要定期召开座谈会，听取老干部的意见建议；重大节日、老干部家庭有困难或者生病住院时，要主动上门看望慰问；积极组织他们参加学校阅兵、升旗仪式、形势报告会和新生开学典礼等重大活动。总之，要充分利用驻地资源，组织他们参观城市新貌和重点工程建设，使老干部切身感受到组织的关怀和温暖。

（三）必须努力实现和维护老干部的切身利益。树立以人为本理念，从当前总政直属各单位老干部工作实际情况看，就是要把实现和维护老干部利益作为一切工作的出发点和落脚点，真心真诚地为老干部办实事、解难题，最大限度地满足老干部的晚年生活需求，努力提高他们的生活生命质量。

一方面，要不断提高老干部服务保障水平。一要满足老干部的医疗需求。医疗保健是老干部最关心的问题，也是他们“两高期”遇到的最现实最迫切的问题。近年来，总政直属各单位业务部门和体系医院为提高老干部的医疗保障水平做了很大努力，绝大多数老干部是满意的。但由于受主客观因素影响，也有一些不尽如人意的地方。比如，当前老干部对看病手续烦琐、候诊时间长、住院困难、用药不能满足需要等问题反映比较多。对此，我们要加强与医疗保健机构的沟通，尽心尽力做好老干部的医疗保健工作。要建立应急处置机制，提高快速反应能力和抢救成功率；要建好急诊“绿色通道”，确保挂号、就诊、检查、治疗、取药、住院等“六优先”制度落实，努力做到高龄老干部随到随诊。干休所要坚持“预防为主、防治结合”的原则，提高一线救治能力。各级要积极筹措经费，为干休所添置和更新医疗设备，加强干休所卫生所门诊、治疗、抢救、输液、理疗、值班室和药房“六室一房”建设。要建立老干部急重病症救治紧急呼叫系统，开设“家庭病床”，努力做到常见病诊治不出所，突发病诊断急救有预案，多发病基本用药有保障，对重大病症做到早发现、早诊断、早治疗。二要把日常服务工作做深做细做实。日常生活服务是干休所的经常性工作。我们要针对老干部“两高期”的实际，确立新的工作标准，完善各项服务措施，进一步细化服务内容，为老干部提供方便快捷的生活保障。如开办订餐和送餐服务，解决好老干部的就餐问题；对那些体弱多病、孤寡、独居和生活不能自理的老干部及遗孀，要重点扶助，做到日常服务到位，重点服务到家，特殊服务到人；要利用社会保障资源，引进一些与老干部生活密切相关的农副产品、日用品、储蓄、邮政等社会服务项目。同时，还要提倡和帮助老干部雇请保姆、钟点工、护理工等搞好家政服务。总之，在服务工作上，只要老干部需要，我们就要想到、做到、做实、做好。三要建立健全规章制度，完善服务设施。要争取领导支持，理顺内部关系，适应外部环境，化解服务难题，提供优质服务，提高保障能力。

另一方面，要积极营造温馨和谐的休养环境。对于老干部服务管理工作来说，构建和谐社会就是要把干休所建设成为“政治空气浓，团结互助好，服务质量高，生活环境美，具有良好道德风尚”的老干部之家。一是切实把老干部思想政治建设放在各项建设和工作的首位。重点是要用党的创新理论成果统一工休人员的思想认识，使老干部增强政治敏锐性和政治鉴别力。加强老干部党的组织建设，切实过好组织生活。做好经常性的思想工作，确保老干部政治坚定、思想常新、理想永存。二是发挥好干休所、社会、家庭三位一体的养老功能。在强化干休所、社会养老功能的同时，也要重视家庭养老功能。老干部在家庭享受的天伦之乐，是组织上无法替代和给予的。因此，要鼓励和引导老干部家庭多方面承担赡养老人的责任。要利用各种形式，广泛地宣传《老年人权益保障法》，教育老干部子女主动、自觉地承担赡养老人的义务。要广泛开展争当文明家庭活动，组织开展争当“五好家庭”“敬老好儿女”“模范夫妻”等评选活动，弘扬家庭尊老爱老的传统美德，营造充满爱心、感情和亲情的家庭养老环境。三是构建温馨和谐的休养环境。干休所要合理规划营院，搞好绿化美化，加强环境保护，做到道路平整、路灯明亮、坡道平缓、排水通畅，创建园林式营院。要用足用好政策，积极挖掘潜力，盘活房地产资源，为老干部营造温馨和谐的休养环境。

（四）必须充分尊重工休人员在老干部工作中的主体地位。树立以人为本理念，对老干部工作来说，就是要充分相信和依靠老干部工作系统的全体工休人员，通过大家的共同努力，不断推进新形势下老干部工作的创新发展。

要充分发挥工休人员的主观能动性。广大工休人员在老干部工作中具有无可替代的主体作用，他们是老干部工作的主体和基础，是老干部工作的直接落实者，更是老干部工作创新发展的直接推动者。只有充分发挥广大工休人员的主体作用，才能使老干部工作中所有物质的和精神的、政策的和法规的、现实的和潜在的积极因素迸发出来，一切有利于提高老干部工作质量的举措才能不断推陈出新，老干部工作才能不断迈上新台阶。因此，必须充分尊重工休人员的意见，做到问计工休人员，信任工休人员，依赖工休人员，最大限度地调动他们的积极性、主动性和创造性。

要不断提高工作人员的综合素质。老干部工作涉及多个部门，内容包含方方面面，政治性和政策性都很强，要求工作人员必须具有多方面的素质。坚持以人为本理念推进老干部工作，就要把促进工作人员的全面发展作为重要目标，把提高思想政治素质与提高科学文化素质统一起来，把牢固确立服务思想与强化组织纪律性统一起来，把提高政策水平与提高实际工作能力统一起来，采取多种形式加强学习培训和实践锻炼，切实解决好知识层次不够高、素质结构不够全、业务技能不够好的问题，使他们熟练掌握老干部工作的“十八般武艺”。

要大力培养竭诚为老干部服务的奉献精神。在改革开放和发展社会主义市场经济的新形势下，按照“围绕中心、服务大局”的要求推进本单位的老干部工作，必须把培养老干部工作者“竭诚服务、无私奉献”精神作为重要内容，加大宣传教育力度，加深对老干部的理解，增进对老干部的感情，增强做好老干部工作的光荣感和自豪感；必须紧贴形势任务，加强党史、国史、军史和革命传统教育，把广大工作人员对党、对国家、对军队、对人民的无限忠诚与热爱，转化成为老干部服务的热情和实际行动，努力形成尊重老干部、学习老干部、服务老干部的浓厚氛围。

十论写作

背景提示：1989年10月，《牡丹江日报》邀请本书作者撰写新闻采写方面的系列体会文章，并开辟“张干事谈体会”专栏进行连载。当时约定写20篇，后因作者工作调动等原因而中断，实际撰写并发表10篇（未完成的10篇，均有写作计划，并已拟好题目：《人物新闻要则》《现场新闻手法》《关于“抓问题”》《关于典型宣传》《新闻可以散文化》《文无定法贵在创新》《题好一半文》《新闻作品的生命力》《新闻语言的穿透力》《新闻线索的获取》等）。1992年8月，全国新闻学术核心期刊《军事记者》的前身《新闻与成才》，以《灯下悟语》为题，摘要刊登了这组文章。

张干事谈体会之一

拓宽写路*

编者按：张明刚同志是我市驻军81650部队新闻干事，1983年以来，他在军内外报刊电台发表新闻和文学作品500余篇，其中十多篇在市级以上获奖，连续4年被6家新闻单位评为优秀通讯员。他曾荣立二等功1次，三等功4次，

* 原载《牡丹江日报》1989年10月30日第7版右头条。

被集团军树为“优秀士兵标兵”，沈阳军区评为“自学成才先进个人”，并被破格从战士新闻报道员提拔为干部。1987年，他曾赴云南老山前线战斗和采访15个月，取得较大成绩。实践中，他积累了丰富的新闻采写经验，从本期开始，本报《通讯》版特开辟“张干事谈体会”专栏，连载专门邀请他撰写的系列体会文章。大家有什么意见和要求，可来信交流和切磋，以便把此专栏办得更好。

最近，应《牡丹江日报》之约，我“坐”下来，对自己从事新闻工作以来的感受和体会作个梳理和总结，形成系列文章，进行连载。首先声明，我的这些东西也就是些雕虫小技，不是什么经验理论，权作抛砖引玉，与新闻界同行作个交流。

受领报社交给的这一任务后，我给自己提了一个要求：决不卖弄什么“高深”和“玄乎”，实实在在地“掏真货”“捞干货”，力争多给广大新闻写作从业者、爱好者朋友们一些有益的启示。如果大家看了我的这些体会文章，感到没有浪费时间，此愿足矣。篇幅上也不写得太长，基本就是“千字文”。初步计划写20篇，今天的“拓宽写路”算作第一篇。

话说刚搞报道那阵子，我只会写“本报讯”。不管啥事儿，一律“本报讯”，今天“本报讯”过去，明天再“本报讯”过来。结果许多好的新闻素材都让我给“本报讯”坏了，导致“写路”越来越窄，命中率越来越低。

“这样下去不行！”我在反省自己的同时，发现了一个不是秘密的“秘密”：许多名记者和有经验的通讯员都是多面手，能够灵活使用新闻写作上的“十八般武艺”。打这以后，我每得到一个新闻素材，就尝试着对它们进行“量体裁衣”，做到适合于什么体裁和形式就用什么体裁和形式来写。这样一来，没过多久，果然就尝到了甜头。以后我就抓住这点不放，边实践边总结提高。

现在，如果翻开我的剪报本，你就会发现，在我发表的那些稿件中，除了常用的消息和通讯外，还有新闻故事、新闻特写、新闻综述、新闻评论、小报告文学、图片新闻，以及诗歌、散文、随笔、小小说等，甚至还有寓言、童话和一两句话的“战士格言”之类的东西。当然，每种文体都有其自身的规律和特点，往往一开始不大容易写好，这就需要一个勤学苦练，先打牢基础再逐步提高的过程。

以上谈的是文章体裁上的“拓宽”，我们不妨在采写范围上也来个“拓宽”。比如，我是穿军装的，是部队新闻工作者，只要时间允许，我也写写地方上的新闻，其目的就是拓宽自己的写作范围。

这些年，我除了写军人，还写过工人、农民、教师、医生、警察，也写过卖书的个体户等各行各业的社会人，甚至还写过街头算命先生和日本人。写得多了，编辑熟悉了，有时还向我约稿。

我是本部队新闻干事，当我发现上级单位或兄弟部队有好线索时，也常去采访。这样可以开阔自己的视野，拓展自己的思路，提高自己的“产量”，同时也是一种学习。需要说明的是，采写外单位的人和事，必须在自己手头没“活”可干的情况下，否则容易被认为“不务正业”。再就是，外单位人不熟，情况不了解，态度更要诚恳和虚心，发稿前一定要坚持“三见面”(即被采访者、知情者及其所在单位党组织)，以防失实和其他差错。

此外，我还经常向家乡及一些专业性的新闻单位投稿，这样不但可以“拓宽”自己发表作品的“园地”，且“命中率”也相对较高。

张干事谈体会之二

厚积而薄发*

就像刚学开车时，学得说会又不完全会的那种“夹生巴拉”状态时最来情绪一样，初学报道那阵子，我的热情很高，发表欲极强，不管白天工作训练有多累，晚上也要赶写一两篇稿件，恨不得十天半月就有几篇见报稿。

然而结果适得其反。几个月过去了，近百篇稿件投出去了，除少得可怜的几篇被发表以外，绝大多数稿件要么被退稿，要么石沉大海，杳无音信。于是乎，高涨的热情一落千丈，反倒怨恨起自己不是搞新闻采写的“这块料”来，就差没打“退堂鼓”了。

痛苦中，带着“病痛和创伤”，我步入一个又一个门槛，向有经验的编辑记者等老师们“求诊”。他们一致“诊断”我的状况为典型的“初学者通病”，其“临床症状”为：过于求速，而欲速则不达；“药方”是：“厚积而薄发”。

冷静下来一想，还就真是这么一回事儿。俗话说，“台上三分钟，台下三年功”，“要给别人一碗水，自己得有一桶水”。是啊，我一个连新闻学的一般知识都一知半解的人，匆匆忙忙地写出来的东西，怎么能够达到发表的水

* 原载《牡丹江日报》1989年11月15日第2版头条。

平呢？

此后，我强压住发表欲，在相当长的一段时间里几乎没有投寄过一篇稿件。这段时间里，表面上看去，我的新闻写作似乎是一片“空白”。然而，正是这片“空白”使我得以静下心来，啃了许多本有关新闻、文学理论和其他方面的书籍，并不断地登门拜师学艺，为以后的写作奠定了一定的基础。

老师们还教导我，作为一个新闻工作者，不仅需要较深的新闻学素养和较宽的知识面，还需要较为丰富的社会经验和生活积累。而那时，我是个“嫩小子”，不要说什么专业知识和社会经验，就是生活阅历也是相当缺乏的。是的，初学时我没有各方面的知识积累和储备，写出来的东西“学生腔”十足，甚至幼稚得可笑，自然也就没有什么发表价值了。所以，我在“啃书本、拜老师、动笔头”勤学苦练的同时，注意经常去找那些年岁较大、有过较为特殊经历的同志“侃大山”，以求在海阔天空的闲唠中积累和丰富自己的知识和阅历，使自己逐步变得“老练”点。

到了1985年春节前夕，我偶然从《黑龙江日报》上看到一则关于“大年初一”的征文启事时，心里想到，虽然此时我还没有达到老师们所讲的“厚积”的要求，但自以为也“积”得差不多了，这才“壮着胆子”拿起笔来，写了篇现场新闻特写《零点哨位》。没想到这“吃药”后的“第一炮”居然“放响”了：稿件寄出后被该报第4版头题发表，并获得了本次征文奖。（详见本书“现场直击”板块）

到哈尔滨领奖那天，我从内心深处发出感慨：老师们就是经验丰富，言之有理，这玩意儿不服不行。现在回头来看，虽然近些年我发表了数百篇新闻和文学作品，但我仍然是个初学者，是个“不成熟”的“新兵”，仍然易犯“求急”的毛病。因此，对于我来说，“厚积薄发”这副“良药”，应该永久地“吃”下去才是。

张干事谈体会之三

抓住时令鲜货*

干啥说啥。和市场里的货物、地里的庄稼一样，同行们采写新闻稿件，也有个“时令”问题。期刊尚且如此，报纸电台则更突出。新春佳节新闻单位需要很多反映民族传统文化、军政军民关系等方面的文章，儿童节则要大量报道祖国的花朵，还有妇女节、植树节、清明节、劳动节、建党节、建军节、教师节、国庆节……哎呀，这个节，那个节的，多啦！

从某种意义上说，新闻就是由这些“时令”的线连接、贯穿起来的。事实上这也是“跟形势”的一种。了解、掌握和运用好它，对各级新闻干部、通讯员尤其是对了解上头精神较慢、常觉无事可写的基层通讯员朋友们是很有意义的。“冬天不忘穿棉袄，夏天出门戴草帽”，至少“大方向”不会“搞错”。

然而当初，这个简单的理儿，我着实“悟”了一些日子。说来见笑，那时我真的很“嫩”，整天不知该写点啥好，“算命先生”一样预测编辑部胃口，却又常常不对路子。于是心里“上火”，抱怨生活“平淡”，身边“无事可写”。

一天，正当我“为伊消得人憔悴，两眼久凝天花板”的时候，团副政委向

* 原载《牡丹江日报》1989 年 12 月 15 日第 2 版头条。

绍功进屋看我，他开门见山地对我说："秀才同志，近日有何大作，可否让我先睹为快呀?"

"禀报首长"，我被他这幽默风趣的问话感染了，笑道，"正愁无米下炊，实在惭愧!"接下来，这位早年从事过新闻工作的首长，教了我一些"讨米下炊"的方法。临走时，他还给我留下了一个题目："明天新兵下连，你可以去看看，写写新兵下连的第一天吧!"

我依令而行，第二天去一个连队采访，发现了"老兵送温暖""优抚通知书"等几件新鲜事，晚上连队还举办了"欢迎您，新战友"联欢会。我意识到"这是条活鱼"。于是，我一刻也不放松，晚上 10 点赶回机关，《新兵下连一日三喜》午夜出世，次日一早发往一家军队报纸。之后不久，这篇新闻稿件加花边见报，后来还被评上了好稿。(详见本书"那年那月"板块)

后来一想起这件事儿，我就暗自惊叹：首长到底是搞新闻报道出身的老政工，经验丰富，审时度势，一点就破，一抓就灵，姜还是老的辣，这玩意儿不服不行啊！我自然也很认真地琢磨了一下此稿的成功之道，终于悟出了"时令"这东西是"要害"。于是，走此门道，举一反三，收获颇丰，内心窃喜。现在，回过头来，依我之见，抓好"时令鲜货"，还要注意以下问题。

一要早。早了尽管"差点"也有希望发表，如若晚了即便"不错"，也可能是"马后炮"，白费劲。但早也要有"度"，一般以十天半月为宜，太早被扔一边，误了事反而不"早"。

二要新。这是个创新与突破的问题，不然，今年如此，明年这般，俗不可耐，那多平庸，何谈新闻?

三要异。人云亦云，鹦鹉学舌，没大出息；热锅里蹦点冷豆，"整明白"了可出新思想。但切忌瞎"异"，"不着调"。

其他的，还有一些，不再赘述。本文谈的是如何寻找新闻线索问题，但"条条大路通北京"，"找事写"的"门道"绝非只此一途。

张干事谈体会之四

弄斧到班门[*]

刻薄者常常讥笑别人"鲁班门前弄大斧"，而我却偏偏要"弄斧到班门"。为什么不呢？学而无友，则更孤陋寡闻；听君一席话，胜读十年书。作为新闻"学徒工"的我，更需名师指点。

然而据我所知，通讯员朋友们刚起步时，几乎都有一个"通病"：就是"丑媳妇"羞于见"公婆"，不敢"班门弄斧"。更有甚者，有人把写稿这件再正常、再光明正大不过的好事儿，当成"见不得人的勾当"干，偷偷摸摸地进行"地下活动"。

个中缘由，我想无外乎"写得不好怕人见笑""写了又发表不了怕人嘲笑""真的不行，我没勇气"这么几种。毫无疑问，这是自己为自己在新闻写作的大门前设置了一道巨大的障碍。可以设想，这障碍或许已经"扼杀"了一些日后很有希望成为名记者、名作家的"幼苗"。

那么，如何克服这一障碍呢？我谈几点浅见，供大家参考。

首先要用"虎气"取代自卑。我为《黑龙江日报》写第一篇稿子时，不知

---

* 原载《牡丹江日报》1990 年 3 月 30 日第 4 版头条。

寄给谁，就问谁是总编辑，身边的同志们也不知道，于是我就索性在信封上写了“总编辑收”的字样，然后将稿件寄出。不知是初生牛犊不怕虎的“虎劲”引起总编大人的兴趣，还是撞上了运气，很快，这篇读一本哲学书的体会文章《哲学并不神秘》不但登报了，还得了“我爱读的一本书”征文三等奖。（详见本书“书声朗朗”板块）

其次要放下“小秀才”的架子。三人之行，必有我师；三个臭皮匠，赛过诸葛亮。在写作一篇稿件前后，不妨与周围的同志们“侃一侃”，给他们看一看，只要你诚恳虚心，人家是会不吝赐教的。这中间仁者见仁、智者见智不足为奇，问题是你要善鉴别、有主见，免得无所适从，弄巧成拙。顺便说一句，和同龄人中的同道者以文会友，也是一件乐事，且获益匪浅。

再次要“敢造”。记者是无冕之王，我们有的通讯员却怕采访“大官”，有的连本单位领导也怕见，白白“丢掉”了许多好新闻，很是可惜。其实，不管对方官衔多高，他都是你的采访对象。1987 年我还是一名战士报道员时，有机会到了沈阳，去我所在的大军区机关参加一个会议。分组座谈时，一位德高望重的老首长也在场。我意识到这是一个难得的采访机会，就悄悄地拟好了采访题目。待到会议休息时，我走上前去，给老首长敬了个军礼，开门见山地说：“老首长，打扰一下，我想采访您！”他爽朗一笑：“噢，你这小鬼，挺有意思哟！好吧，我来答‘记者’问！”就这样，我抓了一条好新闻。（详见本书“名人访谈”板块）

写到这，也许有朋友会问：你何以如此“敢造”？我答：一是来自对这个问题的正确认识，二是来自勇气、信心和热爱写作的“公心”。向身边同志请教，是为取长补短，不在卖弄；在名师面前“弄斧”，只求指点迷津，不为贴金；和“大官”“照亮”的目的是挖掘新闻，而不在套近乎谋私利。有鉴于此，说三道四，挖苦嘲讽，统统由他，我自安然。

张干事谈体会之五

揭短有章程*

“唉，写篇报忧稿，捅一次马蜂窝，真是让人受不了!”“批评报道就是难写!”……一次节日小聚，几个搞新闻的同行们不无同感地相互诉苦，有的甚至表示今后再也“不干这个出力不讨好的活儿”了。

我觉得这样子大可不必。党和人民需要批评报道，新闻应当发挥舆论监督作用，作为一个正直优秀的新闻工作者，理应肩负起这个责任。应当承认，“批评难”客观上的确存在，但只要我们采访上舍得下功夫，写作上讲究“艺术”，那么，还是可以缩小“难度”并取得较好社会效果的。

想当初，我前脚刚迈进新闻门槛(后脚还在门外）就迎面碰上个“下马威”：一篇“豆腐块”大小的批评言论，引得数君争相“对号入座”，明里暗里跟我“没完”，弄得“翅膀不硬”的我险些“招架不住”。这件事，促使我在以后的数年间有意识地在这方面作了些“探索”，现将“成果”写来，与记者和通讯员朋友们共享。

首先，要有一个善意的出发点。批评报道大抵有“敌我斗争性质”和“人

* 原载《牡丹江日报》1990年4月30日第4版头条。

民内部矛盾性质”两种。作为一般的记者和通讯员，前者遇到的不多，主要是后者。对于后者，“这种揭露和批评的‘恨铁不成钢’，目的是以同志式的态度帮助克服缺点，纠正错误”。而有些同志却不是这样，他们居高临下，态度骄横，盛气凌人，动辄“不服报上见”，写出的东西直冒“火药味”。这怎么行？人家不“反感”才怪呢！所以，我们应当加强新闻道德修养，写批评报道要出于公心，治病救人，决不能“整人”，扣人以“帽子”，打人以“棍子”；也不能把局部说成全部，把现象说成本质，要坚持实事求是；批评在于改正，人家改了，应再写个表扬性质的“回音”。我的《呼唤引水人》等批评稿证明，这样做了，即使有“反应”也不至于“激化”。

其次，要有一个“中性”意识。这就是尽可能地客观、准确、公正，不写“听人说”，不下“结论语”，不带“感情色彩”，少用形容词、介词；多写“目击记”，多用“对话式”，多用动词、数量词。原原本本，照实写来，略留余地，不加评论，没有“尾巴”……如此揭短，谁奈我何？1985年隆冬，某部通信连等单位的战士们，多次来电、捎话要我去“写写咱们挨冻的事儿”。得空抽出身后，我带上温度计、三角尺等工具，约上同事好友陈大公一同前往新闻现场……具体的时间、地点、单位、房间、所测室内外温度及所量室内“挂冰”厚度，所见、所闻、所感以及对话等等，不几天就出现在沈阳军区《前进报》上。面对这篇后来获了好新闻二等奖《隆冬寒潮肆虐，战士冷暖如何》的批评稿，当时有关部门和人员尽管也是“心里有气”，但却无话可说。事后，他们打来电话：“一、表示感谢；二、战士挨冻问题业已解决。”这时，我又写了篇表扬他们的态度和问题整改的续稿。于是，各方皆大欢喜。

最后，要搞好“纵横联络”。批评稿涉及面广，往往牵一发而动全身。成稿后，凡是与之搭得着边的部门和人员，都要通个气，并请有关领导审阅。这样做，既有利于进一步完善和准确，又有利于引起领导重视、解决问题。

张干事谈体会之六

文章要有味*

我总以为，文章是写给人看的，必须文笔好，传神有味，人家才乐意看下去。即便不能做到给人以享受，但最起码的也不能使人难受，这应当是作文章的底线。不然的话，你的思想再深邃，见解再高明，事儿再新鲜，读者也是不大愿意“吃你这一口”的。

然而，我又常常陷入深深的苦闷之中：同样一个人，同样一件事儿，同样一幅场景，同样一种感觉，同样一个道理……高手们写出来就显得清新流畅、厚实耐读，有气势、有风格，有品位、有滋味……如同香醇的老酒，入口绵甜辛爽，喝后回味悠长；而自己写出来却像白开水一样，俗套呆板，苍白无力，枯燥乏味。为了自己有个好的文笔，使编读二者“看得下去”自己的东西，我开始了长时间的艰难的探索和尝试，渐渐地摸到一些“小门道”。

吃透是基础。任何一篇文章从材料搜集、主题确立、腹稿构思、动笔写作、修改润色到付梓刊发，都有一个复杂的过程。是不是可以这样说，作为作

* 原载《牡丹江日报》1990 年 6 月 15 日第 4 版头条。

者，你自己只有对你所要写的东西吃透消化，熟烂于心，才能从宏观上驾驭全局，找到最适宜的体裁、基调、结构、形式及语言等，方能写出“绝活”来，从而达到“有味”的目的。如果你去报社送稿，编辑问你这篇稿子写的什么，你不能用一两句极简单的话回答上，那么，我判断你这篇东西大概不会是什么好文章，更谈不上风格和味道了：因为连作者你自己都没弄明白，编者怎能编发，发后又怎能给“读者上帝”留下印象？

简朴是捷径。简洁、精炼、明快，朴素、厚重、实在，本身是美，永远是美；而华丽的形容词、怪异的新名词，用得多了，冷眼一看花哨时髦，实则华而不实，轻飘飘的，没有分量，不够深刻，更欠“动感”。鲁迅先生曾说自己“删去可有可无的文字，毫不可惜”。我们应当做到，篇无“多段”，段无“多句”，句无“多字”，让每个字、每个标点符号都“有用”，都能“活”起来，都能发挥“效益”。一个初学者的千字稿，如果删改后剩500字或者更少，那么我可以肯定：这稿“干净”了，质量提高了，味儿浓了。另外，还应尽量避免同一字词，在一稿一段中出现过多过频。

含蓄是技巧。水中冰山，藏大露小，而又谁都知道；《红楼梦》百看不厌，也有含蓄的魅力；含而不露，露首藏尾，又常和幽默相连。不要以为自己比读者高明，一句话能说明白的，就不用大段文字去唠叨。你的文章需要描写秋天，写上一片红叶足矣。文字少而意思大，能让读者看到或想到你字面以外的东西，“听出弦外之音”来，那是真本事。

标点是标志。一篇文稿，有无文采，传不传神，味儿如何，看一眼标点符号，便能略知几分。好的文章除逗号和句号两个常用的“大路货”以外，一般多用分号、冒号、顿号、问号、破折号、感叹号等，而一“逗”到底，篇末画圈，注定“没劲儿”。

长短句相搭配。心理学研究证明，阅读时，长句多了，“累”；短句多了，“不解渴”；只有长短句适当搭配，才符合阅读习惯，也便于读者理解。

近些年，我按上述“道道”写出来的东西，还是较受编者褒奖和读者欢迎的，但归纳总结出来，就不一定全面和准确了。应当说，写出好文章的方法还有很多，这篇短文写不尽，再说我也不是都明白。

张干事谈体会之七

有点获奖意识*

1987年秋的我，作为义务兵已超期服役两年，共5年兵龄，这是当时一个陆军战士的最高服役年限了。于是，我"一颗红心两种打算"，既要"站好最后一班岗"，又要做好退役准备。

为谋生计，带着几本剪报，我"推销"自己。面对一摞剪报，老家那边的报社电台总编热情而客气，不过，老总们都说过类似这样的话："你这么多东西，我也看不过来呀。这么着，你挑出几篇代表作吧，有带证儿的更好。"

也许正是因为有几件"带证儿"的作品，才使得几家报社、电台、电视台等单位都对我表示"乐意要"。"带证儿"作品的分量和厉害，由此可见一斑！是啊，一个不甘平庸的新闻工作者，谁不希望写出几篇获奖作品呢！

转眼又是几年。虽然现在我能翻出十几本各种级别的获奖证书，可要我谈谈如何才能使作品获得"证儿"的事情却较为困难。斗胆唠叨几点浅见，尚望同行不吝赐教。

一是要在提高质量上下功夫，不满足于见报。正如一个不注重基础底蕴和

* 原载《牡丹江日报》1990年9月25日第3版。

改革创新的厂家拿不出名牌产品一样，一个“对付着发出来就行”的新闻工作者，怕是不会有获奖作品的。反过来，如果我们从选题、取材、构思到确立主题、中心思想和语言的运用上，都能下番苦功夫笨功夫慢功夫，有点更高层次的追求，那么获奖的可能性无疑就会大一些。这就要求我们在采访和写作的每个环节都具有一点儿“匠心”：把“活”干得漂亮些，有点获奖意识，精雕细刻，突破一般。去年5月初，我得到一个“战士深夜救人”的新闻线索，心想这无非是个一般化的表扬稿，过去已经写得很多了。因此兴趣不大，想放弃不写了，可被救者一再坚持请我“写写”。推辞不过，我就用第一人称，着重写了被救人的心理历程。成稿后又请合作者张学森“泼冷水”，几经修改，才使它不再是简单的就事论事的“大路货”：首先给人耳目一新之感，再往下看，便油然产生出对事件的关注，联想起自己“类似经历”，特别是对受害者的同情，对歹徒的憎恨和对战士的爱戴；而歹徒看后，有可能受到良心的谴责而悔过……从而引起各方思想情感上的共鸣，达到较为理想的效果。责任编辑宋玉安，在大量的自发来稿中发现它后当即编发，编委会也破例地给了仅次于头版头条的报眼位置，王晓总编也说“这稿好”。后来，这篇《午夜惊魂》的新闻特写，被本报评为1989年度好新闻二等奖。（详见本书“那年那月”板块）

二是要有版面意识，“套住”好新闻的“路子”。无论哪一级的好新闻，除质量标准外，都有严格的字数限制。每年全国全军好新闻结集出版后，我都设法弄一本，认真阅研，揣摩体会，看看人家之所以获了大奖，到底是因为什么，究竟“绝”在哪里，“妙”在何处，并尽可能地了解有关评选标准和规定，以“投其所好”。1988年，我在云南老山前线进行战地采访时，饱含热泪和激情，执笔为和我名字只差一个字的张建刚烈士写了篇9000多字的通讯，题目是《106块弹片》。同志们看后，都说：“很真实，挺感人”，合作者之一的刘宝珍甚至说：“这稿子说不定能获个奖啥的。”获奖？我被这话一下子提醒了。接过手稿，转过身来，我忍痛割爱，大刀阔斧地猛删狠砍，硬是砍掉了6000字，压缩成 3000 字左右。大约正是这个合适的字数才使此稿免受冷落，分别获得了《前进报》当季度唯一的最佳通讯和全年好新闻奖。（详见本书“英雄赞歌”板块）

三是争取“绿灯”，获得最佳效果。一篇稿件的获奖，成因很多，过程复杂，要经过若干“十字路口”。虽然其命运不以作者的意志为转移，但主观上的努力却很重要，那就是尽力争取“绿灯”，减少“硬伤”，不留瑕疵。今年 5 月下旬，我在十分繁忙的情况下，把精力投入到了“万元存款拾主陈玉光”的连续报道之中。可刚出世的第一篇《万元失主，你在哪里?》，由于交稿时间较晚和版面限制等方面的原因，一时发不出来。兴冲冲地跑到报社送稿的我，心里火急火燎，万般无奈，径自闯入王总编办公室，向他说明情况并请他阅读稿件后，当即得到他“快速编发”的批示。于是，这组连续报道一连三天都发表在本报“寸版寸金”的头版位置。至于这组报道最终能否得奖，那是后话，暂且不提，但我敢肯定地说：“我为此尽到了最大的努力。”（详见本书“连续报道”板块）

张干事谈体会之八

搞点“连续剧”*

这里所谓的“连续剧”，是我和我的新闻采写同行们对连续报道、系列报道、集纳新闻的别（戏）称。

如果说单篇新闻是一颗单个的珍珠，那么，连续报道则是贯穿了一串珍珠的项链。这项链是系列珍珠的组合，因此它比单个的珍珠更众多、更精美、更可贵。所以说，连续报道的价值和影响，远不是单篇新闻所能匹敌的。

近些年，我搞了点“连续剧”，其间虽有成功的喜悦，但也不乏失败的反思。现在谈起来，真是别有一番感慨在心头。

1985年盛夏，我经过一番思考，致函我湖北老家的随州日报社：“3年前，包括我在内的数百名随州籍青年积极应征参军，加入守卫祖国东北边疆的行列。我想，我们在遥远的北国边防线上的生活、学习、工作、战斗和成长进步的情况，一定为家乡人民所关心吧……”接下来，我谈了拟以《随州好儿在北疆》为总题，搞个为数10多篇的系列报道的想法和计划，并询问他们的意见。

很快，我就收到了报社领导的亲笔回复：你的想法很好，我们充分肯定，

---

* 原载《牡丹江日报》1990年11月25日第4版头条。

大力支持。随后，我的系列稿件就陆续在报纸上连载、电台里连播，并很快地形成一个“冲击波”，“轰动了”随州这座鄂北古城。短短一个多月里，编辑部、我本人和被报道的老乡就收到百余封慰问信和数十件慰问品。“吹”了战士的姑娘看了报纸上刊登的曾经的恋人的先进事迹，提笔致信“随州好儿”，再次扬起了爱情的风帆；对在部队上的儿子总也放心不下的老父亲，听了反映儿子事迹的广播，乐得直“嘿嘿”；面临部队精简整编的随州老乡们，普遍受到了鼓舞而干劲倍增……《随州日报》《前进报》分别以《随州北疆架金桥，战士喜讯传家乡》《同乡战士夸同乡》为题，报道了这组报道所引起的强烈反响。（详见本书“附录”板块）

我的稿件连载完了，报社却把这个栏目更名为《在外地的随州老乡》，一直保留到现在。

写到这里，有人也许会说我运气好，旗开得胜是不是？——殊不知，此后我却接二连三地败走麦城。先是《北疆纪行》由于“线短面窄不够典型”而失败，再是《战地风》因为“兴奋点消失”而毙命……好在我还算能够经受得住摔打考验，并能很快从失败中爬起来，又迎来了成功的喜悦。比如，《军人 ABC 谈“失败的恋爱”》及其续篇《军人 DEFG 谈“成功的爱情”》等等，这些作品使我重整了旗鼓。（详见本书“军营婚恋”板块）

后来，写得多了，编辑部还给题目约请我写，像本栏目“张干事谈体会”便是。今年 5 月，关于“万元存折拾主陈玉光”的连续报道（详见本书“连续报道”板块），更加坚定了我沿着这条布满荆棘的道路继续走下去的信心。

然而，对于今后如何走好这条路的问题，我心里也只有个大致的路数：一是扬长避短，抓住“兴奋点”，找到好题目；二是强化战役意识，运筹帷幄，做好连续作战的必要准备；三是加强通联工作，主动争取新闻单位的支持，尽量避免无效劳动。

张干事谈体会之九

当“专栏作家”*

正如各地特有的风味小吃一样，各新闻单位的专版专栏或节目（以下简称专栏），以其鲜明的特色、独具的魅力吸引着它的读者（听众），打出了自己的牌子，且经久不衰。像《人民日报》的《今日谈》，《解放军报》的《集思广益》，中央电视台的《焦点访谈》，《牡丹江日报》的《王常买逛市场》，等等，不一而足，各具千秋，都很有名。很难想象，一个没有名牌专栏的报刊电台会是个什么样子。

我认为，说一个不会写专栏稿件的新闻工作者不是一个好的新闻工作者，这话并不苛刻；而要求每个新闻工作者都成为地道的专栏作家，则不现实（据我所知，目前我国还没有职业性的专栏作家）。但是，会写并善写专栏稿件，则是每个新闻工作者应当具备的基本功。

“专栏稿件难写，除偶尔有个别稿子歪打正着，被编辑安排在某个专栏外，我基本上没有写过专栏稿件。”一些同行，包括一些搞了多年新闻的资深记者、通讯员经常这样对我说。我觉得，要想写好专栏稿件，首先要打破神秘感：专

* 原载《牡丹江日报》1990 年 12 月 15 日第 4 版头条。

栏稿其实也没有什么了不起的，它只不过有其区别于一般稿件的特点罢了。如果我们从思想上这样认识，那么，驾驭专栏稿件就有了一个很好的前提。在此基础上，我们不妨从以下几点着手。

一是从写应征文章起步。报刊电台根据不同时期的宣传需要，会经常发起各种各样的征文活动，这给我们提供了一个很好的练笔和展示写作才能的机会。在专栏文章写作中，我正是从写应征文章上路的。大凡搞征文活动，主办单位都要首先发个“启事”，说明征文的原因、主题、内容、体裁、篇幅等具体要求之后，辟出专栏，再从大量来稿中择优刊（播）所征文章，并且常常会在征文结束后进行评比奖励。我们可以试试运气嘛，如果对某个征文活动感兴趣，不妨按照“启事”的要求，写篇“命题作文”。这几年，我先后参加了《中国青年报》的“支部活动100例”、《黑龙江日报》的“我爱读的一本书”和“大年初一”、《牡丹江日报》的“战士，你使我懂得了……”等4次征文活动，“四发四中”并且都获了奖。（这4篇文章本书均有收录，分别为《“牛”的晚会》《哲学并不神秘》《零点哨位》《你从战场走来》）

二是从研究专栏入手。我们搞新闻工作的同志研究报刊电台，除研究它的属性和一些动态性情况外，很大程度上可以说是研究专版专栏。专版专栏是以其“专”的鲜明特点来取胜的。开设专版或专栏，就是为了满足读者（听众）需要而专门、系统、深入地报道或探讨某一方面的事实或问题。仅仅抓住专栏的一般特点和要求是不够的，我们还要联系过去来研究现在：这个专栏开办的指导思想和目的是什么？哪些问题已报道或探讨过？哪些问题还没有报道或探讨？哪些问题还有待进一步深化？本专栏现在干什么？今后发展方向是什么？……从我的经验看，只要研究透了，弄清了这些问题并对症下药，一般来说是可以攻克的。

三是从创造新栏目上提高。《前进报》的《前进青年》专版，设有十多个小栏目，办得丰富多彩，图文并茂，很受广大青年读者欢迎。我是它的固定读

者和经常性作者。一天，在与该版责任编辑金就砺同志交谈时，我突发奇想，建议他开辟“我与书”专栏，刊登一本好书对青年作者产生的良好影响为内容的文章，以引导部队青年官兵多读书、读好书。金编辑对此意见表现出浓厚的兴趣，并约请我“打头两炮”。我的稿子写好后，金编辑很快就加上按语作了突出处理，并称我的稿子具有积极而有效的示范性质（详见本书“书声朗朗”板块《一本催我奋进的书》《〈林海雪原〉伴我少年到青年》）。此后，在金编辑的苦心经营之下，这个栏目逐渐“火”了起来，成为《前进报》的又一个“亮点”。

张干事谈体会之十

争取领导支持 *

"咱搞新闻报道的，苦没少吃，累没少受，稿儿也没少发，可是领导上……"这类话，我不时地听到。是啊，一个地方或一个单位的新闻报道人员，他的最大的苦恼莫过于领导不支持，党委不重视了。

我觉得，对此你不必太在意，也不必过于忧虑，因为我坚信，只要你工作做到家了，领导会改变态度来支持你的。到那时，你将心情舒畅，如虎添翼，不断地做出好成绩。

其实，党委领导重视不重视，支持不支持，具体标准是什么？说清楚这个问题比较困难，但是，经常过问报道工作，能够保障人员、时间、经费落实，在提拔使用、表彰奖励等方面能够考虑得到等等，是基本要素，对吧?!

弄清了这个问题，领导的重视程度你心里便有数了。如果确实不重视，那么请你在思维中暂时和领导调换一下位置：你当领导，他搞新闻报道，这样，便于你体会一下"领导心理"。好了，现在你是领导了，你是否支持新闻工作，最主要的看什么？对这个问题，你可以尽情地思来想去，但是最后，归根到

---

* 原载《牡丹江日报》1991年2月25日第8版头条。

底，你还是要看这个新闻工作者在配合党委的中心工作上做了多大的努力，贡献如何，效果如何，对不对？

有了这样一个共识，接下来你检查一下自己的工作做得究竟怎样？在你的剪报本上有多少文章是配合中心工作的？解决带有根本性、全局性、倾向性问题的？你还可以从其他方面，比如精神状态、业务能力、自身形象、为人处世等来检查自己。

自此之后，你需要振作精神，少“敲边鼓”多“跟中心”，奏响新闻宣传工作的主旋律。有这样一个新闻报道员，他整天不是琢磨中心工作，而是尽整些“新奇特”，不是写两个脑袋的鸡、三只腿的鸭，就是写与中心工作八竿子不搭边的“萝卜条”，论数量，每年下来确也不少，可领导和群众就是不认可。后来，他下功夫写出几篇分量较重的工作通讯，于是大家改变了对他的看法，觉得他还是干正经事儿的，自然就重视和支持他了。

向领导输入“新闻细胞”，提高他的思想认识，也很重要。应当承认，但凡能当上领导的人，对新闻宣传工作的意义、作用和地位，都是有一定的认识的。但也不能排除个别“新闻盲”，对此茫然无知，觉得“这东西没用”而排斥你。假如这个“个别”恰恰是你的领导，怎么办？去影响他嘛。毛泽东、刘少奇等老一辈无产阶级革命家关于新闻工作的论述颇丰，江泽民、李瑞环等共和国新一代领导人关于新闻工作的讲话也不少，你可以找来送领导一阅。订购的新闻业务书刊，必要时也可以送给领导一份，或许他将“乐意翻翻”。某日上班，碰上领导，你“无意”谈起国际时事：“昨晚电视新闻看了没有？某国家搞政变，首先不惜一切去占领广播电台和报社等新闻单位。”领导则讲：“可不，新闻这东西太厉害、太重要了！”如此这般，何愁领导与你没有“共同语言”！

勤请示多汇报。诸如选调人员、拟定计划、办班培训、经费开支、器材添置、接待上级新闻单位来人、总结表彰奖励等一应事务，都应事前请示领导；

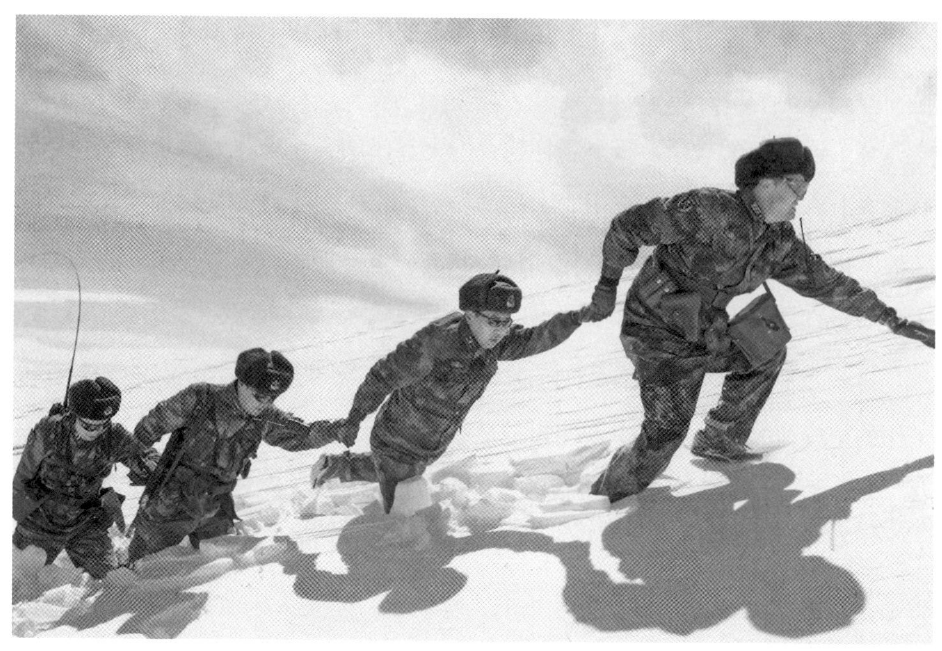

一个时期的工作、下基层采访一段时间、去上级参加业务会议等，都应在事后向领导汇报。

如此这般，领导想不支持你的工作都难。

第二卷　军营之声

全军老干部工作暨“三先”表彰电视电话会议在京召开*

习近平致信向受表彰的先进单位和个人表示热烈祝贺

经习近平主席和中央军委批准，全军老干部工作暨先进干休所、先进离退休干部、先进老干部工作者表彰电视电话会议10月15日在北京召开。中共中央总书记、国家主席、中央军委主席习近平发来贺信，代表党中央、国务院、中央军委，向受到表彰的全军先进干休所、先进离退休干部和先进老干部工作者表示热烈的祝贺，向全军广大离退休干部和老干部工作者致以崇高的敬意和诚挚的问候。

习近平主席在贺信中指出，军队离退休干部为党领导的革命、建设、改革事业作出了重要贡献，是党、国家、军队的宝贵财富。今天，党和人民事业蓬勃发展的大好局面，是包括军队离退休干部在内的一代又一代共产党人接续奋斗的成果。对军队离退休干部建立的历史功绩和作出的巨大贡献，党和人民永远不会忘记。要在全军广泛宣传先进离退休干部的先进事迹，弘扬老同志的高

* 原载《中国老年报》2014年10月16日头版头条配评论员文章，新华社播发通稿，《人民日报》、中央人民广播电台、中央电视台等报刊、电台、电视台和部分网络媒体刊载、播报和转发。与王昌伟、李耀东、莎莉娃合作。

尚品德，进一步形成尊重老同志、爱护老同志、学习老同志、重视发挥老同志作用的良好氛围。

习近平主席强调，军队老干部工作是党和军队的一项重要工作。各级党委和机关要高度重视老干部工作，坚持思想上关心、生活上照顾、精神上关怀，满腔热情为老干部办实事、办好事。要加强离退休干部党组织建设、提高老干部服务管理工作水平、丰富老干部精神文化生活，让所有老干部都能安享晚年。希望广大军队离退休干部向先进学习，永葆革命本色，在弘扬我党我军光荣传统和优良作风、支持国家和军队建设改革、关心教育下一代等方面继续发挥作用，为实现中国梦强军梦作出新的贡献。

中共中央政治局委员、中央军委副主席许其亮出席会议并讲话。他说，习主席的贺信高度赞扬军队老干部的历史功绩，深刻阐明了老干部工作的重要地位，对做好老干部工作、发挥老干部作用提出明确要求，饱含了对广大老同志的关心厚爱、对老干部工作者的殷切期望。我们要认真学习领会，坚决贯彻落实。

许其亮指出，尊老敬贤是中华民族的传统美德和我党我军的优良传统，实现强军目标需要大力弘扬老同志的好思想好作风，各级党委机关必须以高度的政治责任感和真挚的感情做好老干部工作，对老同志的历史功绩永远不能忘，对老一辈传下来的精神财富永远不能丢，对老干部的尊重关爱永远不能变。要坚持政治上尊重、思想上关心、生活上照顾、精神上关怀，把老干部工作做深做细做到位。要适应新的形势，创新老干部服务管理模式，完善老干部政策制度规定，改革老干部安置管理体制机制，以改革创新精神破解重难点问题，努力把老干部工作提高到新水平。全军老干部要永葆革命本色，始终坚定革命理想信念、政治上永远合格，积极为军队建设和改革贡献智慧力量，在作风建设上严格要求、做出好样子，在强军兴军征程上焕发新的荣光。

会议总结了过去 5 年全军老干部工作，明确了当前和今后一个时期主要任务，表彰了全军 97 个先进干休所、170 名先进离退休干部、144 名先进老干部工作者。

中央军委委员，四总部、全军各大单位、武警部队和军委办公厅领导等，分别在主会场和分会场出席会议。

评论员文章：在新的起点上推动老干部工作创新发展

在新中国成立65周年之际，习主席专门为全军老干部工作暨“三先”表彰会议发来贺信，充分体现了党中央、中央军委和习主席对军队广大老干部的关怀，对老干部工作的重视。习主席的贺信，充分肯定军队老干部的历史功绩，深刻阐明老干部工作的重要地位，对做好老干部工作、发挥老干部作用提出明确要求，充满了对广大老干部的深厚感情、对老干部工作者的殷切期望，为在新的起点上做好老干部工作指明了方向、提供了遵循。

军队离退休干部为党领导的革命、建设、改革事业作出了重要贡献，是党、国家、军队的宝贵财富。军队老干部工作是党和军队的一项重要工作，必须不断加强和改进。各级要认真学习领会习主席贺信精神，贯彻落实到老干部工作的方方面面。

在新的起点上做好老干部工作，必须进一步加大组织领导力度。各级党委和机关要高度重视老干部工作，全面落实党和国家政治上尊重、思想上关心、生活上照顾、精神上关怀老干部的方针政策。切实把老干部工作摆上重要位置，列入议事日程，主要领导亲自抓，分管领导具体抓。老干部工作领导小组要搞好统筹协调，及时研究解决老干部工作中的重大问题。机关有关部门履职尽责，齐抓共管，形成合力。

在新的起点上做好老干部工作，必须提高教育管理水平。按照党中央和中央军委要求，不折不扣落实老干部政治待遇。坚持不懈抓好中国特色社会主义理论体系武装，深入学习贯彻习主席系列重要讲话精神，培育和践行社会主义核心价值观，确保政治坚定、思想常新、信仰永存，在思想上政治上行动上始终与党中央、中央军委保持高度一致。加强离退休干部党组织建设，充分发挥党组织功能，切实把党要管党、从严治党要求落到实处，老干部自觉接受党组织的教育、管理和监督。

在新的起点上做好老干部工作，必须着力增强服务保障能力。坚持把老干部关注的医疗保健、住房保障、精神服务等工作作为重点，注重改进服务方式，细化服务内容，拓宽服务渠道，为老干部提供个性化、精细化、亲情化服务，不断丰富老干部精神文化生活，着力提升老干部晚年生活幸福指数。顺应国防和军队建设改革步伐，加快构建与时代发展和老干部工作要求相适应的制度体系和工作模式，不断提高老干部工作科学化水平。

“枥上骅骝嘶鼓角，门前老将识风云。”广大离退休干部要始终坚定理想信念，永葆革命本色，弘扬优良传统，积极支持国家和军队建设改革，不断为党和军队的事业增添正能量。做好新形势下军队老干部工作，使命光荣，责任重大。全军老干部工作战线的同志，要紧紧围绕实现党在新形势下的强军目标，锐意进取，开拓创新，为实现中国梦强军梦作出新的贡献！

政策制度日趋完善配套　服务管理水平明显提高

我军老干部工作取得新进展*

记者从总政干部部日前召开的军队老干部工作座谈会上获悉，党的十四大以来，全军各级党委、机关和广大工休人员认真贯彻中央关于老干部工作的方针政策，扎实努力工作，积极开拓进取，使军队老干部工作取得了显著成就。

全军部队各级党委高度重视，形成了齐抓共管老干部工作的好局面。军级以上单位普遍成立了老干部工作领导小组，建立了定期分析形势、检查指导、走访慰问老干部等工作制度，保证各项工作的落实。

按照军委的指示，总部先后拨款8亿多元，购买车辆6000余台，用于补充和更新老干部用车；拨出1亿多元解决老干部的特殊医疗问题，并在远离体系医院的42个干休所建立了中心卫生所；从1996年开始，每年拨出专项经费，逐步对六七十年代修建的干休所进行维修和改造。各级党委和机关从预算外经费中拨出12亿多元，用于解决老干部住房维修、医疗、用车和通信问题。

政策制度日趋完善，老干部工作逐步走上制度化、规范化。1994年军委批转三总部《关于进一步加强军队老干部工作的意见》，明确了新形势下军队

---

* 原载《解放军报》1998年11月12日头版头条配短评。与曹瑞林合作。

老干部工作的指导思想、方针原则和主要任务。国务院、中央军委和总部先后出台一系列政策规定，使老干部的安置和政治、生活待遇，干休所建设和教育管理工作，以及老干部遗孀待遇等方面，做到了有章可循。

老干部的住房建设是安置移交工作的关键。1994 年以来，军委安排 17.5 亿元为军队管理的离休干部建房，在建和建成住房 8000 多套。国家投入 28 亿元用于第四批移交地方政府管理的军队离退休干部住房建设，军委和各部队拿出 6 亿多元弥补建房经费不足，其中军队承担的 2.4 万多套住房已建成 90%。

干休所全面建设不断加强，服务质量明显提高。全军 1000 多个干休所的服务保障能力和全面建设一年好于一年，40%的干休所跨入了先进行列。干休所基本服务设施逐步配套，老干部住房、医疗、用车、通信、文体活动条件明显改善。

短评：把老干部工作做得更好

党中央、中央军委高度重视和关心军队老干部工作。几年来，全军各级党委和领导认真落实老干部工作的各项政策、制度，广大老干部工作者辛勤工作，取得了显著成绩。

老干部是党、国家和军队的宝贵财富，竭诚为老干部服务，是各级党委和领导以及广大老干部工作者必备的思想觉悟。要结合新的形势和老干部工作实际，抓好经常性的尊老敬贤教育，不断增强广大老干部工作者的服务意识、保障意识和责任意识。

随着社会主义市场经济的建立与发展，老干部工作也面临一些新的矛盾，必须适应国家和军队改革发展的新形势，积极稳妥地进行改革探索，逐步建立与社会主义市场经济相适应、与保障相接轨、与家庭养老相结合，符合我国国情、具有我军特色的老干部服务模式和管理体制。

明年是中华人民共和国成立50周年，又是国际老年人年。我们要大力宣传老干部的历史功绩，宣传中华民族尊老敬贤的传统美德，进一步形成尊老敬老的良好风尚，把老干部工作做得更好。

全军干休所建设目标要求明确

把干休所建成老干部的温暖之家*

“把干休所建设成为政治空气浓、团结互助好、服务质量高、生活环境美、有良好道德风尚的老干部之家”。这是 1996 年 12 月 4 日至 7 日，在北京举行的全军干休所建设座谈会提出的目标要求。

会议强调，要大力抓好干休所的思想政治建设，高标准地做好服务工作，努力解决好老干部的住房、医疗、用车、通信等方面的实际问题。军委、三总部已安排了明年的建房费、维修和改造房屋费、更新车辆费，继续拨出专款补助老干部的特诊医疗，要求设法为老干部安装程控电话，争取在“九五”期间把突出问题解决好。

会议指出，中央军委对老干部非常关心，对老干部工作非常重视。军队离休干部劳苦功高，是打天下的。没有他们的奋斗就没有我们的今天。我们要把老干部视为自己的亲人、长辈。有了尊敬老干部的思想和感情，就会有做好服务工作的办法；反之，即使有很多办法也做不好服务工作。要通过基层工作同志的努力，真正把中央军委对老干部的关怀落到实处，让广大老干部幸福愉快

* 原载《中国老年报》1996 年 12 月 25 日头版头条配社论。与吉人合作。

安度晚年。

会议强调，要进一步增强做好老干部工作的政治责任感。要求干休所工作人员，要有视老干部如亲人的深厚感情、乐于奉献的思想境界、扎实细致的工作作风、清正廉洁的良好形象、开拓创新的精神风貌，真正成为老干部的知心人、贴心人。

会议号召，继续深入开展争创先进干休所、争当先进离休干部、先进老干部工作者和“尊老爱工”活动。

社论：进一步办好军队干休所

总政治部召开的全军干休所建设座谈会，以做好对老干部的服务保障工作为中心，研究部署了干休所的全面建设，这对提高干休所的服务保障水平，为老干部创造安度晚年的更好条件，有着重要的指导和推动作用。

军队老干部是战功赫赫的人民英雄，是贡献卓越的建设先锋，是一个特殊的共和国功臣群体。党中央、中央军委十分关心他们，对做好他们的服务保障工作提出了很高的要求。军委要求“牢固树立为老干部服务的思想，不断提高服务水平，扎扎实实地做好服务保障工作，努力为老同志安度晚年创造良好的环境和条件”。这是对各级领导和有关部门的要求，也是对干休所的要求。干休所是老干部集中居住的地方，是直接为老干部搞好服务保障，是老干部工作的出发点和落脚点，也是干休所的基本职能。各级领导和每一个干休所都应该严格按照军委的要求，以绝大多数老干部满意为标准，扎扎实实做好服务保障工作。

当前，老干部晚年生活中的实际问题，主要反映在医疗、住房、用车、通信等方面。搞好服务保障，就要尽大力解决好这些问题。军队还有不少离休干部没有安置进入干休所，有的已等待多年，要加快住房建设速度，尽早把他们妥善安置好。对他们安置中的实际困难，要千方百计帮助解决。有些干休所住房年久失修，要积极创造条件维修好改造好，确保老同志住房安全。随着时间的推移，许多老干部已进入高龄期，多发病期，看病医疗，是他们最关心的突出问题，也是干休所服务保障工作的重点，非常需要加强卫生所建设，建立健全上门巡诊和抢救制度；远离体系医院的干休所，更需要建立中心卫生所，以保证老干部患病能及时治疗；除了领导下决心拿出一定经费外，各单位和干休所也需要多渠道筹集经费，尽快建立老干部医疗基金，以保障老干部特诊医疗的需要。医院、门诊部对老干部一定要切实做到优先治疗，优先住院，优质服务，决不能有病不医，有药不给。老干部年老体弱、行动不便，治病急救和出门活动，都需要用车。要尽可能配齐干休所的缺编车辆，并努力更新破旧车辆，有条件的单位还可自购或调剂一些好车给老干部使用。干休所的通信设备一般都比较落后，打电话难一直是老干部的一个难点。要尽可能进行改造和更新，逐步为老干部安装军内程控电话，还可采取机关、干休所、老干部共同筹集资金的办法，安装地方程控电话。对于解决上述这些问题，军委已决定拨出巨额经费，这次会议也提出了具体要求，我们一定要想方设法解决好老干部晚年生活中的难题，该花的钱一定要花，该办的事一定要办。

干休所处在服务保障工作的第一线。干休所的服务保障工作，每一项都很具体，有的看起来是小事，但直接关系到老同志的生活和健康，要当作大事来办。从所领导到每个工作人员都要时刻把老同志的冷暖挂在心上，把经常性的服务保障工作做得更周到、更细致、更扎实。一定要多关心多体贴老同志的困难，千方百计为老同志提供方便，坚持每年为老同志办几件实事，尽量让老同志生活的舒适一些。特别对身患重病、身边无子女的老干部，要实行重点服务。不仅要照顾好老干部的物质生活，而且要从多方面丰富他们的精神文化生活，经常开展一些老同志喜闻乐见、健康有益的活动，使他们的晚年生活更加丰富多彩。为了解决服务保障工作中的供需矛盾，干休所要继续搞好生产经

营，进一步增强自我保障能力。由于有些服务管理方式是在计划经济条件下形成的，已不适用于市场经济的新形势，要注意逐步改革服务方式，引进社会化服务项目，逐步形成以干休所为主体的干休所、家庭、社会服务网络。

在新形势下，军队干休所建设面临艰巨而光荣的任务，我们一定要克服困难，奋勇开拓，竭诚服务，尽力保障，按军委的要求，把干休所的服务保障工作提到一个新的高度，让老干部健康幸福地跨入二十一世纪。

展示全军争创“三先”活动成果

全军通报表彰一批老干部工作先进集体和个人*

总政治部日前发出《关于表彰全军先进干休所、先进离退休干部、先进老干部工作者的通报》，表彰 80 个先进干休所、150 名先进离退休干部、103 名先进老干部工作者。

《通报》指出，1993 年全军先进干休所、先进离退休干部、先进老干部工作者表彰会以来，在党中央、国务院、中央军委的领导和关怀下，在地方政府的大力支持下，经过各级党委、机关和广大老干部、老干部工作人员的共同努力，军队老干部工作取得了新的成绩。政策制度进一步完善，安置工作和干休所建设有了新的进步，为离退休干部安度晚年创造了良好的环境和条件。

《通报》强调，全军老干部工作系统普遍开展的争创先进干休所和争当先进离退休干部、先进老干部工作者的活动，有效地调动了工休人员的积极性，促进了各项政策制度的落实，推动了老干部工作的发展。随着争先创优活动的深入开展，全军涌现出了一大批先进干休所、先进离退休干部和先进老干部工作者。这些先进单位和个人，为军队建设和社会主义精神文明建设作出了积极

---

* 原载《中华老年报》1998 年 11 月 19 日头版头条配社论。与王爱华合作。

贡献，在军内外产生了良好影响。为深入贯彻党的十五大精神和党中央、中央军委关于老干部工作的指示，发扬成绩，激励先进，进一步做好新形势下的老干部工作，总政治部决定，对80个先进干休所、150名先进离退休干部、103名先进老干部工作者予以通报表彰。

《通报》希望，受表彰的先进单位和个人发扬成绩，保持荣誉，谦虚谨慎，再接再厉，创造更好的成绩。《通报》要求，全军部队特别是广大离退休干部和从事老干部工作的同志，要认真学习这些先进单位和个人的好经验、好思想、好作风，高举邓小平理论伟大旗帜，全面贯彻落实党的十五大精神，爱岗敬业，艰苦奋斗，扎实工作，为我军的现代化建设作出新的贡献。

社论：肩负跨世纪责任　创建第一流业绩

——向荣获全军老干部工作“三先”的集体和个人表示祝贺

从1993年解放军总政治部第一次表彰全军先进干休所、先进离退休干部、先进老干部工作者之后，一个争创“三先”的活动在军队老干部工作系统深入开展。今天总政治部又一次表彰了一批军队老干部工作系统创造出突出业绩的先进集体和个人。他们的先进事迹，展示出军队老干部工作系统开展“三先”活动的一个个成果，展示出广大老干部和工作人员的精神风貌，展示出全军上下尊老敬贤的良好风尚。他们是老干部工作系统的楷模，是我们学习的榜样。

党的十四大以来，我们国家和军队的改革与发展进入了新的历史时期。在党中央、国务院、中央军委及总部的领导下，部队各级党委坚持把老干部工作作为事关改革、发展、稳定大局的一项重要政治任务，实施有力的领导，及时研究解决老干部工作中的重要问题，为老干部办了许多好事实事。目前，军以上单位普遍成立了领导和机关有关部门参加的老干部工作领导小组，建立了定期检查指导、定期走访看望老干部等工作制度，老干部工作在制度化、规范化方面迈出了较大的步子。

开展争创“三先”活动，加强了军队干休所全面建设，推动了老干部工作发展。全军1000多个干休所，普遍加强了党组织的建设，广大老干部工作者竭诚服务的思想更加牢固；部队对干休所的投入加大，服务保障能力一年好似一年。特别是老干部的住房、医疗、用车、通信、文体活动的条件有了很大改善，围绕老干部的医、食、住、行、学、乐、健、为等方面的服务更加热情周到，广大老干部对服务工作满意。有40%的干休所在创“三先”活动中，跨入了先进行列，涌现出许许多多爱岗敬业、任劳任怨、默默奉献的老干部工作者。他们中既有干部，又有战士；有干休所的领导，又有医务人员；既有做政治工作的，又有做后勤保障工作的，具有广泛的代表性。他们的事迹生动感人，催人奋进，值得学习。

然而使人更为敬佩的是广大离退休干部，他们壮心不已，关心党和国家大事，老有所为，继续为国家和军队建设作贡献。有的心系国防，继续从事科研教学，著书立说；有的致力于“希望工程”，深入边远地区兴教办学；有的积极投身于国家改革和建设，参与经济项目设计，热心于扶贫帮困；有的维护社会治安，尽心尽力；还有的在干休所党委、党支部、管委会任职，为加强干休所建设做了大量工作。这次表扬的全军先进老干部，有老红军、老八路、老将军，还有新中国成立初期入伍的退休老同志，他们是老同志中杰出的代表，他们的一言一行，体现了老一辈崇高的思想境界，赢得了社会的尊敬和赞誉。

世纪之交，是我们国家和军队现代化建设的关键时期。新的世纪给我们提出了新的要求，人类迎来的长寿时代，赋予了我们更多的责任。国家的改革步伐进一步加快，军队的各项改革也在向深层次推进。老干部工作是军队建设的重要组成部分，必须适应国家和军队改革发展的新形势。我们要努力开拓，把老干部工作提高到一个新的水平；我们要大力宣传党中央、国务院、中央军委对老干部的关怀，宣传老干部的历史功绩，宣传中华民族尊老敬贤的传统美德；我们要通过学习先进，进一步振奋精神，激发斗志，形成争先创优的氛围，以高度的政治责任感，再接再厉做好工作，创建第一流业绩。

解放思想　大胆探索　积极改革

军队干休所服务管理改革见成效*

记者从近日召开的全军干休所服务管理方式改革座谈会上获悉，近几年来，我军各级领导机关和干休所的广大工休人员，认真贯彻落实中央军委关于军队老干部工作和后勤保障改革的一系列重要指示精神，从本单位实际出发，解放思想，积极探索新形势下干休所服务管理方式的新模式，初步形成了思改革、议改革、抓改革的良好局面。全军1097个干休所中，现已有50%以上在老干部医疗、用车、通信、住房维修和引进社会化服务等方面，积极稳妥地进行了改革，取得了很大成绩。

积极探索采用经济管理手段，提高了经费使用效益。各单位努力适应社会主义市场经济发展的新形势，把服务管理中老干部反映较为强烈的医疗、用车、通信、住房维修等问题，作为改革的切入点，积极采用经济管理和有偿服务办法进行改革。有的采取“上级拨一点、干休所补一点、老干部出一点”的筹资办法，给老干部安装地方程控电话，实行军队和地方共同保障，解决了打电话难的问题；有的采取干休所自筹资金补贴交通经费，实行定额管理、等价

* 原载《中国老年报》2000年5月23日头版头条。与顾鹏、邱峰合作。

收费的办法，较好地解决了用车难的问题；有的采用标准到人、适当补助、包干使用的办法改革医疗费管理，较好地化解了医疗上的供需矛盾；还有的采取标准包干、无偿服务、按原材料价格收费的办法，改变了营房维修经费超支和物资浪费现象。

积极引进社会化服务项目，拓宽了服务保障渠道。许多干休所根据当地社会化服务水平的提高，改变所内生活服务保障小而全、大而全、封闭式的做法，积极引入社会化服务项目为老干部服务。有的把主副食品供应、储蓄、邮电等生活项目引进干休所提高服务质量；有的与地方有关单位和个体经营者联系，定期请他们到干休所为老干部进行生活用具和家电维修服务；有的积极聘用社会人员管理营区卫生、绿化，办好食堂；有的还为老干部办理了人身、家庭财产保险。

通过改革，一些长期困扰干休所的棘手问题得到缓解，经济效益明显增强，服务质量和保障水平明显提高。广大工休人员进一步树立在市场经济条件下实行社会化服务、按经济规律办事的新观念，坚持按照利益、效益、公平、公开的原则办事，提高了工作透明度，减少了矛盾，形成了工休人员团结和谐的良好氛围。

这次会议对当前和今后几年干休所服务管理方式改革工作提出了明确的目标、任务和要求，强调要立足实际，解放思想，积极探索新形势下老干部服务管理工作的新模式、新途径、新方法；要大力推行生活保障社会化，采取经济管理手段改进服务管理工作；要以绝大多数老干部满意为标准，做到有利于提高服务工作质量，有利于保持老干部思想稳定，有利于干休所全面建设；要逐步建立与社会主义市场经济相适应，与社会保障机制相衔接，与家庭养老相结合，符合我国国情，具有我军特色的干休所服务管理体制，形成以干休所为主的干休所、家庭、社会相结合的服务网络，确保老干部健康愉快地安度晚年。

我军加强离退休干部党支部建设*

总政就全军离退休干部党支部建设检查情况发出通报

总政治部日前就去年以来全军离退休干部党支部建设检查情况发出通报，要求各级全面贯彻“三个代表”重要思想，与时俱进加强离退休干部党支部建设，确保广大老干部政治坚定，思想常新，理想永存。

去年以来，各单位按照总政统一部署，对离退休干部党支部建设情况进行了认真检查，研究加强和改进工作的措施，进一步提高了离退休干部党支部建设的整体水平。广大离退休干部自觉接受党组织的教育管理，积极参加党支部的各项活动，涌现出以赵渭忠、邹本兴、王遐方等为代表的一批先进离退休干部典型。

总政通报要求，在新的形势下，各级党委和政治机关要全面贯彻“三个代表”重要思想，针对检查中发现的问题，研究改进工作的措施，进一步加强离退休干部党支部建设。要针对老干部的思想特点，深入抓好“七一”讲话和“三个代表”重要思想的学习，切实把老干部的思想统一到党的最新理论创新成果上来；要从离退休干部特别是待安置离退休干部党支部建设的实际出发，认真

* 原载《解放军报》2002 年 4 月 23 日头版。与曹士阳合作。

抓好组织生活各项制度的落实，切实使每个老干部处于党组织的教育管理之中；切实加强对干休所领导干部的培训，增强抓好离退休干部党支部建设的政治责任感，提高工作能力。

坚持老有所教老有所学
军队老年大学蓬勃发展*

记者近日从总政有关部门获悉，全军各部队认真贯彻落实中央关于老干部老有所教、老有所学的指示精神，积极克服困难，自办或联办一批老年大学，进一步丰富了老干部精神文化生活，有效地抵制了不良思潮的影响和侵蚀，受到了广大老同志普遍欢迎。

据最新统计，全军共开办老年大学 70 余所，开设 300 多个门次的课程(专业)；创办 10 多种关于老年大学的报刊，共出版 900 余期；先后有 4.19 万多人次参加了学习，其中毕业学员 1.84 万多人，现有在校学员 2.35 万多人。

各级党委、领导和机关对老年大学非常关心重视。总参领导和广州军区历任司令员，都兼任了老年大学名誉校长，亲自解决办学中的问题。总政领导每年都亲自参加总政老干部学院举办的书画展览等有关活动，并进行现场办公，解决问题。兰州军区在经费紧张的情况下，每年都挤出 20 万元保障老年大学的正常运转。

各老年大学坚持把思想政治建设摆在首位，长期开设有关政治理论和时事

---

* 原载《中国老年报》2001 年 3 月 27 日头版头条。

政治课，学习马列主义、毛泽东思想、邓小平理论和“三个代表”重要思想，并就国际国内的重大时事问题及时邀请专家学者和有关领导作报告。在“法轮功”邪教活动猖獗时期，各老年大学学员都保持着清醒头脑，没有参与其活动。

老年大学这种集学习、娱乐和管理于一体的教育形式，丰富了老干部的精神文化生活，增添了他们的生活乐趣，陶冶了情操，促进了身心健康。经过老年大学的学习和熏陶，不少老同志掌握了一定的专业知识。特别是在诗词、书法、美术、摄影、根雕、花卉等专业的学习和创作上，许多老干部都颇有心得，有的还成为名家高手。

总政老干部学院学员创作的书画作品，有 2000 多幅参加了各类展览，其中有 400 多人在国内外获奖；广州军区老干部大学学员，有 50 多人加入全国或省级书法家、美术家协会，他们的作品有 1700 多件在省级以上报刊发表，有 300 多件被博物馆、美术馆收藏或被名胜古迹、碑林采用；兰州军区西安老战士大学先后获得全国老年教育系统先进单位、全国老有所为奉献奖和创新奖。

全军和武警部队广大离退休干部认真学习宣传贯彻党的十八大精神，盛赞辉煌成就，一致表示——

发扬光荣传统永葆政治本色*

党的十八大胜利召开以来，全军和武警部队广大离退休干部以饱满的政治热情，迅速兴起了学习贯彻党的十八大精神的热潮。离退休干部一致表示，坚决拥护党中央、中央军委的权威，坚决听从党中央、中央军委和习主席指挥，在思想上政治上行动上始终与党中央、中央军委保持高度一致，继续保持和发扬我党我军的光荣传统和优良作风，永葆老红军、老八路政治本色，积极发挥余热，在全面建成小康社会的伟大事业中作出新贡献。

全军各级党委对组织离退休干部传达学习党的十八大精神非常重视，严密组织，精心安排，认真准备集中收听收看场地，研究制定适合老干部身心特点的学习方案。各单位根据需要为老干部配发了收音机、放大镜、助听器等辅助学习设备，在营区悬挂横幅，更新橱窗，张灯结彩营造喜庆氛围。很多老干部身着离退休时的军装，佩戴功勋荣誉章和军功章，神情庄重地在会议室集中收看十八大开幕式及相关报道。对因病住院、行动不便的老干部，各单位专门安排老干部党支部联络员到医院或家中辅导助学。空军北京昆明湖干休所还播放

* 原载《中国老年报》2012 年 11 月 22 日头版头条，新华社播发通稿，《解放军报》、中央人民广播电台等主流媒体和部分网络媒体刊载、播报和转发。与王昌伟、李净达合作。

了《科学发展铸辉煌》《党的旗帜高高飘扬》等辅导文献纪录片，进一步加深学习理解。总政治部、军委办公厅等单位的老干部系统，普遍运用军营电视台、广播、网络、板报和营区电子屏幕等载体搞好宣传，确保家喻户晓，人人皆知。沈阳军区原副政委、98岁老红军邹衍身患多种疾病，仍坚持收看了会议开幕式的全过程。天津警备区第二干休所100岁老红军吴中瑞，坐在轮椅上在家人陪护下收看了大会盛况。总参谋部南京干休所98岁老红军顾鸿、成都军区正军职老八路白泉，在住院期间由医护人员陪护收看大会直播。广州军区95岁老红军周忠甲，因身体原因不能外出，在家中学习。

“党的十八大是一次高举旗帜、继往开来、团结奋进的大会，为党和国家各项事业指明了前进方向。我们党91年奋斗的历史成就让世界瞩目。”南京军区原司令员、95岁老红军向守志作为列席人员参加完党的十八大后十分感慨地说。广大离退休干部一致认为，党的十八大是在我国进入全面建成小康社会决定性阶段召开的一次十分重要的大会。胡锦涛同志所作的报告主题鲜明、内涵丰富，是一个解放思想、实事求是、与时俱进的报告。反映了全党意志，体现了人民心愿。老干部们反映，党的十六大以来的10年，我国经济发展实现历史性跨越，人民生活得到历史性改善，城乡面貌发生历史性变化，我国国际地位和影响力显著提高，创造了中国特色社会主义事业的新辉煌。第二炮兵、军事科学院、国防大学等单位的老干部纷纷以书画、摄影、文艺演出等形式，热情讴歌党的建设的伟大成就。武警部队政治部干休所举办了“赞颂十八大、永远跟党走”主题演唱会，抒发广大老同志对十八大胜利召开的喜悦之情。济南军区济南第一干休所95岁老红军周平阶动情地说：“我们党全心全意为13亿中国人民谋福祉，改善民生，真是了不起！近些年来，在党中央、中央军委的正确领导下，我们老干部政治生活待遇和生活生命质量明显提高，充分享受到了国家经济社会发展成果。”兰州军区原副司令员董占林谈道：“在党的十六、十七届领导班子的正确领导下，我们取得了辉煌的成就，为全面建成小康社会打下了坚实的基础，相信在新一届中央领导集体的正确领导下，我们一定会向着富强民主文明和谐的社会主义现代化国家阔步迈进。”南京军区106岁的老红军罗青云激动地说：“作为一名老党员，我亲眼看到国家经济发展、国力日益强盛，打心眼儿里感到自豪。幸福生活来之不易，我们的光荣传统和优良作风要一代一代传下去，永远听党话、跟党走。”

广大离退休干部对全面建成小康社会充满信心，曾担任毛泽东同志警卫员的老红军张万才激动地说：“党的十八大报告首次明确提出到2020年全面建成小康社会，这是对全国人民的庄严承诺。当年在毛主席身边工作时，主席老人家给我们描绘的宏伟蓝图一步步实现了。”离退休干部一致认为，党的十八大明确提出了全面建成小康社会和全面深化改革开放的宏伟目标。大会确立了科学发展观的历史地位，规划了各项事业发展的宏伟蓝图，庄严宣示了我们党始终高举中国特色社会主义伟大旗帜，坚定不移沿着中国特色社会主义道路前进，彰显了高度的政治自信和坚强的决心意志。广州军区原代司令员刘存智说：“十八大主题立意深远，字字千钧。大会把科学发展观确立为党必须长期坚持的指导思想，具有重大而深远的意义。”

先后送雷锋和郭明义“两代雷锋”入伍的老红军余新元激动地说：“十八大报告用24个字明确了社会主义核心价值观，我听了之后备受鼓舞，我们定要在新的起点上传播弘扬好雷锋精神。”参加过百团大战、成都军区95岁老红军杨兴敏对工作人员说：“只有中国共产党才能救中国，只有社会主义才能发展中国，这是革命真理，任何时候都不能丢。我们必须以咬定青山不放松的永恒信念，更加坚定不移地维护中国特色社会主义旗帜、道路、理论体系和制度。”总装备部老干部大学张鹏飞校长在《中国军工报》头版撰文写道：“党的十八大为我们构建了宏伟的发展蓝图，作为老同志，我们感到很温暖、很给力，相信今后国家会更好更快地发展。”总后勤部103岁老红军方震在收看十八大开幕式后，当即挥毫泼墨：“攻坚克难，励精图治，国富民强，指日可待。”

党的十八大选举产生了新一届中央委员会，十八届一中全会选举产生了新的中央领导机构，一批德才兼备、年富力强的领导干部进入新一届中央委员会和中央领导机构。消息传来，全军离退休干部纷纷表示，坚决拥护十八届一中全会的决定，坚决拥护党中央、中央军委的权威，坚决听从党中央、中央军委和习主席指挥，力所能及地发挥余热，积极为国家和军队建设作出新贡献。广大离退休干部深信，以习近平同志为核心的党中央，一定会团结带领全国各族人民，坚定不移沿着中国特色社会主义道路前进，为全面建成小康社会而奋斗，完成时代赋予的光荣而艰巨的任务。甘肃省军区兰州焦家湾干休所100岁老党员武守忠谈道："为了党和国家兴旺发达、长治久安，许多同志带头从党中央领导岗位退下来表现了共产党人的崇高风范，表现了对党和人民事业的无比忠诚，表现了对党和国家未来充满信心。"广州军区原副政委刘新增说："习总书记在新一届中央政治局常委同中外记者见面时的讲话中，多次提到'人民'两字，这充分说明新一届中央领导集体有魄力、有能力带领广大人民群众创造更多的中国奇迹。"一级战斗英雄、空军原副司令员张积慧表示："新一届中央领导集体是能够担当历史使命的坚强领导集体，我坚决拥护。我坚信，新一届中央领导集体一定能团结带领全国各族人民抓住和利用好我国发展的重要战略机遇期，创造更辉煌的成就！""八·六"海战一等功臣、退休干部徐寿琪深有感触地说："作为一名老党员、老水兵，我坚信在党中央、中央军委和习主席的领导下，人民军队一定能有效履行新世纪新阶段历史使命，为维护国家主权、安全、发展利益和全面建成小康社会提供重要力量支撑和安全保障。"

英雄暮年壮心不已　报国为民再立新功

红军老战士在精神文明建设中发挥重要作用*

在纪念中国工农红军长征胜利60周年之际，笔者从总政治部有关部门了解到，我军红军时期入伍或参加革命工作的老战士，目前尚健在的还有3339名。他们以其平均81岁的高龄，老骥伏枥，弘扬传统，殚精竭虑，奋斗不止，成为社会主义精神文明建设的一支重要力量，在新的征途上谱写了新的篇章。

广大老红军时刻关心着党和国家的事业，在加强精神文明建设、维护社会稳定中发挥了重要作用。他们有的撰写回忆录或著书立说，在为党史、军史提供资料的同时，也为全社会的传统教育提供了好教材；有的深入部队和社会讲传统、作报告，大力宣传党的基本路线和中国特色社会主义理论，被誉为党的红色宣传员；有的长期义务维护社会治安，维持交通秩序，协调邻里关系，帮教失足人员，进行市场管理、物价监督、法律咨询；等等。

老红军、海军原顾问段德彰几十年如一日，忠实履行我党我军宗旨，为人民群众做了大量的好事，为精神文明建设和社会稳定作出了突出贡献，成为军内外学习的典范。驻河南洛阳市几个干休所的老红军和其他老同志一道成立了

---

* 原载《解放军报》1996年11月4日头版，新华社播发通稿，中央人民广播电台等全国多家主流媒体采用。

“老干部社会治安督导团”，在社会上产生了积极影响。

许多德高望重的红军老战士，以极大的政治热情和崇高的历史使命感，积极投身于关心教育下一代工作。有的主动担任校外辅导员，对广大青少年学生进行革命传统教育；有的伏案笔耕，潜心创作，为广大青少年奉献弘扬主旋律的精神食粮；有的省吃俭用，慷慨解囊，把多年的积蓄捐献给社会福利事业和“希望工程”。

老红军、总参原顾问孙毅，多年来一直坚持为青少年购赠书刊，并且每月为“希望工程”捐赠 300 元。广州军区空军武昌上马庄干休所老战士报告团，深入全国 10 多个省市的中小学和大专院校作报告 1500 多场，受到教育的学生近百万人次，被评为全国关心下一代先进集体。

许多老红军不顾年老体弱，离休后仍然通过各种形式和途径为国家和军队现代化建设做贡献。有的直接投身改革开放的大潮，参与国家重点建设项目的论证和设计工作；有的主动帮助家乡和老少边穷地区发展经济，脱贫致富；有的深入边防海岛，高山哨所，把好传统好作风传给青年官兵；有的调查研究，为国家和军队建设献计献策。老红军刘九令，不恋大城市，开垦荒沙滩，建成了年产葡萄 5 万公斤的果园，并决定把果园无偿地交给当地人民。

余热生辉　情系朝阳

全军离退休干部积极投身未成年人思想道德建设*

记者近日从总政有关部门获悉，近几年来，全军和武警部队各级认真贯彻落实中共中央、国务院《关于进一步加强和改进未成年人思想道德建设的若干意见》，鼓励支持老干部充分发挥自身优势，积极参与关心教育下一代工作。

全军和武警部队448个关心下一代工作组织，5179名长期从事这项工作的老干部，采取多种形式宣讲党的创新理论和我党我军的优良传统，培养和激发青少年对社会主义核心价值体系的认同，为加强和改进未成年人思想道德建设作出了贡献。

发挥政治优势，打牢青少年的理想信念根基

各级老干部工作机构坚持把教育引导青少年树立正确的世界观、人生观、价值观，作为关心下一代工作的首要任务，并组织老干部深入中小学校宣讲科学发展观等党的创新理论和我党我军的优良传统。

---

* 原载《中国老年报》2010年12月1日头版头条。与王越、李耀东合作。

海军上海水电路干休所老干部讲师团，16 年如一日，用自己的亲身经历和深刻感悟，为青少年宣讲革命传统。

济南军区某部莱阳第一干休所离休干部吴权生，28 年坚持不懈地对青少年进行思想道德教育，为 500 多所大中小学作革命传统报告 1500 多场。

发挥经验优势，提升青少年的思想道德素质

各级关心下一代工作组织利用重大纪念日、民族传统节日和重要集体活动等契机，组织老干部和青少年一起开展社会实践活动。

空军多方筹措资金，配合地方有关单位建立 20 多个青少年德育实践基地。他们还与地方司法部门沟通、协调，组织老干部深入驻地监狱、劳教所、少管所，对失足青少年进行教育帮带。

空军武汉“老战士报告团”原副团长马国昌，与 200 多名少年犯结成帮扶对子，在他的劝诫下，有 60 多名少年犯努力学习改造获得提前释放。

发挥资历优势，培养青少年的优良意志品质

各级注意积极创造条件，鼓励老干部著书立说，用他们身上的红色资源影响和教育下一代。

某部临潼干休所根据老干部大多参加过抗日战争和解放战争的实际，发动他们撰写回忆录，整理成册后免费发放给驻地中小学学生学习。

沈阳军区“大连老兵报告团”为培养青少年吃苦耐劳的品格，成立了 9 所“红领巾军校”，每年培训小学生近万人。广州军区老干部近 5 年来，先后协调组织 63 所中小学校的学生 31500 多人次到部队开展军事日活动。

发挥资源优势，捐资助学支持教育事业

百年大计，教育为本。老干部们利用自己的人脉资源，积极为贫困地区的教育事业筹资捐款。

二炮原副政委、西藏自治区党委原第一书记阴法唐，至今已累计募集资金800多万元，用于支持西藏发展教育事业。

济南军区联勤部原政委曹学德累计筹得捐款330万元，建立了6所“将军希望小学”。

某部昆明北校场第二干休所离休干部李一飞，27年来仅靠自己的离休费和伤残补助金，就资助了包括彝、苗、傣、哈尼、拉祜和独龙等26个少数民族的140余名儿童。

回顾战斗历程　弘扬光荣传统

全军老战士开展各种活动纪念抗战胜利 50 周年*

在纪念中国人民抗日战争暨世界反法西斯战争胜利 50 周年之际，记者从总政有关部门了解到，我军参加过抗日战争的老战士积极开展形式多样、内容丰富的纪念活动，回顾 8 年抗战历史，弘扬老红军、老八路的光荣传统和优良作风，激励广大人民群众更好地建设有中国特色的社会主义。

牢记历史，才能开创未来。全军参加过抗日战争的老战士利用各种座谈会、纪念会，谈抗战、忆当年。他们之中，既有参加过平型关、百团大战等著名战役战斗的八路军高级指挥员，又有坚持在敌后抗击日军的游击队员；既有挥舞大刀长矛砍杀日本鬼子的战斗英雄，又有机智勇敢战斗在敌人心脏的“地下尖兵”。

这些年已古稀的老同志，有的以当年耳闻目睹的铁的事实，揭露日寇一桩桩惨绝人寰、灭绝人性的法西斯暴行；有的用自己的亲身战斗经历，讲述当年英勇抗战、奋勇杀敌的艰苦历程；有的站在历史和现实的高度，满腔热情地讴歌中国共产党在抗日战争中的中流砥柱作用，系统深刻地阐述抗战胜利的重大

* 原载《解放军报》1995 年 8 月 10 日头版，新华社播发通稿，《人民日报》、中央人民广播电台等多家主流媒体采用。与张朝清合作。

意义。

最近一个时期以来，抗战老战士们纷纷深入到部队、工厂、农村、学校、街道等单位讲传统、作报告，用我党领导下的八路军、新四军以及其他抗日武装在极其艰苦的条件下浴血奋战、夺取全国胜利的生动史实，激发广大官兵和人民群众的爱党、爱国、爱军热情，进一步增强全民族的凝聚力。

兰州军区近千名老红军、老八路深入各部队和西北广大地区作报告。沈阳军区一些抗战老战士在全区部队和东北三省作报告 260 多场。还有许多老战士积极撰写抗战回忆文章，排演抗战题材文艺节目，接受新闻单位关于抗战问题的采访，举办抗战老战士书画展等。

三总部、北京军区及驻京部队各大单位的许多参加过抗战的老干部纷纷到卢沟桥、焦庄户、潘家峪等地和八路军总部所在地参观。一些当年在华北平原战斗过的八路军老战士，来到河北晋冀鲁豫烈士陵园，向为国捐躯的老战友鞠躬致哀。

广大抗战老同志通过重温历史，更加坚定了自己的革命斗志，决心在党中央、中央军委的领导下，继续为国家和军队的现代化建设发挥余热，谱写新的篇章。

当年抗日建功勋　如今夕阳分外红
我军五万抗日功臣老骥伏枥奋斗不止*

在抗日战争胜利50周年纪念日将要到来之际，笔者从总政治部获悉，我军参加过抗战的老红军、老八路，目前健在的尚有近5万名。这些当年在抗日烽火中浴血奋战、功勋卓著的老同志，离职休养后，继续为国家和军队的现代化建设做贡献，在新的征途上谱写了新的篇章。

许多德高望重的老红军、老八路，在退出领导岗位后，保持和发扬老红军、老八路的光荣传统，致力于关心教育下一代工作。有的被聘为校外辅导员，利用现身说法，对青少年进行传帮带；有的深入到机关、街道、厂矿、农村作报告，讲传统；有的伏案笔耕，潜心创作，为广大青少年奉献弘扬主旋律的精神食粮；有的省吃俭用，把多年的积蓄捐献给社会福利事业和“希望工程”。曾担任过抗大二分校校长的老将军孙毅，多年来一直坚持为青少年购赠书刊，并每月向“希望工程”捐赠300元。1984年，老八路王遐方和河南安阳市离退休老同志共同发起成立了全国第一个“关心下一代协会”，被赞誉为青少年的知心朋友。

---

* 原载《解放军报》1995年6月12日头版头条，新华社播发通稿，《人民日报》、中央人民广播电台等多家主流媒体采用。与李振东合作。

情系军营，为部队建设献计献策。这些曾为人民军队的创建和发展作出了巨大贡献的老同志，离休后不顾年老体弱，仍通过各种形式和途径继续为军队的改革和现代化建设奉献余热。有的撰写回忆录、军事论文，传经送宝，为党史、军史提供资料。“狼牙山五壮士”之一、某部后勤部原副部长葛振林，先后到北京、河北、广东等10多个省、市驻军作传统报告500余场次。某部离休干部刘功，经常深入边防海岛、高山哨所，把好传统好作风传给基层官兵。某部原副司令员张福宝14年如一日，到成都火车站义务接送过往新老战士70余万人次，他还义务为部队营区栽花植树4万多株，被誉为“情系军营的老八路”。

发挥专长，积极参与国家经济建设。不少从事专业技术工作的老同志，发挥专长优势主动为厂矿企业排忧解难，帮助老少边穷地区发展经济，脱贫致富；一些从事教育、科研工作的老同志有的继续参与教学和科研工作，有的积极培养和扶持青年一代；一些从事医疗卫生工作的老同志，依然在医院和诊所里满腔热情地为人民群众解除病痛；还有许多老同志长期默默无闻地从事维护社会治安以及市场管理、物价监督、法律咨询等工作，为社会公益事业尽其所能。

老八路张鼎三不遗余力地宣扬中国特色社会主义理论，鼓励人们为改革开放多做贡献，被誉为“党的忠诚宣传员”。老红军刘九令，不恋大城市，开垦荒沙滩，建成了年产葡萄5万公斤的果园，并决定把果园无偿地交给当地人民。离休干部何学道长年坚持为北京公共汽车站维持交通秩序，直到生命最后一刻。

据不完全统计，离休后受到各级领导机关表彰的抗战老战士达3500多名，他们有的荣获“全国老有所为精英奖”，有的被评为全国全军先进老干部，有的被评为全军优秀共产党员。

民族功臣永受人民爱戴

军队暨社会各界以多种形式为抗日将士送温暖*

记者日前从解放军总政治部了解到，近几个月来，军队暨社会各界以积极为抗日将士送温暖、办实事、排忧解难的实际行动，表达对这些民族功臣深深的崇敬与爱戴。

为解决抗战时期入伍的团职离休干部晚年生活的突出问题，经中央军委批准，总部将他们的医疗和外出乘车待遇提高到副师职。

各单位从实际出发，想方设法为老干部解决实际困难。国防科工委下拨经费693万元为干休所建设营院，改善老同志的生活环境，同时，拿出60万元为老干部修建文化活动室。空军向每名抗战老战士赠送一台价值400元的推拿按摩器。济南军区拿出20万元，为全区近5000名老红军、老八路统一制作抗战纪念品。武警部队在“八一”前为机关干休所修建了一个200平方米的多功能文化活动厅。对于个别有特殊困难的抗战老战士，各单位都给予了特殊关照。

总政治部有关部门近日又发出通知，要求全军各大单位有关部门，在纪念

* 原载《解放军报》1995年8月15日头版头条，新华社播发通稿，《人民日报》、中央人民广播电台等多家主流媒体采用。与曹瑞林、贾永合作。

抗日战争胜利50周年期间，进一步做好走访慰问抗战将士工作。沈阳、兰州、济南、南京、广州、成都军区等单位，组成首长带队的机关慰问组，带着慰问品，深入到所属部队的每一个干休所，逐家逐户慰问抗战老战士。三总部及国防科工委、北京军区、海军、空军、二炮、军事科学院、国防大学、武警部队的领导，亲自到驻京军以上抗战老战士及遗孀家里走访慰问，并到医院看望住院的老同志。驻京部队所属师以下及京外抗战老战士，都由各大单位部门领导带队上门慰问。

各地政府部门暨社会各界利用多种形式，为抗战将士送温暖、办实事。由社会各界组成的专门为抗战将士进行家庭服务的服务队达1.3万个。吉林市电信局以接近半费的价格为当地105名抗战老战士安装了电话。合肥市电信局为驻地6个干休所的抗战老战士减免电话初装费34.2万元。南昌市政府拨款40万元为驻地军队抗战老战士修缮房屋。

由北京大学、复旦大学、浙江大学等10多所高等院校学生组成的大学生纪念抗战50周年采访团以及由北京二中青年班主任、青年党校学生开展的“革命老区行”活动，所到之处都给抗战老战士带去温暖。

各地共青团组织也通过各种方式和途径，表达了对抗战老战士的敬仰和爱戴之情。

老红军老八路情系灾区*

连日来，全军和武警部队干休所工休人员在老红军老八路的带动下，纷纷慷慨解囊，为灾区人民献爱心。截至今天，全军和武警部队干休所工休人员共为灾区捐款 1726.1 万元，捐献衣被 22.2 万件，捐献药品价值 3 万余元。

此次捐款范围广，行动快，数额大。全军 1093 个干休所和各单位待安置的老干部都捐了款，捐款千元以上的老干部有 2687 人，捐衣 50 件以上的有 62 人。总政莲花池干休所离休干部林淑华、总参二部北京干休所离休干部杨崇山各捐款 1 万元，沈阳军区司令部第三干休所离休干部马兴惠捐款 1.5 万元，北京军区 254 医院离休干部齐雪江捐款 3 万元。成都军区后勤部昆明西站第一干休所全体工休人员捐款 20 万元。

许多老干部捐款情节十分感人。8 月 18 日去世的江苏省南京军分区老干部阎瑞山，17 日晚以临终遗嘱的方式让家人为灾区捐款 3000 元。身患癌症的山东省军区泰安第一干休所老干部李达玖，子女下岗，家中生活相当困难，但

---

* 原载《解放军报》1998 年 8 月 21 日头版，新华社播发通稿，《人民日报》、中央人民广播电台等多家主流媒体采用。

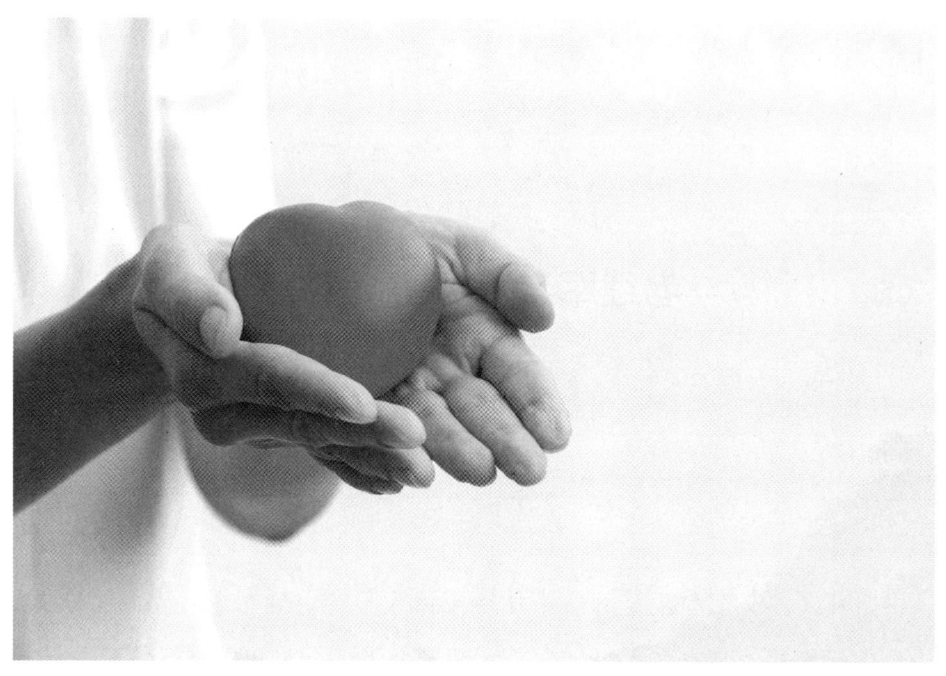

他坚持捐款 1000 元。广州军区后勤部桂林白岩山干休所 84 岁老红军张耀，自家被洪水浸泡，损失严重，但他说长江灾区的群众比他困难更大，坚持捐款 1200 元。

革命老战士获殊荣

五万余老红军老八路被授予红星、独立功勋荣誉章*

记者从总政治部获悉，在纪念抗日战争胜利50周年之际，中央军委发布命令，授予10名老红军、老八路以红星功勋荣誉章或独立功勋荣誉章。至此，全军已有57394名抗战老战士获得这两种功勋荣誉章。

半个多世纪前，中国共产党领导下的人民军队同全国人民一起与侵华日军展开了一场殊死搏斗。在这场最终夺取全面胜利的伟大战争中，老红军、老八路们创造了许多惊天动地、可歌可泣的英雄事迹。

全国解放后，党和人民先后两次以授勋的形式表彰为中国革命胜利作出巨大贡献的老战士的历史功绩，表达全军和全国各族人民对他们的敬仰和爱戴。50年代，根据全国人民代表大会通过的授勋条例，在全军范围内开展了授勋工作，向包括参加抗日战争的官兵颁发八一勋章、独立自由勋章和解放勋章。1988年7月，根据全国人民代表大会通过的有关规定，中央军委颁布命令，分别授予老红军、老八路红星功勋荣誉章或独立功勋荣誉章。

---

* 原载《人民日报》1995年7月8日头版头条，新华社播发通稿，新华每日电讯、中央人民广播电台等多家主流媒体采用。与周志方合作。

情系共和国功臣*

——全军和武警部队老干部工作综述

悠悠岁月，铭记着老干部奋斗的足迹。

辉煌历史，映射着老干部不朽的功绩。

革命战争年代，军队老干部浴血奋战，前仆后继，为民族独立和人民解放事业建立了不朽功勋；新中国成立后，他们呕心沥血，艰苦创业，为军队革命化现代化正规化建设作出了卓越贡献。

正是一代又一代共产党人和革命者的接续奋斗，才有了我们今天深化改革、蓬勃发展的大好局面，才有了我们今天幸福美好的生活。

吃水不忘挖井人。

对广大离退休干部的丰功伟绩，历史不会忘记，党和人民不会忘记。

近年来，全军和武警部队各级党委、机关和广大工作人员，认真贯彻落实党中央、中央军委和习主席关于老干部工作的一系列指示精神，紧紧围绕党在新形势下的强军目标，扎实工作，主动作为，竭诚服务，老干部工作保持稳步发展的良好态势，取得一系列令人鼓舞的丰硕成果。

---

* 原载《解放军报》2014 年 10 月 15 日头版转第 2 版，部分网络媒体转发。与王昌伟、滕晓东合作。

坚守精神高地　永葆革命本色

对老干部政治上的关心是最大的关心，思想上的教育是最重要的教育。

这些年，全军和武警部队组织老干部认真学习党的十八大、十八届三中全会和习主席系列重要讲话精神，在老干部中深入开展“学习贯彻党章、弘扬优良作风”教育活动、党的群众路线教育实践活动等，组织全军和各级宣讲团深入老干部中作巡回报告1600余场，引导老干部自觉在思想上政治上行动上与党中央、中央军委保持高度一致。南京军区司令员97岁老红军向守志以普通党员身份向党小组撰写思想汇报，刊登在南京军区《人民前线》报上，树立了老党员的良好形象。

注重发挥党组织功能作用，严格党的组织生活，使之真正成为团结凝聚广大老干部的坚强核心。北京军区将待安置离退休干部编入395个党支部、916个党小组，确保人人在组织中、人人在学习中、人人在管理中。成都军区选派200余名工作人员担任老干部党支部联络员，武警部队、军委办公厅等单位，采取多种形式落实老干部组织生活制度，组织老干部开展丰富多彩、健康向上的活动，确保广大老干部离岗不离党、退休不褪色。

“老柏摇新翠，幽花茁晚春。”广大老干部纷纷发挥自身优势，在弘扬我党我军光荣传统和优良作风、支持国家和军队建设改革、关心教育下一代等方面发挥独特作用，积极为实现中国梦强军梦释放正能量。一些从领导岗位退下来的军队人大代表、政协委员，围绕军队建设重大问题、地方经济社会发展以及改善民生等，积极参政议政、建言献策，许多提案被中央国家机关和军委、总部采纳，有的进入党和国家决策。军事科学院、国防大学、国防科技大学数百名老干部继续投身学术研究，参与重大课题攻关，为繁荣发展军事科研事业作出新的贡献。海军上海水电路干休所老干部讲师团、空军武汉指挥所老战士报告团等老干部集体，杨德千、余新元、黄学禄等离退休干部，满怀激情地向社会群众和部队官兵宣讲党的创新理论，培养和激发青少年对社会主义核心价值观的认同，展现出军队老干部生命不息、奋斗不止的良好风貌。

多谋惠老实策　共享发展成果

昨日惠风过，今朝满眼春。

随着我国经济社会发展水平不断提高，军队老干部休养环境条件有了较大改善。近年来，党中央、中央军委和习主席十分关心军队老干部，高度重视军队老干部工作，作出一系列重要指示。军委、总部和各大单位想方设法、加大投入，为老干部办实事、解难事、做好事，进一步提高服务保障水平，让老干部充分享受改革建设发展成果。

住房保障是老干部安度晚年的重要基础。近年来，军委、总部专门安排经费对700余个干休所实施了住房改造和综合整治，老干部居住环境和干休所营房保障水平得到较大改善和提高。为解决老干部上楼难的问题，安排资金为干休所老干部住房加装3000余部电梯。总政白石桥干管局离休干部魏群满怀喜悦之情赋诗一首："耄耋之年喜讯传，闪亮电梯立眼前。轻松上下心舒畅，党的恩情永不忘。"各大单位也加大对老干部休养环境的投入，沈阳军区、广州军区等单位对发展相对滞后的干休所进行重点帮建，因地制宜改善老干部居住条件。

医疗保障是老干部最为关心的实际问题。近年来，军委、总部采取有效措施，大幅度提高离休干部卫生事业费标准，提高部分离退休干部医疗待遇。全军干休所卫生所建设取得新进展，日常保健、院前处置、后送抢救等能力明显提升。全军各医院认真落实老干部诊疗优先制度，实行全军离休干部同城军队医院医疗"双体系"保障，努力为老干部提供优质医疗服务。第二炮兵积极协调 21 家军地医院，为老干部开通重症抢救“绿色通道”。南京军区积极开展边远地区老干部医疗保障社会化改革，28 个远离体系医院的干休所老干部基本实现与驻地离休干部同等医疗待遇。

车辆保障关乎老干部生活质量。各级不断强化主动服务意识，从车辆调配、维修服务、设施配备等方面认真做好工作，较好地满足了老干部出行需要。近年来，军委、总部针对老干部和服务管理机构部分车辆老化严重等情况，先后补充更新车辆 4000 余台。各级还针对干休所车辆维修保障力量相对薄弱的实际，采取定期巡回检修和定点维修相结合的方式，组织老干部车辆装备维修，有效提高了车辆保障效益。

如今，老有所养、老有所医、老有所教、老有所学、老有所为、老有所乐，在军队干休所里得到了充分的体现。

弘扬敬老传统　用心用情服务

军队老干部戎马一生，功勋卓著，是值得全社会和广大官兵敬重的特殊群体，为他们提供优质服务是各级应尽的责任和义务。这些年，全军和武警部队老干部工作系统牢固树立服务为先的意识，积极改进服务方式，细致周到做好工作，真正做到让党放心、让老干部满意。

2010 年，军委颁发《中国人民解放军干休所工作条例》，对做好服务保障工作作出全面系统规范。条例颁发后，各级进一步细化服务内容，拓宽服务渠道，广泛开展个性化、精细化、亲情化服务，切实把服务工作做深做细做实做到位。全军各干休所在坚持“十个上门”等传统做法的同时，积极开展为老干部配备“一键通”呼叫定位手机等服务，方便和满足老干部日常生活需求。济南军区张店干休所运用信息化手段，以老干部家中数字电视为终端，建立信息化综合服务平台，老干部只需点一下电视遥控器，就可以享受到订餐、购物、叫车、维修等服务。

用心用情服务，成为广大干休所工作人员的自觉行动。他们满怀爱心、耐心、细心、诚心，主动与老干部开展“认亲”“结对子”等活动，定期到家中与他们聊天、帮他们干家务，针对老干部心理状况开展精神慰藉服务，让老干部保持精神愉悦、心理健康。北京军区联勤部天津干休所积极探索开展“居家养老”做法，建立了集“家庭式养老”和集中服务保障为一体的“托老中心”。总参机关设立综合服务、医疗保障和住房政策 3 个老干部服务热线，及时妥善处理老干部反映的问题，促进了老干部队伍和谐稳定。广州军区建立健全干休所、社会和家庭“三位一体”养老体系，做到一对一精准服务、一帮一包干服务、一跟一全程服务。

目前，全军多数干休所做到了政治教育送上门、电话订餐送到家、一般疾病不出所、用车出行有人扶，受到老干部广泛好评。

集聚各方力量　提升安置质量

安置好军队离退休干部，直接关系到老同志晚年幸福，也是凝聚军心士气、提升部队战斗力的内在要求。各级按照实现强军目标要求，以对部队长远建设和对老干部高度负责的精神，积极克服困难，想方设法把老干部安置好。

全军和武警部队加强对移交安置工作的组织领导，普遍建立了党委抓总、领导分工负责、机关齐抓共管的移交工作机制。近年来，共移交安置离退休干部 6 万多名，起到了安置一人、温暖一家的良好效应。针对长期困扰基层部队的伤病残退休干部移交难问题，各级深入贯彻全国伤病残军人退役安置工作会议精神，集中妥善安置伤病残退休干部 1 万余人，有效维护了他们的正当权益。

集聚各方力量，是提升安置质量的有效举措。各级坚持把做好待安置离退休干部思想工作与解决实际困难结合起来，积极开展送温暖活动，大力宣传移交安置政策规定，消除老干部思想顾虑。总后、总装、沈阳军区等单位不断完善离退休干部移交安置政策制度，机关齐心协力推动工作落实。各部队注重加强军地协调，普遍建立了联席会议、定期会商、联合督导等工作机制，保证了移交安置工作良性发展。兰州军区连续 4 年组织西北五省（区）民政厅（局）长“边防行”“高原行”活动，提高了移交工作效率。

人民功臣为人民，人民功臣人民敬。党和人民对广大老同志的历史功绩和巨大贡献永远不忘，对老同志的优良传统和崇高精神永远不丢，对老同志政治上尊重、思想上关心、生活上照顾、精神上关怀永远不变。在强军兴军的征程上，深怀爱老之心、恪守为老之责、多办利老之事，不断开创老干部工作生机勃勃的新局面，已成为全军和武警部队老干部工作人员的共同心声和不懈追求！

为了共和国功臣的晚年幸福*

——全军和武警部队干休所建设综述

在创立与建设新中国的辉煌历程中，广大军队老干部南征北战，英勇奋斗，立下了不朽功勋。新中国成立后，广大老干部继承和发扬战争年代的革命精神，呕心沥血，无私奉献，为加强我军革命化、现代化、正规化建设作出了重大贡献。

正是源于对这些老战士的崇敬、关怀和厚爱，在解放军的编制序列中，出现了干休所这样的服务机构。自 20 世纪 60 年代以来，全军和武警部队先后建立了 1100 多个离职干部休养所和军职以上退休干部休养所。广大老干部在党和军队的关怀照顾下，在这里幸福地安度晚年。

建设幸福家园　确保妥善安置

军队老干部在职时以人民利益为重，打江山，固国防，保卫祖国，建设祖国，许多人长期战斗在边防海岛和边远艰苦地区，他们离退休后需要及时妥善

* 原载《解放军报》2010 年 9 月 21 日头版转第 2 版，部分网络媒体转发。与王昌伟、卜金宝合作。

安置。这不仅是保证军队干部队伍新老交替、充满生机和活力的需要，也是确保老干部健康长寿、思想常新、永葆本色的需要。

有了老干部，老干部工作也就应运而生。这是历史的必然，这是时代的嘱托。军队老干部工作是从1958年国家和军队建立干部退休制度开始的。1958年，国务院颁发《关于现役军官退休处理的暂行规定》，明确年满55周岁以上和因积劳成疾、身体残疾，不能继续担任实际工作的，可以退休。1959年，中组部和总政治部根据中央有关精神做出规定，军队正师级职务以上或大校军衔以上干部，有病不能担任工作的，可以离职休养。1978年党的十一届三中全会以后，中共中央、国务院、中央军委相继颁发了《关于妥善安排军队退出现役干部的通知》《关于军队干部离职休养的暂行规定》等重要法规，进一步明确了离休退休干部工作的方针原则、干部离休退休条件、政治和生活待遇、安置和管理办法等。

要把干休所建成温暖的家。从1960年起，国家和军队投入大量的财力、物力和人力，以高度负责的精神为老干部修建住房，建立干休所，为妥善安置军队离退休干部奠定了坚实基础。这一时期建立的干休所数量不多，即现在人们所称的“红军所”。20世纪80年代，国家集中财力进行经济建设。为了安置好军队离休干部，在军费紧张的情况下，中央军委决定每年拨出三至四亿元经费为离休干部建房，各大单位也尽力拨出部分经费。经过20多年的努力，全军和武警部队共建立离职干部休养所1095个，建成离休干部安置住房8.8万余套，使军队管理的离休干部得到了妥善安置。2005年开始，我军又相继建立军职以上退休干部休养所40个，安置军职以上退休干部3000余人。

党的三代领导核心和胡主席历来对军队老干部非常关心，对老干部工作非常重视。毛泽东同志当年尊重和关心“延安五老”的故事，成为我党我军尊老敬贤的佳话，至今仍被人们传颂。邓小平同志积极建立退休制度，并率先垂范，身体力行，为顺利实现我党我军干部队伍新老交替作出了重要贡献。1993

年9月，江泽民同志亲切接见了出席全军首次老干部工作先进表彰会的全体代表，并发表了重要讲话：在新的形势下，要切实把老干部工作作为一件大事来抓，认真研究解决老干部工作遇到的新情况和新问题，真正做到政治上尊重老干部，思想上关心老干部，生活上照顾老干部。军委领导多次强调，各级要牢固树立为老干部服务就是为国家和军队建设大局服务的观念，进一步增强做好老干部工作的光荣感和使命感，对干休所建设中遇到的矛盾问题，要抓好具体指导；要深怀爱老之心，恪守为老之责，多办利老之事，切实把党和人民的关怀温暖送到每一个老同志心坎上。近年来，在胡主席和中央军委的亲切关怀下，许多涉及老干部切身利益的实际问题得到解决，大大提高了广大离退休干部的生活生命质量。

优化物质保障　共享发展成果

伴随着我国进入一个新的发展阶段，干休所全面建设也发生了巨大变化。近年来，军委、总部不断加大老干部物质保障的投入，集中财力解决老干部普遍关注的住房、医疗、用车等实际困难，为老干部创造了更加舒适的休养条件。

军委、总部对离退休干部住房保障问题十分重视，想方设法加大保障力度，采取置换租住、扩大出售、住房改造和投资新建等办法，解决现住房不符合出售条件离休干部的房改住房问题。军委专门安排经费对符合条件的700余个干休所的室外附属设施实施整修，并且启动了干休所老干部住房加装电梯工作，目前正在有序实施。沈阳军区联勤部金州干休所借助老所翻建政策，为老干部集中建成双层连排别墅式住房，户户装上了高级塑钢窗、实木地板、防滑地砖，家家安上了太阳能，干休所成为都市风景中的一个亮点。北京军区联勤部天津干休所利用天津市实施海河沿线综合整治工程的契机，将原来的平房小院改造成12栋共8.6万平方米的高档花园式小区。老干部参观新居，看到上下能乘电梯，家家能设病房，动情地说："耄耋之年住高楼，无限美景眼底收。感谢党的政策好，幸福生活乐无忧。"

随着离休干部普遍进入"两高期"，对物质保障的需求越来越高。各干休所下大力抓好生活服务中心、医疗保健中心、文化活动中心"三个中心"建设，为老干部创造了更加舒适的休养条件。在生活服务中心建设上，各干休所普遍建立了老干部餐厅，一些干休所还利用社会资源，引进邮政代办点、银行储蓄点、菜市场、百货超市等社会化服务保障项目，建立干休所与社区相结合的服务保障模式。在医疗保健中心建设上，各干休所普遍建立了医院、干休所卫生所、家庭三级抢救和医疗网络，不断加强了门诊、治疗、抢救、输液、理疗、值班室和药房等"六室一房"建设，普遍引进了紧急呼叫系统，有的还与医院联合开通了远程视频会诊系统，卫生所日常医疗保健、院前处置、急重症预警、后送抢救等能力大幅度提高，老干部足不出所就能得到诊断治疗。在文化活动中心建设上，普遍建立完善了文化活动中心，设置了棋牌室、书法室、阅览室、健身室、荣誉室等场所，丰富和充实了老干部的精神文化生活。同时，在老干部车辆保障上，目前军委已为红军、抗日战争时期入伍的军职离休干部和解放战争时期入伍的正军职离休干部配备了专车，同时也提高了其他离退休干部的车辆配备标准。

如今，老有所养、老有所医、老有所教、老有所学、老有所为、老有所乐，在军队干休所里得到了充分的体现。老干部在健康充实的晚年生活中，幸福地颐养天年。

强化政治教育　永葆革命本色

实践证明，对老干部政治上的关心是最大的关心，思想上的管理是最重要的管理。近年来，全军和武警部队认真学习贯彻胡主席“要从政治上关心老干部”的指示精神，组织广大老干部认真学习中国特色社会主义理论体系，学习党的路线方针政策，确保老同志政治坚定、思想常新、理想永存。

各级坚持把思想政治建设作为老干部工作的首要任务来抓，注重用党的创新理论武装老干部头脑，深入开展了保持共产党员先进性、践行社会主义荣辱观、深入学习实践科学发展观、培育当代革命军人核心价值观等教育活动，及时搞好时事政策教育，确保老干部在任何时候任何情况下都能站稳立场、是非分明，在思想上政治上行动上与党中央、中央军委保持高度一致。在开展深入学习实践科学发展观活动中，全军干休所系统以党委班子和现役干部战士党员为重点，同时把离退休干部纳入进来，紧紧围绕“党员干部受教育，服务管理上水平，老干部得实惠”的目标进行，有力推动了干休所建设科学发展，有效引导广大离退休干部离岗不离党、退休不褪色，始终保持老党员、老战士的良好形象，受到军委领导的充分肯定和表扬。各干休所着眼老干部的特点，结合纪念抗战胜利 60 周年、长征胜利 70 周年、建军 80 周年、改革开放 30 周年、新中国成立 60 周年等时机，在老干部中开展主题征文等活动，激励老干部珍惜历史荣誉、发扬革命传统、保持优良作风。

老柏摇新翠，幽花茁晚春。

老干部们纷纷发挥自身的政治优势、经验优势和威望优势，弘扬我军“听党指挥、服务人民、英勇善战”的优良传统，模范践行“忠诚于党，热爱人民，报效国家，献身使命，崇尚荣誉”的当代革命军人核心价值观。老干部们积极参与宣讲我党我军优良传统、关心教育下一代等活动，为构建社会主义核心价值体系、建设和谐军营及和谐社会作出新的贡献。

四川汶川特大地震发生后，全军老干部向灾区捐款和交纳特殊党费 4.4 亿元。大连老兵报告团、海军上海水电路干休所老干部讲师团、空军武昌上马庄干休所老战士报告团满怀激情地向社会群众和部队官兵宣讲党的创新理论，树立了老党员的良好形象。

细化服务内容　弘扬敬老美德

人民功臣为人民，人民功臣人民敬。

自20世纪60年代初，我军即开始修建干休所、配备工作人员和车辆为老干部服务。中央军委特别指出，一切从事老干部工作的同志，要牢固树立竭诚为老干部服务的思想，不断提高服务水平，扎扎实实地做好服务保障工作，努力为老干部安度晚年创造良好的环境和条件。

在新形势下，全军各干休所以服务保障为中心，积极完善服务措施，拓宽服务渠道，改进服务方法，努力满足老干部的晚年生活需求。许多干休所根据老干部生理特征、既往病史和饮食习惯，建立了个性化健康食谱，生活服务中心按需制作、送餐上门。针对老干部“空巢”“丧偶”“多病”的实际，坚持把共性化服务与个性化服务、物质服务与精神服务、传统方式与现代手段结合起来，及时主动地为老干部提供方便、快捷、优质的服务。工作人员与老干部开展“认亲”“结对子”活动，定期到老干部家中聊天、干家务，针对老干部心理状况开展精神慰藉服务，让老干部保持精神愉悦、心理健康。总后、总装、第二炮兵等单位在精细化服务上采取了许多行之有效的办法，不断深化细化服务内容，探索实施的“十上门”服务，修建无障碍通道，制作外出联系卡、安全提示卡等做法，深受老干部欢迎。

沈阳军区、南京军区、成都军区、兰州军区探索实施了干休所重点帮建、干休所与人武部挂钩帮建、“重阳工程”等特色做法，总参、总政、济南军区、广州军区相继制定出台了为老干部办实事解难题具体规划，集中财力解决老干部普遍关注的实际困难。军事科学院、国防大学、国防科技大学和武警部队等单位积极改善老干部看病住院条件，不断更新医疗机构的设施设备，北京军区坚持老干部挂号、就诊、检查、治疗、取药、住院“六优先”，为老干部提供安全高效的医疗服务。目前，全军干休所医疗保障水平和老干部生命质量明显提高，一线救治成功率达99.9%。

竭诚为老干部服务，这是干休所工作人员始终遵循的宗旨。许多同志在这平凡的工作岗位上默默奉献，任劳任怨，一干就是十几年、几十年，把人生最美好的青春年华献给了老干部工作。“感人心者，莫先乎情。”一等功臣、某部长春干休所卫生所主治医师王琦，在一次重大军事行动中负伤双目失明，但他失明不失志，刻苦学习按摩技术，竭诚为老干部健康服务，在黑暗中开辟了一条充满阳光的人生之路。兰州军区联勤部拱星墩第二干休所所长孔维胜，做过肝移植手术，是个从“鬼门关”上闯过来的人。他在身体基本恢复后就回到了工作岗位，带领干休所“一班人”埋头苦干，把兰州军区安置老干部人数最多的干休所建成了全军先进干休所。当问到他最想说的一句话是什么时，他这样说道：“只要组织需要，只要身体许可，在服务老干部工作岗位上，我还想再干20年！”在他们的身上，集中体现了军队广大老干部工作者对党的事业的无限忠诚和对老干部的深厚情感。广大老干部工作者用自己的实际行动，在军队老干部工作历史上，写下重重的一笔，留下精彩的一页！

回顾辉煌历程，我们无比欣慰；展望发展前景，我们充满信心。

最近，《中国人民解放军干休所工作条例》发布施行，这是我军深入贯彻落实科学发展观、与时俱进加强干休所建设的重要举措，充分体现了党中央、中央军委和胡主席对军队老干部的关心和对干休所建设的高度重视。有理由相信，以此为契机，我军干休所建设必将迎来一个充满生机的春天！

记住共和国功臣*

——全军和武警部队做好老干部工作综述

军队老干部是人民的功臣，是党、国家和军队的宝贵财富。

在新中国成立60周年即将到来之际，回顾国家和军队建设取得的举世瞩目的伟大成就，全国人民和全军官兵深切感念军队老干部为中国革命和社会主义建设作出的贡献。军队老干部工作在党中央、中央军委的正确领导下，在国务院有关部门的大力支持下，也取得了一系列令人鼓舞的丰硕成果。

思想常新永葆本色

近年来，全军和武警部队认真学习贯彻胡主席“要从政治上关心老干部”的指示精神，深入开展了保持共产党员先进性、践行社会主义荣辱观和深入学习实践科学发展观等教育活动，及时搞好时事政策教育，保证了老干部政治坚定、思想常新、理想永存。

特别是在开展深入学习实践科学发展观活动中，全军干休所系统以党委班

* 原载《解放军报》2009年9月7日头版转第3版，部分网络媒体转发。与王昌伟、卜金宝合作。

子和现役干部战士党员为重点，紧紧围绕“党员干部受教育，服务管理上水平，老干部得实惠”的目标进行，取得了实实在在的效果，推动干休所建设科学发展迈上了新的台阶，受到军委总部领导的充分肯定和表扬。沈阳军区在老干部中成立了80多个理论学习小组，为老干部作专题报告100多场次，组织老干部参观改革开放和经济建设新成就上万人次。海军上海水电路干休所25名老干部党员组成老干部讲师团，满怀激情地向社会群众和部队官兵宣讲党的创新理论，树立了老党员、老干部的良好形象。

全军和武警部队高度重视老干部系统党组织建设，为老干部的学习生活提供了可靠的组织保证。军委办公厅将所有老干部党员按居住地编入7个党小组，每年召开支委会不少于6次、支部党员大会不少于2次，定期组织老干部学习文件、向党组织汇报思想。总参谋部一些单位广泛开展为老干部过“政治生日”活动，通过重温入党誓词、讲述入党经历等形式，激励老干部永葆革命本色。

各部队结合纪念抗战胜利60周年、长征胜利70周年、建军80周年、改革开放30周年、新中国成立60周年等时机，在老干部中开展主题征文等活动，激励老干部珍惜荣誉、保持晚节，丰富了老干部的精神文化生活，同时为部队开展培育当代革命军人核心价值观主题教育活动提供了生动教材。

竭诚服务彰显关怀

当前，军队系统离休干部普遍进入高龄期和高发病期，对服务保障的要求越来越高。

胡主席强调指出：“要进一步改进和做好服务保障工作，帮助老干部提高生活质量。广大老干部工作者要以高度的政治责任感和满腔热情，真心、真诚地为老干部办实事、办好事。”军队系统各级党组织和广大老干部工作者牢记胡主席的嘱托，坚持动真情、办实事、解难题，最大限度地提高老干部的生活生命质量。

近年来，军委总部不断加大老干部保障的经费投入，集中财力解决老干部普遍关注的工资、医疗、用车、住房等实际困难。2004年以来，先后多次提高了老干部基本离退休费、公勤费、护理费和荣誉金等经费标准。全军1100余个干休所积极稳妥地推进服务方式改革，各项服务保障工作向多元化、个性化、亲情化、精细化拓展，受到老干部的广泛好评。

成都军区在全区老干部系统启动实施了以“葆本色、保健康、保和谐”为主要内容的“重阳工程”，推动了老干部工作科学发展。总政治部各老干部服务管理机构在精细化服务上采取了许多行之有效的办法，推行代交各种费用、代购生活用品等“六代理”服务，开展上门打扫卫生、巡诊送药等“十上门”活动。国防大学、军事科学院不断深化细化服务内容，对卧床不起、丧偶、“空巢”的老干部实行“一对一”帮扶，指定专人照料他们的生活起居。干休所还普遍开展了心理咨询和精神抚慰等服务，提高了老干部心理健康水平。

广州军区制定了为老干部办实事解难题的三年规划，集中财力为老干部办49件实事，军区每年从机动费中预算安排100万元救济特困老干部和遗孀，100万元补助远离体系医院干休所老干部就地急诊抢救开支，200万元补助干休所车辆维修经费，并对全区干休所普遍进行一次面对面的指导和重点帮建。去年“5・12”特大地震发生后，空军机关立即派人到受灾严重的成都凤凰山干休所进行慰问，研究制定灾后整修和重建方案，在最短的时间内协调落实487万元为老干部建设临时周转房。

提高标准诊疗优先

近年来，军委、总部采取措施，积极改善老干部的医疗保健条件，在4次提高部分离休干部医疗待遇基础上，又3次扩大部分离休干部医疗费用实报实销范围，同时大幅度提高军队离休干部医疗经费标准。总部和各大单位投入经费用于改善医院干部病房、疗养院疗养用房和干休所卫生所设施条件，更新医疗机构的医疗设备。目前，全军干休所卫生所“六室一房”建设不断完善，基本医疗设备全部按标准配齐。

全军各医院认真落实老干部诊疗优先制度，建立完善了老干部就医“绿色通道”，实行全军离休干部同城军队医院医疗“双体系”保障，努力为老干部提供优质医疗服务。各干休所卫生所针对老干部“两高期”的实际，认真落实门诊、值班、巡诊、陪诊制度，为行动不便的老干部建立了家庭病床，大力推进健康教育和康复护理工作。

北京军区坚持老干部挂号、就诊、检查、治疗、取药、住院“六优先”，军区和各军级单位分两级建立了“康寿”基金，5年来累计筹措基金2000余万元，为患癌症的老干部补助医疗开支1500多万元。军区还安排438万元经费，为患白内障生活不能自理的老干部实施人工晶体更换手术，使他们重见光明。第二炮兵、兰州军区、总装备部注重加大医疗保健投入，建立应急抢救队伍，提高一线救治能力，做到常见疾病不出所、突发病诊治有预案、多发病用药有保障，保证老干部遇有危急情况，能够及时迅速得到救治。

加大投入改善环境

长期以来，军委、总部对离退休干部住房保障问题十分重视，想方设法加大保障力度，采取置换租住、扩大出售、住房改造和投资新建等办法，解决现住房不符合出售条件离休干部的房改住房问题。各级还投入经费改善干休所营区环境，提高老干部的居住水平。为解决老干部“两高期”上下楼难、急救难问题，安排资金对部分干休所的电梯进行了更新改造。

南京军区、军事科学院、国防科技大学、武警部队各干休所积极探索饮食服务、水电费托收、营院保洁等社会化保障模式，节约了经费开支，提高了服务保障水平，让老干部足不出所就能享受到各种快捷方便的服务。

济南军区全面落实《为老干部办实事三年规划》，多渠道筹措资金，不断加大老干部住房、医疗、通信、用车等方面的投入，对2864户老干部住房实施了改造，对66个干休所的水、电、暖等设施和住房屋面进行了整修，全区90%以上的干休所达到了总部规范化达标要求，56个干休所被驻地政府评为“花园式单位”。

移交安置实现突破

安置移交工作直接关系到老同志晚年幸福、社会稳定。以中共中央办公厅、国务院办公厅、中央军委办公厅《关于进一步做好军队离休退休干部移交政府安置管理工作的意见》的颁发和2004年全国安置工作会议的召开为标志，离退休干部移交政府安置工作跨入了一个新的发展阶段。

全军和武警部队坚持把解决离退休干部住房问题作为移交安置的关键环节来抓，多渠道落实房源，为移交安置创造了重要条件。各级普遍建立了党委抓总、领导分工负责、机关齐抓共管的移交工作机制，对一些难点问题，各级领导亲自出面做工作，有效推动了落实。总后勤部通过签订目标责任书、分片建立移交组、定期讲评通报等措施，扎实推进各项工作落实，待安置退休干部总量下降70%。第二炮兵加大对移交工作的督导检查，坚持每半月收集一次情况，每月召开一次情况汇报会，每季度通报一次工作进展情况，对移交工作进展缓慢的单位，派出工作组指导督促。

军地各级普遍建立了联席会议、定期会商、联合督导等工作机制，加强军地协调，保证了移交安置工作的良性发展。各级坚持把做好思想工作与解决实际困难结合起来，大力宣传移交安置政策规定，消除老干部思想顾虑，积极开展送温暖活动，为老干部排忧解难，使他们愉快地服从组织安排。5 年来，共向地方政府移交离退休干部 8.2 万余人。同时，在全军新组建 40 个干休所，3200 名军职以上退休干部得到妥善安置。

今年 7 月，民政部、财政部、总参谋部、总政治部、总后勤部等军地有关部门联合颁发了《伤病残军人退役安置规定》，这是国家和军队首次以军事行政规章的形式，对伤病残军人的退役方式、安置办法、住房和医疗保障等问题作出全面系统的规范，充分体现了党中央、国务院、中央军委对伤病残军人的关心爱护。

人民功臣为人民，人民功臣人民敬。对军队广大老干部的历史功绩，党和人民永远不会忘记。全军各级将积极顺应国家和军队建设发展的大趋势，不断推进军队老干部工作创新发展，使广大老同志在分享中国特色社会主义发展成果中，安度幸福晚年！

一切为了人民功臣*

——全军和武警部队认真做好老干部工作综述

为了民族的独立和解放，他们曾金戈铁马，驰骋疆场；为了国家的复兴和强大，他们曾披肝沥胆，鞠躬尽瘁。

他们是军队老干部。走过了战争年代激情燃烧的辉煌岁月，走过了和平年代建设发展的光辉历程，如今他们却面对被高龄期、高发病期困扰着。

党和人民没有忘记他们，全军官兵没有忘记他们！

胡锦涛主席强调指出，军队老干部工作是军队建设的重要组成部分。各级党委和机关要从践行“三个代表”重要思想的高度，把军队老干部工作摆到重要位置，切实加强领导。

胡主席的重要指示，深刻阐明了做好老干部工作的重大意义，为全军和武警部队做好老干部服务管理工作指明了方向。

* 原载《解放军报》2005年12月12日头版转第3版，部分网络媒体转发。与王成志、卜金宝合作。

先进性教育深入扎实

实践证明，对老干部政治上的关心是最大的关心，思想上的管理是最重要的管理。

近年来，全军和武警部队认真学习贯彻中央军委和胡主席关于“要从政治上关心老干部”的指示精神，组织老干部深入学习“三个代表”重要思想，深入扎实地开展保持共产党员先进性教育活动，确保老干部在任何时候任何情况下都能站稳立场、明辨是非，在思想上政治上与党中央、中央军委保持高度一致。沈阳军区、北京军区注重发挥先进典型的导向作用，广泛开展争创“三先”活动，涌现了一批在全国、全军产生较大影响的先进典型。

老干部党组织是老干部团结的核心，是党密切联系老干部的纽带，担负着教育管理老干部的重要责任。近年来，全军和武警部队按照组织健全、职责明确、制度落实、活动经常的要求，建立健全了老干部党组织。

我在空军某干休所看到，他们按照“有利于开展活动、有利于掌握情况、有利于发挥作用”的原则，积极探索符合老干部高龄特点的党组织建设，为老干部党支部专门配备了“秘书”，帮助协调开展活动和抓组织生活制度的落实。对生病住院和长期在外的老同志，他们采取上门走访或电话书信联系等方式，定期了解情况，传达上级指示，使老干部人人都处在党组织的教育、管理和监督之中。

个性化服务送上门

以服务保障为中心，积极完善服务措施，拓宽服务渠道，改进服务方法，努力满足老干部的晚年生活需求。

各级针对“空巢”“单亲”家庭增多的实际，普遍对身边无子女、生活不能自理的老干部和遗孀实行重点服务、特殊服务和个性化服务。各单位下大力搞好精神服务，着眼老干部的特点，普遍建立健全了书画、球类、棋牌、演唱等文体组织，定期开展活动，丰富和充实了老干部的精神文化生活。

海军、国防大学从方便老干部日常生活入手，从点滴小事做起，不断细化服务内容，全方位搞好服务保障工作。为提高服务技能，他们先后举办干休所所长、政委及工作人员业务培训班，提高工作人员的业务素质和工作能力。

成都军区、军事科学院、国防科技大学基本实现了由被动服务向主动服务转变，做到既注重物质服务，又注重精神、心理和法律服务；既搞好普遍性服务，又重点加强年老体弱、有特殊困难对象的个性服务。

济南军区改革“大包大揽”的传统模式，将老干部的医疗、乘车、通信和营房维修 4 项经费，改为“标准到人、包干使用、超支自负、节约归己”，有效地解决了干休所经费紧张的矛盾，提高了服务保障效益。

医疗保障以人为本

医疗保障是老干部较为关注的问题。近年来，全军和武警部队牢固树立以人为本的服务理念，普遍建立健全了值班、巡诊、抢救、监护等各项规章制度；建立了急救系统，开设了家庭病床；定期开展健康普查，邀请专家讲授保健、急救常识，帮助老干部和家庭成员掌握各类急症的处置方法。

目前，全军干休所医疗保健水平明显提高。军以上单位普遍建立完善了老干部医疗保健基金，重点解决了患大病老干部的医疗补助问题。北京军区认真落实老干部就近就便就医的规定，凡编制有干部床位的医院，均设立老干部挂号、取药窗口和诊室，在急诊室开设老干部留观室，对老干部实行挂号、就诊、检查、治疗、取药、住院“六优先”。

全军和武警部队还积极筹措经费，为干休所添置和更新医疗设备，基本做到常见病诊治不出所，突发病诊断急救准确，多发病用药有保障，重大病症早发现早诊治。南京军区建立完善了抢救预案，确保一有危急情况，老干部能及时得到救治。

兰州军区严格规范医疗行为，坚持因病施治。各项医疗检查，只要是老干部病情诊治需要，一律实行免费；凡属医生根据病情开具的处方用药，一律不收费；对自费范围的药品和器材，一律按购入价出售。老干部看病住院，一律不收耗材费、陪护费。

武警部队认真落实老干部每年一次查体、每半年一次保健知识讲座、每月一次巡诊等制度，各医院全部为老干部开设门诊优先窗口，特别是对卧床不起、急难重病人员，实行专人全程监护。

第二炮兵先后调整300多万元，用于改善干休所医疗基础设施、添置先进医疗器械，安装医疗“智能报警器”。他们还设立特诊病医疗基金，较好地保证了老干部患病后能得到及时治疗。

休养环境舒适优美

舒适的休养环境，是提高老干部晚年生活质量的基础。

近年来，在经费供需矛盾比较突出的情况下，全军和武警部队普遍加大投入，对干休所营房营院和服务配套设施建设进行综合整治。从去年开始，军委一次性投入25亿元，全面启动了现住房不符合出售条件的6300户老干部新建住房工程；在投资6.6亿元对1979年前修建的干休所进行改造的基础上，总部从今年开始，又投资14亿元对1980年后修建的干休所进行专项整修。南京军区积极筹措资金，下功夫搞好生活服务中心、医疗保健中心、文体活动中心建设，受到老干部的欢迎。

空军在干休所营院建设中，注重强化“助老”“便老”“宜老”等人性化服务功能，普遍在走廊过道安装了扶手，在公共场所修建了轮椅通道和防滑设施。

沈阳军区为改善老干部的生活条件，不断扩大营房整修范围和规模，实现了干休所营院环境和老干部家居环境的同步改善。

广州军区围绕“实”字做文章，在综合整治中，把完善水、电、暖等与老干部日常生活息息相关的配套设施放在优先位置。为方便老干部出行，消除安全隐患，他们在营区设置了各种引导性标牌，提醒老干部行走应注意的事项，基本实现了“营院管理规范、房屋使用安全、附属设施配套、设备运转正常、环境整洁优美”的目标。

在全军和武警部队各单位的共同努力下，老干部思想政治建设不断加强，大批离退休干部得到妥善安置，干休所全面建设进步明显，各项政策制度日趋完善。广大老干部讲政治、顾大局、守纪律，自觉弘扬优良传统，发挥自身优势，积极为全面建设小康社会再做新贡献。

数据背后是赤诚*

——全国政协军队委员履职尽责述评

2009年是极不平凡的一年。面对国际金融危机的严重影响，我国变压力为动力，化危机为机遇，逆势而上，强势发展，风景这边独好。

这一年又是极具历史意义的一年。庆祝新中国成立60周年、人民政协成立60周年，双喜双庆，振奋人心。

这不平凡的一年，也是全国政协军队委员履职尽责、充分发挥作用的一年。

围绕科学发展建言献策

2009年初，经报中央军委和总政领导批准，总政机关专门设立全国政协军队委员联络员办公室，负责军队政协委员与全国政协的联系工作。

一年来，军队政协委员紧紧围绕科学发展进行调研，积极建言献策，为推动国家和军队现代化建设科学发展作出了积极贡献。

---

* 原载《解放军报》2010年3月2日头版报眼转第4版，部分网络媒体转发。与卜金宝、邹维荣合作。

数据为证：一年来，军队政协委员共提交提案161份、视察报告145份、调研报告158份、会议发言160份。

数据的背后，是军队政协委员对共和国的一片赤诚、对中国特色社会主义事业的坚定信心、对人民军队的无比热爱。

2009年是新中国成立60周年，罗援委员提交了《建议在国庆60周年游行队伍中增加一个老兵方队》的提案。在举世瞩目的国庆阅兵庆典上，18名老兵搭乘“浴血奋斗”彩车庄严驶过天安门，接受祖国和人民的检阅。

军队政协委员深入基层调查研究，积极参政议政。张黎委员先后带队参加调研、考察等活动11次，指导筹备京、津、沪、渝直辖市人口资源环境和城市建设委员会工作研究会，形成的研讨报告切合实际，具有前瞻性，受到中央领导同志的高度重视。

关注民生促进社会和谐

在过去的一年，军队政协委员提供反映社情民意的信息318条，接待各界群众来访240人次，参与社会公益活动260人次。

一年来，军队政协委员牢记肩负的神圣职责，倾听群众呼声，关心群众疾苦，围绕群众普遍关心的城市住房、大学生就业、农村医疗改革等问题开展调研，积极建言献策，促进社会和谐，做了大量富有成效的工作。

总装备部全国政协委员以“灾后重建与科技发展”为主题，赴成都、绵阳等地进行调研，了解地震灾区军工企业、科研院所建设发展以及当地灾后恢复重建情况，撰写了高质量的提案。

韩红委员就关爱农村留守儿童、提高孤儿生活补贴等问题，先后赴湖北荆州等地的4个县12个村走访调研，撰写了3篇针对性较强的提案。

据统计，过去一年来，军队政协委员参加全国和驻地省市政协组织的视察活动384人次、调研活动623人次，在参政议政方面发挥了很好的作用。

忠诚使命情系国防建设

军队政协委员对人民军队有着特殊的感情，始终关注和关心着国防和军队的现代化建设。

过去的一年里，他们充分发挥“智囊团”“人才库”的作用，先后就加强全民国防教育、军民融合促进科技资源成果共享等50多个国防和军队建设的重要课题进行调查研究，所提意见和建议得到了军委领导的充分肯定，对军委、总部的决策起到了重要作用。

2009年5月27日至6月3日，在全国政协副主席阿不来提·阿不都热西提的带领下，由20名全国政协军队委员组成的考察团赴海南省，围绕当地经济社会发展和新中国成立60年来边海防建设情况进行调研，写出了很有价值的报告。

空军全国政协委员先后就推进空军战略转型等课题进行调查研究，提出的意见和建议得到了军委和总部的充分肯定。

推动干休所建设科学发展的生动实践*

——全军和武警部队学习贯彻《干休所工作条例》综述

2010年8月31日，胡锦涛主席签署命令，发布施行《中国人民解放军干休所工作条例》。

全军和武警部队按照军委和总政统一部署，采取有效措施，持续兴起学条例、知条例、用条例热潮，有力提高了干休所建设科学化水平。

条例颁布实施近两年来，干休所建设发生了显著变化，营区管理有序、环境整洁卫生，医疗设施齐全、防治能力提高，服务保障有力、尊老氛围浓厚，服务管理水平大幅提升。

各级党委高度重视　组织领导坚强有力

《条例》是我军首部规范干休所工作的政策法规性文件，是军队老干部工作深入贯彻落实科学发展观的实际举措，充分体现了党中央、中央军委和胡主席对军队老干部的关怀厚爱，对老干部工作的高度重视。

* 原载《老战士》2012年第5期。与王昌伟合作。

各级坚持把学习贯彻《条例》作为推动老干部工作科学发展的重要契机，以强烈的政治责任感和高度负责的精神，认真筹划部署，加强检查指导，强势推动落实。

沈阳军区召开党委常委会议，专题进行研究，制定了改进创新服务方式、关心照顾老干部遗孀、规范干休所工程建设等具体措施。北京军区召开老干部工作会议，提出用三年时间在109个干休所开展贯彻落实《条例》达标活动，军区为此每年安排1000万元，各级也加大了经费投入，对达不到规定要求的干休所主官进行调整。

武警部队把学习贯彻《条例》与培育当代革命军人核心价值观、“三先”评比和创先争优活动结合起来，切实把学习贯彻活动抓细抓实抓出成效。成都军区派出工作组，到军区11个军级单位、28个干休所抽查学习贯彻《条例》情况。总政、军委办公厅等单位利用调研、“三先”评比考核等时机，对学习贯彻情况进行检查督导。

深入组织传达学习　大力营造浓厚氛围

各单位坚持把学习培训作为贯彻《条例》的基础环节，采取集中学习、辅导讲座、办班培训和闭卷考试等多种形式，组织4.9万名离退休干部、5.3万名机关和干休所工作人员学习《条例》。

总政专门编写下发了《条例》学习培训辅导教材，直接为部队宣讲《条例》20多场次。各大单位普遍举办了培训班，增强了各级党委机关和老干部工作人员履职尽责的责任感使命感。二炮分管领导和干休所领导一起参加《条例》学习培训，广泛开展《条例》学习宣传月活动，深化学习效果。

兰州军区各级共举办《条例》培训班23期，采取“原原本本学、结合职责学”和“个人通读、集中研读、专家解读”等方法，培训工作人员1316人。

军事科学院、国防科技大学采取编印《条例》学习辅导手册、“口袋书”，制作人员职责小卡片，开展贯彻《条例》“大家谈”等活动，促进对《条例》的理解掌握。

总参、总后等单位采取体会交流、难题会诊、示范观摩、知识竞赛等方法进行研讨。各干休所采取召开党委会、管委会、支部大会、党小组会等形式，组织工休人员逐条学习，熟悉内容、要求和职责任务。总装对因病住院、行动不便的老干部，因时因地因人而异，采取不同形式组织学习。

各单位还普遍运用报刊、军营电视台、广播、网络、板报和营区电子屏幕等载体搞好宣传，营造学习贯彻《条例》的浓厚氛围。各级在抓好集中学习培训的基础上，注重在经常化上下功夫，党委理论学习、干部骨干培训，都把《条例》作为重要内容，形成了学习贯彻《条例》的长效机制。

联系实际制定措施　切实理清工作思路

各级党委机关和老干部工作领导小组把《条例》作为组织指导干休所工作的法规依据，认真对照《条例》分析形势，对现行制度规定进行“立、改、废”，制定贯彻落实的具体措施。

空军党委制定下发了《关于加强空军干休所建设的意见》，对解决老干部医疗、住房、车辆、经费和干休所主官调整等方面的问题，提出了一些创新举措。

海军各级坚持边学边改，发动干休所工休人员自下而上查找问题，凡是本级有关文件与《条例》不一致的，及时完善抓紧整改；对《条例》关于建立“三个中心”、老干部荣誉室等硬性规定，严格抓好落实；对好的经验做法，及时总结推广，确保干休所工作按《条例》规范运行。

南京军区制定了《干休所建设达标考评细则》，对干休所工作考评的内容、标准、奖惩等作了具体规定和量化。国防大学也从实际出发研究制定了具体落实措施，对完善基础设施、深化细化服务保障、加强自身建设等作了规范。

全军和武警部队各级建立健全服务管理制度措施1100余项，普遍形成了党委机关依据《条例》抓指导、干休所依据《条例》抓落实的良好局面。

着力解决实际问题　推动工作科学发展

各级坚持学用结合，在传达学习的基础上，紧密联系实际，查找薄弱环节，加大解决力度，把学习贯彻《条例》过程作为解决问题、加强建设、推动工作的过程。

学习贯彻《条例》期间，干休所系统共查找出各类具体问题3600余个，吸收采纳各种建设性意见建议2800余条。2011年下半年，四总部有关部门组成联合工作组，深入全军和武警部队共13个大单位，对学习贯彻《条例》情况进行了检查调研。对部队和老干部反映比较集中的住房、医疗、车辆等方面的问题，共同进行了认真研究论证，根据各自职责进行了分工，提出了解决这些问题的意见建议。

济南军区分管领导带领工作组，连续三个月深入102个干休所、16所医院检查调研，进行现场办公，解决实际问题。广州军区各级自筹经费3亿多元，计划用三年时间对全区93个干休所进行帮建，达到每个干休所都有老干部饭堂、有家政服务队、有家庭病床、有医疗急救呼叫设备、有闭路电视系统、有门球场、棋牌室、健身房等“六有”建设目标。各干休所紧紧围绕老干部晚年生活需求，广泛开展“爱岗敬业、竭诚服务”活动，努力搞好个性化、精细化、亲情化服务，教育管理和服务保障水平明显提高。

目前，全军和武警部队干休所系统正在以《条例》颁发两周年为契机，认

真总结经验，抓好跟踪问效，以离休退休干部健康长寿、永葆本色为目标，不断完善服务设施，丰富服务内容，优化服务环境，以更高标准和更大力度抓好《条例》学习贯彻，在新的起点上开创干休所建设新局面，以优异成绩迎接党的十八大胜利召开。

毕广军连续报道之一

寒流突袭完达山　军车抛锚在旷野

司机毕广军全身冻僵也不离军车一步 *

守备某团党委号召向这位忠于职守的硬骨头战士学习

寒流突至，气温骤然降到 -22℃。军车抛锚在旷野。为了保护运送的军需物资，他从白天坚守到夜晚，从夜晚坚守到黎明，直到全身冻僵，也不曾离开军车一步。高高的完达山记下了他的名字——忠于职守的硬骨头战士毕广军。

11 月 9 日，毕广军驾驶着“大解放”奔驰在完达山区，长途运送军需物资。当太阳落山的时候，汽车抛锚在前不着村、后不着店的旷野里，西伯利亚的寒流也骤然袭来。

据牡丹江电台报道，当夜气温将下降到 -22℃。由于出发前气温偏高，毕广军和他的两位战友穿得都很单薄。“不能都在这里挺着挨冻。”毕广军对他俩说，“前方 50 公里处驻着一支兄弟部队，你们前去求援，我留在这里看汽车、守物资”。

战友远去了，空旷的山野里只剩下一人一车，毕广军找来一根木棍拎着，瞪大眼睛围着汽车巡逻，一圈又一圈……

* 原载《前进报》1990 年 12 月 22 日头版头条。与赵忠范、徐云鹏合作。

夜深了，天更冷。西北风怒吼着扑向这个身单力薄的战士。早已饥肠辘辘的毕广军身子不由自主地哆嗦起来，他想找个老乡家暖暖身子，弄点东西吃，或借个大衣穿。可车怎么办？物资谁来守？不行！不行!！他咬紧牙关，仍一圈一圈地转着。

午夜时分，一辆客货两用小汽车在他身旁停下。毕广军带着几分欣喜几分警觉，与小胡子司机搭话，希望能够得到充饥和御寒的东西。谁知小胡子提出的条件是用汽车上的物资和汽油交换。

“哼，你想得倒美。”毕广军断然拒绝了小胡子。“傻大兵，冻死活该!”小胡子恶狠狠地抛下这句话，钻进车里飞奔而去。

毕广军毅然继续守护在军车旁，想到的一些取暖的办法也都无济于事。直到第二天上午 10 点才被发现。

此时，他已在严寒下坚守了 13 个小时。当人们含泪把冻僵的毕广军抱进吉普车送往医院抢救时，他双手颤巍巍地指着车上的军用物资，不愿离开。

送到医院的毕广军双脚黑紫，冻伤面达 70%，经治军医王明辉说，“如果再晚两个小时，他就有截肢甚至生命危险”。

守备某团党委作出决定，号召全团指战员向忠于职守不怕牺牲的硬骨头战士毕广军学习。

毕广军连续报道之二

军车被困在旷野*

——记忠于职守的战士司机毕广军

寒流突至，气温骤然降到 -22℃，军车抛锚在旷野。

寒冷、饥饿、困乏向他一齐袭来。为了保护运送的军需物资，他从白天坚守到夜晚，从夜晚坚守到黎明，直到全身冻僵，也不离开军车一步。

高高的完达山镌刻下他的名字——沈阳军区某部战士毕广军。

一

1990 年冬天的气候太反常了。时令已经到了立冬，可号称林海雪原的完达山区却依然是一派小阳春景象。

11 月 8 日，毕广军驾驶着他心爱的“大解放”奔驰在公路上。他的心情和这天气一样暖融融的。

11 月 9 日中午 12 点，他驾驶着满载军需物资的汽车返回途中，天气骤变，寒流使汽车挡风玻璃很快结满了冰凌花。

* 原载《解放军报》1991 年 1 月 4 日第 2 版头条。与赵忠范、徐云鹏合作。

祸不单行。这辆服役多年的解放车适应不了骤来的严寒，故障迭出，走走停停。

当太阳落山的时候，汽车又一次抛锚在一处前不着村、后不着店的旷野里。

二

夜幕降临，强冷空气在黑暗中无情地肆虐着。气温降到 -22℃。

由于出发前气温偏高，毕广军和他的两位战友穿得都很单薄。“不能都在这里挨冻！”毕广军对另外两名战友说：“前方 50 公里处是穆棱镇，你们设法去求援，我留在这里看守汽车。”

他心里十分清楚此刻留下意味着什么，但对战友的爱和对国家财产的高度责任心驱使他做出了这个选择。

战友们渐渐远去了，空旷的山野里只剩下他一人。夜深了，天更冷，西北风怒吼着向他扑来。这时的毕广军早已饥肠辘辘，身子不由自主地颤抖起来。

他也产生过找个老乡家暖暖身子，弄点吃的东西，或借个大衣的想法。可车怎么办？物资谁来守？不行！不行!! 一个士兵在任何艰难困苦的情况下都要坚守自己的岗位。

毕广军咬紧牙关，为了不被冻伤，一圈又一圈地围着车转。转了大半夜，他实在太疲惫了，颤抖地爬进驾驶室，想恢复一下体力。可是他太年轻，太缺乏经验，一时竟忽略了此时休息无异于自杀的道理。

半小时后，当他意识到这一点，挣扎着要跨出车外时，已经晚了，他的双手双脚已被冻僵。他好不容易打开车门，试探着将一只脚挪到踏板上，便一个跟头从车里摔倒在地上。

毕广军以顽强的毅力，又挣扎着爬进驾驶室，瞪大眼睛，警惕地注视着周围的一切。

时间以它固有的速度流逝，一秒、一分、一小时……毕广军咬紧牙关坚持着，坚持着……

三

11 月 10 日上午，某守备师运输科科长杨孝祥带着科里的同志下部队检查汽车冬防情况，途中发现了毕广军和他的车，这时已是上午 10 时。

至此，毕广军已在严寒下冻了13个小时，并且已有22个小时粒米未进了。他全身已被冻僵，身体十分虚弱。

大家抱起毕广军就往吉普车里放，并要司机赶快送医院抢救。当毕广军看到前一天晚上前去求援的两位战友也已赶到时，他闭上了眼睛，惨白的脸庞露出淡淡的笑容。

经医生诊断，如果再晚两个小时，毕广军就需要截肢甚至有生命危险。

一个年轻的战士自觉坚守岗位的精神，深深地感动了人们。

毕广军连续报道之三

纪律和作风出战斗力*

毕广军，一个普通的战士，外出执行任务遇到意外情况时，宁愿忍受饥饿、寒冷的痛苦，甚至冒着生命危险，也要坚守在自己的岗位上，直到倒下……这一感人的事迹，充分说明了严格的纪律和过硬的作风出战斗力的道理。

当然，并不是每个人都会遇到毕广军这样的意外，但如果没有平时的严格要求，没有平时一点一滴的养成，一旦遇到特殊情况下的考验，就很难以铁的纪律自觉地约束自己。

所以，培养严格的纪律观念和过硬的作风，要从平时抓起，自觉养成。建立在这种基础之上的纪律和作风，在任何情况下都是一种不可战胜的力量。

军队的战斗力是各种因素形成的综合力量。在战争年代，没有严格纪律和过硬作风的军队不能打胜仗；在和平时期，严格的纪律和过硬的作风，仍然是军队战斗力构成的重要因素。

首先，履行我军和平时期的根本职能，不仅要有高度的政治觉悟，精良的

* 原载《解放军报》1991 年 1 月 4 日第 2 版头条。与赵忠范、徐云鹏合作。

武器装备，良好的军事技能，还必须要有严格的纪律和过硬的作风，才能使千军万马成为钢铁般的整体，成为战无不胜的威武之师、文明之师。

其次，严格的纪律和过硬的作风，也是部队在艰难困苦的条件下，形成坚强的凝聚力，完成训练、执勤、施工和抢险救灾等各项任务的可靠保证。

我军的纪律是建立在高度自觉的基础上的。培养严格的纪律和过硬的作风，既要严格要求，奖惩分明，一丝不苟地按条令条例办事；又要做好耐心细致的思想工作，激发干部战士在任何情况下坚决执行命令、服从指挥、忠于职守的内在动力，使严格的纪律成为干部战士的自觉行动。

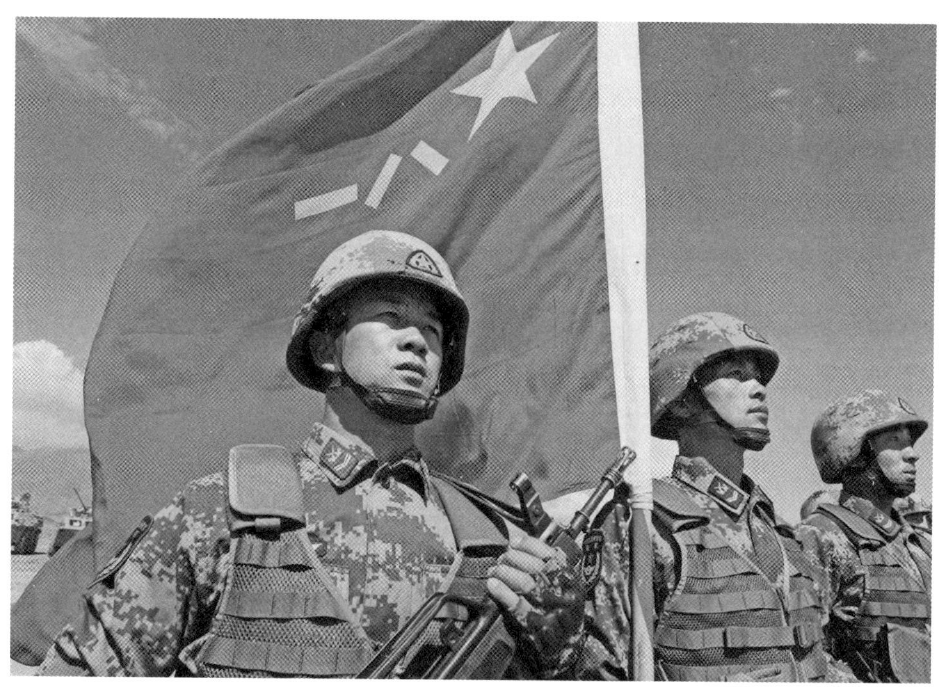

毕广军连续报道之四

“硬骨头战士”毕广军出院啦！*

毕广军出院啦！

1990 年 12 月 25 日，某团部分官兵在边境小镇绥阳火车站迎来了他们的勇士。毕广军刚走出站门，团长张志辉就迎上前去，紧紧握住他的手。战友们此起彼伏的问候声，令这位硬骨头战士热泪盈眶。

据毕广军介绍，为保住他冻伤面达 70%的双脚，209 医院专门组织专家会诊，打破常规采取温浸疗法。由于治疗及时对症，使他又可以脚踩油门开车了。

12 月 29 日晚，灯火通明的团俱乐部座无虚席，一个以“好战士不怕吃苦，学广军坚守岗位”为主题的演讲会正在进行。毕广军走上讲台深情地说：

“首先，我要感谢我的老指导员贾成巨，是他教导我，一名革命战士不能随便离开自己的岗位。两年前的一天晚上，驻地放映电影，我偷偷去看，误了晚点名，受到贾指导员的严厉批评。这件事对我触动很大。从此，我严格按条令条例要求，注意在艰苦环境中摔打自己，逐渐养成了严守纪律的习惯。”

散会了，毕广军的话还震荡在大家的心里。

---

* 原载《前进报》1991 年 1 月 22 日第 2 版。与赵忠范、赵梓强、杨宇林合作。

陈玉光连续报道之一

万元失主，你在哪里？*

昨天上午，一名解放军战士突然闯进笔者办公室，上气不接下气地说：“张干事，我捡到10000元活期存折，费了很大的劲儿都没找到失主，求您写篇稿子帮我找找！”

这名战士叫陈玉光，是我市驻军81650部队汽训队炊事班长。前天下午，他去牡丹江市北安医院给患重感冒的孩子看病时，在市炼油厂附近拾到一个绿色笔记本，打开一看，只见里面夹有一个10000元的活期存折和金额为1700多元的借款字据等。

此时，闪现在他脑海里唯一念头是：尽快找到失主。他马上叫了一辆出租车返回单位，将所拾物品交给党组织并汇报了事情经过。随即，他本人和组织上开始了查找工作。电话打到储蓄所，工作人员称，此款前一天刚刚存入，存主未留下姓名单位住址，也未挂失，故无法寻找。并称这种存折，谁拿来都可以提现。

部队党组织对此高度重视，指示陈玉光同志放下其他工作，专门继续寻找并认定失主。

---

* 原载《牡丹江日报》1990年5月24日头版。

陈玉光连续报道之二

真是解放军亲，社会主义好啊！*

昨天上午，万元失主找到了。当她从 81650 部队汽训队队长关广利手中接过万元存折等物品时，不禁热泪盈眶，感慨万千："真是解放军亲，社会主义好啊！"

"万元失主"是位年轻漂亮的姑娘，名叫李玉红。5 月 22 日，她不慎丢失物品后，毫无察觉。昨天上午，她和往常一样看《牡丹江日报》，当看到一版刊登的《万元失主，你在哪里?》后，头脑猛地"轰"了一下，她迅即查找之后方知，报上说的失主就是自己了。

"太感谢解放军了！"在去部队的路上她无限感慨，而当她见到"活雷锋"陈玉光时，却激动得一句话也说不出来。部队领导介绍说，这两天陈玉光一直在寻找失主，奔波于储蓄所、派出所等单位之间；一连两个晚上都在失物处等候到 10 点钟；甚至要去发广告……听着听着，两行热泪挂在了她的脸上。

她紧紧地握着陈玉光的手说："大哥，我无法用语言表达自己的心情，我

* 原载《牡丹江日报》1990 年 5 月 25 日头版。

要赠送给你一些钱和物！”陈玉光说：“如果是这样，我绝不会千方百计地找你。我理解你的心情，但我决不会收下你的一分钱。老百姓遇到这事也能这么办，何况我还是个解放军战士！”

陈玉光连续报道之三

万元拾主陈玉光荣立军功*

昨日81650部队后勤部召开庆功大会

昨天下午，拾得万元巨款活期存折，千方百计归还失主的战士陈玉光胸前佩戴了一枚金光闪闪的军功章。

被誉为“活雷锋”的陈玉光事迹见报后，在军营内外反响强烈，许多人被他感动着。为弘扬雷锋精神，表彰先进，推动部队群众性的学雷锋活动，81650部队后勤部党委，根据他的事迹和一贯表现，于昨日上午专门召开会议，研究通过了为他记三等功一次，并号召所属部队全体指战员向他学习的决定。

在昨日下午召开的庆功大会上，部队首长对陈玉光的先进事迹给予了高度赞扬和评价。陈玉光畅谈了他10多年坚持学雷锋的经验和体会。万元失主李玉红在她男朋友翟军的陪同下，带着一面绣有“雷锋的再现，时代的楷模”字样的锦旗前来参加了授奖大会。

庆功大会上，不时地响起热烈的掌声。

---

* 原载《牡丹江日报》1990年5月26日头版。

陈玉光连续报道之四

面对金钱君若何?*

战士陈玉光拾得万元活期存折，千方百计归还失主的动人事迹，本报上周连续报道后，军营内外，议论纷纷，反响强烈，受到部队官兵和人民群众高度赞扬。

何以如此?这是因为，当今社会关于金钱的话题越来越多。有些人被商品经济的大潮冲昏了头脑，对金钱的疯狂追求，达到了利令智昏，不择手段，甚至不顾国格人格的程度。而陈玉光，作为一个收入微薄的战士，面对巨款，毫不动心，失主馈赠，婉言谢绝。陈玉光的这种金钱观，这种思想境界和精神风貌，体现了中华民族的传统美德，体现了雷锋精神，体现了一个公民的道德风范。

金钱，可谓检验人的品质的试金石。金钱人人所需，劳而所获无可非议。但若唯钱是图，损人利己，不择手段去获昧心钱，那就失掉了人格，失掉了社会主义国家公民应有的思想品格。在社会主义精神文明建设的步步深入，学雷锋活动广泛兴起的今天，诸君都应自觉遵守社会主义公德。

望君都能像陈玉光那样，树立正确的金钱观，立志不为金钱所动，永远不做损人利己的事。

---

* 原载《牡丹江日报》1990年6月2日头版。

陈玉光连续报道之五

突破一般　耳目一新*

读《牡丹江日报》关于“万元活期存折”的一组连续报道

当今社会，人们不可避免地被商品经济的大潮冲击着。解决好“金钱观”的问题，引导人们正确对待金钱，是新闻媒体理应肩负的重任。

而诸如“拾金不昧”之类，报刊电台上出现的可谓多矣。这个屡见不鲜的老题材在新闻采写上，能否有所突破?

回答是肯定的。《牡丹江日报》1990 年 5 月下旬推出的那组关于“战士寻找万元失主”的连续报道，便对此做了一次有益的尝试，得到了读者的普遍关注，成为热门话题，引起了强烈反响，取得了较为理想的社会效果。

何以如此?

首先是突破一般。常见的此类稿件，大多事过之后，以读者来信或其他形式出现，“一把一撸”，平平淡淡，缺乏“抓住人”的力量。久之，遂成“套路”，大败读者之胃口。《牡丹江日报》的这组报道则棋高一着:《万元失主，你在哪里?》作品带着一种“打动人”的魅力，上来就给人耳目一新之感，使你不由自主地“参与”进来，产生许多联想，并分外关注事态的进展。这样，自然地形成一个“热点”，引起反响也在情理。

---

* 原载《牡丹江日报》1990 年 10 月 25 日第 3 版头条。

难能可贵的是，报社在对这组报道的处理上也是破了例的。一连三天在寸版寸金的头版固定相同位置，更使原本自成系列的报道增强了连续性。在不惜版面、满足了读者的阅读要求和习惯之后，又及时在原位置上配发了《面对金钱君若何?》的新闻评论，好似余音绕梁，心平气和之中深化了主题，澄清了读者的模糊认识。

其次是现场感强。作者张明刚同志对这组过硬的新闻事实，紧盯不放，深入现场进行跟踪报道。每篇稿件均以“目击式”，让眼见耳听的事实说话。读来真实可信，如在新闻现场，身临其境。

第三是时效性好。常常是中午以后乃至下午三点发生的事实，第二天便出现在报纸上，三篇稿件均为“当日新闻”“次日见报”，并且都在篇首注明了报道日期，让读者强烈地感受到了一个“快”字。

第四是标题制作的好。这组报道，在标题的制作上颇具匠心，“失”与“拾”这两个意思相反的同音字，巧妙地用在首篇（《万元失主，你在哪里?》）和末篇（《万元拾主陈玉光荣立军功》）的题目上，使其首尾呼应，相映生辉，耐人寻味。而中间一篇的标题《真是解放军亲，社会主义好啊!》，在真挚自然的感情中，确立了报道的中心思想。据悉，这标题是本报王晓总编辑亲自和作者张明刚同志一起商定的。

第五是短小精悍。这组报道每篇都在500字左右，篇幅短小，文字简练，生动活泼。

（宫振岩）

| 问号拉直 |

一个鲜为人知的连队悄然崛起，摘取了集团军教育训练标兵连的桂冠。奥妙在哪里？只因为这个连队党支部把训练作为经常性的中心工作来抓，用他们的话说——

中心抓不住，不算好支部！*

尽管季节已是秋风送爽、银霜落地，可是地处东北边疆的某守备团却洋溢着夏天般的热烈气氛。

“十一”前夕，全团干部战士敲锣打鼓、列队欢送二连连长金艳辉作为基层连队代表进京参加新中国成立40周年庆祝活动。望着披红戴花的金连长，人们油然想起他所带的连——那个三日不见，令人刮目相看的二连。

为数很少的国庆观礼基层部队代表竟出在二连。二连是有历史荣誉的连队吗？不是，它是一个名不见经传的普通连队；二连是首长抓的点吗？也不是，上级领导和机关很少涉足。

然而二连依靠自己力量，发奋图强悄然崛起，树立座座丰碑。前年，跨入师教育训练先进连的行列；去年，摘取了集团军教育训练标兵连的桂冠；今年又出现了前所未有的好势头，师里于8月下旬对上半年训练内容检查考核，二

* 原载《前进报》1989年10月24日第3版头条。与张学森、李国忠合作。

连以包揽6项第一的优异成绩遥遥领先。

该团政委王伟华介绍说，二连之所以突飞猛进，一年迈上一个新台阶，根本原因是他们对和平时期训练的地位和作用认识得好，较早地把训练作为党支部的中心工作来抓，在1987年就鲜明地提出“中心抓不住，不算好支部”的口号，立下了“支部常议训，书记要上阵，党员当尖子”的规矩。

连队党支部每月至少召开两次会议，专题研究训练问题，制订改进措施。支部书记、指导员马清录胃下垂6厘米，可他坚持跟班作业，和战士一样练，共同技术和战术三大课目成绩都是优秀。二连现有战士党员9人，人人都是训练尖子，其中集团军尖子1人，师尖子6人。

党支部副书记、连长金艳辉是大家最佩服的人。别的不说，只讲讲那次连队搞战术训练，当时北风呼啸，大雪纷飞，气温下降到零下35度。在这种天气下，金艳辉为了准确做出战术动作，他脱掉棉衣，只穿绒衣，在雪地上边爬边做，好让新战士从压出的雪印中看清动作要领。爬过一次，他问：“看清了没有?”大家回答：“没有看清。”他爬第二次，又问：“看清了没有?”“还没有看清。”只剩一个战士这样回答。当他要爬第三次时，战士们热泪盈眶，再不忍心看下去了，齐声高喊。“连长！我们都看清楚了，你不要再爬了！”

无声胜有声。如今的二连，习武练兵蔚然成风，被全师公认为“干部能吃苦，战士能受苦”的好连队。集合列队，鞋子最破的是二连；周日洗澡，胳膊腿碰伤最多的是二连……

前不久，一位前往二连调研的集团军首长，临走时发出这样的感叹：“二连军事训练真有五六十年代老部队的那个样子。”

接连几任干部均未能使四连甩掉落后帽子，一个志愿兵竟能使四连跨入先进达标行列。干部们羞愧、困惑、惊异——

“兵连长”周金贵靠的是什么？*

6月中旬，某守备团在全团落实《纲要》验收考核中爆出“冷门”：过去长期在全团倒数第一的四连，全面建设一跃跨入前三名，进入先进达标连的行列。

更使人震惊的是，带领全连甩掉落后帽子的连长，竟是一个志愿兵，他叫周金贵。

四连是个基础薄弱的连队。3年时间，团里先后安排几名干部去四连工作或代职。但一直未见起色，有两名主官还背上了降职处分或延长代职期。连队管理混乱，问题成堆，成为全团最落后的连队。

1988年底，团党委大胆起用了志愿兵周金贵，让他担任四连代理连长。

周金贵1981年底入伍，是个爱军习武的训练尖子。虽然他曾带出过3个先进班，担任过三连司务长，但志愿兵代理连长在该团还是破天荒的事。

他深知自己还是个兵，吃住行都按普通士兵的标准来严格要求自己。去年团里考核战士的军事训练，他坚决请求考核组批准他参加，并第一个上场。

当了9年兵，他深知兵的疾苦和冷暖。战友们有了难处，他一不唱高调，二不开空头支票，而是真心实意相帮。

---

* 原载《前进报》1990年6月21日头版。与王兴功合作。

炊事班战士杨双友的父亲病了，他悄悄汇去40元；拉练时，战士们饿了，他掏出自己的钱买来食品；战士们病了或过生日，他亲自上灶做出可口的饭菜。

他懂得战士的喜好和憎恶。去年春节，司务长为他来队的家属捎了2斤蒜苗，他坚持一分不少地交了款；师首长到连里蹲点，有人要买些香烟、水果招待，他坚决反对："这既小看了首长，又滋长了我们的坏习气。"

兵的本色，兵的感情，使这位"兵连长"具备了凝聚人心的力量。如今，四连军事训练成绩由过去全团倒数第一跃入前三名；思想政治工作按《纲要》考核达标，党支部被评为先进党支部；团里学雷锋先进连的红旗也被四连扛走。

"兵连长"周金贵带领四连打翻身仗，其影响远远超过这件事本身。上下愈是一致称道"周金贵现象"，就愈发引起干部们的寻味。

师里陈政委到四连调查后，说："小周一年多带出个先进连，靠什么？就是靠他的那个'兵'字。"

曝光栏前谁脸红？*

去年12月24日午饭后，某部汽车营的板报橱窗前面，突然热闹起来，官兵们里三层外三层地争相围看。

笔者也饶有兴趣地挤了过去。只见用红笔大写的“曝光栏”下，张贴着一张《全营干部交纳伙食费情况一览表》，其中13名欠交伙食费干部名下的空白处，还用笔画了着重号。

在“曝光栏”“头条”亮相的，是某连的一位排长，他全年只交伙食费30天。这时，他也前来观看，猛然见到自己的名字排在第一个，脸一下子红到了脖子根……

他急忙找到站在一旁的教导员王昌良说：“您怎么也不提前通知一下？这多让人不好意思……”

王教导员说：“前几天我和营长到各连调查时，发现这个问题比较突出，就决定将这种侵占士兵们利益的行为曝曝光，触动触动……”

这位排长听不下去了，赶紧说：“我这就去找司务长如数补交。”

---

* 原载《前进报》1992年1月21日头版头条。与刘庆法合作。

“同志们让一让，我也来看看。”在营里很有威信的一位副连长挤进了人群。

见自己的名字也在欠交之列，他忙拍拍自己的上衣口袋：“没说的，就是应该交，马上交!”

战士们向他投去赞许的目光。他是由于前段时间住院，拖欠了 8 天的伙食费。

前后不到一个小时，全营欠交伙食费的 13 名干部，除 1 人休假外，其余的全部交齐，合计 1834.68 元。

围观的人们离去了。

营里两位主官仍在“曝光栏”前沉思。

“这次的问题解决了，以后我们是不是要在严管理上堵塞这个漏洞呢?”营长张立臣若有所思。

“对的，我们要依靠制度严格管理干部。”王教导员补充说，“那好吧，晚上咱们召集有关人员开个会，具体研究研究。”

“好，就这么定了。”

看来，“曝光栏”前曝光的，不仅是干部欠交的伙食费……

反映教育成果的材料为啥被卡住？*

“效果显著”“形势喜人”“优秀率达95%以上”……

9月的一天，某炮兵旅政委吴均，审阅基层上报的坚持党对军队绝对领导教育成果汇报材料时，看到这些“成果”并未喜上眉梢。

成绩果真如此吗？吴均卡住材料，及时与旅长杜永飞和常委们沟通了情况。大家翻阅着材料，也觉得不踏实。半个月前，旅党委要求基层把上半年教育情况搞一次自评。

可是，一些单位把功夫下在了总结材料上，夸大成绩，以偏概全，自评成了自夸。负责教育的机关干部为了向上级报“果子”，总结材料时妙笔生花，以“点”代“面”，把机关干部的认识说成了战士的认识，把个别人的坚信态度说成了整个单位的态度。

对此，旅党委很快统一思想，教育是育人的工作，不能自己欺骗自己，必须扎扎实实。

于是由旅常委带队的4个工作组直接下到班，一不考核，二不检查，专门

---

* 原载《前进报》1991年10月5日头版头条配短评。与李胜光、洪万杓合作。

找战士开座谈会，普遍谈心交心。领导来实的，战士们也说真的。

五营战士刘红壮对吴政委说：“我们零散人员没有战斗班学得好，囫囵半片的，需要补课。”

在十三连搞调查研究的政治部主任孔向东问战士江涛“古田会议”是咋回事？小江憋得脸通红，说了实话：只会背名词，不知道里边啥内容。

一个星期的调查发现，反映教育材料的“水份”不少。

根据这种状况，旅党委和政治机关下气力采取补课措施。他们针对战士中存在的10多个“思想扣子”，由机关结合学习江泽民总书记的“七一”讲话，有针对性编写了党史、军史、社会主义发展史的故事，把抽象的名词讲活了；以全国和本地区抗洪抢险事迹作教材，专门搞了一次“洪水无情人有情，社会主义是靠山”的教育，让大家更深切地认识到“社会主义好”；发动官兵学习《毛泽东选集》，开展“思想扣子大家解”活动，加深对党的认识；对小散远单位的人员，机关专门组成补课组，漏什么补什么，消灭了教育“死角”。

半个月的“回炉”教育过去了。旅里再次抽查连队，平均成绩优秀率虽然没达到95%，但成果是真实的，存在问题基本得到了解决。

短评：认真搞好补课

军区各部队高度重视抓好党对军队绝对领导的教育，取得了明显成效。通过大半年的教育，广大官兵对党对军队绝对领导的优良传统和根本制度原则，加深了理解，党的领导观念明显增强，但是应当看到一些单位的教育与上级的要求还有不小差距。

有的人员不落实，至今尚有漏课的“死角”；有的对规定内容忙于赶进度，存在偷工减料现象；有的则满足于官兵简单背几条，应付上级考核；有的甚至自欺欺人，把材料上的“成果”当成教育的实际。

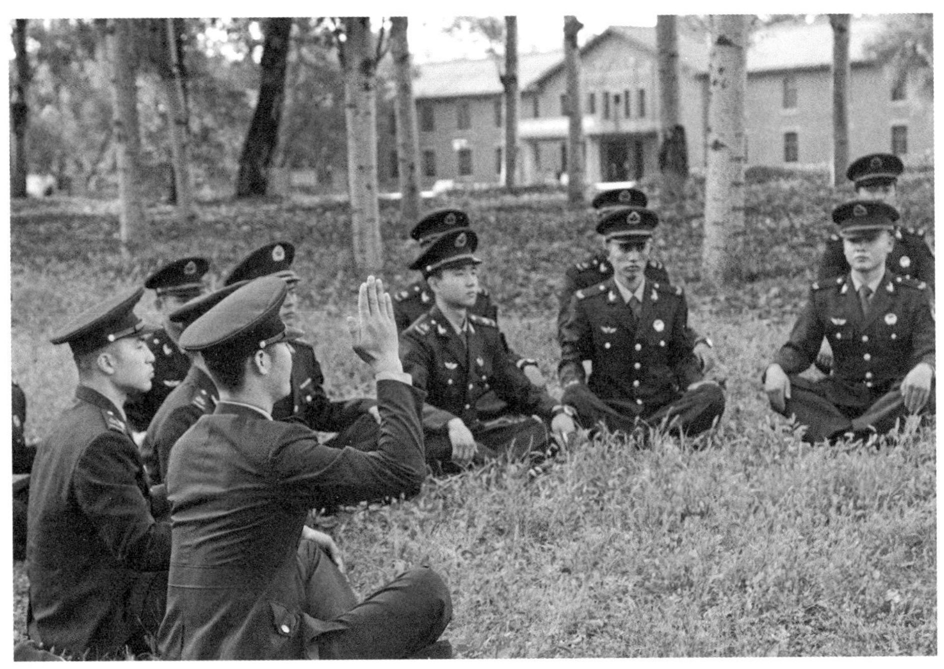

坚持党对军队绝对领导的教育目的在于党对军队绝对领导的原则，要在官兵头脑中深深扎根，变成自觉行动。因此，必须高标准、高质量地完成，决不能马虎从事，应付了事。某部炮兵旅卡住上报的材料，对那些教育质量不高，效果不明显的单位和个人，积极抓好补课很有意义，值得各部队学习。

搞好补课也不能走过场，大呼隆抓，必须认认真真细中求实。细心，才能随时发现问题；细致，才能摸准征兆，采取相应补救措施；细刻，才能提高补课标准，高质量地完成教育任务。

各级领导有必要对本单位的教育形式来一番审视，实事求是的评估一下人员、时间、内容，特别是质量方面落实的情况，看看还有哪些薄弱环节，还存在什么问题，切实采取一些可行的办法，确保教育落到实处。

推荐为啥出乎意料？*

群众评议却没有反映出真正的民意，到底是啥原因？……

某炮兵旅侦察连在为研究党员发展而召开的支委会上，大家为一种反常的现象陷入深思之中。

事情是这样的。

侦察连党支部在研究发展党员之前，按照发展计划，让团支部推荐党员发展对象，把前四名同志的名单提交党支部讨论。

第一名，支委们一致认为符合党员标准，顺利通过。第二名与第三名，他们虽然都靠近组织，要求进步，但一个太“会来事”，与党员标准相差较大；另一个则不能安心服役，思想不稳定。

讨论结果：以上两名同志暂缓发展。

排在最后一个的是炊事班长张树文。支部委员白祥玉说：“张树文同志积极靠近组织，按照党员标准严格要求自己。他在测地排是技术尖子，调炊事班后大胆管理，钻研技术，为改善伙食尽心尽力，应该发展。”

---

* 原载《前进报》1991 年 7 月 25 日第 3 版头条配编后。与李胜光合作。

委员陈养平说：“该同志原则性强，对老乡甚至个别干部到炊事班乱抓乱拿行为，他敢唱‘黑脸’，都给‘卷’了回去，够党员标准。”

大家一致同意发展张树文入党。问题在于，为什么这样一个好同志，赞成的不多呢？

大家议论一番后，党支部书记赵德英总结说：“说怪，其实也不怪。张树文同志坚持原则得罪了一些人；他工作积极，经常受表扬，引起一些人的嫉妒；这些人觉悟不高，自然就不推荐他了。造成这种情况的基本原因在于，一些年轻战士习惯于意气用事，不会正确行使民主权利。”

于是，支委会形成决议，对全连进行一次“珍惜民主权利，投好神圣一票”的专题教育。

教育之后，团支部重新组织民主评议的结果表明，支委会的决议正确，张树文同志的票数名列榜首。

支委会和支部大会一致通过了张树文的入党申请。

编　后

“群众的眼睛是雪亮的”，这是真理。但也不能排除在一定范围和条件下出现的特殊情况。这件事启示我们，党支部要及时做好“擦拭”的工作，使群众正确行使好民主权利，与党支部拧成一股绳。

总结会“主角”为何易人？*

去年11月底的一天，某炮兵旅为期一周的《纲要》培训班，进入学习总结阶段。参加培训的政治干部和基层主官按惯例，准备接受旅首长们轮番的总结讲话。

7点50分，旅首长进入会场。负责办班的一位机关干部，赶紧将一份份按照首长“口味”起草的讲话稿送了上去。没想到，会议开始时，旅政委吴均说:“我们要克服习惯性形式主义，树立朴实高效的工作作风，就从现在做起。关于学习《纲要》的重要意义，上级都讲过了，今天的总结，咱们大家都来‘唱主角’，一块儿研究解决贯彻落实中的疑难问题。大家在这次学习中遇到什么难题，在实际工作中碰到什么挠头的事，都可以提出来，常委们现场给予解答！”

吴政委的一番话使大家感到，总结会“主角”换人了……

“我有个问题”，二连指导员魏国峰第一个站了起来：

“我们在做经常性思想工作中，总是抓先进带后进，把上下两头作为重点，

---

* 原载《前进报》1992年1月16日头版。与黄东风合作。

忽视中间层。请问，怎样做好中间层战士的经常性思想工作?”

“这个问题提得好。”吴政委略加思索，回答说:“在连队，这个问题确实普遍存在。我谈三点看法，其他常委再补充。首先，要端正工作指导思想，重视做好这部分人的思想工作。我常听说谁抓出了先进典型，谁做了多少后进战士的转化工作，却很少听说谁注重做中间层战士的培养和提高工作。没有名没有利，还要下苦功夫慢功夫不合算，这是一些同志忽视或不愿做中间层战士思想工作的根源吧……”

吴政委谈得有理有据，其他常委的补充，使问题解答得更为全面。

接下来，三连、五连的干部们提出了“如何搞好行政管理与思想工作结合”“怎样掌握政策界线”等10多个难题，于副政委、孔主任等领导都给予了令大家满意的答复。

原想是领导满堂灌的总结会，倒成了基层干部唱主角，以往“你谈几个问题”“我重复几句”“他补充三点”的大尾巴式讲话不见了。

然而，基层欢迎这样的总结会。

八连依法拒考　领导据理撑腰

谁也不准到连队“乱捅炉子”！*

编者按：“乱捅炉子”，这是基层官兵对有的机关部门抓工作带随意性的一种形象比喻。连队的“炉子”本来烧得好好的，而有的机关部门却你来捅一下，他也来捅一下，三捅两捅，把连队捅得手足无措，甚至把旺旺的“炉火”捅灭了。这种现象如不纠正，按纲建连，依法施训，建立正规的战备、训练、工作、生活秩序就难以保证。今天发表的这则新闻，正是针对这个问题，以期引起各级机关部门的思考。

5月3日，驻辽南某团八连发生了一起“拒考”风波。一些连队官兵闻讯静观：看团里咋“收拾”八连？

然而等到第二天，结果竟出人意料，不是“收拾”八连，而是机关的参谋到八连认错。

这是怎么回事儿？

原来那天上午，该团八连正在按计划组织单兵战术训练，作训股蔡参谋突

* 原载《前进报》1992年5月23日头版头条加按语。与杨洲德、康广仁合作。

然来了，要考核连队的投弹训练成绩。

连长路卫星想了想，说："按计划抽考投弹的时间是5月9日，现在考的话，计划就打乱了，不太合适吧。"蔡参谋说："啥合适不合适的？让你考你就考得了！"

路连长见蔡参谋拉脸子了，便冲上一句："那你先去考别的连吧，反正咱连今天不能受考！"

"好哇，机关指挥不动你们八连了！"憋了一肚子气的蔡参谋甩出这句话，返回机关向参谋长张铭报告，建议对八连进行通报批评："要不然，我们的工作可就没法做了。"

张参谋长先叫他冷静下来，详细询问了来龙去脉，当即肯定地说："八连没错。你们不按计划办事，影响连队正常训练秩序，人家拒考是有道理的，怎么能通报批评连队呢？依我看，你倒有必要向连队认错。"这使蔡参谋觉得既憋气又窝火。

事情很快传到团政委董成的耳朵里。他冷静思考着，认为像这种机关下连队"乱捅炉子"的现象时有发生，它反映了机关工作随意性大，导致连队忙乱的问题，值得研究。

当晚，董政委把有关领导召集起来专议了此事，明确规定：各机关部门下连检查考核，必须报团首长办公会批准方可实施，遇有特殊情况，由值班首长报团长、政委批准。谁也不准到连队"乱捅炉子"，否则，连队有权拒绝。

这个规定公布后，连队都说好。"上面不下来乱捅，基层会减少忙乱。"

蔡参谋后来也想通了，主动到八连认了错。

5月9日，他按计划再去八连抽考投弹，路连长与他配合得很默契。

如何面对飘进军营的“舞曲”？*

春来了！

在东北牡丹江畔熬过了漫长冬天的人们，一下子恢复了青春的活力。

某师直属队的官兵们全力投入了紧张的军事训练，操场上龙腾虎跃，口号震天。

这本是一支和谐的交响曲。可李振言却有一种感觉，他似乎觉察出在这和谐的音符中夹杂着不和谐的因素。

他是师直属炮兵指挥连指导员。

他的感觉不无根据。他发现不知不觉中，战士留长发的多了，外出的多了，到点不熄灯的也多了。还有，业余时间肯钻研学习的少了，个别战士甚至不专心训练，不时地看表。

这究竟是怎么回事呢？

晚饭后，李指导员抽起了闷烟。

通信员好像摸准了他的心思，提醒说：“指导员，你听听这是什么声音？”

---

* 原载《前进报》1989 年 11 月 14 日第 2 版。与张树森合作。

什么声音？隔壁新开的舞厅里传来的舞曲声呗。然而，这不经意的提醒却使他突然悟出了什么。他站起身来，朝营区大门走去。

一周前，距营区大门不足百米处新开了一家营业性舞厅，虽然舞厅小乐队和伴唱的旋律不断通过高频音箱传入官兵的耳朵，他却没加理会。

今天一看，问题果然不小。

刚才，几个似曾熟悉的身影，在他的眼皮下进了舞厅。他断定那是他的战士。

他找舞厅经理交涉。经理很礼貌地回答说："舞票面前人人平等，谁来购票跳舞我们都欢迎。"

他提出进厅找战士。经理满脸笑容："欢迎。不过请您先购门票。"

回到连队，他和连长李文博碰了头，决定全连紧急集合。

一查，果然有 8 名战士跳舞去了。

这还了得！……

于是连里立即重申禁止到地方营业性舞厅跳舞的规定，并明确了处理办法。规定发现跳舞：1 次，全连军人大会上点名批评；2 次，给予警告处分；3 次，严重警告……

与之相配套的是，连里成立禁舞纠察队，由干部轮流带队巡逻。

一连数日，没有人再敢越"雷池"一步，"跳舞风波"似乎到此告一段落了。

可细心的李指导员透过这平静的表面，看到了潜伏的"危机"——硬性命令堵住了人，却没堵住心。

训练场上，有的战士听见荡入耳鼓的舞曲，心里就痒痒，身体也随之摇晃起来；课余时间，正在读书看报的战士，听到舞曲，自觉不自觉地走了神儿；甚至有个别战士为跳舞不惜泡病号，受了处分也不在乎……

面对这些令人挠头的问题，党支部一班人进行了反思，意识到，诸如跳舞之类的新情况，只靠简单的行政管理手段是很难奏效的，靠做好耐心细致的思想政治工作并加以疏导才能真正解决问题。

经过认真准备，李指导员胸有成竹地给大家上了一堂“军人与舞厅”的思想教育课。他从舞姿与舞曲讲到军人的形象；从跳舞与舞伴讲到军人的交际；从地方青年与青年军人的异同讲到“兵”的特殊属性；从舞厅与犯罪讲到禁止士兵跳舞的必要性。

最后，李指导员还用一张醒目的数字表格，显示了舞厅犯罪率高于其他公共娱乐场所的事实。

课后，李指导员趁热打铁。他代表党支部当众宣布了 4 条新措施：从劳务收入中拿出 2000 元钱，充实连队图书室和其他文化活动项目，成立各类文体活动小组，编排一套富有军营特色的步兵、炮兵、通信兵迪斯科和集体舞，并限全连一周内学会，重大节假日、纪念日连里举办军营男子汉舞会。

指导员的话还没讲完，就被雷鸣般的掌声所打断。

这掌声打断的仅仅是指导员的讲话吗？

一连读书活动为何这般红火？*

某团一连从 1985 年建立图书室以来，已藏书 2000 多本，不但至今无一丢失，而且连队干部战士们还形成一个习惯，每读完一本书都要写心得体会或评论文章。

这些文章不仅在本连的“读书园地”上刊出来，而且有的还被地市级以上报刊、电台发表。

一连把读书活动搞得如此红火，究竟有什么诀窍？

图书室建立后，连队运用从地方学来的图书管理经验，制定了一套科学的、方便战士阅读的图书管理制度。比较独特的是一本“战士书目”和一张“图书周转序列表”。

“战士书目”是针对战士们阅读兴趣的不同而设的。无论哪个战士，只要把自己特殊需求的书目登记上，写明理由，一般都能得到满足。

“图书周转序列表”是为了方便战士们有条不紊地传阅而设计的。图书室每买一本好书，大家都希望先睹为快，怎么办？他们根据情况排号，较好地解

* 原载《前进报》1987 年 8 月 15 日第 4 版。

决了这个问题。

去年 7 月图书室进了一本《唐山大地震》，当时大家都想尽快看。文书兼图书管理员李玉明按照战士们文化水平的高低等因素，排出了序列表，并让最先阅读这本书的两名战士写出读后感和书评，向全连讲述主要故事情节，具体指导大家阅读。

结果不到 10 天，全连 80%以上的战士都通读了这本书，效果很好。

此外，连队经常向战士们推荐书目，定期举办读书讲座，在引导战士们多读书、读好书的同时，普及读书笔记、书评文章的写作方法和技巧。

一连这样开展读书活动，想不“红火”都不行。

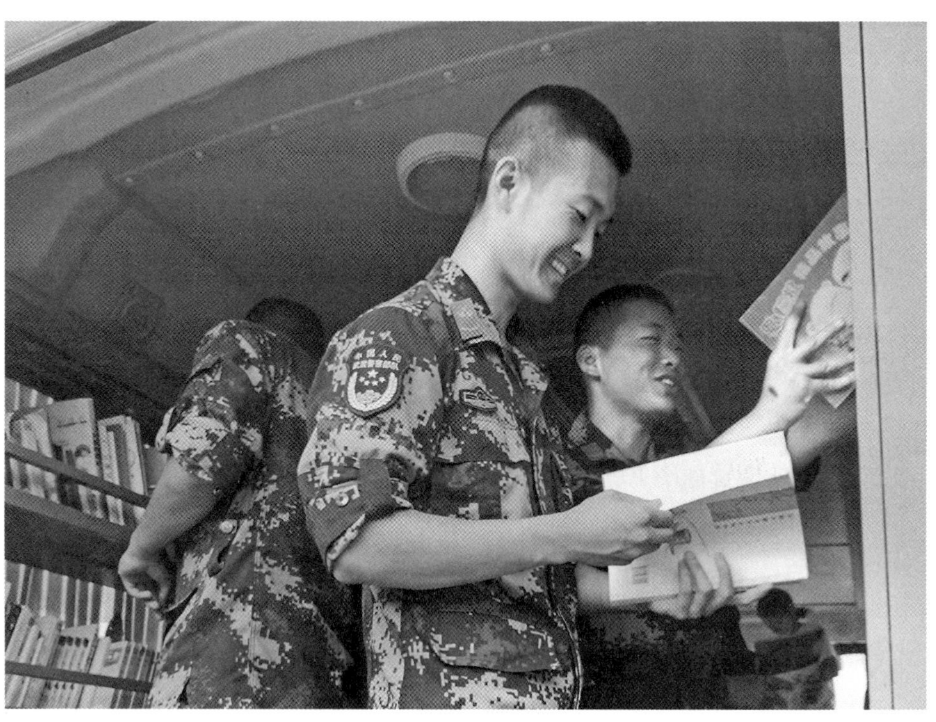

一连腌制咸菜为何弄虚作假？*

挂着伙食管理先进单位牌子的沈阳军区某团一连，腌制咸菜弄虚作假，使4月9日前来检查工作的团后勤处廉处长一行感到十分震惊。

明明是口香菜缸，可扒开薄薄的一层香菜后，发现下面装的全是胡萝卜。

“这是怎么回事？”

问炊事班长，他支吾半天，不露真情。

后来一再追问主管连队后勤工作的副连长，才知个中缘由。

去年冬天，团里作出每个连队必须腌制香菜等15个品种咸菜的硬性规定。

一连在执行过程中发现，香菜这东西作调料不错，而腌成整缸的咸菜，既在经济上不合算，又易腐烂变质，给管理工作带来困难。没有办法，他们只好做表面文章，应付上级检查。

第二天，正逢团里召开干部大会，作了挨批准备的一连干部们，听到的却是后勤处长诚恳的自我批评：“……尽管规定的动机是好的，可它不切合实际，客观上犯了形式主义、官僚主义、瞎指挥的错误。一连的做法，是被我们的飘

---

* 原载《解放军报》1992年6月8日第2版。与杨新宇合作。

浮作风逼出来的，这事的责任不在一连……”

听到这话，一连副连长坐不住了：“我们明知规定不当，却不提合理化建议，为了保住连队的先进牌子，违心地采取了消极应付的办法，这也是不对的……”

这件事对团后勤处的同志触动很大。

他们举一反三，找出近两年的所有“规定”，下到基层调查研究，和连队干部战士们一起，对这些“规定”进行“会审”，结果废掉 6 个可有可无的“规定”，砍掉 4 个“规定”中不符合实际的条款。

此举，受到基层的热烈欢迎。

张建刚在战斗中英勇牺牲

云南老山前线某部为他追记一等功 *

云南老山前线某部副连长张建刚带领小分队在我国边境一带巡逻时，与潜入我国境内的小股越军遭遇。战斗中，张建刚为掩护战友英勇牺牲。我前线部队领导机关最近为他追记一等功。

9月中旬的一天清晨，张建刚带领一支小分队巡逻在边界线上。当他们发现一股越军潜入我境的情况后，张建刚立刻命令战友们就地隐蔽起来。敌人发现有动静，马上朝小分队隐蔽的方向打冷枪，子弹擦着战士们的耳朵呼啸而过。

张建刚用手势命令战士们围歼入侵之敌，将6名越军当场击毙，并前出搜索另一名敌人。排长崔东珠、战士周东宁、邹国民、金永春等人见张副连长独自前出危险太大，随即跟了上来。

就在这时，一颗手榴弹落在了8名战士的跟前。在这千钧一发之时，张建刚高喊一声“卧倒!”便飞身跃起，用身体挡住8名战士，并试图用右脚将手榴弹踢开。可就在他刚伸出右脚时，手榴弹爆炸了。

---

* 原载《文山报》1988年10月27日第4版头条。与周崇棠合作。

战友们得救了，张建刚却倒在了血泊之中。隐蔽在岩石后面的那名敌人，同时被排长崔东珠击毙。

大约半小时后，张建刚苏醒过来，断断续续地对抢救他的战友说："不要……管我了。止……血带不够用，把我的解下来，抢救……其他战友……"

在生命的最后时刻，张建刚想到的依然是他人。说完，张建刚永远闭上了眼睛……

在清点烈士遗物时，发现张建刚出发巡逻前，在一本笔记本上写着这样一段话：

"……假如有一天我遇到不测的话，请组织上从我的抚恤金中拿出 200 元作为基金，用来表彰奖励那些在训练中有突出成绩、平时严格要求自己的先进战士。"

张建刚烈士遗体火化后，战友们在他的骨灰里发现 106 块弹片。

——寄自老山前线

106 块弹片[*]

——告慰云南老山前线“侦察英雄”张建刚烈士

有人为世情变化归纳了几句后来流行甚广的话：“五十年代人帮人，六十年代人学人，七十年代人整人”，到了八十年代，就剩下“各人顾各人”了。

然而，当人们从你的遗骨中拣出 106 块大小不一的弹片时，不少人开始怀疑那句关于八十年代的评价了。

你无言地告诉我们的是下面这句话：无私奉献。

面对年迈多病的父母、待业在家的两个妹妹和一张张欠账单……你还是在《参战通知书》上写下：没有任何要求

诗人这样咏唱家：风来了，雨来了，你是我倦卧的一叶小舟。

豫东南有个固始县，县城里顺河街 37 号，便是你的家。

这是怎样的“一叶小舟”啊——

去年盛夏的一天，你的同乡好友李德发回乡探亲时，特意绕道去看望你

* 原载《前进报》1989 年 3 月 23 日头版头条转第 2 版。与周崇棠、刘宝珍、高潮合作。

父母。

七拐八绕，他面前终于出现一间不足十平方米的小平房。由于年久失修，房子破旧不堪，室内阴暗潮湿，你那年过六旬、长年有病的老母亲，此时正躺在床上呻吟。

小李了解到，这个四口之家，全靠你那在县搬运公司拉人力车的 66 岁的老父亲微薄的工资过活。繁重的体力劳作和家务重担使他患有较为严重的咯血病，不时发作。近几年，他的体力渐渐不支，一直在家待业的大妹便帮助父亲拉人力车，两人干一人的活，拿一份工资。二妹高中毕业后也在家待业，她想自谋职业养活自己，可拿不出本钱。

这两位二十多岁的大姑娘竟没有自己稍微大一点的栖身之地。父母的一张大床几乎占去了小屋的一半，剩余的位置被锅台和破旧的家具占着，连全家在一起吃饭的地方都没有。姐妹俩只好向空间发展，头顶上的那张吊床，便是她们所拥有的全部世界。

开饭了，一块用石头支起来的小木板便是饭桌。在饭桌旁，小李发现几张欠账单，顿时心酸得流出了眼泪，他掏出兜里仅有的 20 元钱送给老人，可老人死活也不收。猛然间，他明白了正是风华正茂的你，为什么没有一件像样的便衣……

老山战场，猫耳洞里。

一场激战过后，大家都在认真地填写制式的《参战通知书》。这通知书填好后，将由上级政治机关统一寄往参战军人家乡所在的县（市）人民政府，作为优待的凭证。

在填写“家庭困难及需要政府解决的问题”一栏时，你的眼前浮现出家里的情景，你的眼睛湿润了。不足一百字的《参战通知书》空格，你整整填写了两个小时。

特别是眼巴巴地盼望得到一份工作的两个妹妹，前不久还给你来信，请求哥哥写信给家乡政府说说她们要找份工作的事，“看中不中”。

笔在你手中犹豫了很久很久，可最后你只写下了这样一句话：“一定为家乡父老争光，没有任何要求！”

浸血的裆部发出异臭，病魔放肆地折磨着青春的躯体，然而你枕头下的三张会诊单却一张也没有生效

一次，你带领一支小分队执行任务。出发前，马副大队长问到你的身体情况，你拍着胸脯说：“一点问题也没有。”

其实，你的便血已有一年多的历史，早该住院治疗了。这几天，又出血不止，呈恶化趋势。

你在日记中写道：“……我唯独在这方面说了假话，因为同志们一旦知道我的病情非要把我送进医院不可，这样就太糟了！”肛门大量出血，你就偷偷地从军用被里掏出些棉花，做一个类似妇女卫生带之类的东西系上。

执行任务进入第四天了。

刚才还是倾盆大雨，突然间又烈日当头，潮湿闷热的天气、泥泞的地面和大量的体力消耗，使便血情况更严重了，血水、雨水、汗水，使你的迷彩服一刻也不曾干过。裤子像个大绷带似的紧紧地粘着裆部。

此刻，你的双眼透过四千倍的望远镜警惕地观察着敌人的动向，蜡黄的脸上几乎没有一丝血色，豆大的汗珠顺着前额滚落下来。

“副连长”，战士宋伟悄声说：“这几天我总闻到有一种奇异的臭味，有点像什么还真说不好，你说这是怎么回事？”

你十分清楚这气味来自你的裤裆里，是便血和高温的结果。但你却支吾着回答说：“我想……大概是死蛇什么的吧，管它呢。”

“哎呀！副连长，你受伤了？”直到有个战士看见你裤裆里渗出了鲜血，你

保守了一年多的“秘密”，终于“暴露”出来。

战友们都伤心地哭了……

回到连队，军医为你进行了检查。诊断结果使军医大吃一惊，当即要你全休，并开了会诊单，让你第二天就去野战医院住院治疗。

你当面答应着，可就是迟迟没去。后来，你迫于上级“不去住院就不让参加作战”的死命令，才去了一趟医院。但你只要了几大包药，把住院单往兜里一揣，便于当天返回。

在你的枕头下，我们发现了三张会诊单，每张会诊单上都详细地写着你的严重病情和“立即住院治疗”的建议。

然而你直至牺牲都没有让一张会诊单生效。

相恋三年的女友弃你而去，然而你却不怨恨她，从猫耳洞里寄出一颗水晶般的心

谁没有爱？

你这铁骨铮铮的男子汉，自有自己的一片柔情。

可是，你的爱，结的是苦涩的果。

1987年9月30日，河南信阳市公园一角。

你焦虑地踱着步子，不时地看看手表，朝公园门口张望着。

这是参战前夕，组织上给每个即将出征的官兵一个星期的假，让他们回家与亲人团聚、话别。和大多数战友一样，你决定不把这消息告诉父母双亲，以免使本来有病的二老担心、牵挂，给他们造成太重的精神负担。

但对相恋三年的心上人，那是不能隐瞒的啊！从被批准参战的那一天起，你就在认真地考虑这个问题。最后，你决定跟她好好谈一次，让她重新考虑你们的关系……

终于她像一只蝴蝶翩翩而来："你回来得怎么这么突然？"

你没有说话，掏出一支烟点上，带着她默默地走着。

"哎呀，你怎么啦？说话呀！"

"萍，我要告诉你，我马上就要去老山前线了……"

"什么？你要去打仗！"她惊恐地瞪大眼睛："这是真的吗？"

"是真的。"你平静地说。

沉默。

过了很久，你终于发出深沉而严肃的声音："萍，我考虑好了，我们……"

"哼！考虑？"她粗暴地打断你的话，"还有什么好考虑的！我早就说过，只要你一转业，咱们就结婚，可你就是不听我的。你说，你在部队这么干到底图个啥？我苦苦地等了三年，没想到等来的却是你的参战。那好，打你的仗去吧，我再也不愿见到你了！……"

她连珠炮似的说完这段话，头也不回地走了。

你愣愣地站在那里一动不动，仿佛是一尊雕像。

那一刻，你感到自己真要相信这样一个传说（而这个传说就在几分钟之前，还是无论如何也不能让你相信的）：维纳斯与战神阿瑞斯生的小儿子丘比特从小就双目失明，所以，他射出的能穿透心脏的金箭，往往是随心所欲的。

然而，你那善良的心更多的是为别人着想。你并没有因为恋人的绝情而产生一丝的怨恨，相反，你衷心地祝愿她找到新的恋人，获得新的幸福。

于是，在你牺牲的前一个月，你向信阳发了一封信，向她表述上面这层意思，并寄去了几件小礼物。

不，你寄出的是一颗水晶般的心。

那颗手榴弹并没有落在你的脚下，可是你义无反顾地扑上去，用身体挡住了那一百零六块罪恶的弹片

1988年9月15日，又一次反偷袭的战斗在老山前线打响了。

你带领战士在我边境巡逻时，事先侵入我境内埋伏好的一股敌人突然打起了冷枪，子弹擦着战士们的耳朵呼啸而过。你一边命令大家隐蔽好，一面迅速还击，一连击毙了6名敌人。

突然，一颗手榴弹落在排长崔东珠、战士周东宁、邹国民、金永春等8人面前……

在这千钧一发之际，你飞身跃起，在大喊“卧倒”的同时，用自己的身体挡住了这8名战士。

你想用脚将手榴弹踢开，但时间已来不及了，手榴弹爆炸了……战友们得救了，你却倒在了血泊之中。

半小时后，你苏醒过来了，断断续续地对抢救你的战友说：“不要……管我了。止……血带不够用，把我的解下来，抢救……其他战友……”

在生命的最后时刻，你想到的依然是他人。说完，你永远闭上了眼睛……

后来，战友们在你的骨灰里找到106块弹片！

——寄自老山前线

危难时刻显身手*

——副连长赵军三次救战友载誉前线

老山前线某部一连副连长赵军不顾个人安危，冒着敌人的炮火，三次冲入敌阵奋力抢救战友的英雄事迹，被前线指战员们传颂着。

3月的一天，夜幕降临，云雾笼罩着祖国西南边陲。和往常一样，赵军带领4名战士巡逻在边境线上。晚8时左右，他们与一股趁夜色潜入我境，企图进行破坏活动的越特工遭遇。

越军首先向我发起进攻。激战中，我2名战士被打散，敌人迅速分为两伙，其中4名越军包围了这2名战士。另8名越军端着冲锋枪搜寻着赵军等3人。当他们发现越军正欲向我射击时，手疾眼快的赵军果断地先敌开火，将一名越军击毙。

听到枪声，被围的2名战士立即利用地形地物隐蔽，一阵扫射，将正在尾追的2名越军打倒在地，剩余6名越军见状惊慌失措，便毫无目标地疯狂扫射起来。

为了救出被围的战友，赵军不顾呼啸而过的子弹，冒着生命危险，一边奋

---

* 原载《文山报》1988年6月23日第3版头条。与周祟棠合作。

力还击，一边向2名被围的战友接近。被誉为连队神枪手的赵军，巧妙地利用大树作掩护，将4名敌人击成重伤，使敌人丧失了战斗力，纷纷逃窜，从而救出了战友。

我边防哨所是越军经常袭击的目标。近一个月来，曾三次击退越军的偷袭，哨所牢牢地掌握在我手中。在一次反偷袭战斗中，有8名战士不知下落。赵军根据情况判断，认为这8名战士很可能已被敌人包围。他立即把情况报告给指挥所。

很快接到上级首长命令："立即救回战士！"

霎时，赵军吩咐战友们掩护自己，便向敌人阵地冲去。战友们呼啦全跟了上来，赵军厉声喝道："快退回去，前面是雷区，上来的人越多，触雷的可能性就越大，这条路我熟悉。"

就这样，在关键时刻他把生的希望留给战友，把死的危险留给自己。

他以孤胆作战的勇敢精神和平时练就的一身过硬的战术技术，独自向敌后包抄过去。砰，砰，砰，三声枪响，几名敌人应声倒地，其余敌人纷纷撤退。

然后，他带着8名被解围的战友，顺利通过雷区，安全返回。

赵军第三次救战友的事，发生在5月中旬。

那天，我军在撤回的路上与敌人遭遇，一名战士被敌人凶猛的火力压得抬不起头来。子弹打在石头上，迸出了闪亮的火星，击碎的石碴刺进了战士的双腿，处境十分危险。

赵军利用一条小河沟作掩护，匍匐迂回到那名战士的后面。说时迟，那时快，他抱住战士，就地一滚，滚进了小河沟。在战友们的掩护下，安全撤回。

赵军之所以在危急时刻出生入死三次救战友，并且英勇顽强地发挥了自己高超的战术技术水平，这主要来源于他对战友兄弟般的感情，以及一名党员干部在血与火的战场上，为了保卫祖国的安宁而英勇献身的精神，还来源于他平时刻苦训练，爱军习武，报效祖国的坚强信念。

1984 年赵军毕业于陆军学校侦察专业，严格的训练使他铸就了铮铮铁骨。在学校，他是优秀学员；在部队，他曾三次被师团树为军事训练标兵。

他出身于高干家庭，并且是个独生子。父母把他这个独生子送到部队，送上前线。

出征前，部队首长批准他回去见一见刚刚生下孩子的妻子。到家的第四天，一封电报追他归队。妻子有些不舍，父母一边做儿媳的思想工作，一边为儿子买了归队的车票。

送别时，父亲嘱咐说："为父送你两句话：一是不能当逃兵，二是要为老一辈争光争气。"赵军默默地记在心里，踏上南下的征途。

——寄自老山前线

前线侦察兵宋世保的故事*

写在前面：宋世保，1965年生，1984年从黑龙江绥滨县敖来村入伍。在云南老山前线，世保是位颇具传奇色彩的侦察兵。他个头不高，体重也只有52公斤，但体质、战术、技术却是全连数得着的。他操一口浓重的东北腔，说话大声大气的，不时地发出爽朗的笑声，给人一种力量。下面就是关于他的故事。

纵身跳悬崖

夜好黑呀，伸手不见五指！

敌人的火力好猛啊！六〇炮、高机枪、重机枪、轻机枪、冲锋枪全用上了，密集的炮火映红了半边夜空。

云南老山前线某部侦察一连连长韦汉义和他的5名侦察兵，在执行抵近侦察任务时，被包围了。

“我们必须突围！”韦连长说，“你们都不要动，因为这里是安全的。我们

* 原载《黑龙江日报》1988年8月8日第3版。

的退路只有下山这一条可走。我先去试试，成功了就带人来接应你们……"

连长的决定使大家吃了一惊。这是因为，白天大家都观察到，他们的脚下是少说也有四五十米高的悬崖绝壁！跳下去，即使不被敌人的子弹击中，也必将摔死无疑。

"连长，让我去!"

"让我去!"……战士们纷纷请求道。

"服从命令!"连长的语气不容商量。他开始做跳崖前的准备了。

"连长"，战士宋世保抱住连长的大腿，哀求道，"这里不能没有你呀！还是让我去吧!"

没等连长回话，宋世保纵身跳了下去……

小宋在悬崖下摔昏了，很久以后才苏醒过来。

"我这是怎么啦？在什么地方？连长他们呢？突围没有？……"

他感觉自己像个醉汉，平素麻利的手脚和灵活的脑瓜儿，现在都不大好使了。

他发现自己掉在了一棵枝繁叶茂的大树顶上，上面还爬满了厚厚一层带刺的藤子，软软的，但刺人。又过了一会儿，他完全清醒了!

他想，无论如何，也要完成自己的使命——冲出敌人的火力封锁线，再带领同志们来接应连长他们 5 人突围。他下意识地摸摸掖在腰间的那颗被称为"光荣弹"的手雷。

他用联络暗号呼叫上了连长，说自己没事，请放心。要连长他们千万不要动，等着他。

说完，他从丈把高的树上跳下去，落地时顺势一滚，便向在树上就已辨别好的方向——正北方，摸索前进。

一路上没有水，他吸干了汗水浸透的衣服，觉得自己增添了些许力气，又开始前进了，冒着敌人的炮火……

大约 2 公里路，他竟"走"了近 4 个小时……

他以顽强的毅力，谱写了一曲生命的赞歌。

接应战友

密集的枪声已响了 4 个多小时。

由于不知道韦连长他们所处的位置，眼睁睁地看着自己的战友被敌人围困、打击，同志们心似箭穿。有人急眼了，要硬冲过去，救回战友。

这些话，正好被刚从敌人包围圈里爬出来的宋世保听到，他几乎用出全身的气力大声说："硬冲不行，也不是个好办法，是要死人的！连长他们都还活着，我知道他们在什么地方，我路熟，我有办法……"

在场的王副部队长，将一壶水递给小宋，小宋一仰脖子就喝干了。他清清嗓子，建议道："把我们这些人分成火力和接应两个组，火力组在与敌人相对应的高地上，用全部重火器佯攻，以吸引敌人火力，掩护接应组；接应组在我火力组打响以后，即由我做向导，沿我突围时所经线路去接应……"

"好！"王副部队长完全赞同他的方案，当即命令付诸实施，并亲自带领火力组佯攻，迷惑敌人。

小宋的这一招真灵。越军见我开火，一下子把火力集中到王副部队长担任掩护的火力组，小宋带着接应组的同志们乘虚而入，很顺利地摸进连长他们附近的大悬崖的下边。

面临悬崖，接应组暂时受阻。但小宋自有他的对策，他让同志们分散隐蔽好，又独自前出侦察。经过仔细观察，发现大悬崖绝壁左侧约 200 米处，是敌人的射击死角，于是带领接应组拐弯绕过悬崖，利用左侧的射击死角，接近了被围的战友，并成功地将连长等 5 名战友接应出来。

我们胜利了！

——寄自老山前线

| 典型宣传 |

他，倒在为老干部服务的岗位上

追记军中孔繁森——林正书*

1994 年 12 月 29 日，对 23 集团军镇江干休所的 91 户老干部来说，是个永不能忘怀的黑色日子。这一天，年轻的政委林正书永远地离开了他们，离开了直到他生命最后，仍在为之鞠躬尽瘁的老干部事业。

人们在林正书的遗体前泣不成声，久久不肯离去，老干部们更是痛心疾首，老泪纵横……

林正书，1954 年生于江苏省响水县一个普通的农民家庭，1972 年入伍，先后任班长、排长、指导员、教导员、干休所政委。22 年来，林正书先后 11 次受嘉奖、5 次荣立三等功、1 次荣立二等功，1994 年被集团军评为先进老干部工作者。在一个个平凡的岗位上，林正书都付出了过度的辛劳，创造了一流的业绩；不论走到哪里，他都甘当公仆、情系群众；不管遇到什么诱惑，他始终廉洁奉公，一身正气。为了部队的建设，他奉献了自己的一切，年仅 41 岁，就倒在了为老干部搞创收的岗位上。

当人们含着悲痛的泪水送别林正书的时候，都清楚地记得他生前说过的一

* 原载《中华老年报》1995 年 12 月 18 日头版头条转第 2 版，新华社播发通稿，《人民日报》、中央人民广播电台、中央电视台等多家主流媒体采用。与邢志有合作。

句话:“为官一任，总要留下点东西，不是物质的，就是精神的。”现在，可以无愧地说，林正书践行了自己的诺言，在短暂而辉煌的一生中，他为官几任，造福几方。生前，他和父母妻儿一直过着十分清贫的生活，却为国家创造了可观的物质财富；他过早地告别了人生，却为亲人和战友们留下了一笔宝贵的精神财富。

1990年底，林正书由汽车营教导员提拔到干休所当政委。刚来时，他和所长挨家挨户走访老干部，一听情况吓了一跳：所里几台车轮班“趴窝”，用车预约板天天排得满满的；电话挂不通，成了“聋子耳朵”；更让人揪心的是，有的老干部临终时拉着工作人员的手，嘱咐一定要把干休所搞好，让老干部们享点福，多吃点好药……老干部们意见成堆。

林正书和所长一起研究制定了打翻身仗的思路：以服务为中心，以创收为突破口，一年见成效，两年上台阶，三年改变面貌！干休所党委决定，由林正书负责创收。

作为党委书记的林正书，把自己推到刀尖上了。

面对重重困难，他不惧风险，迎难而进

镇江干休所建于1979年，有老干部91户，是距离军区、集团军最远的干休所。

干休所地处偏僻地区，缺少资金和设备，搞生产经营不是一件容易的事。老干部一方面十分关心生产经营，另一方面又因过去吃亏上当而缺乏信心。

1989年，集团军为扶持干休所发展生产经营，拨款30万元，指望给“鸡”生“蛋”。然而“蛋”没生下来，“鸡”也没影了。林正书想：不担风险就没有出路。为了让大家重新树立起信心，他和所长决定从搞投资少、见效快的工程项目入手，组建机械施工队。所里没有钱，他就和所长带着会计四处奔走去借，东拼

西凑筹到了 10 万元，买了 3 台半新的解放 141 改装翻斗车，北上哈尔滨承揽工程。

出发的那天早晨，干休所大门口站满了人，老干部和工作人员鸣放鞭炮为他们送行。看到那充满期待的目光，他的心里真有一种“壮士一去不复还”的悲壮。年底，他们不负众望，带着 18 万元的收益凯旋，老干部和工作人员的脸上露出了从未有过的喜悦。

1992 年苏南各地兴起了开发区热，基建工程项目比较多。为了提高承揽工程的能力，增加收益，他和所长又一次面对风险，动员全所工休人员集资 30.8 万元，购进了大型挖掘机、推土机等工程设备，先后投入到镇江市丁卯桥开发区和江阴市开发区施工，两年创收 120 万元，改变了干休所生产经营的被动局面，奠定了为老干部“竭诚服务”的物质基础。

面对伤病折磨，他顽强挺立，忘我拼搏

为老干部谋福利，林正书呕心沥血，不仅有甘冒风险的责任意识，而且有革命加拼命的献身精神。在两年多的时间里，他忍受着常人难以忍受的伤病折磨，在非常艰苦的条件下，带头实干，渡关涉险，创造出令老干部欢欣鼓舞的业绩。

那是 1991 年，他满怀壮志首次带队北上创收的前两天，下楼梯时一不小心把脚脖子扭了，整个脚肿得像发面馒头，平时穿的 40 码鞋根本穿不进去，疼痛钻心。大家劝他缓几天，伤好了再走，他坚决地说：“党委决定我带队北上创收，不单单是挣钱的问题，而是要通过我们的行动，使老干部看到干休所建设的希望。越是在这样的时候，越是不能拖延。”他买了一双 42 码的鞋套在脚上，并找来一根拐杖，一瘸一拐地和前来送行的老干部告别。当他在战士们的搀扶下坐进驾驶室时，额头上已冒出豆大的汗珠，在场的人无不为之感动。

1991 年 11 月中旬的一天，正当他在哈尔滨轴承厂工地上组织大家挑灯夜战时，突然停电了。这时工厂的电工早已下班，为了抢工期，他亲自去接保险丝，当他把接好的电闸合上去的瞬间，一道刺眼的弧光扑面而来，把他击倒在地，整个右手烧得像烤煳了的地瓜皮，手指无法弯曲，眉毛烧光了，眼睛被刺得睁不开，一个劲儿地淌眼泪。他一声没哼，到医院简单地包扎了一下，不顾医生劝阻，第二天一早又照样上了工地。眼睛看不见东西，他就边听别人介绍边指挥施工，吃饭时，让别人把饭菜夹到碗里，自己再用左手往嘴里送。就这样，在伤病的日子里，他始终坚持在工地上。这几年，林正书带领干休所搞创收的同志，北至哈尔滨，南至无锡、昆山、江阴，多次转换工地，历尽艰难。夏天住过凉亭，冬天睡过仓库，也曾经几个人合盖一床被子，睡过渔船，吃的是 4 元钱一天的伙食，干的是别人不愿干的工程。

1993 年 3 月，他带工程队承包了江阴市开发区泰山北路修路工程。这条长 289 米、宽 20 多米的路段，施工难度比较大，路中间有绿化带、电线杆不能破坏，两侧大小工厂好几家，载重车辆每天川流不息。几家工厂提出的条件是：施工不能影响工厂的正常工作秩序，工期只给两个月。施工合同签订后，林正书和大家一起研究施工方案，采取难点地段夜间突击，其他地段白天施工的办法，通宵达旦，连续苦战。在他的精心组织下，提前 15 天完成了施工任务。由于长时间的奔波劳累，他本来就不太好的身体越来越差。他常常腹部疼痛，大家常劝他到医院去检查检查，可他总说自己是胃疼，老毛病没关系，即使嘴上答应了，可工程一忙，又抛到脑后。他口袋里常揣着胃药，每当病痛发作起来，就吃上两片，咬紧牙关硬挺着。

1994 年 6 月 8 日，剧烈的疼痛使他再也支撑不住，终于倒在了工地上，经医院确诊为弥慢性肝癌晚期。他靠着这种吃苦拼命的精神，和所长一起带领大家仅用 3 年多时间就为干休所创收 200 多万元。现在，老干部家家装上了程控电话、全自动热水淋浴器和有线电视天线。过去的“老大难”问题得到了缓解，老干部人均福利补助也由 1991 年的 500 元增加到 1994 年的 1700 元。

面对亲友妻儿，他公而忘私，从严要求

林正书调到干休所当主官后，一些亲友都指望能借他的光，得到些好处，可事实却让亲友们大失所望。

1992 年 12 月，所里在昆山市甸东镇联系到一项土方工程，施工地段地势低洼，机械无法作业，只能由人工挖运。由于临近春节，当地雇不到民工，而工期又很紧，他带人急匆匆赶回老家，招来六、七十个民工，其中包括他的哥哥和表弟。他像要求其他民工一样要求这些亲朋好友，生活不能特殊，发工钱一视同仁。有的嫌工钱少，他发脾气说："你们也要讲点奉献精神，不要总是钱、钱的，我有言在先，是让你们来支援干休所建设的，不是让你们来为个人捞钱的。"与他关系密切的表弟年轻气盛，看不惯他的那股"抠"劲。和他大吵一场后不辞而别，直到他去世也没来看看他。时间一长，亲友们看到他和大伙一样抽档次很低的烟，吃一锅面疙瘩汤，睡一样的木板床，甚至连工地临时党支部考虑他长期带病工作，决定给他的 500 元补助费都不要，就再也不说什么了。

林正书的父亲是个老革命军人，已经年过 70，母亲由于三个儿子相继当兵，常年牵挂和劳累过度，落得个阵发性精神分裂症。然而，心系事业，整天劳碌的林正书，却始终没有机会尽他当儿子的孝道。1991 年 10 月，老父亲托人写来一封信，说正书你的母亲病得很厉害，你无论如何也要回去一趟。当时，林正书正带着大伙儿在哈尔滨紧张施工，无法脱身，就让妻子写了封回信，寄上 200 元钱。1993 年，他大哥患了重病，投奔弟弟来治疗，林正书拿出自己的积蓄为大哥买药、住院。去医院检查，用了几次干休所的车，他按老干部车公里价格的 10 倍付了款，在干休所医务室输了几次液，他也一一照价

结账。

林正书在日记中写道："家，是父亲的王国，母亲的世界，孩子的乐园，人生休息的港湾……”事实上，林正书的家与他的理想之家相差万里。他的妻子张晓玲，早已习惯了自己做饭吃，一个人去商店，娘俩看电视的生活。她和林正书结婚14年了，但真正在一起生活的时间却没几年。张晓玲对人说，我不仅看人家两口子一起看电影嫉妒，连人家吵架都嫉妒。这次，老林带人在镇江修路，离家不到10公里，但一连6天都没回来。

一天，林正书出乎意料地回到家中，但浑身上下全是泥土，汗水把脸冲得一道一道的，一股汗酸味扑鼻而来。

张晓玲放好了洗澡水，林正书却坐在椅子上睡着了。她轻轻叫醒他，林正书微微一笑："太困了。”说着进了浴室。张晓玲为他准备好内衣，等了好大一会儿不见他出来。进浴室一看，愣了，林正书泡在澡盆里睡得正香……张晓玲流泪了，老林呀老林，你还有完没完？在架线连你拼，在高炮团你拼，在汽车营你拼，到干休所你还拼，你看你都拼成啥样了？刚认识你时，棒小伙子140多斤，现在不到100斤了……后来细心的妻子发现他刷牙时恶心，睡觉盗汗厉害，有时一晚上换两三个背心，就催他去医院检查。可他总是说，等这个工程完了就去，一推再推。看到丈夫日渐消瘦的身体，她曾心疼地哭过，也曾顾不得面子闹过，逼着他去医院检查身体，可直到他病倒在工地上，也没到医院做一次认真的检查。镇江的金山、焦山、北固山是著名的风景区，干休所的老老小小，几乎人人都去过。可是张晓玲随军到镇江3年，至今还不知道这“三山”在何处，长得是什么样。

林正书的儿子林展，今年13岁，早熟懂事，好学上进，从没对爸爸提出过分的要求。看到爸爸晒得黝黑的样子，他曾几次背着爸爸伤心地痛哭。他总想找个理由，让爸爸领自己到北京去看看天安门，看看毛主席，以强迫爸爸休一次假。多少次他写完作业，等着爸爸来，而爸爸总是在他进入梦乡才到家，早上还没有等他醒来，又匆匆地走了。林正书临终前，孩子站在他病床边不肯离去，他抚摸着孩子的头，目不转睛地盯着他那张可爱的脸，当听到儿子说他是“最好的爸爸”时，他摇着头流下了内疚的泪水，什么话也说不出来。

面对生离死别，他仍想着老干部，惦念干休所

当林正书被确诊为肝癌晚期的消息传开后，老首长们震惊了，熟悉他的人震惊了，人们从四面八方赶到医院。一些老干部主动表态：不要考虑所里医疗经费紧张，就是我们不吃药，也要把林政委的病治好。所党委决定，要尽最大努力支持医院治疗。

住院不到一个月，林正书在一次偶然机会，得知了自己的真实病情。他平静地对所长季法说：“老季啊，我得的这个病，恐怕神仙也没招了，别再为我花钱了，所里那点钱留给老干部用吧。”老干部陆进听说有一种新药治疗肝癌效果好，便找林正书的妻子商量，能不能让所里去买点来试试，妻子前思后想，终于把这个想法说了出来。谁知林正书一听就急了：“这么贵的药，老干部都没用过，咱们可不能这么做。”所里想安排个战士去护理他，他说啥也不肯；工地上的同志回来看他，他总是催他们赶紧回工地去；在南京工作的弟弟，受单位领导指派来医院护理，没几天便被他连训带骂地撵了回去。就连陪护他的妻子，也是三天两头被赶回单位去上班。林正书，以他自己顽强的毅力忍受着剧痛的折磨。

去年9月，他已被病痛折磨得掉光了头发，瘦成了皮包骨头，说话、走路都很费劲了，但他仍然惦记着老干部和工程队。老干部仲小宋患膀胱癌，和他同住一个医院，他常常支撑着病弱的身体去劝慰仲老，让他保持乐观情绪，积极配合治疗。他还不顾别人的劝阻，专程到江阴工地去了一趟，对工作人员嘘寒问暖。和他一起转战南北搞创收的干部战士，一见到为了干休所和老干部把

命都快搭上了的林政委，大家相对无语，热泪盈眶。在病重住院期间，他常对前来看望的工作人员讲：我们要在军区的先进干休所冲刺，看来我是不能再和大家一起干了，希望大家一切以老干部的利益为重，把服务工作做到家，一定要让老干部满意。当大家都关切地问他个人有什么想法和要求时，这个过去从不掉泪的硬汉子，看到老首长和战友们这么关心自己，他落泪了，泪水中含着留恋，也含着遗憾。他说："我个人没什么事，唯一遗憾的是，没有把干休所建成军区的先进干休所，不能继续为老首长们服务了……"

1994 年 12 月 29 日下午，已经好几天说不清话的林正书，突然觉得精神了许多，便把妻子叫到身边，说出他留给人间的最后一席话："咱们是农民出身，党和人民培养教育多年，才有我的今天，知恩图报啊。咱们家虽然穷，但要有志气，千万别给组织添麻烦。我死后，不要把骨灰送回老家，就埋在镇江，我要看到干休所的发展……"

12 月 29 日下午 5 时，林正书的心脏停止了跳动。他把毕生献给了祖国人民和军队建设事业，然而给妻儿留下的却只有那 2000 元债单和 6 枚军功章。

1995 年 1 月 2 日，林正书的遗体要火化了，按照他的遗嘱，除了本所机关工作人员和他的亲属，没有通知任何人。然而消息不胫而走，人们从四面八方赶来为他送行。栗子山殡仪馆里里外外站满了人，凡是能行动的老干部都来了，一位患严重心脏病、从不参加这类活动的老婆婆第一次走进灵堂，缓走到林正书的遗体旁，哽咽着说："林政委是为我们大家累死的呀！"顿时，灵堂里一片悲泣。

林正书从容地走了。人们以不同的方式怀念着他，理解着他的人生。林正书 13 岁儿子林晨，在今年"八一"建军节那天，给爸爸写了封信。他写道："亲爱的爸爸，今天是八一建军节，是您的节日。爸爸，我真想您啊！记得小时候，很长很长时间才能看到一次爸爸，每当我看到别的孩子拉着爸爸的手去逛公园、看电影，我是多么羡慕啊！您可能还记得，有很多次我要您带我出去玩，您总是说：‘等爸爸办完公事就带你去。’我等啊等啊……您总是倒不出空来。现在我明白了，爸爸是最爱我的，是最喜欢我的，您不带我去玩，是因为公事在身。亲爱的爸爸，您常说，一个人生命的长短，取决于对时间的利用。您才 41 岁，走得太早了。不过，按照您的工作时间来计算，您已经提前跨进二十一世纪了……”

评论员文章：

向孔繁森式的好干部林正书学习 *

林正书于1972年12月从江苏响水县入伍，1994年12月29日因患肝癌病逝。在20多年的军旅生涯中，林正书从一个普通战士成为一个优秀的团职干部，其间几易其职，变动工作，但他作为一个共产党员的本色却始终没有变。他把炽热的爱国之情、报国之志融于国防和军队建设的具体行动中。千里边境线上，他带领战士们披荆斩棘架银线，哪里最艰苦，他就到哪里；哪里最危险，他就出现在哪里。他爱人民，把人民群众视为父母，想群众之所想，急群众之所急，真心实意为群众排忧解难。他公道正派，廉洁无私，体恤下情，关心同志，以其人格的力量带兵，深受战士们爱戴。同样，林正书又是一个感情丰富的人，深爱自己的妻子、儿子，爱自己的家庭，但在国与家的关系上，他却能够舍小家为大家，足可以看出一个共产党员的博大胸怀。

在我们即将跨入新世纪的今天，非常需要千千万万个像林正书这样优秀的党的领导干部，他的精神风范具有强烈的现实意义。我们学习林正书，就是要像他那样，时刻牢记党的全心全意为人民服务根本宗旨，视党的事业为第一生

* 原载《中华老年报》1995年12月18日头版头条，新华社播发通稿，《人民日报》、中央人民广播电台、中央电视台等多家主流媒体采用。与邢志有合作。

命，在本职工作上拼搏进取，无私奉献，甘当无名英雄。像他那样，模范地继承和发扬党的艰苦奋斗的优良传统，藐视一切困难，关键时刻敢于冲锋陷阵。像他那样，忠实地履行党员的权利和义务，坚持立党为公，把共产党人的公仆意识，化作全心全意为人民服务的具体行动，任何时候都把自己置于群众之中，与他们同呼吸、共命运、心连心。像他那样，牢固地树立正确的世界观、人生观、价值观，把爱党、爱国、爱军、爱民的赤子之情融于本职工作中，淡泊名利，无私奉献，为党和人民的事业鞠躬尽瘁，死而后已。

林正书同志虽然离开了我们，但他留给我们的精神财富是极其宝贵的。广大共产党员特别是党的领导干部，要向孔繁森、李润五、林正书等先进人物学习，一定要牢记党的全心全意为人民服务的宗旨，一刻也不脱离群众，一切从人民的利益出发，掌权为民，廉洁奉公，开拓进取，艰苦创业，做一个名副其实的共产党员。

林正书，军队的光荣*

——几位老将军盛赞林正书

写在前面：“军中孔繁森”——林正书的事迹报道发表后，在军内外引起了广泛的反响。那些被誉为党和国家宝贵财富、人民功臣的老干部们，是怎样看待林正书这个典型的？读了林正书的事迹报道后有何感想？带着这些问题，我们近日专程走访了几位老将军。

孙毅称赞：我们的军队英雄辈出

已是92岁高龄的孙毅老将军欣然说道：林正书确实是个孔繁森式的好干部。我们的时代呼唤英雄，我们的军队英雄辈出，像林正书这样的干部越多越好。

孙毅对林正书的事迹感受很深的是他的带兵之道和思想政治工作。他说：当前，我们军队要按照军委江主席提出的“五句话”总要求，把部队管理好、教育好、建设好，还要下很大的功夫。林正书当过指导员、教导员，最后当政

* 原载《解放军报》1996年1月12日第3版头条。与邢志有、朱瑞清合作访谈整理。

委，是一级一级地上来的，有丰富的实践经验。刘庚是个调皮战士，但他有长处。林正书善于发挥他的长处，让他当示范班的班长，把他的缺点变成了优点，最终使他成为一个好战士。对有缺点的人光批评不行，还得讲究方式方法，坚持正面引导，坚持用好的带动差的，这样差的就能变成好的。这种带动和转化是要讲辩证法的。林正书懂得辩证法，所以他很会带兵，很会做思想工作，很会搞管理教育。我们要从严治军，搞好军队的质量建设，搞好官兵关系，要研究林正书工作实践中活生生的辩证法。

孙毅赞赏地说，林正书保持了艰苦奋斗的本色。不管环境怎么变，他的这个本色没有变。敬爱的周总理曾告诫我们，要从清廷八旗子弟的演变中吸取教训。康熙、乾隆时期，交给后代三件宝：骑马、射箭和刀法。那时，他们作战勇敢，保住了江山。后来，八旗子弟变了，丢了三件宝，腐败了。这段历史，我们永远不要忘记。

孔石泉力倡：用模范行动写好自己的历史

老将军孔石泉虽已 86 岁了，但仍思维敏捷。他说：林正书的事迹报道我看了，很感人，他是个孔繁森式的好干部。林正书好就好在他身体力行，一步一个脚印、脚踏实地地书写好自己的历史。共产党人就是这样，自己的历史要靠自己来写。林正书虽然只活了短短 41 岁，但他在军队的 22 年里，干了很多事，干得很出色，取得了很大的成绩。这正如他自己所说的：“一个人生命的长短，取决于对时间的利用。”

孔石泉说，人的一生是漫长的，会遇到许多艰难困苦和这样那样的考验。能否战胜困难、经受住考验，是检验一个党员干部的重要标志。林正书在这方面做得非常好。他当架线连指导员时，带领连队到边境架线，那时困难很多，但他不怕困难。他生命不息，奋斗不止，用自己全部的青春和热血书写了一部光辉的人生历史。敬爱的周总理生前曾教导说，要活到老，学到老，改造到老。写好自己的历史，要以林正书为榜样。做到不放松政治学习，不断地改造自己的世界观、人生观、价值观；遵纪守法，珍惜荣誉；严以律己，用模范行动树立良好形象。

谢振华希望：更多地涌现出林正书式的好干部

谢振华这样评价林正书：这个典型很全面、很过硬。他有正确的世界观、人生观、价值观。他有为党、为国家、为人民干一番事业的远大志向。虽然他只活了41岁，但活得很有价值，很有意义。他为人正直，大公无私，廉洁自律，这是为官之本。

这位原任中央顾问委员会委员的老将军指出：在改革开放的新形势下，要抵制腐朽思想文化的侵蚀，保持党的优良传统和作风，树立党员干部的良好形象，需要大力弘扬林正书身上焕发出来的革命精神。他处事公道，团结群众，爱护战士，不摆官架子。他的革命加拼命的精神尤为突出。为完成架线任务，他带伤坚持工作，就体现了这种精神。有了这种精神，我们就可以克服前进道路上的任何困难。要实现四个现代化，把我们国家搞富强，需要千百万人都像林正书那样去奋斗、拼搏。我希望要像学习雷锋那样学习林正书，让林正书这样的好干部更多地涌现出来。这样的人多了，我们的党、国家和军队，就会建设得更好，我们的宏伟蓝图和远大目标就一定能实现。

贾若瑜称道：他谱写了一曲高昂的人生赞歌

在原军事学院副院长贾若瑜家里，一谈起林正书，老将军的兴致就非常高。他说：军队出了林正书这样的孔繁森式的好干部，我们老同志很高兴，宣传和学习林正书的先进事迹十分必要。林正书在短暂的一生中，谱写了一曲高昂的人生赞歌。我们老同志读了他的事迹报道，很受感动。他值得我们学习。

贾若瑜认为：林正书最大的特点是坚持了我们党全心全意为人民服务的宗旨。他真正地做到了公而忘私，一切以人民的利益为重，不计较个人得失。在发展社会主义市场经济的条件下，在苏南这样的经济发达地区，他仍然能坚持艰苦奋斗，很不容易。宣扬他的这种崇高品德，对于继承和发扬我党我军优良传统，对于鼓舞我们的斗志，对于实现党中央提出的跨世纪的宏图大业和中央军委提出的加强军队革命化、现代化、正规化建设的要求，具有重要的意义。

贾若瑜说，从林正书的事迹看，他确确实实坚持运用马克思列宁主义、毛泽东思想和邓小平理论武装头脑，善于运用唯物辩证法处理和解决问题。他抓连队建设，首先解决人的问题，始终把人的因素放在第一位。他理解人、关心人、爱护人，全心全意为人民服务。如果我们的政治工作干部，我们掌权的同志，都能像林正书那样发挥模范表率作用，塑造自身的良好形象，就可以使我们的军队产生强大的凝聚力、战斗力。

兰文兆感言：建设社会主义就得弘扬正气

兰文兆老将军说：林正书继承和发扬了我党我军的光荣传统。看到他的事迹报道，我就想起了红军时期的那些干部战士。虽然时代不同，但他们的思想和精神是何等的一样啊！

兰文兆说，要发扬我党我军优良传统，保持老红军本色。林正书的人生之路，就充分体现了老红军的本色。要把学习林正书与发扬优良传统结合起来。林正书是个讲正气的好同志，是廉洁自律的楷模。对照林正书，有些人做得怎么样呢？北京出了个反面人物王宝森，是市一级的干部，职务够高的了，还那样堕落，太不应该了，这哪里像共产党的干部！对比一下，林正书是多么伟大，王宝森是多么渺小。要把社会主义事业建设好，就得两个文明一起抓，就得弘扬正气，打击歪风。

董占林认为：用好一个干部可以带动一大片

老将军董占林开门见山地说：我看了林正书的事迹报道就像见了这个人一样，感到很亲切，很受教育，他的确是孔繁森式的好干部。部队出现这样一个模范人物，是我们解放军的光荣。

董占林说，强调改造世界观，树立正确人生观，发扬无私奉献的精神，光讲不行，重要的是扑下身子，扎扎实实地去做。这一点，林正书做到了，而且做得非常好，对我教育很大。我觉得，林正书既留下了很多物质财富，也留下了很多精神财富。他的精神财富的价值比他创造的物质财富的价值还要大，还重要。

董占林说，对林正书式的好干部要努力发现，大胆重用。林正书这样的干部，有党性，有正确的世界观、人生观和价值观，有丰富的工作经验和较强的能力。现在搞现代化建设，就需要这样全心全意为人民服务的干部。像战争年代那样吃苦在前、享受在后，冲锋在前、退却在后的干部。用好这样一个干部，就可以带动一大片。

罗洪标寄语：像林正书那样追求高尚远离丑恶

新近被评为全国关心下一代工作先进个人的罗洪标老将军告诉我们，他看完林正书事迹的报道后，非常感动，急忙把报纸贴在居委会的阅报栏里，好让更多的人学习林正书。

罗洪标兴奋地说：林正书的事迹确实很感人。部队出了这么好的同志，我们很自豪。但他过早地逝去了，又感到很可惜。在党中央、中央军委的领导下，军队先进人物层出不穷，部队建设形势越来越好。对此，我们很高兴。

罗洪标说，林正书虽然不在了，但他的精神是永存的。他在战胜滚马岭等困难中，表现出了老红军大无畏的革命英雄主义气概。当年，我们连有几句顺口溜："红军战士像猛虎，行军作战不怕苦。干部党员带头干，团结友爱做模范。遵守纪律爱人民，火线入党最光荣。"

谈到这里，罗洪标话锋一转，说：现在我们有的党员干部，特别是个别领导干部，把老红军艰苦奋斗本色忘掉了。对此，我们老同志很担心。要号召广大党员干部像学习孔繁森一样学习林正书，像他那样追求高尚，远离丑恶。

治虚打假的马副师长*

弄虚作假，军队建设的大忌。治假的关键在领导，了解情况不好假，处理问题不虚假，自身带头不作假；不让报忧者添忧，也不让造假者占便宜，使人们在对比中受到教育。

——本文主人公的话

虚假的奖牌白给也不要

1988 年 2 月初，某集团军农场工作总结表彰大会正在顺利进行。

参加会议的某守备师副师长马凤鸣，在会场认真地听着记着。当他听说本师农场被集团军评为 1987 年年度先进农场时，骤然皱紧了眉头：这是怎么了？一个长期亏损的农场一下子变成了先进农场？是自己掌握的情况不准？还是……

* 原载《前进报》1989 年 11 月 9 日第 2 版头条。与张学森、李国忠合作。

还没等到休会，他便一个长途电话打到本师后勤部，核实了农场的收益情况。原来是农场的个别人为在上面图名挂号、拿奖金，背着师领导，有意把毛收入说成是纯收益报上去。

怎么办？先进的牌子马上就要发了，自己主管农场工作，能扛回块牌子脸上也光彩，但对农场的建设有好处吗？……他没顾上多想，立即打通了在家的师长和政委的电话，征得他们同意后，马上向集团军领导如实报告，明确表示奖牌不要，奖金不拿。

集团军根据实际情况，及时取消了该师先进农场的牌子。

几天后，马副师长带领机关工作组出现在农场办公室，对虚报成绩的个别领导进行了严肃批评教育。

第二年，农场结束了连续十年亏损局面，盈利 38 万元，扛回了一个货真价实的集团军先进农场的牌子。

典型出了毛病也不能护短

1989 年 2 月，冬训考核刚刚结束，某守备团便召开了一次不同寻常的党委会。

会议室里，满屋子浓烈的烟味，委员们互相观望着，很久没有人作声。显然，会议遇到了十分棘手的问题。

原来，会议讨论的是对一位标兵连长的处分问题。这位连长在考核 5 公里越野中私自乘车，被担任师考核组组长的马副师长发现，他责成该团领导严肃处理。

有人考虑到这位连长是老典型了，他的连队连续 6 年被师里评为教育训练先进连，又是集团军的教育训练标兵连，他本人也多次立功受奖，出了一点毛病就给处分，会不会影响典型的威信？会不会影响连队的工作？会不会……所以，大家瞻前顾后，犹豫不决。

问题反映上来了，马副师长没有因为是老典型就迁就、就护短，而是实事求是地摆出弄虚作假对部队建设以及本人成长进步带来的危害和影响，并用本部队正反两个方面的事例说服和教育大家，很快统一了思想，处分了这位连长。

为了通过这件事教育更多的干部，马副师长还责成有关部门将此事通报全师，指名道姓批评了这位标兵连长，有效杜绝了部队中弄虚作假现象。

不够条件谁说情也不行

1988 年年度改转志愿兵审查会上，以马副师长为组长的审查小组发现，在某守备团上报的名单上有一名战士曾患过肝炎。会后，经进一步调查，确认这个战士不符合转志愿兵的条件，被取消了资格。

可事过不久，该团又将这名战士报了上来，并附上一家地方医院证明这个战士身体完全合格的化验单。同时，该团的一名领导几次找师主要首长，为这名战士说情，并说如果师里没有名额，他可以出面向上级要，只要师里同意转就行。

马副师长并没有因此降低标准，他丁是丁、卯是卯，同时对说情者进行了耐心的批评教育，并说如果让一名身体不合格的战士转为志愿兵，就是对部队建设的不负责任。

马副师长征得师主官的同意，在全师干部电话会议上对这个团在改志愿兵工作中的错误做法，进行了严肃的批评。

“呐喊助威”的任政委*

——某守备团政委任慧群积极配合军事主官抓训练

在某守备团荣誉室里摆放着一座座金杯，铮光闪亮；

1988 年，该团登上了集团军教育训练先进团的“宝座”；

在为数不多的集团军训练标兵连的行列里，这个团就有两个连队位于其中；

去年底，师年度训练考核，该团有 4 个连队夺取训练先进连的红旗，占全师一大半；

……

金杯，凝聚着全团干部战士的力量和雄风，也浸透着团首长们的智慧和艰辛。

每每谈起这些，团长姜秀金不无感慨：“军功章里，也有政委同志的一半啊！”可政委任慧群却大有无功受禄之感，总是那一句话：“老姜，当政委的只做了应该做的事，你上阵打擂，我呐喊助威嘛！”

* 原载《前进报》1989 年 11 月 2 日第 3 版头条配编后。与张学森、邱志刚、李国忠合作。

多当后盾，不当“和事书记”

今年初，按照上级要求，可抽调一个连队去搞劳务，一个连队维修营房和勤务保障，其他连队执行全训任务。

当时正值老兵已退伍、新兵未入营，人员参差不齐。按惯例，劳务连要充实得满满的，甚至超编。明摆着，劳务连去挣大钱呀。可是在党委会上，书记任慧群却发表了出人意料的“演说”:“我们团是全训团，搞好训练是首要任务，今后想问题、作决策、办事情都要围绕这个中心来进行，军队不出战斗力，就是背回个金山又有什么用呢?”

一席话，说得党委成员们心服口服，统一了思想：宁缺劳务连，不缺全训连。开训了，各个训练连队齐装满员拉向训练场，而去搞劳务的一连却缺编18人。

但凡遇到其他工作与军事训练发生“撞车”，出现争人头、争时间、争财力的时候，任慧群总是反复做工作，说服党委“一班人”，为部队中心工作开“绿灯”，积极支持军事主官抓训练。

这个团没有像样的训练场，过去是“依山傍林”对付着练，这种状况不能再继续下去了。可经费相当紧张，团里的小工厂和小煤窑今年都没有挣到钱。在这种情况下，任政委和其他领导研究决定，就是砸锅卖铁，也要修一个制式训练场。他带着财务股长东挪西借，到处“作揖”才凑了5000元，修了一个技术战术结合、白天夜间兼用、能打各种火器的综合训练场。

多当“替身”，不当“背手干部”

在拍摄电影时，一些难度较大或有危险性的动作，常常由“替身演员”去承担。“替身演员”虽然不露面，却为一部电影的成功默默做出自己的奉献。

在部队工作中，政委任慧群也经常充当“替身演员”的角色。

这个团驻地分散，一个连队驻一个山沟，小、远、散单位就有5个。按党委分工，这些单位的管理由团长负责。姜团长每个月要带上机关的同志到小、远、散单位去检查工作，一去一回就是四五天时间。训练要快上，管理要抓好，忙得团长老姜团团转。

任政委思忖：“积极配合团长抓好训练，不能光说在嘴上、喊在会上，要替他多做一些工作，好让他集中精力……”在一次党委会上，任慧群道出了自己的心思，主动把小、远、散单位的管理工作揽过来。

到地方联系劳务项目，需要主官去拍板定案，任政委把它揽过来了；

小工厂、服务社与地方经济交往，常常得主官出面，任政委把它揽过来了；

对大学生实施军训，过去是团长的工作，任政委也把它揽过来了。

多当参谋，不当“甩手掌柜”

在当年杨子荣烈士战斗过的林海雪原，一支队伍冒着零下35度的严寒，在平均一尺多厚的雪地里艰难地跋涉。只见一个四十来岁的大胖子汗水涔涔，一会儿跑到队伍前头，一会儿走在队伍中间，手打竹板口唱歌：“同志们，苦不苦，想想红军二万五；同志们，累不累，想想革命老前辈……”

这个人不是别人，正是团政委任慧群。他已随着队伍走了7天，行程200多公里，一路雪地行军，一路宣传鼓动。

徒步行军是“家常饭”，可对任慧群这个全团闻名的三个“180”（体重、身高、血压都是180）来说，却无法想象经受了多少磨难。

从5月开训至9月初，任政委深入训练场达39天。他一方面围绕训练积极开展思想政治工作，一方面调查研究，为军事主官当好参谋。

6月初的一天，任政委来到四连训练场，眼前的情景令他一怔，坐着闲唠的，依杠睡觉的，撕扒打闹的。怎么回事？战士们反映，“一上午就是一个内容——练器械，时间一长精力散了，兴趣淡了，越练越提不起神”。回到团部，他马上把这个问题反映给团长。

第二天，姜团长来到四连，一蹲就是7天，和连队同志一块摸索出“室内室外穿插，体力脑力搭配”的训练课目周表，一举解决了这个问题。

编后：莫做外行，莫做“外人”

“你上阵打擂，我呐喊助威”——多么响亮的口号，道出了一个政治主官积极配合军事主官抓训练的觉悟和心声。

可惜，像团政委任慧群这样的干部并不多。有的嘴上说重要，行动变次要，或光用嘴说，当“背手干部”；有的在训练与其他工作“打架”时，躲躲闪闪，佯装糊涂，当“和事书记”；有的事不关己，甚至在一旁看热闹，当“甩手掌柜”；等等。

诚然，军政干部分工不同，职责不同，但抓好部队中心工作是相同的。军事主官要以主要精力抓训练，政治主官也要围绕训练抓好政治工作，既不能当外行，更不能当“外人”。这是不言而喻的道理。

“虎面佛心”的周连长*

某炮兵旅16连连长周志强，身材高大，皮肤黝黑，虎背熊腰，浓眉大眼，站着是尊塔，坐着是口钟。他在训练场上生龙活虎、虎虎生威，为他赢得一个雅号——“虎连长”。

“虎连长”的名气挺大。他那“虎”的形象，“虎”的故事，连正在集训的新兵都略知一二。兴许是谈虎色变吧，新兵们都怕分到16连。然而怕啥有啥，去年3月的一天，周继新和其他20多个新兵还是被分到“虎连长”的麾下。

下连的当天，吃着“虎连长”亲手下的肉丝面，盖着“虎连长”帮助拆洗的被褥，新兵们都感到奇怪：这连长并不“虎”哇……夜里12点，是小周下连后站的第一次夜哨。漆黑的夜，呼啸的风，使他的心提到了嗓子眼。

“小周，不要紧张。”仿佛“虎连长”看透了他的心思，悄悄地来到他身边，轻声地说：“当得起兵，就要站得起岗，慢慢地你就会习惯的。”这一哨，“虎连长”一直陪他站完，并对他讲了一大堆如何当好兵站好岗的道理，使他感到浑身暖融融的。

“虎连长”真是“虎面佛心”。去年春节，流感袭击连队，一时间连队同时

---

* 原载《解放军生活》1992年第11期。与黄齐国合作。

有五六个人患了流感。他在挨屋熏醋消毒，“强迫”每名战士都吃大蒜的同时，操起擀面杖为病号擀面条，下荷包蛋，并一一送到每个人的床前。

5月，战士马先军的背部突然长出七八个大疱，晚上只能趴着睡觉，苦不堪言。他和卫生员一起为小马挤脓上药，一天一遍。有时挤不出来，他就一口一口地用嘴吸吮。他还将自己花高价从南方邮购的一瓶高效消炎药送给小马吃。恢复健康后的小马返回训练场时，忍不住叫了他一声“妈妈”。

劈山开路，少不得放炮。放炮多了，就有哑炮。排除哑炮，那可不是闹着玩儿的，弄不好就会粉身碎骨，丢掉脑袋。哑炮首次出现了，谁排？高光井等3名“小老虎”要上。“都给我站住！”“虎连长”冲上去，双手各抓住1人，剩一个也被他用腿勾倒：“你们这帮浑小子！知道哑炮怎么排吗？再说，你们有接班人吗？”大家撤到安全区后，他猛地卧倒，匍匐前进，小心翼翼地接近并排除了哑炮。此后，“虎连长”一边排着哑炮，一边向他的“小老虎”传授绝技。待施工结束，每名战士都学会了排除哑炮的技术。整个施工，“虎连长”和他的“小老虎”排除32次哑炮，32次从死亡线上走过来。

“腿！再抬高一点！”“不行！再来一遍！”“还不行！照着我这个样子，多做几遍！”“抓紧练！要再不合格，晚饭后你就别休息了，我给你烧烧小灶！”……训练场上，“虎连长”虎劲又上来了。坚决不允许谁的动作与规定的标准相差一分一毫。这使战士们重新想起了那个“虎”字。连队进行152加农炮装弹训练时，新兵们大多连续装填10多发便累得喘不上气来，而“虎连长”一口气装了100多发，并把每个新兵都训到了他的水平。年底的一天，部队在风雨雪交加的夜晚整整训练了一夜，返回临时驻地时，兄弟连队大多乘车，“虎连长”却带着连队踢正步。

正是这股“虎”劲，使这茬新兵当年就有8人在上级组织的专业比武中取得名次。前面提到的那个小周，竟然在一年半的时间里四喜临门：尖子、班长、党员，还有长沙炮兵学院的学员。

军旅诗人胡世宗*

胡世宗似乎很少有在家的时候。前些年，我曾三次去拜访他，然而三次都无一例外地扑了空：一次，他骑自行车沿黑龙江畔走边防；一次，他重走当年红军走过的长征路；一次，他下部队办业余创作学习班。

这次，我抓住他从北京开会归来之后，即将赴大连参加笔会之前的这段短暂的空暇，出其不意地访问了他。

文如其人，人如其文，我看这话怎么说都不错。坐在诗人的对面，我对他的第一个感觉是：质朴、坦诚而谦和。

1980年加入中国作家协会、现为作协辽宁分会理事的胡世宗，1943年出生于沈阳。他自幼喜爱诗歌，15岁便在《辽宁日报》上发表了处女诗作。

在初中和师范学校读书期间，他广泛地阅读了古今中外著名诗人的作品，打下了较为深厚的文学底子。那时，他的记忆力很强，可以把许多唐诗从头至尾地背诵下来。

“我是从连队的黑板报上起家的。”已经在文学道路上攀登、跋涉了整整

---

* 原载《解放军生活》1992年第11期。

34 个年头，现任沈阳军区政治部创作室上校副主任，从事专业文艺创作的诗人，念念不忘他在连队当兵的岁月。

那是 1962 年，胡世宗穿上军装，成为一名光荣的解放军战士。部队火热的生活，一下子激发了他的创作灵感。刚到部队没几天，他就写出了两首反映新兵生活的诗歌。

他对部队的一切都倾注了自己全部的热情，无论是站岗训练，还是生产营建，他总忘不了用诗写出自己的感受。那一行行“兵味”十足的诗歌，像清泉一样从他心中涌出，不但频繁地出现在连队黑板报上，也陆续发表于军内外报刊。最多时，一年能有四五十首诗见报。

1965 年，在胡世宗当兵的第三个年头，他就出席了在北京隆重召开的“全国青年业余文学创作积极分子大会”，受到周恩来、朱德、贺龙、叶剑英等党和国家领导人的亲切接见。这对胡世宗的创作，无疑是个巨大的转折点。

此后不久，胡世宗被调到军政治部文化处工作。在这里，他开阔了视野，写作能力得到了进一步的锻炼，文学水平提高的很快。他多次参加解放军文艺出版社、人民日报社和诗刊社组织的培训班、笔会、座谈会等活动，并多次作为优秀文学人才被借调到解放军文艺出版社、人民日报社文艺部帮助工作。

这期间，胡世宗结识了张光年、魏巍、臧克家、袁鹰、李瑛、艾青、贺敬之、张志民、浩然等许多老一辈诗人和作家，得到了许多宝贵的教益。

1971 年，胡世宗出版了他的第一部诗集《北国兵歌》，引起了诗坛的注目。如今，已经出版了《雕像》《鸟儿们的歌》《战争与和平的咏叹调》《沉马》《胡世宗诗选》等 6 部诗集的他，还出版了《当代诗人剪影》《神秘之旅》《红军走过的地方》等 5 部散文、报告文学集，并有许多小说、文艺评论散见于中央和地方的报刊上。

“文艺必须来源于生活”，胡世宗对这个真理坚信不疑。

他几十年如一日，深深地扎根军营这块生活的沃土之中。在北极村漠河哨卡，海南天涯海角军港，东部边防连队，西部沙漠草原军营，都留下了他的足迹。

他还上过老山前线，去过西沙群岛等许多地方。是啊，只要一有时间，胡世宗就和一线的战士们打成一片，和他们同呼吸、共命运、心连心。

因此，胡世宗特别熟悉士兵生活，能够较好地把握住战士们跳动的脉搏，唱出战士们心中的歌。

胡世宗充满激情地为战士写过许多朗诵诗。他认为，诗朗诵等于给诗插上翅膀，经过表演艺术家的再创作，那一行行沉默的铅字变成了活灵灵的语言形象，仿佛是一只只“死家雀”变成了振翅翩飞的“白天鹅”。

他热切地希望人们“经常、广泛地开展诗歌朗诵活动，推动诗的发展，让诗张开它的翅膀，飞向社会曾对它感到陌生的角落，飞向更多人的心灵深处!”

于广仁新传 *

1984 年底，于广仁，这位在空军部队服役达 25 年之久的独立飞行大队政委被确定转业了。

这时，养育了他的故乡兰州，他生活和战斗过的长春等地，同时伸出了热情的双臂，欢迎他“返航”。

然而，他毅然选择了当年给了他飞行之翼的第二故乡——塞北边城的牡丹江。

牡丹江给了他以厚爱，让他出任市食品公司副总经理兼肉联厂党总支部书记。

1989 年 5 月，由于市场疲软和其他一些原因，厂子亏损达 11.7 万元。他到厂上任的第一句话就是：无规矩不成方圆。治厂要从严，要靠严格的管理制度，而不是靠某个人的严厉。

于是，两个责任制、21 个管理制度、51 条厂纪厂规……相继出台实施了，偌大的肉联厂迅速进入正规运转。

---

* 原载《牡丹江日报》1990 年 10 月 5 日第 3 版右头条。与张开宇合作。

与此同时，于厂长狠抓班子的自身建设，他以身作则，为官清廉。他要求全厂职工对他实行监督。

他说：“如果我有违纪现象或有什么毛病，职工们可以把我轰出肉联厂。”

他注重把职工政治和业务素质建设和制定的具有肉联厂特点的企业精神结合起来，突出了“团结创业，求真务实，奉献进取”的精神。

从严治厂的根本是纪律严明。某工人上班打麻将、某工人偷拿肉食、某更夫监守自盗。对此，于广仁发话了：“按厂规厂纪处置。”于是，该检查的检查，该罚款的罚款，该取消奖金的取消奖金，该留厂察看的留厂察看，一一做了处理……

“于厂长的刷子挺硬”，从此再没人敢违纪了。

转眼年底来到了。

算盘一响，全厂职工乐得嘴都合不上：不但填上了以前的亏空，还盈利 18 万元！职工的奖金拿到手了，心里乐滋滋的，个个表示明年一定好好干。

今年的势头又很喜人。

但于厂长并未因此而沉浸在成功的喜悦之中，相反，他把今年当成一个严峻的挑战。他决心把肉联厂建成一个“六好企业”。

我们祝愿他的目标顺利实现。

周连海外传*

军转干部周连海，其人其事可不止一次地登过报纸、上过电台电视，许多有心人甚至可以列举出他如何一身正气办案的事例来。

然而，这位工商系统老典型的家务事，却是鲜为人知的。

这年头，谁都希望进个好单位，找个好工作。周连海的夫人刘凤芝也不例外。

但她的愿望至今仍未变成现实。要说其中原因，不是她没关系、没能耐，而是局长夫人身份限制了她。

1985 年她进市高压开关厂后，一直干组装、搬运大开关的活儿。

这玩意儿一件就有几十上百斤，是个力工。八小时下来，腰酸腿疼，晚饭都不想吃，还不得不强撑着多干些家务活，以支持丈夫老周的工作。

她也曾不止一次地将自己想调动工作的意思“吹”给老周，但都让老周给“顶住了”。

她很要强。

---

* 原载《牡丹江日报》1990 年 11 月 20 日第 3 版。与张开宇合作。

想法归想法，调动的事没办成，并没影响她的工作热情和干劲。厂子里是先进，家庭中是贤内助，但终究是个柔弱的女人。渐渐地，超负荷运转的她吃不消了，患了冠心病。

面对病房里的红十字，她多么需要老周啊，可她为了丈夫的工作，只让10多岁的小女儿护理。

有人说，工商部门权大、交人，个人和家里有事了，办起来方便，还少花钱。可老周就是“不扯这个”。

一次，老周的小女儿在住宅小区的一家小卖店里，买两袋夹心饼干，店主认识老周也认识这孩子，因此半卖半送，只收了一包的钱。

当晚，他主持召开了一个特殊的家庭会议，研究、制定并通过了三条奇特的家规：“买东西一不准找熟人，二不准赊欠，三不准少交一分钱。”

此后，老周还时不时地搞“微服私访”，设法了解和处理这三条家规的执行情况。

老周在部队干过炊事工作，做得几手好菜，每逢节假日妻女都嚷着要吃他做的菜肴。每次，老周都满口应承，而每次，她们得到的几乎都是“空头支票”。

小女儿做梦都想吃爸爸做的醋熘白菜，今年春节前半个月，她就撒娇地向爸爸预定这道菜。爸爸与她拉钩，答应腊月二十六兑现。

笔者采访时问老周的小女儿：“到了那天，你吃着了吗?”小姑娘低着头，怏怏不快地说：“没有。”接着，狠狠地白了他爸一眼。

在家他遭妻女的“白眼”，在工作上却得了“人民公仆”的称号。

这，就是牡丹江市工商行政管理局局长周连海给记者留下的最深印象。

孙雨彬素描*

小时候，你见一只美丽的小鸟儿叼啄树木，就说：妈妈，这鸟真坏，把好好的树掏了个洞。妈妈说："这是益鸟，是树的医生。树生了虫，它啄出来吃了，树就成了材。"

你似懂非懂地点点头："那树，干吗要生虫呢？……"

长大后，你对啄木鸟产生了好感。从部队转业回来时，你选择了纪检工作。

因为你每每看到或听到党内一些同志肌体生了"虫子"，既哀其不幸，又疾恶如仇。你想做一只羽翼丰满的"啄木鸟"，使我们党有一个健康的肌体。

"啄木鸟"要想有一番作为也是不容易的。阻挠、劝告、说情、讽刺，甚至还有威胁和恫吓。这一连串的障碍，如同一张无形的大网，足以束缚住人的手脚。

但是，你时刻没有忘记自己是个具有26年党龄的老党员，是一个在军队中成长起来的干部，你以你的党性、良心、勇敢和机智，更以你那恨铁不成

* 原载《军队转业干部》1991年第1期。与张开宇合作。

钢的同志式的态度，组织查处了副处级以上的党员干部违纪违法案件达34起之多。

也许是职业的缘故，身为牡丹江市纪委干部，说起案子，你兴致勃勃，那错综复杂的故事经你娓娓道来，还真是扣人心弦。

牡丹江税务分局原局长杨春福受贿索贿案，是一个涉及本市和省城大小23个单位、50多名个人、金额达数万元之巨的大案。你顺藤摸瓜一查到底，使一批违反党纪国法的人受到应有处理。

然而，这样的大案竟是你由一个不起眼的小线索发现的。杨为帮几家企业减免税收而从中捞取个人好处，图谋让这家企业购买高档家具，向省城某单位3名要害人物行贿，深更半夜用大卡车起运时，被一工人发现并传出来。

正所谓说者无意，听者有心。你紧紧地抓住这个线索不放，耗费半年时间，直到查它个水落石出。

西安区原检察长李根万借用职权之便，截留、挪用赃款和贷款牟取私利，严重违反纪律，是个十分棘手的案子。在你介入之前，曾有三个调查组对其立案调查过，但由于种种原因，均无结果。

你来调查时，那人大怒："别人查我三次都没问题，你不为我恢复名誉，还来整人，叫我如何工作？"你还是那样不卑不亢，不唬不蒙，一步一个脚印调查下去。

"你今天不愿谈，明天再谈；你不愿来，我找上门去；你不认账嘛，我再调查、取证！"当你把一份详细调查材料摆在李根万面前时，他心服口服地"签字画押"了。

这样的事，真是太多了。限于篇幅，到此打住。

临别，我们发自内心地赞美你，你却苦笑了："真希望将来有一天再也无案可查，我宁愿失业啊！"

尹柏录写就创业史*

在艰苦创业不那么时髦的时候，军转干部、牡丹江市轻工化工材料公司储运公司经理兼党支部书记尹柏录，用自己的行动写下了一部闪闪发光的创业史。

1984 年元旦刚过，尹柏录被调到市轻工化工材料公司，任储运科长。

上任伊始，感觉不怎么好：所辖 4 万多平方米的地面上堆满了杂物；破旧的库房像建立在沼泽地上一般。这里没有道路，没有围墙，而污水沟里却能捞出小鱼。

人生的道路是漫长的，可要紧的只有关键几步。他知道自己曾是军人，于是大手一挥，心里默默地为自己下达了命令："上！"他找来锹镐，挽起袖子，甩开膀子干上了。

职工们见了，默默地跟了上来。到了中午，他买来面包汽水，边吃边干，职工们也都学着他的样子。

以后的 5 年，他带领职工迈出了五大步：修建围墙，盖门卫室；扩大库存

---

* 原载《牡丹江日报》1990 年 4 月 24 日第 3 版头条。与张开宇合作。

量；建成水泥货台，修建库内道路；治理污水沟，兴建花圃花池；修建了办公室、暖库；为了改善职工生活，还办起了小型饲养场。

1985年，储运公司实行经理责任制，尹柏录改单纯的服务制为服务、经营双轨制，开展了对外储货、库房出租、专线出租、物资代运、物资经营5项新业务。他废除了过去的“大锅饭”，实行岗位责任制、计件工资、管理人员百分制。

1985年以来，储运公司连年都以超额一倍的成绩完成总公司下达的经济指标。作为经理兼党支部书记，他把思想政治工作摆到高于经济效益的地位。周三政治学习，周六党团活动，形成了学习习惯。公司还制定了3章25条规章制度。

两名后进青年，经过他的帮助教育都入了团，一名被聘为中层干部，另一名被评为先进工作者。职工家里有困难，他都到现场并亲自帮助解决。他心里装着职工，职工也尊重他。

这几年，上级奖给储运公司和老尹本人20多面奖状、奖旗，他和他的单位当之无愧！

“战士激光专家”张兴强*

那个穿白大褂的小伙儿，就是军区模拟器材研究所的顶梁柱张兴强。然而，8月11日，记者在一间试验室里见他脱下大褂，不禁惊异：原来他竟是一个兵，一个普普通通的志愿兵！

7年前，中国军队在北京某地首次进行激光模拟对抗演习时，张兴强是保障分队的兵。装在钢盔上的第一代激光接收器，有时对冲锋枪射来的激光束不予理睬，对阳光却挺“感冒”，动不动就自行呲呲冒烟。神秘伴生诱惑和幻想，这个曾躲进连队猪圈房装过一架三管收音机的农家娃，使劲儿在心里攥拳头，他要把当代训练手段新潮流的激光交战模拟器弄明白。赶巧，模拟所缺“打下手”的兵，所长李正义相中了他。

打下手的兵多了个心眼儿：白天“偷艺”，晚上“啃”书，废品堆里缺胳膊断腿的零件，是他从照猫画虎走向弃旧扬新的独木桥。李正义又一次发现了张兴强，而且发现他的许多异想天开，恰恰是一些工程师尚未攻占的制高点。打下手的兵终于被推上冲击国防科技制高点的主战场。5年间，凝聚责任感的智

* 原载《前进报》1992年8月20日头版头条配编后。与耿业合作。

慧之笔，在11项科研成果上写下一个兵的名字，这个兵奇迹般捧回5个科技奖。

在激光模拟科研中，张兴强得过两项军队科技进步二等奖。但叫绝的并非获奖本身，而在于他把微电脑技术揉进了只有火柴盒大的激光接收放大器中，治好了阳光下的“感冒症”，激光接收距离也由1500米延长到4500米。这是一个在中国遥遥领先的距离，它标志着我军激光模拟对抗训练进入了新的纵深。

在工程师聚集的模研所里，张兴强以核心技术有重大突破和善于独立打科研硬仗的实力，确立了别人不能取代的地位。可至今他还是一个兵。这个在科研上精明过人的小伙儿，在身份问题上显得“傻乎乎”，从未找过领导，更没闹过情绪。所里已经第三年为他打提干报告，再过两年他就服役期满了。

8月11日，所领导向记者介绍完张兴强的情况后，坚决地表示：“我们的激光科研不能没有他，一旦他提不了干，我们先送他念大学，然后再返聘他!”

编后：科技强军，战士的责任重

人不可貌相，海水不可斗量。一个在模拟器材研究所“打下手”的兵，在科技强军的征途中成了气候，这不仅是令人钦佩和鼓舞，更说明士兵在科技强军的高天阔野中大有作为。

也许有人会说，我们没有张兴强那样的机缘和环境，其实有的人更缺少的是张兴强那种为科技强军奋发进取的责任感。固然，大家不可能都去搞高科技攻关，但科技强军也并非仅此而已。我们身边其实就有许多力所能及的事情，你不能成为“激光专家”，却可以成为枪械专家、射击专家……你也可以搞小发明、小革新，至少还可以用科技思想武装一下头脑嘛!

试试看吧，战友们，只要我们认识到肩上责任重。

生吃毒蛇的侦察兵孔祥国 *

一个烈日炎炎的日子，云南老山前线某部侦察兵的“野外生存能力”训练开始了。地点在距离驻地 10 多公里外的深山密林中。

黄昏时分，奔波了一天的侦察兵们口干舌燥，开始返回。刘明辉跑在前面，孔祥国在后方，他们相距 50 多米处。

突然，小刘惊叫一声：“我踩着蛇了！”小孔听到呼喊声，不顾一切地冲了上去，只见三条青蛇向小刘逼近，其中一条足有五尺长的青蛇向小刘脚面冲去。

紧要关头，小孔猛地一个捕俘动作，一把捏住了青蛇的脖颈。另一条被小刘踩过的蛇见到同伙被擒，飞快反扑过来，小孔又一个急转弯，绕到蛇的背后，一个箭步冲上去又将青蛇擒住。

这时，狡猾的青蛇趁机在小孔的左手背上咬了一口，小孔急了，死死掐住不放。第三条蛇被他撵上了，又是一个捕俘动作，终于被捕获。

可是，就在小孔刚握住青蛇的中间部位时，青蛇突然一转身，两颗毒牙咬

* 原载《解放军生活》1988 年第 5 期。与周崇棠、彭修玉合作。

住了小孔的右手背，毒液注进了他的血液里。

此时，小孔左右两只手都被蛇咬了，他疼痛难忍。

小刘惊喊着："快扔掉！快扔掉！"小孔却死死捏住不放，小刘迅速为小孔包扎住伤口，防止毒液扩散。

小孔的伤口红肿了，小刘心疼地说不出话来，小孔却乐呵呵地说："我们正愁没东西下肚呢！这下可要美餐一顿了。"

说完，小孔将三条青蛇的皮一一剥掉，洁白的肌肉还在不停地蠕动着，他把蛇肉拿给小刘吃，小刘看一眼小孔的伤口吃不下，小孔却美滋滋地吃了起来。

小孔把蛇吃完了，伤口也好了大半，小刘感到莫名其妙。

小孔从口袋里拿出了蛇药放在小刘的眼前一晃，小刘这才恍然大悟。

小孔生吃毒蛇救战友，以优异成绩完成了"野外生存能力"课目训练，受到上级的表扬。

——寄自老山前线

跑第一的饲养员孟庆虎*

1月20日，沈阳军区某炮兵旅迎新春万米长跑决赛爆出一条新闻：击败全旅20多名“长跑名将”、一举夺魁的竟是一名连队饲养员。

他叫孟庆虎，1990年入伍。担任饲养员后，他默默承受了对象为此与他“吹灯”的打击，购买了一套《新编快速养猪法》，认真学习，精心饲养，使每头存栏生猪的日产肉量，突破1公斤的大关。

在干好本职工作的同时，他每天凌晨4点钟起床，坚持长跑2个小时，有时一跑就是25公里。一年后，体格瘦弱的他体重增加了5公斤，身体素质明显增强。

运送猪食，他从不用扁担挑，双手各提一只铁桶，在500米的路程上一天来回20多次，步履如飞。

1991年3月后，他开始在双腿上绑沙袋跑步，现在，这两只沙袋已增加到0.8公斤。

这次参赛，在前两轮预赛中，他绑着沙袋还得了个第3名。

进入决赛后，他解下沙袋，轻装上阵，最后在全旅战友的掌声和喝彩声中，遥遥领先地跑完万米全程，得了个“军中飞毛腿”的美称。

---

* 原载《解放军报》1992年2月3日第4版。与隋连军合作。

“老基层”郭海军*

地图上找不到这个叫红桥窝子的小山沟。

这里到团部需步行三四个小时，就是到最近的村庄也要翻越两座高山，蹚过一条小河。

夏天，雨季一来，到处都是没脚的稀泥。冬季，大雪封山，不小心就掉进雪沟里。连队最先进的交通工具就是那辆“驴吉普”。

这里的连长叫郭海军。

他入伍 13 年，一直战斗在这里。

他知道在这样一个特殊的环境里，自己要时刻发挥党员的模范带头作用，处处率先垂范，才能使连队不断前进。

去年 6 月的一天，师机关到二连检查工作。只见连部没人，外面一大群人在修猪圈，分不清哪是干部哪是战士。

当郭海军穿着背心、挽着裤腿、赤着脚板从猪圈里走出来时，对他很熟悉的领导，都被他的“花脸”蒙住了，说起话才认出原来这个人就是他。

---

* 原载《前进报》1987 年 7 月 2 日第 2 版。与张宪法合作。

头雁高飞，群雁相随。

郭海军所在连，连续五年被军、师评为先进连，他本人也被师评为优秀共产党员，并荣立三等功。

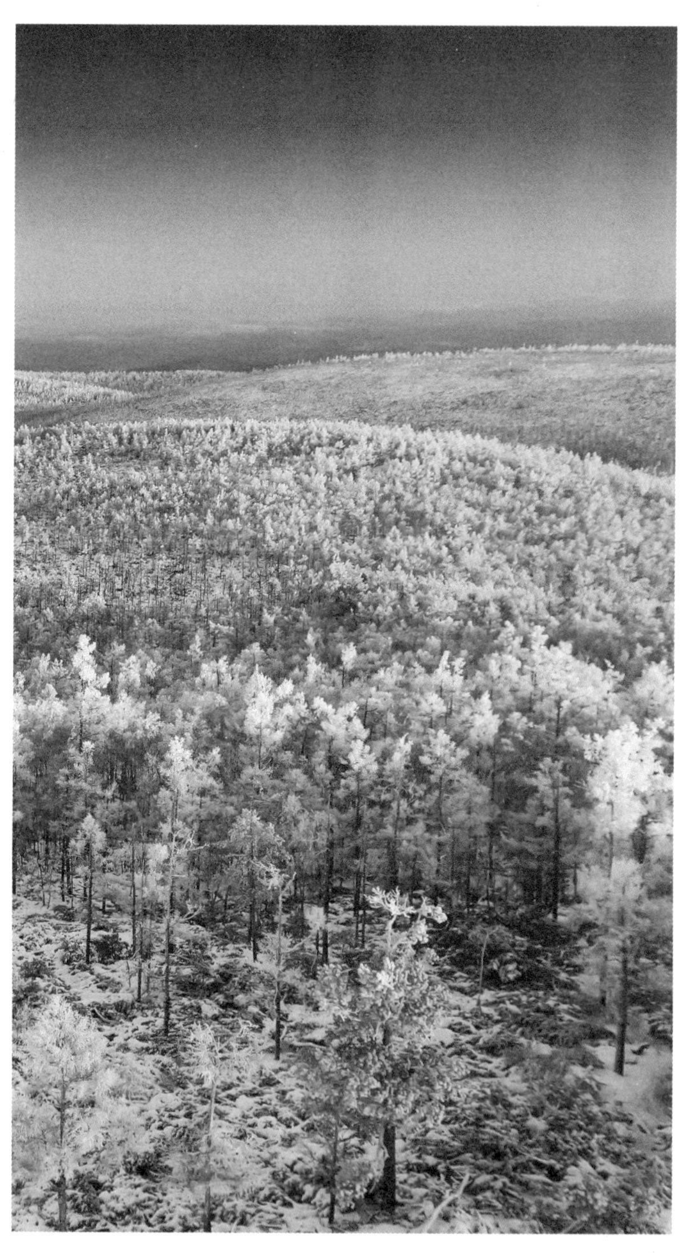

“学生官”于清华乐当“粮草官”*

在黑龙江边防某部，第一个当司务长的大学毕业生干部于清华，6月22日被某师树为“学生官标兵”。

于清华是我军首批从地方直接招收的学生兵。1983年9月，他从大连陆校分配到边防某部七连当排长。仅半年时间，他就使一个后进排打了翻身仗，在团、营组织的四次训练考核中都名列第一，年终被评为先进排。

这时，组织上又决定让他改任司务长。

命令一下，有人就对于清华说，司务长那活早出晚归，整天背着麻袋满街跑，对你来说不是屈才了吗。

可于清华想的却是，连队驻在“五月雪，九月霜”的边疆，伙食很难调剂。如能把后勤工作搞上去，使全连百十号人吃饱吃好，同样也是为边防建设做贡献。

他接任司务长工作时，正处于淡季。他虚心向淡季伙食管理好的连队学习，先后走访了几个连队的司务长。

* 原载《前进报》1985年8月6日第2版。与王成法合作。

回来后，他首先抓了管理制度落实，杜绝了连队物资外流的现象，刹住了某些干部吃吃喝喝、占公家便宜的歪风，确保战士的伙食费吃到战士嘴里。

于清华把搞好连队生活当日子过，处处为连队节省开支，从不乱花一分钱。他经常上街买菜，但从没下过一顿馆子，饿了就买个面包对付。

于清华从小在城里长大，对种菜一窍不通，可他和战士们一起辛勤劳动，连队去年收获各种蔬菜十三万多斤，收获小麦和大豆二万多斤。蔬菜不但能自给自足，还卖了三万多斤，从此结束了连队多年来靠买菜吃的历史。

预计，他们今年的收入将更加可观。

现在，连队伙食有了很大的改善，餐桌上四菜一汤是常事。账目上，不但补上了以前钱粮双超的窟窿，而且还攒了五千元的家底，使连队的后勤工作步入了全师的先进行列。

大家伙儿都对于清华竖起了大拇指，说："大学生当司务长，当得好啊!"

李书明愿把青春献边防*

李书明1975年入伍，第二年当上了测绘班长，很快成为驻黑龙江某边防部队一名合格的测绘技术人员。从1976年到1980年的五年间，他带领4名战士标定测量了500多条大小坑道和野战工事。

1980年底，李书明所在的工程营撤销了。这时，李书明已经入了党，结了婚。他探亲时，家乡一个建筑工程队要以每月二百元的高薪请他回去当技术指导，妻子也要他尽快退伍。可是，由于一个新的坦克团组建后急需营建技术人员，上级决定把他留下来。

李书明坚决服从组织决定，很快就在冰天雪地里开始了测量工作。4年来，他共测量、预算了4000多平方米的建筑面积，由于业务熟练，节约了大量经费。

李书明在边防线上默默地贡献着，可妻子对他却由不理解到绝情。1983年，李书明决定继续超期服役后，妻子无情地离开了他。李书明失妻不失志，这一年又出色地完成各项任务，荣立三等功。

---

* 原载《前进报》1985年5月16日第4版头条。与王成法合作。

李书明离婚的事连同他热心建设边防的事迹，在他的家乡河南传开了。安阳市机床厂喷漆车间团支部书记于萍姑娘听说后，深受感动。她通过李书明的亲属与他牵上红线。

于姑娘表示：坚决支持书明志在边防。经过一段时间相互了解，两人志同道合，组建了圆满家庭。

赵家和乐留边陲献医术*

赵家和是驻黑龙江边防某团卫生队队长。几年来，他和他的战友们经过艰苦努力，较好地解决了边防战士就医难的问题。

赵家和家住哈尔滨市，在边防已度过了12个春秋。前年，他在哈尔滨驻军医院学习的时候，成功地做了40多例大手术，外科领导打算把他留下来。赵家和当时也想留下来，这样既可以照顾家里，又可以提高业务。但当他想到当前边防部队官兵就医困难的问题还没有解决，便打消了留在大城市驻军医院的念头，并说服了妻子，毅然回到边防。

赵家和担起了队长的担子。这个卫生队是个后进单位，小病治不好，大病治不了。干部战士看个小病，也要乘车到300多里外的牡丹江驻军医院。有个战士光治牙病的差旅费就花了200多元。为了改变这种状况，赵家和带领全队医务人员，自力更生奋战了半年，使卫生队的面貌变了样，做到了一般手术、常规化验、透视、理疗、镶牙不出团。

去年，卫生队做手术53例，抢救危急病人6例，解决了干部战士就医难

* 原载《前进报》1985年5月16日第4版。与王成法合作。

的问题。战士们亲切地称：卫生队是我们的“边防小医院”。

去年底，军区对这个卫生队进行了 42 个医疗项目考核，都取得了优秀成绩。卫生队荣立了集体三等功，赵家和个人也荣立了三等功，并被表彰为“热爱边防的卫生队长标兵”。

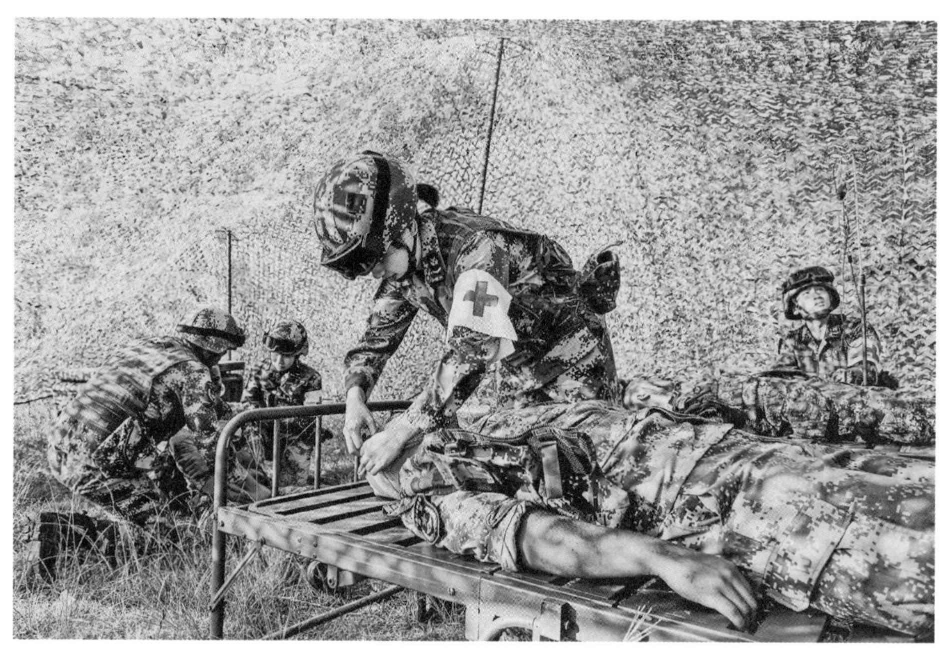

十年援建工程万余项

沈阳军区为地方改革开放尽力*

沈阳军区自觉服从和服务于国家经济建设大局，大力支援国家经济建设。自1982年以来的10年间，全军区部队为东北三省和内蒙古自治区奉献义务劳动日1600万个，出动各种车辆和机械50余万台次，援建工程1.31万余项。

沈阳军区明确规定，凡是国家和地方的重点工程，各部队都要集中力量大力支援。中央批准修建沈阳至大连的高速公路后，军区当即组织部队前去援助。筑路官兵风餐露宿，奋战几个严寒酷暑，奉献劳动日53万余个，完成土石方270万余立方米，修筑路基23公里，修建涵洞14座，修护坡40公里，植树300万株，为辽南黄金通路的开通立下了不朽功勋。

1987年夏天，罕见的特大洪水严重地威胁着大庆油田和化工总厂的安全，1200多名官兵不顾大兴安岭扑火的疲劳，连续奋战13昼夜，抢修险坝56段，堵住决口26处，终于保住了大庆。

据统计，仅1985年以来，沈阳军区部队先后援建东北地区工农业和城市公益事业重点项目300余项。

---

* 原载《人民日报》1992年5月14日第3版，新华社播发通稿，中央人民广播电台等多家主流媒体采用。与赵明合作。

利用部队设施、装备和技术力量，为地方改革开放和发展生产服务，是沈阳军区支援地方建设的重要措施。10 年来，他们开放医院、仓库以及军事禁区近 200 处，给予地方建设和旅游极大方便。

军区给水工程团转战东北和内蒙古大地，为地方打井近千眼，解决了 20 多万人的生活用水、37 个厂矿的工业用水问题，使 100 多万亩干旱农田得到了灌溉。

各边防部队还利用与外军会谈会晤的有利条件，积极为双边贸易牵线搭桥。

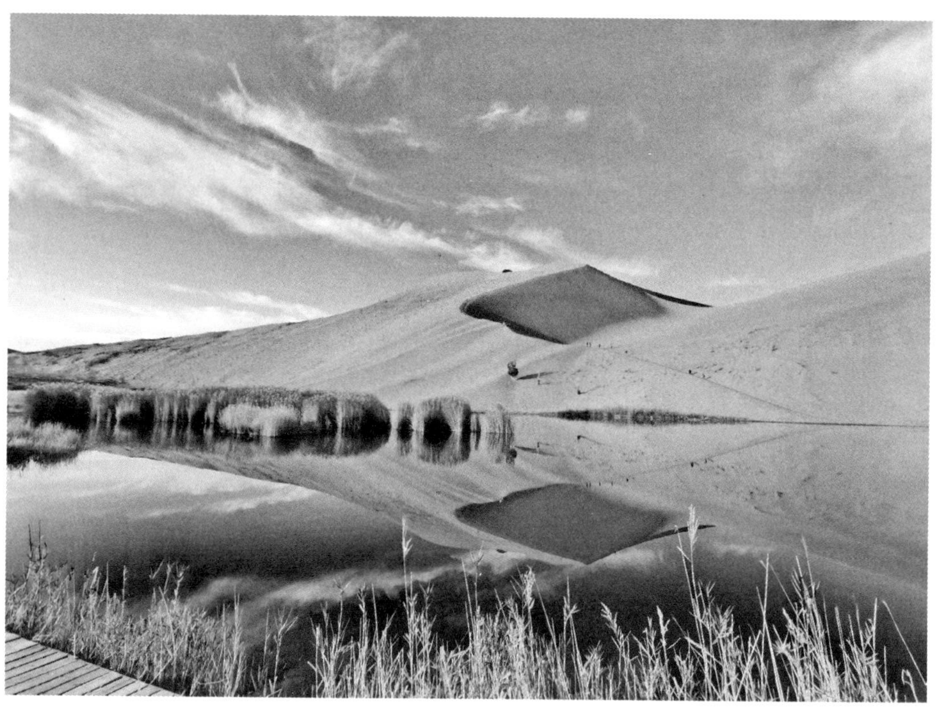

丰满卫士*

对“小丰满拉电闸——全闭（毙）”这句歇后语，谁都不陌生。

然而，沈阳军区炮兵某部六连官兵被誉为丰满大坝卫士的事，却鲜为人知。

话说今年入夏以来，共和国的土地上遭受了百年不遇的洪涝灾害，位于第二松花江上的丰满大坝，也经受了严峻的考验：洪峰一个接一个，水位达到了警戒的极限。

7 月 28 日，丰满电厂原来采取的加大发电降低水位的措施，已不再适应不断上涨的水位的需要。

为确保大坝安全，上级决定开闸泄洪。可是，这时候大坝泄洪口下面，价值 2000 多万元的施工机械尚未运出。这，无疑会影响开闸的时间。

怎么办？

关键时刻，正在这里执行任务的六连官兵得知了情况。

他们在连长孙铁峰、指导员付克兴的带领下，主动请缨，赤膊上阵，连续

---

* 原载《江城日报》1991 年 9 月 16 日第 2 版。

奋战 3 个小时。

60 多名官兵硬是用推、拉、抬、扛的原始起重方式，将只有起重机才能吊得起来的一个个庞然大物，以最快的速度转移到安全地带，为上级决心得以顺利地实现，提供了有力保障。

丰满大坝的安危，紧紧地牵动着日理万机的共和国总理李鹏的心。7 月底，他连续三次打电话给吉林省和丰满电厂的负责同志，了解汛情，鼓励并要求这里的党政军民，一定要确保大坝和电厂的安全。

8 月 4 日，李鹏总理又亲临大坝察看汛情，看望慰问这里的军民。

总理的关怀给了六连官兵莫大的鼓舞。

李宏伟等 12 名家里受灾的战士，当即向连队党支部递交用鲜血写成的决心书，表示以大局为重，誓死保卫丰满大坝和电厂的安全。

连队的“丰满险情巡逻队”日夜守护在大坝下，警惕地注视着一切动向。

“共产党员突击队”，则严阵以待，时刻准备出击。

8 月 9 日，丰满地区遭受一场罕见的特大暴风雨的袭击，丰满电厂主机房的安全受到严重威胁：由于该处地势低洼，倾泻的雨水迅速变成小河，肆虐地突破了原有的挡水墙，向主机房呼啸狂奔而来。

这种情况如得不到及时控制，主机房将有被淹熄火、停止发电的危险。

险情及时地传到了连队。

在“共产党员突击队”的带领下，六连官兵冒着大雨紧急出动。他们扛运沙石草袋，加固加高挡水墙，拦腰斩断了流向主机房的洪水。之后，他们找来水桶和脸盆，一点一滴地将主机房的积水彻底清理干净，有力地保证了电厂的正常发电。

随着大坝泄洪量不断加大，松花湖的水位渐渐趋于正常。可是，上游的木头等漂浮物，仍对大坝的安全构成威胁，这些漂浮物借着风浪的助力，无情地撞击着大坝。

连续奋战了一个多月的六连官兵，继续进行漂浮物的打捞工作。有时，清除一根数百公斤重的木头，他们要花费几个小时。

据不完全统计，自 7 月中旬以来，六连官兵清除的各种漂浮物达 13 吨之多。

近日，丰满电厂的一位负责同志接受笔者采访时说："现在，洪水过去了，大坝和电厂的安全保住了，六连官兵功不可没。他们是当之无愧的丰满卫士！"

为了第二故乡更美丽*

“瞧这些当兵的，一个个泥猴似的玩命地干。猜想他们一天肯定不少挣钱，要不怎么有这么大的精神头？”

“才不呢。他们是义务支援性质的，一分钱也不挣……”

9 月 22 日，当笔者来到吉林市 1991 年十大重点工程之一的松花江丰满大桥拓宽工程施工现场时，首先听到的是上述这段意味深长的对话。

站在被 20 多台车辆和数以百计的人流拥挤的、不时地发生堵塞现象的、始建于日伪时期的、宽仅 8 米的大桥上，笔者向下俯瞰，看到了一幅火热的劳动场面。

数十面彩旗迎风招展，浑身沾满泥水、背上湿透一片的指战员们，顺着他们已在江中筑就的简易通道，你追我赶，或肩扛或手提或车推，将一个个装满泥土的草袋，运至大桥墩子四周筑起围堰，使波涛汹涌的江水按照他们的意志改变流向，以利施工。

负责这里施工的市政工程公司一处一位负责同志告诉笔者，一个围堰长

* 原载《江城日报》1991 年 10 月 6 日第 2 版头条。

60 多米，宽 3.5 米，深 3 米多，体积达 600 多立方，需用沙袋近 3 万只。真不相信这样大的工程量，81023 部队汽车二连的官兵们平均 10 天就可完成一个。

总共 12 个围堰，目前他们已完成 5 个。

在大桥下面的围堰堤上，指导员姜立湘对笔者说，施工以来，士气一直很高，人均每天搬运并堆砌草袋达 200 只，不少同志带病坚持干，劝都劝不下来。他还说，该部共为大桥拓宽工程义务投入一万个劳动日，由各分队轮流完成。

正在我们交谈时，一名叫王福春的战士推的翻斗车不慎摔倒，挤掉了右手大拇指的指甲盖，鲜血直流，疼得他紧咬牙关、满头冒汗。

包扎之后，姜指导员命令他休息，但他仍然坚持着，不下工地。

在 3 号围堰尽头，孙玉林、张利两名战士头戴安全帽，身穿皮衩、救生衣，立在冰凉的江水中堆码草袋。尽管他们的嘴唇冻得发乌发紫，也不肯让人换下来。

休息时，笔者看到陶俊、孙旭东等 5 名患病的战士，坐在工地的草袋上吃药。

这些可爱的战士在接受笔者采访时，道出一个共同的心声：

江城是我们的第二故乡，在这里生活几年不留下点什么，是一种遗憾……

吉林省积极为参战军人办实事*

在龙年春节即将到来之际，吉林省各级政府积极为在云南老山前线参战的军人家属送温暖、办实事。

1月下旬以来，吉林省各地、市、县、乡镇的主要领导，分别逐户走访了参战官兵的家属，送去了光荣灯、光荣匾，高度赞扬他们送亲人上前线的爱国行动，积极帮助参战军人家属解决生活困难。

省林业厅得知本单位参战军人家属尹真兰没有住房，立即作为特殊情况处理，分给尹真兰一套二室一厅的新房。九台县战士关玉生家人口多，欠债1000多元，乡村干部表示“决不能让我们的战士怀揣欠账单去打仗”，他们凑了2000元送到关玉生家。某部排长周向顺的爱人没有工作，生活困难，县里决定将其安排为全民所有制合同工。到2月初，全省已优抚军人家属18万多元，解决住房20多套。

省委省政府还规定：凡应分配工作的参战退伍军人，不论是否立功，一律按立功退伍军人对待，可在计划指标内任选三个单位，满足其中之一。

---

* 原载《解放军报》1988年2月11日第4版。与周崇棠合作。

吉林省积极为参战军人家属送温暖、办实事的消息传到老山前线，指战员们无不欢欣鼓舞，战力大增。

——寄自老山前线

绥芬河畔奏响拥军爱民曲*

“边疆的泉水清又纯……”这首久违了的优美歌曲，如今又在绥芬河畔流行起来，它是边疆军民关系的真实写照。

绥芬河畔人民具有光荣的拥军传统，这里的驻军素以拥政爱民著称。近年来，随着军民共建活动的兴起，军民关系又跃上了一个新台阶。

“驻地脱贫致富，驻军应尽义务。”几年来，绥芬河畔驻军各部队在支援口岸城市和东宁县大的建设项目的同时，还组成“便民服务队”“智力爱民队”等多种形式的小分队为群众办实事，先后帮助近 200 户贫困户脱贫致富。6 年来，共组建军民共建点 104 个，开展各种有益活动 886 项，做好事 1400 件，出动助民劳动日 3 万多个，受益群众近 5 万人。为建设和开发边疆，部队还向地方输送 8 名专业技术人才。

“军队有困难，人民是靠山。”某部建国际标准训练场和大型沙盘，遇到资金和物力上的困难，绥芬河市给钱给物；某部培养两用人才缺乏师资、场地和设备，东宁县主动把学员接进技校；某部随军家属就业难，东宁县领导现场办

---

* 原载《牡丹江日报》1989 年 12 月 9 日头版。与张珲合作。

公研究，决定给予妥善解决。

“军民一心保边疆。”绥芬河畔广泛开展的军警民联防和国防教育活动，有效地保证了边疆各项事业的建设和发展。

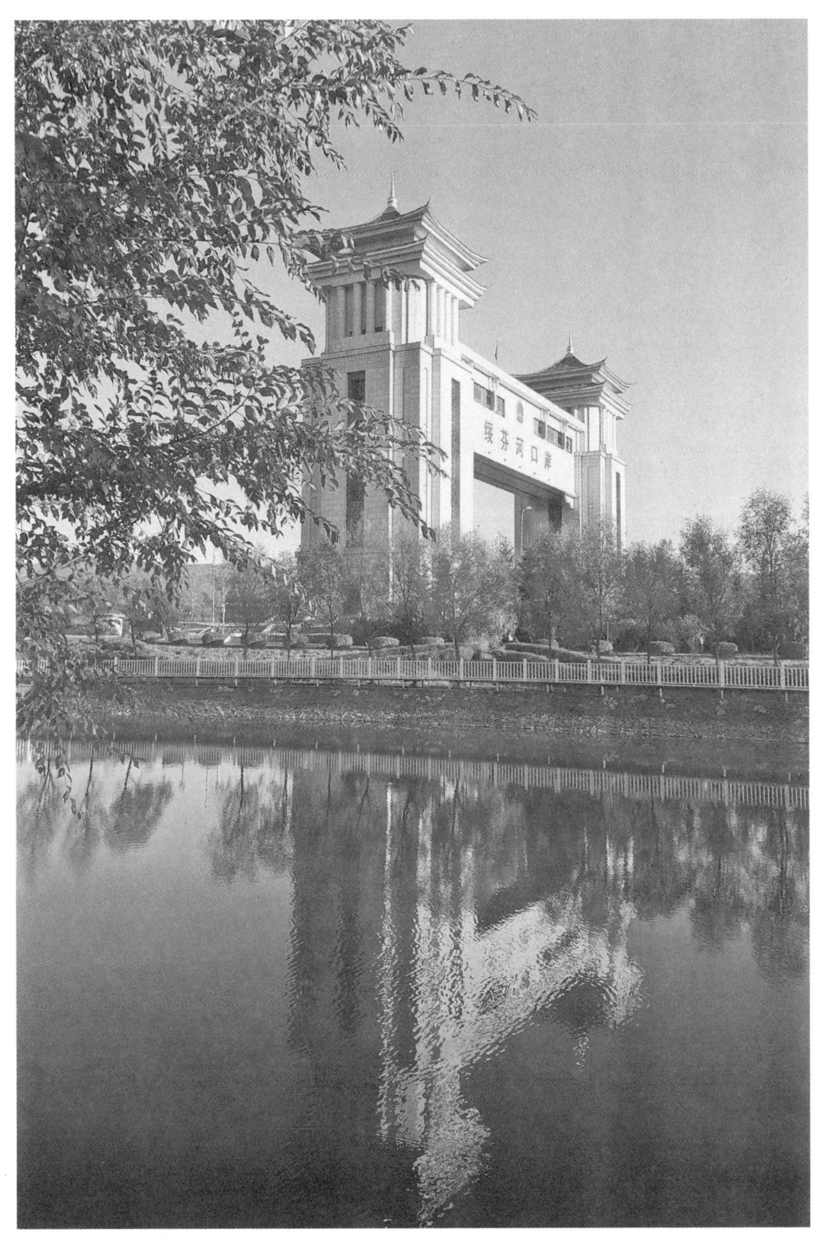

李喜改名李拥军*

1987年12月20日晚8时40分，经过一天紧张战斗训练的云南老山前线某部指战员显得有些疲劳，有的已在洗漱，准备就寝。

但是，战地的夜晚，一切都显得那么不平静，随时都可能有情况，因此大家保持着很高的警觉。

突然，一个女人撕心裂肺的呼救声，打破了夜晚的宁静。

指战员们纷纷冲出门外循声望去，只见驻地附近的一栋居民楼房里，火舌从窗口里喷吐而出，浓烟滚滚。并且感到，空气中夹杂着一股焦煳味扑鼻而来。

指战员们忘记了疲劳，朝着出事地点奔去。

原来，麻栗坡县八布乡武装部副部长李庭和家失火了。

与火魔的战斗即刻开始。

战士张守宝从李家大嫂那嘶哑的哭声里，辨听到"孩子呀！我的孩子……"的喊声，他猛然意识到，火场里还有一个小生命没有得救，急忙将一条湿毛巾

---

* 原载《文山报》1988年1月21日第3版。与周崇棠、彭修玉合作。

捂住口鼻，不顾一切地冲进房屋。

室内浓烟弥漫，令人窒息。

张守宝的衣服烧着了，头发、眉毛烧焦了……

对此全然不顾的他发现，在床边，有一团火在攒动。

他立即扑了上去，抱起着火的孩子，撕开自己的上衣包裹好后，冲了出来。

一看，孩子身上的衣裤还在冒着青烟！

一旁的军医蔡福生、任永群，立即对孩子进行了抢救。

小孩的生命保住了！

就在这时，屋里响起噼里啪啦的子弹爆炸声。

怎么回事？

原来在这间不到20平方米的卧室兼办公室里，存放着枪支、弹药和一整箱烈性炸药！

如果炸药被引爆，附近的房屋将夷为平地，人员财产损失巨大……后果不堪设想！

在这千钧一发之际，战士吴艳春和王占奎奋不顾身地冲了上去，用自己的身体扑在炸药箱上，他俩憋着气抱起炸药箱，敞开衣怀盖住，交替掩护，冲了出去。

在干部战士合力扑救下，一楼火势基本被控制。

可不知什么时候，火苗又冲上了二楼。

而二楼门窗紧锁，怎么办？

正在组织指挥的部队领导立即调来水车……

侦察兵唐树林、郭志高一马当先，凭着平时练就的娴熟攀登本领，徒手攀上二楼，用那一掌能砍断五块砖的手，破窗而入。

天花板已经烧断，正在零星塌落，随时都有坠落楼底危险，他俩顾不上这些，端着水龙头向火焰喷去……

经过 40 多分钟的激战，大火被扑灭了。

当天夜里，部队首长派出 10 多名战士帮助李庭和家整修房屋，重建家园。

第二天一早，政治处石主任等 3 人又带着慰问品前往慰问。

当石主任把指战员们连夜捐献的 220 元现金和价值 250 多元的物品，以及孩子用的棉被、衣服、鞋袜和罐头、奶粉等送到李庭和家中时，夫妇俩感动得热泪盈眶。

李大嫂泣不成声地说："是亲人解放军救了我们一家，给了我孩子第二次生命。我和孩子爸商量好啦，孩子李喜从今天起就改名叫李拥军！我们要永远记住这个日子！"

——寄自老山前线

王大娘军营寻“雷锋”*

7 月 19 日下午，一位老大娘风尘仆仆地来到牡丹江市驻军某部六连，请求连长帮她寻找恩人。

连长命令全连集合请大娘逐个辨认。当大娘走到河南籍战士侯传备面前时，眼里流出感激的泪水：“孩子啊，我可找到你这个雷锋了！”

这位大娘名叫王树芳，3 个月前，她特意从山东老家赶往牡丹江东方红林业公司护理将要生小孩的女儿。没想到在牡丹江火车站候车大厅候车时，她的钱包和车票被扒手偷走了。眼看火车就要开动了，老人身无分文，无法上车，急得直跺脚。

这时，走过来一位解放军战士，他毫不犹豫地掏出 40 元（后来大娘得知这钱是战士从探家路费中挤出来的），帮助大娘买好车票，并护送大娘进站上车。大娘千恩万谢，自不在话下。当大娘一再追问这名战士的单位、姓名时，他却怎么也不肯透露。

几个月来，王大娘一直惦记着这名雷锋式的好战士。7 月中旬，大娘护理

* 原载《前进报》1990 年 8 月 14 日第 3 版。与赵梓强合作。

完女儿之后，准备返回山东老家，途径牡丹江市时，去了几个部队，几经周折终于找到了侯传备。

于是，便出现了本文开头的一幕。

面对王大娘的还钱和礼物，小侯说什么也不肯收下。

“拥军妈妈”李秀云*

她是一位普通的老大娘，可驻穆棱河畔的战士都叫她“妈妈”。入学深造的、退伍还乡的、调到外单位的干部战士们给她写信时，也都用“妈妈”这一崇高而亲切的称呼。

她叫李秀云，今年58岁，是牡丹江市穆棱镇街道办事处主任、拥军模范。1947年，在马桥河阻击战中，她冒着生命危险为我军运送物资。新中国成立以后，李大娘先后把自己的4个儿子送到部队。

她经常到营房为战士服务。战士宋海全考军校落榜，情绪低落，李大娘知道后，就送来一套数理化复习资料，鼓励他边干好工作边复习，准备来年再考。第二年，当小宋接到大连陆军学院的录取通知书时，首先来到李大娘家向她报喜。

战士小张父母有病，家里生活困难，李大娘听说后，悄悄寄去50元……类似这样的事还有很多。

多少个夜晚，李大娘戴着老花镜坐在缝纫机旁，用自己买来的针、线、布

---

* 原载《前进报》1987年9月10日第4版。与张宪法合作。

为战士们缝补衣服，制作鞋垫。仅从 1980 年算起，她就为战士们拆洗缝补衣服 3000 多件，制作鞋垫 2000 多双。

因此，战士们都叫她“拥军妈妈”。

李所长的星期天*

驻军某守备师通信营修理所长李君健，十几年如一日，毫无保留地把属于自己的星期天奉献给了部队官兵和驻地群众。

1971年底，以优异成绩毕业于沈阳高级通信学校的李君健，分配到我市驻军某部，他决心在完成本职工作的同时，利用业余时间为驻地群众服务。

很快，他就在驻地牡丹江军马场附近的李友英家建立了家用电器维修点，实行定点联系服务。李友英患胸椎结核，下肢瘫痪已经20多年了。家里的电视机三天两头坏。这件事被李所长知道后，就背起工具箱义务上门服务。

李所长用自己的配件把电视机修好后，对李大嫂说："以后谁家的电视机坏了，就让他抱到你家来，我全包了。"李大嫂很受感动，取出20元修理费，可李所长说什么也不收。

从那时到现在的17年里，李所长利用星期天、节假日等业余时间，义务修理的各种电器总数近万件。

平时，他每为居民们修好一件电器后，人家总是带着感激之情请他吃饭或是送他些礼物。对此，他一概婉言谢绝。

* 原载《牡丹江日报》1987年10月16日第3版。与曾先坤、郭贵生合作。

爬山踏雪采冬青*

3月3日是个星期天。

刚吃完早饭，某边防团三炮连新战士陈文格就冒着零下30多度的严寒，踏着没膝的积雪，心急火燎地向30里外的大黑山进发了。

他去干啥？

采冬青。

原来，新兵班长张连瑜在组织新兵队列训练中，为了使动作做得逼真，使新战士们尽快掌握要领，在讲解和示范时，总是把皮手套脱下。久而久之，他的双手背冻伤了，起了一串串水泡，痛痒不止。用药物治疗一段时间后，仍没有好转。

新战士陈文格对此看在眼里，疼在心里。这天，他利用外出的机会，从当地一个老大爷那里打听到，一种叫作冬青的中草药，治疗冻伤有特效。于是，便把冬青的“相貌”记在本子上，并问明了产地、使用方法等，准备趁星期日去采药，给张班长治疗冻伤。

登上大黑山后，他躺在雪地上直喘粗气，一看表，才知道自己已足足走了

* 原载《前进报》1985年4月18日第4版右头条。与陈绍忠合作。

5 个小时。

他顾不上抹一抹眉上的白霜，暖和一下冻得发痛的双脚，又挣扎着站起来，在密密的树林里寻找着。

又一个小时过去了，他终于在一棵杨树上发现了一团冬青。

此刻，他忘记了疲劳和饥饿，攀上了杨树。

就在他将要抓到冬青时，树枝“咔”的一声折断了，他和树枝、冬青一起坠落在雪地上，树枝划破了他的脸颊。

对此，他毫不在乎，双手捧起那团冬青，高兴地往回赶。

回到连队天快黑了，陈文格先把冬青熬好，又帮助张班长敷上。这时他才发现，十多个小时没进食的肚子里正在打“内战”……

用上冬青三天后，张班长的冻伤明显好转。

张班长含着泪水说：“战友情谊胜过亲兄弟啊！……”

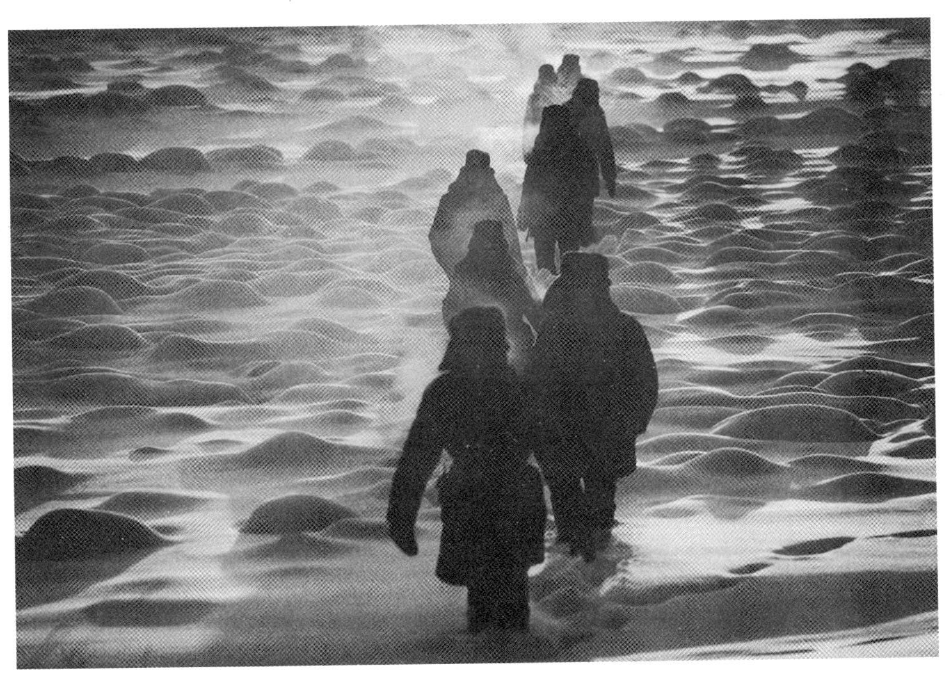

新战士谢国宝的肺腑之言*

“张干事，我是半年多前，从辽宁西丰农村入伍来到本市某炮兵旅13连的新战士，名叫谢国宝。党的生日快要到了，我心里有话对党说，全是掏心窝子的话，您给记下来，登登报，行不?”

“我从小失去父爱，是党和政府把我抚养成人。入伍后，正当我豁出来要大干一场，以报答党的恩情的时候，家里又遭到了不幸：我那年迈多病的母亲横遭车祸。”

“母亲抢救和住院期间，共花去医疗费6000多块钱，而肇事者只给了1600元，这使我那靠政府救济过日子的家，一下子拉下了近5000元的饥荒。”

“这老鼻子的欠款太吓人啦！就是倾家荡产我也还不清啊！我心里的那个苦哇，真是死的心都有。”

“也不知咋的，这事我只憋在自个儿肚子里，谁也没有告诉，可营、连干部和党员骨干们还是知道了。大伙儿你10元我5元，纷纷慷慨解囊为我捐款，咱樊营长一人就给了50元。”

* 原载《江城日报》1991年6月21日第2版头条。根据访谈整理。

“望着桌子上的一堆捐款，我的眼泪哗啦一下就流出来了：我的妈呀！这是咱全营全连党员们一颗颗金子般的心啊！”

“都说战友战友亲如兄弟！我觉得我的这些战友们比亲兄弟还亲哪！”

“组织上最近安排我回家看望了一次母亲。她老人家见到儿子一激动，又患上了重病，再次住进医院。”

“为筹措医疗费，我找来买主，准备把我家那三间房子卖了。正当我与买主办卖房手续时，乡政府和村里的领导赶来了，他们说这房子不能卖，医疗费组织上给解决……”

“归队前，妈妈拉着我的手说，‘儿啊，要是在旧社会，我这把老骨头早入黄土了！你可一定要记着党和政府的大恩大德啊！一定要记住战友们的深情厚谊啊！……’”

“我泪流满面，默默地点着头。还说啥呀？啥也别说了！我要以我的实际行动，干出个好样子来，只有这样才对得住党和政府啊！才对得住全营战友们啊！”

……

为了万家团圆 *

朋友，当您阖家团圆，举杯共庆新春佳节时，或坐在银幕前，愉快地欣赏精彩的节目时……您可曾想到，为了万家团圆而守卫在风雪边防线上的战士。

探家，机遇让给战友

“全连百十号人，让谁走呢？春节，就这么5个探家名额。”

黑龙江边防某部八连党支部经过认真讨论，最后决定，按照战士家里实际困难、本人的贡献等因素综合考虑，进行打分排号，被排上前5名者可探家。

结果是，因工作成绩突出荣立三等功的饲养员贾玉民得分最多，他入伍后四年未回家了，理所当然地排上了第一号。可当连队文书把探家报告表交给他时，他却推辞了，说要把名额让给其他同志……

---

* 原载《牡丹江日报》1987年1月28日第3版。

面对加急电报……

1月12日，这支部队某哨所战士王得全，收到一封“父病重速回”的加急电报。望着电文，他双手颤抖着，抑制不住的泪水溢出了眼眶……

来自革命老区洪湖县的小王，自幼失去母爱，他的父亲既当爹又做妈地将他姐弟三人拉扯大。现在父病重，他恨不能长双翅膀，马上飞到父亲身旁。部队首长得知情况后，很快派人将军人通行证和车票送到他手里。

然而，他却把车票退了：“其他战友比我困难更大！”他在给父亲寄急需药品时，附信说：“……爸爸，原谅儿的不孝吧，节日的边防线更需要我！”

婚礼，延期举行

26岁的老战士高勇每天清晨一起床，第一件事就是翻台历。而后，还要扳着手指认真地计算一番。他急切地等待着的是一个大喜日子：兔年正月初二，他将做新郎官。

当那个甜蜜的日子即将来到时，小高却意外地改变了计划，将结婚日期延至“五一”国际劳动节。

至于原因嘛，您也同样会知道，那就是：“新春佳节守边关，一家不圆万家圆。”

衔级有区别　感情密无间

云南老山前线某部官兵团结传佳话*

有人说：官大一级压死人。授衔之后，官兵的衔级公开化了。过去那种同志爱战友情的传统官兵关系是否还存在呢？笔者在老山前线某部找到了答案。这个部队在授衔挂牌之后，干部爱护战士，战士尊重干部的风气更浓了。在保卫祖国的战斗中，军官们不怕艰难困苦，勇于流血牺牲，以自身的模范行动作表率，赢得战士们的赞誉和尊敬。

肩上扛起衔级分明的牌牌，这种形式上的等级差别，并未影响官兵之间的内在感情。干部们把“吃苦冲锋在前，享受撤退在后”作为行为准则。一次，中尉副连长姚树刚带领小分队在边境一带巡逻时与4名越军遭遇。当一名越军掏出手雷，正欲投向2名战士时，姚树刚箭一般地从敌人背后扑了上去，将敌人扑倒在地。之后，在战友们的配合下，一举歼灭了敌人。

这个部队的干部以率先垂范、身先士卒为己任，乐于吃苦，舍得流血。中校副政委门家禄，负责指挥炮兵作战。他亲临炮阵地，忍着蚊虫叮咬，坚持与战士们吃住在一起。他9次指挥战斗，战果显著，共摧毁入侵之敌军事设施6

* 原载《前进报》1988年11月15日第2版。与周崇棠合作。

个，歼敌 20 余名，摧毁敌机枪阵地 1 个，六〇炮 2 门，打掉敌观察哨 2 个，战士们亲切地叫他“炮兵司令”。

——寄自老山前线

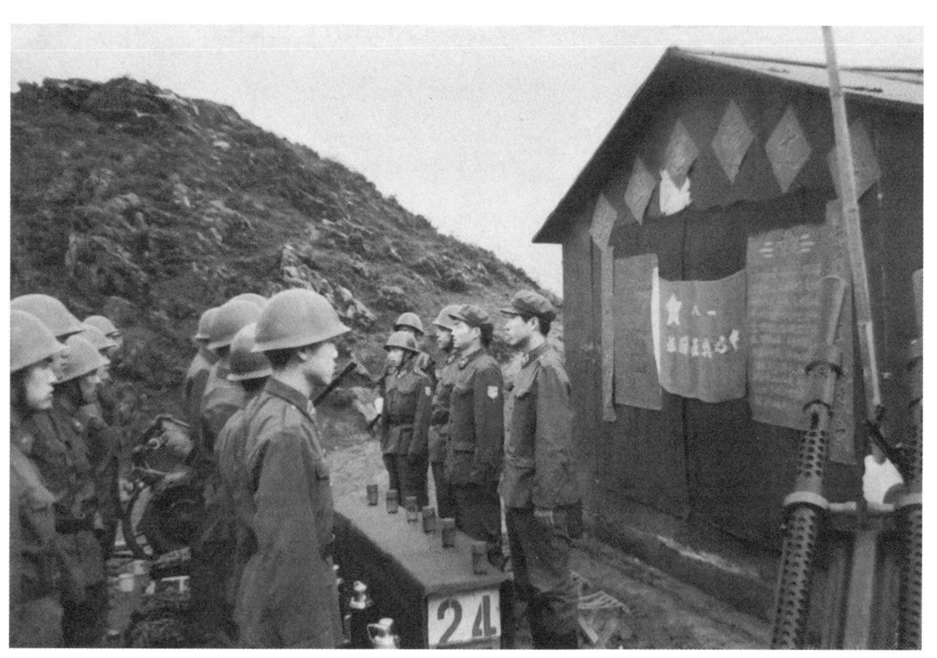

某旅领导心系基层

卖掉“桑塔纳”为兵办实事*

日前，2150个多功能书写椅搬进了某旅20多个连队会议室。

这是沈阳军区某炮兵旅党委卖掉一台崭新的“桑塔纳”轿车后，为基层办的实事之一。

这个旅在回收劳务收入费时，地方一家单位因无偿还能力，将一台新“桑塔纳”轿车作价顶替了20万元欠款。

如何处理这台“桑塔纳”轿车？旅党委会上，大家认为，当领导的不能只图自己坐车舒服，要多想想基层官兵的疾苦，经过讨论，党委决定将车卖掉。

他们将卖车的20万元全部用于基层建设。

为全旅战士购买了2150个多功能书写椅；给每个战斗班配发了写字桌；给全旅每个炊事班做了一套排烟罩；为每个战士做了一个小马扎。

与记者谈起这事，几名战士感慨地说：“旅首长真是够意思，在这个旅当兵得劲的很！”

---

* 原载《解放军报》1992年9月18日第2版。与隋连军合作。

四连有个士兵婚恋“理事会”*

当今社会，这个“会”那个“会”，正式的非正式的，大的小的中不溜的，老鼻子啦!

因此，得知吉林驻军 81023 部队四连有个士兵婚恋“理事会”的消息时，我真有点不以为然。

然而当我跑到四连转上一圈之后，却出乎意料地决定要写写这个“理事会”。

早婚早恋日增，“理会”一下青年战士的婚恋问题，是时候了

军营，那浓重的绿色，并没有阻挡住婚恋中的其他色彩的侵入。

不知不觉间，军营里的“兵爸爸”悄然增多，十八九岁的战士也普遍处上了对象。

羊年伊始，在四连这个解放军序列的基层战斗分队里，代理指导员温宝

* 原载《江城日报》1991 年 7 月 15 日第 2 版头条。

路，一上任就发现 7 名战士的情绪不大对头。

连里一名活跃分子，突然间沉默得近乎发呆；一名工作干劲挺大的战士，训练时打不起精神；倒在床上就能呼呼大睡的一个班长，凌晨一两点了仍在床上“翻烧饼”……

这到底是什么原因呢？

温指导员经过调查了解到，他们之中除一人母亲病重外，其余均为恋爱受挫所致。恰在此时，团支部的一份调查报告使他大吃一惊：连队 30 多名今年入伍的新战士，竟有半数以上处了对象，其中一名订的还是“娃娃亲”，那“对象”只有 13 岁！新兵如此，老兵就更不用说了。

他想到，早婚早恋现象的普遍，以及由此给战士和部队工作训练带来的不良影响，不可低估哟！看来，关心一下战士的婚恋问题，在四连成了燃眉之急。

可是战士的婚恋问题不同于其他思想问题，讲讲道理，解解“扣子”，即可解决。因为这涉及战士的个人隐私，而且也太个性和特殊了。解决这类问题，只能以对等身份来进行“社会活动”。

不久，一个隶属于连队党支部的婚恋“理事会”产生了，虽然它到今天还没有一个正式的名称。

你真心对他好，他把心都掏给你，
年轻的战士太可爱了

自幼失去父母的老战士刘森，样样工作都干得出色，多次受到上级的表彰奖励，可是在个人问题上，他是个弱者，谈一个黄一个，介绍一个吹一个。眼见自己二十六、七岁了，爱神仍无青睐他一下的意思。

犹豫再三，他终于向“理事会”倾诉了自己的烦恼，表达了对爱情的渴望。

刘森这样的好小伙，为什么恋爱屡遭失败?“理事会”分析认为，一是他作为孤儿，谈不上家庭条件；二是他自身信心不足，缺乏勇气。

为此，“理事会”在为他“打气”和“充电”的同时，以连队党支部的名义向他家乡妇联、共青团等单位和个人发出了求援信。

很快，一个“不爱钱财”，只求人好的陌生姑娘的玉照，装进了刘森的口袋。为了增进他们的了解，加快恋爱进程，“理事会”请示上级，邀请姑娘来队做客，并安排刘森随姑娘回乡探了一次亲。

功夫不负有心人，刘森将要复员的前7天，姑娘千里迢迢来到江城，要求和刘森在部队结婚，连队干部和“理事会”的同志们深受感动，每人拿出20元以最快的速度为他们举办了一个俭朴、热烈而有意义的婚礼。

一石激起千层浪。这天晚上，许多早恋的战士。纷纷找到“理事”，敞开了自己的心扉——

甲:“我17岁就处了对象，经常发生矛盾，影响情绪还怕别人知道，结果自己更加痛苦。请帮我参谋参谋吧，我该怎么办呢?”

乙:“我水平低，对象尽来信耍我。收到一次信就带来一次思想波动。唉，我真后悔，过早地涉足‘爱河’，得到的并不是幸福甜蜜，可又欲罢不能。这如何是好?”

丙:“我是新兵，本不想早恋。可爸爸妈妈封建思想严重，硬是逼着我定了亲。帮我做做父母的工作，好吗?”

丁:“我是从农村入伍的。见同学们大都结婚了，有的还有了孩子，就担心好姑娘被人家挑完了，自己退伍后对象难找。于是，我就产生了先和一个姑娘‘挂上钩’以后再说的想法。”

……

战士的信任，使“理事”们深受鼓舞。他们甩开膀子，加班加点地干了起来：建立士兵婚恋档案，班排信息反馈网络和谈心交心制度。几个月的辛勤工作，使30多名早恋的战士妥善地中断了恋爱关系，并帮助8名正常恋爱受挫的老战士与他们的恋人重新恢复了关系。

理事者若能“理心”，死疙瘩没有解不开的，这太好了

“理事会”得到的信息称，司机班老战士崔树林恋爱情况出现异常：两眼发红的他，一连两天谁也不搭理，还借了100元钱，准备回去“找她算账。”

理事们找他谈心。他倔劲儿上来了，任你好说歹说、左说右说，他就是闷头坐着，一言不发。

心病还需心来治。关心关爱，给他温暖；一次不谈，再来二次、三次。终于，他受了感动，道出了事情原委：

去年他回家定亲，给了女方3500元彩礼钱。没想到女方以他曾在入伍前讲哥们义气、帮人打架被拘留的借口，大做文章，来信羞辱他，使他一气之下回了封“看不上咱就拉倒”的信。

这下正中了女方的下怀。她随即来信说是崔吹了她，不是她吹了崔。所以，按当地风俗，那彩礼钱就不退了。黄就黄吧，可那钱是我60多岁的父母一分一分地挣来的呀！

第二天，两封以组织名义发出的快件信，分别寄给了女方家长和本人。信中，既客观地评价了崔树林的过去和现在，又针对具体情况谈了看法和意见。

接着，连队又向女方所在地的政府民政部门反映了情况，请求帮助解决。

后来，女方家退还了彩礼钱。

一场将要发生的事件就这样避免了。后经“理事会”的进一步努力，崔树

林又找了个理想的恋人。

这样的死疙瘩，“理事会”解开了一个又一个。

经过“理事会”富有成效的工作，四连的战士们摆脱了早恋的痛苦，解除了婚恋中遇到的烦恼，他们轻装上阵，把精力都用在工作和学习上，涌现出一批先进个人。连队全面建设也取得好成绩，受到上级的好评。

结束采访时，部队领导对我说，他们准备总结推广四连的这个经验。

谁将红线牵边关*

最近，笔者就军人婚恋问题调查了 10 个基层连队，结果被调查对象大多认为“边防军人婚恋难”。

边防某部政委任慧群上校说：“为解决这个老大难问题，部队组织想过很多办法，如首长当红娘，请地方妇联、共青团组织帮忙等，但效果不很理想。”

边防军人，尤其是基层军官，长期生活在艰苦的边境哨卡，与社会接触较少，虽然很优秀，但大多数不为人知，客观上使他们婚恋受到限制。

时下，女青年的择偶观已经发生了变化，由“理想型”转为“实惠型”。

笔者在牡丹江市调查了 6 家婚姻介绍所。据统计，求偶登记在册的女性 1070 人，而愿意找军人的只有 18 人，仅占 1.7%。

边防军人真的不可爱吗？带着这个问题，笔者走上街头，进行社会调查。

100 份不记名答卷收齐了，结果令人欣喜：43 名——这个数字近乎半数，不同职业不同年龄的女同胞在“假如你是未婚女性，那么是否愿意将爱情献给边防军人吗？”一栏内填上了——“愿意！”在“为什么”一栏，大都写的是：

---

* 原载《牡丹江日报》1989 年 7 月 30 日第 3 版。此文发表后，收到数百封女青年来信，经本书作者牵线，促成了 20 余名地方女青年与边防军人“牵手”。

边防军人为了祖国和人民的安宁与幸福而奉献牺牲，他们可敬可爱，理应得到美好的爱情。

那么，如何解决边防军官婚恋难的问题呢？

一是转变观念，变被动为主动。调查中发现，大多数边防军官的恋爱方式仍停留在靠人介绍之类的老一套上，偶尔采用征婚广告等现代化手段，也多半是被动的。看到某女方广告后，忙去应征。作为被动的应征者，成功的机会极少。这就需要我们的边防军人转变观念，跟上现代文明的步伐，变被动为主动。如是，成功的机会将大大增多。

二是呼唤月老，把红线放长点儿。以军地联合或其他方式开办“边防军人婚姻介绍所”，组织军地男女青年联谊活动。一方面，可使边防军人的婚恋有个专门的机构“过问”；另一方面，可以为那些愿意成为“军功章的那一半”的女同胞开个方便之门。

军人ABC谈“失败的恋爱”*

写在前面：包括军人在内的青年男女都希望得到爱神丘比特的金箭。这里介绍几位军人的恋爱史，如能使青年朋友们悟出点道理，或受到启迪，那将是笔者的欣慰。尊重被采访者本人意见，文中真名实姓权用ABC代替。

连长A较自信：我能找到知音

恋爱，谈过几次，但都失败了。

原因？很简单，她不理解军人。

不过，我不怕。失败是成功之母嘛，没有失败哪来成功？我相信最后的胜利一定是属于我的。

你说春节探家这次？她刚大学毕业，在一个大机关上班。条件不错，我们都觉得处得来。但是她有个让我不能接受的条件：两年内必须转业。

* 原载《牡丹江日报》1987年4月4日第2版头条。根据访谈整理。

她自私，不理解军人，你说是不是？所以我毫不犹豫地同她分了手。

没想到前天，忽然又收到她的来信，想说服我申请转业，这不扯吗？

我回信说："我坚决志在军营，你坚持你的条件，我们只得友好地分手。拜拜！"

战士B恨自己：因为一个座位

就为一个座位，她就跟我黄。唉，太可惜了！

我窝囊透顶，真恨自己。

要知道这是我的初恋啊！

当三年兵好不容易回家一趟，哥的同事给我介绍个对象……她叫芸芸，教小学语文，水灵灵的，对我很好，她说军人最可爱。我也很喜欢她……

问那个座呀，是这样，回部队前一天晚上，她约我看冰灯。

当时公共汽车上人很多，我们夹在中间站着。我见有个空位，忙挤过去。刚占上，售票员就要我让给一个老爷子。要在平时，我让。可这次是为芸芸占的呀！

我就要芸芸坐，哪曾想她不坐，车到公园站，她下了车，然后头也没回就走了……真是的！

唉！现在明白了，多好的姑娘呀！真是我错了……

女兵C无所谓：反正我还小

我当兵5年才21岁，我觉得自己还是个孩子，离谈恋爱早着哩。可妈老放心不下，忙着为我张罗，姐也说恋爱很有意思，晚了找不到好的。我这才答应同那个人见面。

他是学医的，还会写诗，很有才华。但是，他太“那个”了。见头一面他就大讲西方青年怎样怎样，还送我几首诗。情呀爱呀的，叫人脸红心跳肉麻。

这我倒没在意，反觉得挺好玩的。问题是我要回部队时，他突然提出一个使我听了害怕的要求，我猛地转过身，一口气跑回家，从此再不理他了。

初恋遇到这样的人对我来说倒也没有什么关系，好小伙有的是，况且我还小，过 5 年再谈也不晚。

军人 DEFG 谈“成功的爱情”*

写在前面：今年 4 月 4 日，发表本人拙稿《军人 ABC 谈“失败的恋爱”》之后，不少青年朋友对我说，失败是成功之母，作为续篇，能再采写一组“成功”的吗？我答应了。鉴于大家可以理解的原因，笔者将主人公的名字分别换成了 DEFG。

饲养员 D 的秘诀：“真诚播种”

哟，张大记者呀！快请坐。

来，抽烟，吃糖，再来一杯茶！

客气啥？这可都是带“喜”字的哦！

谢谢你的祝贺和夸奖。

秘诀呀？有啊：我的经验教训是，用真诚播下的爱情之种，必开幸福

* 原载《牡丹江日报》1987 年 10 月 17 日第 2 版头条。根据访谈整理。

之花。

新兵一下连，我就当上了“猪司令”。不过，每次给从前的对象写信，我都有意编些好听的……哪晓得，纸包不住火。

一天，她突然来队，我傻了眼。

“你为什么骗我？”她头也不回地走了。

一年后又处了一个，喏，就是这位。当时我一看照片就喜欢上了……是这样嘛！笑什么？

我吸取上次教训，一是一，二是二，实实在在的。

就这样——成了！

志愿兵E的经验：“热情浇灌”

如果说世上万物要靠阳光雨露滋润，那么我要说爱情需要用热情来浇灌。这是我从自身的经历中得出的一条经验。至于是否适用于别人，我不敢打包票。

过去的我没啥嗑唠，也不爱写信，被好几位女同胞讥为“冷血动物”。爱神似乎与我无缘，一而再，再而三地从我身边溜走。

后来，我使出吃奶的劲儿，才渐渐克服了这个毛病。我突然发现我变得年轻了好几岁，充满了青春的活力。

就这样，爱神被我的热情征服了，乖乖地来到我的身边。

军医F的体会：“面对现实”

我天生一个爱幻想的脑袋，总把一切都想象得花儿一样美好。

当初，我假设的他风度像演员，水平像研究员，身体像运动员……然而，幻想与实际的差距太大了，生活中几乎没有这样的“完人”。

为此，我白白浪费了 8 年的青春。眼看就要成老姑娘了。我不得不面对现实，重新考虑。

结果不到 2 年就解决了过去 8 年没有解决的问题。

应该说，我爱人的某些方面还有缺点，但他是个活生生的人，这远比心中那个找不到的十全十美的“偶像”可爱多了。

干事 G 的绝招：“欲擒故纵”

不是吹牛，咱搞对象有绝招儿。这，你大嫂是领教过的，可以问她。她不好意思，还是我说吧。

别人介绍我们认识后，我对她的印象极佳，生怕黄了。如何使她喜欢上我呢？几个不眠之夜后，我制定出一套“欲擒故纵”的方案，只作一般反应，近似“冷处理”，并有意作适度挑剔。

在逆反心理的作用下，她由“积极防御”转为“猛烈进攻”。我果然达到预期的目的：一举获胜。

这成功不是偶然的，在此之前，我的研究成果表明，恋爱如同打仗，要想成功必须在知己知彼的前提下采取灵活机动的战略战术。

“北国赏雪”婚礼联欢会*

——驻军某部班长肖华广婚礼侧记

这是一个普通而有意义的婚礼。

说它普通，是因为这场婚礼与在军营举办的诸多婚礼一样，没有迎亲彩车、没有高档嫁妆、没有豪华新房……

然而，普通之中却又似乎有些别的东西，显得与众不同，很有意义……

您看，新郎官肖华广出场了：“各位首长，各位战友，各位老乡！”一身崭新军装把新郎官打扮得分外精神。

他说：“欢迎你们参加我和杨北秀同志的婚礼，我和我妻子向大家表示衷心的感谢，同时也深表歉意。我没有预备喜宴，只买了些瓜子、糖块、香烟和茶叶，一共花了10多元钱。我有个想法，想借此机会搞个‘北国赏雪’联欢会，希望大家支持。”

新郎官的话音一落，掌声就响了起来。

婚礼联欢会主持人，连队党支部代理书记、指导员任少奎说：

“小肖的婚礼花了不到20元。是他没钱吗？不是。已超期服役两年的班长

---

* 原载《牡丹江日报》1987年2月21日头版。

小肖，来自洞庭湖畔的鱼米之乡，党的十一届三中全会之后，他家富了起来。三年前，小肖的未婚妻进城开了一家时装裁缝店，成为闻名方圆几十里的‘万元户’。那么，是他舍不得花钱吗？更不是。前不久，我从地方政府的来信中了解到，去年夏天，小肖悄悄地汇了 80 元，支援辽宁灾区。本来他们两家老人是想让小肖春节回家完婚，并预备 5000 元打算好好操办一下的。但是，肖华广想，作为党员在自己的言行上，要与党中央保持高度一致。现在，党中央大力提倡艰苦奋斗，他们的婚礼也不要讲排场，摆阔气，搞铺张浪费。我觉得，这是我参加的婚礼之中办得最有意义的一次。我希望其他同志向肖华广学习。”指导员的讲话赢得了热烈的掌声。

婚礼赏雪联欢会，自始至终洋溢着喜庆欢乐的气氛。几个室内节目过后，大家兴冲冲地踏着积雪，登上驻地红花岭主峰，领略北国边陲大自然的壮丽风光。小肖的老乡曾先坤情不自禁地吟诵了一首唐代咏雪名篇：“北风卷地百草折，胡天八月即飞雪。忽如一夜春风来，千树万树梨花开。”……

领略了千里冰封、万里雪飘的北国风光之后，继续室内节目。小有名气的“军旅诗人”和“画家”们，纷纷即兴赋诗作画，赞美这简朴而有意义的婚礼，抒发对祖国北疆的热爱之情。大家还跳起了轻松活泼的集体舞。

最后，新郎新娘领唱一支悠扬动听的歌曲：“我爱你，塞北的雪，飘飘洒洒，漫山遍野……”

婚礼结束时，笔者留心看了一眼桌上的台历，只见上面写着“1987 年 2 月 11 日，丁卯年正月十四”等字样。

恰在这时，隔壁的挂钟一连响了 12 下。

沈阳军区某部隆重纪念董存瑞牺牲 45 周年*

记者 1993 年 5 月 25 日在吉林省延吉市报道：今天是全国著名战斗英雄董存瑞壮烈牺牲 45 周年纪念日。沈阳军区某部队当天隆重举行了英雄董存瑞塑像揭幕仪式等相关纪念活动。

全国政协副主席洪学智、沈阳军区司令员王克、沈阳军区政委宋克达、吉林省委书记何竹康等领导为纪念活动题了词。沈阳军区原副政委张午等 5 位曾在该部队工作过的老将军，董存瑞生前老战友、全国战斗英雄郅顺义等老英雄与 3000 多名该部队官兵、群众代表一起参加了纪念活动。

纪念活动首先举行了英雄董存瑞塑像揭幕仪式。新落成的董存瑞塑像位于延吉市董存瑞生前所在部队军营内，塑像高 4.75 米，底座高 3.3 米。它是依据烈士生前真实照片，由沈阳鲁迅美术学院设计塑造的。塑像用浅褐色玻璃钢塑制，基座为八边形，周围用 80 厘米的小磨石柱及不锈钢管钢链相连，形成双层护像栏。护像栏外侧的环形花坛内种植 19 棵青松，象征烈士牺牲时的年龄。塑像占地面积共 167 平方米。

---

* 原载《人民日报》1993 年 5 月 26 日第 4 版，又载《吉林日报》1993 年 5 月 26 日头版报眼。

揭幕仪式后，由该部队进行军事训练汇报。接着，在延边艺术剧场举行了报告大会。

东北四市军民学雷锋演讲邀请赛在牡丹江市隆重举行*

东北四市军民学雷锋演讲邀请赛，昨日上午在我市驻军 81650 部队“八一”俱乐部隆重举行。

这次活动，是由我市爱民区、绥芬河市、驻牡丹江市 81650 部队、《演讲与口才》杂志社共同发起和组织的，参加单位还有大连市、吉林市代表。

14 名演讲员精湛的演讲不时博得听众阵阵热烈的掌声。演讲的真实事迹中既有全国五一劳动奖章获得者，又有解放军序列的学雷锋积极分子；既有默默奉献在平凡岗位的普通工人，又有经过云南老山前线血与火战斗洗礼的战斗英雄。

牡丹江市爱民区大庆粮店主任陈长江，30 多年如一日把自己的一片丹心奉献在平凡的岗位上，被称为活着的雷锋，获得全国五一劳动奖章。81650 部队某部战士武振立坚持立足本职学雷锋，在部队带头叫响“当兵不习武，不算尽义务”和“武艺练不精，不算合格兵”的口号，成为全集团军闻名的“武状元”，被解放军三总部评为全军优秀班长。

---

* 原载《牡丹江日报》1990 年 9 月 8 日头版，中央人民广播电台同日在“新闻和报纸摘要”节目中播出。与陈玉清合作。

他们的先进事迹深深感动了1000多名部队官兵和地方群众，许多人情不自禁地流下了热泪。

某师坚持把教育训练摆在中心位置*

严格实行全员全程按纲施训

金秋时节，沈阳军区某摩步师各个兵种和专业的广大官兵，在数十个竞技场上摆开了军事比武擂台，检验全师部队全员全程按纲施训、提高战斗力的成果。

年初，这个摩步师在研究新年度军事训练时，有人建议师、团机关重点抓出几个尖子分队，练好几项拿手绝活，以便在上级组织的比武考核中取得名次。

师党委召开会议，断然否定了这个急功近利的做法。

党委会议明确了全员全程按纲施训的指导思想。全员，是指全师部队从师长、政委到每一个战士，人人参加训练，人人都有训练内容和应该达到的训练标准；全程，即从训练开始的第一天到最后一天都按大纲规定的时间、课目、内容、方法等要求，从技术到战术正规施训。

为此，该师着重抓了以下四个环节。

不漏人员。全师平均参训率达到 86.5%，超过大纲标准。师、团两级都有

---

* 原载《解放军报》1992 年 10 月 29 日头版头条。与刘世仁合作。

由司政后机关组成的训练监察小组，坚持到训练现场清点人员；对因病和探家没有参训的人员，指定专人补课和验收。

不丢课目。为防止分队在训练中追求单项冒尖，出现偏训、漏训，该师严格按照大纲规定的必训内容制订年度训练计划。平时的所有训练，都严格按计划执行，不管是否考核验收，训练质量全部要达到总部的要求。

不误时间。师里规定正常情况下，各单位都要严格按训练计划的时间实施训练。对于遇到特殊情况必须占用训练时间的，应在请示报告的同时，统筹安排，千方百计地将误训的时间补回来。

不留死角。小远散单位、执行生产任务的分队、机关勤杂人员往往最难落实训练计划。今年，这个师注重发挥师、团机关各业务部门的职能作用，层层实行责任制，谁出现死角打谁的板子。考核情况表明，一些容易成为死角的单位今年训练都落实较好。

该师的这一做法，受到军区的充分肯定和表扬，并向全区部队推广了经验。

机关连队分别制定落实《纲要》计划

某旅双向加强基层质量建设*

沈阳军区某旅连队和机关分别制定按《纲要》建设连队和按《纲要》指导基层的计划，蹚出了一条加强基层质量建设的新路子。

目前，这一做法已在军区所属部队推广。

从今年初开始，这个旅在军区领导和机关工作组指导下，经过反复酝酿，产生了连队按《纲要》建连计划和机关按《纲要》帮连计划。旅领导介绍说：计划年年定，但这两份计划与过去不同。制定过程中，部队把《纲要》和军委、总部的各种法规性文件结合起来学习贯彻，各单位根据自己的特点，确定年度总体和具体目标、措施、要求。

为保证“计划”正常运转，他们还采取机关定月计划、连队做综合性周表等辅助方法，调整临时性任务，解决应变问题，并规定5条硬性措施，维护“计划”的权威性。

连日来，记者在这个旅调查了各单位“计划”运行情况，感到这一做法已给基层带来了三个明显变化。

---

* 原载《解放军报》1992年7月21日头版头条。与赵忠范、赵明合作。

由忙乱变为秩序井然。

由于机关积极主动为落实“计划”创造良好的环境，重点突出，有力地克服和防止了政出多门的现象。年初以来，该旅工作有条不紊，干部休假正常，连队坚持各项制度落实，受到集团军的表彰。

由“单打一”变为“全面上”。

去年连队落实《纲要》想到啥抓啥，随意性较大，单项冒尖比较突出。今年由于按“计划”抓建设，各项工作做到了既突出重点，又兼顾其他。十九连等 5 个基层单位，过去单项都很冒尖，可后勤管理、党支部经常性建设、骨干队伍建设等却是弱项。今年他们按“计划”狠抓薄弱环节，取得显著成效。6 月，有 4 个连队在旅里介绍了抓全面建设打基础的经验。

基层干部素质由弱变强。

过去部分干部工作主动性差，标准不高，管理能力弱，综合素质上不去。现在他们按“计划”抓连队建设，脑子有谱上路快、锻炼大。据上半年考核检查，全旅干部胜任率由原来的 80%提高到 97%。

同时，旅里还有 11 项工作分别被军区评为先进，营房正规化管理受到总部表扬。

铁流扫千里　直取黄龙府

某炮兵旅向严格的战术训练要质量*

一支由100多辆战车和50多门大炮组成的长龙，从长白山腹地向北驰去。突然，夜空中升起三颗黄色信号弹，车队遭敌化学袭击……

这是9月中旬，某炮兵旅在战术背景下进行野外训练摩托化开进中的一个镜头。

距离营区千里之外的塞北古战场黄龙府，是该旅进行野外训练的基地。过去，他们到这里执行野外训练任务时，都由铁路输送。

今年，他们本着从实战需要出发的思想，进行摩托化开进，锻炼和摔打部队，提高吃、住、走、打、藏的能力。

在开进途中，导演组设计了30多个情况。部队常常一会儿遇到“敌机空袭”，一会儿又要通过“火力封锁区”。干部战士们反应迅速，处理情况得当。

滚滚铁流，一往无前，直向目标黄龙府挺进。

吃，在“断粮断水”的情况下，部队能够利用野果野菜充饥。

住，尽管时值仲秋之时，昼夜温差大，但住塑料帐篷的干部战士，昼夜发

---

* 原载《前进报》1991年9月26日头版。与隋连军、谢海军合作。

病率始终控制在千分之二以上。

走，一般车辆故障能够迅速排除，遇到牵引车“报废”时，人员能应急推着大炮继续前进，直到补充车辆到位。

打，能应付行军途中出现的各种战斗情况。

藏，在一片毫无遮蔽的河谷地带，空袭警报拉响后，战士们机智地将车辆开进山谷中、悬崖旁，就近利用树枝、野草等地形地物进行伪装，浩浩荡荡的金戈铁马转眼间消失得无影无踪。

在这次野外开进训练中，该旅还掌握了季节变换时的车辆行驶、武器装备保养使用和人员野外生存能力等方面的许多数据，为未来的实战积累了经验。

处处关照动真情　件件小事连兵心

守备某团注重解决战士物质生活难题*

3月下旬记者到沈阳军区某守备团采访。

不年不节的，却时常闻到从连队飘出的饺子香味。

一问方知，团里新近购买了饺子自动成型机，每周一顿饺子成了食谱上的固定“节目”，用战士们的话说：“吃顿饺子全连齐动员的老皇历终于翻过去了。”

团政委王明生告诉我们，“不以善小而不为”，是团党委在抓落实问题上取得的共识。

基于这一思想，他们认真抓好一些领导机关看起来不大，而在战士看来并不小的事情。

这个部队地处完达山脉，老旧营房没有室内厕所，战士冬季夜间上厕所很不方便。团里便给每个连队购买了4个尿桶放在宿舍走廊，战士们夜间跑“1号”的很少能看见了。

喝开水过去在这个团也是个难题，尽管会上讲，会下查，可开水还是供不

* 原载《前进报》1991年4月18日第3版头条。与陈瓦力、杨宇林合作。

上。今年春节前，团后勤处长带人到几十公里外的镇上买回个大茶炉，又为每个班配上了暖瓶。从此，全团每天统一供应开水，多少年的难题迎刃而解。

这个团有10名从四川凉山入伍的彝族新战士，民俗不同和语言障碍，给他们的生活、工作带来许多不便。团里专门为他们办了个夜校，每周上两次课，彝族战士一再表示："阿呢木哇！阿呢木哇（太好啦）！"

这个团家底薄，是个"困难户"，艰苦奋斗、节衣缩食十几年，去年才把账面上的"红字"变成"蓝字"。

"百废待兴"先干啥？党委指导思想很明确，资金、物资先往战士身上使。

于是，团生活服务中心添置了豆浆机、面条机、饺子机；每个连队都有了台球案、和面机；每个战士都有了体能训练时护耳的滑冰帽、护身的棉背心，一下就花了近8万元。

而早该维修的团办公楼和机关干部单身宿舍，团里只花两三千元买了点涂料，刷在外墙上装饰一下"门面"。

战士庄笑南深有感慨地对记者说："如果领导和机关都这样抓落实，基层那些事就没有不落实的。"

打牢理论根基　端正思想方法

某守备团从学哲学入手提高干部素质*

元旦前夕，笔者来到沈阳军区某守备团哲学读书班的教室里，只见四壁贴满学习心得和体会文章，其中的作者既有团长、政委，又有连、排干部。

团政治处王主任告诉我们：“团党委是把学哲学作为加强干部队伍建设的一项基础工程来抓的。”

团党委感到，近年来有的干部在认识形势、对待政策、领会上级精神方面，经常出现观点偏激、钻牛角尖等思想方法问题，从而影响了团队的建设和工作的开展，而要解决这个问题，必须学好马克思主义哲学，厚实思想底蕴。

于是，团里于 1988 年 5 月初，正式开办了每周五晚上授课的干部哲学班。

为了扎实地搞好学习，团里把学员到课率、学习成绩与考评干部挂起钩来。

团里还克服许多困难，解决工学矛盾，部队走到哪里，哲学班就办到哪里。部队外出训练时，他们就将哲学班办到宿营地的山坡上。

学习中，团领导既当学员又当教员。几名团领导都在台上讲过哲学课。他

* 原载《前进报》1990 年 1 月 6 日头版。与张学森合作。

们在学习中不急功近利，注重紧密联系实际打牢理论根底。

他们在讲课时注意用马克思主义哲学观点解释政治教育、政策教育中遇到的一些难题，使干部们在潜移默化中提高思想认识水平和工作能力。

这个团哲学班历时一年多，已学完《马克思主义哲学》等 3 本哲学著作。参加学习的干部都有不同程度的收获。

高机连刘连长过去带兵“恨铁不成钢”，方法简单，受到过团里批评。学习哲学后，他认识到自己以前没有处理好主观愿望和客观效果这对矛盾，致使官兵关系有些紧张。现在，他改正了自己的缺点，在带兵方法上前进了一大步。

采访中，干部们普遍反映，团党委的做法太好了，谁学哲学谁聪明，谁学哲学谁进步。

不图一时解气　热情帮助提高

某师注重做好受处理党员的转化工作*

新年伊始，沈阳军区守备某师传出一条喜讯：

全师党员不仅立功受奖面高达党员总数的83.7%，而且在民主评议中受到过组织处理的党员90%以上有明显进步。

这个师民主评议党员活动开始于1988年初。

半年后，师党委书记、政委涂明洋深入基层调研了解到：有的单位评议党员时，对表现后进的同志有怨气，处分、处理他们只图一时解气，忽视做他们的转化工作，人为地“导致”出现更多“后进党员”。

因此，师党委要求各级党委、支部做好评议后的帮教工作，帮助受到过组织处理的党员改正错误，迅速赶队，并把做好这项工作作为衡量优秀党务工作者的一项重要内容。

同时要求，各级党委负责同志带头做这方面的工作。

该师所属某团五连，有个干部党员不愿提职，工作消极，要求早点转业。师党委副书记、师长南国卿来到这个单位，几次找这名干部党员谈话，严肃指

* 原载《前进报》1990年2月3日头版。与张学森合作。

出他的问题，晓以利害，限期改正，使这名党员干部改正了错误，较好地履行了职责，由后进转变为先进。

这个师积极热忱地做好党员评议后的工作，使党员队伍的素质有了新的提高，部队建设得到加强。

1988 年两次评议中，全师 50 名被限期改正的“基本不合格党员”，经组织帮助与个人努力，1989 年底全部达到合格标准；21 名被处理的不合格党员，都有很大幅度的进步。

到 1989 年底，他们中有 14 人受到嘉奖，有 7 人被师、团评为学雷锋积极分子，有 6 人被评为师、团训练尖子。

预备党员、战士赵喜详入党后产生“党票到手，工作到头”的思想，评议中被取消预备党员资格。评议后，支委们和党员帮助他认真吸取教训，使他痛改前非。

前不久，他参加师训练尖子比武时，其母病重，连续收到 4 封电报，直到比武结束他才回家，受到团通报表扬并恢复了预备党员资格。

第三卷　心灵之窗

长寿的姥姥*

姥姥已是90岁的人了，不但生活自理，还能做些事情。“她是好人，勤快。”我觉得，乡亲们的这个简朴评语，在赞美姥姥的同时，也道出了她长寿的秘诀。

姥姥是同代人中极普通的一个。裹着三寸金莲的她姓温，大家便叫她温氏，后来嫁给刘姓的姥爷，刘温氏就成了她的名字。

姥姥命苦。呱呱坠地时，本是富裕殷实的家庭开始破落，本应成为掌上明珠的她变成了多余的人，4岁便送了人家做童养媳。不久，爹死娘嫁人，她成了无依无靠的孤女。后来，她生育1男3女，也只有妈妈长大成人。70岁时，她又失去了与她相依为命的老伴。

姥姥以她的勤劳与悲惨的命运抗争了一辈子。最贫困的日子里，她用捡来的碎布片连缀成各式衣服，不但使我们一家人有穿的，还能拿到集市上换些钱来，补贴家用，度过饥荒时日。姥爷上了年纪，挑不动水了，可姥姥的水缸仍是满满的。每天，在别人还在熟睡的时候，她就悄悄地起了床，用一只大茶壶

---

* 原载《江城日报》1992年7月23日第3版。

提水，一提就是10多趟。因为井深，姥姥往往要在井边跪上半天，才能打上一壶水来；返回路上，姥姥常常要间歇二、三次才行。

那一年，姥爷去世了，妈妈三番五次地要把姥姥接过来养活，生产大队也表示要将姥姥“五保”起来，但姥姥不肯接受。她说：“人活一天，就要劳动一天，不能吃闲饭。”这样僵持了一年多，妈妈终于以“强硬”的方式把她接进家里，为她养老。

细算起来，姥姥来我们家的这些年，确实没有吃过一天的闲饭。像一部永动的机器，她总是不停地干活、干活。清晨第一个起床的是她，夜里最后一个休息的还是她，即便是全家群起“攻”之，“强迫”她静静地坐下来休息一会儿，大家一齐动手完成她要干的活儿，结果不到10分钟，她又找到了看不顺眼的地方，于是又站起来拾掇这里理顺那里……

一双小脚借助拐棍的力量支撑着日渐佝偻、萎缩的躯体，本已十分艰难，而姥姥却做了那么多的活计，这经常使我难以相信。

我赞佩姥姥的勤劳，更惊奇于姥姥的威信。姥姥没有受过一天的正规教育，却知晓那么多的朴素道理。在我们家，大至子婚女嫁、费用开支，小至锅碗瓢盆、鸡毛蒜皮，大家都自觉不自觉地同她商量，听她的意见。

自称“现代青年”的二弟，“私自”处了对象后，惶惶不可终日。终于有一天，他诚惶诚恐地报告给了姥姥。姥姥经过细致考察，“恩准”了此事，他高兴地差点没有跳起来，从此才敢“大胆往前走”。

殡葬制度改革，要求农村也实行火葬。提起火葬，连比姥姥年岁小些的那一代人，大都“深恶痛绝”，表示“万万不能接受”，而姥姥却说火葬挺好，她没意见，并主动提出将为她预备的棺木打成几口箱子。

姥姥一生从未和任何人红过脸，争过嘴。把严以律己、宽以待人这句话用在她身上，那是再合适不过了。过路人在村口乘凉，她会端碗水去；即便在困难时期，如有人登门讨饭，她宁可自己饿着肚子，也将家里仅有的一碗饭送上。

印象中，姥姥的人缘极好，她几乎得到了所有认识她的人的尊敬。记得小时候，我们每每在外面做了错事，被人抓了“现行”，人家会说“看在你姥姥面上……”而放掉我们。而事后，姥姥一旦知道了情况，就会去向人道歉，并责备我们一番。

如今，姥姥已是四代同堂的人了。嫁出去的一起过的一大家子20多口，都对她很孝敬，就连不懂事的孩子也都和她处得极有感情。有时，孩子们哭闹不听话，别人上前制止劝说都没用，但只要姥姥发话宽慰一下，那哭闹声便立马停止了。

姥姥爱吃油条，在家的人外出，在外的人回家，总忘不了给她捎上两斤。

那一年，姥姥大病一场，双目几近失明，走起路来很不方便。我从家书中知情后，特意给她捎回一根峨眉山竹制的龙头手杖。这手杖被她派上了大用场，除了探路，她还用来驱赶牲畜，划拉地上的草草棍棍……不到一年，便磨得没法儿再用了。

此后，我每年回家探亲都不忘给她捎带手杖，一年一根，算起来已有6载了。

好人好报。我真心希望姥姥长命百岁，我愿意永远给她老人家买手杖。

妈妈笑了*

在我离开家乡、参军入伍之前的记忆中，妈妈的脸上总是出现那种着急的、沉思的、忧郁的神情，很少见到她的笑脸，也难以看到她流泪。尽管她老人家一生坎坷，大喜大悲，饱经沧桑。

她出生在桐柏山南麓一个贫苦家庭，不满12岁便做了别人家的童养媳。直到家乡解放，她在政府办的文化扫盲班上与我父亲张广炳相识，并自作主张决意嫁给他时，才知道自己从此有了说话的权利。于是，她给自己取了这样一个名字：刘恩华。

母亲那羸弱的臂膀默默地承受了许多痛楚和灾难。每当不幸降临，她总是咬紧牙关，坚强面对，并寄希望于未来。因为她相信人生没有过不去的坎，未来总是美好的。妈妈共生育5男2女，没想到上有两个哥哥和两个姐姐，下有两个弟弟，排行第五的我后来却成了长子——她那头两个天真可爱的儿子——我的两个哥哥，据说在很幼小时——大概一个3岁一个5岁——便被天花和脑膜炎相继给夺走了生命。即使这样，她仍然没有丧失对未来的信心。

* 原载《中国青年报》1991年6月15日第3版。

更悲惨的是，曾经历了青年丧子的母亲中年又失去了丈夫。1970 年，我的父亲张广炳因病逝世。此时，成年的大姐国英已经出嫁，10 岁的二姐明珍是家里最大的孩子，最小的弟弟明军出生尚不满 80 天，二弟明强也才 3 岁，我 6 岁。一窝小鸡雏似的孩子嗷嗷待哺，长眠的丈夫再也不能醒来。可怜的妈妈悲痛欲绝……可是，为了给孩子们一个精神支柱，她只能暗地里抹泪。

此后，母亲既当妈又当爹，风里来雨里去，里里外外一把手，拉扯着 4 个孩子，养活着我那年迈的外婆和双目失明的外公。7 口之家靠她一个人挣工分吃饭，因而家里时常断炊，只能吃点甘薯和野菜。那时，有个现象使姐弟们迷惑不解：锅里无米（但有水），母亲却仍往灶里添柴烧火。有一天，我终于忍不住问了妈妈，她叹了口气，缓缓地说：“孩子，你还小，不懂这些。国家穷，我们不能要救济粮吃。我烧火，是让烟囱冒烟。不然，让别人知道我们没了饭吃，又给国家增添负担啦！”……

深明大义的母亲很要强。分田到户那年，已是 52 岁的她谢绝照顾，自己使牛打耙，干起她从未干过的一般只有男劳力才干的重农活。作为母亲的长子，当年不足 16 岁的我再也看不下去了，发誓要把家里的重担挑起来……从那天起，我就告别了学堂……母亲为此常常觉得对不住我，逢人就说，因为她这个做母亲的不中用而耽误了我这个大儿子的学业和前程，以至两年多后的 1982 年冬天，东北威虎山的部队来征兵时，她说什么也要把我送去。

虽然我的体检、政审都合格，但我家当时属于缺劳力的特困户，公社和大队上的干部因此不同意我当兵。母亲挨个地找到公社和大队干部说：“让我儿明刚参军吧，天大的困难我们自己克服，绝不给政府添麻烦，何况我家日子过得一年比一年好！”母亲这坚决的态度终于使我穿上了军装，第一次走出故乡，来到遥远的当时的中苏边境绥芬河畔当了一名边防战士。

当我在北国边疆守卫 5 年之后，西南边疆的战火硝烟再度弥漫之时，我主动要求并被批准去了云南老山前线。当组织上派人到家里询问有什么困难和要求时，妈妈坚定地说："我什么要求也没有。如果明刚在战场上牺牲了，请领导批准他的两个弟弟参军，接过他的枪。"

1989年初，已经成为一名青年军官的我，从战场凯旋荣归故里。家里也发生了巨大变化，盖了新房，购了彩电。家里条件好了，母亲望子成龙的梦想也实现了，而她却因积劳成疾，身患贫血、眼疾、支气管炎、关节炎等多种慢性病。家宴上，母亲乐得像个孩子，我和姐姐、弟弟们的眼睛却潮乎乎的。酒过三巡，我说："今年是妈妈的花甲大寿，我提议让老人家逛逛京城，为她祝寿！"姐弟们都称这主意好。

我扶着妈妈登上了雄伟的天安门城楼。老人出现了少有的激动，她用那做过白内障手术后刚恢复些视力的眼睛，使劲地看啊看啊，总觉得看不够。后来，妈妈累了，倚靠在一根大红柱子上，稍微休息了一会儿，然后整理好身上的衣服，直直地站好，让我给她照张相。背着相机的我立声应允，跑过来半蹲着开始对焦距、调光圈和速度，当我将要按下快门的那一瞬间却惊呆了：我听到妈妈从内心深处发出了爽朗而舒心的笑声，继而我又看到妈妈的双眼流出了泪珠。这些都是我过去不曾见到过的……

"妈妈"，愣了半天，我急促地问道："您这是怎么了？我看到您明明在笑嘛，怎么又哭了？您以前可是从来没有这样子的啊?!"

妈妈擦了一把泪水，说："儿子，我这是高兴啊！"

"这可是我第一次见到您这样的笑和这样的哭哇，妈妈！"

妈妈激动得语无伦次："是呀是呀，今儿个我笑我哭，是因为我来到了北京，这里是祖国母亲的心脏啊！……"

妈妈泪如泉涌，我顿时悟出了这其中的道理，同时也更深地理解了我的母亲。照完相，我双手搀扶着母亲，说："妈妈，只要您高兴，您尽情地笑、尽情地哭吧！……"

少北先生*

我和小学时的老师杜少北先生久违了这么多年，又远离他数千里，可是，他的音容笑貌却时常浮现在我的脑海里，对他的思念和崇敬之情不时出现在我的心里。

其实，少北先生只是一个农民，一个普普通通的庄稼汉，之所以叫他先生，是因为他旧时读过私塾，满腹经纶，加之人品又好，够上了这称呼的规格——在鄂北乡间，纯朴的村民崇尚文化，对年岁稍大、品端行正又能识文断字者一律视为文化人而尊敬地称之为先生。

那是16年前的金秋，我读小学五年级的时候。一天，校长领着一个中年汉子走进教室："同学们，你们的老师要生孩子，不能上课了，我给你们请来了一个新老师。从今往后，他就是你们的班主任兼语文老师，大家要听他的话。"校长走后，新老师用粉笔在黑板上工整地写了"杜少北"三个大字，说这就是他的名字，然后点名，歉意地笑了笑，说他刚才还在种地，毫无准备，这节课就不讲了，大家自己复习。

* 原载《江城日报》1992年9月10日第3版头条。

他默不作声，静静地眯着双眼，一头扑在书本上备课。

复习了一会儿，我抬头端详，发现他的脸很黑，头发很短，深蓝色的粗布大褂后面有被汗水浸渍出的淡白色的片片斑痕，宽大的裤脚上溅满星星点点的泥浆。我猜想，他一准儿是被校长从稻田里直接拉上来的。

晚上回到家里谈起这事时，大人们说杜先生是个有学问的人，他书教得好。此番他已是二进学校了，上次离校，是因为他的成分有点问题。我是学习委员，还担负着主办黑板报的任务。为了给杜先生一个良好的第一印象，我决定次日起个早，将黑板报的内容更换一下。

踏着黎明前的黑暗我摸进校园，见到的唯一的一束橘黄色的光亮是从杜老师的寝室里发出的，只见他的身影透过窗户玻璃，映照在外面一堵雪白的墙上，像电影里的逆光镜头，很有质感。我蹑手蹑脚地贴近他的窗户，但见他握着书本的双手反背在后面，口中念念有词；那写满了密密麻麻的蝇头小楷的备课簿，翻开着放在案头；再看床上他的行李仍打着捆儿，压根儿没有解开过……哦，杜先生一夜没有合眼哪！

上课了。杜先生放下课本，旁征博引，讲得通俗而风趣，语调抑扬顿挫，十分引人入胜。大家齐刷刷地昂着头，一个个听得目瞪口呆。54 名同学中，这时只有我这个平时的好学生在溜号走神儿——我是希望杜先生能够插话表扬一下我今儿个第一个进教室办板报、打扫卫生的事儿。谁知下课铃响了，他也没有提到我。我有些沮丧，怪他粗心大意。

没受表扬倒也罢了，午饭后，他还将我叫进寝室接受批评，主要是两件事儿：以后不准再起早，板报擦了重办。不起早的意思我好理解，可是板报我是超水平发挥的呀，错在哪？他没讲，我也没敢问，反正中午有时间，我又办了一次。他过来看后说：“再重办！”见我一脸茫然不解的神情，他加重了语气：“标点，所有标点你都是随便地点一点，这怎么行呢？……”

知道了毛病，我把标点符号写得很规范，他终于发出了满意的笑声：“这回嘛，还行！记住啊，学知识，做学问，一点也马虎不得的。”他将要转身离开时，又说了句我一辈子也不会忘记的话：“我宁可要你们现在恨我，也决不能让你们将来骂我。误人子弟的事儿我坚决不干！”

我被杜先生“标点”的下马威给弄服了，从此规规矩矩，不敢有丝毫的造次；同学们也都对他服服帖帖，言听计从，那样子还心甘情愿。期末，我们班语文统考平均成绩在全公社30多个相同班级中得了第一名。寒假前，全班联欢庆祝，活跃的气氛中主持人将杜先生推了出来，推辞不过，又不会唱歌跳舞，他便露出了“横流倒背课本”这手绝活：随便谁指出课本的一个页码，或者点出一篇课文的题目，他都能倒背如流。惊叹之余，我说：“杜老师，您那么深的学问，还用熬夜背吗？”他答：“我要吃透书的精髓，就得背。不然，误了你们这些子弟，我可担当不起呀！”

高兴的是新学期到来时，替人代课的杜先生取得了民办教师资格，并且仍教我们班。这学期，我的作文有了长进，经杜先生指导的一篇记叙文，在全县作文比赛中夺得冠军，并刊登在地区小报上。然而当我拿着报纸，兴冲冲地去向杜先生报喜时，他却人去房空，又回老家种地去了。我和同学们好不悲伤、难过，我们不明白杜先生为什么不辞而别。有小道消息说他得罪了人，可我怎么寻思琢磨也觉得不像这回事：他这样的好人，能得罪谁呢?！这个问号在我心中隐藏了10多年。

今年春节，我回到了久别的故乡。备了一份礼品，我找到杜先生家，和他一叙师生旧情。当我问及心中的谜团时，少北先生说：“不提这个。看到你们学有所成，老夫此生足矣！”但他终究抵挡不住我的再三追问，“唉”了一声之后，说出了当年的谜底：上面一个领导经由学校附近时，所乘的车子爬不上去那个漫长的陡坡，便“勒令”我们这些正在上课的小学生来修路、推车，被杜先生坚决地给顶回去了，他讲了充足的理由，最后说：“他们可是手无寸铁的小学生啊！难道，你叫他们用手去抠那坚硬的石头？……”

“就因为这个?! ……”我心里愤愤不平，却又无话可说。我真切地感到，从这一刻起，先生的形象在我心中更加高大了。

老　井[*]

涉世之初的记忆在一个快30岁的人的脑海里，大都如同裁缝间里的碎布片儿一样零乱、模糊，很难连缀成一幅比较完整而清晰的图像。然而，家乡的那口老井对我来说却是一个例外。

幼时，我极爱甜食。专门照看我的外公说我们这儿的井水是甜的，听得我砸吧嘴、流口水。外公是个盲人——后天患眼疾导致的，他摸出一只陶瓷茶壶，让我牵着他手里的竹竿，去井里打水喝。

水提上来了，我急切地呷了一口，咂咂嘴品了品，舌尖儿果然甜丝丝的。随即，我仰起脖颈，咕嘟咕嘟地猛灌一气……

此后，这老井便成了我童年为数不多的最好去处之一。

再后，这老井使正学着喝生水会得病的卫生常识的我犯了疑惑：我和村里的人喝了这么多年老井的生水，为什么从来没谁闹过肚子？

老师对我提出的这问题，显然不感兴趣，他想了想，很不情愿地“解释”说：算你们命大，行了吧。

---

* 原载《江城日报》1992年8月13日第3版。

我的家乡在桐柏山南麓。这口老井，就在村子南头不远处。

老井古拙而朴素，井架上的轱辘由青色铸铁和肉红色枣木结合而成，摇动时的声响苍凉、浑厚，极富韵律，给寂寥的村庄带来些许生机；井面是用几块纹理细密、质地坚硬的大理石和汉白玉铺就的，正所谓真金不怕火炼，经历了天长日久的风吹雨蚀，反而愈发光洁平整；那深约二丈许的圆筒形井的四周，均以奇形怪状的石头错落有致地堆码着，暴露的外沿，爬满了青苔和不知名的水性花草，绿茸茸黑黢黢的，闪着晶莹的亮光，吐着湿润的清香；井水无波，平如镜面，真真切切地倒映着井口、井上人和头顶上的那片天空。

有意思的是，对着井下呼喊，你会得到一连串的有趣的回声，像是有人在跟着你的后面学着你的呼喊声，学得既像你的声音，又不完全像的那种样子。

据说从前，老井边上有株巨大的垂柳，婀娜婆娑，荫及二丈余，堪称村中一景。只可惜，在那个特定的年代里，它被戴红袖章的小青年们，连同井架上的轱辘一起当成“四旧”给破坏了。我记事时，仅仅见到有如菜墩般大小的树的底座和像老人腿肚子上突暴而弯曲的青筋一样的树根。我曾看见这树根几度发出新芽，但它经受不住没有照看好的牲畜的蚕食和不懂事的村童的攀折，终究未能长成大树。当我读了几本美学书之后，再来到老井边上的时候，脑子里总会出现这株曾经巨大的垂柳的幻影，心里怅然若失，备感遗憾。

我还听村里最年长的陈姓的“老太爷”“讲古”时，说过一段关于老井的很有意思的传说。大意是这老井的底部有个巨大的玉石做的碾盘，碾盘底下有条青龙。青龙将地下的水吸进肚里酿成龙泉，再从碾盘中央的方孔中源源不断地喷出。所以，井水不干并且好喝。我们村人的祖先在这个龙泉挖井时，为了不让青龙晒着，就栽下了这株垂柳遮挡阳光。那时，人们对老井极虔诚敬畏，牲口畜生是不能接近井边的。

传说终归是传说，青龙谁都不曾见过，老井多老也没有人知道。不过，至少可以肯定两条。一个是老井慷慨无私，井水甜得可以。不是吗，千百年来，老井始终不渝地以它甘洌的乳汁，将一代又一代村民滋润得白白净净，耳聪目明。即便后来村里人丁兴旺，用水量激增数倍，老井也未曾吝啬过，要多少有多少，给村民的感觉是取之不竭，用之不尽。再就是陈“老太爷”所讲的井下的碾盘，质地虽不是什么名贵的玉石，但确有其物，是用家乡常见的汉白玉做的。

那是在我很小的时候，村里几个青壮年在一老者的提议和牵头组织下，首先让各户挑去足够的生活用水，然后他们利用正午休息时间，在井边烧了些火纸、点上香，磕上三个响头，接着快速地、一桶一桶地将井水打干。这时候，就可以看到碾盘和碾盘中央汩汩涌水的泉眼。这时候，村民们就纷纷自发地按户送来香烟、米酒、鸡鸭蛋和零毛钱，以感谢淘井人为大伙付出的辛劳。淘井人将井底的沙石瓦块、树枝木片等杂物清理干净，再用洁净的水冲洗数遍，然后老井焕然一新了，水就更好喝了。

在离家从军的10余年里，我的足迹北至漠河南到老山，可我从来没有喝到过比家乡老井里面的水更好喝的水。因为惦念，我常在书信中提到老井，然而我得到的情况并不乐观。先是井绳坏了没人管，由早先的一根井绳全村共用变为一家一根，随用随带随系，用完解下带回，家家如此。接着当初带头淘井的老人不在了，当初淘井的青壮年渐渐老了，指挥不动后生了，没人淘井了。偶有人淘一次井，也无人前来送钱送物犒劳了，于是就没有人淘井了，于是老井的水日渐浑浊、日渐萎缩，于是人们纷纷花上数百元钱在自家院里打深度压水井……

毕竟，喝惯了老井水的村民忘不了老井水的味道，于是逢年过节之前，老井里那有限的一点水就成了争抢的对象……

呜呼！我不知道，这是老井的悲哀，还是人的不幸。

我那遥远的故乡的老井啊，何日重回从前，焕发青春?!

军装的情感[*]

要说军装，对于我这个从小就向往它，后来穿了它 10 年，以后还将继续穿下去的人来说，真是别有一番感受在心头。

那年，我记得是读初二时的夏天，听说邻村来了打靶的解放军高炮部队，兴奋得我和小伙伴们一夜都没有睡好觉……

第二天一早，我们便翻山越岭十多里去看他们。他们一举一动的每个细节都让我看得着迷，那翠绿的军装、鲜红的领章帽徽，尤其让我眼馋。天黑了，得回去了，可看了一天，却连他们的军装都没能摸一下，着实让我深感遗憾。于是折回身来，趁一名正在洗漱的小个儿战士不注意，我从背后轻手轻脚地接近并摸了摸他的军装。他一边哄赶我，一边将我手摸处拍了拍，擦了擦。我心里恨痒痒地：不就是摸了一下你的衣服吗？有什么了不起的！哼！将来我也要当兵……

兴许是精诚所至吧，18 岁那年，我如愿以偿，穿上了军装。虽然刚穿上军装时，并没有任何标志、符号，只是一身普通的绿色的棉布罩衣，但它却令

* 原载《中国青年报》1992 年 7 月 8 日第 4 版。

我欣喜万分……至今想起那时的情景，我仍激动不已：小伙伴将我紧紧围住，把衣服摸了一遍又一遍，笑称我为“解放军叔叔”；同伴们或羡慕或嫉妒，但“高看我一眼”是共同的；村干部们不再唤我“建新”的乳名，而改称我为“明刚”或“张同志”；长辈们也放下往日见面时的威严，笑呵呵地夸我“长大成人了”。家里更是一片喜庆气氛，妈妈杀鸡，姐姐打酒，招待前来贺喜的客人；姥姥那平日多皱的面容，一下子舒展了许多，逢人说话便哈哈直乐……

军装给了我欢喜与幸福，我倍加爱护着军装。新兵集训时，整天在地上摸爬滚打，可当时就那么一身军装，为了不把它弄脏弄皱，我每天晚上都对它进行打理：用手拍，用嘴吹，用毛巾擦，用灌满开水的陶瓷杯子烫，之后将它叠成方块……后来进了机关，当了军官，我仍保持着这一习惯。所以，不管是盛夏还是严冬，我的着装总是笔挺周正的，风纪扣总是扣得严严的。

且不说众所周知的“五星红旗两边挂，一颗红星头上戴”，光是我想出的赞美军装的词儿就有不少。我觉得军装有一种很难表述清楚的美感，它在城市不土，在农村不洋，不管你是男是女是老是少，穿它都适用。穿上它，老人显得年轻，富有朝气与活力，年轻人则显得成熟与庄重；穿上它，你还会不由自主地产生出一种责任与豪气，于是它又成了安全的象征……

穿军装的日子过得飞快。转眼间已是春秋几度，我也到了谈恋爱的时候。曾经心中的女神送来一个爱的眼神儿，我便勇敢地追了上去。送她点什么好呢？我想初次见面，礼物不在量多，而在质贵、有特色。我是老兵了，拥有一套节省下来的崭新的军装。我特意将这套军装调换成女式的，决定作为爱的信物送给她，猜想她必定喜欢，并期望在她满意而幸福的微笑中，亲手帮她试穿一下。哪曾想，看到我送的礼物是一套军装，她小嘴一撇，手摆的像拨浪鼓似的：“你算了吧。都啥年月了，谁还稀罕这东西？……”我因为原谅不了她的这种态度，收起军装，永远地离开了她。

数年之后，我与一位素昧平生但却喜欢军装的姑娘结了婚。

然而，军装由棉布发展到化纤、再发展到毛料，我也由士兵成长为军官，在日复一日、年复一年的穿着中，军装在我心中的感觉却渐渐有所淡化……开始认为天天穿它，不免有些单调、呆板了。以致这次春节休假，我一反常态地穿了套西装……

在从部队驻地回家的列车上，当我主动帮助一位老者照看行李时，他见我西装革履，向我投来不信任的目光。回到家里，3 岁半的女儿说啥也不叫我爸爸，还挺有理由，连声说："你不是我的爸爸，我的爸爸是解放军，是穿军装的……"我还感觉到，看到我身着西服，妻子和母亲似乎也有点不高兴。

真没想到，我火车上做好事遭怀疑，到家后不那么受欢迎，仅仅是因为我没穿军装。漫漫的冬夜里，我躺在床上怎么也睡不着，回想着关于我和军装的一切……

避着家人，我向战友发了封"速寄军装"的加急电报。大年初一，当我一身戎装，精神抖擞地出现在家人面前时，当年参军的喜气又在家中荡漾。

节日感怀*

节日里既有欢乐又有寂寞。站在欢乐和寂寞之间，我觉得，节日给我们带来了多彩的生活。

小时候，我总是扳着指头盼过节。因为生不逢时，我的童年过得很清苦，那时候，身上穿的、嘴里吃的、手上用的，都与现在的孩子们有着天壤之别。小小年纪的我就曾为练习簿用到最后一页而发愁。我盼望过年过节，是因为逢年过节，有“新衣服”穿，姥姥和妈妈总会想着法儿、变着花样，或以旧翻新或以大改小，把我们从头到脚打扮得漂漂亮亮、整整洁洁；有好吃的，过年时那碗里盘里，似乎把一年的美食全端上来了，让人吃个够；还可以得到一些零用钱，买来成把的铅笔、成摞的本子。

我尽情地享受着节日的欢乐。欢乐中，长着长着我就长大了。有道是好男儿志在四方，我壮志凌云，豪情满怀。自打穿上一身国防绿，那节日的欢乐就跃上了一个新的台阶。在边关，我曾手握钢枪，身披雪花，遥望神州，祝祖国永安宁；也曾身插茱萸，登上山巅，把酒临风，悟友情之纯真；也曾在哨所里，

* 原载《江城日报》1992 年 9 月 29 日第 3 版头条。

仰望明月，咀嚼月饼，发思古之幽情；也曾醉卧疆场，铺纸拿笔，吟诗诵词，抒心中之豪情……

如同天上的彩云、夜空的星星，节日是生活中闪着亮光的一道彩虹，调剂和装点着我们平淡的生活。节日的氛围和盛装，能使我们感到生活的旋律和高光时刻。一声真诚的问候，能使我们体会到只有人间才有的温暖与真情；一个美好的祝愿，能给正在干事创业的我们增添许多力量和信心。

节日里，可以尽情地狂欢，松弛一下你紧绷的神经，以利于节后全身心投入各自的工作；可以毫无牵挂地去做你早就想做可平日里又无暇顾及的事情；还可以找个你愿意去的没人打扰的静谧之处，一心一意地想着你的心事。

节日里，许多事情使我难以忘怀。我少小离家，大多数节日都在外面度过，远离亲人。可仔细回想起来，那一次次友好的邀请，曾经使我得到过多少至善至美的亲情。有多少可亲可敬的老首长，每逢节日总忘不了邀我这样的“单身汉”们到他们家里欢聚一堂，举杯共庆。

记得那一年，在西南边疆那块战火燃烧的土地上，双方正在进行的战事被新年的钟声给莫名其妙地敲停了，默契得如同有约在先，仿佛有道神奇的无声的共同命令。一时间，火爆的阵地封冻了，一切都悄无声息，一切都怪得出奇，一切都静得骇人。就在这短暂的一瞬间，我顿悟了文化的力量和一衣带水该怎样解释……

当然，节日也能给人带来寂寞和孤独的感觉。当你走进平日里闹哄哄的食堂，加上值班炊事员只有几个人的时候；当你乘上平日里总是拥挤不堪的列车，看见乘客少得屈指可数，整个列车连客带员才勉强凑够一桌的时候；当你回到小屋，面对青灯孤影，书看不下去、字写不下去的时候……想想看，这该是怎样的一种滋味？——孤独寂寞，是吧！我曾因此一度像患了节日恐惧症似的，连星期天都怕过。那种心境下，我想到，这些年我曾给人们制造些许欢乐，可我不明白，我的心为什么如此寂寞？

先哲们教我耐住寂寞，我也要求自己甘于寂寞。于是，寂寞时，我就读道读禅读易读菜根谭，虽然还不到大彻大悟的境界，却也读出了一番洞天。我发现，因为害怕寂寞，下意识地躲避寂寞，其结果正是在制造寂寞，并用这人工制造的寂寞把自己包裹着。

于是，我换一种心境，眼前顿时变得天宽地阔。我用从朋友们那里得来的欢乐，赶跑人为的寂寞；我把剩下的不多的真正的寂寞，看成是生活的馈赠，并将它化作我苦读勤耕的收获。于是，我反倒认为寂寞难得。

只要你拥抱生活，你将永远欢乐。悟出了这个道理，我不再有寂寞。

又要到国庆节了，我知道我该怎样把它有意义地度过。我将张开臂膀，去迎接今后的每一个节日。

我要大声说：“节日，你好！来吧，每一个节日！”

一首歌的怀念*

平生最喜欢的一首歌，却叫不出歌名，更不知为何人所唱。但那歌词，我是忘记不了的：“假如我有一天，邀请你到海边，在那里，有一艘织满了鲜花的小船……”

之所以喜欢这首歌，是因为她总是在我人生旅途最疲惫不堪、最孤苦寂寞和最心灰意冷的时刻，悄然飘进我的耳朵和心田，美好的旋律、天籁般的歌声，动人心弦，给人带来美的享受，同时，还给我些慰藉、给我些信心、给我些力量，鼓励我战胜困难，战胜自我，从而不断地跃上人生的新高度。

首次与她“相遇”，是在一个春寒料峭的傍晚，那时的我正做着作家梦。正所谓初生牛犊不怕虎，艰苦紧张的新兵集中训练结束之后，半年多的训练工作之余，我不放过点滴时间，硬是创作出了一个中篇小说。这是一个不幸的产物，当我第三次信心满怀地将它投寄之后，盼来的仍是挂着铅印的冷冰冰的退稿信的原稿。我相信事不过三之说，默认了失败，同时又十二分地不甘心。沮丧和悲愤之中的一怒之下，我将它付之一炬……然后，我像一只放了气的气

* 原载《江城日报》1991年11月21日第3版。

球，当初的雄心壮志顷刻间烟消云散。我百无聊赖地打发着日子，常常一个人漫无目的地在山路上闲逛，偶尔脚边遇着块石头，它会倒霉地被我踢得老远。“完了，怕是情书也唤不回‘作家’的热情了。”我知道，战友们议论的就是我。索性，我尽可能地天马行空，独来独往。

就是在这样的心境之下，一个周日，我请假上街办事，走着走着，突然听到一家咖啡屋里飘出了优美流畅的旋律，如诗如梦的意境，甜美轻快的歌声，一下子就吸引了我，令我陶醉，流连忘返，久久不愿离去，那一刻我甚至认为，这歌是专门为我所作，为我所唱，因为她仿佛……不，她就是我期待了很久的歌声。我兴奋得手舞足蹈地狂奔猛跑……啊！生活，生活原来是这样的美好；啊！假如，假如真的有那么一天，我应她之邀去了海边，走进那铺满了鲜花的小船时，应当带去点什么？……这个美妙的思绪，在我脑海里萦绕、驰骋和回荡了很久。此后，我修改了读书和写作计划，不求一鸣惊人，但愿一步一个脚印；此后，我每年都有百十篇文章散见于首都和地方的报刊上；此后，带着成功的喜悦和感激，我蓦然回首，苦苦搜寻，却不见这首歌的踪影……

四年前的冬天，我告别和平与安宁，走向西南边疆那块被战火染红了的土地。寒冷的黑夜里，师长亲友们披一身洁白的雪花为我送行。黑的夜，白的雪，呼啸的风，还有他们脸上的泪珠。这情景颇悲壮，真有点壮士一去不复返的意思。列车就要开动，我与大家一一握别。上车后，刚一落座，那熟悉的歌声，便飘进了我的耳朵……我有点不相信，迟疑了一下，然后激动了，热泪盈眶，突然间想就此对谁说点什么，说说关于我和这首歌的故事……可我最终什么也没说。说给谁听呢？说什么呢？列车里没有一个熟人，而且这是很难用一两句话说得清楚明白的，即便说了，又有谁知晓我心海深处的这片情愫？……

在猫耳洞的400多个日日夜夜里，这首歌始终默默地伴随着我。在心里，在梦中，她究竟回响过多少回，我答不出，算不清。我只晓得她给了我许多鼓励、温暖与激情，伴着我穿过弹雨雷场，伴着我进行战场采访，伴着我在如此恶劣的环境下，写出了百多篇弥漫着战火硝烟味的新闻和文艺作品……

凯旋了。友人为我接风洗尘。酒过三巡，大家请我点支歌助兴。我想起了这首歌，因为不知歌名，我取出笔，在餐巾纸上密密麻麻地写下了这首歌词。可号称“包点包唱”的歌手却唱不出这首歌，甚至都没有听过这首歌。席间，我诉说了关于我和这首歌的故事，友人听之无不动容，并感到很新鲜、很神奇、很有意思。后来，有朋友给广播电台写信，为我点播这首歌。电台答复得很热情，但“没找到，暂时无法满足”。

啊，人生旅途上竟有如此奇妙的事情。这首歌总是在我最需要的时候出现，可每当我用心寻找，却又总也不见她的踪影。这究竟是为什么？……我真的很喜欢这首歌，我期盼着她的再次出现。

又是一年春草绿。今年鲜花盛开的五月，我离开生活了近十年的第二故乡牡丹江，前往将是我第三故乡的江城——吉林市。就在我将要踏上这座城市的土地的那一刻，列车广播里响起了那十分熟悉的声音……我怦然心动，急忙取出空白磁带，跑到播音室请求录下这支歌，播音员对我说：“到站了，下次吧。”

啊，下次，下次是什么时候啊？在真正理解了什么是可遇不可求之后，我有点茫然，但我仍在期盼着……

来到海边*

颜色是蔚蓝的，视野是辽阔的，味道是咸涩的，空气是腥润的，声音是浑厚的，沙滩是柔软的，感觉是美好的……啊！我终于见到了真正的大海！是的，带着《东北军旅英模录》丛书第一卷的采写任务，我赴大连访问一位老红军，来到了向往已久的大海边。

我沿着海岸行走，试图走到它的尽头。大海开始涨潮了，一浪高过一浪，使我躲闪不及。最初，它只是温柔地亲吻我的双脚，使我觉得挺惬意挺好玩的，可后来它发脾气了，狠狠地撞击我的双膝，看样子它还要没过我的头顶，把我生吞活淹进去。这可太不友好了，大海，你知道吗，你激怒了一个男子汉客人的尊严与血性……虽然已是初冬时节，海水也比较凉了，但我顾不了那么多，坚决地扯下衣服扔了，毫不犹豫地迎着浪头勇敢地扑上去。我要以我在水边长大、12 岁即征服过许多江湖的辉煌经历，誓与大海进行一番较量与搏击！

逆风破浪，奋力前行。我一口气游过 10 多个向我袭来的浪头，游出了百余米，游得痛快而淋漓。这一刻，我感受到了从未有过的骄傲和快乐。我被自

---

* 原载《江城日报》1992 年 1 月 14 日第 3 版。

己的男子汉气概感动了，心想大海也不过如此，我可以冬天畅游的！

……这时，我发现不是我一个人在战斗，我的左右两侧也有勇敢的人们在畅游，只是没有我游的远。然而，当我还在自我欣赏与陶醉的时候，不祥的兆头已经出现了。渐渐地，我感到全身发虚，体力不支；渐渐地，我只有招架之功，没了还击之力；渐渐地，我完全丧失了战斗力，仅仅凭借仰泳的功底，竭力使自己保持静止状态，只露出两只鼻孔呼吸；渐渐地……渐渐地……我觉得也没有什么大不了的，我横下心来，对大海说，大海呀，我是你手下的败将，随你处置吧，飘到哪里算哪里……即便这儿就是我人生的终点，大海就是我最后的归宿，我也只能默默地接受了。

不知过了多久，也不知是什么时候，一个老渔民用他那粗壮的手臂，一把将我提进他的船舱里。倒完了我肚里的苦水，他捋捋飘逸的银须，哈哈大笑："小伙子呀，刚才的事我都瞧着了。你是条汉子，可你也得服海呀！"他的"服海"二字说得特重，仿佛道出了他这位与大海打了一辈子交道的老人的全部感受与忠告。

夕阳西下，寒风阵阵，海潮涨得更加厉害，海浪的翻卷更加汹涌澎湃，海风的轰鸣更加如雷贯耳。此时的海滩上，仍有一些看海的人们没有离去。他们有的漫步走动，若有所思；有的静坐于此，苦思冥想。这情形引发了我的职业兴趣，猜想他们也是第一次来到海边，我不由自主地与年龄、身份各异的人们热情交谈，探询他们来到海边的所思所想，他们与大海的故事……

勇敢的开拓者，请你到大海来吧，大海会给你创造的智慧；拘谨的自卑者，请你到大海来吧，大海会教你自信的要领；无知的狂妄者，也请你到大海来吧，像我一样接受大海的洗礼和训示，从此就会懂得以前不懂的道理……我是说，大海，是一部人生的大百科全书，无论什么人翻阅都不会两手空空，总会得到一份教益。

在海边的半月时光匆匆而过。我从那位可敬的老红军的白发和皱纹里阅读到了另一个大海，一个地地道道的人生的大海。

初次来到大海边，没有浪漫，却有收获。我看到了真正的大海，悟出了一些道理；我从渔民老人、老红军这两个人生的大海里，看到了人生的真谛和希望之光；我从大海的游客那里，得知了许多关于人与大海的一些有趣的故事。这，将使我终身受益。

红腰带*

战争是红色的，西南战场尤红。红的土地，红的旗帜，红的炮火，红的血液……还有红腰带，南疆将士们几乎每人一条的红腰带。

1987年冬，我在云南老山前线见到第一条红腰带时，颇觉新奇。细问方知，某次战斗，残酷至极，一战士腹部中弹，肠子外流，急中生智，他扯下红背心系于腰间，幸免于难。此事传开，前线官兵们纷纷系上了红腰带。

我的采访对象是个名叫阿龙的白族小战士，知道了我的来意，他憨厚地笑了笑，紧了一下自己的红腰带，然后眉飞色舞地给我讲了许多关于红腰带的传奇故事，大意是说红腰带在战场上有着神奇的保护作用可以“避邪”、护身。得知我刚上战场不久，分别时，他真诚地将自己另外的一条红腰带赠送给了我，并亲自帮我系上。

我惊异红腰带的神奇，更赞美前线战士们对生活生命的热爱，于是就想写点什么，可又觉得似乎不那么可行，这些故事神奇得有些“弦乎”，后方人理解不了的，有人会不会还有别的什么想法呢？所以此后的450个日日夜夜里，

---

* 原载《牡丹江日报》1990年8月1日第3版。

虽然红腰带随时映入我的眼帘，我却习以为常……

将要凯旋时，我特意去找阿龙，这位我接触到的第一位“猫耳洞人”，向他辞别。然而，他所在部队战友告诉我，他牺牲了，是几天前在那场恶战的紧要关头，他将红腰带解下，系于枪管，高高举起，高声怒吼着连续射击，以吸引敌人火力，掩护被围战友……

听完阿龙的故事，我的眼睛湿润了，想说点什么，可此时头脑一片空白，连一个词语也“搜”不出来……我买了一条红腰带，连同一束自己采来的带着露珠的白色山花一起，送到了阿龙墓前……

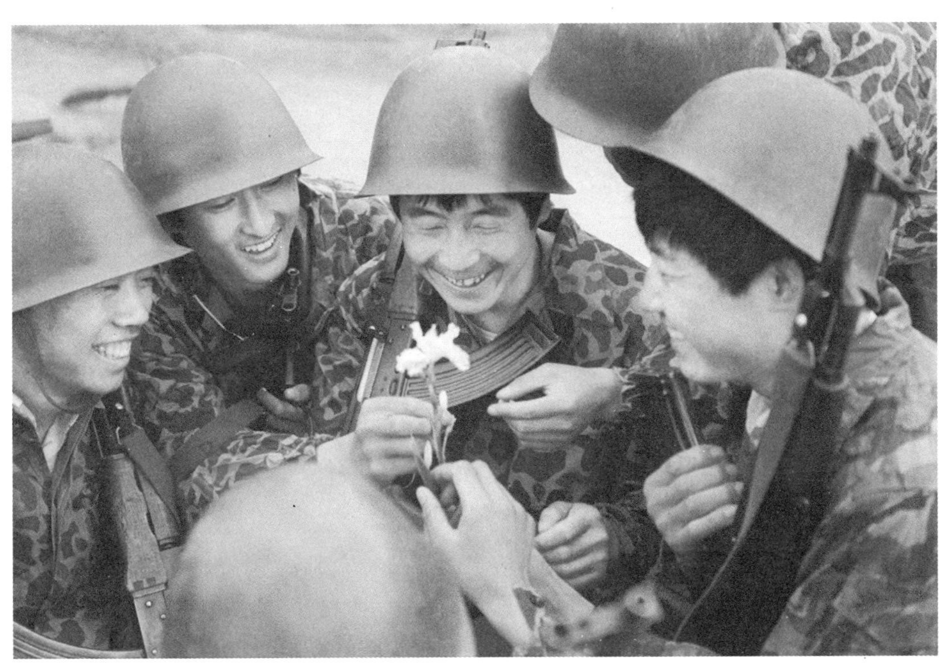

君子兰*

十字路口，亮起的红灯，制止了迎面开来的所有车轮。

一骑车青年，发疯似的在人行道上左拐右弯，“叮铃铃”的车铃声响个不停。

行人中两位老者的脚步乱了方寸，不知该往哪边躲才好。

啪嚓一声，一老者手提的一盆君子兰被撞落在地，花盆摔得粉碎。

行人的目光，齐刷刷地射过去：责备、愠怒、憎恨。

“老大爷，我，我，我……”骑车青年“我”了半天，也没说清什么，随后转身骑上车，飞快地消失在人群中。

“咳！现在的年轻人哪！……可惜了，我刚买的君子兰！”

“老伙计，没撞着你就行啦！还君子兰呢！现在的年轻人哪……走吧，咱们到街心公园歇歇脚！”

……

“老大爷，您二位原来在这儿呀！”过了很久，那位骑车的青年赶过来，

---

* 原载《牡丹江日报》1987年10月29日第3版。

满脸歉意地说："刚才真是太对不起啦！其实，我是为了参加电大考试赶时间才……没想到……请收下我刚买的这棵君子兰吧！"

俩老者惊愕地瞪大双眼，呆呆地望着年轻人。直到年轻人的背影远去了，他们仍没回过神来……

文竹[*]

谁家的一丛文竹枯萎了，弃置于楼道一隅。

如同垃圾，路过的人们熟视无睹。

见其根儿未死，我顿生怜悯之情，遂捧回调养于斗室。

松土、浇水、施肥……日复一日，我精心备至。

终于，新芽破土，一枝又一枝……案头平添些许生机与雅趣。

后来，根深叶茂，它长成一团二、三尺高的浓绿。

慢慢地，我嫌它“无序”生长，不甚“如意”……

为了一个完美的造型，我操起剪刀，限制了它的宽和高……

然而，“型”而未“型”，倒险些伤害了它顽强的生命……

“还其自由吧!”我对自己说：

“即便有恩于它，也决不能限制其自由的生存……”

---

* 原载《江城日报》1991 年 11 月 17 日第 4 版。

老红军老八路过春节的故事*

写在前面：欢乐、祥和、热烈……在改革开放、政通人和的当今，我们可以找出许多字眼来形容举国欢度新春佳节的情景。然而，对于军人来说，春节不只是意味着欢乐，更多的是一种责任，这在战争年代尤其如此。近日，我们采访了几位老红军、老八路，请他们谈谈关于过春节的回忆。半个世纪前那些饱蘸着战地硝烟的春节，也许对生活在今天的人们有着深深的启迪。

孙毅：军民团结乐融融

1942年，党中央、毛主席发出开展“双拥”工作的号召后，刘少奇同志讲了一个令我至今难忘的例子：一对很要好的邻居，因为两个孩子打了架，弄得两家人一年里不相往来。过年了，一个孩子娘带着自己孩子来到邻居家，照着自己孩子屁股打几巴掌，说我孩子那次先打你孩子，这是不对的，今天来赔

* 原载《解放军报》1995年1月27日第7版头条。与曹慧民合作访谈整理。

礼。邻居孩子娘马上拉出自己孩子，也照着孩子屁股打几巴掌，说我孩子也打了你的孩子，这也是不对的。从此两家人和好如初。

这个例子使我深受启发：过年，是加强团结，密切军政军民和军队内部关系的大好时机。因此，以后逢年过节，不管前方战事多么吃紧，我都注意做点有利于团结的工作。回想起来，印象最深的是1946年我在冀中军区当司令员时过的那个春节。

那时不像现在，过节能吃顿素馅饺子就是奢望了。这年大年除夕，我忙完军务，来到连队和战士们一起，边拉家常边包饺子。不一会儿，涌进一大群乡亲，他们一个个手里都提着大包小袋，里面装的绿豆粉、苞米面。

原来呀，乡亲们是用他们的好食物来换黑豆的。绿豆粉、苞米面现在看来不算好东西，可那时就是“精粮”，而黑豆就不行了，“黑豆者，马料也，人能吃乎？”马吃黑豆，又肥又壮，人吃黑豆，发热干燥，拉不出屎来。虽然这样，没吃的，还得吃黑豆。

老乡们的心意使我们十分感动，又过意不去，为此互相谦让着，一时僵持不下。最后我想了一个办法，先收下老乡的部分绿豆粉、苞米面，让老乡换走一些黑豆，之后再把这些绿豆粉、苞米面连同我们自己的好食品，一起送给乡亲，换回更多的黑豆自己吃。

这件事一时间传为佳话，密切了军民关系，为我们的战斗胜利提供了强有力的保证，正像毛主席所讲的：“军民团结如一人，试看天下谁能敌？”

胡奇才：除夕之夜去打仗

算起来，我已经过了80个春节，80岁了嘛！

古人说，年年岁岁不相同。像我们这些打了半辈子仗的人，餐风饮露、枪林弹雨的，过年就好像“白驹一瞬”。

长征路上，有今天没明天的，根本不知道过年。踏雪山过草地，一会儿还是活生生的人，一会儿说不行就不行了，转眼间，人就没了，谁还会想到过年。

抗日战争时期，我在八路军山东纵队当副司令员。那时候，战事频繁，也没有过年之说。要说过年的故事，一想起来就是打仗。

我就随便说说 1939 年吧。这年的除夕，我带领一个大队，去攻打占据山东安丘县城的日军。出发前，老乡们担心，敌强我弱，这一仗可能打下来，也可能打不下来。可战士们士气很高，我的决心也很大，我们都准备着去流血牺牲，碰碰硬钉子，啃它这块硬骨头。

月黑风高，战斗在拂晓前打响了。由于我们敢打敢拼，勇猛顽强，这一仗打得很漂亮，很快攻下了县城，我们只有几名同志受伤。当我们扛着战利品返回时，已是大年初一，道路两边站满了送煎饼、馒头等慰问品的乡亲。因为枪声一响，乡亲们知道这是战士们在打仗，早早就准备东西慰劳我们的官兵了。

王遐方：带给乡亲太平年

1944 年，我担任新四军苏中军区特务二团九连指导员。这年腊月二十七，我们来到了江苏宝应县鲁垛村，加紧训练，准备大反攻。

乡亲们见我们来了，喜气洋洋的，说这下可以过个太平年啦。因为一逢年关，不是附近土匪来打劫，就是日军来扫荡，弄得咱们大过年的，东躲西藏，不得安宁。

为了让鲁垛方圆百里的乡亲们过个欢乐太平年，上级决定春节前拔掉敌伪军在 30 里外设的一个据点，让人民群众过个太平年。

当晚，我们乘坐乡亲们准备好的船只，悄悄地向目的地进发。经过一夜战斗，消灭了据点之敌，打了一个漂亮的攻坚战。次日，大家开始排练节目，我记得有个村姑还把出嫁的新衣服借出来当道具。

除夕夜，军民男女老少，跑旱船，踩高跷，唱小调，尽情欢乐，热烈的气氛持续到初一凌晨。

联欢时，我注意到，有几个大叔大娘点燃香柱，跪地祈祷着什么。百姓们是多么向往和平与欢乐啊！一个月后我们还是走了，但几年之后，我们的人民军队，终于打败了侵略者和反动派，解放了全中国，给全国人民带来了幸福安康的生活。

我讲的这个故事也许不精彩，但我确实被那晚欢乐的情景感动了，以致过去几十年了，都难以忘怀。

王炎：奔走演戏鼓士气

抗日战争时期，我当冀中军区第十军分区政治部烽火剧社社长。我们这个剧社的演员，小的十多岁，大的也不过二十二、三岁。这是一支特殊的队伍，身上背枪背弹，还背胡琴、锣鼓钹。部队行军，我们小跑，赶到队伍前头，写标语，画宣传画，为迎面而来的战士鼓舞士气；等部队走过去了，我们又赶忙收拾行装，继续追赶队伍。

过年，是剧社最忙的时候。我们现在过年有三件事：拜年、包饺子、看电视。战争年代，战士们最大的享受是看上一场戏。一个晚会，要有歌有舞有曲艺等等，大家才满意。所以演员很辛苦，一人要充当好几个角色。

那时，冀中平原战斗频繁，特别是我们军分区，地处北京、天津、保定三角地带，紧扼着敌人的战略据点和交通要道，行军、战斗就更多了，差不多每两天就转移一次。常常一台戏没演完，敌人就来了，虽然有部队顶着，但随时都会遇到危险。因此，剧社不是准备加入战斗，就是准备转移。

1941 年大年初一的晚上，我们慰问部队，戏演了半截，侦察科就来报告敌情，叫火速转移。我们把道具还给老乡，把卸下来的幕布卷成一卷，搭在马背上撤离。到了新的集结地点，我们又装台演出。因为敌情，演员的声音和动作都有些紧张，我就隔着幕布提醒："放松点！"

这个春节，我们辗转在舞台这个战场。以后，剧社在火线上奔走，男同志配了枪，女同志和小鬼们每人都挂了一、两枚手榴弹，提高了剧社的自卫能力。

李蓝丁：芦苇荡里护伤员

春节到了，回忆过去战争年代，我记得从参军那时起，每年春节我都是陪着伤病员一起度过的。

那时候，我们和敌人打游击，一个晚上转移好几个地方是常有的事，有时住牛棚破庙，有时住荒野坟地。记不起是哪一年，医院转移到了一片荒凉的芦苇荡。这里水浅，敌人汽艇开不进来。生活艰苦，有时汤里打点面疙瘩，更多的时候，只好挖芦根吃。芦根是甜的，可吃了肚子胀气。因为缺医少药，很多伤员的病情一天天恶化，我们那个急哟！

那时，我是个二十上下的女孩子，为了给伤病员搞到急需的粮食、药品，常常往脸上抹一把锅灰、黄泥，化了妆出去讨买。我们战地医院有群小鬼，最小的才 8 岁，他们为伤病员端屎倒尿，做了许多护理工作。看到伤员在哭，孩子们就说："不要哭，今天年三十，明天就是初一了！"这些小鬼还是最可靠的交通员。有时碰上鬼子，敌人把刺刀卡在脖子上："八格牙路！"可有了革命目标的孩子，生死关头也能视死如归。他们探敌情，送情报。有时人在打瞌睡，两条小腿却在拼命走。脚上穿着一双"芦花鞋"（用芦叶包脚），在芦苇荡里走得像飞一样。

芦苇荡里风很大，冷森森的，一些小鬼和伤员的脸上都长了冻疮。我和同志们既做治疗，又做伤员思想工作，披着一件破棉袄在伤病员中间慢慢地走，轻轻地唱：“勇士啊，你安睡吧！医好创伤再上战场。你好好安睡吧。勇士啊，你安睡吧！你的热血救了国家。好好地安睡吧……”

徐深吉：杂粮窝头当“年饭”

自1927年参加黄麻起义到庆祝全国解放，在这20多年的戎马征战中，我头脑里基本没有过年的概念。就是说，在革命战争年代，过节和平常没什么两样，该干什么还干什么，该吃什么还吃什么，没有假，更没有过年的物资和精神准备。

那时物资匮乏，生活是很艰苦的。现在还真想不起来，在哪个春节里曾经吃过什么好东西，穿过什么过节的新衣服。在吃的方面，一回想起那时候，脑子里总是小米、红薯、南瓜、窝窝头，还有各种各样可吃的野菜。衣服就更简单了，就是这身穿得不能再穿的军装，粗布的。

苦是苦点，但我们都乐观向上。想想看，那时我们死都不怕，苦又算得了什么。所以，不管他年三十也好，正月初一也罢，也不管饥肠辘辘的肚里只装了几个窝窝头和一碗野菜汤，急行军时就甩开膀子朝前走，交火打仗时就不顾一切往上冲。

就说1941年的那个春节吧。那年2月，我奉命带领八路军129师新四旅（我是旅长）前去支援新四军，经过山东金乡、鱼台地区时，正赶上大年三十。由于当地比较贫穷，筹不上粮，部队只好用白菜帮子掺上杂粮面做成窝窝头，权当“年饭”。这“年饭”还没吃完，突然来了敌情。一声令下，大家放下碗筷，背起背包扛起枪就投入了战斗。

感谢您，中国妈妈[*]

一

1985年8月12日，上午11时45分。

黑龙江东宁县绥阳镇爱国村农民邓希茂家门口。

一对日本中年男女，紧紧拥抱着一个满头银发的老妈妈，热泪滚滚。

良久，他们用生硬的汉语说："谢谢您，您是高沢士郎真正的母亲，一个伟大的中国母亲。"

那个日本中年男子叫高沢十三夫，是日本东京某株式会社驻横滨市管理事业所的工事管理，女的是他的夫人高沢节子。

前面提到的高沢士郎，就是邓希茂的日本名字，他是高沢十三夫的胞弟，而这位伟大的中国母亲就是高沢士郎——邓希茂的养母李淑英，今年74岁。

---

* 原载《牡丹江日报》1985年9月1日第3版，中央人民广播电台播报。

二

让岁月的指针倒转40年，那是中国人民抗日战争胜利后不久。

当时的李淑英，家住在牡丹江市五条路清福街12号。

一天下午，一个叫吴明发的男人，带着一个四、五岁的男孩来到李淑英家："你们家不是没有孩子吗？就收下他吧。这孩子叫高沢士郎，是日本人。"

日本人？李淑英的心针扎般地掠过一阵疼痛，日本人打在她身上的鞭痕犹在。能收养这个侵略者的孩子吗？

吴明发说，这孩子的父亲，在华抛下妻子高沢竹子和二男五女七个孩子，病死了。不久前，饥饿夺走了一个女儿的生命。高沢竹子在匆匆离开中国时，忍痛将最小的孩子高沢士郎留下了。

"妈妈，妈妈，我要妈妈！"孩子哭了起来……

李淑英的目光和孩子孤独畏怯的目光蓦然相撞了。她只见高沢士郎骨瘦如柴，小脸蛋脏得分不出眉目来，见人就双手抱着头怯生生地往墙角里躲。

作为女人，李淑英母爱的心弦被拨动了。

孩子没罪呀！她爱怜地抱起了小高沢。

晚上，她和下班回来的丈夫邓富贵说了这件事，忠厚善良的丈夫欣然同意了。

从此，高沢士郎有了一个中国名字：邓希茂。

三

已经三儿一女四个孩子，大儿子已经22岁的邓希茂陷入了绵长的回忆——

“有一年冬天，家里一点吃的东西都没有，只有喝水了。爸爸妈妈从箱底翻出一个小红包，里面包的是家里仅有的两块钱。双亲用它买两个苞米棒子，在炉子上烤熟后，一粒一粒喂我。”

“我吃饱了睡醒后，看见爸爸妈妈正在喝难以下咽的榆树皮汤。”

“1948 年秋，我们家搬到了东宁县绥阳镇爱国村的一间低矮的小草房里。我周身长满了疥疮、发着高烧，痛苦地在床上打着滚，有一位专治皮肤病的大叔说，这孩子恐怕不行了。”

“妈妈一天到晚守候着我，给我一勺勺地灌药、喂饭，给我按摩，用嘴给我吸脓，用尽了能收到的偏方给我治病。最后，我奇迹般地活过来了。”

“有一次，几个小伙伴玩‘骑马’，我刚走过去，他们就不玩了，一个胖小子指着我骂道，‘小日本来了，打小日本鬼子呀’！我吓得跑回家趴在炕上大哭起来。”

“妈妈知道原委后流着眼泪说，‘来，妈和你玩’。我高兴地骑在妈妈背上，转了一圈又一圈。后来，我发现妈妈的额头上冒着颗颗豆大的汗珠，衣服也汗透了，润湿了我的裤裆……”

说到这里，45 岁的邓希茂再也抑制不住自己的感情了，他呜呜地哭了起来，在场的人也都感动地哭了。

漫长的 40 年，他从一个日本孤儿在中国长大成人了，中国母亲奉献了多少爱和心血啊！……

四

在有关部门的帮助下，一封邓希茂的亲笔信，寄到了日本横滨市一位七十多岁的老太太——邓希茂的生母高沢竹子手里。

虽然现在她生活得美满、富有，却忘不了自己有个儿子失落在大洋彼岸的中国，思念儿子的心将她和那个中国母亲紧紧地连在了一起。

她决计前往中国……

无奈自己年事已高，只好让二儿子高沢十三夫夫妇代表她、她的全家和她的亲朋好友，前往中国看望李淑英这位伟大的母亲。

对此，日本《山经晚报》7 月 30 日 2 版重要位置，发表了一篇题为《感谢孤儿养母的旅行》的文章，简要地介绍了高沢士郎在中国生活 40 年的情况，赞美了中日两国人民之间的深厚情谊，歌颂了他养母李淑英的大恩大德。

于是，便出现了本文开头的一幕。

孤儿三兄弟制旗谢党恩*

鲁志国、鲁志民、鲁志彬是同胞三兄弟，也是三位军人。“七一”前夕，他们将一面制作精美的锦旗寄往家乡——黑龙江省宾县县委。锦旗寄托了三兄弟对党的一片感恩之情和始终不渝的信念。

笔者采访时，大哥鲁志国含泪介绍了鲁家兄弟的经历——“父母双双离开人世时，我刚满 14 岁，小弟只有 5 岁。政府将我们三个无依无靠的孤儿接进敬老院抚养，供我们免费读书。中学毕业后，我们先后走上同一条路，成为光荣的解放军战士。我们觉得这是报答党恩、报效祖国的最佳选择。”

鲁家兄弟以献身国防的实际行动，在各自的岗位上都做出了好成绩，三人都入了党。鲁志国现任某部军士长，作为志愿兵他早已超期服役，但仍默默地奉献着。二弟鲁志民在某部任汽车排排长，他带的排被评为先进排。小弟 1985 年入伍后，学得一手汽车修理技术，面对地方的高薪聘请，他毅然申请改转志愿兵，继续献身国防事业。“我们的童年有过不幸，但更多的是幸福。没有共产党，就没有我们的今天。”三弟鲁志彬道出了兄弟们

* 原载《前进报》1991 年 7 月 13 日第 2 版头条。

的共同心声。

几年来，他们为部队及社会各界作了30多场颂党恩的专题报告和演讲。在建党70周年之际，三兄弟利用假期相聚一起，满怀深情地制作了“永远跟党走”的锦旗，并把它作为特殊礼物献给家乡党组织。

孝儿作媒*

3月23日，黑龙江东宁县驻军某部四连战士高玉德发了一封电报，为他农历二月初四再婚的母亲送上祝福。

高玉德的家乡在湖北省随州市农村，1983年1月初，小高刚入伍两个多月，就得到他长期患结核病的父亲不幸去世的噩耗。他化悲痛为力量，更加努力地工作、训练和学习，两年多来，他先后12次得到上级的嘉奖。

去年10月的一天，小高收到母亲的一封信，信中写道："我上了年纪，在家感到孤独，你们都大了，各奔东西都不在我身旁。虽然我身体还好，能照顾自己，不愁吃不愁穿，但有时想说句话，身边连个搭腔的人都没有……"

小高看到这里，心里很难过。他何尝不明白母亲的心思，可母亲已是46岁的人，再婚会使儿女难堪，多烦恼呀。他认为母亲再婚是件不光彩的事，并为此陷于深深的痛苦之中，甚至产生过永远不再回到那个家的念头。

其实，小高的母亲给他写那封信，只不过想试探一下儿子，是否同意她再找个老伴儿罢了。而高玉德却把这件事当成了心病，受着痛苦的折磨。

---

* 原载《牡丹江日报》1985年5月12日第3版，中央人民广播电台等主流媒体采用。与陈绍忠合作。

随着时间一天一天地过去，小高的思想也在一天一天的转变。1984 年 12 月 24 日，他拿起笔，给母亲写下了这样一封信：

“亲爱的妈妈，原谅儿子，这么长时间没有给您老人家写信了。妈妈，儿子理解您老人家的心情，一个人要想生活得好，光有吃有穿是不够的，儿女再好，也难以代替能同您朝夕相处、相互体贴的生活伴侣。妈妈，现在是新社会，按《婚姻法》规定，您有这个权利，您就放心地行使这个权利吧。”

“妈妈，我看同村的王万兵大叔就不错，他心眼很好，又勤劳朴实，我已写信把情况告诉了他，他回信表示自己很愿意。妈妈，如果您对王大叔没意见，那么您就和王大叔去政府办个婚姻登记手续，再选择个好日子结婚吧。”

今年 3 月，小高的母亲高兴地再婚，并收到了小高的祝福。

午夜惊魂*

这是一个充满恐惧、充满爱和恨的扣人心弦的故事。

“记者同志，让我从头说起吧。我叫王延军，四十出头，是牡丹江市日用化工厂供销科的业务员。我家就住在你们部队上的209医院旁边。”

“5月3日，我去哈尔滨办完公事后，登上151次列车返牡。列车晚点，到站时已近午夜。月黑风高，夜色苍茫，行人稀少，我心里不免紧张，步伐也就迈得很快。”

“你说怪不？心里越犯寻思，就越来事：我被两个浑小子跟上啦（现在我才想起，这是因为检票时我不慎将随身携带的数千元巨款让人看见了）！”

“他们手里握着长长的匕首，在昏黄的路灯照射下闪着寒光。我快，他们也快；我慢，他们也慢，始终与我保持在2米左右，无法摆脱。”

“在虹云桥顶、四百等处，他们几次呼啦一下从左右靠上来，可我总算有点运气，每次他们刚想动作，都被前后的来车给搅黄了。”

“我胆特小，完全乱了方寸，头上虚汗直冒，脑瓜子嗡嗡直响，理不出头

---

* 原载《牡丹江日报》1989年5月14日头版报眼。与张学森合作访谈整理。

绪，拿不出个好主意。我想拦辆车，可一连几个司机都不搭理我。”

“我边走边想，这下，完啦！完啦！！今夜我就要作刀下鬼啦！！！……”

“就这么着，我到了81650部队大门前的街心花园。部队这个词儿，使我眼睛一亮：何不找解放军救我……”

“要我说呢，关键的时候还得靠解放军哪！乘那俩浑小子走在部队大门口有些犹豫的时候，我猛跑几步，来到岗楼前，我刚说两句，哨兵就明白了，他手一挥，里面出来三名解放军。”

“那俩浑小子见部队来人了，拔腿就跑。那三名解放军一个留下来保护我，另外两个一口气追了一公里多，可没追上那俩浑小子，便宜了他们。”

“见我惊魂未定，那三名解放军一直把我护送到家。”

“我的家人感激不尽，忙拿出水果、点心，并要做夜宵，可他们连杯水也不喝，就走了。问他们尊姓大名，硬是不肯告诉。”

“这不，我刚才终于打听出，他们是警侦连的张亚军、炮指连的王立新和张奎国。”

“记者同志，我的故事讲完了。求你们写篇文章登登报，表扬他们一下，行不?!”

“保护”歹徒*

前不久，一个伸手不见五指的夜晚。

正在某部队仓库门卫值班的班长刘正强，紧握着手中的钢枪，警惕地站立在哨位上。

突然，一声刺耳的女人尖叫声打破了夜空的寂静……

训练有素的刘正强立即意识到了什么，当即朝着“来人哪！救命啊！”的方向飞奔而去。

刘正强深知犯罪分子的狡猾，为了不暴露目标，他直到作案地点很近的地方，方才猛地打开手电，电光直射歹徒的双眼。

此刻，身穿破旧工作服的歹徒，已将少女上衣扒开，只见他一手卡住少女的脖子，一手正在扒少女的裤子……

自觉情况不妙的歹徒放开少女，一手提着裤子，一手拔出匕首，故作镇静地威胁道：“当兵的，你少管闲事！”

身为军人的小刘哪管这一套？只见他上前飞起一脚，猛踢歹徒的手腕，闪

* 原载《前进报》1988年8月11日第3版头条。与宋昌禄合作。

着寒光的匕首被踢出好几丈远。接着，他又一个“扫荡腿”将歹徒打翻在地。

狡猾的歹徒顺势抓起一块石头，砸中了小刘的右大腿，随即扑向小刘。小刘忍受剧痛与歹徒奋战了十多个回合后，终于制伏了歹徒。

谁知一波刚平，一波又起……

在扭送歹徒去派出所的路上，被救的少女领着手持菜刀、木棒等工具的哥哥和父亲赶来了。

他们怒不可遏，非要小刘将歹徒交给他们处理，当场打死，解恨雪耻。

这个抓住歹徒之后的难题，使小刘感到比抓歹徒本身更难!

小刘想：歹徒固然可憎可恨，但应交司法部门依法处理。如果他们私自杀了歹徒，岂不是本身受害又触犯法律，同样受到严惩?决不能将歹徒交给他们。

小刘一边用自己的身体护住歹徒，一边向他们做说服工作。然而，气头上的父女三人哪里听得进去?

为此，小刘承受了挥向歹徒的拳头和棍棒……最后硬是将歹徒“完好”地交给了公安机关。

此后不久，罪有应得的歹徒受到了法律的制裁。

被救少女的父亲代表全家写给部队党委的感谢信说：

“刘正强不但救人，而且还教我们懂得了用法律来维护自己的权益。若不是他忍辱负重，我们自己受害不算，还要犯法……”

“刘正强，真是个好战士啊!”

感动售货员*

11 月 15 日，记者帮一名战友买菜时，在一个肉摊前，从一名女售货员口中，无意间获取这样一个迟到的新闻故事。

那是 9 月中旬的一天，某守备团招待所代理给养员徐志树，在驻地自由市场的一个肉摊买了 5 斤猪肉。

付过钱，拎着刚买的肉，他觉得很重，心想准是服务员秤错了。就对那个卖肉的女售货员说："同志，你是不是弄错了……"

谁知他话还没说完，女售货员就没好气地打断了他："错不了！肉没有少给你一两，钱没少找你一分。不要再废话了，后面还有那么多人排队等着买肉呢。快去一边吧！"

小徐的一片好心没能被理解，反而受了一顿委屈，但他并不计较，他从旁边的一个小贩手里借过秤把肉一称，果然多了 5 斤，于是他在一旁静静地站了 20 多分钟，一直等到排队买肉的顾客都走完了以后，他走上前去，和颜悦色地向这位女售货员说明了事情的原委，并把多给的 5 斤肉退了回去。

---

* 原载《前进报》1986 年 12 月 9 日第 3 版。

女售货员感动地说：“到底是解放军肚量大，风格高。要是换上别人捞着这事早溜了。真该向您好好学习啊。”

特别存折*

11 月 1 日晚，某炮兵旅汽训队指导员赵铁千，外出回来刚走到宿舍门口，战士小王迎面跑上来说：“指导员，您的信。”

交完信，小王扭头走开了。

赵指导员接过信，觉得沉甸甸的，拆开一看，信封里面露出一打 10 元新版的人民币来。

这是咋回事呢？他仔细一想，心里已经明白了八九分。

原来，这名战士临近退伍，想通过指导员弄张党表，回到地方后再挖门子填上。支委会曾经研究过，认为他不够入党条件。他合计着自己若能上点“炮”，这党表还是有希望弄到手的。

于是，便出现了本文开头的一幕。

第二天一早，赵指导员让通信员到当地储蓄所，办了个活期存折。然后，赵指导员将存折交给了小王，说：

“钱，我已替你存上了，请你保管好存折。”停了一会儿，他语重心长地说：

---

* 原载《前进报》1991 年 11 月 16 日头版。与刘庆法合作。

“小王啊，路是自己走出来的，成绩是自己干出来的，你可千万不要把心思用在歪道上了啊！……”

接过存折，小王羞愧地低下了头：“指导员，我错了！……”

新兵下连一日三喜*

3 月 14 日，是某边防团新兵下连的第一天。这一天，一炮连的新兵们三喜临门——

一喜：新帽子“飞”回来了

这天早上七点半，指导员张维信在接新兵时，发现新战士王伟的皮帽子很旧，不像是新兵的帽子，就问怎么回事？

开始他不肯说，后经开导才吐了真情：“新帽子被新兵班长换去了。”

没想到开午饭时，那个新兵班长突然将一顶新帽子戴在王伟的头上，并向他道了歉。原来……

二喜：“老兵送温暖”

以前，新兵下连后，总与老战士有一种无形的隔膜，有的人摆“老资格”，

---

* 原载《前进报》1985 年 3 月 26 日第 4 版。

什么活都叫新兵干，动不动都要耍威风，甚至还有个别班长打骂体罚新战士。

针对这种情况，一炮连把“欢迎会”开成了“为新战友送温暖”的动员会。当天就有 31 名老战士主动找新兵谈心，交流思想；有 17 名老战士为新兵拆洗被褥，使新战士很受感动。

三喜：“优抚通知书”

这天上午，团政治处收到了吉林省榆树县光明乡政府寄来的几十份“优抚通知书”，告诉新战士在服役期间，乡政府每年给每人二、三百元的优抚金。

下午三点，团政治处张主任来到连里，为新战士送来了“优抚通知书”，并勉励大家安心服役。

一炮连新战士下连的第一天，连遇三喜，个个乐得合不拢嘴。他们决心努力学习，练好本领。

将军带头为他鼓掌*

8 月 26 日，某集团军军长马凤桐少将，在所属某炮兵旅观看上等兵齐鹏飞的训练表演。

齐鹏飞手持计算器就位后，集团军作训处的同志上场抽题并监考。说时迟，那时快，只见齐鹏飞接过考题，右手便在计算器上飞舞起来。转眼工夫，结果就出来了。

计时员:“时间 46 秒整。”考官:“答案完全正确。”

“不可能吧?”将军显然不大相信:“2 分 30 秒就是优秀，他半分多钟就完成了？再来一遍!”将军亲手抽出道考题，蹲下身子，仔细地观看这位上等兵的表演。

下达“开始”口令后，齐鹏飞双眼紧盯左手上的考题，右手即在巴掌大的 84 式计算器 65 个按键上准确、快速、轻盈地来回按动，仿佛他不是在操作计算器，而是在弹钢琴。

仅仅过去 30 秒钟，齐鹏飞就报告“计算完毕”。

---

* 原载《前进报》1991 年 9 月 19 日第 3 版。

马军长要来标准答案，亲自与计算器屏幕最后显示的一串数字逐一核对，结果竟分毫不差！在场的旅领导介绍说："小齐是去年入伍的战士，曾在今年7月份全区计算兵专业比武中夺得第一名。"

这回，将军完全相信了士兵的精湛武艺，不禁带头鼓掌向齐鹏飞表示祝贺。

血战封丘*

背景提示：1992年，沈阳军区党委机关决定，编辑出版反映所属部队著名战例和英雄事迹的“东北军旅英模录丛书”，下发全区部队，以便更好地继承和发扬老红军、老八路光荣传统和优良作风，激励部队广大官兵再接再厉、再立新功。本书作者所在部队领导把这个光荣而艰巨的任务交给了他。他感到，其所在部队没有比十九连“血战封丘”一战更符合上级意图了。为此，他用了近一个月的时间，北上南下采访，收集大量资料，并经认真考证，还原了十九连47年前“血战封丘”的真实历史……

在沈阳军区某炮兵旅，提起十九连，没一个不竖起大拇指的。

这个连队，基层建设年年“达标”，军事训练项项优等，完成任务次次出色，作风纪律过硬严明，曾先后荣立集体二等功、一等功。

如果说十九连的现在是先进的，那么它的历史则是辉煌的。

这是一个红军连队。在南昌起义的枪声中诞生，在井冈山革命摇篮里成长，在抗日烽火中锤炼，在解放战争风暴中建功。南征北战数十年，为中国人

* 原载“东北军旅英模录丛书”：《我从井冈来》，白山出版社1993年版。

民的解放事业立下赫赫战功，曾两次荣获“战斗模范连”的荣誉称号。

“血战封丘”虽是这个连队(当时为特务连）参加过的数百次战斗中的一次，但却像一滴海水能够折射大海一样，这次战斗可以较好地展现这个红军连队的英姿和风采。

那是1945年8月。

司令员急调“撒手锏”

1945年8月21日深夜，封丘北关冀鲁豫军区第八分区指挥所。

司令员曾思玉一手夹着快要烧到手指的香烟，一手倒背在腰后，来回地踱着步子，额头上的两道剑眉紧拧着。参谋长李觉坐在凳子上一动不动，双眼盯着放在八仙桌上的地图苦思冥想。

为了打好封丘这个大反攻的重要一仗，他们已三天三夜没合眼了。

封丘是通往开封的一个重要门户，拔掉这个钉子，就为攻打开封扫清了障碍。

封丘，这个具有千年历史的古城，是历代兵家必争之地。当地的县志曰：“得封丘，可得黄河以北300里。”足见其战略地位的重要。

历史上，封丘曾发生多次战役战斗。三国时期之前于公元193年，曹操与袁术之间在这里发生的一场战役，史称“封丘之战”，双方曾付出了伤亡3万人的惨重代价。

日本帝国主义宣布无条件投降后，日伪军凭借高厚的城墙、宽深的护城河和星罗棋布的明暗碉堡，拼命固守，拒不投降。

第八分区所属六团及七团一部于20日下午兵临封丘城下，向守城之敌发起了猛烈进攻。战斗一直持续到天亮，但未能攻克，且伤亡较大。

21日，重新拟定了战斗方案，调整了兵力部署，并且有曾司令员、李参谋长在距离南门城墙百米处亲自督战，但仍然没有攻破。

夜越来越深了，指挥所里，司令员曾思玉、参谋长李觉仍然没有一丝睡意。攻城战斗仍在艰苦地进行，前方不断传来官兵伤亡的消息。

突然，曾司令员抓起电话，向各作战部队下达了“暂停进攻”的命令……

然后，他扔掉手中早已熄灭的烟头，又从衣兜里摸出一支烟，划根火柴点着，深吸了一口，随即烟雾环绕在脸上。望着窗外繁星闪烁的夜空，他回想起一个月前的阳谷战斗。

阳谷城坐落在鲁西南地区的西北部，既是日伪军的反动中心，又是敌人伸向我根据地的前哨阵地。阳谷城也有高厚的城墙，成群的碉堡，也有护城河环绕，城内守敌也很顽固，但都没能挡住特务连的进攻，这支勇猛善战、攻无不克的英雄连队硬是攻上了城墙，撕开了口子，部队仅用半天时间就将阳谷城攻下，全歼了城内守敌 3500 余人。

“现在，担负掩护分区机关渡过黄河任务的特务连，出发了没有？……”曾司令员自言自语地说。

参谋长李觉好像猜透了他的心思：“司令员，你是想调你的‘撒手锏’特务连上来吗？”

“对！”曾司令员斩钉截铁地说：“调特务连，只有特务连……”

此时，特务连官兵已进入了梦乡，唯有连长唐占清、指导员李洪昌、副连长郑传寿 3 人没有入睡，他们研究完掩护分区机关渡河的方案后，正在议论攻打封丘的战事。

对于封丘，他们太熟悉了。1942 年秋和 1943 年夏的两次大扫荡，敌人就是从这个乌龟壳里爬出来，对我根据地进行蚕食分割，尽其奸淫、烧杀、抢掠之暴行的。

他们恨透了这伙敌人，早就想打下封丘为老百姓报仇雪恨。

“指导员”，副连长郑传寿说道，“这次攻打封丘，我总觉得咱连应该上，狠狠地打击敌人，让同志们解解气。”

“我也这么想，不过上级让我们去开封，我们就不能去打封丘，这是命令。”指导员李洪昌点燃一支烟，话锋一转：“不过，从这两天上面传来的情况看，咱们也未必没有机会，关键要看今晚上那边战斗进展情况了。”

一听这话，郑副连长一下来了精神：“你是说我们还有可能被调回去打封丘?”

“我看这种可能性也不是没有。”李指导员笑了笑，吹灭了墙上的油灯：“都睡吧，仗有咱打的，好好休息养精蓄锐吧!”……

再说分区指挥所，随着曾司令员要特务连“火速赶往封丘”这道命令的下达，漆黑的原野上，一匹飞驰的战马向沿岸的古城开封飞奔而去。

特务连星夜奔封丘

开封郊外，特务连驻地。

唐连长、李指导员和郑副连长，他们 3 人刚刚睡下，汗流浃背的骑兵通信员就送来了要求特务连速赴封丘参加攻城的命令。

命令如山，军情似火。

特务连紧急集合的军号声立即吹响了。

为了赶时间，这个精干的连队还没有从睡梦中完全清醒过来，就踏着黎明前的晨雾出发了。干部们跑前跑后，不停地为战士们鼓劲。

郑副连长见了李指导员，上去就是一拳：“我说老李哟！你的话这么快就应验了，难道你是诸葛再生，能掐会算？还是比别人多长个脑袋?”

李指导员摆了摆手：“你胡扯什么，这工夫还有心思开玩笑，快到后面去看看有没有掉队的!”

“是!”郑副连长晃晃头，挤挤眼，做了个鬼脸，转身消失在队伍的后面。

他走到炊事班老战士杨明虎跟前问道：“有没有掉队的?”杨老战士回答说：

“大伙跑都来不及呢，哪还有工夫掉队！就是小孩班的娃娃们太苦了。”说完，他用手拂了拂湿润的眼睛。

要说这杨老战士也确实够老了。他 1938 年春季入伍，在特务连当了 8 年伙夫，光是连队的指导员他就先后陪了 6 任，这一年他已是 46 岁的人了，比现任连队主官的年龄整整大一倍。他敦厚善良，不曾婚娶，视连里战士如同自己的孩子，他尤其喜爱从“小孩班”毕业的那 10 多个机灵鬼。

说起“小孩班”还有段来历。那是 1943 年，冀鲁豫根据地连续两年大旱，敌人又乘机加紧“蚕食”和“扫荡”，造成很多 10 多岁的孩子无家可归。分区首长将这些孩子收容起来交给特务连，编了一个人数较多的“小孩班”。

老杨为孩子们缝补洗涮，既当“爹”又做“娘”。对于孩子头小侯子，他干脆就叫“干儿子”。现在，这帮孩子们都陆续地从小孩班“毕了业”，充实到各战斗班排了，可老杨仍时时刻刻将他们挂在心上。

他提到的小侯子大名叫侯同新，是个贼精贼精的机灵鬼，全连乃至分区机关的人都十分宠爱他。他走到哪里，哪里就泛起一阵欢声笑语。眼下，小侯子就在他们前面不远处走着。

这小侯子有个“绝活”，能边行军边睡觉。这阵子他已经闭上眼睛“睡着”了，刚才的对话他压根没听见。紧张的战争生活，东奔西走，战事不断，任务一个接一个，很少有好好休息的机会，他仅有 16 岁，睡眠更加不足。可他居然练就行军时睡觉的硬本事。

一般人行军打盹的也有，可不是走出了队列就是撞到前面人的身上，再就是站着不走了，待后面的同志推上一把才醒过来。然而小侯子却不同，只要一上路，他就合上眼皮睡，大脑休息了，两条腿却准确无误地载着身子前行。队伍快，他也快；队伍慢，他也慢；队伍停，他也停。他的那两条腿仿佛是由另外一个大脑指挥着。常常是一次夜行军结束了，他的觉也睡好了。

太阳快要露出地平线时，连队紧急行军到了一片开阔地里，准确地说是一片沙滩上，准备在这里野炊。指导员李洪昌见缝插针，利用早炊这短暂的歇息时间对部队进行战前动员。

小米粥就着生葱、胡萝卜，大伙儿呼噜呼噜，咯嘣咯嘣吃得很香。

李指导员站在一块高地上说：“同志们！”他清清嗓子，尽力压抑着内心的激动，平静地接着说，“日本帝国主义一周前就宣布投降了，可这帮可恶的鬼子、汉奸拒不向我们八路军缴械，说要等什么‘国军’。朱德总司令已经发布命令，要求我们坚决消灭一切胆敢拒绝投降的日伪军。今天分区曾司令员调我们连回去打封丘，就是为了消灭这伙拒不投降的敌伪军。据说封丘的敌人很顽固，兄弟部队已经打了两天两夜没打下，在这个节骨眼上调我们连上去，这是对我们最大的信任，是非常光荣的！”

李洪昌扫视了一下边吃饭边听讲的战士们继续说：“我们连是红军连队，从南昌起义到现在什么大仗恶仗都打过，在我们前面没有守不住的阵地，没有攻不破的堡垒，我们要发扬连队光荣传统，当好突击队，攻下封丘城，消灭鬼子兵，消灭汉奸庞炳勋！……”

战士们一个个群情激奋，放下手中的碗筷，把枪高高举起，齐声高呼：

“攻克封丘城，消灭庞炳勋！”

“攻克封丘城，消灭鬼子兵！”

这铿锵有力的呼喊声震撼着豫东北大地，回响在天际之间。

集众智决策古城下

一轮鲜红的太阳升起来了，这初升的太阳给豫东北的原野披上了万道霞光，封丘城在霞光里越发显得古老、神秘而坚固。

特务连的官兵们迎着漫天的朝霞，踏着晨露来到了封丘城下，分区首长亲自前来迎接。

随后，分区首长将连队干部请进指挥所。

指挥所里弥漫着大战之前的紧张气氛，司令员曾思玉双眉紧锁，神情异常严肃。

“封丘的鬼子汉奸十分顽固。”曾司令员开门见山，“前天，昨天，六团两次在夜里攻城均未成功，伤亡很大，所以才决定调回你们担任攻城突击连。”

“是，首长！我们决不辜负首长的期望，坚决拿下封丘城，为牺牲的战友报仇，在大反攻中再立新功！”指导员李洪昌代表连队坚定地表示。

首长们听到这响亮而有力的回答，高兴地点点头。

然后，曾司令员大手一挥：“走，咱们看看地形去！”

在曾司令员带领下，大家冒着城墙上敌人不时打来的冷枪，绕着封丘城巡视，一边仔细察看地形，一边分析前两次失利的原因，讨论着寻找新的突破口的问题。

一行人走到城西时，曾司令员突然提问：

“你们说，突破口到底选在哪里更为有利?”

“我们几个的意见是西城门。”连长唐占清回答说。

“为什么?”曾司令员进一步提问。

“第一，西城门外的隐蔽地区距离城墙不足100米，便于迅速接敌；第二，通往城门的护城河桥破坏程度小，可以从桥上冲过去；第三，西城门楼南北两侧与城墙的接合处比一般城墙低约1米，便于架云梯，登梯时可以找到射击死角，减少伤亡。”指导员李洪昌陈述了理由。

“有道理。”曾司令员点了点头，表示同意。

突破口定下来了，可是怎样才能通过处于敌人火力严密封锁下的这座桥呢？望着日前攻城未克、部队撤下后仍搁置在桥头的云梯，望着烈士们留下的还未干的斑斑血迹，大家沉默了，除了靠人的勇敢不怕牺牲外，谁也没有想出更好的办法。

沉闷了一会儿，参谋长李觉自言自语说道：“是不是把发起攻击的时间改一下？由夜间改为白天？”

虽然这话声音很小，但还是被走在最前头的曾司令员听到了，他若有所思地“嗯”了一声。好像他也是这么想的。

副连长郑传寿突然兴奋起来：“白天攻可比夜里过瘾多了！”

“那就定在中午12点。这叫出其不意，也许敌人那时正在睡觉，准备应付我们夜晚的攻击呢！”说到这里，曾司令员取出怀表看了看，说：“就这么定了。不过你们可得抓紧准备哟，现在已经10点，离攻城时间只有短短的两小时了。”

“首长，我们连队可一块表也没有哇……”李洪昌说。

“这个嘛”，曾司令员说，“我已经想好了，以3发平射六〇迫击炮为号。这炮弹，既是命令你们攻城的信号，又是掩护你们攻城的火力。那时，六团连同前来增援的部队将全面出击，配合你们的行动。”

冒酷暑全连备战忙

“轰隆——轰隆——”随着3声六〇迫击炮弹的爆炸，古城封丘抖动了3下。弹击处，砖石横飞，狼烟滚滚。

城墙上、城楼里的敌人听到炮声，立刻探出脑袋，机枪、步枪一齐向城下疯狂扫射，枪声如同爆豆一般激烈。

就在这枪弹织成的密集火网下，特务连发起了攻击，攻城战斗打响了。

此时，是1945年8月22日中午12点整……

两个小时前，特务连干部们受领战斗任务后，飞速赶回连队临时驻地——封丘城西关的一个小村庄，紧张地进行战斗准备。这是一个不足百户人家的城外村落，村东边缘距离护城河外端桥头只有20几米。连队的临时指挥所，设置在道路以北与西城门隔河相望的一家小食品店里。连队支部委员、各排排长以及二排和机枪班的部分战斗骨干，参加了连队紧急召开的作战会议。

会上，连长唐占清首先宣布将突击排的任务交给二排。

话音未落，二排长郭继同“噌”地站了起来，一个箭步来到指导员李洪昌跟前，双手紧紧握着指导员的手，不住地上下摇晃：“指导员，这可是真的?”

“是真的!”听了这话，郭继同高兴地直蹦跶，要不是离敌人太近还不知该怎样乐呵一阵子呢!

郭继同是个 24 岁的山西小伙子，共产党员。他的脸长得圆圆的，眼睛大大的，有一股天生的英雄气概，可就是有一个“毛病”，英雄主义太强了点。

记得一个月前部队攻打阳谷时，二排没有当上突击队，他就要起熊来。在支委会上，他气冲冲地把自己的驳壳枪摘下来，扔到李指导员面前说：“我不在二排干啦……”

李指导员赶紧做解释工作，又亲手将那支缀着红丝穗子的驳壳枪挂在他身上，他竟呜呜地哭了一场。这次捞到了突击排，他能不高兴吗?

接着，连队党支部按“四组一队”的传统攻城战法，给各班组分配具体任务。六班长牛清山，是个膀大腰圆大力气的愣头青，他一上来就死死“抢”着突击组的任务不放，谁想跟他商量门都没有，因为他们班“都是清一色的三八大盖带刺刀，每人还有 8 枚手榴弹”，装备比别的班强。

四班长何继焕挑选了梯子组。他得意地说：“哈哈，这回同志们能不能立功，就全由咱梯子组批准啦，你们谁也没长翅膀，离了梯子是进不了城的哟!”

五班长马峰是投弹能手，他选择了炸弹组。

连里唯一的机枪班配属二排，担任火力掩护组理所当然，无人竞争……

分配完战斗任务，估摸着已有 11 点了。连长、指导员碰了一下头，宣布作战会议结束，剩下的时间留给各班排回去召开“诸葛亮会”，根据各自不同的任务，开展军事民主，让每个同志想点子、出主意，以便集中全连人员智慧，打好突击攻城这一仗。

豫东北的8月天气十分闷热，豆大的汗珠不时地从正在作攻城准备的干部战士脸上滚落下来，那声嘶力竭的蝉鸣声，更使人感到烦躁和闷热，感到时间的难熬。

早已憋足了劲的战士们恨不能马上出击，打它个痛快。

在发起进攻前的最后10多分钟里，里外藏兵万余人的封丘城沉默得连一点声响都没有。

这过分的沉寂，意味着一场大战即将来临。

突击队血洒登城路

六〇迫击炮弹在城头上接连3声炸响之后，冲锋号声、枪声、炮声、冲杀声交织在一起，犹如一曲激越的战争交响曲，令人振聋发聩。

古老的封丘城头顷刻间淹没在一片火海之中。

西城门前，特务连首先开始行动的是担任火力组的机枪班。班长赵华贵双腿叉开，威武地站在护城河桥头，双手紧握着的轻机枪在剧烈地抖动，枪管喷出的道道火舌直飞敌人的城门楼。敌人的子弹多次穿过他的衣袖和帽檐，他全然不顾，愤怒的眼睛紧紧地盯着城楼上的敌人。机枪班其他同志也将机枪挂在脖子上，边前进边射击。

借着机枪班的掩护，投弹组迅速出击。16名勇士每人身挂6枚手榴弹，持着装满手榴弹的篮子，顶着浇湿的棉被和盖有棉被的八仙桌，在组长马峰、副组长王妞的带领下，冒着敌人的枪林弹雨，跨过护城河大桥，直抵西城门下，开始向城上投弹。

这王妞本名王凤山，因为他长得秀气，又很腼腆，寡言少语，所以大家给他取了一个女孩名字的外号。可在敌人面前，他却像一只勇猛的小老虎。此时他身背三八大盖，手提弹药篮子，第一个接近城墙，不停地把手榴弹投向敌人的城门楼。

紧跟其后的15名战士，除4人阵亡之外，包括受伤的3名战士全部到达城墙下，一枚枚手榴弹像长翅膀的飞鸟飞向城墙，飞进城门楼，炸得敌人鬼哭狼嚎，死伤一片。

就在敌人乱作一团的时候，二排长郭继同、四班长何继焕带着梯子组，扛着10多米长的云梯，箭一般地冲过大桥，把梯子架在城墙上。

副连长郑传寿带着六班紧跟着梯子组冲到城门下面迅速登梯。

由于登梯人员较多，梯子向右倾斜了。二排长郭继同忙用自己的肩膀，竭尽全力地抵着梯子，使其保持平衡，让同志们稳稳当当地攀登上去。

惊慌失措的敌人发狂了。他们扔下手中的枪支，将成捆成束的手榴弹投下来。霎时，城下烟尘四起，弹片横飞，梯子组的同志一个又一个地倒下了。趁着滚滚浓烟，敌人企图把梯子从城墙上推开……

城内，敌人惊恐万状。日军中队长山田一郎、大汉奸庞炳勋以及大大小小的日伪头目提着手枪，挥着战刀，逼着日伪士兵扑向城墙。

山田疯狂地吼道："八嘎呀路，后退的，死啦死啦的！……"

城的东、南、北三面，六团、七团及前来增援的四团全线出击，配合特务连行动。官兵们英勇顽强，猛打猛冲，弄得敌人摸不着头脑，搞不清我军的主攻方向到底在哪里。

西城门，特务连主战场。

"轰"的一声，一颗手榴弹在梯子组长何继焕身边爆炸了，气浪将他掀倒，他全身多处受伤，血流如注。

"班长！你受伤了，快下去吧！"有个战士向他喊道。

"你叫喊什么？还不赶快扶好梯子！"何继焕艰难地支撑起血肉模糊的身躯，一步一挪地爬着靠近梯子，将身躯死死地压在梯子上面……

此时，他心里只有一个念头：决不能让敌人把梯子推过来！就是死，也要死在竖起的梯子上！

大家争先恐后地攀梯，上面的人越来越多，致使笨重而结实的云梯有些不堪重负，“嘎吱嘎吱”地呻吟着……

郑副连长、郭继同排长身先士卒，攀登在梯子最上面，他们已快接近城墙垛口了。

眼瞅着城楼就要丢掉，敌人更加疯狂。他们将手榴弹、砖石、滚木等一切具有打击力的武器都用上了。

投弹组副组长王妞牺牲了，通信员张德功也倒下了……一个伪军乘机再次露出头来，狠劲往下推云梯。

看着战友们一个个地倒在血泊中，看着敌人那股疯狂劲头，在护城河对岸担任预备队的一排战士李亮双眼都气红了。他抓起一挺机枪，冲向桥头，大声喊道：“我跟你们拼了！……”

敌人被他这勇猛的举动惊呆了，一时竟忘了射击，他乘机一个点射，正在推梯子的伪军被打倒。接着，李亮猛扣扳机，将一梭子弹射向敌人炮楼。敌人反应过来了，机枪步枪同时向他射击，他身中数十弹，倒下了，鲜血染红了桥面。

这时，郑副连长几个人已经攀上了城墙，李指导员带着预备队三排，唐连长带着一排都冲到了城楼下面。

死死地压住梯子的何继焕已成血人，连云梯都被鲜血染成了红色。

“小何，小何！”李指导员急切地呼唤着。

可是他双眼圆瞪着，一点反应也没有。他那双曾经击毙了无数敌人的双手，此刻青筋凸出，染满血污，紧紧地抓着云梯，如同两把铁钳。

“小何！小何！”李指导员使劲地摇动着他的肩膀，但他仍保持着原来的姿态，像一座雕像一动不动。片刻之后，他的嘴唇抽搐了几下，流出一口血水，接着断断续续地说出了最后一句话：

“指导员……我完成……任务……了……”

城楼上，火光冲天，刀光闪闪，杀声阵阵，敌人的惨叫声，刺刀的撞击声响成一片。郑副连长、郭排长、牛清山等10多个人，和敌人展开了白刃战、肉搏战。

“副连长，手榴弹上来了！”小侯子提着满满一筐手榴弹冲上了城墙。他见郑副连长他们与敌人短兵相接，下边的十几个敌人正在向这儿瞄准，抓起手榴弹就扔了过去。“轰”的一声巨响，炸得敌人血肉横飞。

这时，郑副连长与一个大胖子敌人厮杀得十分吃力，小侯子瞅准机会，用没拉环的手榴弹从背后狠狠地砸在敌人的后脑勺上，大胖子敌人惨叫一声，撒了手……

城墙下，战士们心急如焚，抢着登云梯，唯恐动作慢了上不去。

“咔嚓！”梯子被压断了。

怎么办？连长、指导员被这意外的情况急坏了。

“三排长！”

“有！”“赶快带人跟我来！”

“是！”

指导员李洪昌带着三排的10多名同志，冲过大桥，很快将放在桥头上的前两次攻城时兄弟部队用过的一架梯子抬了来，架好后，大家很快攀上了城墙，经过一场血战，特务连终于占领了西门顶部大约40平方米的城楼……

南门外分区指挥所。

特务连占领城楼的消息传到这里以后，曾司令员高兴地对参谋长李觉说：“占领了城楼，就等于胜利了一半呀，我们的特务连，好样的！”

众勇士激战城门楼

丢掉了城楼的敌人，很快纠集了两队伪军和一队鬼子，兵分3路，分别从城楼左右两侧和正面的长筒街巷里，嗷嗷怪叫着冲向城楼。特务连占领城楼的官兵多面受敌，形势一下变得异常严峻。

“同志们！”指导员李洪昌对大家说，“一定要把敌人打下去！守住城楼就是胜利！”

打红了枪管也打红了眼睛的机枪班长赵华贵，撕下了一片衣服垫在端着机枪的手心上，怒吼着向敌人扫射。左侧敌人靠近了，他在左边猛扫一阵；右侧敌人靠近了，他又奔到右侧打出一梭子；正面的敌人上来了，他就把枪口对准长筒街。

已经受了轻伤的九班长胡宏利，趴在一个垛口上射击，敌人的一颗手榴弹从城门洞下飞上城楼，落在了他的脚下，“嗤嗤”地冒着青烟……

见此情景李指导员大声喊道：“小胡！脚下！”小胡飞起一脚将那枚手榴弹踢了下去。“轰”的一声巨响，下面的敌人倒了四五个。

七班长王善宝，正集中精力向敌人射击，一个大个子敌人从右侧城墙爬到了他的跟前。这个敌人满脸横肉，双眼充血，杀气腾腾，一把将七班长拎起，欲往城墙下扔去。

王班长猛一转身，双手死死地抓住了这个家伙的衣襟，摆出了一副同归于尽的架势，迫使其欲扔不能，欲罢不甘。九班长胡宏利，趁此机会猛地上去给了那个大个子一刺刀，大个子惨叫一声，站在那里不动了，但他仍然抱着王班长。胡宏利一把拽住王班长的胳膊，飞起一脚，将大个子敌人踹到城楼下面。

在敌人开始后退的时候，向南边打的七、八名同志抓住战机，跳下城墙准备去打开城门。可是，他们立足未稳就遭到敌人猛烈的扫射，几乎全部牺牲。

沿街向东打并负责打开城门的那个小组的同志，也伤亡惨重，只有 3 人还能坚持战斗。

敌人见城楼上我军只剩下 10 多个人了，又集结 100 多人的队伍反扑过来，把正要去打开城门的同志压回了城楼。在冲击与反冲击最紧张的时刻，李指导员的第 2 个通信员苏光远受了重伤，昏迷过去。

就在这时，一颗特别的手雷在城楼上爆炸了！……

“毒气弹！”郑副连长大声喊道：“赶快掏出毛巾浇上水，没有水就撒上尿，把嘴捂住！捂住！……”

战士们捂上毛巾之后，手榴弹还是一颗接一颗地向敌群甩去，子弹还是一发接一发地向敌人射击。

敌人惊呆了，难道八路军是铁打的，不怕毒气？敌人胆怯了，开始向后退。这时，毒气顺风向敌人吹去，敌人怕中毒，连滚带爬地逃跑了。

二排长郭继同，抓住这一有利战机，带着突击队冲下城楼。

城墙内侧掩体里的敌人，尚未发现八路军已经冲下了城楼，仍在那里趴着傻乎乎地向城外射击。郭继同大喊一声：“干掉他们！”连发、点射、单扣，一串串子弹，射向敌人，敌人还没有弄明白怎么回事就稀里糊涂地见了阎王。

一个敌军官见大事不好，转身向城里跑去。李指导员说声，“哪里跑！”一抬手，“叭”的一枪，敌军官踉跄了几步，倒在地上。

突击队员们猛跑过去，打开了城门。

早已集结在西城门外的大部队，如同洪水般地呼啸着冲进城来。

看到大部队已经进城，中毒较重的李指导员和 4 名战士再也坚持不住了，先后昏迷过去，救护队立即将他们抬到临时救护所——城西关的一座大庙里紧急抢救。

连长唐占清、副连长郑传寿带着全连剩余的几十名战士，冲在大部队的前面，继续追歼城内之敌。

他们先是攻下了敌伪县政府，接着又攻占了敌兵工厂，并以此为阵地，与兄弟部队一起，把敌人在城里的最后一个堡垒——日本鬼子驻守的中心炮楼包围得水泄不通。

南关指挥所。

曾司令员得知破城捷报后，看了一下怀表：指针在下午2时1刻的位置上。

攻炮楼全歼鬼子兵

城西关救护所。

指导员李洪昌经过医务人员的救护，从昏迷中苏醒过来。当他听到城里还响着枪声，立刻带着卫生员安玉喜和其他醒过来的战士，躲过医护人员，向本连占领的兵工厂奔去。

兵工厂与鬼子的中心炮楼仅有一街一墙之隔。敌人火力太强，刚刚赶来的李指导员和大家一起隐蔽在一栋空房子里。这房子前面有一块空地，空地前面有一堵半人高的矮墙。几名学过几句日语的战士，冲到墙下，向鬼子喊话，责令其缴械投降。

可是鬼子根本不予理睬，一个劲地向他们扫射。几名投弹高手试着向敌人枪眼儿里投掷，但由于碉堡的枪眼儿太小，加上距离又远，收效不大。

在场的指挥员们都十分清楚：如果不能尽快结束战斗，开封之敌将前来增援，那样形势就会朝着不利于我军的方向转化。

“胡宏利！”李指导员喊到。

“到！”小胡马上跑到他跟前。

李指导员指着前面的那堵墙，命令：“挖孔射击！”

“是！”

九班长胡宏利迅速弯腰跑到墙根，用刺刀在墙上挖了一方小孔，举枪向敌炮楼射击。

“嗒嗒……嗒嗒嗒”，敌人发觉了胡宏利，从炮楼里打出了一个连发。胡宏利头部中弹，猛地向下一仰，牺牲了。

“指导员，让我去吧！”七班长王善宝的眼睛都红了。

“好。”指导员点点头，“但一定要注意隐蔽！”

七班长就地一滚，“嗒嗒嗒”敌炮楼又射来一个连发。七班长身中数弹，倒在地上。只见他身体抽动着，手指颤抖着，艰难地呼吸着。

“指导员，让我去把他救回来吧！”卫生员安玉喜急切地请求。

指导员思忖片刻：“去吧，但不要往回背，把他抱到墙根下包扎。”说完，命令机枪班掩护。

安玉喜跑到七班长跟前，抱起他就往墙根冲。这时一梭子弹从炮楼上射出，他俩身边顿时火星四溅，尘土飞扬，安玉喜立刻把七班长放在地上，用自己的身体护住。

“嗒嗒嗒……”安玉喜又被打中，伏在地上一动也不动了，殷红的鲜血从他前额喷射出来，洒了一地。七班长挣扎着将安玉喜从背上挪到身边，然后用一只胳膊搂着安玉喜，吃力地向墙边爬着，可没爬出几步，敌人又一个连发，两个人都不动了。他们的躯体紧紧地靠在一起，身上的血流成一条红色的小溪……

“七班长——”战士们极度悲伤地齐声喊道。

“安玉喜——”一行行热泪从战士们的眼中涌出。

兄弟部队的一个炮班，用他们最后的一发六〇迫击炮弹将鬼子的碉堡炸开了一个小缺口。顿时，齐射的子弹带着无比的愤怒飞向炮楼；成排的手榴弹，凝聚着为牺牲战友报仇的心愿飞向炮楼……

鬼子不再反抗了，炮楼里传出杀猪般的号啕大哭声，接着，又传出了手榴弹的爆炸声。

李指导员和一排长王万才、战士侯同新等 4 人带着手电筒，钻进了敌人的炮楼。

底层无人，他们上二楼，只见鬼子的尸体横七竖八地倒了一地，污血溅得满地都是，腥气刺鼻……

碉堡内的鬼子除被我军打死的之外，其余全部用自杀的方式结束了罪恶的生命。整个日军炮楼里，只有一条狼狗偎缩在墙根，惊恐地瞪着血红的眼睛……

指导员深夜祭忠魂

残阳如血。

激战后的封丘城古堡似的耸立在地平线上，显得愈发神秘、庄重和肃穆。它像一个饱经沧桑的老人默默地静坐在自己的儿女身旁，一句话也没说，而它的儿女们却已明白了它所要叙说的一切……

偌大一座县城毫无声息，仿佛一切都凝固了。

此刻，我军官兵如同一个个雕塑，或站或坐或卧，姿态各异，或许在向战死的战友致哀，或许在回味着刚刚结束的战斗，或许在向往着美好的明天，或许他们什么也没有想，因为他们的身体太乏了，情感太累了，肚子太饿了，这乏、这累、这饿到了极限，过了劲，反而迟钝了、麻木了。

此刻，为了中国人民的解放事业流尽最后一滴血的烈士们，仍“定格”在生命最后的闪光时刻，他们有的呐喊冲锋扑向敌阵，有的怒目圆睁紧紧地抱着敌人与自己同归于尽，有的安详地极目远方，仿佛看到了社会主义新中国的实现。

此刻，只有战后的硝烟仍在弥漫，余火仍在燃烧……

不知过了多久，也不知是什么时候，杨明虎、高叔勋、李福兴等 3 名老炊事兵，挑着满满的3担用刚刚缴获敌人的白面做成的馍馍，来到了连队官兵的中间。他们放下担子，愣愣地站了半晌，老杨的嘴唇嚅动了几下，却什么也没有说，望着尸骨未寒的战友，望着地上一滩滩未干的血迹，3位老兵神情凄惶，泪流满面，呆呆地立着，如同3根木桩竖在那里。

在通向黄河北岸的一个向阳丘岗的崎岖小道上，近20个小时粒米未进的特务连官兵举着火把，抬着阵亡的烈士遗体，步履缓慢地移动着。老杨和炊事班的其他同志挑着谁也没有动一口的3担馍馍，跟在队伍的后面。

抬着牛羊，敲锣打鼓犒劳我军，欢庆胜利的老百姓从四面八方汇聚县城，他们以踩高跷、跑旱船、唱曲剧等一切能表达他们喜悦心情的形式，和攻城官兵一起尽情地狂欢着。

午夜时分，庆祝活动达到了高潮，古老的封丘城，变成了一座不夜城，沉浸在一片喜庆气氛之中。一家面店的老板颇有心思，他蒸了几个小山似的大馒头，虔诚地供奉于西城门楼百姓为烈士临时搭起的灵堂前面，以祭烈士们的在天之灵。

攻城胜利后，指导员李洪昌的心情始终是亦喜亦悲，大概还是这悲占了上风，他怎么也欢乐不起来。他无论如何也不肯相信连里60多个活蹦乱跳的小伙子，中午还在一起战斗，晚上就入了黄土，长眠于九泉之下的残酷现实。

想到牺牲的同志，他的心里特别难过，他太想念这些死去的同志了，他非常想去墓地看看，和战友们一块分享胜利的喜悦，可是他的头部也受了伤，被抬到了团部的救护所，这会儿军医们正在为他被弹片划出几道血口子的头部进行消毒，疼得他大汗淋漓。包扎好后，他拖着疲弱的身子，带上第4个通信员向城北墓地走去。

城北郊的一片向阳坡地上，一夜间冒出大片坟墓。每座坟墓前都竖着一块木牌，木牌上用墨汁写着烈士的名字。紧贴木牌的下方，是一块用黄土堆筑成的2尺见方的平台，平台上摆放着用瓷盘盛装的白面馍馍。光秃秃的坟面上没有花圈，没有挽联。

新墓地里弥漫着泥土的气息，几只乌鸦在不远处叫着，情景好不让人悲伤。

李洪昌脱下军帽，两行热泪滚落在衣襟上，心里默默地叨念着一个个熟悉而亲切的名字……

啊！小于，于新田，你现在就住在这堆黄土的下面吗？表面上看，你文文静静的像个书生，可是你好顽强啊，攻城时敌人的子弹穿透了你的心脏，你仍咬牙坚持着投出了最后一枚手榴弹，炸死2个敌人。

小于，你还记得吗？昨天早晨野炊时，你把你的一碗小米粥让给班里的老同志吃，自己则悄悄地拿起两根胡萝卜，站到一边美滋滋地嚼起来。我凑到你的面前说："小于，就吃两根胡萝卜能行吗？"你忙咽下嘴里的胡萝卜，笑着说："怎么不行呢！我可喜欢吃胡萝卜啦，从小就喜欢吃，吃胡萝卜长劲儿！"你又咬了一口，接着说："红军长征时吃草根、煮皮带，还总打胜仗。我们现在有胡萝卜吃，不比那时强多了？"

我说："小于，等打完仗，咱们缴了粮食，一定让你好好地吃个饱、吃个够。""那当然啦！"你流着口水说，"到那时有了白面馍馍，我非要一口气吃它七、八个、十来个不可……"你说到这儿，停住了，眨了眨你那双大眼睛，又说："不，不能一下吃那么多，要节省着吃，细水长流嘛！"

这时，军号响了，你将没吃完的半个胡萝卜放进衣兜，背起枪，跑步和大家一起出发了。没想到这次的对话竟成了你和我的诀别，这顿早餐竟成了你的最后一餐。

哦！小苏，苏光远，你这个小机灵鬼，怎么躺在黄土下面了？那年部队经过你的家乡，鲁西平原上的金斗营村时，休整了几天，我就住在你家，你的父亲死于日寇的屠刀之下，小小年纪的你和母亲相依为命。你说，你恨死日本鬼子了！当你听说八路军是打日本鬼子的队伍后，死死缠住我，非要当兵不可。

当时我见你年龄还小，说过几年后再要你。你好不服气，指着小侯子说："他还没有我大呢!"

几天后部队走了，在一次宿营时，小侯子突然发现了你，他对我说："指导员快看那是谁?"我顺着小侯子手指处一瞧，呵，是你，小苏，苏光远！只见你肩扛一支自制的木头小马枪，穿着一身仿制的肥大军衣，一步步地向我走来，"叭"地敬了个军礼，你是那么认真，像真事儿似的。那副样子既让人好笑又招人喜欢，部队终于收下了你。

你小小年纪，作战那么英勇，两年光景，你就立了三次大功。

小苏，你还记得你的"大媳妇"吗？其实，你的"媳妇"说大也不大，才19岁，只是比你大两岁罢了。那次，部队去打阳谷的途中，你的老母亲领着这个"大媳妇"找到部队要与你完婚。你当时手捂着脸躲进我的怀里，连说："羞死了，羞死了。"后来，你对我说，等消灭了所有的鬼子，抗战胜利了，你就回去和"大媳妇"结婚，养活老母亲。

昨天部队攻城时，你战得好猛啊，在城楼上你的额角被弹片擦伤，弄得满脸血红，可面对三面扑来的敌人，你像一头怒吼的猛虎，跳起来将成捆的手榴弹甩向了敌人堆里。

你的膀胱被敌人的子弹打穿了，腹腔里淤满了血水，红润的脸顿时失去了血色，像一张被雨水浸蚀过的蜡黄的窗纸。但是，你仍坚持着不下火线，直到昏迷过去。

同志们将你抬到一棵大枣树下的床板上抢救。战后我去看你，轻轻地唤了你两声，你醒了。见我满脸悲痛，你把视线移开轻轻地说："指导员，你看，又到秋天了，这大红枣儿结得多密实呀……"你甜甜地咽了口唾沫，仰天望着那棵大枣树，仿佛在做着生命的最后思考。

枣树的枝条上，坠着密匝匝的大红枣，看上去那么鲜嫩、圆润。我记得你家的院子里也有一棵枣树。还听你说自己当兵走时，你娘摘了满满一兜红枣，让你带着路上吃，并嘱咐说红枣再熟的时候，你要回家看看……

此刻，小苏，你在想什么呢？也许想到了你那孤苦无依的老母亲，也许想到了祈盼着你胜利归来的“大媳妇”……

小苏你好记性，你没忘刚当兵时我教你学文化的事吧。那时你在地上用木棍写下了“抗战到底”几个歪歪斜斜的大字，我一看你写的“底”字下面少了一点，重重地添上后对你说：“小苏啊，没有这一点就算不得到底，要记住，这一点可是万万少不得的哟！”

于是，你慢慢地转过头来，沉吟了一会儿说：“指导员，我有句话要问你……”

我点点头让你说。

“你常讲，要坚持抗战到底，争取最后胜利，这一仗还不能算最后胜利，离共产主义还远着哩！可像我这样的，算不算坚持到底了呢？”

“算的算的，当然算！”我紧紧握住你的双手，肯定地回答，泪水滴落到你的脸上。

“啊——”你长长地吁了一口气，脸上露出了欣慰的笑容……小苏，小苏，难道你就这样去了？你快醒醒吧！……

啊！何继焕、张德功、王善宝、胡宏利……还有安玉喜，你们都安息吧！人民不会忘记你们，祖国不会忘记你们！你们将永远活在战友们心中，活在人民的心中……

李洪昌深深地对着每一座坟墓三鞠躬之后，转身回城。他要回去组织应对开封之敌可能进行的反扑……

次日，分区首长来看望特务连官兵。

曾司令员握着李洪昌的手说：“小李，知道吗？在这次大反攻的第一仗也是对日寇的最后一仗中，我们取得了消灭日军一个中队、伪军2000多人，俘敌2000多人，缴获长短枪4000余支以及大批军用物资的辉煌战果。”

曾司令员扫了全连一眼，继续说："同志们，特务连在封丘之战中起了决定性作用，立了头功啊！……"

曾司令员还告诉大家，特务连在这次战斗中缴获敌人一台铅印机已运抵军区机关使用，从此结束了军区机关蜡刻版油印的历史，从下期开始，大家都可以看到军区铅印的《战友报》了。

大家一齐鼓掌，为胜利欢呼，同时也为战斗中牺牲的战友而难过万分，想到他们，大家心如刀绞，都慢慢地将头低了下去。

曾司令员看出了大家的心思，沉痛地说："人民不会忘记他们的，他们的英灵将与日月同辉，与山河同在！"

抗日烽火中的共产党员*

写在前面：半个世纪以前，中国共产党所领导的伟大抗日战争，是我国近代史上反对帝国主义侵略第一次取得完全胜利的民族解放战争。在这场艰苦卓绝的斗争中，中国人民优秀儿女的代表——共产党员，前仆后继，浴血奋战，砥柱中流，可歌可泣。

适逢抗战胜利50周年和中国共产党74周年诞辰之际，我们来到总参谋部管理局北极寺干管处，与经历过抗日战争的老红军、老八路，就“抗日烽火中的共产党员”这个题目进行了座谈。这些身经百战、鬓发斑白的老战士、老党员，或慷慨激昂，或娓娓道来，深情地追忆起那些永远镌刻在民族史册上的光辉形象。

袁大文：一仗下来，34名党员只剩4名

往事如昨。坐在圆桌一侧的这位老人把1942年初夏在华东地区马棚庄进

* 原载《解放军报》1995年7月2日第3版头条。与李建平、曹患合作访谈整理。

行的那场血战，清晰地展现在我们的眼前。

这位老人名叫袁大文，是1938年参加革命的老战士，在华东抗日根据地反“扫荡”战役中曾两次荣立大功，时任新四军五旅十三团四连连长。

老人说，环绕马棚庄有条河叫永河，河面约有80米宽，他们当时的任务是阻击对岸之敌，掩护大部队安全顺利通过此地。

敌我力量相当悬殊。敌人有日军一个大队和数以百计的伪军，总兵力在1800人以上，且拥有火炮、橡皮冲锋舟等精良武器装备。而我军这个以红军游击队为基础组建的连队，人员不过128人，装备的武器也简单到人手一枪和数枚手榴弹的程度。面对敌强我弱的形势，大家都下了以一当十的决心，誓与敌人血战到底。

战斗于凌晨5时打响。全连34名共产党员个个生龙活虎，冲锋陷阵。哪里吃紧，哪里就有他们的身影；哪里危险，他们就出现在哪里。“共产党员，上！”“党员同志们，跟我来！”……类似这样的口号，成了这场战斗的最强音。

记不清到底打退了敌人多少次冲锋。他们的手榴弹投完了，子弹打光了，疯狂的敌人再次扑了上来。“上刺刀！共产党员跟我一起上！”袁连长向尚能出击的战斗员大喊一声。

于是，一幅“大刀向鬼子们的头上砍去”的壮烈场面出现了。那个身躯高大，一连消灭10余个敌人，大刀砍弯了，就夺下敌人枪刺，与敌展开肉搏战，最后壮烈牺牲的勇士，是1939年入党的三排长余家友；这个端着机枪，边吼边打，身中数弹倒下的英雄，是共产党员马伍同志……

敌人退却了，日军大队长小川被击毙，一共消灭日伪军400多人，共产党员们用自己的生命赢得了战斗的胜利，战前的34名党员，幸存的只有袁大文等4名。“只剩下了一个零头啊！”讲到这里，这位身经百战的老战士声音哽咽，深深怀念牺牲的战友们。

唐炎：坚定的信念，谁也动摇不了

曾任军事科学院军制部部长的“三八式”干部唐炎老人，70多岁了，身板仍很硬朗，一派学者风度。他先说起了叶挺将军。“皖南事变”中叶挺被捕，被国民党反动派囚禁了5年零2个月，当一群记者围上来问他，出狱后第一件要做的事是什么？叶军长坚定地回答说：“申请参加中国共产党。”他说：“我总结了过去的经验，认识清楚了只有中国共产党才能领导中国成为一个和平、民主、富强的国家……”

唐炎老人说，他是“皖南事变”的亲身经历者和幸存者，当时任新四军皖南部队教导队军事干事。这个教导队实际上是抗大的一个分校，是培养干部的学校。教导队的学员有相当一部分是后方党组织送来的优秀青年，是一个共同的信念将他们聚集在一起。

关于“皖南事变”的史实，众所周知。在重庆坚持斗争的周恩来为揭露国民党反共的罪行，在《新华日报》上激愤地手书：“千古奇冤，江南一叶”的著名诗篇。在被围困的7天7夜里，面对强大的顽敌和险恶的处境，教导队的党员们英勇顽强，视死如归。经多日苦战，我军终因寡不敌众，弹尽粮绝，教导队的党员们除少数突出重围外，余者被俘，大部牺牲。当一些党员被俘时，他们大义凛然，“宁可站着死，决不跪着生”；那些突出重围的党员，撤离到安全地带时，想到的第一件事就是去找党组织、找部队；当一批关押在江西上饶集中营的党员坚持狱中斗争，取得暴动成功后，首先做的事情还是与党重新接上关系。

拖不垮，打不烂，拆不散。这种神奇的力量无可比拟，不可战胜。这种力量来自哪里？唐炎老人说，那就是共产党员一心向党的坚强党性和无比坚定的共产主义信念。

梁振铨：是党员，就不能为自己活着

当这位在坚持游击区劳武结合中荣立大功、后来曾任二炮某干校副政委的老同志，一亮出——“是党员，就不能为自己活着”的主题时，立即博得一阵热烈的掌声。

他叫梁振铨，讲述的是他走上革命人生道路的故事。

这位古稀老人那时还是一个十一二岁的英俊少年。读了几年私塾之后，他来到家乡河北易县中学就读。在学校里，有一个名叫康汉文的高年级学生经常发表进步演讲，宣传抗日思想，因此成为梁振铨和学生们崇拜的偶像。

老人说，康汉文常带领大家袭扰汉奸恶霸，破坏敌伪军事设施。在这些活动中，两个青年的心接近了，年长者经常与年少者促膝谈心，灌输奋起抗日、不当亡国奴的思想。随着交往的增加，梁振铨了解到，康汉文的家庭相当富裕，他经常把自己的钱物拿出来，无偿地接济贫困的同学。当梁振铨不解地问他为什么要这样做时，康汉文笑了笑说：“人嘛，活在世上总不能只为了自己。”

不久，康汉文因宣传抗日被校方当局开除了。1939 年底的一天，回到老家的梁振铨忽然接到康汉文的口信，要他立即去县上一趟。来到县里，梁振铨才知道康汉文早在他们一起读书时就加入了中国共产党，这次就是动员他出来为党做事。康汉文对他说：“有一种人为了人民大众的事业可以牺牲一切，必要时甚至献出自己的生命，这种人就是共产党员。”就在这次谈话以后，梁振铨决心也把自己的一切交给党安排，从此走上了革命道路。一年后康汉文不幸遇难，使党失去了一位优秀的党员。

梁振铨老人说，虽然和康汉文相处的日子不多，但他所传播的先进思想和革命人生观，照亮了他这一辈子的征程。

李树芬：共产党员，就是不一样

在老红军、老八路面前，李树芬显得很谦虚，年已七旬了，却自称“小弟弟”。这位喝永定河水长大的军人，抱着打败日本侵略者的宏愿，于1944年来到八路军冀中军区十分区四十三区队，成为一名抗日战士。

参加革命队伍后，他认识的第一个同志叫万勇山。万勇山性格豪爽刚直，一接触就让人感到心里热乎乎的。不过这才仅仅是个开头，在接下来相处的半年多日子里所经历的事情，让李树芬无不感慨：“原来我认识的第一个战友是个共产党员，共产党员和一般群众就是不一样啊！”

万勇山与一般群众不一样的地方很多。这日无战事，万勇山手拿一根树枝在地上画，李树芬也拿一根木棍跟着学：“拥政”“爱民”“抗日”“到底”……此后，作为同班战士的万勇山，时时处处都在帮助着李树芬和其他新战士，成为战士们的贴心人和一面旗帜。就要打仗了，万勇山抓紧向李树芬传授战斗经验，教他学射击、拼刺刀；敌人的炮弹打来了，万勇山扑到战友身上；见战友的干粮袋空了，他就把自己节省的干粮分给同志们。

李树芬说，万勇山的每一次谈话，都好像在引导他一个台阶一个台阶地往上登，一步比一步高，最后看到了一个豁然开朗的大目标：最终实现共产主义。所以，共产党员要一辈子为人民谋幸福。渐渐地，李树芬感悟到作为党员的万勇山与一般人最大的不一样的地方，就是他有高度的政治觉悟和一种无私奉献的精神。

只可惜，在半年后的一次战斗中，李树芬和万勇山被打散了，至今音讯全无，生死不明，但万勇山于平凡中蕴含的“不一样”深深地影响了李树芬。

“勇山，我的党员老哥，你在哪里？”李树芬这深情的呼唤，令在场的同志无不为之动容。

高锡伦：危难之时，更显党员本色

战争，将一个民族的命运推上了紧要关头，也将每一个战士的生命放在了生死攸关的位置。“共产党员是用纯钢锻造的人”，这句话，经过血与火的洗礼，永远印在了这位老战士的心里。

他叫高锡伦，是一位抗战期间被山东军区授予“战斗英雄”称号的抗日功臣。他回忆道，1942 年，是沂蒙山区抗战最艰苦的时期。那时，高锡伦任山东军区二分区警卫连副连长。敌人的秋季大“扫荡”开始了，在牵制敌人、保卫军区机关的战斗中，警卫连首当其冲。面对数倍于我的敌人，由党员组成的突击组齐刷刷地站在排头，坚定了全连同志压倒一切敌人的决心。

后来从国防科工委司令部管理局局长位置上离休的高锡伦至今记得，桃花峪那一仗，整整激战了一昼夜，把天边都打红了。警卫连党员骨干多，有一个观念牢牢地扎在他们心中，那就是不能愧对共产党员的光荣称号。每当战斗紧要关头，这个说：“我是党员，我先上！”那个就说：“我是党员，还是干部，我先上！”

高锡伦说，那次突围战斗，一排长齐登科被敌人的子弹打倒了，又挣扎着站起来，向敌人射出最后一发子弹，紧接着，副排长韩青贵又冲了上去……敌人密集的子弹，挡不住勇士前进的步伐，在警卫连的拼死掩护下，军区机关分路突出重围。拂晓时分，连队接到撤离战斗的命令后，活着的共产党员都留在了后面打掩护，让战友们先撤。阻击敌人时，机枪手、共产党员陈维远的一条腿被炮弹炸伤，但他仍端着机枪向敌人猛烈扫射，坚持最后撤离战场。一直到天黑下来，战友们也没看到陈维远撤出来……

“平时看上去，他们是一个个普普通通的战士，但在危难时刻，你就会发现他们体内蕴藏着共产党人特有的一往无前的精神。”高锡伦一字一顿地对我们说：“共产党员的先锋模范作用，不是一两句话所能表达得了的，它是用生命和鲜血作代价的，是实实在在闪闪发光的行动！”

老干部战线的璀璨之星*

——全军老干部工作暨“三先”表彰电视电话会议典型发言摘登

编者按：全军老干部工作暨先进干休所、先进离退休干部、先进老干部工作者表彰电视电话会议于9月7日在北京召开。会议表彰了107个先进干休所、191名先进离退休干部、155名先进老干部工作者。这些先进典型，集中体现了全军老干部工作系统开展“三先”活动的丰硕成果，代表了军队干休所建设的水平和发展方向，展示了军队老干部和老干部工作者的崇高精神境界和时代风貌，在军内外产生了良好影响。

高玉宝等4位先进典型代表在会议上的发言，事迹感人，催人泪下，受到军委总部领导的充分肯定和高度赞扬，在全军部队特别是老干部工作系统引起强烈反响，现摘要刊登，以飨读者。

---

* 原载《解放军报》2009年9月12日第7版整版加按语，部分网络媒体转发。与刘中路、卜金宝合作整理。

高玉宝：愿把一生献给党

我是大家熟悉的《半夜鸡叫》的作者高玉宝，今年82岁了。参加革命62年来，我先后30次受到毛泽东、邓小平、江泽民、胡锦涛等党和国家领导人的接见，11次参加国庆观礼，获全国劳动模范、道德模范，全军优秀共产党员、学雷锋标兵、先进离休干部等100多项荣誉。1988年离休后，我继续著书立说、弘扬传统，为党贡献余热。

我的童年和少年时代是在旧社会的苦难中度过的，是党给了我第二次生命。为此我下定决心，永远跟党走。1947年参军时，我还不会写字，就用图形拼成了八个字的入党申请书："我从心眼里要入党"。当时，还自编了一首歌谣："党是妈妈我是娃，叫我干啥我干啥，不折不扣不讲价，永远听我妈妈话"，成为我一生不变的誓言。

为了揭露旧社会的黑暗、帝国主义的残暴，歌颂党的恩德，我利用战斗间隙读书识字，用图画加文字写出了20万字的长篇小说《高玉宝》，在国内外引起很大反响，仅中文就出版500万册，还被译成7种少数民族语言、16种外文出版。更没有想到的是《半夜鸡叫》《我要读书》还被编入语文教科书，影响了几代人。

离休后，我用10年时间写出了《春艳》《我是一个兵》两部60多万字的长篇小说。与疾病作斗争，经过6年的努力，写出63万字的《高玉宝续集》，向党的70岁生日献上了一份厚礼。

多年来，我除了著书励人，还坚持用自己特殊的人生经历和思想感悟，为广大青少年作革命传统报告。从1952年我在北京绒线胡同小学作第一场报告至今，先后作报告5000多场，听众500多万人次。

2005年，我应邀去大连培智学校讲课，不料心脏病复发，校领导劝我病好之后再讲。我一听急了："耽误啥也不能耽误孩子！"这场"我和你们比童年，幸福不忘共产党"的报告，我忍着阵阵心绞痛，断断续续地讲了两个多小时。讲课中我几次身体虚脱，眼前发黑，豆大的汗珠从脸上掉下来，但我还是捂着心口，坚持把课讲完。师生们感动地说："高爷爷这把年纪还带病站在讲台上，哪怕一句话不说，也是最好的教育。"

去年汶川特大地震发生后，我在第一时间就赶往大连市"高玉宝工作室"，为兴工小学全体师生讲课。我从这次地震，讲到20世纪40年代亲历的一场矿难，从昔日灾民"呼天天不应、叫地地不灵"的悲惨遭遇，讲到汶川灾区"无处不温暖、处处见真情"的感人场景，使他们深刻感受到了新旧社会两重天的强烈反差。报告会后，师生们齐声呼喊："共产党万岁、祖国万岁！"目前，全国16个省市459个单位聘请我担任校外辅导员，80所学校成立了"高玉宝中队""高玉宝班"，大连市沙河口区还为我建立了80个"高玉宝工作室"连锁站。

我深知自己的言行和党的形象紧密相连，60多年来，我时刻不忘入党誓词，倍加珍惜、带头维护党的形象。离休后，我把家里的小仓库改成修理间，自己做了一个"百宝箱"，从修理门窗、家用电器，到磨菜刀、修理自行车，谁家有活儿，我都有求必应，长年累月，从不间断。

前些年，由于企业改制，我的子女先后下岗。凭我的社会影响，为子女谋个职业不是难事。但我想，不能因个人的事给组织添麻烦。我对孩子们说："靠关系只能图一时，凭本事才能管长远。"看到我既严肃又为难的神情，儿女们渐渐地理解了我的苦心，最终都靠自己努力重新上了岗，大儿子还被聘为杂志社编辑，当选为大连市人大代表。

这些年，我先后为"希望工程"、受灾地区捐款捐物10多万元，为社会各界赠送书籍3万多册。近几年，有几家大中型企业，想借我的社会影响，高薪聘我去做企业代言人，都被我一一婉言谢绝。多年来，我外出作报告始终坚持不念稿子、不摆架子、不搞吃请、不收钱物、不住高级宾馆的"五不"作风。

2006年，我应邀到深圳作报告，一个月讲了26场，陪同人员因不知情替我收下了10800元酬金，事后几次退款，他们坚决不收，说这是市场经济规则，我当即把钱捐给了当地一所残疾人学校。

文秀清：赤诚奉献军事测绘事业

我是文秀清，从事军事测绘工作40多年来，先后有7项科研成果获军队科技进步二、三等奖，荣立二等功1次、三等功4次，当选为党的十三大代表，被评为全国“三八红旗手”。退休以来，我一直在军事测绘岗位上发挥余热。

2004年，听到我退休的消息，儿女们非常高兴。女儿从大连打来电话：“妈妈，您在大西北辛苦了一辈子，如今退了，就快点回来和我们团聚吧！”但当时我承担的几项重要工作还没有结束，大队政委找到我，恳切地说：“文工，您是咱们大队的制图权威，现在我们暂时没有合适的接替人选，您还是继续留下来工作吧。”

一边是儿孙们期盼已久的回家，一边是大队领导恳切的挽留，我陷入了沉思。16岁那年，我从哈尔滨铁路中学毕业后，以优异成绩保送到解放军测绘学院学习，从此与测绘事业结下不解之缘。40多年里，我从一名中专生成长为一名高级工程师，把美好的青春年华献给了国防事业。一时要离开自己钟爱的岗位，还真有点割舍不下。说实话，我也想早日回到儿孙们身边，把欠儿女的爱，在孙辈身上补回来。但我想得最多的，还是组织的需要和肩负的责任。

我所在的测绘大队，是一支英雄的部队。建队近60年，先后有43名官兵献出了生命。我的搭档、不到40岁的工程师李晓辉，脑瘤手术后没来得及彻底恢复就投入工作，上午还给我送来两幅图样让我审校，下午突然倒下就再也没有起来。回顾大队官兵经天纬地的壮举，追忆英烈们赤诚奉献的忠魂，我留队继续干的决心更加坚定。我和退休前一样，每天提前10分钟上班，经常加班到深夜。由于常年绘图刻图，受强光刺激，我的视力急剧下降，左眼几乎失明，不得不配备高倍放大镜。大队领导不忍心，逼着我住院做了手术。术后10多天，我又全身心投入到了工作之中。

地图是指挥员的眼睛。差之毫厘，谬以千里。职业的特殊要求，使我养成了一丝不苟、精益求精的习惯。多年来，我用心刻画着每一个点、每一条线，像织女绣花一样绘好每一幅地图。经过我手的地图，几乎没有出过差错。在《中国军事百科全书》第2版的修订工作中，为把每个条目写得精确无误，我到部分地区进行了实地考察。考察期间，我能赶上点就坐火车，赶不上点就坐班车，啃面包、吃方便面是家常便饭。在考察陕北直罗镇战役旧址时，我和同事们裹着大衣，坐上班车，长途颠簸了5个多小时。赶到直罗镇后，又马不停蹄，冒着寒风，爬上山头，仔细察看地形地貌，详细记录各种变更数据。3年多来，行程1万多公里，查阅数千份资料，编写了5万多字的条目。最终任务完成很出色，受到了上级业务部门的充分肯定。

2008年10月，大队又让我负责一部历史资料丛书中测绘卷的编纂工作。由于年代久远，资料收集非常困难。我一边跑档案馆、干休所、民政局，一边蹲在仓库，从尘封几十年的资料中，一本一本地翻、一页一页地查，经常满面灰尘，腰都直不起来。由于史料翔实，这项成果一次性通过验收，还在全军推广。

我深知，测绘事业的发展，需要一代又一代测绘官兵接力传承。作为一名测绘老兵，我有责任、有义务带好新人。这些年来，每当新学员报到、新兵入伍，我都要给他们讲历史、讲传统，鼓励他们扎根基层，献身军事测绘事业。我还利用自己的文艺特长，创作了《英雄测绘兵之歌》，编写了《测绘兵的爱》《冰峰雪莲》等教育辅导材料，宣扬艰苦奋斗、不怕牺牲、精益求精、赤诚奉献的测绘精神，激励大家勇攀科技高峰，为打赢信息化战争描绘蓝图。

近几年，大队分来不少新学员和大学生。为了让他们少走弯路，避免不必要的错误，我和队里的几个老同志一起，把多年的工作心得体会，汇编成20多万字的《测绘人员上岗必读》，发给新同志学习。退休5年来，我先后带出30多名新同志，他们中有的成为大队的业务骨干，有的被总部评为特级技术能手。

艾连宏：为了老干部的晚年幸福

我是北京军区联勤部天津干休所所长艾连宏。我们干休所组建于1979年，安置离休干部230户，现有195户，老干部平均年龄83岁。近年来，为了老干部的晚年幸福，我们坚持以科学发展观为指导，围绕胡主席“六个老有”重要指示，紧贴工作实际，主动作为、务实创新，干休所全面建设科学发展、整体跃升。所党委连续9年评为先进党委，2004年评为全军先进干休所，2007年荣立集体二等功。

所党委把“振兴干休所、造福老干部”作为义不容辞的责任，紧跟时代，改革创新，努力提升保障实力。我所地处海河风光带，受城市规划限制，住房改造是全所上下多年热议的难题。2005年，我们利用天津市实施海河沿线综合整治工程的契机，主动出击，多方协调，在周围数十家单位中率先启动“翻建工程”，将原来的平房小院改造成12栋8.6万平方米高档花园式小区。目前，一期工程已竣工。老干部参观新居，看到上下能乘电梯，家家能通氧气，户户能开病房，动情地说：“耄耋之年住高楼，无限美景眼底收。感谢党的政策好，幸福生活乐无忧。”我们积极利用社会资源，走融合式保障路子，在驻津部队中率先把超市、邮局、家政服务等项目引入干休所，使老干部不出营院，就可以办理购物、邮寄、缴费等业务，既方便了老干部，又降低了保障成本。我们还自筹资金350万元，加入天津市首批“远传红外”水表改造工程，并将供暖、供电、供水，全部实行社会化，节省了经费开支，提升了保障功能。我所距体系医院较远，为提高老干部就诊效率，我们与254医院联合研制开发了“远程视频技术帮带”“家庭病房管理”“伤病员医疗信息查询”“网上预约挂号”四大系统，使老干部足不出所就能得到诊断治疗。我们还与邻近的天津市第三中心医院建立信息链接，开设军地医院急救“双通道”，为每名老干部配备了“一键通”手机，开通了卫星定位系统。老干部遇到紧急情况，我们都能在第一时间处理。近年来，先后有8名危重老干部得到了成功救治。

“两高期”老干部体弱多病，个体差异大，需求多元，我们坚持实施精细化服务，让老干部晚年生活更幸福、更有质量。我们区分干休所29个岗位，服务保障医、食、住、行、学、乐6个方面内容，研究制定了《干休所服务保障细则》，科学规范了每项工作的服务标准。比如，司机要做到提前一刻钟到家门口、到家里帮着拿一下东西等“六个一”，医护人员必须做到老干部的健康状况和病史熟、抢救预案和急救方法熟等“四个熟”。所里还在各个服务场所配备老花镜、放大镜、拐杖等老年人日常用具，在卫生间安装“安全扶手”，在楼道拐角处放置“歇脚椅”，把活动室棋牌做成大号字，让老干部生活娱乐更加方便、舒适和温馨。我们还注重搞好个性化服务，满足老干部特殊需求。所里为7名危重病老干部开设了家庭病房，实行定人特殊护理。饮食保障上，专门请医生和营养师，根据老干部既往病史、饮食习惯，逐人制定了健康食谱，生活服务中心按需制作、送餐上门。针对老干部年龄增大、“空巢”丧偶家庭增多、渴求心理慰藉的实际，我们指定工作人员，与41户老干部开展“认亲”活动，经常到家中聊天、干家务，让老干部保持精神愉悦、心理健康。干休所工作人员对老干部倾心付出，真情关爱，老干部生日、结婚纪念日，工作人员都要到老干部家中，送上礼物和真心的祝福；老干部病故，所领导都要第一时间赶到，亲自动手为其擦身子、穿衣服，为老干部送好最后一程。儿女们动情地说：“我们没想到的，你们都做到了。”

我们认真贯彻胡主席关于“要从政治上关心老干部”的指示精神，始终把抓教育、固信念、促和谐作为首要任务来抓，确保工休人员政治坚定、思想稳定。我们针对“两高期”老干部看不见、听不清、记不住的实际，坚持正面灌输要点学，重点内容反复学，疑难问题专题学，指派人员帮助学，真正让老干部入脑入心。在今年开展的“学习实践科学发展观‘六个老有’谱新篇”主题教育活动中，我们按照“党员干部受教育，服务保障上水平，老干部得实惠”的目标要求，坚持以党委班子成员和工作人员为重点，把理论灌输和解决实际问题贯穿始终，教育活动搞得扎实有效。每当党和国家召开重要会议、出台大项政策，国内外发生重大事件，我们都及时组织教育，用上级指示要求统一工休人员思想。针对大家普遍关心的两岸关系、国际金融危机等热点问题，通过召开报告会、辨析会、座谈会，澄清模糊认识，加深对党的方针政策的理解。组织工休人员到西柏坡、天津滨海新区等地参观，让大家在回顾历史、感悟现实中，坚定对改革发展的信心和决心。近几年，全所老干部资助失学儿童 26 名，为灾区和老区捐款 120 万元，老干部宣讲团到部队、学校和社区作辅导报告 100 多场（次）。目前，我所老干部发挥余热、奉献社会蔚然成风。

王广义：情注共和国功臣

我叫王广义，1997 年 6 月从 101 医院副院长调任干休所所长。当时这个所基础比较薄弱，加上我曾因公受伤，断了 18 根肋骨，切除了脾脏，被评为二等伤残，我思想上有些顾虑。但到任不久发生的一件事，使我对老干部工作有了新的认识。老干部益以博弥留之际，用微弱的声音在我耳边说：“帮我把党费交了。”那一刻，我的心灵受到了极大震撼！

来到干休所后，看到老干部生活在脏乱差的营院，住着破旧漏的楼房，心里很不是滋味。我决定先从整治营房营院抓起。我发挥营房专业出身的特长，自己动手做规划、绘图纸，还和大家一起挑土抬石、整地铺路、栽花种草，经过一年半奋战，营院面貌焕然一新，被总部评为营房营院整治工作先进单位。多年来，我养成了一个习惯，每天早上6点到食堂帮厨，给老干部打饭舀汤，为的是能在第一时间看到老干部，谁没来吃饭，谁饭量有变化，谁情绪不好，我都注意留心观察，及时跟进做工作。一次，老干部岳民胜来吃饭，我发现他老咳嗽，声音嘶哑，就建议他去检查。他说没事，可能是咽喉炎犯了。过了两天，我发现岳老咳嗽加重，感觉不对劲，当即送他去医院，结果被诊断为咽喉癌。医生说："幸亏发现及时，晚了就不好办了。"

我所位于无锡市郊，附近没有菜市场和超市，生活不太方便。为此，我多方筹集资金，努力把老干部食堂建设好。根据老年人特点和口味，食堂每周供应90多种菜肴、40多种面点、7种豆制品，现在，90%以上的老干部都在食堂就餐，基本达到"吃饭不开伙、宴请不出所"。医疗保健是"两高期"老干部最迫切的需求。我一直在寻思着为老干部提供便捷高效的医疗服务。去年春节，一位在医院工作的战友来看我，闲聊时说起他研制了一个网络医疗服务系统。我听后，马上闪出一个念头：如果干休所用上这个系统，老干部看病就方便了。于是，我多次与他所在的医院联系，在干休所建起了"网络门诊""网络病房"和"前置药房"。现在，老干部足不出所就能享受到体系医院门诊治疗和专家会诊。

为使老干部充分享受改革开放成果，我们对营房营院实施了新一轮综合整治，完成了住房"平改坡"和墙面出新工程，整修了生活服务中心、医疗保健中心和文化活动中心，新建了室外健身场，对营区40多亩荒山坡进行了绿化美化。老干部自豪地说："我们干休所，山上是公园、山坡是果园、山下是花园，是生活休养的好乐园！"

干休所所长既是服务员又是指挥员，只有打造一流的服务团队，才能提高服务水平。我提议干休所制定了《工作人员服务规范20条》，建立首问负责、分片包干、责任追究等制度，每季度评比“服务明星”，在工作人员队伍中形成了爱岗敬业、竭诚奉献的浓厚氛围。一次，有名工作人员向我反映，走在路上，总有老干部抓着喋喋不休聊上半天，影响工作。我听后想，老干部渴望与人交流倾诉，是一种心理需求，工作人员应该理解。为此，我提出“倾听就是服务，聊天也是工作”的理念，倡导大家“停下脚步听一听、主动上门聊一聊”。如今，每个工作人员都乐意当老干部的倾诉对象，老干部家里有事，都愿意找我们说，工休关系十分融洽。

为解决干休所干部家属就业难、子女上学难问题，我不怕丢面子、碰钉子，多次到有关部门反映情况、协调落实。现在，我们所干部家属都有一份好工作，子女都能上好学校，大家想得最多的是怎样建设好干休所，做得最多的是关心照顾好老干部。我们为老干部订家乡报、制作方便上下车的小踏板、设置常用电话缩位号码等做法，都是工作人员积极建言献策的结果。

我与老干部朝夕相处 13 年，彼此结下了深厚情谊。去年 5 月，我患肾结石住院，老干部知道后，纷纷买水果来看我。这些年，我 2 次荣立三等功，2 次被军区评为先进老干部工作者，干休所也被评为全军和军区先进干休所。我深深感到，干休所所长岗位虽然平凡，但同样大有作为，我一定倍加珍惜荣誉、勤奋工作，让老干部生活得更美满、更幸福！

为了践行入党誓言*

——访“希望将军”赵渭忠

写在前面：河北省军区原副政委赵渭忠1993年退休后，满腔热忱参加希望工程的活动。8年来，他个人向希望工程捐款18万元，捐助300多名学生；同时联系万余名“希望朋友”资助失学儿童1800多人，建成希望小学10所。人们称他“希望将军”。去年他被评为“全国关心下一代先进工作者”、荣获“希望工程特殊贡献奖”。最近，我们来到石家庄他的家中，采访了这位老党员。

问：您参加希望工程的事迹在全社会受到广泛好评，用您的话说是“为党挣个好名声，为子弟兵树个好形象”。在建党80周年来临之际，请谈谈您的感受？

赵：我是在抗美援朝的硝烟中入党的，入党时的情景仿若昨天。从入党的那一刻起，我就把“为共产主义奋斗终身”的誓言铭记在心，立志把自己的一切交给党。回顾我所走过的路，我坚信我的选择没有错。我退休后为希望工程所做的一切，都是为了践行我入党时的誓言，是我在职工作的延续，是一个老

* 原载《解放军报》2001年7月7日第3版头条。与丁登山、徐彤合作访谈整理。

共产党员、一个老战士应该做的。

问：您8年如一日，讲“希望故事”，交“希望朋友”，办“希望实事”，做“希望文章”，是什么力量支持您坚持到现在？

赵：我始终是带着一种对党和老区人民的深情来做这件事的。我出生在浙江东阳县一个农民家庭，3个月时父亲病故，4岁时失去母亲，由于家境贫寒，先后4次失学。失学之苦，求学之难，我是刻骨铭心的。党和军队培养了我，人民养育了我，我有一种对党和人民的负债感；我任河北省军区副政委时分管群众工作，每年都要到革命老区走访，在那里看到不少学龄儿童为生活所迫，不能读书，即使能读书的孩子，也没有像样的教室，每当回忆起这些情景，我心里就有一种说不出的滋味，有一种历史使命感和社会责任感；此外，孩子们等不得，我也等不起，所以又有一种紧迫感。

问：您全身心地投入到希望工程，肯定会遇到不少困难，对于这些您是怎么处理的？

赵：万事开头难。只要做点事，就会有困难，我的原则是力所能及，尽力而为。做不到的事不许愿、不吹牛。“希望朋友”交多少是多少，多多益善；“希望”捐款，捐多少是多少，十万八万不嫌多，一元两元不嫌少。但有个底线，就是我每月2000元的工资一分不少捐给希望工程，还有我全家老少“爱心社”的捐款也有计划。当然，我从事希望工程之初，确有一些人对我不理解，有的出于对我的关心，劝我退休了要好好休息、安度晚年；有的劝我不要“太苦自己”，不要“太傻了”；甚至有个别人说风凉话。但我总认为，我是一个老党员，党把我培养成为一名将军，给了我许多荣誉，这是用钱买不到的。我始终把这些荣誉当成是对自己的鞭策，当成一种动力。我从事希望工程一不图名，二不图利，三不图官。一样活着，活法不一样，我的活法就是为希望工程做点力所能及的事。

问：请您结合自己的亲身经历，谈谈领导干部退休后，怎么保持“共产党人先进性”?

赵：作为共产党人，领导职务不能搞终身制，但要自觉强化终身学习的意识，强化终身改造思想的意识，真正活到老、学到老、改造到老、奉献到老。保持先进性，首要的就是学习不能放松。第二，要更加坚定共产主义理想信念，任何时候都不能改变革命的初衷，任何复杂情况下都要保持清醒的政治头脑，不做有损老党员、老干部形象的事。有所为，有所不为。第三，要向邹本兴等先进典型学习，不断激励自己的革命斗志。我感到，希望工程是老同志发挥余热的最好载体、最好去处、最佳选择。我是希望工程的参与者，也是希望工程的受益者。从事希望工程 8 年来，深切地体会到参加希望工程活动的好处很多：道德上可以陶冶情操，精神上可以净化灵魂，政治上可以保持晚节，身体上可以延年益寿。通过参加希望工程活动，使我做到政治和身心的“双料保健”。

问：您现在年岁大了，有没有就此止步的想法，下一步您有什么打算?

赵：我即将进入古稀之年，但为党、为人民做贡献的斗志不减，只要还有贫困失学的孩子，我的希望之路就将继续走下去。我要把有生之年的分分秒秒，奉献给二十一世纪的助教兴学活动，奉献给希望工程。今年 2 月，由我牵头捐款 5 万元，在河北赞皇县修建一所大家峪小学，将于“六一”前后竣工，作为向建党 80 周年的献礼。

十五名党员个个是模范*

半个多世纪前，被中央红军政治部授予“模范党支部”称号的驻军 81023 部队红军连——十九连，如今又成为这个部队基层党支部学习的一面旗帜。全连 15 名党员专业个个精、武艺个个高、素质个个硬。

十九连是原中央红军“模范红五团”的一个连，参加过“八一”南昌起义、二万五千里长征、抗日战争、解放战争，涌现出了王富祥只身一人连续炸毁敌人三个碉堡的战斗英雄；在和平建设时期多次执行抗洪抢险救灾任务，多次受到集团军和吉林省政府的表彰，特别是在扑灭大兴安岭森林大火中，荣立集体三等功，被沈阳军区授予“抢险救灾尖刀连”荣誉称号。

半个多世纪以来，这个连始终有个坚强团结的党支部，无论走向哪里，都时刻牢记我党我军的光荣传统和优良作风，继续谱写新篇章。

这个连队的党员，在困难面前争着上，在享受面前总是让。一次，连队在挖暖气管道时，连长、指导员挥动铁镐同战士们一样站在 1 米多深的地沟里干。在抗洪救灾前线加固堤坝的战斗中，站在水里的都是党员。新春佳节，万

---

* 原载《江城日报》1991 年 7 月 13 日头版。与隋连军合作。

家灯火，站在哨位上的是党员，值班、帮厨的是党员。党员个个不计得失。

老战士党员李文祖，原在炊事班，今年主动要求返回训练场，他说："烧火做饭虽然轻松，但今年是全军大比武，自己武艺练不精，亏当三年兵。"

战士党员张劲夫在连队当饲养员，猪生病他自己掏钱买针买药给猪治病。连长张守春是第25任连长，他被集团军评为优秀"四会教员""优秀共产党员""干部学雷锋标兵"，2次荣立三等功。

截至目前，全连15名党员，有8人立功受奖，有5人被评为学雷锋积极分子，有4人被评为优秀党员。

请求给自己处分的党支书*

"下面，由我来宣布一项支部大会的决议，报请团党委，给擅自越权批假的李玉石同志警告处分一次……"

全场哗然！有人吃惊地张开嘴巴，有人惊奇地瞪圆眼睛，有人下意识地捅捅邻座……

这是为什么?!

因为宣布支委会决议的，恰恰是党支部书记、指导员李玉石自己！

11月24日，在某守备团通信连军人大会上，一时静得只能听见呼吸声，惊讶伴着疑惑的战士们竖起耳朵，静听李指导员陈述自己的错误事实和检查……

直到散会，战士们才相信自己"没有听错"。

原来，11月4日晚7时，有线班战士李宝军突然接到妻姐的电话，她说其妹因突然确诊患了乳腺癌，现已住进医院，让他速去探视和护理。

李宝军找指导员请假，李玉石当即给军务股打电话请示，可机关下班了没

---

* 原载《前进报》1989年12月30日第2版右头条。与董志新合作。

人接，而李宝军又买好了车票，急着要走。

李指导员考虑到李宝军不久前休过假，家离连队驻地只有 50 多公里，事情又紧急，就说："给你三天假，回去安排一下，明天我再补办请假手续，你先走吧。"

事后，一忙乎，李指导员忘了这事儿，李宝军也未按期归队。当超假 7 天的李宝军回到连队时，李玉石猛然意识到：这已客观上造成了他擅自越权批假的错误事实，虽然他并非有意这样做。

想到"处分"这个词儿，他心里不由"咯噔"一下：处分决定是要装档案的，以后不管填什么表，职务晋升、转业安排工作等等，奖惩栏都将少不了这一笔，黑锅要背一辈子的呀！

非处分不可吗？李指导员也知道擅自批假是时下的"常见病"。"大事化小，小事化了"的现象他见到的也不少，眼前这事儿组织上兴许批评教育一下就拉倒了吧？

可这合适吗？他又想到，一般群众和党员犯了错误可以处理，连队主官、党支部书记出了毛病，就不处理了？自身不正，凭啥管别人、带战士？从严治党，从严治军，还严个啥，往哪儿严？

左右权衡，寝食难安……

就在李宝军归队的第 8 天，李玉石断然下了决心。

这是一次特别支委会。李玉石提出的议题是："研究我擅自越权批假的处分问题……"

"擅自批假是该处理。"

"可处理不等于处分啊。错也认了，检讨也写了，批评批评，教育教育不就完了，何况又不是有意的。"

李石玉陈述了自己的理由，坚持要给自己处分……

支委会最终形成决议：给予李玉石警告处分，并责成他在全连军人大会上作检查，同时建议团首长在全团排以上干部会上公布处分决定。

在通信连蹲点的团政治处主任王振忠代表团党委，肯定了通信连支委会的决议。

这件事不胫而走，形成一股强烈的“冲击波”——

先是当事人之一的李宝军受不了了：“指导员你这处分以后能从档案里取出来吗？都怪我呀！”李玉石却说：“小李，你因超假受了处分，咱俩都要吸取教训啊！”

接着，战士张振锋因为没请假去锅炉房会老乡，听说李指导员请求处分自己，他找到指导员检讨说：“你们干部对自己下狠茬子，以后我再也不违反纪律了。”

第二天，与通信连房挨房的二连指导员，去医院看病时私自回家三天，他碰到李玉石说：“老李呀，你小子把路全堵死啦！看来我只有步你后尘喽！”

几天以后，这名指导员向团党委递交了检讨书……

郅顺义：我的好榜样董存瑞*

我觉着，在人生旅途上找到一个适合于自己学习的实实在在的榜样，作为自己矢志不渝的追求目标，是一件十分有益的事情。我心中的好榜样就是我的老班长董存瑞同志。

当年，在和老班长并肩战斗的日子里，他的一举一动都使我感到，他的信念是那样坚定，作战是那样勇敢，品德是那样高尚……一句话，在他身上闪耀着一种奉献和牺牲精神。当时，我在心里默默地认定：这辈子，一定要好好地向班长学习，班长就是我人生的楷模。

1948年5月25日，隆化战斗进行到最关键的时刻，我的老班长董存瑞同志，毅然决然地用手举起冒着白烟的炸药包，口中高喊“同志们，为了新中国，冲啊！”在炸掉敌人碉堡的同时光荣地献出了自己年轻的生命。

“一定要为老班长报仇！”打红了眼的我抱起炸药包，不顾一切地冲到隆化中学围墙下，炸毁了敌人最后一个碉堡，炸开了围墙，把胜利的红旗插上了隆化中学。

---

* 原载《解放军报》1992年5月16日第3版。根据访谈整理。

老班长虽然牺牲了，但他的光辉形象、高尚品德和他那大无畏的革命英雄主义精神，永远活在我心中。在此后的历次战斗中，老班长那震天撼地的呼唤一直激励着我冲锋陷阵。

解放后，没仗可打了，接踵而来的是一系列新问题，诸如荣誉、职务、家庭、子女等等。对我们这一代人来说，自身问题都好解决，子女这一关却比较难过。

我的两个儿子都给我出过难题：大儿子婚后住在沈阳的厂子里，爱人在锦州，想解决两地分居问题；二儿子参军第三年，希望能够提干。当时，不少人对我说，你是闻名全国的老英雄，又是师级干部，凭你的荣誉和地位，解决这点问题还不是轻而易举！

说实在的，对这事还真有一些好心的同志主动提出帮助，只要我点一下头，办成是没有问题的。但我考虑到，我学老班长就要学他的无私奉献精神，我的荣誉是党和人民给的，决不可凭借它来办子女私事，这个头我不能点。孩子们也深深地理解了我。

离休之后，我经常思考“假如老班长活到现在……”这个问题，于是我就发挥余热，尽可能地多做些对社会有益的事情。我不停地讲老班长的英雄事迹，讲战斗故事，讲革命传统，每年都讲五六十场，并利用书信回答青年们关心的问题。我还担任几所学校的名誉校长、辅导员或德育教师。

现在，我可以告慰老班长：我学了您一辈子，我的晚年过得很充实。

牛春仁：我的班长张思德 *

1936年，我告别家乡，参加了中国工农红军。1943年冬天到达延安后，分配到中央警卫团。

第二年4月，我和张思德调到一个班，在陕北安塞县境内执行烧炭任务。思德是班长，我是副班长。

我们烧炭要到几十里以外的山上砍木柴。那时候，由于国民党反动派的疯狂封锁，解放区经济落后，物资奇缺，我们穿的都是自制的草鞋。

一次砍柴中，有位战友的草鞋被磨得无法穿了，思德就脱下自己的草鞋，亲手为这位战友换上。他自己却赤着脚，担着百多斤的担子回到驻地。

他的双脚被扎得出了血，却不声不响。大伙发现他的脚伤后很心痛，他却笑着说："没有什么关系。"

由于单独在外执行任务，我们班自己开灶起伙。每次吃饭的时候，思德总是给别的同志打好后，自己再吃。有时饭菜不够了，他总是说自己吃饱了，而劝其他同志多吃。

---

* 原载《前进报》1987年7月23日头版。与法生辉合作访谈整理。

在延安，我们住的都是窑洞。晚上，思德怕战友睡觉蹬被子着凉，每次都等战友们进入梦乡后，他才入睡。夜里，还要起床检查两次。

我对思德有着特殊的感情，因为他不但是我的班长，而且还是我的救命恩人。一次，我和他在山上伐木，忽然遭遇一只金钱豹的袭击。就在豹子离我只有几米远的时候，思德手持大木棒跑过来，一把将我推到一边，自己向豹子迎了过去。

清醒过来的我，拾起砍柴的大斧头扔了过去，思德继续挥舞着大棒，终于将豹子赶走了。

1944 年 9 月 5 日，是个黑色的残酷的日子。我的班长张思德同志，在烧炭时，由于炭窑突然崩塌而牺牲在自己的岗位上。

一连几天，我们都不相信这是真的，大伙难过得吃不下饭，睡不着觉。

9 月 8 日，毛主席召集中央直属机关干部战士，为张思德烈士开了追悼大会，作了《为人民服务》的演讲。沉浸在无限悲痛之中的我，泣不成声，几乎没听清一句发言。

之后不久，因工作需要，我离开陕北，开赴东北抗日前线。

虽然我只和张思德相处了短短的五个多月时间，但他的精神却一直鼓舞和激励着我。

铁源：将全部身心投入事业*

有不少青年朋友想让我谈谈我的成功之道，今天你来访问我，也是这个意思。

过去我没怎么讲，今天我对你说一说。我觉得一个人要想获得事业上的成功，必须将身心全部投入到自己所追求的事业之中。

就我个人来说，如果没有长期不懈的投入，也就没有早期的《一生交给党安排》等作品，更不会有大家较为熟悉的《在那桃花盛开的地方》《十五的月亮》和《望星空》这样的旋律了。

我是1947年参加革命的文艺战士。起初，我在剧团担任小提琴演奏工作。那时，年轻的我雄心勃勃，心里总想着要谱写出几首可以传世的作品，但却一次又一次地失败了，数年之中愣是没有写出一首自己满意的曲子。

从失败中，我终于悟出了光有志向和热情是不够的，美好的事业需要全身心地投入这个道理。

我感到投入事业首先得从基本功做起。不这样就会志大才疏，终将一事

---

* 原载《解放军报》1992年6月6日第3版。根据访谈整理。

无成。

五六十年代，尽管生活水平较低，但为了打牢基本功，除留下生活必需的十几元钱外，我把每月的工资基本上都用在业务学习上。与此同时，我毫不犹豫地投入了我所有的时间和精力。

清晨，我早早起床，骑上自行车到音乐学院听两小时课；正课时间，参加团里的正常工作；中午学习音乐理论和优秀作品；晚上练习作曲和钢琴。

这种超负荷的运转，我整整坚持了 20 多年，以致在我的中青年时代竟不知睡午觉是个啥滋味。

投入事业还要经得起风吹浪打。现在的环境真是太好了。你投入事业，得到的是热情的支持和鼓励，偶尔袭来的冷嘲热讽只是个小插曲。

而那时，在“左”的思想影响下，“白专道路”等大帽子压得人喘不过气来。面对打击，我认准一个理儿：我干事业是为军队为人民服务。任你批、任你斗，我都站得住脚跟。这样，我不但没有放弃我追求的事业，反而更加专注和投入了。

投入事业必须淡泊名利。名利这东西比困难、挫折乃至打击更为可怕，它能在不知不觉中使人变得飘飘然，忘乎所以。

我恪守的信条是，默默无闻时，我是铁源；“大红大紫”时，我仍是和过去一模一样的铁源。

我从来都不为名利所动心，我更看重的是一个艺术家的作品的社会效益，以及他为人民奉献出多少高档次的精神食粮。

胡世宗：累一点何妨*

人活着就要奋斗，要奋斗就不可能是舒舒服服，就要累一点。

世间的一切物质成果和精神成果都是人们花费大量的体力和精力“累”出来的。这个道理，是我从自身的经历中悟出来的。

我从小爱好文学，刚当兵在步兵连队，紧张的训练、生产、施工生活，几乎没有可供自己支配的读书、写作时间。我的办法就是“累一累”，夜里下岗回来，也要在洗漱室里看会书，写点诗，天长日久就挤出不少时间来。

虽然累一点，但觉得充实。我还利用课余时间为连队办黑板报，不放过任何可以为战友服务，同时也锻炼自己的机会。这种思想作风的养成，对于我的成长很有益。

那年去西沙，我在颠簸的炮艇上写诗，笔帽都掉进海里了。到了永兴岛，别人打扑克、闲玩，我到处转，到处看，写我的诗。来去 47 天，我写了 80 多首诗。

那年与几个同伴重走二万五千里长征路，从江西瑞金到陕北延安，我就像

* 原载《解放军报》1992 年 9 月 26 日第 3 版。根据访谈整理。

一根绷紧的弦，每一天都沉浸在创作的激情之中。

长途跋涉，远途乘车，疲劳之至，每到一地，我都细心去采访，收集资料，记笔记，构思诗。

走完长征路之后，我写出了一本诗集《沉马》和一本散文集《红军走过的地方》。我在生活和创作实践中尝到了累的甜头。

在通常情况下，累与成效成正比，一分耕耘，一分收获。当然也有例外：不怎么累却有好果子，或累个半死却一无所获。后者大约是累得盲目或累得不得法。

说不怕累，当然不是说不休息，适当地消遣娱乐对于任何人都是需要的，但不能颠倒主次位置。

在事业上不能偷懒，就是要“累”一些，不仅要适应这种“累”，还要主动地锻炼这种“累”的能力。

我想奉劝年轻的朋友，不但不惧怕“累”，还要以乐观的挑战的态度去迎接“累”。

人在年轻时，累一点，有何妨?

李伟：鲜花铺沃野　老干发新芽*

提起《毛泽东诗词歌曲集》的曲作者——老将军李伟的名字，对文化界和军内外的离退休老同志来说，并不陌生。

他不仅是对我国歌曲创作有突出贡献的老一辈文艺工作者，而且是全国“老有所为精英奖”获得者。现在，他是总政老干部学院院长。

当人们去采访他时，他总是说：“上有领导，下有机关，工作是大家做的，功劳是大家的，我个人做点分内事，是应当的，成绩不能算在我个人头上。”

尽管李伟将军不愿意谈自己，我们还是通过上报材料，看到了他这个老共产党员、著名作曲家的先进事迹，并登门进行了访谈。

李伟早年就读于清华大学土木工程系，在“一二·九”学生救亡运动中，担任过学生纠察队的守卫队小队长。1936年2月，加入了中华民族解放先锋队，任清华“民先”大队部组织干事。同年3月31日，因参加被反动军警逮捕虐待致死的高中生郭清追悼大会时抬棺游行而被捕，40多天后，由清华大学保释回校。“七·七”事变后，走出校门，参加八路军总部炮兵团。在部队，李

* 原载《中国老年报》1999年6月25日头版右头条。与隋连军、牛萌西合作访谈整理。

伟一边行军一边创作鼓舞士气的军旅歌曲，被定为八路军总部直属炮兵团团歌的《兵歌》便是他参军后创作的第一个作品。

此后，他又创作了《朱德将军》《空室清野》《行军小唱》《炮兵进行曲》《南泥湾好地方》《坦克进行曲》《东北民主联军之歌》《抗美援朝进行曲》《解放军是个革命大学校》《人民战士进行曲》等数百首群众喜爱的歌曲。

新中国成立后，李伟于1956年9月任总政文化部副部长，后来担任过总政副秘书长、总政宣传部部长。

李伟退居二线的第二年，正值新中国成立35周年。为庆祝中华人民共和国成立35周年的大典，总政准备组建一个千人军乐团。但由于受“文革”的影响，全军各大单位都取消了军乐队的建制，只有总政军乐团的300人能出场演奏，还不到千人军乐团的三分之一。当时离国庆大典只有半年时间，要保证国庆时游行、阅兵伴奏成功，就需要做大量的工作，既要选人，又要培训，一切都得从头开始，真是困难重重。作为已退居二线的李伟，在这种情况下，只要随意找个理由就可以推掉不管，但他却毫不犹豫地接受了任务，担任了筹备组组长。

这时的李伟，已跨入古稀之年，但他热情不减，仍和筹备组的同志一起南下北上，到全军各大军区、军兵种挑选队员，组织培训。在集中排练期间，正是炎热的夏季，他冒着酷暑，多次到现场指导，一遍遍地反复纠正，耐心讲解，终于保证了如期登场，并获得圆满成功，受到各方面的好评。

1986年11月，总政成立老干部学院，离休后的李伟被总政任命为院长。了解内情的人都知道，这个学院没编制、没房屋、没经费，更没有现成的经验。面对困难，该怎么办？李伟认为，应该办一个让老同志走进学院大门的第一天就能够感觉到，这是一个可以让老年人在学习中愉快地度过晚年的学院。

为此，他亲自参加调查走访。经过认真研究后，他主持召开会议，制定了“老有所学、陶冶情操、健康长寿、欢度晚年、为四化做贡献”的建院宗旨和

"勤俭办院、因陋就简、因地制宜、因人施教、学以致用、循序渐进"的办学方针，从根本上明确了老干部学院的性质，它不同于以培养人才为主要目的的正规专业院校，又不同于社会上有学制年限的一般性老年大学。

办老干部学院没有教室，加上学员住地分散，李伟就和协助他工作的老同志经过深入细致的论证后，采取了由学院统一领导，分院具体组织教学的办学形式，把分院设在总政直属单位的各个干休所，由各干休所主要领导兼任分院副院长，并依托干休所，由各分院提供车辆、办公室和教室等各项保障设施。这样不但解决了教学用房的难题，也照顾了年高体弱的离退休老同志能就近上学。

经过他的不懈努力，学院已由初建时的5个分院、200多名学员，发展到现在的7个分院、540多名学员，开设了书法、绘画、文学、保健、园艺等课程。1988年夏天，老干部学院在军事博物馆举办第一次大型书画展览，为保证展出质量，他冒着酷暑，八次往返军事博物馆，从场地布置到作品摆放，都一项项地检查。

1992年，学院编辑出版学员诗词选集，在编辑过程中，他带领编审小组亲自对每篇诗稿逐句逐字地修改，就连用字的声韵和字义他都一丝不苟，反复推敲。当初，诗词选集原计划在"五一"前出版，可出版前的清样离"五一"只有几天的时间才送给他。为了不耽误出版时间，他从当天晚上一直看到第二天早晨6点，把需要修改的地方一条一条地列出来。

他这种不知疲倦的工作精神，使全院同志深受感动。为了使各分院的学员能够交流学习经验，学院定期编辑出版对开四版的《院刊》，对每期《院刊》的稿件，李伟都逐字逐句地认真修改，仔细校对清样。现已编辑出版46期，较好地指导和推动了教学的进展。

在李伟将军忘我工作精神的带动下，老干部学院已办了13年，学员的学习热情经久不衰，学业方面普遍有了明显提高。魏公村分院的学员章培文原是总政文工团的钢琴演奏员，她进入老干部学院后开始学画，技艺提高很快，她的国画作品曾在亚洲妇女“霸州杯”书画大赛中获二等奖，在1994年和1995年日本东京举办的“国际文化交流展”中，连续两年获金奖，受到专家们的普遍赞扬。学院还根据学员们的创作热情，先后编辑出版了3辑《诗词选集》、一本《霜红集》书画作品选。学院建立了创作研究员制度，现已授予117名学员为书画创作研究员，至今已有85名老干部的225幅作品参加了全国性书画大展，其中有115幅作品获奖，有19幅作品被国内外收藏。

1994年李伟80周岁的时候，解放军文艺出版社出版了《李伟诗词选》，其中有74首诗词是离休后创作的。1995年，应辽宁少年儿童出版社约稿，为了教育下一代，他又写了一部长篇报告文学《青春的火焰》，于1997年底出版。

而今李伟已85岁高龄，他的热情为什么依然不减呢？他曾写的一首诗较好地表达了他的心声：

革命贵坚持，神州舞醒狮。鲜花铺沃野，老干发新枝。晚节流香处，青山夕照时。年高热未竭，奋力吐蚕丝。

火红的晚霞*

——中国人民解放军离休干部生活集锦

背景提示：1997年上半年，本书作者受命参与策划拍摄制作大型电视纪实片《火红的晚霞》上、下集，并主笔撰写解说词。该片在中央电视台一、七频道播出后，反响热烈，收到大量观众来信，广受好评，称这部片子“热情讴歌了一大批为中国革命事业献身的离休干部壮心不已、无私奉献的光辉风采。不仅写出了伟大的中国人民解放军的军魂，也写出了伟大的中华民族的民族魂。”“是对革命者人生观、幸福观、价值观的最好注释！”“是一部用社会主义精神文明塑造人、教育人、鼓舞人的优质食粮！是一首高亢的正气歌！”并纷纷要求重播该片。本书收录于此的《火红的晚霞》和《神圣的使命》两篇文章，就是根据该片部分解说词改写的。

心壮岁暮时，晚霞红似火。

军队里的离休干部——共和国的功臣们，仍然心怀无比忠贞的信念，执着地延伸一段段新的航迹。

* 原载《中华老年报》1997年10月27日头版头条。与李振东、谢联辉合作。

他们的昨天已经存入青史，他们的今天依然熠熠生辉。

在新时代留下的新印迹

这里首先介绍的是许多人熟悉的几位老干部。

他们不仅有一部部血染的回忆录，还有一串串说不完的新鲜事。

人们不会忘记电影《平原游击队》里的队长李向阳，他的主要原型是原北疆军区司令员郭兴。他离休安置到洛阳后，与洛阳驻军干休所20多名老干部组成了社会治安督导团。几年来，由郭兴任团长的这个“编外”团体，积极为市委、市政府献计献策，被大家称为与该市四套班子享有同等威望的特殊“班子”。他们还走上街头、市场维持社会治安，使不法分子闻风丧胆。

高玉宝，是人们熟悉的名字，他的《半夜鸡叫》和《我要读书》，深深地影响了几代青少年。离休后，这位老战士仍然笔耕不辍，用心血和汗水撰写了《高玉宝》续集，又为广大青年官兵提供了一部优质而生动的爱国主义好教材。他一面辛勤写作，一面到基层部队和地方做传统报告。多年来，他作报告1000多场，直接听众达100多万人次。

杨育才，以他和他的战友们的故事编演的现代京剧《奇袭白虎团》，曾轰动全国，享誉神州。他离休后，继续发扬革命战争年代的光荣传统，积极投身于关心教育下一代工作，以自身的经历影响和激励着广大青年学生成长进步，为教育事业作出了突出贡献，被评为全国关心教育下一代工作先进个人。

电影《董存瑞》深深印在几代人的心海中。老英雄郅顺义是董存瑞的同班战友。在和平时期，他把关心下一代的健康成长当成自己义不容辞的责任，担任着90多所学校的名誉校长等职务，为青少年作传统报告近千场。

无私地释放生命的能量

在这些老人的心中，荣誉永远属于人民，而他们永远甘当人民的公仆，把自己的一生融入为人民服务的伟大事业中。

1983 年 6 月，在喀喇昆仑山和帕米尔高原工作了 30 多年的老八路庞龙离休了。他毅然回到家乡山西灵石县牛家峪村，帮助乡亲们脱贫致富。通过调查研究，他认为“山区要致富，种粮加种树”。于是他带头做试验，挽起裤子下地育苗。饿了，啃上几口干粮；渴了，喝上几口白开水。整整 14 年，庞龙就这样帮助乡亲们走上致富之路，使这个贫困村由人均收入不到 100 元增加到了 2000 元。

把贫困地区变成富裕之乡，是离休干部刘九令这位参加革命 60 年的老红军晚年的梦想。而今，他的梦想已变成现实。1987 年，刘九令带领家人来到滹沱河畔，开始了人们称之为“第二次长征”的奋斗。就这样，他一干就是 8 年，率先在干旱的荒滩上建起 60 亩果园，继而又引导当地群众向荒滩宣战，在荒滩上又建起了 2 万亩果园，使这块贫瘠的土地变成了“聚宝盆”，年产值达 4000 多万元。滹沱河畔的乡亲们亲切地称这里为“红军果园”。

在山西五台山区，有这样一个老干部被人们争相传颂着，他就是被誉为“农机八路”的张玉楼。1980 年，张玉楼离休回到了阔别几十年的家乡。当他了解到偏僻山区没有农机修理厂，农机完好率很低，严重制约农业生产发展的情况后，决心以自己的一技之长，为家乡的建设贡献力量。于是，他毅然当上了义务修理工。至今，张玉楼已担任义务修理工 17 年，全县 514 个村，他跑了 460 多个。战争年代里结下的军民鱼水深情，而今又在这位老八路身上得到了发扬光大。

这些鬓发斑白的老战士，依然和人民群众息息相通，心心相印。在偏远的山村、在荒凉的戈壁滩、在大江南北、在长城内外，到处留下了他们的足迹……

87 岁的老红军、河南省军区原副司令员刘大坤，离休后帮助栾川建立的猕猴桃罐头厂，年创利润 1000 多万元。

在江西赣南革命老区，无人不知军队离休干部周启琢回乡创办的“周屋文化活动中心”。

1966 年离职休养的老红军周冒清，不甘过清闲的日子，毅然告别武汉市，举家迁往鄂西，为偏僻山乡致富出力。

……

这些生命不息、奋斗不止的老同志，仅仅只是千千万万军队离休老干部的代表。

持续鼓满生命的风帆

当战火硝烟成为遥远的往事，当岁月的风霜洗尽韶华，这些已经步入人生之秋的老人们，又在创造新的荣光。

一位老人在古稀之年戴上了博士帽，创造这个奇迹的是离休干部谭培福。他离休后，经过刻苦学习，创立了“能量疏经点穴法”，在第 34 届世界传统医学大会上，被授予医学博士学位，为祖国赢得了崇高的荣誉，为离休老人的晚年增添了一段传奇。

每天清晨，许多人还在睡梦中，这条马路上便响起了扫帚声，扫路的老人叫苏子秀，一位 1934 年参加革命的老红军，一位二等甲级残疾军人。他离休 30 多年，义务清洁工也干了 30 多年，扫过的路面连起来可以绕地球一周。

“老牛明知夕阳晚，不须扬鞭自奋蹄”。谢树桂离休后，用两年多时间学完了北京律师函授学院的 13 门法律专业课程，并于 1986 年被湖南省司法厅聘为特邀律师。10 多年来，谢树桂坚持学法用法，宣传法律知识，先后参与办理各类案件 150 多起，上普法课和政治教育课 300 多场，听众达一万多人，为社会主义法制建设和“两个文明”建设作出了突出贡献。

离休老军医沈耀生的诊所，10 年来先后为官兵和驻地群众治病 45 万人次。经他精心治疗，瘫痪者站立起来的就有近百人。许多同志不理解他离休后为什么有福不享，还这么忙？他说：“我虽然年龄大了，但作为一名老共产党员，为人民服务是没有止境的。”

他们昔日的赫赫战功令人钦佩，他们今日关心教育下一代的功绩同样令人钦佩。

总参谋部原顾问、94 岁高龄的孙毅老将军退居二线后，一直坚持给青少年讲传统。

老八路王遐方 1984 年与河南省安阳市离退休老同志共同发起建立了全国第一个“关心下一代协会”。

四川省宜宾军分区干休所关心下一代工作小组，几年来在当地中小学作报告 100 多场，资助 250 多名失学儿童重返校园，并帮助 30 多名失足青少年走上健康成长道路。

由 8 名老红军、老八路组成的吉林省军区长春第四干休所关心下一代工作小组，10 年来为青少年作报告 300 多场。

海军原顾问、离休干部段德彰和夫人，义务抚养、照顾和教育 8 名孤儿成人成才，捐资救助 9 名失学儿童重返校园。

秋天的伟大，在于它把果实献给了人类。

生命的高贵，正是因为他把光和热献给了为人民服务的崇高事业。

神圣的使命*

——中国人民解放军离休干部休养所纪实

军队离休干部为党领导的中国革命、建设和改革事业作出了重要贡献，党和人民没有忘记他们的历史功绩。

在中国人民解放军的序列里，出现了离休干部休养所这样的服务机构，正是为了将他们安置好、照顾好、服务好，让他们在这里幸福愉快地安度晚年。

这是共和国的重托

他们是战功卓著的前辈，他们是塑造革命历史的功臣，受到了党和人民的关心厚爱。党中央、国务院和中央军委各位领导身体力行，亲自走访、看望、慰问老干部，向老干部通报国家和军队建设的重要情况，征求老干部的意见和建议，对老同志提出的问题，指示有关部门抓紧解决。

中央军委把老干部工作摆到很重要的位置来抓，用了相当大的精力来健全和完善老干部工作的政策制度，积极解决老同志政治、生活待遇上的实际问

---

* 原载《中华老年报》1997 年 10 月 30 日头版头条。与李振东、谢联辉合作。

题，认真做好老干部的安置工作。

为了使老干部安度晚年，全军建立起1000多个干休所。到目前为止，军队投入的建房经费累计已达50多亿元，建成老干部住房8万多套，使绝大多数老干部得到了妥善安置。

去年，军委又决定对六七十年代修建的387个老干休所进行整治改造，以保证老同志住房的安全和舒适。

要把干休所建成温馨的家园。

空军政治学院干休所，面对老干部居住在30年代修建的破旧房屋的严峻现实，不等不靠，自力更生，利用生产创收的经费打响了旧房改造的攻坚战。他们为老干部修建的一栋栋新楼房，质量优、样式新，使老干部的居住条件大为改善，成为上海五角场一带的“样板房”。

在第二炮兵保定干休所，有几位闲不住的干部，他们一心扑在干休所的营院建设上。一片真情，几番辛苦。如今这个干休所已成为花园式营院。

北京军区政治部杨闸干休所用短短几年时间，整顿室内设施和室外环境，取得了一流的好成绩。

某集团军大连第七干休所的营院，经过十几年的努力，已经成为大连海滨的一颗璀璨明珠，被评为全军先进干休所。

……

不能亏待了他们

在军委的关怀下，对老干部的医疗实行了重点保障。军队医院专门编设了老干部医疗床位，干休所普遍建立了卫生所，并在远离体系医院的干休所建立了中心医疗点。全军干休所已建立一支素质较高的医疗服务队伍，基本保证了老干部常见病的医疗和保健需要。

沈阳军区对老干部实施了医疗重点保障的“松鹤工程”，从医院到干休所，从患病医疗到预防保险，从标准医疗经费保障到各级多方筹集经费建立医疗资金，形成了多方紧密配合的医疗服务网络。沈阳军区司令部第三干休所在每个老干部家里都安装了SOS急救报警装置，只要老干部发出急救信号，医务人员就会做出快速反应。

车辆是老干部的重要交通工具。总部已经为全军离休干部配备车辆9000多台，在近3年拿出5亿元基本配齐编制车辆的基础上，从今年起，每年又将拨出专款用于老干部的车辆更新。前不久军委又作出决定，为红军时期的军职和抗战时期正军职老干部配备专车。

海军上海水电路干休所，是全军最大的干休所之一，安置老干部500多户。尽管按编制配备了车辆，但仍然满足不了老同志的需要。为了解决老干部用车紧张的问题，这个干休所一次性拿出200万元，购置十多辆汽车，较好地保障了老干部的乘车。

良好的通信是老干部的“生命线”。军队为每户老干部安装了电话，第二炮兵和南京、沈阳、成都等军区还采取多方筹资的办法，使老干部电话基本上实现了程控化。

全军各干休所都建起了老年活动室。各种球类、棋类比赛在这里进行，春游、钓鱼等活动由这里经常组织。

成都军区老战士艺术团每年都要深入基层为部队演出。海军老干部自编自演的“海军军服系列”节目，获得全军性的大奖。

在中央电视台和许多省市电视台的节目里，经常能看到老战士在文艺舞台上的身影。他们离休不离岗，在安度晚年的同时，依然向社会发出真诚的光和热。

当年高唱抗日战歌，在延安学习后奔赴战场的热血青年，而今顶着一头白发，又唱着时代的新歌走进了老年大学。

兰州军区西安老战士大学，始建于1986年，学员都是西安地区军队干休所的离休干部和他们的夫人。10年来，先后有2100名学员在这里毕业。

目前，全军自办和与地方联办的老年大学，已有130多所，在校学员近万人。

老有所养、老有所医、老有所学、老有所乐，在干休所里得到了充分体现。

默默奉献的人

在军队调整精简的情况下，配备了一大批干部、战士到干休所工作。竭诚为老干部服务，是干休所工作人员始终遵循的宗旨。

许多同志在这平凡的工作岗位上，默默奉献，任劳任怨，一干就是几年、十几年，把人生最美好的青春年华献给了老干部事业。

林正书，英年早逝诚悲痛，精神风范昭后人。这位沈阳军区普普通通的干休所政委，把自己的一切毫无保留地献给了老干部，最后倒在了为老干部服务的岗位上，被老干部亲切地称为"军中孔繁森"。

沈阳军区空军长春南湖干休所政委荣守田，甘愿为共和国的功臣奉献出自己的一切，被空军树为"雷锋式的好干部"。

山东省青岛警备区第四干休所水电班长、专业军士卢兆法，无论盛夏酷暑，还是冰雪严寒，只要老干部需要，随叫随到，再苦再累再脏也不怕，被老干部亲切地称为"穿军装的徐虎"。

有人觉得干休所里的工作，不就是打扫卫生，烧火做饭，送送粮油副食、煤气和报纸，对老人陪个笑脸吗？其实不然，这里有个优质服务问题。优质服务很有"学问"，而"学问"首先来源于对老干部的深厚感情。

成都军区后勤部昆明西站第一干休所政委缪辛和，十几年如一日，一心扑在为老干部服务的工作上，以自己的实际行动赢得了老干部的信赖，当选为云南省人大代表，被评为全军先进老干部工作者。

某集团军青岛干休所党委书记、政委徐会堂，对老干部胜过对自己的父母，被老干部亲切地誉为“竭诚服务的带头人”，被评为全军先进老干部工作者。

在琐碎细小的服务中见精神。

扬州军分区第三干休所所长蒋国龙，是位勤勉自律、无私奉献的好所长。10 年前，他上任的第一句话就是：“我是来给老干部当儿子的。”之后他一直以赤子之情，真心、热心、细心、耐心地为老干部服务。老干部们说：“亲生儿子也不过如此，亲生儿子也未必如此。”去年，南京军区党委为他追记一等功。

一个干休所就是一个人生的小舞台。

有个叫苗健亚的战士，十几年来他一直工作在总后勤部武汉赵家条干休所。他视老干部如亲人，先后护理患病的老干部 60 多人，料理 35 名老干部和遗孀的后事，曾 13 次被上级评为先进，14 次立功受奖，被破格提拔为干部。

他们把老干部满意不满意作为检验服务工作的标准。

总政北京车道沟干休所多年来坚持服务上门，服务到家，受到老干部的广泛好评，该所党支部被评为全国先进基层党组织。

……

在新形势下，全军各干休所紧紧围绕竭诚为老干部服务这个根本，积极稳妥地探索服务管理工作改革，取得了很大成绩。新疆军区济南干休所逐步形成了老干部自我服务、家庭自觉服务、干休所周到服务、借助社会力量服务的“四位一体”养老途径。

山东省泰安军分区第二干休所积极探索经济管理手段，改革服务管理办法……

这些改革，有效地加强了干休所的全面建设，提高了服务工作水平。

为晚霞而歌*

由解放军总政治部干部部摄制的大型电视纪录片《火红的晚霞》，以“晚霞”这一意象为喻体，热情讴歌了一大批为中国革命事业献身的离休老干部壮心不已，无私奉献的光辉风采。它不仅写出了伟大的中国人民解放军的军魂，也写出了伟大的中华民族的民族魂。这支冲出云层，从天边一簇晚霞中飘飞出来的壮歌，一下子把老人们、年轻人、孩子们吸引到了电视机旁。不同经历、不同年龄、不同职业的人们，从那闪动的画面上，读出了奉献，读出了壮美，读出了崇高，心灵因之产生共鸣、振奋！

一日之内，日出日落。日出而“江花红万里”，日落而“为霞尚满天”。古人唱晚，常以哀婉、悱恻打动人心，留下不少传世的名篇佳作。该片的编导者们也唱晚，唱人生之晚，却从中挖掘出不同寻常的壮美。你看天边那簇晚霞，曾经也是朝阳，在她将全部光热释放出来之后，便悄然隐落，拼尽力气，把最后的光彩与美丽洒向人间。当画面上出现红军战士冒着弹雨硝烟，爬越铁索桥的情景时，片中传来动人的主题歌：“天上的太阳有升有降，啊，不变的是那

* 原载《人民日报》1997 年 8 月 7 日第 12 版。

无私的释放，释放生命的能量。”此时，一股很强的艺术吸引力和感染力顷刻间浸透了我们的灵魂。

在浩渺的宇宙和广阔的生活中，美好动人的东西，常常转瞬即逝。这一闪为时虽短，却光彩照人，其中蕴含了无限的伟力和深邃的启迪。编导者们让晚霞的自然之美和老战士的精神之美融会，紧扣老战士“壮心不已、无私奉献”这一主题，满怀激情地礼赞“本色”的火红。在这里，老战士无私奉献的精神附于“晚霞”得以寄托，“晚霞”这一意象又因这一思想点化而得以升华。

《火红的晚霞》第一次用电视纪录片的形式，将镜头摇向一个不被人注意的角落——离休干部休养所。这是中国人民解放军序列中，一个特殊的“营区”。一个民族没有英雄是悲哀的，有了英雄不懂得敬重，也是悲哀的。在这些老战士为了中国革命的事业奋斗了大半生以后，共和国没有忘记他们。进入新的历史时期，在党中央、国务院和中央军委的亲切关怀下，这些共和国的功臣们得到了妥善安置和照顾。人们懂得，让这些老人幸福地安度晚年，正是为了让他们的光和热得以拓展，让人类的一种宝贵精神得以延续。

因此，我们看到，在干休所静谧安适的氛围中，也有悲壮与牺牲。林正书、徐会堂、蒋国龙等一批老干部工作者，全心全意、鞠躬尽瘁，他们的无私奉献，让人们联想到这是大地对“晚霞”的回报，正是有了他们的牺牲，人们在更深的层次上看到了“大地”的无私，“晚霞”的壮美！

《火红的晚霞》分上、下两集。如果诗意地去诠释，上集可谓：晚霞情怀；下集可谓：大地恩情。作为“英雄的颂歌”，上篇让人们更多呼吸到了英雄的气息。它从另一个领域，另一个生命阶段，展现了老战士的英雄气概和崇高精神。

在五台山区，“农机八路”张玉楼，担当义务修理工 17 年。在喀喇昆仑山和帕米尔高原战斗了 30 年的老八路庞龙，离休后毅然回乡，帮助乡亲脱贫致富。在滹沱河畔，老红军刘九令带领全家人，在干旱的荒滩上，建起了 2 万多亩果园，乡亲们亲切地称那里为“红军果园”。还有古稀之年戴上博士帽的谭培福；笔耕不辍，用心血撰写回忆录的高玉宝；义务创办油墨厂，自己分文不取的于建祥……他们把自己的一生都融入了为人民服务的伟大事业中。透过一幅幅真实动人的画面，红军本色被淋漓尽致地展现出来。看到此，我们不禁感叹：那一缕晚霞何其美啊！

一位战士看过此片后写信给解放军报社诉说心声：“《火红的晚霞》是对革命者人生观、幸福观、价值观的最好注释。以前，我自以为很了解我们的前辈和英雄，其实，这部大书我们要用一生一世去读！”

一位干休所的老干部打电话给电视台说：“感谢你们播放了这部好片子。它告诉我们，在今天，保持红军的本色是多么至关重要。这是一部用社会主义精神文明塑造人、教育人、鼓舞人的优质食粮！是一首高亢的正气歌！”

随着《火红的晚霞》在中央电视台的重播，它还会在亿万观众心中激起感情的波澜，去探寻他们心灵的振奋，去巡视他们目光和神情里的激昂。可以这样坚信，在火红晚霞的照耀下，我们将迎来一个更加辉煌的朝阳！

（曹慧民、李光）

零点哨位*

这里是祖国东北边疆风雪弥漫的一个边防哨所。

荣幸得很，经过一番“奋力争夺”，2 月 20 日站哨单的凌晨零点一栏，终于填上了我的名字。

这可是大年初一的凌晨零点啊！在辞旧迎新、冬去春来的特别时刻，能为祖国和人民站哨，我自豪，我骄傲！

争得这班哨，真的不容易！我已入伍三个年头，在我之后又来了两茬新兵，可老班长还拿我当新兵蛋子看待，处处护着我。逢年过节不是把我们的哨给顶了，就是巧妙地给我们安排在较好的时间段上。

就说去年吧，除夕晚上九点是他的班，上哨前他要大家先看电视，然后好好休息，轮到谁的哨就招呼谁。结果呢，他不声不响地顶到早晨五点，就这还是大伙醒后硬把他从哨位上拉下来的。

当时针即将指向农历乙丑年时，我精神抖擞、雄赳赳地走上了哨位，十分警惕地瞪大眼睛，下意识地握紧手中的钢枪。

---

* 原载《黑龙江日报》1985 年 4 月 2 日第 3 版右头条。

此时此刻，普天同庆。全国各族人民都沉浸在节日的喜庆之中，或举杯畅饮，或诉说亲情，或欣赏“春晚”的精彩节目……

在这样的时刻为祖国母亲和十亿亲人站岗，我在欣喜和激动中，感到无比的幸福、无上的光荣。

此时此刻，我看见夜空中的鹅毛雪花，在北风的伴奏下翩翩起舞，然后悄然飘落；我听见呼啸的北风，像一个庞大的管弦乐队，奏响了春天的序曲。雪花呀，你是在用优美的舞姿喜迎新春吗？北风呀，你是在用动听的音乐祝福我们吗？……

啊，哨所除夕之夜的神韵是那样的奇妙！

有情况！ 50 米外有个黑影在向这儿移动——子弹飞速上膛，眼睛瞪得滚圆……

30 米、20 米、10 米……哦，我看清了，原来是只小鹿！想必它是代表动物界来给我拜年吧，真难得呀！

它停下了，长脖子一探一探的。

哦，我看得更清楚了，这不是那个名叫“美美”的小鹿朋友吗？

“美美，春节好！”我收起枪，向它打个招呼，问个好，并给它敬了个礼。

它停下来，似乎是向我点点头，然后就慢悠悠地走开了。

兴许，它还要给别的哨所拜年呢！

再见，“美美”，我的朋友！……

要换哨了。

真奇怪，平时最难熬的这班哨今天怎么如此短暂？

我知道下面的几班上哨的都是新兵，我决心要像老班长一样替他们将哨顶上，让辛劳了一年的战友们做个完整的好梦。

哦，来人了——“口令？”我随口喝道。

“春天——和平。”这是老班长的声音。

“班长，你?”我惊异他怎么又来了。

“不要问了，回宿舍休息吧!”老班长似乎在下命令了。

“不，我要站!”我的态度很坚决。

“服从命令!”老班长斩钉截铁。

“我……陪你站!”我的声音近乎哀求了。

老班长给我扣上脖子下面那颗没扣上的皮大衣的铜扣子，又弯下腰……真是，我的左脚鞋带什么时候开了?

最终，我和老班长并肩站在哨位上……

就这样，我和我的老班长，在漫天的飞雪中，在呼啸的北风里，和后山上那片亭亭玉立的白桦树、右峰上那片雄壮挺拔的松树林，一起迎来了共和国大年初一的美好黎明。

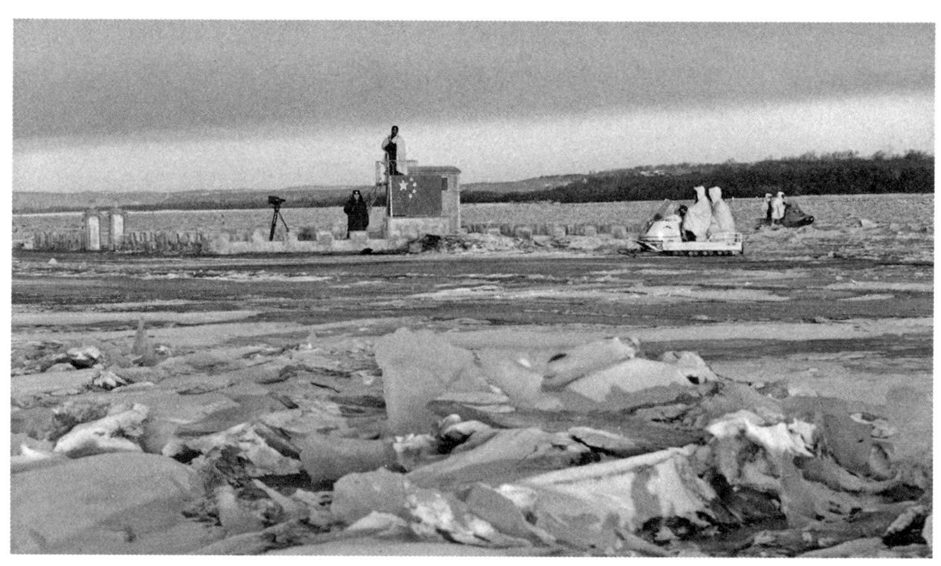

见义勇为者不再孤立无援了*

时间：1991 年 5 月 25 日 13 时许。

地点：吉林市郊区冯家屯。

画面一：8 路公共汽车到达终点，乘客们拥挤着走下车来。突然，一个穿牛仔裤的青年人怒容满面，猛地飞起一脚踢向一名身背书包的小学生，接着又照其头部狠狠地扇了一记耳光，小学生的右耳根部即刻红肿起来。

画外音：事后查明，被打小孩名叫李莹，是吉林市船营区第二小学二年级学生；穿牛仔裤的邹某，系某钣金厂工人。打人借口："他踩了我！"

画面二：见此情况，身着军装的驻军 81023 部队二连指导员魏国峰，十分气愤地指责穿牛仔裤的青年："你怎么能这样毒打孩子?!"穿牛仔裤的青年理直气壮："我就打了，能咋的?"说着照着小学生的面部又是一耳光，被打者鼻青脸肿，神情茫然，委屈、痛苦而无助。

特写镜头：在场的男女老少二、三十人无一不帮魏指导员说话、助威。

---

* 原载《江城日报》1991 年 6 月 2 日头版头条。与隋连军合作。

画面三："住手！"魏指导员忍无可忍，随手扔掉提包，一把抓住穿牛仔裤的青年："你这流氓，光天化日之下，还无法无天了呢！再不住手，我就不客气了！"歹徒凶相毕露："当兵的，你少管闲事，要打架你可不是对手！"

画外音：决战一触即发，正义和邪恶的较量升级了。

特写镜头：围观者越来越多，群情激愤。两个小伙子挺身而出，对魏指导员说："别怕，我们同你一起战斗！"

画面四：气焰嚣张、不可一世的歹徒，在愤怒的群众面前像霜打的茄子，蔫了。他被群众带到附近的吉林市中西医结合医院，不得不给小学生治病。魏指导员钻进停在路旁的一辆个体出租车，到长春路派出所报案，派出所立即派出两名干警赶往现场。之后，魏指导员又乘这辆出租车到德胜门建材商店去找被打孩子的爸爸。

画外音：乘完车，魏指导员才想起了自己带的钱都放在提包里了，现在身无分文。

特写镜头：司机满脸的笑容："就是你手里有再多的钱我也不能要一分。这一切我都看到了，我站在你一边。这车钱就算我捐资声援吧。"

画外音：当时，一位大嫂拾起魏指导员的提包小心看护着。为找提包主人，这位大嫂用了近三个小时。当把提包交到魏指导员手里时，大嫂连单位、姓名都不肯说。

特写镜头：魏指导员打开提包一看，包内：钱，一分不少；物，一件不缺。

画外音：事后，笔者多方查找个体出租车司机、大嫂和那两位小伙子的单位、姓名，可惜至今只查知大嫂是吉林市客运公司二队工人，两位小伙子是市郊欢喜岭人……

结束语：好现象啊！社会进步了，见义勇为者不再孤立无援了！……

这里爆发了一场“现代化战争”*

头戴钢盔，手握激光枪，心跳在此刻加快了。

100 名全副武装的男女战斗员，即将投入一次“现代化战斗”。

这里是太平盛世的我国东北营口海滨。

电子屏幕上显示：此时是 1992 年 8 月 8 日 8 时整。

现场广播介绍说，沈阳军区军训模拟器材研究所，是走在我军激光技术研究前列的科研机构，他们在改革开放形势下，发挥技术优势，运用科学技术支援地方经济建设，帮助营口市在鲅鱼圈开发区月牙湾浴场建立的这座激光枪战城，今天正式剪彩开业。

辽宁《侨园》杂志社社长张兰政告诉笔者，这种能够模拟枪战实况的现代化高科技娱乐设施，目前正在欧美流行，被称为下一世纪产品。在我国及东南亚一带，营口是首家。它既适应了人们高层次的娱乐需要，又是一种喜闻乐见的增强国防意识的教育形式。

巨大的欧洲古城堡式的建筑，由迷宫、街巷和太空三大战区组成。置身其

* 原载《前进报》1992 年 8 月 25 日第 2 版。

中，恍如梦境：枪声大作，狼烟四起，火光闪闪。

穿过银河外星系的大门，便是面积为1000多平方米的太空战区。这里，光怪陆离的太空造型在烟雾中忽隐忽现，阴森恐怖的黑暗处不时地射出骇人的幽光，战斗员随时搜索并打击飞旋在头顶的火箭、飞碟、飞船……

记者时而隐蔽时而射击，左冲右突，奋力拼杀。

突然，手里的激光枪射不出子弹了。

原来，记者已6次被枪弹击中，“阵亡”了。

而个别的“枪战大王”，则仍有战斗力。

15分钟的战斗结束。

“好惊险啊！……”

人们意犹未尽，争抢着观看电子屏幕显示的各自战绩。

此战，人员无一真正伤亡。

记者在返回沈阳的路上，仍在沉思之中，不禁联想起昨天的战争、今天的战争和明天的战争……

田野一片金黄*

正是你这名不见经传的人物，把自己的品行铸成场魂，成为飘扬在这块黑土地上的一面旗帜。

在20号麦田，只见你正大汗淋漓地修理一台半链轨收割机，它已经连续一周没有休息了。“这阵儿，正是吃劲的时候，咋能躺下呢！”你像是说给“铁牛”，又像是说给自己。

“铁牛”的主人用衣袖擦了把汗，说：“算了吧，铁做的牛都累了，肉长的你就别坚持了。”你一点也不理会。

“这么好的天，难得啊！”你咬了咬牙关说：“不能再耽误了！万一有雨，可就惨啦！”

兴许是“铁牛”也通人情。半个小时后，它的“思想”通了，呼呼地喘出几口粗气，艰难而吃力地“唱”起了劳动的号子。“铁牛”的主人，那个战士又驾驶着它，在金黄色的麦浪里奔驰起来……

你默默地咬着牙，头上豆粒般的汗珠不住地滚落下来。你似乎有点支撑不

---

* 原载《前进报》1991年10月29日第2版。与隋连军合作。

住了……忽然，一只小铁碗从你身上掉下来，砸在你的脚上。正在现场采访的我，一下犯了疑，忙问："你咋回事？"

"我有胃病"，你淡淡地解释道："不顶上它不行。"

那一年，才当兵第二年的你和战友们，开进了这片荒无人烟的土地。当天，你就抡起镐垦出了第一块可以种植小麦、大豆和高粱的土地。你惊叹黑土地的神奇，兴奋地直在地上打滚儿。如今，经过15个春夏秋冬的艰苦劳作，你们已经拥有万亩良田和现代化的农机具。

冬去春来，花开花落。这片土地留下了你和战友们多少足迹和汗水？说不清，算不明，只知道这足迹和汗水变成了一粒粒金黄的小麦和大豆，每年以150万公斤这个基数的10%递增着，你和你的战友们把自己的一腔深情装入国家和部队的粮仓。

战士们说你是全场最累的人。日夜操劳，1米8的大个头，体重从没有超过60公斤。一年365天，你患胃痛病的时间就有200多天，可你并没有因此而影响工作。神经衰弱的你每晚只能睡3个小时，还要借助于安眠药的神力。

庄稼人都盼着一个好收成。7月8日，晴空一声霹雳，一场冰雹无情地抽打着庄稼，砸碎了你们丰收的梦想和希望。

那是怎样的情景啊：天边，残阳如血；头上，乌云滚滚；近处，是你的战士，一个个惊得像木头一样的人。

少顷，那如鸡蛋大小的冰雹，横扫了你和你的战士们用心血和汗水浇灌出来的万亩庄稼，很快就要成熟的小麦被打得七零八落。这一年你们减产25万多公斤，还有那2500亩正值扬花结角的大豆，也被打得脱光了外衣，颗粒无收。

男儿流泪了，百十号男子汉齐声悲哭，苍茫暮色中悲凉的土地上，一片哭声。有的，还跪在地上捧着被打折的麦穗号啕大哭……

"哭哭哭，哭有什么用？都给我起来……"说到这里，你的泪水不知不觉地溢出了眼眶，你忙转过脸去，悄悄地用手将泪水擦了。“都起来，打不垮的是信念、是精神！”你突发灵感地说了这么一句话。是啊，打不垮的是信念、是精神！

士气鼓起来了。你带着你的战士们走进麦地，去挽救那些受伤的生命——精心喷洒农药、施肥、松土、拔草，搞好后期田间管理。

真是屋漏偏逢连夜雨。秋收时节，老天像张扎破的塑料布，淅淅沥沥地下个不停，地里明水大，机械进不去，秋收相当困难。为赶在晴天多收、抢收，你提出了“受灾不减志”的口号，同你的战士们日夜战斗在抢收第一线，最后仍保住了 100 万公斤的小麦。

而你原本瘦弱的身躯，又掉了 10 多斤肉。

顾“大家”难顾“小家”。为了你的事业，你的妻子放弃了城里的工作，带着刚满周岁的女儿来到北大荒深处，如今，你那已满 5 周岁的女儿还不知道泡泡糖是个什么滋味。

一见到我这个城里来客，天真的小女孩就问：“叔叔，广播里说大大泡泡糖可好了，真的好吗?”听了这话，我的心一颤，鼻子一酸，差点流出泪来……你牺牲和付出的何止是你自己！……

正是秋收时节，田野一片金黄……面对喜人的丰收景象，我站在北大荒的黑土地上，不由得从内心发出了赞叹：

你是场魂啊，81023 部队农场章玉辉场长！

今非昔比天地阔*

隆冬时节，我跟随吉林市驻军81023部队官兵，来到千里之外的白城地区野外训练，首先感受到的是当地农村的新变化。

“同是一块盐碱地，今昔真是没法比。”当地曾经以贫穷出名，眼前的巨大变化，令几年前曾来到这里进行野外训练的官兵们惊叹不已。

部队政委吴均告诉我，党委决定趁热打铁，利用这难得的机会和场地，给部队上一堂生动的坚定社会主义信念教育课。

于是，我跟随部队官兵，目击了这堂别开生面的现地教育课。

“到通榆县鸿兴镇新立屯吧，那儿是最好的课堂。”说这话的是参谋长杨明安。12年前，还是连长的杨明安随部队拉练时，曾在新立屯借住过。当年的情景令他不忍回首：

快到冬天了,34岁的“光棍汉”房东王守备仍没穿上棉袄，可怜兮兮地说：“这疙瘩兔子不拉屎，地里麦子没有筷子高，一个出工值8分钱，粗粮都填不饱肚子，拿什么置棉衣呢?”杨明安听了这话，鼻子一酸，忙脱下自己的军用

---

* 原载《江城日报》1992年2月11日第2版头条。与徐云鹏合作。

棉衣披在房东身上。

转眼12年过去了，老房东王守备早已甩掉贫穷的帽子，成为远近闻名的万元户，前不久还写信邀请他去做客。

这次来到新立屯，杨参谋长简直不敢相信自己的眼睛。战士们问哪家是他的老房东，他一连敲开三户的大门都找错了。

是啊，新立屯的变化太大了，过去清一色的“干打垒”全被宽敞明亮的砖瓦房所代替，过去屯里的几条羊肠小道变成了十字形的平坦马路。一栋栋新房错落整齐，院院都有压水井，有的院子里还停放着摩托车、拖拉机或汽车。房前屋后，道路两旁白杨成排。穿戴不亚于城里人的农村青少年们，三人一帮、五人一伙有说有笑地走着，与前来参观的官兵们擦肩而过。

杨参谋长向一位年近50的中年人打听老房东的住处，并说明了来意。

这位中年汉子叫张显富，是村里的支书。他一听，乐了：“他呀，早就盼着你们来看看呢！喏，村东头院里停着大东风（车）的那家就是。走，我领你们去。”说着说着，大伙就来到了王守备家的大门口。

见来了客人，他连忙丢下手里正在摆弄的车件，满面春风地将客人迎进屋里。

46岁的王守备看起来比12年前还要年轻。客厅里铺着人造革地板，看起来王守备家里比一般城镇居民还要讲究。彩电、冰箱、洗衣机、组合音响、高档家具样样都有，卧室的墙上还贴了壁纸，地上铺着猩红地毯，叫几名战士看得眼睛发直，咂嘴惊讶。

张支书接着介绍说：“咱这疙瘩有的是地，分田到户后，每家都有二、三十垧（一垧等于15亩）。唉，吃大锅饭那阵子，真是胡扯，上面下死命令非要在这盐碱地里种小麦，差点没把新立屯变成不毛之地。还是党的富民政策好啊！可别小看这盐碱地，有了党的好政策，它就能长出‘金疙瘩’。分田后，大伙有了自由种植权，西瓜、油菜、蓖麻、饲料这些作物，盐碱地里就是爱长。承包后的第一年，大家就结束了吃救济粮的历史。照现在的年景，屯里每家光是地里的一年收入就有5000到10000元，加上副业，一般的家庭收入在万元左右。”

喝了一口茶，张支书继续说：“像守备这样人家在农闲时还跑跑运输，或干点别的，收入就更可观啦。1983年，守备在咱屯第一个成为万元户，别看都37的人了，说结婚就结婚，硬是把比他小9岁的村妇联主任给娶了过来。他这一带头啊，嗬，不到两年功夫，村里的30多个老光棍，呼啦一下，全都成双成对了。”

最后，张支书说：“现在农民有了钱，眼光看得远了，精神生活过得充实了。过去，咱村出了个高中生就算新闻，现在每年都有三四个后生考上大学，连中专、大专都不稀罕了。今年，为更好地办教育，每户农民自愿献出300元，更新了村里学校的教学设施设备。过去，农村的文化生活枯燥乏味，天一黑村民就待在屋子里闲扯、睡觉，有的还聚众赌博。现在不一样了，大家不但有电视、录像、电影可看，还可以参加少年之家、青年之家和老年之家的集体活动。逢年过节的，村里还举办舞会搞文艺节目，乐呵乐呵。”

听完村支书的介绍，政委吴均、政治部主任孔向东等首长分别带领部队走进一些人家，让大家看看农民的盘中餐、身上衣、家中物，并通过访问、座谈等形式使战士们亲眼所见、亲耳所闻、亲身体验到更多的活生生的事实，从而使大家进一步加深对八中全会精神的理解，感受到社会主义制度的优越性，增强对社会主义祖国的热爱，坚定社会主义信念。

下午，副政委于锡财给大家作了《中西方农村经济发展对比分析》的精彩报告。他结合八中全会精神，运用丰富翔实的资料，向大家阐明了中国农村必须坚持走社会主义道路的道理，展示了社会主义新农村的光明前景。

会后讨论时，大家一致表示，今天的这堂教育课真是太精彩了！

是的，跟踪采访这堂课，我也很受教育！

兔年轶事*

写在前面：农历兔年到来之际，驻东北边防某部六连发生了一则“野兔拜年”的新闻。此后，连队团支部根据团员青年的要求，开展了以“兔”为主题的文娱活动，炊事班也打起了“兔”的注意……

笔者闻讯，专程来到了六连，对此进行了采访。

兔子拜年

人说北大荒“棒打兔子瓢舀鱼，野鸡飞到饭锅里”。

这话虽夸张了点，却也不算太失真。

话说今年元旦夜，北风呼啸，大雪纷飞。清晨四点半边防某部六连通讯员王军悄悄地起床生炉子，掏炉灰时竟从炉膛里扒出一只活蹦乱跳的野兔来！

此情此景，使“连队评论家们”七嘴八舌，各抒己见。比较一致的说法是：

* 原载《牡丹江日报》1987 年 1 月 24 日头版。

兔年兔拜年，这是好兆头。

于是，这只兔便有了自己的名字：拜年兔。

说兔晚会

“先生们，女士们”，主持人刚一开口，全场便是一片笑声。不是笑他手里的假麦克和头上的“兔帽”，而是笑他讲错了：这里是清一色的男人，没有一个女性，还讲什么“女士们”?!

他不好意思地清了清嗓子，继续说：“没错呀，我讲的是大家心里的‘女士们’。好了，晚会正式开始，先生们，女士们，自兔先生元旦为诸位拜年之后，引起了全连官兵的极大兴趣，今天的这个‘说兔晚会’，团支部委托我担任节目主持人，请各位支持。大家对兔有什么知识和见解，都不妨走上台来发表发表。凡讲出水平者有奖！首先让我代表‘拜年兔’，向军人的家庭子女和父老兄弟们，致以亲切的节日问候！祝愿大家在兔年里身体健康，万事如意！”

“说兔晚会”，别开生面，趣味盎然。大家兴致勃勃地从兔的生理结构谈到兔的功能、用途、用法和兔的生活习性、饲养方法；从野兔谈到家兔；从黑兔谈到白兔、灰兔；从短毛兔谈到长毛兔；从短尾巴兔到长尾巴兔；从中国的兔谈到进口的兔；从地上的兔谈到天上的兔，从一般的兔谈到各种各样稀奇古怪的兔。还讲到了关于兔的故事、童话、传说和歇后语，朗诵有关兔的诗歌、散文、小说等文艺作品……最后晚会拟定了规划，兔年里连队饲养500只长毛兔。

兔肉飘香

连队驻地常年有野兔出没，并且很多。炊事班长早想打兔的主意，用来改善伙食，只是苦于没有办法把兔弄到手。“说兔晚会”使他眼界大开，懂得了许多猎兔的方法。最好的一种是用细钢丝套兔。

团支部特派赫哲族战士小李担任“捕兔顾问”，具体指导这项活动。据他讲，兔子活动范围和路线很稳定，一般都遵循“哪来哪回”的原则，雪后是套兔的有利时机，只要把活动钢丝套在有兔的足印处下好，一般即可在 24 小时内捕获。

1 月 9 日，几十只套子如法布下了。第二天早晨一看，果然收获不小：共套住了七只野兔。中午，战士品尝着这道美味佳肴，都赞不绝口。

只是此事过后不久，炊事班班长觉悟了，有了保护野生动物的想法，从此再也不套野兔了，表示以后要用自己养的家兔给大家改善伙食。

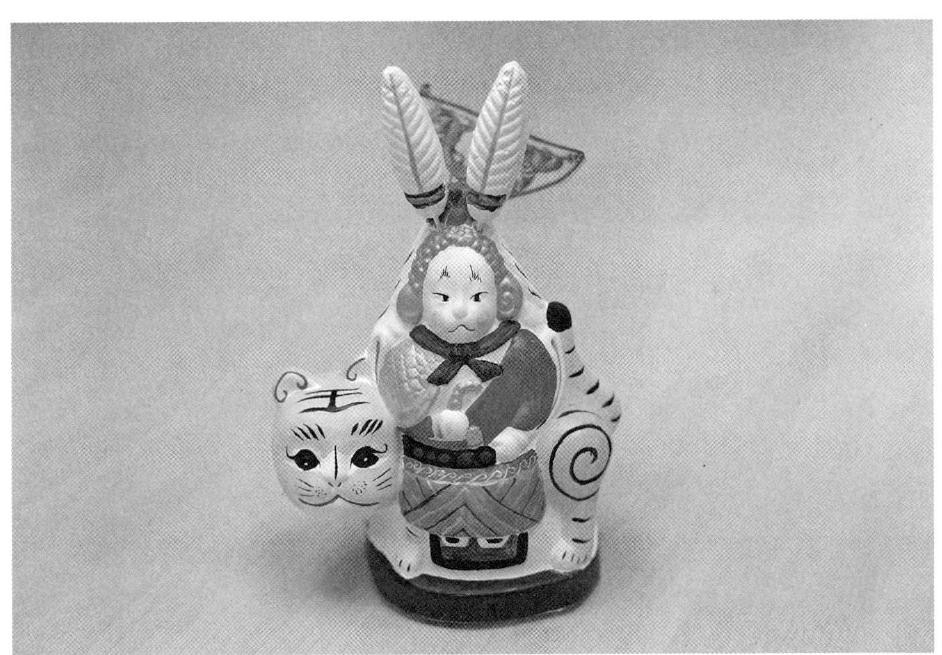

情蘸硝烟书楹联*

一个冬日的下午，笔者来到弥漫着战火硝烟的云南老山主峰阵地，目的是观看战地楹联。

在李副指导员的陪同下，笔者身临其境、眼界大开，同时深受教育、感慨万千……

如果说我国的楹联似银河般灿烂，那么笔者要说云南老山前线的楹联是这银河中新生的最亮的一颗星。

老山楹联虽不十分讲究平仄对仗，却都发自内心，抒写真情，毫无矫揉造作和卖弄文墨的意思。

且不说那早已风靡全国的“亏了我一个 / 幸福十亿人”等名联，光是笔者在某部的一个阵地，就记录下了上百副楹联。

“报国不留日后羞 / 以身许国何足惜”

“苍天瓦房群山围墙 / 河水甘泉沙滩饭堂”

“我自横刀向天笑 / 去留肝胆两昆仑”

---

* 原载《前进报》1988 年 11 月 12 日第 4 版。

“一名战士一座山峰 / 一个连队一道长城”

……

这几副写在悬崖绝壁上的对联首先映入笔者眼帘。它以磅礴的气势，浪漫的色彩，抒发了战士们的壮志豪情。

“酸甜苦辣外加汗水咸涩 / 凉热荤素另有战火硝烟 / 战地风味”。

不用说，一看这对联，就知道坑道里住着炊事兵。

“大雨小雨毛毛雨天天有雨天天下 / 钢盔饭盒洗脸盆锅碗瓢盆盆盆上 / 天赐甘露”。

二班阵地海拔 2000 多米，靠接雨水生活，这副对联便是真实写照。另一副对联道出了他们的体验和感觉：“困难像弹簧你强他就弱你弱他便强 / 敌人属狗狼你忍他便欺你打他便亡 / 该干就干”。

“敌人要炮击了，这里太危险。要看对联嘛，请跟我来。”李副指导员拉我下山。

我们来到阵地娱乐室。嗬，这里真是对联的大世界：

“艰苦为中华腾飞 / 热血换人民安宁”

“将士忠心何所求 / 碧血丹心为国愁”

“醉卧南疆君莫笑 / 古来征战人几回”

“雨打芭蕉点点相思泪 / 风荡硝烟缕缕报国魂”

……

乒乓球台案上、棋牌台上，有些决心书、请战书，也都别出心裁，用对联写成。

那晚，越军趁夜黑，妄图偷袭我阵地，被我一举击退，打了个漂亮仗。消息传来，李副指导员即兴赋上一联：

“自食恶果越寇败北夹尾巴 / 奋起还击我军胜利扬神威 / 夜空作证”。

阵地上的同志告诉我，去年一位名作家来前线采访，对前线对联产生了浓厚兴趣，他连续抄录了 30 多副，并表示将建议组织力量，收集整理老山前线成千上万的对联，出本大书。

是夜，笔者很激动，思绪万千，难以入眠，不禁也吟上一联：

“后方青春伴侣花前月下话正浓 / 前线热血男儿血与火中战犹酣 / 相互理解。”

——寄自老山前线

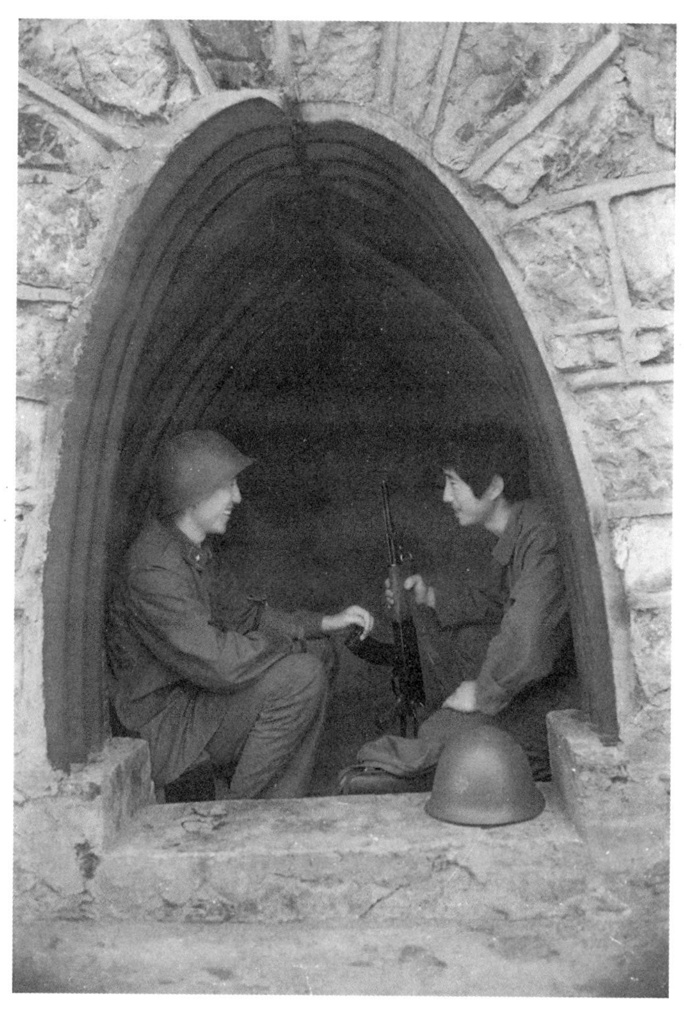

裁缝高凤莲的规矩*

去年 11 月 16 日，我的一件崭新的外衣不慎划了个大口子，弃之可惜，补之不会，只好去找个服装店。

然而转悠了好几条大街，得到的除了摇头和摊手再没别的：

“对不起，我们的活太忙……”

“你的这个活呀，怎么说呢，收个三两块的，你不愿意，收少了，我又不值。还是去找别人吧！”

……

憋气加窝火。可这气向谁出，这火又向谁发？

我只能对自己说，算了吧，回去，不补了。

行至牡丹江市爱民区晓云市场西头，忽见“个体明星毛呢服装店”的招牌。进去还是不进去呢？我犹豫了一会儿。

最后还是既不抱希望又不抱失望，仅仅抱着试一试的心情推门进屋了。

“同志，我这衣服……”

---

* 原载《牡丹江日报》1990 年 1 月 7 日第 2 版。

“好吧。”年轻的女店主人没讲二话，就热情地接待了我：“您先坐会儿，我这就给您补。”

她放下手里的活儿，一支烟功夫就为我补好了：“您看行不行？”

我还能说什么呢？根据以往的经验加上内心的感激，我掏出五元票子放下，说声“谢谢啦”，便走出了店门。

“同志”，她追出来说：“您的钱。”

“不用找了。”我说。

“不。”她走上前来，喘着粗气，说道：“不是这个意思，我是说，像你这样补个衣服这些零碎的活儿，我是不收费的。”

“这哪能呢？”我怀疑听错了。

“真的，这是我的规矩。”

终于，她的“规矩”使那五元钱又回到了我上衣的兜里。

回来的路上，我一直感慨着……

“啊，这年头的个体户竟然还有这样的规矩，好人哪！”

回到宿舍，我坐不住了。于是，我又返回这家服装店，问出店主人的名字。

边陲山村女教师*

在祖国东北边疆的绥芬河畔，有一个在五万分之一的地图上都找不到名字的小山村。这个小山村叫小金桥。十几户人家分散在一个小山沟里，边防某部的机关和直属分队就坐落在它的东面山坡上。这里离国境线只有十几里路，除了卫国戍边的战士，再也没有谁愿意来这几乎与世隔绝的地方了。

然而她们，3 名边陲山村女教师，在这个特殊的小学校里，书写了不平凡的人生。

她学习了十四个省的口音和方言

她叫张美亭。1974 年小金桥建校时，她就带着刚出校门的稚气来到这里。开学那天，她起得格外早，从绥阳镇步行十多里山路赶到学校。

进门一看，她愣住了：这哪里叫学校呢？三间土坯房里，用石头垒起了几张课桌和凳子，讲台不过多了两块木板，一个木墩代替了办公椅。望着这简陋

---

* 原载《牡丹江日报》1986 年 9 月 3 日第 3 版头条。

不堪的设备，她有些后悔，觉得不该放弃到小镇上工作的机会。

上课时，更难的问题出现了：不管她怎样讲，那十多名部队子女就是一个劲儿地瞪着眼睛、摇着头——听不懂。原来他们分别来自云南、广东、福建、河南、湖北、四川、北京、上海等十多个省市。学生们回答问题，她也同样听不懂。没过几天，有的学生干脆不来上学了。

她想，子弟兵在边防线上站岗放哨、撇家舍业，他们的孩子想爸爸了，中断了在原籍的学习，随母亲来探亲，如不及时把课补上，回家后就跟不上班，甚至会荒废学业，这将给边防线上的父亲们带来怎样的后顾之忧啊！从此，她下决心学习全国各地的口音和方言。

从此，一有时间她就来到部队跟来队家属们聊天，跟孩子们踢毽子、跳皮筋，再把学得的口音方言同本地口音进行比较，终于掌握了这个部队机关和直属分队干部所在14个省、区、市的方言和口音。然后，再逐个地为学生们讲解，于是取得了较好的效果。

1982年，张老师因工作需要调走了，整个部队干部都要求为她送行。是啊，这位可敬的园丁，在9年时间里先后教过的240多人次部队干部子女，现在已有19人考取了大学。

她了解了十四个省的教学进度

她叫鲍桂香。1982年，这位不满20岁的城镇女青年接替了张美亭的工作。接班前，她跟张老师学习两个月，接班后她遇到的第一个问题就是部队临时来队子女的学习进度不一样。

于是，她分别同全国14个省、区、市的73所学校取得联系，了解到教学进度、课程安排、学习基础等情况，并提前将课备好。待这些学生来校后，她便按照他们所在原籍学校的教学进度，进行单独授课。

多少个星期天，她都在部队为临时来队的子女补课；多少个夜晚，她一个人备课到深夜。有一次，卫生队指导员邵永顺的孩子邵山临时来队探亲，因病不能去学校上课，鲍老师就牺牲中午休息时间像家庭教师一样，天天去他家进行辅导补课。

对此，邵永顺夫妇不知如何感谢是好。

她自愿申请到了山村任教

她叫宗玉梅，是位能歌善舞的姑娘。

自鲍老师1984年11月调到另一个新的山村小学校工作后，小金桥学校教师的位置很长时间没有接替人选。绥阳镇中心学校领导曾问过好多人，结果都不愿到这里工作。

原因除了条件艰苦外，还有一条就是驻军干部子女，从祖国四面八方临时来队，情况复杂，学生不好教，流动性大。

今年3月底，正当鲍老师要重新返回小金桥学校的时候，宗玉梅向绥阳镇中心校党总支递交了申请，要求到小金桥学校任教。

边防某部的干部们乐了，孩子们跳起来了，人们争相传递着一条喜讯："咱们小山村又来了一名新的女教师，孩子们又有校长和老师啦！"

偏僻小镇“育苗”人*

在黑龙江边防某团，提起军乐托儿所所长李淑英，许多干部都要伸出大拇指。

李淑英原在长春市当教师。她为了支持丈夫安心边防部队工作，1982 年，随军来到绥芬河畔一个偏僻小镇国营商店当营业员。后来，她见一些边防官兵的孩子既无人照看，又得不到很好的教育，便停薪留职，带领 3 名随军家属办起了托儿所。

工作中，李淑英像对待自己的亲骨肉一样对待孩子们。孩子们渴了，她端来糖开水；孩子们病了，她就抱到医院治疗；没有断奶的孩子哭了，她就用自己的乳汁喂养。天长日久，一些孩子竟然管她叫起“妈妈”来。

李淑英还根据孩子们年龄、智力的差异，把他们分为两个班耐心进行幼儿教育和学龄前教育，效果很好。目前，大班孩子的智力普遍达到了小学一年级的水平。去年 9 月，在驻地小学招收的八百多名新生测试中，前六名都是这个托儿所的。

---

* 原载《前进报》1985 年 5 月 16 日第 4 版。与王成法合作。

如今，小小的军乐托儿所越办越兴隆，许多地方群众也慕名把孩子送来入托。

今年“三八”节那天，李淑英被某边防团树为“优秀共产党员”。

精神食粮的传播者*

牡丹江市东宁县绥阳镇中心百货商店门口，有一个个体售书亭的生意很兴隆，平均每月能卖书刊4000多本，但没有一本内容是不健康的非法出版物。

书亭的主人叫朱秀菊。

1983年6月，20岁的朱秀菊高中毕业后，于第二年4月办起了售书亭，出售邮局发行的各种文学、科技、影视、画报等书籍、期刊和录像带。

朱秀菊给自己立了一条规矩，凡不是正规出版社出版的刊物，一律不经营。今春，一个外地书商告诉她，只要小朱与他签订合同，出售他们推销的书刊、小报、图片等，就可以赚大钱。小朱回答得很简单："来路不明的书刊别想往我这儿来!"

朱秀菊还经常下乡，为农民和小学校少年儿童送书送刊。家住绥阳镇最偏远农村的五保户老人李杨春，爱看《大众电影》，小朱每月就免费为老人送去，并念给老人听。

---

* 原载《牡丹江日报》1985年7月19日头版。

今年 6 月，朱秀菊经营的书刊，已从 1984 年的每月 80 多种 2000 多本，增加到 160 多种 5000 多本。

镇上的人们，都称朱秀菊是“精神食粮的优秀传播者”。

“百日楼”的“红管家”*

牡丹江市公安局东安分局干警黎竹青，被东安区长安街“百日楼”的居民称为“红管家”。

今年初，“百日楼”连续多次发生居民被盗案件，闹得全楼居民人心惶惶，双职工更是提心吊胆，工作单位离家近的，得空就要跑回家看一看。面对这种情景，黎竹青出自公安人员保护人民的责任感，决心解除大家的后顾之忧。

经过认真分析研究，针对犯罪分子的作案规律，他组织楼内的一些退休职工白天执勤巡逻。夜晚，由他承担执勤任务，近几个月来，“百日楼”再没有发生任何被盗案件。

以前，这个楼有些住户乱扔乱倒炉灰和残土，也有人在夜深人静时从楼上往下扔杂物。因此，楼房四周垃圾成堆，严重时推自行车都困难。看到这种损人不利己的行为，黎竹青心里很气愤，决心用自己的行动去影响他们。他借来一辆独轮车，利用几个星期天的休息时间把垃圾全部清除。

他用自己的汗水换来了“百日楼”的清洁，大家很受感动，原来乱扔垃圾

---

* 原载《牡丹江日报》1985 年 7 月 21 日第 3 版右头条。与陈延亭合作。

的人也不乱扔了。

如今的“百日楼”让他管理的井井有条，居民们安居乐业，十分幸福、美满。

傻得可敬的人*

说起志愿兵石效敏，的确是个有趣的人。

一次，在火车上，听到烦人的“哐哐”声，他一时忽略了金属热胀冷缩的规律，给铁道部门写了一封“连接铁轨以消除烦人的噪音”的建议信。

于是，他成了边防某团的“名人”，被戏称为“傻冒”。

然而，除此一件傻得可笑的事情之外，石效敏做得更多的“傻”事，都是傻得可爱而可敬的。

1987 年春的一天，他看到一匹军马躺在山坡上，已奄奄一息，这匹马的身旁还站着 4 匹瘦得皮包骨的军马，连吃草都很费劲。这情景使他心里既着急又难受。当天晚上，他就给边防团党委写了一封申请书，要求到军马所当马倌儿。

消息传开，大伙儿议论纷纷。有的说：“好端端的司务长不当，去当马倌，这官越当越小，不是冒傻气吗？”有的说：“功你也立了，党也入了，志愿兵也转了，何必去自讨苦吃呢？”还有的说：“这几匹马弄不好都要死在你手里了，

---

* 原载《前进报》1990 年 10 月 23 日第 4 版右头条。与杨宇林合作。

看你怎么办?”

对于上述这些话，他一笑了之，把铺盖卷往马厩里一放，上任了。

俗话说:“马无夜草不肥。”为了及时给马填草，他就在马厩里搭了个铺，挂上一块闹表，每夜 4 次叫醒他。

为了增强马的体质，他用津贴费买回龟粉和骨粉拌在草里喂。由于马棚里阴暗潮湿，细菌多，他的裆部、腋窝和手上长出疥疮，有时疼得他睡不好觉，吃不下饭，但他仍默默地坚持工作。

时间一天一天过去了，转眼到了夏天。那些军马，不但没有瘦死，还个个膘肥体壮，由原来的四类上升到二类。在军区组织的军马大检查中，他负责的军马所被评为先进单位。也正是这时，首长发现了他的病情，硬是逼着他住进了医院。

去年夏天，他带 6 个人去一个大山沟里单独执行看守一个重要军事设施的任务。这儿没有房子住，团里配给他一台解放车，由他指挥这台车运输建房所需材料，然后由地方建筑队施工。可当这台车把水泥、石灰拉来后，他手一挥，对司机说:“你走吧，其他问题我们自己解决。”

他想的是，团里车辆少，油料紧，能不用车尽量不用。他带着 6 名战士，就地取材，手抬肩扛，运来石头和木材，奋斗一个夏天，40 平方米的哨所不仅奇迹般地建起来了，还为部队节省经费 2 万多元。

这个夏天，他光是扛石头磨破的背心就有 8 件，更不用说他流出多少汗水了。

“傻人”石效敏，傻得可爱可敬，受到战友们的一致称赞。为此，他多次立功受奖，并被师、团树为“学雷锋标兵”。

拾金不昧的好青年 *

8 月 9 日，驻军某部反坦克炮连文书陈长明和他临时来队的未婚妻一起，高高兴兴地去黑龙江东宁县绥阳镇买东西。

当他在一家百货商店为他的未婚妻选中了一套衣服，准备付钱时，突然发现装有 180 多元钱的皮夹子不知什么时候丢了。

于是，高兴变成扫兴，这对恋人只好放下衣服，查找丢失的现金。

找了一天不见踪影，他们失望了。

万万没有想到的是，第二天清晨，一位地方上的青年开着汽车找到部队，把钱给他送来了。这突然到来的喜讯，简直使陈长明和他的未婚妻不敢相信！

当他们弄明白事情的原委后，激动地流出了眼泪，赶忙拿出 30 元钱表示感谢，可这位青年说什么也不收，问他名字也不肯说。

后经了解得知，这位好青年名叫杨占军，是绥阳林业局的待业青年，家居绥阳镇蜀村北头。待在家里没事可干，就买了台“东风”车搞个体运输。

那天，他开车在公路上拾到一个皮夹，打开一看，内装 180 多元钱和一张

---

* 原载《牡丹江日报》1986 年 9 月 14 日头版。

函授结业证，结业证上写有姓名和部队代号，于是他见到军人就打听。终于在天要黑的时候打听到了失主所在部队的驻地，第二天一起床，他就开着汽车送钱去了。

杨占军拾金不昧的事迹，受到部队官兵的一致赞扬。

这里闪耀着人间真情*

与大医院比较起来，位于吉林市区冯家屯的81023部队医院似乎不那么显眼。然而，当我们步入这个“口”字形的深红色二层建筑，见到一封封情真意切的感谢信、一张张微笑的面孔、一个个感人至深的镜头时，却强烈地感到：这里闪耀着人间真情。

生命，在这里延续了13天

3月26日下午3点半，吉林市江城造纸厂纸管科的王秀芬，气喘吁吁地向医院提出了紧急请求：母亲石淑金的生命危在旦夕……

作为女儿，看到妈妈躺在乡下家里痛苦的样子，她的心都碎了。可由于是肺癌晚期，一连送了几家医院，都认为没有抢救价值而拒绝收治。万般无奈，她抱着最后一线希望来到部队……

病人，很快被接到医院。以副院长王志龙为组长的抢救小组，当即忙活开

* 原载《江城日报》1991年10月16日第2版头条。与王立明合作。

了。输氧补液，注射强心剂，抽出胸腔积水……3 个小时后，心跳缓慢、呼吸困难、满脸痛苦的病人睁开了眼睛，身子也不像刚来时那样不停地抽搐了。

“重点病人重点照顾”，医院每天专门召开一次会议，分析病情，制定抢救方案，并专门组成“特别救护小组”，24 小时守候病人身边。

除了救护，他们还帮病人翻身、端屎倒尿，在病人清醒的时候陪着聊天，使其痛苦减小到最低限度。

一面以死者 6 名子女名义赠送给医院的、上面写着“精心护理，医德高尚”的锦匾，至今仍在默默地叙述着这个动人的故事。

生命出现了奇迹，当初被一家权威医院宣判为最多只能活两天的病人，在这里竟延长了 13 天！

她，微笑着离开人间

她，一个家住吉林洮南的老人，今年春天走到生命的终点。呼吸停止了，心跳停止了，但挂在老人脸上的微笑却成了永恒。

临终前，老人反复地叨念着81023部队几名医护人员的名字：医师刘春富、护士李勇刚、杜兴旺、赵庆忠，还有小刘。老人说，这些医护人员对她“比亲生儿女还要好”，有这么好这么多的儿女，她也就“死而无憾了”。

老人患肺心病已有二、三十年的历史了。虽然不断地治疗，但始终没有痊愈。老人有两个子女在本市工作，儿子张宇江是市政府的小车司机，女儿张宇霞是东北电力学院的工人。当老人听说电力学院离部队医院不远的消息后，为了治病，于前年冬天从洮南老家投奔女儿。

长期患重病的老人生活不能自理，住院治疗需专人陪护，可女儿女婿、儿子儿媳的工作都忙得脱不开身。正当儿女为此十分揪心的时候，医院主动承担了这一义务，建议设立家庭病房，医院派人上门诊治。这样，既可治病，又可解决“难唱曲”。于是，儿女们转愁为喜了。

这里，是一片纯净的土地

这家医院的全体医护人员，不但以自己精湛的医术和满腔的热情，使患者得到了满意的治疗，更以自己高尚的医德医风赢得了患者们的高度赞誉。

今年7月，一名来自辽宁丹东的女患者，带着她的“两个没想到”，愉快地回到了她的工作岗位。

一是没想到小小医院水平高。2个月前，她不幸患上了一种痛苦难言的皮肤病，不远千里，南下广州，花了3000多元也未治愈。后来，在亲友的推荐下，她带上2000元来到了这家医院，结果不到一周，丁宝祥医生就采用激光的方法为她治好了，一算账，才花50元。

二是没想到这家医院的医德那么好。为表示感激之情，她拿出1000元钱，悄悄地塞进主治医生的抽屉里。没想到这钱很快就由医院领导如数退还给了她，并告诉她：“这里没有别的说道。”

带着病愈的喜悦，她准备离开江城吉林市了。在她坐上返回老家的列车时，心里仍在感慨：“这里真是一片净土啊！……”

山沟里的“文化宫”*

沈阳军区某部炮连，常年驻守在东北边疆绥芬河畔的一个大山沟里，该连官兵对单调、寂寞这些字眼的含义，是深有体会的。

去年春天，很偶然的机会，炮连在团里组织的学雷锋歌咏赛中获得了亚军——这可不得了啦！全连一片欢腾！……

连队党支部很快认识到了文化建设的重要性，为此专门召开支委会统一思想，并定下了决心：干！

首先是整体规划和美化营区。大家因地制宜将营区划分成生活、训练、娱乐和生产四个小区。

接着修篮球场、排球场、羽毛球场，建电视室、图书室、设有20多个小活动项目的综合性娱乐室，同时又办起了连队小广播站和黑板报。

最后是对营房——建于60年代的小坡房修修补补，粉刷一新。

连里没有经费，但是，人心齐，泰山移。近百幅字画等艺术品是本连能工巧匠的作品，所有图书和数十件乐器是大家捐献的，电视室里的春秋椅是连队

---

* 原载《中国青年报》1991年4月14日头版右头条。与杨宇林合作。

干部们的工资买的，那个大音箱是指导员从他家里搬来的，月亮门是六班长常志设计的。

“搭完台子演好戏”。连里每月都搞“三会两赛”，即：每月都组织一次运动会、文艺晚会、影视座谈会，读书演讲比赛和时事知识竞赛。

他们以这种丰富多彩、健康向上的文体活动和优美的环境，丰富大家的精神生活，陶冶战士的情操，密切官兵关系，培养大家对连队的热爱，增强大家的集体荣誉感和连队的凝聚力。

文化搭台，训练唱戏。丰富的文化生活促进了连队教育训练水平的提高，今年连队被评为“先进连队”。

春节前夕，云南老山前线某部二连团支部在阵地上喜迎龙年，举办了一次别开生面的——

“龙”的晚会*

“古老的东方有一条龙……”晚会在大合唱《龙的传人》中开始。

主持人在一段极精彩的开场白之后的热烈掌声中，亮出了用龙的邮票拼成的第一个节目名儿：“画龙大奖赛”。

成“龙”在胸的全连各派“知名画家”们，埋头猫腰一鼓作气，用各种色彩和线条描绘着各自心中的龙。不足8分钟，一条条活生生的龙的杰作便全部亮相，各具千秋。评委宣布，韩飞的漫画荣登冠军宝座，获得用弹壳制作的刻有龙的图案的奖杯一个。理由是他以“画龙点睛”之笔，在象征我军腾飞的龙的眼睛上，用伏笔巧妙地写了“在深化改革中建设有中国特色的现代化军队”字样——挫败群雄，独领风骚！

接下来是“制龙大检阅”。“能工巧斧”们，争先恐后地出示各自的“绝活”。一时间，舞台中央的8张行军桌上竟然摆满了各种各样的龙——泥塑的、木雕的、石刻的、蜡铸的、草扎的、竹编的、纸剪的、面捏的、胶粘的、锡焊的，还有布绣的、香蕉抠的……姿态万千，不可胜数。评比结果：陈晓帆的作

* 原载《战旗报》1988年2月20日第4版头条。

品“神龙镇南疆”以构思的奇妙绝伦，制作的超高难度，造型的威武霸气而名列榜首，奖得带“龙”图案的手绢一块。

第三个节目是“龙的典故大全”。官兵们集思广益，险些说破了嘴皮：先从“跳龙门”“黄龙斗”“画龙点睛”谈到“叶公好龙”；再由古代“龙典”举一反三，发明现代派“龙典”，设想21世纪“龙典”；又搞横向联合，由我国“龙典”引进西方及月球“龙典”……

“龙凤呈祥——龙飞凤舞——龙胆凤骨——龙腾虎跃——龙盘虎踞——龙潭虎穴——藏龙卧虎——龙争虎斗……”第四个节目龙的成语大“串连”，在牛车那儿“卡了壳”，他搜肠刮肚仍“不来电”，时限已过，却“计”上心来：“独眼龙！”话一出口，众人哄笑不止，前仰后合！评委对他挺照顾，既然你喜欢，那就请表演“独眼龙”小品吧，他演得越像那么回事儿，大伙笑得越“严重”，直不起腰！

第五个节目：“各显神通道神龙”。经过34分钟的激烈角逐，王亚明舌战群雄，24名劲敌一一败下擂台。他满以为坐定了冠军交椅，忽听得一声“我来也——”王龙拨开众人，跃于台上，讲起龙的故事，口若悬河，一套套、一串串，王龙抑扬顿挫，越讲越多，百十号听众着魔似的，如痴如醉。

末了，大家雀跃欢呼，将王龙举过头顶，以示祝贺。王龙又接着说：“今宵喜迎龙年，官兵同乐，实乃快事。龙是祖国和民族的象征，龙吉祥、崇高、美好……在此范围，可无边遐想，尽情寄托。望诸位在同御越寇之间隙，共研‘龙学’之文化，为我……”

王龙的话被刺耳的炮声淹没了，于是，指战员们龙一样飞向阵地……

——寄自老山前线

“牛”的晚会*

今年 2 月 25 日傍晚，我应邀走进驻守在黑龙江东部的解放军某部四连活动室，耳旁响着牛的叫声，室内四壁挂满了关于牛的诗、画、文章，大家吃着奶糖谈牛，几个战士化妆成牛和一个真牛玩耍……啊，眼前真是一个丰富多彩的牛的世界。

连队的团支书告诉我，为了庆祝农历“牛年”的到来，丰富大家的文化生活，增长大家的知识，也好让大家“牛年”“牛”一下，团支部经过一个多月的筹备，在“牛年”的正月初六，举办了这个“纯牛”晚会。

墙上挂的那幅牛的解剖图干什么用?

晚会第一个节目开始了：谈牛比赛。“演说家”们兴致勃勃地从牛的构造、功能讲到牛的作用、品质、精神，讲到无数“甘为孺子牛”的人们，讲到天南地北的各种稀奇古怪的牛，讲到关于牛的神奇传说、动人故事。有的朗诵古代诗人的赞牛诗、竞猜关于牛的谜语。

结果裁判这么宣布：各有千秋，不分上下，奖品得吃大锅饭，每人一杯

---

* 原载《中国青年报》1985 年 4 月 19 日第 3 版。

牛奶。

“简直是对牛弹琴！我吹了这么多牛，也不给我一等奖！”临了，老班长对裁判“牛”了一下，引得大家开怀大笑。

胸有成竹的“业余画家”们出场了。

他们参加第二个节目——画牛比赛。不一会儿，一幅幅速写、素描、水彩都画好了。小陈的那幅水彩“草原牧牛”最有功夫，可惜只得了个二等奖——三块奶糖。原因是他画的牛群里夹有两只山羊，与主题“纯牛”不符！

第三个节目是写牛比赛。早已构思好的“小秀才”们急不可待地上了台。李小国的十四行诗《金牛赞》获得一等奖——印有牛的图案的一块手绢。

接着大家围着一头老黄牛转圈，这是第四个节目——看牛比赛。

谁长眼睛不会看牛？看牛有啥可赛？有！五颜六色的牛的图案你能分清吗？观察完这头牛后，你能回答得上这头牛共有多少根牛毛吗？

“和天上的毛毛雨一般多！”人称“小诸葛”的王力答对了，成为大奖得主。

舞台中央的桌子上摆了十多头纸牛、木牛、泥牛，这是第五个节目——造牛比赛正在进行。一头形态逼真的泥牛被举了起来，它的主人得了冠军。

“哞哞——”“哞哞——”第六个节目学牛比赛开始了。除了牛的叫声，各种模拟牛的工作、休息、吃草时的动作、声音的小品，富有生活情趣，笑得大家前仰后合！……

晚会将要结束时，我听见一个战士说：“真来劲！简直把电视台的节目都给盖了……”

“南疆”一日游*

时间：1987 年 3 月 29 日，星期天。

地点：东北边疆绥芬河畔红花岭。

“团员们，快快走，马上就到岭山头……勇攀登，手拉手，今天咱们‘南疆’一日游。”大家携手登上海拔 1000 多米高的红花岭主峰时，似乎没费多大劲。这真该感谢宣传委员沈志刚的快板啊！

“南疆”的大门上贴着副“学习南疆英雄，争做北陲哨兵”的对联，横批是“贵在奉献”。一进大门，便到了“云南前线老山前沿阵地”，这阵地具有相当的规模：以一堆大约三十多立方米的石头为主体，主体下方是精心制作的“堑壕”“猫耳洞”等掩体，还有用冰雪雕的泥土塑的战士、越寇、武器、弹药以及各种亚热带风光。一块大木板上写着关于老山的历史沿革，地理位置和战斗概况的文字；石头上贴着的树枝上挂的，是从各种报刊上剪辑的有关老山前线的报道、文章、图片等资料，计有 180 余件。1985 年在全国新闻图片评比中获得金奖的大幅照片“拼到底”最为瞩目。大家仔细地看了一遍又一遍，还

---

* 原载《前进报》1987 年 4 月 23 日第 3 版。

不时地掏出本子记点什么。为了增强“真实”效果，有人点燃了烟花和爆竹，一时间“炮火”连天，“弹痕”遍地，硝烟弥漫，还真有点“战争味”呢！

下午，大家踊跃参加了团支部发起的“‘游南疆’征文演讲比赛”活动。团员们尽情地抒发了自己的体会和感想，决心学习南疆英雄，把美好的青春奉献北国边陲。

“欢乐使者”杨勇满*

“你走来，她走来，大家走到一起来……”

一曲《让世界充满爱》把二连战士与大学生们的联欢会推向高潮。活跃在大家中间的团支部书记杨勇满，挥动着自己有力的双臂，指挥大家高声齐唱。

杨勇满是深受全连战士喜爱的团支部书记，自 1983 年上任以来，以自己的满腔热情，带领全连团员青年开展经常性的丰富多彩的活动，团支部被团中央授予“优秀团支部”称号，他本人荣立三等功。

这个连队常年驻守在黑龙江东部某偏僻山沟，条件艰苦，文化生活单调。杨勇满上任后，和大家一块把过去用坏的乐器修好，成立了连队业余演唱组。第一次演出便赢得了全营干部战士的阵阵掌声，其中的 4 个节目，在师文艺汇演中获一等奖。

“周末沙龙”是杨勇满组织的经常性活动之一，每到周末晚上大家围坐在一块，针对新时期出现的新情况新问题，从不同角度进行辩论探讨，寻找真谛。近段时间，杨勇满组织大家搞的“早恋的利与弊”“什么叫美”等

---

* 原载《前进报》1987 年 8 月 13 日第 4 版。与王国富合作。

几十个研讨课题，对团员青年正确解决生活中遇到的问题，起到了很好的作用。

杨勇满，你为官兵带来了欢乐！

军营，第一支女子军乐队*

啊，你看，她们来啦，身着制式演出礼服，吹奏着各种金灿灿、亮晶晶、黑闪闪的乐器，迈着矫健的步伐，在雄壮的乐曲声中组成一个整齐的方队，以排山倒海一往无前的气势，雄赳赳气昂昂地走来了！

她们，就是全军第一支女子军乐队——沈阳军区后勤部通信站女子业余军乐队。

一不小心成第一

有人说，在中国，但凡一种新事物的诞生，都要经过诸如撕心裂肺的阵痛，异常艰难的起步这样的过程。而女子军乐队的诞生却不是这样。

沈阳军区后勤部通信站的领导，看到几个女兵在军营大院的草坪上自娱自乐，手里没有任何乐器，走近一聊，女兵们提出搞个小乐队的要求，丰富基层官兵文化生活。几个决策者一碰头，结果就出来了：给她们批点钱，搞个业余

---

* 原载《妇女之友》1992 年第 8 期。与朱永宏、王鲁东合作。

军乐队。

事情的由来真就这么简单。

彼时，全军上下尚无女子军乐队的报道，她们就毫不客气地当了“第一”。

转眼春秋几度。如今，军乐队已不再是业余水平。

新任女子军乐队队长苏中菲，向笔者历数着她们那一流的乐器、一流的灯光、进口的音响、正规的练功房、宽大的排练场、50个全能队员，还有经历的300多场大型演奏、所获的300多个奖杯、奖旗、奖状、获奖证书……

苏队长还介绍说，著名专家、解放军艺术学院军乐系主任尤德义，亲临现场观摩考察后，给予了很高很权威的评价：该乐队设备阵容和水平在全军所有业余乐队中，可进入前三名。

勤学苦练受欢迎

应该说，这得益于她们的勤学苦练。

1988年，在沈阳召开的全国第二届青年运动会开幕式上，乐队变换队形演奏完毕，正准备以方队绕全场行进一周，演奏《运动员进行曲》。

在体育场的一个拐弯处，方队边演奏边转变队形。排在队列边角的圆号手任红脚上的高跟鞋忽然被黏泥土“焊”住了。

她光着一只脚继续前进。由于一只脚有鞋，一只脚没鞋，走出的步子一高一低效果不好，她索性将另一只鞋不声不响地甩在草坪里，光着双脚完成了任务，“宁可磨破脚掌，也要演奏好”。

有一次，女子军乐队冒着严寒到边防哨卡演出，边疆军民围着篝火观看。观众手都拍红了，眼睛也看累了，却仍觉得没看过瘾……

两个小时的节目演完又延长两小时，还是不满足，最后，大家一起载歌载舞，直到篝火燃尽，东方发白。

当她们得知还有 3 名哨所战士因远离连队执勤没有看上节目时，又转回身来，通过电话耳机，为战士献上一曲《十五的月亮》。

多才多艺的女兵们

姑娘们一个个的多才多艺。

于莉这位能歌善舞的姑娘，学会了萨克斯之后，又学写新闻稿件、练习播音，居然被解放军海峡之声广播电台看中，聘为该台特约播音员。

大连姑娘谭晶的英语水平也达到可以到外贸洽谈会上当翻译的地步。

会海明以一曲具有浓郁民族特色的黑管演奏醉倒众人。她是朝鲜族姑娘，刚来时，汉字不会认，汉语不会说，经过努力，现在她成了汉语通，而且她的硬笔书法在一次大奖赛中获得了三等奖。前不久，她被批准为中共预备党员。

来自哈尔滨教育学院艺术音乐系的冰城姑娘马文宇，屡有作品发表，被大家称为“小作家”。

小马和来自哈尔滨市香坊区职高幼师班的许慧是一对老乡，同样都很有才艺，得知笔者采访目的，她俩表达了一个愿望：希望《妇女之友》越办越好，并通过本刊向故乡的姐妹们问声好！

女子军乐队是个出人才的地方，建队 6 年来，复员的战士中有 28 人被地方文艺团体和厂矿机关录用为专门的文艺人员或文艺干部，留队的战士有 21 人考入或被保送到军队和地方各类艺术、医学院校深造。

姑娘们的恋爱故事

小 A 在恋爱方面算是透明度最高的一个，她有一位追求者，被称为“绅士”，他像个专门为小 A 写情书的职业级的“情书专家”，两年来坚持给她写信，隔三岔五就有一封，最多也不会超过一周。信的篇幅长达数千言，短则八百字，均用四通打字机打印。信尾署名“你的崇拜者”或“爱你的人”等等，总之名目繁多。因此，姐妹们都戏称小A的情书为“绅士周报”。

小C的第一场演出就打动了他的心。小C在台上演，他在台下照，第二天，她就收到一摞彩照。清晨，小C在阳台练功，他必在另幢楼露出脑袋；傍晚她散步，他则紧跟其后。每次外出，她刚走上公共汽车，就发现他也来了，积极主动帮她买票。

后来，小C拒收他送来的彩照，他就改为邮寄。信中除了照片外，还有火辣辣的求爱信。她曾用口头和书信不止一次地表明她的“严正立场”；他呢，软磨硬泡，一如既往。

很快，姑娘想出一个“以牙还牙”的办法，对他说：“你再纠缠，我就不客气了！”

“看你能把我怎么样！”他一副大义凛然、无所畏惧的样子。

于是，她从包里取出一个傻瓜照相机，对着他边照边说：“我知道你是哪个连的，我认识你们连长，我把照片交给连长告你……”

这下果然把他“镇”住了。他用双手将脸挡住，边退边说：“你这招太损了，我彻底服了，别，别，别照了……”

瓢舀鱼*

人说北大荒“棒打兔子瓢舀鱼，野鸡飞到饭锅里”，这话还真不假哩。这则短文专讲“瓢舀鱼”。

北大荒盛产鲫鱼、鲤鱼、草鱼、青鱼、鲢鱼以及叫不上名的许多种小杂鱼。

冰封大地之后，有些鱼并不“猫冬”，而在厚厚的冰层下慢慢地游动、捕食。冰层隔离了空气，造成“缺氧症”。“鱼先生”们在“抱怨”冬季漫长的同时，非常渴望能像夏天一样，自由自在地跃出水面，吸口氧气。

如果投其所需，打开冰层，抛下诱饵，它们则会欢腾地游过来。然而，殊不知“贪小利坏大事”，这一来便不能再返，倒成了盘中美味。

这就是“瓢舀鱼”。当然，这是冬季。

而在其他季节，若想用瓢舀鱼，显然就不那么可行了。至少，也得用个简单的捕鱼工具。

驻守在这里的边防某部七连，每年冬天都到河、湖里打开冰层，以瓢舀鱼。

仅今年春节前后，他们就“瓢舀”近五百斤鲜鱼，改善了官兵的生活。

---

* 原载《前进报》1987 年 3 月 10 日第 4 版。

老山，那绿色的精灵 *

老山，那绿色的精灵，
是有山的气度，
风的潇洒，
草的品格，
水的柔情……

时代骄子说——
旋转的霓虹灯下，
流动着美的色彩，
新的造型；
潮湿的猫耳洞里，
弥漫着滚滚硝烟，
轰响着隆隆炮声。

* 原载《战旗报》1988 年 3 月 31 日第 4 版头条。

这是《战争与和平》雄伟的乐章，
这是奉献与牺牲的画屏。
每每激战之后，
青春的激情便溢满“战地舞厅”。
迪斯科的旋律，
彰显着战士的赤胆和忠诚。

事业恋人说——
他真心爱我却又不那么安生，
不满足于手中教程，
去讨论滑铁卢与现代化的立体战争。
和孙武孙膑孔明发生冲突，
就用马尔维纳斯群岛作证。
预言苏联何日撤军，
猜想谁能接替里根，
与海灯切磋二指禅，
和张艺谋谈论电影。
总爱把时间划为分秒，
动不动就请来马克思、
毛泽东和鲁迅先生……
实在太累了，
就去《蓝色多瑙河》里游泳。

爱情姑娘说——
热血男儿铁骨铮铮，

发自内心对我亲近，
“不懂爱情”绝对谬论，
然而却常被“吹灯”。
经过血与火的洗礼，
他的爱更真更纯更深。
爱神丘比特啊！
请你射金箭时睁开眼睛……

老山，那绿色的精灵，
是共和国新一代士兵。

——寄自老山前线

你从战场走来 *

你从血与火的战场上走来，
对生活充满无限热爱。
虽然拄着双拐，
那步伐依然有军人的豪迈。

你从弥漫的硝烟中走来，
稚气与天真从此不再。
虽是十七八岁的年龄，
却有着哲人般的思考与对待。

你从南疆的炮火中走来，
军功章在胸前闪着崇高的光彩。
你知道这绝不是索取的资本，
战士的本质是牺牲、奉献和热爱。

---

* 原载《牡丹江日报》1985 年 11 月 21 日第 4 版。

北疆战士的诗 *

雪掩北疆，
如特大宣纸一张。
胸中的狼毫，
手里的钢枪。
战士自有墨和砚，
汗水洒满训练场！

啊，年轻的士兵，
不迷恋花前月下，
不追求异服奇装。
放弃就业的机会，
实现孩时的梦想。
在北疆，用青春和汗水书写了

---

* 原载《前进报》1986 年 2 月 1 日第 4 版。

壮丽的诗歌十万行！

啊，十万行——
容纳着生命、事业和向往，
以及战士的爱和恨……
人民的幸福，
祖国的安宁，
是诗的中心思想。

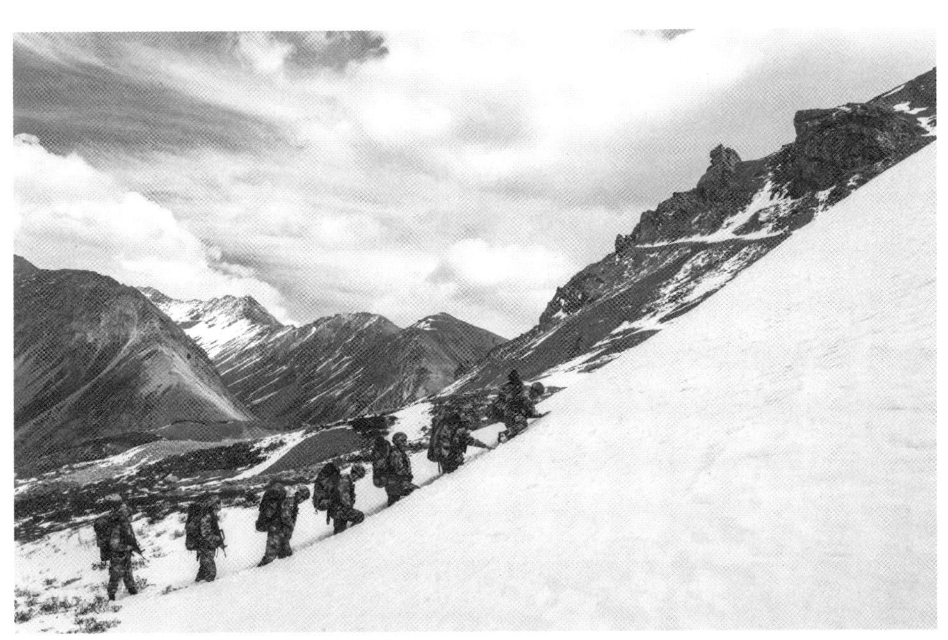

新年诗草（四首）*

迎春花

当群芳还在睡梦中诅咒该死的寒气，
唯有你挺身而出率先报告了春的消息。
待到春暖花开争奇斗艳的时节，
人们该不会忘记你从前的功绩。

冰凌花

一只看不见的神奇的大手，
夜夜都悄悄绘画出美丽和新奇。
我信奉这真正的艺术，

* 原载《前进报》1986 年 1 月 1 日第 4 版。

他每天都在黎明的朦胧中教我奋起。

贺年片

当这片洁白的雪花，
飘落在你的手心，
将化作一泓清泉，
洗涤你过去一年的征尘，
给你力量——
向新高度攀登!

日　历

把三百六十五天的光阴浓缩在一起，
上面写着两个醒目的大字：珍惜!
它的尽头是个巨大的问号，
到了那一天你有多少事可资回忆!

元旦，我站哨*

山为我自豪，风也说骄傲，
严寒不再刺骨，北风不再怒号，
热情地向我招手，向我微笑！
雪呢，跳起轻柔的舞蹈！
啊，元旦的边境线上，
我手握钢枪巡逻放哨！

啊，新年我站哨，
我的心里装着共和国
九百六十万平方公里的
高山河流湖泊草原良田和海岛……
艰苦、孤独、寂寞吗？
不！——
我的钢枪守护着十亿人民的欢笑！

---

* 原载《辽宁日报》1986 年 12 月 30 日第 4 版。

哦，三月风*

三月风是神奇的大手笔，
即便枯木也能吹出
充满勃勃生机的嫩绿。

三月风是无与伦比的清扫机，
连被遗忘了的角落里的
残雪、垃圾都一一吹去。

三月风拂在脸上，
是一个吻，温柔甜蜜。
料峭的春寒中，
吸一口三月风，
明媚的春光就装进了心里。

* 原载《牡丹江日报》1987 年 3 月 19 日第 3 版。

三月风是爱是理解是温暖是友谊，

三月风是《雷锋的故事》的续集。

北山公园的夜晚 *

月光下
中了丘比特的金箭
于是月老的红线
把那一对年轻的心
牵到了北山公园

金龙踏步
是爱的音符
悠长的小路
是爱的琴弦
情侣的脚步啊
轻轻地弹
轻轻地弹

---

* 原载《牡丹江日报》1986 年 9 月 4 日第 3 版。

成熟的爱情

不会忘记北山——

这里是

爱情的摇篮

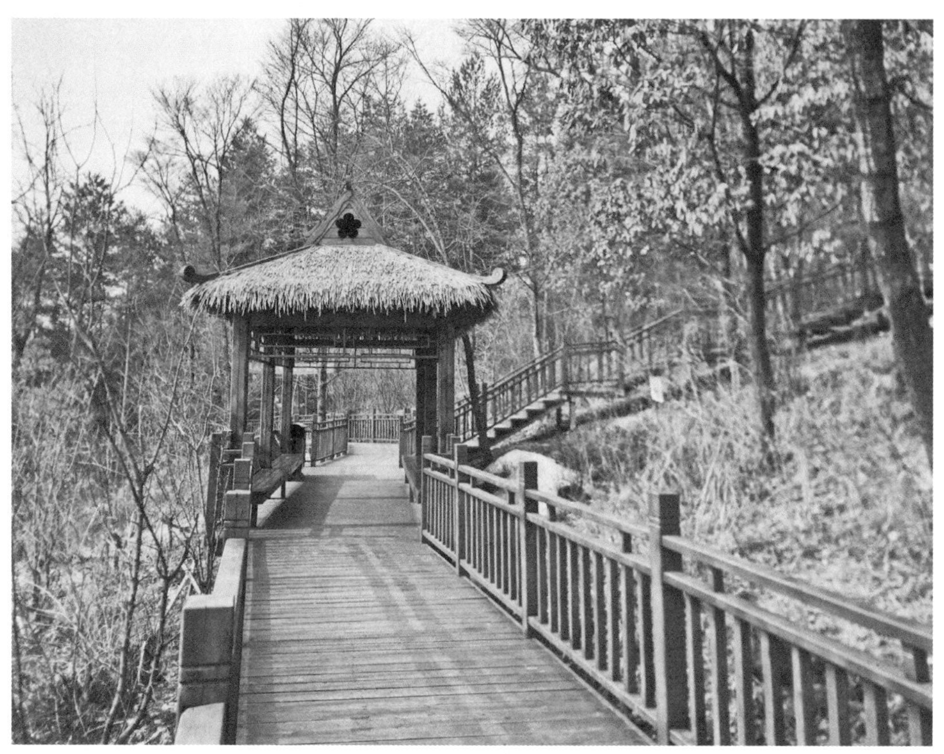

融*

春光照军衣，

断珠哨檐滴。

遥思故乡雨，

收获皆可期。

* 原载《牡丹江日报》1985 年 4 月 4 日第 3 版。

献给母亲的歌[*]

——为母亲八十大寿作

丙戌之春，二月十四，风和景明，
慈母刘氏，恩华先生，八十寿辰。
孝子贤孙，亲朋好友，无不欢欣，
北京武汉，随州枣阳，襄阳宜昌，
四面八方，相约而至，祝寿当阳。

日朗月圆，锦绣中华，山高水长，
莺歌燕舞，鲜花美酒，满庭芬芳。
鞭炮齐鸣，锣鼓喧天，掌声阵阵，
蟠桃献寿，慈竹恒春，锦悦呈祥。
祈盼母亲，寿比南山，永葆安康！
祝愿母亲，福如东海，富贵同享！

---

* 原载《纪念刘恩华女士》一书，刘氏后人联合著作，2011 年 6 月编印于北京。

母亲一生，路途坎坷，艰辛备尝。
出身贫寒，十二未满，离开家乡，
寄人篱下，感受炎凉，历经沧桑。
来了救星，换了人间，做了主人，
妇女解放，婚姻自由，嫁我父亲。
安居乐业，生儿育女，充满温馨，
火红日子，别样心情，靓丽青春。
母亲青年，连丧二子，已是不幸，
不想中年，晴天霹雳，痛失夫君。
强哉母亲，大哉母亲，伟哉母亲！
擦干眼泪，挺直脊梁，直面人生。
里外风雨，事事操持，件件费心；
照料双亲，知冷知热，孝女本色；
抚育儿女，耗尽心血，既娘又爹；
田间劳作，不让须眉，巾帼豪杰。

困啊难啊，有主有张；贫啊病啊，
能忍能扛；苦啊累啊，不声不响。
有谁知啊，我的母亲，柔弱女子，
身单力薄，年复一年，独撑门庭。
最难忘啊，我的母亲，如山母爱，
哺乳喂养，缝补浆洗，壮儿生命。
令人敬啊，我的母亲，一介平民，
胸怀大义，教儿思想，给儿力量。
看今朝啊，我的母亲，步入老年，

壮心不已，老有所为，续写华章。

母亲放心，儿女身上，有您基因：
朴实善良，勤劳智慧，方方正正。

再祝母亲，颐养天年，幸福快乐！
百岁华诞，还赋新诗，引吭高歌！

| 书声朗朗 |

一本催我奋进的书*

望着一尺多厚的退稿，以及退稿上挂着的千篇一律的铅印的冷冰冰的退稿条，我心灰意冷，沮丧郁闷。

时而怨恨自己无能，时而寻找各种客观理由自我解脱，聊以自慰那颗争强好胜的心……

我的这些情况，被当时担任团政治处副主任的董延喜首长知道了，他专程来连队看我，并赠送我一本《中外成才者的足迹——时间运筹纵横谈》。

这本书唤醒和震动了我……

它像一位循循善诱的导师，把我带入一个崭新的天地：那倾心血 60 载而著《浮士德》的歌德，失败不失志的“发明大王”爱迪生，学问来自“三上”的欧阳修，自称“没有偷过半小时懒”的达尔文……

他们使我强烈地感受到追求的执着、事业的艰辛、成就的伟大、天地的广阔，同时也使我深受启发和教育。

和他们的失败相比，我的挫折显得太微不足道了。在起跑线跌了跤，就此

---

* 原载《前进报》1987 年 6 月 6 日第 3 版头条。

止步不前，岂不太没志气了？看看书上是怎么说的：

“青年人应当自立自强，不断奋起。”

“消极改变不了过去，更改变不了现在。与其悲伤不如行动，给自己规定有意义的目标，并马上为达到这些目标而努力。”

……

这是多么精辟的语言，多么真诚地劝勉！它使我坚信，只要努力，就会成功。

我重新拟定了自学计划，在分分秒秒的业余时间里加强知识积累，不再好高骛远写“大部头”一鸣惊人，转而从“小东西”写起……

在许多老师的精心指导和帮助下，近两年，我在军内外报刊电台发表了200多篇新闻和文学习作。

现在，有空我就翻翻这本书，它使我振奋，它催我上进。

清平乐·读明刚同志《军履回望》

耙耕云泽，携笔戍长白。仗剑边陲弄文墨，驰骋东西南北。

戎马四秩春秋，天涯万里封侯。今倚昆仑回望，且书万字貔貅。

丁增义（新华社解放军分社副总编辑）

2022年11月5日

《林海雪原》伴我少年到青年*

限于一名战士的条件，我的藏书曾有许多被淘汰。但我至今仍珍藏着两种版本的《林海雪原》。

因为，《林海雪原》是我少年时代的忠实伙伴，他陪伴我度过了“书荒”年代，至今仍影响着我对生活的追求和道路的选择。

说起来已是很久以前的事了，但记忆里的图像仍很清晰。

那是我读小学三年级时，一次在清扫教室中，偶然从垃圾堆里发现一本既无头又无尾、打着卷儿已经发黄了的砖头般厚的残书。好奇心使我想看个究竟，就弯腰拾起来，拍了拍书上的尘土，装进了书包。

那时候，找不到其他课外书来读，有空我就翻这本“干豆腐卷儿”，虽然还有许多不认识的字，但这并不妨碍这本书对我的吸引力。

我朦朦胧胧地觉得，这本书带我进入了一个新奇的世界。

花开花落，春秋几度。这本书，我无法知道到底读了多少遍，光是包书用的书皮就换了好几次。

---

* 原载《前进报》1988 年 6 月 28 日第 3 版。

我常与书中的人物同喜、同恨、同悲。杨子荣、少剑波、刘勋苍、白茹等英雄的形象和他们的传奇故事，在我幼小的心灵上留下不可磨灭的烙印。

中学时代的数学课堂上，偌大的威虎山，却躲藏在我那小小的拉开的抽屉的外端……

啊，一个南方少年对北国边陲怀着怎样的神往，茫茫无垠的林海啊，你曾多少度令我梦萦魂牵！……

然而，数学老师是不喜欢“杨子荣迷”的，几次“黄牌”警告之后，我仍偷看。他一气之下，将书当众付之一炬。

我流泪了，第一次。

将要升入初中三年级时，数学老师将他自己的那本也是面目不全的《林海雪原》送给了我。

1982 年 10 月，听说威虎山的部队来征兵，母亲带着我报名，送我参军，帮我实现了孩时的梦想。

临行前，家乡书店已有了人民文学出版社 1981 年版的《林海雪原》，我这才得到一种完整的慰藉。

同时又另买了一本送给数学老师。

也正是到了那时候，我才知道动乱岁月里，《林海雪原》及其作者曲波同志曾受到掠夺与攻击。

啊！《林海雪原》伴我少年到青年……

哲学并不神秘[*]

《哲学常识》以通俗的语言、有趣的故事、深刻的哲理吸引着我，使我这个门外汉不知不觉地步入了哲学的大门。

入伍时我只有初中文化程度，过去曾经认为哲学深奥难懂，高不可攀。一个偶然的机会，读了《哲学常识》后，这种想法逐渐改变了：原来哲学并非那么神秘，只要我们遵照循序渐进的规律去学习，是完全可以入门的，并且也是可以学通弄懂的。

《哲学常识》不是板着面孔的教书先生的样子，而是在朋友式的亲切交谈中，把深奥的哲学理论讲解得通俗易懂。如“一沟之隔两重天”讲了这样一个故事：一个生产队，从本队客观实际出发，实行了联产承包责任制，秋后籽棉获得大丰收；隔沟的另一个生产队从条条框框的主观意愿出发，坚持种大帮轰式的“方向田”，到秋天每个社员只分到五斤籽棉。通过这个故事，具体而又深刻地阐明了思想与客观实际，也就是思维与存在、意识与物质的关系这个哲学的基本问题；书中还引用古代“楚人过河”的典故论述了“运动和静止”，

* 原载《黑龙江日报》1983 年 12 月 6 日第 4 版。

以“拿破仑的头发”的故事来说明“世界的普遍联系”，等等，不仅给了我马克思主义哲学基本知识，而且还给了我大量的其他方面的知识。读后，印象是那么深刻、鲜明，以至一想起那有趣的故事，便明白了相应的哲理。

更重要的是《哲学常识》这本书，使我树立了正确的世界观、人生观、价值观，指导了我的生活和工作实践。在读完这本书后不久的一天下午，我突然收到了一封匿名信：“天降幸运”。信中说只要我在48小时之内，将此信转抄24份，连同7件小礼物分别寄给自己的亲友，不过数日，便会得到720件小礼物。否则，后果不堪设想。并列举实例，声称这是上帝的旨意。看来信的笔迹，我知道写此信的人就在本部队，是我往日的同学、现在的战友。我立即找到了他。此刻，他正抄写着最后几封信。我夺过他的笔，用从这本书里学到的哲学知识，指出这纯粹是荒唐的骗人的玩意儿，是唯心主义在作怪；又用唯物主义的观点讲述了世界上根本不存在什么上帝，“幸运”也绝对不会从天上降下来……战友终于被我说服了。他撕毁了没有发走的十多封信，并要求我帮忙写信，向已发信的亲友做好解释工作。

今年，培养既能作战、又会建设的“两用人才”的春风吹遍了整个军营，同志们根据自己的兴趣与专长，踊跃参加部队组织的各种小组活动，搞得热火朝天。可是，同班战士小王却无动于衷。我和他促膝长谈，他吐露了真情：“自己天生一个笨脑袋，肯定什么技术也学不会，索性就什么也不学，免得白费劲。”针对这种思想，我运用学到的哲学理论告诉他，知识和才能的形成，更重要的是靠学习和实践，不学习不实践将一事无成。而你还没学呢，怎就知道自己不行？……第二天，小王报名加入了木工组，经过三个月的业余学习，他现在已能独立做立柜了。他还把我的《哲学常识》借去认真学习哩！

通过对《哲学常识》的学习，我认识到，认真学习马克思主义哲学可以洗刷唯心精神，克服形而上学的思想，改造自己的“三观”，掌握事物的客观规律，为实现“四化”多做贡献。

小中见大平中显奇 *

——读微型小说《雷声》

读吴君同志的微型小说《雷声》，犹如咀嚼橄榄，颇有余味。

区区400字作一小说，难！欲具特色，更难！然难者绝非不能也。成败之要，在于作者的功力和素养。姐姐照顾弟弟乃生活小事一桩，谁人留心？《雷声》的作者却独具慧眼，化平凡为神奇。通过精心剪裁，巧妙构思，使其蕴藏丰富内容，染上浓烈的色彩，小中能见其大，平中却显其奇。开篇几笔勾勒，中间一个“姐”字，一个使“两个身子同时颤抖了一下”的声音，刻画出三个性格鲜明的人：可怕的“雷”似的男人，需要温暖的倔强的小女孩和她弱小的异父弟弟。

特别是，结尾一个远镜头，不禁使人同情和沉思……

* 原载《牡丹江日报》1986年7月23日第3版。

附：《雷声》*

天那边的云突然变成黑色的了。她向这边跑着，一边跑一边发怒，骂出的声音比家里那个男人还可怕。

腿抖得好厉害，每一步都是那么难，那雷声太吓人了！一会在身后，一会在头顶，好像把她死死地盯上了，两只手总也护不住耳朵……弟弟呢？她突然想起了自己的事，她吓坏了……

……学校门口，弟弟一个人可怜地站着。她心疼得流泪了。

“姐!”男孩生气又高兴地喊着。突然脸又红了，看着女孩拖着的两只小泥脚。“带犊儿!”雨水、泪水都是那么咸咸的。

“来，让姐背着你。”她装作挽裤脚，趁机把“姐”这个字说得重重的。蹲下身，快同她一样高的身子压得她喘不过气来。一阵剧烈疼痛……一只小手摁在了被那个男子打出血印的地方。

哼！就是不管他叫爸爸，那是弟弟的爸爸。喂！带犊儿你死了，怎么不走啊！两个身子同时颤抖了一下。这声音多像那个男人。

“姐！你累了吗?”这声音多好听，她第一次听见。“不！姐不累，姐都七岁了，是大人了。”她直起身子，把那件爸爸生前给她买的黑底黄花的衣服脱下来，给弟弟披上。

雨里雷声里一个花衣裳，向着那个长满野草和娇嫩嫩的小花的小路飘去……

（吴君）

* 原载《牡丹江日报》1986年7月17日第3版。

学友周报

【学习摘记】张明刚《军履回望》连载（十四）

23-12-10 21:21 发表于山西

录于合集

张明刚连载合集 14

【主编导读】/韩宾

人民出版社出版发行解放军驻部队某部少将副主任、党委副书、纪委书记、监委主任张明刚自文集《军履回望》后，引发读者泛热议好评和人民日报人民网、华社、军报军网、央视网、光明报、中新社、中青报中青网、中英才杂志等军内外权威媒体关注介。

张明刚近照

该书由“理论之光”、“军营声”、“心灵之窗”三卷组成，录了作者张明刚从军40年来公开表的具有代表性的理论文章、新作品、文学作品183篇、55万字。些文章，有30多篇获奖或被选为学范文，部分文章被网络平台转百余次、浏览量超千万。

2022年10月，该书首版问世，受到铁凝、邵华泽、孙晓云、继炼、徐贵祥、樊希安等我国当文坛大家泰斗高度评价和广大读喜爱。2023年1月即出第2版，截2023年8月，不到1年时间，已是版第6次印刷，累计印数超过12本。2023年2月，团中央青年发展人民出版社会同作者张明刚，同向全国一千余所高中赠阅一万本《军履回望》，受到全国广大师生的热烈欢迎。

中国文联主席、中国作协主席凝说：“读《军履回望》，我感到明刚同志以真诚、笃实之心书着从乡村少年到边防战士，到共国将军的生动、奋进之路。他的勤奋，他对事业始终葆有的敬激情、朝气，以及对故土、亲战友淳朴、深情的描述，洋溢涉猎广泛的题材、篇章里，读者中看见了一位时代追梦者有血有有胆识、有担当的英姿和风”

中国记协原副主席、《解放军原总编辑孙继炼将军说：“明是写作高手快手多面手，堪称杂大家……《军履回望》一书，集刚四十年心血智慧汗水之大成。”

中国作协副主席、中国作协军事文学委员会主任徐贵祥说：“在我看来，《军履回望》可以作为军营生活、学习和工作的辅导教材。”

原国务院参事、三联书店原主要负责人樊希安说：“我感到明刚这部文集具有教科书意义，不仅适合普通读者阅读，更适合党员干部和新闻工作者、理论工作者、文学爱好者、老干部工作者阅读，谁读谁受益。”

【学习摘记】/王振存

张明刚《军履回望·理论之光卷》【理论阐释】板块之《艰苦奋斗精神的时代价值》

（本文原载《光明日报》2021年9月12日第7版右头条，又载《中国军网》理论频道，并被其他报刊和网络媒体转载转发）

编者按：

亲爱的《学友周报》读者朋友们：

名家书评认为，《军履回望》书写了作者从乡村少年到边防战士到共和国将军的奋进之路，展现了作者对党、国家、军队和人民的赤子情怀，见证了新时代人民军队强军兴军的伟大进程，充满积极的、健康的、向上的正能量，是一个农村青年参军报国的励志故事，是一本增强人民精神力量的优秀图书，是一部激励广大青少年立志成人成才、紧跟党奋进新征程的生动教材。

2023年11月，本报连载了《军履回望·理论之光卷》中的【十论写作】板块，在社会各界引起强烈反响：包括中国新闻网、中国军网、强军网军委机关网、中华善德网在内的50多家媒体跟进转载；众多学友尤其是作者亲朋好友纷纷在朋友圈跟进转发；广大读者朋友很是喜爱，跟进学习，好评如潮……偶有连载迟发，便有学友垂询敦促，媒体与读者良性互动、互促，成为热点。许多读者还表达了连载《军履回望》全书的强烈愿望。

编辑部同仁因此大受鼓舞，深深感到：《军履回望》之所以产生如此积极、广泛而深刻的社会影响，是因为这本书不止是一本可以置于案头、随时拿来学习参考的新闻教科书，更是一部能够启迪思考、激发人生奋斗动力的心灵指导书，为人做事作文皆可参考，确实是近年来我国图书市场上非常难得的一部上乘佳作！

因此决定，从第十一期开始，本报将继续以【学习摘记】形式连载《军履回望》。具体是，按该书编排顺序逐篇进行，自序言开始，至后记结束。连载时，前后分别设【主编导读】【社长点评】栏目，不定期开设【读者感言】栏目（选发学习心得感悟），以更好服务大家。

来吧，朋友！让我们跟随三位文坛大家的笔端，一起走进《军履回望》，去探寻成人成才成长道路上的成功“秘诀”吧！

《军履回望》，谁读谁受益。

艰苦奋斗精神的时代价值

习近平总书记在庆祝中国共产党成立100周年大会上的重要讲话中，23次讲到“奋斗”、11次讲到“精神”……

……要按照“紧日子”要求，勤俭节约、精打细算、量入为出、绿色健康消费，用实际行动模范践行艰苦奋斗、勤俭节约的优良作风。

（本期连载文章详见本书第19-24页）

来源：《军履回望》张明刚自选集

【读者感言】/余飞

张明刚老战友《军旅回望》这本书，是真正的真实的再现和反映当代军旅生活的大手笔！是难能可贵的军旅题材文化作品！

我的当年一同在前线的战友，现役陆军少将张明刚将军！

他本人军旅生涯丰富多彩，既在冰天雪地的东北边防站岗放哨，又去了充满战火硝烟的南疆战场；既有基层部队和实战战场的据实报道，又有总部机关的工作历练；既在新疆武警部队反恐前线一线的搏杀，又有部队政治工作的耕耘！

几十年如一日的经历经验丰富多彩，可谓是功勋卓著，业绩突出、可圈可点！

他是我们这些战友们的骄傲和自豪衷心的祝愿张明刚将军：

佳作连篇，最新最美！

保重身体，万事如意！

（本文作者余飞系国家税务总局襄阳市税务局干部）

【读者感言】/王守华

我与张将军素未谋面，但读其大作犹如促膝攀谈。我很欣赏和赞同张将军书中的观点，艰苦奋斗是中华民族自古就有的传统美德，是我党我军的传家之宝、取胜之道，也是每个人成长进步实现幸福人生的必有经历、必备素质。

《军履回望》由三卷组成，“理论之光”、“军营之声”、“心灵之窗”，主旨鲜明，事例鲜活，全书记述了作者几十年的军履实践、思考和切身感悟。《艰苦奋斗精神的时代价值》是首卷“理论之光”的开篇之作、开山之斧，文字不长但字字精辟。作者的亲身经历实践与建树，也正是对艰苦奋斗精神的价值及意义的最好诠释。

……读将军的《军履回望》，有教科书一般的感受。学友周报连续刊载，是一件非常有意义的事情。希望传播得更广，让更多的人看到和了解并从中获益。

（作者简介：王守华，原解放军某部师职干部、大校军衔）

【社长点评】/王洪平

我阅读了张明刚将军的《军履回望·理论之光卷》中的【理论阐释】部分，深受启发。这本书展示了张明刚将军深厚的理论素养和军事素养，以及他在理论研究和实践探索中的独到见解和深刻洞察。

在【理论阐释】中，张明刚将军对于新时代强军兴军战略、军队党的建设、军事人才培养等问题进行了深入探讨，让我对于国防和军队建设有了更深的理解。将军用自己的实际行动诠释了新时代军人的使命和责任，为我们树立了一个学习的榜样……

社 长：王洪平

总编审：张 亮

监 制：张全保 张占军

主 编：徐广全 王永祥

执行主编：韩 宾

张明刚（朋友圈）

自题

——致张明刚《军履回望》连载(十)

笔耕四十载，方著一拙作。莫言张某痴，个中亦有乐。🙏👏🌹🌞

【学习摘记】张明刚《军履回望》连载...

2023年12月3日 18:52

笨人下笨功，十年磨一剑；懒人有懒法，一书容三卷。😂😁😁🌹

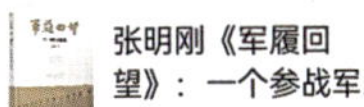

张明刚《军履回望》：一个参战军...

2023年11月30日 11:53

各位亲友:😁🙏🌹

我的10篇旧作小文，——是30多年前作的，并且是谈论新闻采写业务的，经学友周报连载后，目前已知包括中国军网、强军网在内的30多家媒体和许多朋友圈跟进转载转发，引起社会各界人士特别是亲朋好友的热议，并且由此：“结识”了许多新朋友，“找回”了不少老亲友，“惊动”了60多位好首长😁🌹他们纷纷与我交流谈论、向我索书并给予我充分肯定、有力支持和热情鼓励……所有这一切，都是我不曾想到和十分感动的，在此一并致谢了🙏🙏🙏🌹🌹🌹

2023年12月3日 10:03

自然·真挚·感人*

——读散文《心债》

马铁英同志的散文《心债》，以朴实细腻的语言，娓娓道出母子间真挚的感情，写出了一种人情美，读来亲切感人。

年轻的军人妻子，不甘落伍于时代，带着"腹中蠕动"的小生命走进考场，孩子刚"满月两天"就托给邻居；母亲上大学前，又把孩子送到外地的外婆家。她无情吗？不！当孩子烫伤时，她心软了不学了，要"好好照顾孩子"；当她接过大学校徽时，心里"流着苦涩的泪"。在"孩子"和"学习"这对不可调和的矛盾面前，为了学习（事业），她没有当好母亲，欠了孩子一笔"心债"。通过对孩子"住院""求知""画画"这三个片段的回忆，母亲的内疚和不安跃于纸上。

"妈妈！我饿，我饿！""妈妈，看完书给我念行不行？""给我念一遍就行。"我想《心债》的读者大概不会忘记这些令人心酸的句子，并为之洒下泪水。

在散文创作不景气的今天，像《心债》这样感人的作品确实不多，真诚期待作者今后创作出更多更好的散文作品。

---

* 原载《牡丹江日报》1986年12月11日第3版。

附：《心债》*

我用颤抖的双手接过这枚迟到了十年的大学校徽，脸上荡着甜甜的微笑，可心里却流着苦涩的泪。

在知识爆炸的时代，我这个只有三个月速成班学历的中学英语教师不得不拼命地学习，两年的省电大英语单科结业后，我又报考了省电大英语专科。川川还在我腹中蠕动的时候，就陪着我参加了电大第一学期的考试。在复习最紧张的时候，孩子“哇哇”地挤进了我的生活，为了参加第一学期的期末考试，我把刚刚满月两天的川川托给邻居，拖着羸弱的身体走进考场。

孩子两岁多的一天晚上，我只顾学习，竟忘记了下班时间，把孩子接回来已经快 7 点了。孩子嚷着“妈妈！我饿，我饿！”我急忙烧了一点开水，准备先给他冲点奶粉。我把热水端进屋，刚回身去取奶粉，孩子大概饿急了，端起水杯要喝，结果没端住，一杯热水全洒在手上。看着孩子伸着被烫得通红的细嫩的小手，我的心像刀割一样。我把孩子紧紧地抱在怀里，在夜幕中哭着向医院奔去。

经过一番紧急处置，孩子不再哭了。但我看到他那缠满纱布的小手，眼泪却怎么也止不住，我用哽咽的声音问：“川川，你的手还疼吗？”川川看着我的脸，懂事地说：“妈妈不哭，我不疼。”听了孩子的话，我再也抑制不住，失声痛哭起来。

我恨自己，为什么要嫁给一个整年不着家的军人，为什么要上电大？为什么？……我当时下了决心，回去后再也不学习了，好好照顾孩子，弥补我的

---

* 原载《牡丹江日报》1986 年 11 月 27 日第 3 版。

过失。

孩子的伤势慢慢好转，可我强压下的求知欲又在渐渐回升。仿佛那 50 多双燃烧着的期待的眼睛在呼唤着老师。经我一再要求，川川提前一个星期出了院。

川川的求知欲很强烈，每次给他买回的幼儿读物，他都细心地看着、翻着，并一遍遍地让我给他念。可是，我还要学习，舍不得那么多时间，念几遍就烦了。有时，孩子一声不响地站在我身边，等我停下笔看他时，就举着书轻轻地跟我商量：“妈妈你看完书，再给我念行不行？给我念一遍就行。”为了满足孩子读书的愿望，我就把读物上的小故事录下来，让他自己听录音。当我看到孩子坐在椅子上全神贯注地听录音的小小的孤独身影，我那不安的心又开始阵痛。

川川在两三岁的时候，就对绘画有着特殊的兴趣，我想这也许是孩子摆脱寂寞的一种方法吧。他最喜欢画汽车，还喜欢画警察叔叔，画孙悟空、画很多小动物，有时可以连续画一两个小时。可我能做到的就仅仅是精心地保存着他所画的一幅幅图画。

到教育学院上学之前，我把孩子送到外地的外婆家，望着我远去的背影，5 岁的川川没有哭也没有闹，而是悄悄地拿起画笔，让画上的妈妈日夜陪伴他。

（马铁英）

附　录

张明刚（朋友圈）

各位亲朋好友 🙏🤝🌹

尽管每天都收到不少关于拙作《军履回望》的信息，点赞转发支持，评论鼓励，但是我要说，这其中，解放军新闻传播中心网络部中国军网运维室上校主任李景璇同志的信息，还是让我感受更为深切一些啊！😀👍🌹

为什么？因为我真切感受到，他是真看真学真懂我呀，句句都是真情实感、发自肺腑的那种，叫人不得不十分感动啊！…… 😭🙏🌹

下面，征得他的同意，将他发给我的3则微信，连同他昨日在中国军网公开发表的书评文章，一并分享，大家看看是不是我说的这样！😁🙏🌹

微信1:

首长，两周多时间把《军履回望》读完了，2022年发书评的时候，关注到好多大家专家对此书的高度评价，就想着有机会能拜读一下。这次有幸拿到大作，仔仔细细把每篇文章都学习了一遍，确实像孙政委在序言中所说有“思想的深度、足迹的广度、情感的热度、语言的高度”，读后真是受益匪浅！印象最深的是首长在85年——90时代中后期采访、撰写的多篇稿件，现在读起来依旧能够感受到那个年代的乐与苦、痛与思，通过一篇篇新闻佳作触摸、细嗅到了那个年代的脉搏与呼吸，不止是一本可置案头学习的新闻力作，更是一个能启迪后人的传世之作！其中，我个人最喜欢的3个作品是：1、零点哨位；2、爬山踏雪采冬青；3、张干事谈体会系列。为啥最喜欢这3个？最核心的理由：前两篇，是理性观察后的感性表达；后一系列，是感性累积后的理性升华。当然，主题的凝练、角度的精巧、文字的精炼，也是这3个作品让人阅读愉悦、回味无穷的重要原因。此外，通过两周来认真研读《军履回望》，更感悟到首长博大深沉的情怀、为国从戎的追求、以笔为剑的奋斗乃至一路走来的不易。真诚希望有更多机会向首长学习、请教，向您致敬！🙏🙏🙏

微信2:

说实话，刚翻开《军履回望》的时候，是带着一种仰视的心态来读的（是您的名气和之前那些大家写得书评的作用使然）；而阅读完《军履回望》后，除了仰视更多了一份亲切：读文章本身，就像与一位老友聊天谈心，亲近自然；透过文字之外，那种直击心灵的感觉，温暖有力！👍👍👍

微信3:

首长，文字好这是毋庸置疑的；但更难能可贵的是首长传奇的经历、奋斗的人生，那是最让人钦佩和最让人仰视的地方！🙏🌹

2023年12月3日 10:03

文化　正文

品读张明刚同志《军履回望》

来源：中国军网　作者：李景璇　责任编辑：于海洋

2023-11-29 18:58:09　0

读一本好书，犹如品一壶香茗，会一位老友，进行一次叩问心灵之旅。

张明刚同志的《军履回望》就是这样一本好书。该书从首次刊印至今已是第6次印刷出版。全书共55万字，集183篇文章，由理论之光、军营之声、心灵之窗三卷组成，各卷分设相应主题板块，皆精选美文以充之。这体现着作者的独特匠心：当这样一部既有严肃深刻的理论文章，又有兵味浓厚的新闻作品，还兼具细腻温和的文学佳作的大部头著作置于你的面前，总会让你有翻开来的冲动和读下去的韧劲——就像在信息洪流裹挟的纷繁世界里，有人用心捧出了一盏星火、一湾清流、一卷画帘，邀你去感受字里行间的岁月磨痕，去徜徉芳香宜人的精神家园，去探寻属于奋斗者的前行之路。

作者张明刚出身鄂北农村，是一个从田埂地头走上文学殿堂的追梦者。这个梦，用他自己的话说就是“耙耕”——这带有浓厚乡土气息的味道，其实源于作者少年时的一段经历。那是作者第一次拉着耕牛去耙水田。面对体型健硕的耕牛，身单力薄的他不得驾驭要领，被狠狠摔倒在地。顿时，尖利的耙齿刺破了腿，浑浊的水面上弥散出阵阵殷红。在很多人看来，十五六岁正是血气方刚、也是受不得委屈的年纪。如果选择赌气不干，倒亦是常情。但作者并没有撂挑子，而是一骨碌从水里爬起来，不顾满身的泥和腿上的伤，继续耙耕。再摔倒了，再爬起来，反反复复……一天时间，倔强不服输的脾气让他最终征服了耙地这个南方农村地头最难的农活。

且此后，“我心无苦，我脑无难，我肩有责，我手有策”，这是来自作者年少时的真实记忆，也是少年走出农村走向更广阔舞台的动力源泉，更是镌刻出了那个时代的人们独有的倔强与风骨。

参军入伍后，火热的部队生活为作者提供了肥沃的成长土壤，根植在作者心中的文学梦也真正破土而出、开花结果。“我愿做一只蜜蜂，在新闻园地里不断追寻鲜花的芳踪。”这是作者采访本扉页上记下的一行字，也是他踏上新闻之旅、将梦想一步步变为现实的开始。

从站岗放哨到日常训练，从战士的喜怒哀乐到连队的锅碗瓢盆，他不停地观察、思考，捕捉着稍纵即逝的思想火花。而为了写出一篇“像样”的东西，这个只有初中文凭的年轻战士，恐怕自己都忘记曾熬过了多少个通宵，熬过了多少个用风油精、清凉油与身体困倦作斗争的漫漫黑夜。正是凭借这种“蜜蜂精神”，作者收获了来自各种报纸、专栏的青睐。

比如，书中收录的《爬山踏雪采冬青》一文，就被一张军队报纸刊用为版面头条，现在读来依旧透着鲜活劲儿。文章讲述了某团新兵班长为帮助新战士提高训练水平而冻伤了手，总不见好。新战士陈文格在得知当地有一种叫“冬青”的草药治疗冻伤有奇效后，就冒着零下30度的严寒，踏着没膝的积雪走了一整天，终于在30里外的大黑山采回了冬青。经过治疗，班长的冻伤很快得到好转。文章虽然不长，只有寥寥数百字，却生动刻画出了人民军队中亲如兄弟的官兵关系。再比如，曾作为一家地方党报版面头条的《零点哨位》一稿，作者以第一视角讲述了发生在东北边防哨所新年　零点的故事。这里面有主人公细腻的心理描写，有雪夜突发的“小情况”，还有简单却感人的“矛盾情节”，将边防战士热爱祖国、团结奉献的精神写得生动传神，读后韵味悠长。

诸如此类的佳作，书中还收录了很多。翻看这些带有浓厚岁月痕迹的作品，不仅不会有过时之感，反而能引起读者更加强烈的情感共鸣：现在，我军官兵的训练和生活条件较几十年前都取得了长足的进步，但是这种优良传统和精神内涵却一点儿都没有改变。这既是血脉传承，更体现时代呼唤。巩固和发展团结、友爱、和谐、纯洁的内部关系，仍是推进新时代军队基层建设的题中应有之义。

新闻给作者插上了梦想的翅膀，让作者在军旅生涯中步履铿锵。这也给同样追求自己梦想的人以心灵启迪。从守卫雪域边疆到经历战火硝烟，再到走上领导岗位，作者常年笔耕不辍，值得学习和分享的东西很多。在《军履回望》一书中，有作者对创新工作思路的认识，有对提升能力水平的感悟，有对抓建基层工作的心得，还有对加强部队凝聚力战斗力的思考，等等。这些经验总结的背后，是作者本本分分工作、勤勤恳恳耕耘的真实反映。

比如，作者曾担负英模部队的战史整理工作。期间，为了写好《血战封丘》一文，作者不惜花费一个月的时间，北上南下采访，收集大量资料，以20余页的篇幅真实还原了一个连队的光荣战史。文中的细节读起来是如此感人：激烈的战斗结束后，指导员李洪昌念叨着每一位牺牲的战士，有的喜欢吃胡萝卜，有的最初缠着指导员非要当兵跟他走，有的两年立过三次大功……一篇战史文章，不仅详实生动具有现场画面感，更让读者在阅读之后体会到了作者的良苦用心和精神追求。再比如，作者受邀为报纸专栏撰写的“十论写作”，既有拓宽写路、抓住时令鲜货等方法指导，也有厚积薄发、提升学识阅历的切身体会，还有当“专栏作家”有点获奖意识的劝勉鼓励，可谓是篇篇有道、句句在点上，写出了新闻人的的酸甜辣，道出了对新闻事业的苦苦追求，读起有嚼劲，学起来好上手，用起来见效快。

步履踏得实，立意落得准，文字才能传得广。在生活节奏飞速运转的当下，我每天要面对无数信息的狂轰滥炸。网络上手机上，各种拼凑而成的快餐文、整合帖一时可以刺激感官，但细细品来却是毫无养，没有留存回味的价值。一个好的作品要有思想，要有底蕴，更要有经得住时间验的底气。《军履回望》中刊用的这些文篇目，就是作者通过长时间不断观察、不思考、不断沉淀得来的诚心之作、心血作、厚重之作。

40载寒来暑往，半生孤灯恒心。军旅涯塑造了作者的意志和精神，更为作者铺了辉煌的人生篇章。在《军履回望》中，明刚同志以一个兵不怕苦、不畏难、不服的劲头，书写着他的奋斗故事，书写着这军队走过的奋斗历程，也书写出了千千万个正在奋斗前行的人应该有的模样和品格

（本文又载《解放军报》2023年月9日第8版，《随州日报》同日版，并被其他媒体转载转发）

张明刚少将讲授专题党课

做一名新时代优秀共产党员*

7 月 17 日上午，武警新疆总队少将副政治委员兼纪委书记、监委主任张明刚，应邀以《艰苦奋斗，攻坚克难，做一名新时代优秀共产党员》为题，为

张明刚同志讲授专题党课（向青青摄）

* 原载人民日报客户端 2021 年 7 月 18 日，中国军网 2021 年 7 月 18 日，中国发展网 2021 年 7 月 19 日等。

招商银行乌鲁木齐分行党员干部职工讲授专题党课。

授课中，张明刚结合党史学习和习近平总书记在庆祝中国共产党成立100周年大会上的讲话精神，重点围绕“艰苦奋斗”和“攻坚克难”进行讲述，阐释中国共产党“由小到大、由弱到强、从胜利走向胜利的政治优势、政治本色”，重温中国共产党的历史发展与生动实践，让大家更加深刻认识到红色政权来之不易，建设和发展取得的伟大成就来之不易。从而倍加珍惜现在幸福美好的生活和工作环境条件，听党话、跟党走，努力做一名新时代优秀共产党员。

张明刚指出，艰苦奋斗不只是简朴的生活方式、勤俭的生活态度问题，更是关系到理想信念、道德操守、精神品格的革命意志问题，是党员干部世界观、人生观、价值观的重要体现，是事关党和人民事业兴衰成败的大事。我国全面建成小康社会，各族人民群众基本实现衣食无忧，生活比过去相对富足，

招商银行乌鲁木齐分行党员干部职工认真听党课、做笔记（那衣摄）

但无论国家发展到什么水平，无论单位建设到什么程度，无论个人生活水平改善到什么地步，艰苦奋斗的思想、艰苦奋斗的精神永远不能丢、不能忘。永葆艰苦奋斗的精神品格，培塑的不仅是一种坚守初心抵御诱惑的信念追求，更是一种集中精力投身事业的敬业精神和不怕困难、肯于吃苦的坚强意志。

张明刚强调，攻坚克难是中华民族精神谱系的重要内容，是共产党人砥砺奋进的精神底色，更是我们党从胜利走向胜利的重要法宝。攻坚克难既是一种价值追求和生活态度，也是一种工作作风和处事原则，内涵十分丰富。我们党奋斗百年历经千难万险，给攻坚克难精神品格赋予了新的时代内涵，展示出强大感召力、凝聚力和战斗力，成为共产党人宝贵的政治本色和价值追求。

张明刚表示，永葆艰苦奋斗的精神和攻坚克难的锐气，需要一名新时代共产党员做到坚定理想信念、践行根本宗旨、强化忧患意识、练就过硬本

招商银行乌鲁木齐分行党委书记、行长郭秀目主持专题党课授课（高晓璐摄）

领、弘扬优良作风。要始终保持真抓实干的作风，脚踏实地、埋头苦干、以上率下，力戒形式主义、官僚主义，把工作往深里抓、往实里抓、往细里抓。要始终保持雷厉风行的作风，少一分“等、靠、要”，多一些“闯、钻、拼”，让马上就办、事不过夜，成为每名党员干部的工作准则和行事风范。要始终保持务实踏实的作风，研究新问题，攻克新难题，以抓铁有痕、踏石留印的劲头，咬定青山不放松，稳扎稳打向前进。

张明刚希望，新时代共产党员要永葆艰苦奋斗和攻坚克难的革命精神、战斗精神、斗争精神，做到生命不息、冲锋不止，坚决战胜前进道路上的一切困难和风险，以昂扬姿态奋进新征程，建功新时代。

专题党课由招商银行乌鲁木齐分行党委书记、行长郭秀目主持。100 余名党员干部职工在主会场认真聆听授课，现场不时爆发出阵阵热烈掌声。

（王秋越、张芸、李启均）

奋力拼搏的新闻战士*

——记战士报道员张明刚

翻开张明刚的采访本，扉页上的一行字便跃入我的眼帘：“我愿做一只蜜蜂，在新闻园地里不懈地追寻花的芳踪。”

铭志言心的警语，常常能从攀登者的足迹上得到印证。某团战士报道员张明刚，酷似一只勤苦劳作、广收博采的蜜蜂。在两年零五个月里，他马不停蹄地采访，昼夜不停地笔耕，在军内外十余家报刊电台发表新闻和文学作品近300余篇，并有4篇作品先后在《前进报》《黑龙江日报》《牡丹江日报》获奖，被《前进报》等6家军队和地方新闻单位评为优秀通讯员。

整编前，我跟明刚同属一支部队。这两年，看到他在报纸上频频露名，总想以文会友，可三次上门均扑空，回答总是“采访去了”。这也难怪，他虽是团的报道员，可采写的对象遍及全师；他所在团驻地是杨子荣当年战斗过的深山老林，可牡丹江市各行各业的新闻他都写过。现场新闻采访《隆冬寒潮肆虐，战士冷暖如何?》，是获《前进报》1985年二等奖的好新闻，是他从师直属连队现场抓取的。《随州好儿在北疆》，是他从遍布方圆数百里的全

* 原载《前进报》1987年8月25日第4版头条、《牡丹江日报》1987年7月24日第4版头条。

师 20 多个连队跑出来的。这 10 篇血肉丰满、文情并茂的系列人物特写，在鄂北古城《随州报》连载的同时，随州电台也进行了连续广播，引起了不小的轰动。对此，《前进报》曾于 1985 年 12 月 12 日，在头版位置以《同乡战士夸同乡》为题做过详细报道。长篇通讯《感谢你，中国妈妈》，写的是失散 40 多年的日本孤儿和他中国养母之间的动人故事，曾被中央人民广播电台等 5 家报刊电台采用。

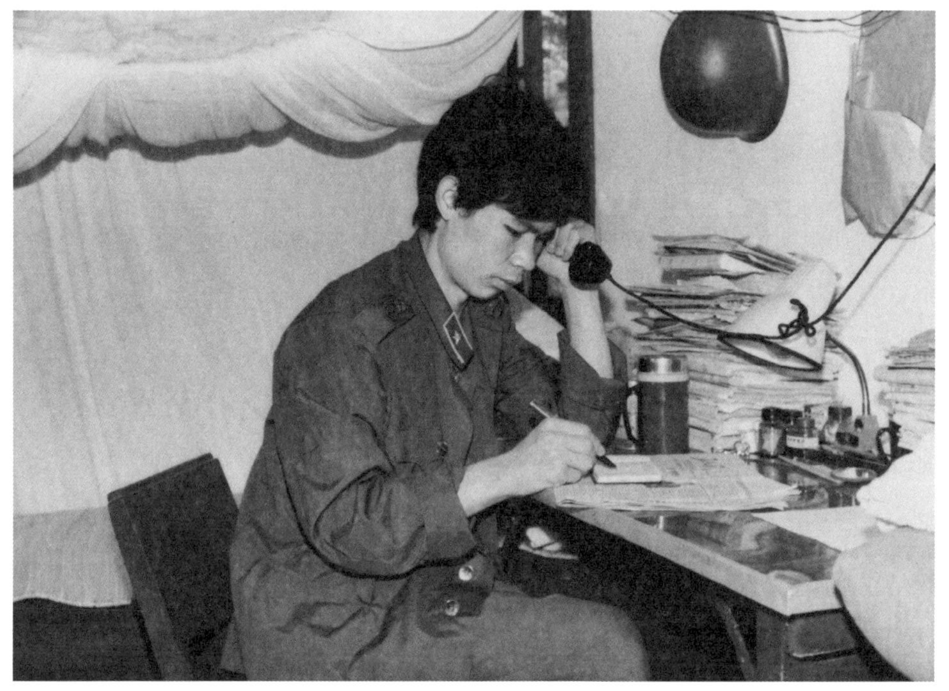

这些稿件发表之日，就给我这个南京政院新闻系科班生留下了深刻的印象，可是他的“笔墨生涯”和个中甘苦，却是后来才知晓的。那是他结束军区在沈阳举办的新闻培训班的理论学习，正打点行装开赴采访实习第一线的时候，我们相见了。虽然此时的他已因报道成绩突出荣立过二等功、三等功，甚至军区两用人才先进个人的金榜上也有他的大名，但是话匣子一打开，他唠的却是“走麦城”。

"我在湖北老家时做的是作家梦，新兵连时又做起了记者梦，兴致上来一天能写两三篇，可一年下来只在一家地方小报上了几个'豆腐块'，《前进报》见了一两篇。面对50：1的见报率，我既焦躁又不服气，在给《前进报》投寄第108篇稿子，给《牡丹江日报》投寄第93篇稿子时，我都附了这样的话：'此稿务请一阅，殷切期望得到批评指正。'《前进报》编辑给我回了一封鼓励信，《牡丹江日报》也发来通知，让我参加报社即将举办的新闻写作培训班。在班上，我得到了编辑记者老师的辅导，其中群工部老师对我尤为关心，认真地为我修改每一篇习作……这次学习对我是一个重大的转折。"

"……是啊，蜜蜂和无头苍蝇都在嗡嗡地翻飞，可前者是在有目的地寻觅和创造，后者却是病态地哭吟和乱撞。"他这富有哲理的述说，引起我由衷的感慨。可喜的是，从挫折中走出来的他，用新闻理论和各种知识为自己插上了翅膀，并以新的姿态，再度振翅高飞了。

在写作体裁上，他也由单一的"本报讯"向故事、通讯、言论、特写进军，有时还搞点图片新闻，小说、散文、随笔和诗歌他也写；采访的领域，也由本连一隅之地向全团全师扩展。1985年底，他被调到团政治处专搞报道，从此进入了"高产期"，每月至少有5篇以上稿件见报。前年大年三十下午3点，他为了采写一篇反映边防战士除夕夜站哨的稿件，顶着鹅毛大雪，步行40多里山路，赶到他的老连队红岩哈哨所时，已是衣裹冰甲，时近午夜了。他喝了一碗哨所班长烧的姜汤，就走上哨位，抓到的是一篇"视觉新闻式散文"：

"这里是祖国东北边疆风雪弥漫的一个边防哨所。在除夕之夜辞旧迎新的特别时刻，能为祖国和人民站哨，我自豪，我骄傲。……"

"我看见夜空中的鹅毛雪花，在北风的伴奏下翩翩起舞，然后悄然飘落；我听见呼啸的北风，像一个庞大的管弦乐队，奏响了春天的序曲。雪花呀，你是在用优美的舞姿喜迎新春吗？北风呀，你是在用动听的音乐祝福我们吗？啊，哨所除夕之夜的神韵是那样的奇妙！……”

“有情况！50米以外有个黑影在向这儿移动——子弹飞速上膛，眼睛瞪得滚圆。30米、20米、10米……哦，我看清了，原来是战士们熟悉的那只名叫‘美美’的小鹿！它停下了，长脖子一探一探的。噢，想必它是代表动物界来给哨所拜年吧……”

文笔优美流畅，手法是现场感极强的“目击式”。这篇题为《零点哨位》的稿子在《黑龙江日报》第3版头条位置刊登，并获“大年初一”征文奖。“古人讲‘功夫在诗外’。看来，你的功夫在稿外呀！”听到我的赞语，明刚腼腆地一笑：“我功底很浅，刚刚迈出一小步，还没写出一篇像样的东西呢。”

写出“像样”的新闻，这大概是所有记者、通讯员的共同愿望与追求，犹如蜜蜂竭力酿造佳蜜一样。小张今年才23岁，照现在的势头发展下去，相信他会飞得更远更高，我期待他有更多的佳作问世。

（王双林）

成才之路*

——访本报“五连冠”奖获得者张明刚

近日，受报社领导的指派，我来到驻军 81650 部队报道组，专访了本报去年唯一的“五连冠”奖获得者张明刚。

张明刚，他带着一支笔，从桐柏山南麓来到北国边陲战斗了五个春秋；他带着这支笔，赴西南边疆接受炮火洗礼一年又三月；他还是带着这支笔，返回了自己热恋的这块黑土地。这 5 年，他每年在本报发表的新闻作品为 30 篇左右，被评为本报 1989 年度唯一的“五连冠”奖优秀通讯员。

张明刚每年在中央、省、市级新闻单位发表作品百余篇；胸前挂过 4 枚军功章；优秀士兵标兵，自学成才标兵，还有其他的一些优秀、先进等上自大军区下至本单位授予他的荣誉。1988 年，他在战场上从战士直接提拔为干部。

于是，写新闻的人反倒成了令人注目的新闻人物。《从戎酷爱一支笔，乐在边陲写春秋》《硝烟中，他捕捉新闻》……《解放军报》《湖北日报》等 10 多家报刊电台对他的事迹做过宣传报道。

都说功名能累人，他却显得很洒脱。谈起成绩，他淡淡一笑：“那都是过

---

* 原载《牡丹江日报》1990 年 7 月 15 日头版转第 2 版。

去的事了，不值得再提。”他谈的更多的是“扶我上战马”的人。对那些曾经给过他支持、帮助、关心和爱护的人，他总是念念不忘。

目前，他已有 12 篇作品在省市级获奖，问起哪篇最满意时，他却说：“还没出世呢，我不敢懈怠、不敢偷懒的原因，正是期待着这篇作品的面世。”蛇年春节，他带着沉甸甸的收获从战场凯旋。此时的他，在别人眼里已是功成名就，也该喘口气了。可是他征尘未洗，拼搏一年，又有 3 篇作品获奖。

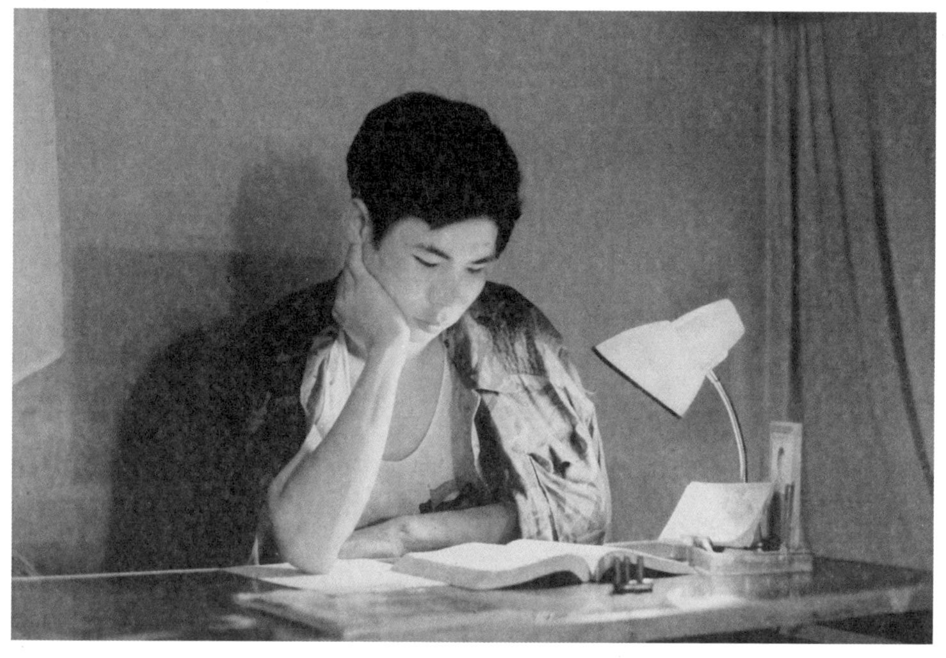

他虚心好学，不耻下问。新闻文学美学哲学他都学，政治军事经济甚至易经他都钻，老的少的他见人就请教，腿脚不停地走，眼睛不停地看，脑子不停地转，随身的本子不停地记，广泛的知识涉猎，不停地尝试和创新，使他具备了驾驭各种文章体裁的本领。

风风火火，哪有新闻哪有他。他说这“得益于朋友”。他的朋友很多，将军和士兵，军人和百姓，行行业业都有他的朋友。他给朋友以真诚和热情，朋友报他以真话和新闻。

他甘当绿叶扶红花。手把手带出的肖华广等 6 名战士报道员，进步都很快，有的回到地方还当了记者。今年，面对全师新闻报道人员青黄不接的局面，他心急火燎，一个人跑到各团去办新闻报道培训班，白天独自授课，夜里还批阅学员们的习作。

他不但在实践中学习和提高，并且善于总结经验。《牡丹江日报》专门为他开辟《张干事谈体会》专栏，约请他撰写有关新闻采写体会方面的文章，刚连载出前几篇即受到多方好评，内行人称那是“他自己的东西”，基层通讯员则反映这是“真东西”“好教材”。

访问结束时，我说：“明刚，你期待的那篇作品正在不远处向你招手微笑呢，大胆地写吧！你会成功的，我祝福你！”

（刘笑群）

同乡战友夸同乡*

81654部队战士张明刚采写的反映随州籍战士事迹的系列稿件《随州好儿在北疆》，在他的家乡《随州报》连载和随州人民广播电台播出后，引起强烈反响。截至目前，已收到140多封慰问信和数十件慰问品。

1982年冬，一大批湖北随州籍青年应征入伍，来到东北边疆绥芬河畔卫国戍边。这里虽然没有硝烟和炮火，但他们在平凡的岗位上做出了许多感人肺腑的事迹。作为他们中间一员的张明刚感到，应该把同乡战友们的事迹采写成稿件，报告给家乡人民。稿件发出后，很快被报纸、电台采用。

一位署名“故友”的姑娘给战士马志林邮来了两双绣花鞋垫和一个日记本，并附信说：“看了你‘雪夜救少女’的事迹后，我很受感动，决心向你学习，做个好青年。现在，我对‘大兵’的认识改变了：你们原来并不是不懂‘感情’的，你们的确是最可爱的人……请原谅我的过去，让我们一切从头开始吧！”马志林给这位“故友”回了信，两颗曾一度分离的年轻人的心，又融合在了一起。

战士“电器通”张初胜事迹见报的当天，他父亲拿着报纸看了又看，喜

---

* 原载《前进报》1985年12月12日头版。

得合不拢嘴，说：“想不到部队培养我儿子学到了一手好技术，比在家出息多了！”……

守卫在绥芬河畔的随州好儿郎们一致表示，决不辜负家乡人民的期望，百尺竿头，更进一步，待作出新的贡献，再向家乡人民汇报。

（王成法）

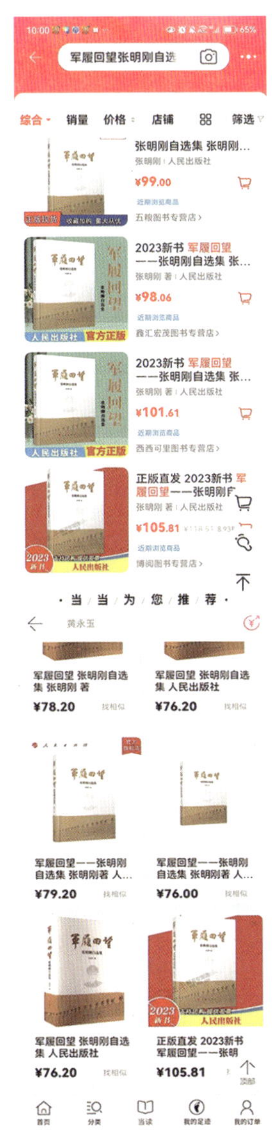

赴云南老山前线参战采访战绩优异*

本报优秀通讯员张明刚被破格提干

近日，本报获悉来自祖国西南的喜讯：正在云南老山前线进行战斗和采访的本报优秀通讯员、驻军某部战士报道员张明刚，今年10月在战场上被破格从士兵直接提拔为军官。

和许多青年朋友一样，张明刚也曾经历过高考落榜的痛苦。但他落榜不失志，潜心钻研文化知识，决心走自学成才的道路。他自幼酷爱写作，1982年冬，从湖北随州入伍来到我市驻军某部后，学习写作更加刻苦。在部队领导和新闻单位的支持帮助下，他的写作水平提高很快。从事新闻工作四年来，他每年都发表新闻和文学作品百篇以上，其中有8篇在本报及其他新闻单位获奖，连续四年被本报及其他6家新闻单位评为优秀通讯员，多次荣立二等功、三等功，并被集团军树为“优秀战士标兵”“两用人才标兵”，被沈阳军区评为“两用人才先进个人”“优秀新闻工作者”。

一年多前，他作为一名战士报道员，主动要求并被批准赴云南老山前线战斗和采访报道。在老山前线，他经常冒着炮火硝烟深入前沿阵地采访，写出了

---

* 原载《牡丹江日报》1988年11月26日头版。

一批有影响的战地报道，取得优异战绩。

在老山前线，张明刚被评为“火线优秀共产党员”，荣立战时三等功。经各级层层研究上报至解放军总政治部批准，张明刚直接在火线上从士兵提拔为军官。

（郭贵生）

万朵鲜花酿醇蜜*

“我愿做一只蜜蜂，在新闻园地里不断追寻鲜花的芳踪。”翻开沈阳军区某部战士报道员张明刚的采访本，扉页上的这行字迹便跃入眼帘。他是这样说的，也是这样做的。

自幼酷爱写作的张明刚，1982年从湖北省随州市入伍。1985年他从事业余新闻报道以来，先后在全国、省市级报刊发稿294篇，其中6篇在省市级新闻单位获奖。他在《黑龙江日报》获奖的新闻特写《零点哨位》，是他去年大年夜的亲身体验；被他家乡随州报刊、电台采用的引起强烈反响的连续报道《随州好儿在北疆》，是他跑遍全师数十个连队的血汗结晶。

他曾被树为“集团军优秀士兵标兵”，连续三年被评为“两用人才先进个人”，荣立二等功、三等功各1次。

今年8月，他作为“两用人才标兵”光荣出席了集团军召开的两用人才先进个人表彰大会，并介绍了自己的经验。

他说——

---

* 原载《解放军报》1987年10月5日第2版。

我最喜欢的格言：热爱书吧，这是知识的源泉！

我的座右铭：采万朵鲜花，酿一滴醇蜜。

我的体会：学习新闻写作的我，犹如行驶在苍茫大海里的舰船，只有掌握方向，加足马力，才能到达理想的彼岸。

（彭修玉）

《军履回望》：一个参战军人从战士到将军的奋进之路

纪念八一建军节中数读书活动成功举办

作家网消息 张云霞、张一凡、磊磊报道 8月1日，为庆祝中国人民解放军建军96周年，中关村数字媒体产业联盟、作家网在大稿国际艺术区书社举办了首场中数读书会——《军履回望》从战士到将军的奋进之路。

本次读书活动推荐图书为《军履回望：张明刚自选集》。该书2022年10月由人民出版社首版，到今年8月已出第四版，并先后五次印刷十余万册，为2023年度畅销书；铁凝、邵华泽、孙晓云等文化艺术界大家泰斗给予高度评价，新华社、人民日报、解放军报等主流媒体均予以关注推介，广大读者反响强烈；共青团中央青年发展部、人民出版社今年2月向全国一千余所重点帮扶县高中推荐赠阅1万余册。

名家书评认为，该书书写了作者从乡村少年到边防战士到共和国将军的奋进之路，展现了作者对党、国家、军队和人民的赤子情怀，见证了新时代人民军队强军兴军的伟大进程，充满了积极的、健康的、向上的正能量，是一个农村青年参军报国的励志故事，是一部增强人民精神力量的优秀图书，是一种激励广大青少年立志成人成才、紧跟党奋进新征程的生动教材。

据公开资料显示，该书作者张明刚为武警新疆总队少将副政治委员兼纪律检查委员会书记、监察委员会主任，是一位上过前线打过仗的军人，曾荣立战功，在前线破格提干，并被评为“火线优秀共产党员”。

军队转业干部、原中国保险学会专职顾问、原保监会重大决策专家咨询委员会筹备组负责人许彬介绍了张明刚将军的奋斗历程，并分享了读书心得，他表示：张明刚能在部队坚持一支笔杆子闯天下，获得如今的成就，离不开他深明大义的母亲，是母亲克服各种困难，用最坚决的态度让他穿上了军装，才成为一名边防战士；其次是他始终没有忘记他的初心使命，一直没有停止对知识的渴求和对真善美的追求，一直没有放下手中的这支笔。为此，许彬还专为本次读书会作了一首诗，以表达自己的心情：

军履回望四十载，
鼙鼓旌旗铺征程；
剑胆琴心正少年，
不负戍边将军情。

中关村数字媒体产业联盟理事长王斌表示：张明刚将军的《军履回望》既有理论体系的文章，又有丰富多彩的军营故事，更有记录时代的新闻作品，这样的好书，我们要用数字媒体的资源深入宣传，让他从音频、视频的角度，运用新媒体、元宇宙等平台进行广泛传播，让更多人通过数字化新模式、新形态形成爱读书、读好书、会读书的习惯。

作家网总编辑、中关村数字媒体产业联盟监事长赵智表示：张明刚将军的出书形式是值得大家借鉴的，这种集生活、学习、工作、战斗的方方面面，体裁包括理论、新闻、文学，涉猎之广泛，人物之丰满，故事之生动，道理之深刻，是值得我们学习的。他深入浅出，语言朴实，通俗易懂，犹如与作者面对面交谈一般亲切，所以我们经常讲，华丽的文字更多的是吸引我们的眼球，而真诚的表达才更容易准确地击中内心。

大稿国际艺术区董事长楚智程读过此书，深刻的表示：我也本是一位军人的后代，耳濡目染军人的各项纪律条令，时刻警醒着自己在人生及事业中也应像军人一样可以击倒不可以征服，可以打残不可以打散，可以打退不可以打垮的钢铁意志。

中关村数字媒体产业联盟专精特新工作委员会主任、大稿国际艺术区负责人刘洪国表示，作为一名离开部队已二十年的复转军人，今天过了一个非常有意义的“八一”节，通过读张明刚将军的书，非常感人，很受启发，收获很大，让我好像又回到了部队。

中关村数字媒体产业联盟联席秘书长李晓波、副秘书长马志伟，联盟副秘书长、儿童友好型绿色设计专项基金负责人张一凡等，结合自身的实际情况分别做了读书分享。

读书会上，还向专程到中关村数字媒体产业联盟进行调研考察的广州市黄浦区文旅广电局有关领导赠书。

此次读书会的开展，加强了中关村数字媒体产业联盟成员对军人的深度了解，激励大家不忘初心牢记使命的根本动力，用实践行动展示爱军、拥军的浓厚氛围。共同度过了一个非常有纪念意义的“八一”建军节。据悉，未来中关村数字媒体产业联盟将持续举办中数读书会，让更多人因中数读书会而获取知识的力量。

张明刚(武警部队将军) - 百度百科

职业：军人
生日：1964年10月
出生地：湖北随州
简介：张明刚，男，中国共产党…

人物履历 晋升信息 所得荣誉 著作出版

张明刚 头条百科

武警新疆总队少将副政治委员兼纪委书记、监委主任

张明刚

武警部队将军

张明刚，男，中国共产党党员，现任中国人民武装警察部队新疆维吾尔自治区总队少将副政治委员兼纪律检查委员会书记、监察委员会主任。[1] [22]

2018年12月晋升武警少将警衔。

军履回望 - 百度百科

《军履回望——张明刚自选集》是人民出版社出版的图书，作者是张明刚。

内容简介 作者简介 名家书评 书名题写

头条百科

军履回望——张明刚自选集

人民出版社出版的图书

《军履回望——张明刚自选集》是人民出版社出版的图书，作者是张明刚。[7]

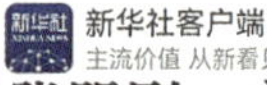

新华社客户端 主流价值 从新看见 立即体验

张明刚：艰苦奋斗精神的时代价值

2021-09-12 09:59:32 浏览量：158.0万

新华军事 查看详情

深入学习领会习近平总书记在庆祝中国共产党成立100周年大会上的重要讲话精神

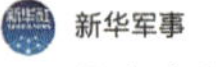

新华社客户端 主流价值 从新看见 立即体验

张明刚：永葆攻坚克难的锐气和斗志

2021-06-18 14:23:26 浏览量：158.1万

新华军事 查看详情

习主席在党史学习教育动员大会上指出，"我们党长期执政，党员干部中容易出现

头条文章

时评拆解：以清风正气助力强军兴军

作者：张明刚

原载：《人民日报》（2020年09月15日 05版）

一、精选范文原文鉴赏
二、范文拆解学习
（一）热点学习
（二）结构学习
（三）素材学习

人民日报 有品质的新闻 打开

张明刚自选集《军履回望》：耙耕，从田间到军营

人民日报客户端新疆频道 2022-10-29 18:45 浏览量16.5万

读《军履回望》，我感受到明刚同志以真诚、笃实之心

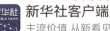

新华社客户端 主流价值 从新看见 立即体验

张明刚自选集《军履回望》：耕耙，从田间到军营

2022-11-02 17:24:36 浏览量：126.3万

新疆频道 来源：人民日报客户端新疆频道

《军履回望》后记：

耙耕，从田间到军营

呈现在您眼前的这本叫作《军履回望》的书，

中国军网 www.81.cn 解放军报

《军履回望》读后感

来源：中国军网 作者：徐贵祥 责任编辑：黄敏

2022-10-29 12:01:07

朋友近日转来张明刚所著《军履回望》（人民出版社，2022

中国新闻网 WWW.CHINANEWS.COM 2022-10-29 11:14:05 中新网新疆 20.2万 打开

《军履回望》：历时40年，以真诚笃实之心书写的军营故事

中新网新疆新闻10月29日电 近日，人民出版社出版发行

中国发展网 CHINADEVELOPMENT.COM.CN 穿透力才是影响力

张明刚自选集《军履回望》出版：中国文联主席铁凝等高度评价

中国发展网讯 近日，武警新疆总队张明刚自选集《军

编钟

2022年第6期 总第101期

目录

名家手笔

4 耙耕，从田间到军/张明刚

烈山问鼎

8 小草/刘克胜

湖北籍将军出新作，中国作协主席写书评，军报总编辑作序

楚天丹心 新楚记 2022-10-29 21:48 发表于湖北

最近，由人民出版社出版的《军履回望》一书，引发媒体关注，人民日报、中国军网等中央媒体纷纷予以报道。

人民日报 有品质的新闻 打开

千余所高中获赠万余本《军履回望：张明刚自选集》

近日，10000余本《军履回望：张明刚自选

人民网+ 打开

全国1000余所高中获赠《军履回望》：看张明刚少将的奋进之路

中国青年网 2023-02-24 21:41

近日，10000余本《军履回望—张明刚自

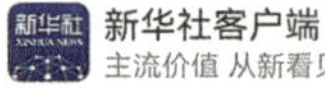

人民网 people.cn

全国千余所高中获赠1万余本《军履回望》

近日，1万余本《军履回望》，从首都北京发往全国各地1000余所高中。

新华社客户端 主流价值 从新看见 立即体验

全国前余所高中获赠1万余本《军履回望》

2023-02-27 15:46:50

来源：中国青年报 浏览量：119.8万

近日，1万余本《军履回望》，从首都北京发往全国各地1000余所高中。这批图书是共青团中

中国军网 WWW.81.CN 搜索

千余所高中获赠万余本《军履回望：张明刚自选

近日，10000余本《军履回望：张明刚自选集》，从首都北京发往

全国1000余所高中获赠10000余本《军履回望》

2023-02-24 12:36 来源：中国青年网

中国青年网北京2月24日电（记者 赵琳

近日，10000余本《军履回望—张明刚自选集

从首都北京发往全国各地1000余所高中。这

中国网 china.com.cn 教育

全国千余所高中获赠1万余本《军履回望》

全国千余所高中获赠1万余本《军履回望》- 当前热文 - 韶观网

昨天06:13 本报讯(中青报·中青网记者 杜

热点详情－全国千余所高中获赠1万余本《军履回望》

昨天 近日，1万余本《军履回望》，从首

头条焦点：全国千余所高中获1万余本《军履回望》－星…

昨天08:06 本报讯(中青报·中青网记者杜沂蒙)近日，1万余本《军履回望》

随州市人民政府 www.suizhou.gov.cn

随州籍将军张明刚励志图书《军履回望》万册捐千

随州日报

2-21 16:37 来自 新版微博 weibo.com

一部《军履回望》 40年奋进历程

随州籍将军张明刚励志图书万册捐

腾讯网

全国千余所高中获赠1万余本《军履回望》

本报讯（中青报·中青网记者 杜沂蒙）近日，1万余本《军履

中国青年报

2023年2月27日星期一 服务青年成长 推动社会进步 第17255期

本报讯（中青报·中青网记者 杜沂蒙）近日，1万余本《军履回望》，从首都北京发往全国各地1000余所高中。这批图书，是共青团中央青年发展部、人民出版社和该书作者张明刚，为助力培养"有理想、敢担当、能吃苦、肯奋斗"的新时代好青年而共同捐赠的。

此次捐赠活动面向全国31个省（自治区、直辖市）和新疆生产建设兵团的1000余所高中，结合共青团的乡村振兴青春建功行动，向各级团组织重点帮扶、条件一般的学校倾斜，实现160个国家乡村振兴重点帮扶县所属高中全覆盖。每所受赠高中获赠10本，共1万余本。

该书由人民出版社出版，收录了作者张明刚40年来公开发表的具有代表性的理论文章、新闻作品、文学作品183篇、55万字。2022年10月，该书首版后，受到铁凝、邵华泽、孙晓云、孙继炼、徐贵祥、希安等名家好评和广大读者喜爱，引发主流媒体关注。2023年1月已出第二版，累计印数超过10万本。

名家书评认为，该书书写了作者从乡村少年到战士到共和国将军的奋进之路，展现了作者对国家、军队和人民的赤子情怀，见证了新时代人民军队强军兴军的伟大进程，充满积极的、健康的、向上的力量，是一个农村青年参军报国的励志故事，是一部弘扬人民精神力量的优秀图书，是一种激励广大青少年成人成才、紧跟党奋进新征程的生动教材。

这批市值百万元的赠书，系该书第3次印刷，为捐赠活动特制专印的。该书作者张明刚系武警新疆总队少将副政委兼纪委书记、监委主任。

《军履回望》书评文章选粹

JUN LV HUI WANG SHU PING WEN ZHANG XUAN CUI

学友周报

背景提示：自2023年11月《学友周报》【学习摘记】形式连载《军履回望》以来，广大读者反响热烈，好评如潮。因此连载几期后，即顺应读者要求，开设【读者感言】栏目，择优选发读者学习心得感悟。截止2024年4月上旬，已随连载公开发表书评文章100余篇、30余万字。

这些评论作者遍布全国各地，性别、年龄、身份、职业各异，文章角度、风格也不相同，但都见解深刻，入木三分，精彩纷呈，深受广大读者喜爱。其中部分评论文章还被人民网、新华网、中国军网、中国新闻网、央视网、光明网、学习强国以及《解放军报》《文艺报》《中华读书报》《中华英才》杂志等中央级权威媒体转发或刊登。

这里，以综合评论、事迹评论、专题评论、篇章评论为序，精选部分评论文章随本书出版发行。加量不加价，答谢好读者。

耙耕人生
——我读《军履回望》

伍正华

去岁正月，明军深夜至家，递《军履回》张明刚自选集（人民出版社，2022年10版）云："明刚大哥特别交代，速送正华，不要过夜。"

速送即速读。嗬，40年军旅人生，近60字，捧之沉若巨石，读之满纸烟云。难怪明刚兄视之若珍宝，嘱其胞弟明军"不过"呈之于师友也。

余读书喜先看书名，书名如眼，作者之趣、学识、操守、沉潜及抱负，书名一望抵可知八九分。其次必读序言尤其是自，以及后记——所论所著，发轫何处，期何在，书中未尽之言，皆在书前书后的絮叨几句"之中矣。

后记《耙耕，从田间到军营》，望题便作者未尽之千言万语——从田间耙耕到军淬火，可谓半生浮沉与荣光，半生沉潜与索，皆在这"两点一线"之间。

耙耕，蕴藏着张明刚少时的人生倔强与性。父母生育5男2女，他排行第五，上有个哥哥，下有两个弟弟。不幸的是，两个哥不幸夭折；更不幸的是，6岁那年父亲英早逝，二弟明强3岁，最小的弟弟明军出生满80天，还有年迈的外婆和失明的外公需照料。他一下子变成了家里的"长子"，得不与母亲一道艰难撑起这个家。正在读的明刚，辍学务农。

张明刚每言及乡村耙耕的一段往事，莫使人感伤垂泪：湖北随州吴山镇一个叫联的小山村，天色微明，一个不满16岁的辍少年，一手握绳，一手执鞭，赤脚站在耙学着老庄稼把式的样子，"哒哒""咧地吆喝着耕牛。

但是，老牛也欺生，要么赖着不走，要左右乱晃，少年气极，几记重鞭，老牛猛前窜，将他重重摔倒于耙下水田，尖利的齿刺破腿肚，鲜血直流……那一刻，张明刚心中在想些什么呢？抬头望天，命运安排如此不公；低头望地，还得默默扛起家庭的重担。

从耙上摔倒后，他咬紧牙关，忍着疼痛，止住眼泪，一骨碌从水田里爬起来，不顾满身泥水，也不包扎伤口，若无其事地继续耙耕，再摔倒了，再爬起来……就这样，一天下来，耕牛被他驯服了，耕地的技术被他掌握了。

因与明军交好，我曾三次去过明刚大哥的老家。从县城到镇上，从镇上到村里，山一程水一程，即便开车也得费半天时间，何况那个年代，得一步一步用脚板走。从这段山路走出去不易，走出人生的山路更难。

耙耕两年后，张明刚成为一名边防战士，参军六年后在南疆火线破格提干。不论是在火热的训练场，还是在硝烟弥漫的猫耳洞，当他伏案笔耕，那纸上、电脑上的一行行文字，像不像耙田的一道道痕迹呢？我想，他的脑海里或睡梦中一定无数次闪过耙耕的画面，要么泪湿青衫，要么发呆天明。

"自从那天拿下了耙耕这个艰难的农活，我就想，以后还会有什么拿不下的事吗？！"我看出来，少年张明刚的顿悟或彻悟，始自这片水田，也成自这片水田。正如他所言："从此，我心无苦，我脑无难，我肩有责，我手有策了！"

带着耙耕的感悟，18岁那年，张明刚从这个小山村出发，昂首阔步，一路前行。他走向东北边关，走向西南战场，走向首都北京，走向西域边疆……一往无前，一如从前。他以永远不变的耙耕姿态，终于在前进的路上实现了自己的光荣与梦想。

戍边男儿，总是梦回故乡。张明刚这部60万字的选集，"故乡情思"一章只有4篇。但是我想，这不仅仅是因为篇幅的"平均摊派"，而是这一段过往，是他心灵的隐秘所在，是一碰就痛的地方。压缩的是篇幅，浓缩的是深情。

我还惊讶地发现，张明刚忆故土的文字里，竟然找不到一个形容词！但是，细读慢品，却听得见蛙鸣重唱，闻得着泥土芬芳，看得见稻菽千重。他展现给我们的是一幅静默的山水图，是一张如诗的乡村画。

所谓初心，就是回到最初，回到生你养你的地方，回到母亲温暖的怀抱，回到生活的扁担把你压得直不起腰，回到欲语泪先流的磨难苦难。

这组文章的标题也起得极其普通，《长寿的姥姥》《妈妈笑了》《少北先生》《老井》，朴实得就像回到小学课文。每篇文章也找不到什么开头技巧、转圜艺术，但读着读着就被一种情绪牵扯了，感觉就变成了那个"他"。

张明刚的孝，源于母亲的言传身教。当公社和大队干部考虑到张明刚家严重缺劳动力，不同意他去当兵时，母亲毅然决然把他送到万里之遥的东北边关，毅然决然地扛起了家庭所有的生活重担。母亲花甲大寿，张明刚扶着她登上天安门城楼。当他按下快门，看见母亲又笑又哭时，我猜想此时他可能也是泪和笑交织！是啊，惟有饱经风霜，才能磨出那一杯属于你的幸福滋味。

张明刚刚参军后，对新发的军装"每天晚上用手拍，用嘴吹，用毛巾擦，用灌满开水的陶瓷杯子熨，之后将他叠成方块……"我相信且深信，他所珍惜呵护的，一定还有那段难忘的耙耕岁月。当他在边关除夕的零点哨位，"看见夜空中的鹅毛雪花，在北风的伴奏下翩翩起舞，然后悄然飘落……"他或许想起了长寿的姥姥，想起了少北先生，想起了村里那口甘甜无比的老井。

回不去的岁月叫青春，回不去的地方叫故乡。随着年岁的增长，有些东西不可遏制地渐行渐远，却又不可阻挡地越拉越近。从田间到军营，从普通士兵到共和国将军，张明刚一路风霜不言苦，一身是胆闯南北，一生无悔写忠诚。

一年时间，书读数遍。每每掩卷沉思，眼前的《军履回望》，常常与脑海里的耙耕场景交织重叠——啊，《军履回望》原本是张明刚耙耕铸就的精神家园！家园里，有他耙耕人生的纪录，有他辛勤劳动的成果，也有他深度思考的结晶……作为一名辛勤的园丁，他精耕细作、别具匠心，把家园打理的井然有序、漂漂亮亮，继尔又升华之、艺术之，使之愈发靓丽璀璨、好看耐品，如同日之霞光，海之浪花，山之仙草，田之麦穗。

硬核的耙耕人生，滋养了硬核的精神食粮。《军履回望》问世一年余，6版9印，累计印数达14万册……洛阳纸贵，一书难求，自有道理。

在《军履回望》的最后，张明刚用诗一般的语言写道，回顾我58年来的人生，可以用两个字概括：耙耕——少时在课堂，后来在田间，如今在军营。耙耕，我将继续进行。

是呀，在时光的稻田里，我们留下耙耕的诗行；在希望的田野上，我们为民族复兴的春天耙耕。

耙耕，如诗如画，如歌如舞。诗是奋力拼搏者的赞美诗，画是乡村少年忘我耕耘的水墨画；歌是高亢激越的奋进歌，舞是抗争命运的霹雳舞。

耙耕，更是一种精神，一种在厄运和困难面前，坚决奋起抗争、不屈不挠，永葆一颗上进的心和一股不怕苦、不畏难、不服输的劲头。

让我们携起手来，一道耙耕人生！

（本文作者伍正华系军委政治工作部大校军官，其代表作《信仰的味道》受到习近平总书记多次点赞）

一部写了40年的大书：读张明刚将军《军履回望》随感

刘宅宅

张明刚将军是我的网友、文友。我这么说，倒不是攀附，而是“实录”。近些年，我时常在网上舞文弄墨，胡诌一点文化评论文字，某日后台收到一则私信，一位署名“天山砥剑”的网友发来的，自称也是湖北人，平日也喜欢阅读写作，好些话题有共鸣，希望私下交流“请教”云云。我初不以为意，遵嘱加了微信，随后的日子里也时不时漫谈，范围则不外乎诗文写作。当时他给我的感觉，大抵是一个温厚长者，工作极忙，读书宏富，谦退谨细，不惟见解很深刻，阅历似乎也很广，但我也没多想，心中定位就是“网友”“文友”。

直到有一天，他发来一段语音，说是新出了一本自选集，书名定为《军履回望》，“请了你喜欢的孙晓云女士题签”，“不日将奉寄求教”，末了还不忘补上一句“不是客套，真可以批评哦”，至此我仍然毫无察觉。直到书寄到，打开，我才晓得他是位将军，而且是在国家重大理论宣讲与新闻写作领域建树宏伟的大手笔！

身居高位而不改书生本色，这是我能想见的；但如此“大牌”还这般谦光自抑，绝无崖岸高峻之感，则实在是始料未及的。我能感受到，这是一位“平民将军”。

张明刚，1964年生，湖北随州人，陆军少将军衔

张明刚将军即将60岁了。书名“军履回望”，作品纵贯40年的时间线，大有步入生命的另一阶段，“却顾所来径”的小结意味。写情说理，辨事论学，宏纤俱纳，歌苦兼存，情感是深沉的，文体是颇杂的，甚至可当一部“年谱”看。

也正是藉读本书，我大体知道了作者既传奇又励志的“前半生”：1964年，他出生在湖北随州吴山镇一个极端贫苦的人家，6岁时父亲就因病去世，彼时家中姐姐才10岁，余下还有两个嗷嗷待哺的弟弟，更别提还有一个年迈的外婆、一个双目失明的外公，可说饥冻之音惨不忍闻。这样一个七口之家，全靠母亲一人挣工分、干重农活含辛忍苦养活，免不了时常断炊，只能四处挖点野菜维持生路。就是在这样艰难的境况下，母亲依然拒领救济粮，只因为“国家穷，还有更穷困的人家，只要能挺住就不要给社会增添负担”。

为此，16岁的作者尽管学习成绩优秀，热爱阅读，也一直憧憬着“文学梦”（小学时就在县作文竞赛上夺过头魁，并开始发表文章），可也不得不主动辍学，协助母亲承担起家庭重担。少年心事，多少悲酸苦痛，作者自己也是笔底留余，不忍多“回望”了。《军履回望》整书很厚重，足足近60万字，固然是妙文佳作目不暇给，但书中发表于1991年6月5日《中国青年报》的这篇回忆散文《妈妈笑了》（页458），仍是其中最感人的。冬夜读来，犹觉一阵低回。

湖北随州吴山镇一带

18岁那年，是作者人生的一大关捩。这年冬天，东北威虎山部队来鄂征兵，作者终于如愿以偿穿上了军装。当兵，也是作者的“十八岁出门远行”，他到了遥远的中苏边境绥芬河畔成为一名边防战士。北国守戍，冰封雪盖，怀报国之志，一站就是5年。边尘未靖，老山前线战火一开，作者主动请缨到了战场，参战15个月，舍生忘死于枪林弹雨，荣立战时三等功，并且破格在火线上直接由士兵提拔为军官（页251~262）。在这些年里，戎马倥偬之余，他奋志力学，默默研习时务，如饥似渴攻读中西经典，分秒必争钻研写作之道，是“痛并快乐着”。

作者的老朋友，前三联书店总经理樊希安追忆说，“无书可读时，一部《现代汉语词典》，他从头看到尾，再从尾看到头”，几乎烂熟于心，这是来自至交的“纪实”，断无虚言。作者的刻苦程度可说罕有人及的：他1982年入伍，1985年才开始从事新闻写作工作，但截止到1987年10月5日，短短两年的时间，居然在各地报刊发稿294篇，等于说平均每两天就有文章发表，而且接连获奖，如此“发愤之所为”，不仅是才华惊人，更是难以想象的勤奋与毅力！（页602）

冬季时分的百年口岸绥芬河·图\网源

正是如此孜孜不倦，荏苒三十年间，一个毫无奥援的士兵才会成长为共和国将军，而一个鄂北乡下因故失学的“中学生”，也才会逐步取得高中、大学、研究生学历，并胜任国防大学硕士生导师了。作者有一位湖北亲属，某日偶然接谈，据他“爆料”说，作者当年在部队，为了争取更多的时间用于读书写作，类似古人“悬梁刺股”、“绳坐穿”的苦行真没少干过，这样的“轶闻絮”我从未跟作者本人求证过，但稍加悬恐怕也不是无稽之谈吧！

1980年代，在部队自学，并开始从事写作

荆楚自古多磊落奇伟之士，作者从农娃到共和国将军、从边防战士到前线战场臣、从初中生进而为最高学府硕士生导师，其生平也当得起一个“奇”字，一个“伟”字。朴诚迈往，文心剑胆，这是过去所谓“儒将”。

说这些似乎都是“闲文”，但不明乎这些背景，委实不容易真正读懂这部《军履回望》。所谓“情见乎辞”、“观人微”，我们从中参合印证，才能明白作者怎样一个人，又会写出怎样的文章来。

作者阅历多奇，但《军履回望》让我看到的，无疑是一个无论在何时何地，都抱持军人本色、书生情怀，以及农家子弟心的人。大概也是因为这样，《军履回望》如此一部具有“生命年轮”性质的文集，说是张明刚将军40余年写作生涯的呈现，几乎没有一篇是寻章摘句玩弄辞藻的“游笔墨”，也找不到徒事清谈送往劳来的酬文章”，只因作者就文学理念而言，是“笃实派”。作者一再申明，这种笃实并非排斥文采，更不是去私人情感，而是

“创造性”，要有“真东西”，得是“有感而发的一种境界的升华”，“应当是时代的深刻反应”，要回到“朴素、真实、本真、自然”这种文章的“本身之美”与“永恒的美”上来（《干事论》）。

湖北随州旧影

这种文学旨趣，归纳起来，其实就是：文章要有感而发，二，文章要有为而。这与作者为人是若合符节，相映成趣也正因其笃实，《军履回望》整部文集显示出的主格调，我以为是“实”与真”。表里如一的“真”，人文一致的实”，而最后的一切落脚点则在“起而行”。书中的“时政评论”、“调研报、“深度报道”、“名人访谈”等板块章，正是这一主张的全面展现。借用钱锺先生的名言赅之，“文如其人，在于此。

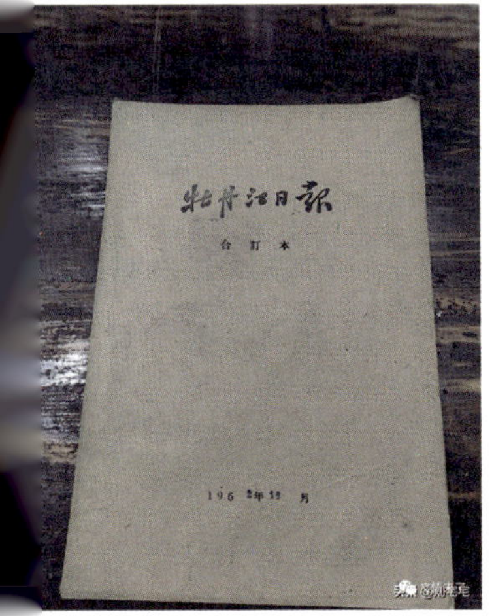

早期的《牡丹江日报》，1980年代的张明刚是“常客”

理念求其笃实，不意味着情感冰冷。作者虽为军人，实也有“文学家”的一面。这种“文学家”气质，我以为主要展露在两个方面：其一，表现在为人上，作者是知义多情的，这天生是作家的才具，所以作者也写诗，而且能写的好，只是“馀事作诗人,毋颟锼句工”而已（诗作见“兵歌嘹亮”专辑）；其二，呈现于文字上，明眼人不难看出，作者深谙为文之道，云行水止宛如天成，毫无疑问是此中高手，禀赋所致，修为不浅。性之所近，作者的文体风格，就是自然、朴质、峻洁、简妙，全无雕琢习气，是一种“粗服乱头皆好”的本色。《军履回望》收录不少这样的好文章，集中体现在书中“故乡情思”、“书声琅琅”、“军营咏叹”等板块，且多是感旧怀人的散文。

《长寿的姥姥》写在1992年，从一根手杖带起，又以六根手杖作结，文字纯净，情意绵绵，不仅能收须眉俱动、声口宛肖之妙，也尽显辞章之美；《老井》借故乡村子南头一口老井，回溯一幕幕童年往事，从村庄到垂柳到“陈姓老太爷”再到老井如何“日渐浑浊”，落纸皆简笔素描，全文没有一句抒情滥调，文字风格是“轻风淡日、白粥微盐”式的简素，但那“抚今追昔能无黯然”的感伤之意，与那“聚散存亡曾经沧海”的家园之思，却一下子直抵人心，可谓极行文之能事。尤其是上述《妈妈笑了》这一篇，33年前的“少作”，我却以为堪称全书压轴，信手挥洒，划伪以真，可说纯靠文才性气在运思，所述又都是人世的本真，内里的冷暖寒热，读者感同身受，这是很高的文章境地。《军履回望》所收散文，风格大率类此。

乡土中国景象

那种专意“华丽文采”，不惜“文锦覆陷井”的俗文，集中是没有的，作者似乎也不屑去写。很多人写了一辈子的文章，挖空心思锻字炼句雕章缛彩，却始终不晓得“以诚感人、文字简净”才是为文的至高之鹄，而作者似乎很早就洞悉了。从这一点看，我觉得作者的悟性非常之高。质朴又刚劲，能冶炼出一个顶天立地的军人；悟性且发奋，则才能焙烧出一位优秀的作家。闲聊时，作者屡屡自谦“自小失学，层次不高”，似乎很为“幼无明师”而遗憾，可“认真”与“勤奋”本就是人生最好的老师啊！

48年前，作者的小学语文老师杜少北先生教导他，“记住啊，学知识，做学问，一点也马虎不得的”（《少北先生》页461），作者铭记了一辈子，也践行了一辈子。这其实就是最好的“师承”，而作者今日之成绩，也是对师谊最好的酬答。中国作协主席铁凝女士给本书题词，会专门点出“真诚、奋进”四字，想来也绝非漫然泛言之的。

饶有意思的是，作者是个“多面手”。诗歌、散文之外，在新闻写作与研究领域，作者还是位声誉卓著的顶尖专家。也因此，《军履回望》“文体颇杂”，它既是一本“诗文选集”，同时也是一部“述学著作”。此之述学者，即述新闻之学也。

以前的民办教师.张明刚最无法忘怀的恩师是一名乡村民办教师

而且，令人咄咄称奇的是，即便是在这个领域里，作者依然是很传奇的存在，因为是他“写作”与“理论”两端通吃的大行家：作者很年轻的时候，就是所谓“名记”，扎根新闻战线，兼任中央人民广播电台记者与解放军报社等5家媒体特约记者，先后发表1000多篇优质稿件，华章迭出，获奖不断，不少文章还入选教学范文。

1980年代的摄影记者 · 图\网源

几乎与此同时，好学深思的作者，就不断涉足新闻及党建理论建设工作，早在1989年就已在报刊上开设相关专栏，日后更有10多年时间参与全军历次党的重大创新理论宣讲团领队工作和组织工作，在最高学府等地陆续讲授理论辅导课与新闻写作课达百余场，主编和参编的相关书籍近30部，浸淫其间近40载，可谓硕果累累作育英才无数。

不仅如此，作者还是“传统媒体”与“新媒体”都能参透横通的硬手：纸媒时代的辉煌业绩是毋庸赘述了，再后来“自媒体”兴起，作者以“玩票”心态试水网络，岂料那些“深度长文”一刊发，阅读量居然也能超千万，一时间俨然“高龄大V”，闻者是无不称奇道绝。作者新闻功底之强，及眼光之敏锐，可见一斑。新闻写作这一块，可说是作者的生平“绝学”。值得读者庆幸的是，《军履回望》这本书里，有很大一部分篇幅，正是作者有关新闻写作技术的“秘诀”传授。

想当年，作者初涉新闻界，尚是个行业“小白”时，摸不着门路，也曾屡屡碰壁，频频惨遭滑铁卢之败，书中自述1980年代中后期，正当“发表欲极强”之际，曾经投稿近百篇，结果只有可怜的几篇见报，其余篇什均遭黜落，经历不可谓不惨痛。如今的后来者，一部《军履回望》在手，等同“得了一个翻本的法门”，大概是可以避开这些弯路的吧！

细绎《军履回望》，就新闻专业这一块，我以为全书是紧扣三个部分展开的：一是写作实践，二是技术指导，三是理论升华，可说是一套完整的“操练体系”。

所谓实践，其实就是“范例”，大匠不示人以璞，作者是将成功的经验范文直接展示出来，足供有心人揣摩。第二卷的“军营之声”收录的近90篇文章，大抵都可归在此类。这批“范文”，时间跨度达33年（1988~2021），或是当年大报的头版头条，或是拔得头筹的获奖之作，又或是名震一时的力作，行文的篇章结构，文句的起承转合，临末的卒章显志，都大有玄机在，惟有吃透了才会“知其所以然”。

理论提炼部分，作者自然也是“国手”级别，第一卷的“理论阐释”部分，从“时代精神”谈到“强军兴军”，从“基层内功”论及“政治本色”，无一不是高屋建瓴，大开大合，其中不乏几万字的长文，一路势如破竹，犹有真气贯注其间，读来真有浩浩汤汤之感。这类作品，以文章学角度看，是古之“策论”范畴，不止考验文笔，更要见学问与见识，平日若没积累出强大的“暗功夫”，比如没有过硬的阅读，比如未曾深究民瘼，那是一起笔都会露怯，“不能述斯言也”的。古人名言，“汝果欲学诗，功夫在诗外”，这也是作者给我们的启示。任何成功的写作者，都不可能一蹴而就，也绝非只埋头于书卷中就能写好文章的。

当然，集中这部分，最令我感兴趣的，还是“技术指导”方面。以我个人趣味而言，私心觉得最实用的，也是这一块，以为是真正的“授人以渔”。这其中，鄙以为又以“十论写作”最见价值，篇篇精彩绝伦，句句真知灼见，完全是可以传世的。这组文章，全部写于1989年，那时候的作者，短短6年之间发表作品500余篇，还有10多篇在市级以上获奖，连续4年被6家新闻单位评为优秀通讯员，同时还多次荣立功勋，以一介“初中生”能做到这个地步，显然引起了不小的震动，为此《牡丹江日报》特意为他开辟“张干事谈体会”专栏，随后也就有了这批文章的产生。都说新闻是“速朽的”，是“易碎品”，可35年过去了，我以为它们仍然是熠熠生辉的。

1980年代课堂 · 摄影：任曙林

这批“入门谈”，从“写作窍门”谈到“投稿指南”，从“标点绝招”叙及“采访捷径”，从“如何开专栏”聊至“怎样争取领导支持”，体贴入微，面面俱到，要言不烦，可说是理想的“实操秘籍”。坦率地说，我还从未见过“新闻写作入门”可以写得如此“接地气”，又如此切要，可以“快速上手”的。写这批文章时，作者开宗明义，“决不卖弄什么‘高深’和‘玄乎’，实实在在地‘掏真货’‘掏干货’，“如果大家看了我的这些体会文章，感到没有浪费时间，此愿足矣”，作者确实没有一句虚言。或许是我偏爱，这组文章，我以为是当代新闻写作启蒙的典范，甚至是可以跟夏丏尊与叶圣陶合著的《文心》、朱光潜的《谈文学》看齐的“经典入门小册”，探彼幽芳，发此秘色，启迪后昆，功德无量。

唯一可惜的是，当年这个专栏，中途由于作者“工作调动等原因”，只写了10篇即告中辍，只能视之为“半成品”，“故事未完待续”，是留下莫大遗憾的。

这段时间，终于有了那么一点余裕，我一直在翻阅《军履回望》这本赠书。读罢，如幸逢嘉会，又百端交集。

作者驱驰戎马之际，蹑足行伍之间，写下这么多好文章，着实让人敬佩。我得到的教益，不止是有关写作的，也不单单是励志的，更有言在意外的种种。我不断在想，书名“军履回望”，其实也是故园的回望，亲人的回望，生命的回望，心迹的回望，而“回望”的目的，不是流连在往昔，不是纠缠于过去，不是趑趄自记忆，而是为了更好的“前行”。

而这部60万字的大书，既是一份“成长史”，也是一篇“自白书”，一个1960年代出生的中国人，他如何奋斗，他怎样思考，他对未来又有何期许，答案隐隐可扪。书中的一切，表面看都是“私人记录”，但能引发广泛共鸣，深受群众欢迎，可用“洛阳纸贵”形容，道理正在这里。好的书，过硬的文章，会自然形成口碑。

昨日微信联络，核实文中一些信息，作者发来一段语音，“宅宅，我的书2022年10月首版后，次年1月就出了第2版，1年时间5版7印，累计印数达13万册了”，依然满口乡音，我也是随即道喜。其实还有一个句话，始终没好意思说出，那就是谨作为普通读者，受用多多，我得真诚说声“谢谢”！

（本文作者刘宅宅系自媒体作家，现代文学研究学者）

怎一个真字了得
——读《军履回望》有感

胡密密

歌德说：“读一本好书就仿佛和一个高尚的人谈话。”读张明刚将军自选集《军履回望》，我的感觉就是这样的。我注意到，该书自2022年10月首版发行以来，尤其是去年底《学友周报》连载该书以来，对【军履回望】这本书，对作者张明刚将军这个人，从文坛大家到社会各界人士都在说好，可以说是难得一见的好评如潮，那么究竟好在哪里呢？这个问题当然可以见仁见智，但在我看来最要害的就是一个字：真！

正式开始阅读《军履回望》，是我去年到重庆出差以后。起初也就是随便翻翻，结果一看不打紧，我发现了他的真！……因为书和人的真实，我读的也是很认真的，可以说是怀着真诚笃实之心来读的，竟然连续读了半个多月，愣是没放下。有时候，读一篇大文章就要40多分钟到一个小时的时间。如果精读或仔细揣摩的读，就需要更长的时间了，因为他不光是真实，篇幅也够长啊！理论文章我过去是怕读的，没想到张明刚将军的理论文章深入浅出，通俗易懂，也是很好读的。

起初读该书的时候，我是先挑诗歌、散文阅读的，一本油墨飘香的新书到手，我一般都是选最容易读的部分先读来享受一番，以达到陶冶情操、娱乐身心的目的，因为我爱好文学，也算得上一个文艺青年吧。后来又看《学友周报》的连载，之后我就一篇一篇的跟着读，翻手机不也是翻吗？何不读点对自己有益的真文章呢。于是，我又开始读这些理论文章。

煌煌巨著，罗马不是一天建成的。这是作者40年辛勤笔耕的结晶体，是从一千多篇公开发表文章中挑出来的精品佳作，满满的真货、干货、硬通货！这样的作品，如果只看一遍，就好比走马观花一样，你所关注到的点、你所感受和领悟到的东西，那是很有限的。浓缩的果汁要冲调，所谓冲调就像学英语一样，你要断句、你要做笔记，天资差一点的还要背；那高钙饼干，需要一小口一小口的吃。我这话说的不一定合适，但道理都是一样的。真实的书需要真心去读。我感觉到，读《军履回望》只有细细地品味、慢慢地咀嚼，才能真正读懂、弄通和领悟到位，才能真正融入到自己学习、生活和工作当中去。勿临渴而掘井，平常要内化于心，关键时候才能外化于行。

真，从来都是和善和美相连的。因为真，也因为善和美，他就有了感染人、启迪人和鼓舞人的力量。可以想见，这部真实的大书的连载和一版再版，将要惠及多少真真实实的人。正在读高中的学生，才出社会的小青年，新入伍的青年官兵，包括许许多多工作多年各行各业的人们，阅读该书的时候，可能和我一样，有时不经意之间读到的一句话，就可以点醒一个人，使之茅塞顿开。真的，这本厚厚的大书，不但可读性强，而且因为真实，“实用性”更强。名家和编者按讲的谁读谁受益，我认为这是说的是真心话，决不是忽悠人的。

我特别感到惊奇的是，该书及其作者那个真字，决不是一般的真，而是真都得不能再真：真个是真人、真事、真话！先说作者，他做人太真实了，真实到了一点虚荣心都没有的地步，毫不讳言自己是靠在职学习取得的文凭，而不是读的什么全日制大学和研究生，甚至把自己入伍时的初中文化也说出了口（其实他不提这个别人也是不知道的），这在当今社会多么难得！……再说作品，如果细看就不难发现，他理论作品全是真心话真道理，新闻作品全是真人真事，文学作品全是真情实感……并且，我作为晚辈，与贵为将军的作者交流请教时，没见他有一点官架子，他更不会把人三六九等的区分开来。谈到书，他说的最多的就是“向你学习”、“请多提宝贵意见”、“请批评指正”、“请帮我挑错”……之类的话。

我常想，该书为什么能得到社会各界人士的支持与厚爱，许多人还联系自己的实际谈体会、话感受，引起强烈共鸣，答案就是因为该书包罗万象，充满真善美。是的，该书作者拥有一个高尚、善良而鲜活的内心，拥有一个真实、有趣而可爱的灵魂！

《军履回望》，一个乡村少年的真实成长史，一位共和国将军的真实诞生记！

《军履回望》，一部写满真实二字的书！

（本文作者胡密密系湖北省军区某部文职人员）

心灵共鸣　情感共振
——读张明刚《军履回望》有感

魏远峰

近来拜读了明刚老哥的自选集《军履回望》。说真话，一开始简单翻阅，心里觉得怪怪的，因为这本厚厚的书，文体颇杂，题材浩繁，不是那种寻常的专著。随着阅读的深入，着实令我吃了一惊，竟然深深喜欢上了这本书！因为，书里的每一句话都很真，毕竟说得了真话才能作得了真文。尤其是，明刚老哥本是杂家、大家，理论、新闻、文学通吃，军旅创作40 年打结，选取佳作出文集，精心编排，三卷归一，丰富多彩，杂而不乱，形散而神不散，何其独到与精妙！

明刚老哥的文章没有多少华丽辞藻，写的都是平平常常甚至平平淡淡的生活中的人和事，说的都是真真切切的感受。读他的文章，仿佛在与一位邻家老大哥对话，真言实语，有一说一，淋漓畅快，倍感亲切，很是解渴。比如读《晚霞满天》中的文章，就与我目前正在从事的一项工作有着相似性和关联性。我和我的同事们负责本单位离退休干部口述历史的整理编纂工作，对老干部们在各个时期的战斗经历、崇高品格和突出贡献等，做抢救性的挖掘留存。读这个章节中的文章，更加令我认识到存好口述历史的意义，毕竟老干部们还在，他们讲出来的，是真实的历史；老干部们若不在了，他们所经历、所知道的历史，也就随之遗失了。

春节期间，相对闲适的生活能够让人更加静心。在冬天寒冷的环境里，细读明刚老哥的著作时，竟让我感受到许多人间的温暖，因为他的真情流露于字里行间，他的真情贯彻于篇前章后，他的爱心播撒于书里书外……于是，我的脑子里突然冒出这么一个想法——其实，人间没有那么多说教，倒是真情比说教温暖得多、质感得多！

明刚老哥文集的一字一句，仿佛都在不经意间唤起了我对从军经历的回忆。风风雨雨一路走来，我感到， 34载军旅生涯虽不及40余载那样长，但倒也和他一样，走得十分踏实。所有的远方都是一步一步延伸到达的。在这条前进的道路上，他与我一样，没有走过一寸捷径，就那样踏踏实实的、一步一步的，一路走过来，一直向前走。

与明刚老哥相似的还有，我们当年所受教育程度都不高，都是靠着犟驴一样的犟劲向着前方的微光默默前行；都是从一字一词的积累使用中，培养自己对文字的感悟、锤炼自己对文字的把握，淬砺自己对文字的穿透；都是农村的孩子，当兵时的文化程度都十分有限，也都一步步地走过来了……太多的“共同点”，使我和明刚老哥有天然的亲近感，并且惺惺相惜。

应该说，每个人的人生都是独一无二、不可复制的，每个人的人生都有自己独特的意义，一个人的人生想要引起另一个人的人生的共鸣，其实是一件很难的事情——我曾听说世上有两大难事：一是把别人口袋里的钱赚过来，二是把自己的想法装进别人的脑袋里。换言之，输入思想甚至比赚取金钱还难。然而，读明刚老哥的书，我感同身受，他的心灵与我的心灵深深共鸣，他的情感与我的情感息息相通。这也使我认识到，人与人之间的距离，心与心间的距离，情与情之间的距离，远近不一，必有缘由。

读“故乡情思”一章，一股浓浓的温情扑面而至——我们远隔千里，又不在同一时代，但我还是感觉到，明刚老哥的泪花，莹莹了我的泪花。“江南无所有，聊赠一枝春”“近乡情更怯，不敢问来人”……这些都是古人对故乡的一种无尽的思念与乡愁。如今天的世界与古人已天壤之别、大不相同，但对于故乡的情感却是相通的，甚至是一样的。正如“今人不见古时月，今月曾经照古人”。

是的，故乡对于军人来说，尤其有着不一样的意味和不一样的情愫。也许，它是村边的一条小河；也许，它是村口的一条小路；也许，它是我们的父母亲人化作的那一棵棵挺立在村口边、永远在张望着我们的大树。从那一棵棵大树上，我们可以看到祖母、姥姥的慈爱，也可以感受到父亲、母亲的期待。无论是在风里还是在雨里，那一棵棵大树就那么挺立着，永远在牵挂着我们、等待着我们，盼望我们在外平安，期待我们戎装归来。或许，天堂里的家父还期待着我们回来的时候，在村口他的坟头上酹一杯酒、点一支烟……读明刚老哥书里面，那为数不多的几篇回忆姥姥和母亲的文章，我分明就读出了这样的情感，也读出了这样的眼泪。

文字可以是生冷的、沉寂的，但也可以是温暖的、充满温情的。在文学作品中，文字是信息的载体，也是一种力量的源泉。明刚老哥以他灵动细腻的文笔，40年如一日，将其军旅生涯的所见所闻、所学所思、所感所悟，书写成各种优美的文章。适逢入伍40周年这个契机，他加以精选梳理整合，形成了这部内容丰富而真实、情感饱满而真挚的自选文集。他的文集，不单是为了以文字的形式记录保存过往的点点滴滴，更重要的是他在回望走过的路时，依然明确地记得当初是从哪里出发，又将向哪里前进，路上无数的脚印都是前行路上的助力器与路标，任凭风雨交加、荆棘遍布，也自当迎风而立、披荆斩棘。

明刚老哥的书中有很多深刻思想、真知灼见，有些甚至是至理名言，但在语言表达上，他用的都是普通百姓普普通通的话语，都是人话、真话；在情感表达上，他用的都是普通百姓普普通通的感情，都是人之常情、人间真情。如果不是这样，他的文集当是断然打动不了那么多的读者的。是的，他的文章情感饱满、真挚，行文平实、质朴，入情入理，入木三分，使人感同身受，令人印象深刻，也耐人咀嚼玩味。

比如后记《耙耕，从田间到军营》一文，既是本书的收官之作，又是点睛之篇，很好的收了一个“豹尾”——像明刚老哥这样的大家，作起文章来，起头、展开和结尾，是讲究“虎头”“猪肚”“豹尾”的，出书也是如此。“虎头”者，精彩也；“猪肚”者，有容也；“豹尾”者，够劲也。文中“耙耕”一词，更是打动了我。所谓“耙”，就是耙田；所谓“耕”，就是耕地；所谓“耙耕”，就是在田地间耕耘。

没有在农村生活过的人，也许永远不会知道当年有一种“耕”，是给牲口绑好全部套脖装具，一人牵着牲口，一人扶着犁，一寸一寸地把土地翻过；更不知道有一种“耙”，是用木头盘出来的一种农具，上面钉着两排近一尺长的耙钉，人站在“耙”上，由两头牲口拉着，把“耕”过的地进一步“耙”平整、“耙”细碎，好让庄稼有一个良好的生长环境。

如果没有牲口，人间还有一种“耙耕”，犁地和“耙”田都是人拉的，一切都要靠人力完成。这几乎是农村最重的体力活。今天我想说的“耙耕”，不仅是说当年犁地“耙”田有多吃功夫，有多劳累，而是我觉得它更是中国农村走出来的孩子，一生孜孜不倦、奋力向前的一种意象。

明刚老哥生在农村、长在农村，当年犁地“耙”田，后来当兵了，就传承下来犁地“耙”田的那种精神。因为不犁不“耙”的田地，是没法种、也不可能长出庄稼的。所以，不犁地、不“耙”田的人生，也是不可能有成就、有收获的。

从这个意义上说，明刚老哥是个认真犁地的人，也是个精心“耙”田的人，因为勇往直前、不懈奋斗，所以他才有了今天的一切和成就！“耙耕”——我觉得，是明刚老哥生命中最重要的意象，也是他的精神、他的作风和他的习惯。

这，既是我喜欢《军履回望》这本书的重要原因，也是我深感与明刚老哥心灵共鸣、情感共振的重要因素。

（本文作者魏远峰系军队专业作家，中国作家协会会员）

让英雄成为民族的天空中最闪亮的明星
——读《军履回望》有感

肖福恒

著名战争理论家克劳塞维茨认为，在战争中，物质因素充其量不过是剑的木柄，而精神因素才是锐利的剑。我理解，克劳塞维茨这里所讲的精神因素，主要是指战争中的人的因素，即参战官兵英勇顽强、不怕牺牲的英雄气概。

当今世界各国军队，都竞相采用各具特色的措施增强军队凝聚力和战斗力，而在构成凝聚力和战斗力的诸多基本要素中，武器装备固然是重要的，精神凝聚力和战斗力则更为重要。对社会进步的追求，对祖国热爱的追求，对民族自豪感、集体荣誉感、军人责任感的追求，以及对英雄主义的追求等，构成军队精神凝聚力和战斗力的基本要素。谁具备了这些要素，毫无疑问，谁就能够成为战斗英雄。

读《军履回望》张明刚自选集，一股英雄气息扑面而来：“晚霞满天”章节中，“五万余老红军老八路被授予红星、独立功勋荣誉章”、“老红军老八路情系灾区”、“我军五万抗日功臣老骥伏枥奋斗不止”、“军队及社会各界以多种形式为抗日将士送温暖”等新闻都富含信息量，氤氲着英雄脉动，既反映了人民子弟兵的人民情怀，又折射出全社会对老英雄的尊崇爱戴。

而“深度报道”章节中的“情系共和国功臣”、“为了共和国功臣的晚年幸福”、“记住共和国功臣”、“一切为了人民功臣”、“数据背后是赤诚”，以及其他章节中的部分篇目，又让读者看到中华民族对英雄的敬仰，看到一个执政大党对英雄的厚爱，看到全国人民对英雄的膜拜。

如果，把人民军队比喻成一座屹立于中华民族之林的英雄辈出的钢铁长城，那么，原沈阳军区无疑是这座钢铁长城中的一处固若金汤的“好钢硬铁”。战场上的拼杀与啼血，急难险重任务中的神勇与砥砺，白山黑水的裹挟与撞击，优良传统的积淀与提纯，使得英模人物和群体灿若星辰。董存瑞、雷锋、苏宁，共和国军队10个挂像英模，沈阳军区就占了3个，其精神薪火相传，永久润泽后人。神枪手四连、红一连、红九连、黑河好八连，北疆好八连、老黑山五连等，享誉全国全军乃至全世界的共和国著名英雄连队，永远镶嵌在中华民族英雄典型的苍穹上，构成了军事典型宣传震古铄今、色彩斑斓的壮美天体，群英璀璨，闪闪发光。

认识明刚很久了。那是上世纪80年代初，我在沈阳军区新闻处当干事，明刚从湖北入伍踏上白山黑水这片英雄沃土。那时的明刚就英姿勃发，脑勤、眼勤、手勤，刻苦学习，踏实干事，激情创业。很快，明刚脱颖而出，写作才华显露头角，军内外报刊大作频出，并带出一批报道骨干。原沈阳军区英雄个人和群体事迹广为世人所知，这里面就有明刚的一份贡献。

边境有战事，明刚主动请缨奔赴前线，在热带丛林冒着中弹和触雷的危险奔袭，在猫耳洞里借着手电、蜡烛的光亮，汗流浃背地撰写英雄人物事迹。写英雄，当英雄，明刚在前线荣立战功并被破格提干。在其自选集《军履回望》“英雄赞歌”章节里，“云南老山前线某部为他追记一等功”、“106块弹片”、“危难时刻显身手”、“前线侦察兵宋世宝的故事”等，都成为他在血与火战场上书写的歌颂英雄的经典作品。

如果说战场让明刚领悟了英雄的真谛，那么在和平年代讴歌英模则是他不懈的追求。“典型宣传”章节中的林正书系列宣传、“抗日烽火”章节中的“血战封丘”、“名人访谈”章节中的“郅顺义：我的好榜样董存瑞”、“牛春仁：我的班长张思德”、“兵歌嘹亮”章节中的“你从战场走来”等作品，都将人民军队英雄本色展示的淋漓尽致，若干年后都将成为我们审视人民军队英雄谱系的历史参照！

习近平总书记说：“一个有希望的民族不能没有英雄，一个有前途的国家不能没有先锋。”精读明刚将军自选集《军履回望》，又使我产生深邃的政治洞察力：英雄挺起了让世人钦佩的民族高度，我们要把英雄高高地举过头顶，让英雄成为中华民族的天空中最闪亮的明星！

不要再追所谓的这个星、那个星了，在英雄这颗最闪亮的明星面前，他们真的不是什么星。若要追星，我们就追民族英雄这颗大明星、永远的明星吧！

写英雄、赞英雄，追英雄、学英雄，让英雄成为民族的天空中最闪亮的明星，对于我们建设世界一流的军队，实现中华民族的伟大复兴，意义重大而深远！

（本文作者肖福恒系《人民武警报》原高级编辑，大校警衔，专业技术四级）

张明刚《军履回望》：我当细品之笃行之

方 建

2023年3月下旬的一天，我得知《军履回望》作者张明刚将军，即将奉中央军委命令离疆赴京履新的消息后，随即赶去送别，并想借此机会讨本他的新著。

说起来，我和张将军虽不是一个总队，但都属于武警部队序列，两支部队机关相距不远，也曾打过交道，彼此相识，印象颇佳。见我来了，张将军很高兴，一边与我话别，一边打开一本新书的朔料包装，欣然提起笔来，在书的扉页上写下“方建品之行之”这行字，然后签名落款，并盖上肖像、休闲、名章等3枚印章，亲手将书送给我。我如获至宝，连声道谢。回到单位，我把此书置于案头，工作之余常细细品读，受益匪浅。

但是，起初我读此书，仅仅是走马观花、泛泛而读，并未将思考的触角延伸到文字背后旮旯角落，更别说领会作为前辈和首长的他，要我“品之行之”的深刻用意。直至近期《军履回望》一书被《学友周报》连载，看到该书的热烈反响情况、读者的深刻体悟感言、文坛名家的精彩导读点评，才进一步触动我、震撼我，使我真正静下心来，踏踏实实走进《军履回望》，用心感受作者40年艰苦奋斗的日日夜夜、点点滴滴。

站在一个晚辈后生、普通青年警官的角度来讲，《军履回望》一书给我的诸多启发，不仅是文章本身思想的高度、足迹的广度、情感的温度、语言的深度，更重要的是这一“硕果”背后那种与命运抗争的韧劲，求学奋斗的闯劲和自我革命的狠劲！

这个真实的励志故事，展现了一个追梦青年和新时代革命军人“奋进有为”的实干担当——限于水平，我实在想不出那种精炼鲜活的语言，来形容这本书的朴实典雅、厚重底蕴和实在管用，好在名流大家的书评文章，已经讲的很通透明澈了。

一个农村出身的普通青年，自幼丧父，家境那么穷，起点那么低，却通过自己坚持不懈的努力奋斗，取得如此骄人的业绩和成功，实属不易，殊为难得。他熬了多少夜？吃了多少苦？受了多少累？历经多少挫折和磨难？又作过多少艰难的抉择？……我真的无法想象；但通过作者的笔触和足迹，看到他是如何一步一步坚定地走到今天，特别是读了他写的本书后记《耙耕，从田间到军营》，非常震撼，让我真正知道了什么叫坚强，试问一个不满十六岁的少年的如此坚强，那么他长大后还有什么克服不了的困难吗？！……还有，他曾置生死于不顾，主动要求去血与火的南疆战场参战……因此我认定，他的成功绝非偶然，绝非浪得虚名！而是他笃定理想信念点灯熬油的坚持，是决然回报亲人殷切期望的坚定，是胸怀赤子之心戍边卫国的坚守。

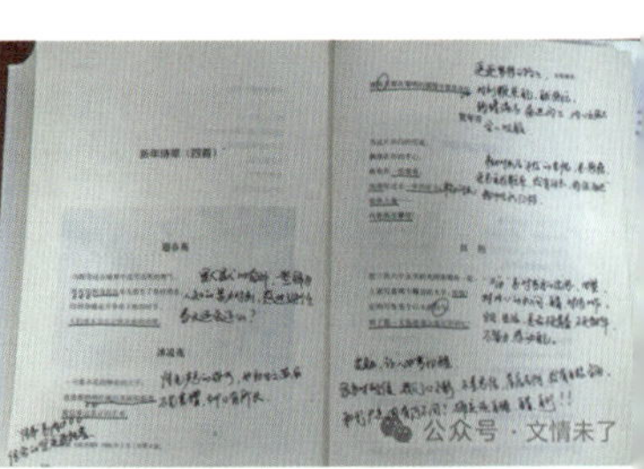

近日跟随学友周报的连载，再品作者《新年诗草（四首）》，我深受震动。时间回到1986年，作者22岁，入伍第4年，正值风华正茂的年龄，和现如今个别甘愿“躺平”的年轻人相比，那时候的他便知道自己要干什么？怎么干？目标坚定，行动坚决，令人佩服。从1985年到1987年，短短两年时间，便在各大报刊发表294篇新闻作品。用刘宅宅先生的话讲，那时的他正值“发表欲极强”时期，依我看，与其说是“发表欲极强”，不如说是不甘平庸的“进取心”“英雄气”极强。

诗言志。从短诗《迎春花》的冒寒报春，“人们该不会忘记你从前的功绩”，到《冰凌花》中的“我信奉这真正的艺术，他每天都在黎明的朦胧中教我奋起”，就能够深切的体会到，那种自我施压、踌躇满志、奋进向上的斗志。而《贺年片》中“洗涤你过去一年的征尘，给你力量，向新高攀登”，流露出一年辛勤付出后“丰收”的喜悦，是自我慰藉，更是自我鞭策；《日历》中“到了那一天你有多少事可资回忆”，是作者对岁月的沉思、回望，对内心的自省、叩问，对待工作、学习、生活，是否不负青春、不负韶华，不留余力、感动自己。

张奇志前辈在感言中说，“心静如水才能耐得住寂寞，耐得住寂寞才能不计繁华，不计繁华才能静待花开。”作为晚辈青年，在将军面前我深感汗颜。他曾多次叮嘱我“多学习”，“多读书，读好书”，但自己却总是以事务性工作忙为由搪塞。深挖思想深处的根源，我知道这是自以为是、安于现状、不求上进的思想在作祟。工作中，虽然偶有能力恐慌感，但也仅仅停留在了恐慌层面，缺乏久久为功的韧劲，没有敢闯敢干的拼劲，遇到困难时也只能自拍脑门感叹“书到用时方恨少”。说到底还是心不静、学不精、不善思、性懒惰……

初读不知文中义，再读才识文中人。现在回过头来，细思李景璇上校书评文章所言：“起初带着一种仰视的心态来读，读完之后除了仰视更多了一份亲切，像是与一位老友聊天谈心，亲近自然。透过文字之外，那种直击心灵的感觉，温暖有力。”……由此，我也就不难理解“品之行之”的良苦用心了，这是前辈首长对后生警官的殷切期望，更是无私的鞭策和激励。

没有谁能够随随便便成功，吾辈当自醒、自省、自行！

《军履回望》，我将细品之，笃行之。

（本文作者方建系武警新疆兵团总队机关少校警官）

人生路上的一束光
——读《军履回望》有感

乔桂珍

军装、军人、军营，曾经是我青春年少时的梦想。蹉跎岁月，几多感慨。如今捧读张明刚将军《军履回望》这部佳作，仿佛时光穿越，梦想成真，让我甚是惊喜。

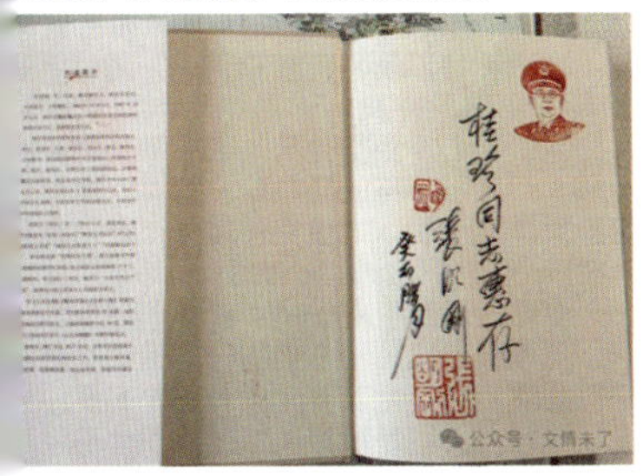

书是我的外甥女从北京寄来的。她是位士、青年女军官，特别疼爱我这个老姨，时有什么好事或好吃的，总是想到我。那春节前，我收到外甥女的快递，打开一，是本书，精神食粮。外甥女给我的肯定好东西，我一边这样想，一也开始了认真读。果然是本好书！半个多月的阅读生，使我体验到读书的愉悦和享受，到前几我已全部通读完了。

现在，我仍不时翻阅，细读慢品我尤其爱的一些篇章。掩卷沉思，我像过电影般回味这部军旅佳作，感到有很多话要说。将军出生在农民家庭，6岁丧父，因生活所，初中毕业后就挑起了养家糊口的重担。成长的路上，他的“靠山”就是自己的不追求、努力奋斗和坚定信念。我感到，这点是最让我敬佩，也是最值得我学习的地。

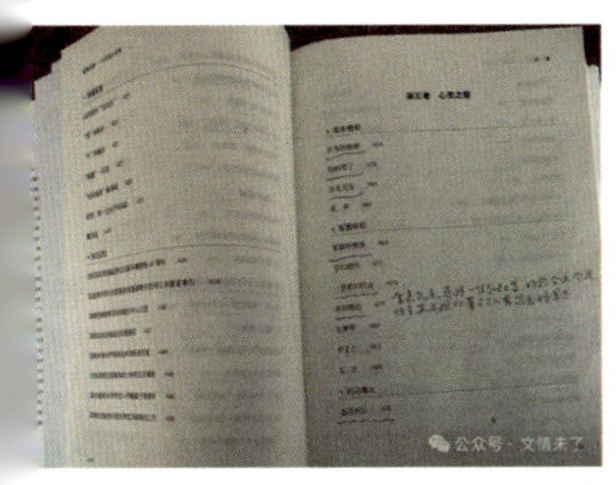

张明刚将军18岁应征入伍后，在四十多的军旅生涯里，他东北边境守边关，老山线去打仗，新疆反恐上一线……经历了苦累、血与火、生与死的考验。在人民军队这座大熔炉里，他刻苦学习，努力工作，踏做事，经过多岗位、多职级的历练，在党织的关怀下，逐步成长为一名共和国的将这说明，只要在部队好好干，就会有前

透过《军履回望》还可以看到，张将军成长之路走得艰辛、艰难、艰苦。但他始抱有对未来的憧憬，始终充满对知识的渴始终坚持对真善美的追求，始终没有放自己手中的那支笔，并且让自己心无苦、无难、肩有责、手有策。我深深感到，他这种信念信心、意志毅力和勤奋刻苦，正新时代我们所需要的一种精神力量。

张将军的《军履回望》尤如一部百科全内容丰富广泛，并且十分好读耐品。既现了家国情怀，又插播着家长里短，如《长寿姥姥》、《妈妈笑了》、《孝儿作媒》等；既有军旅生涯的纪实描述，又有民间凡人善举的生动纪录，如《少北先生》《裁缝高凤莲的规矩》《边陲山村女教师》等；既有强国强军的深度报道，也有敢于直面部队建设中的问题，如《中心抓不住，不算好支部！》《曝光栏前谁脸红？》《谁也不准到连队“乱捅炉子”！》等。

许多名人、名家和名流都对张将军的家国、军旅、人生和成就给予了高度评价。我对此非常赞同！我今年73周岁，退休前是大连市总工会的一名机关干部。我感到，在当下浮躁世俗的环境中，这本书就像一股清泉，流淌进我的心田；这本书就像一束光，照亮了我的晚年余生。愿将这本书作为自己古稀路上的一束光，激发潜能，去追寻自己的梦想和希望！

我真心认为，张明刚将军的《军履回望》体现着使命感、责任感、时代感，也体现着亲民感、亲切感、亲近感。既有高度又接地气，让普通读者感同身受，喜闻乐见，从中受益！

最后，我要说，《军履回望》是值得每个人阅读的一本人生励志教科书！

（本文作者乔桂珍系大连市总工会退休干部）

回望·希望·期望
——读《军履回望》有感

傅先举

张明刚将军大作《军履回望》，我已读了很多遍，给我的感悟太多太多了。最近一对段时间，我一直在思考该以什么样角度来表达我的真情实感。提笔良久，叹然自知将军对我的影响，早已超然于一般的文字表露，而是真正的融于内心！

我真切感到：读将军这本书，好似在看一面镜子，于字里行间，发现自己的影子；读这将军这本书，好似手握锦囊，于人生迷茫处，寻得拨云见日的人生妙计；读将军这本书，好似一位资深咨询师在对你轻轻耳语，于无形中抽丝剥茧，令你豁然开朗。开卷有益。初读时着迷，再读时悦己，深读时助人达己。思考很久，写下的这些文字，虽不能完全表达我内心思想，但也是我最真挚的感情流露，期待在人生的拐角遇见更好的自己。

作为曾经守卫过西北边疆的卫士，读完《军履回望》，我内心深处依然燃烧着边防战士的信仰和信念，精神和意志，忠诚和奉献，使命和担当，光荣和自豪，英勇和无畏。这是革命军人对党和祖国的赤诚豪情，让我的心情久久不能平静。我深感：《军履回望》的字里行间，是对时光的诉说、是对生命意义的诠释、是对那一抹绿色的崇尚；《军履回望》中的点点滴滴，是光荣、是豪迈、是值得。

作为曾经有幸在张明刚将军手下工作过的一名士兵，我从读后、到回忆、再到感悟，再次深深地被将军“知兵爱兵、情系基层，学思践悟、立意新颖，文风朴实、语言清新，见解独到、思考深邃”所感染。将军始终秉承昂扬向上的“精、气、神”、正气凛然的“思、践、行”，是我军旅生涯中的起航明灯，是我人生路途上的引路师长。每当品读床头《军履回望》时，仿佛听见将军在教诲着我要常读常新，融入生活、把读书学习当成一种生活态度、一种工作责任、一种精神追求，用读书的厚度来提升人生的高度。使我时刻谨记铭刻，充满动力。

作为一名刚脱戎装步入社会的青年，在细读《军履回望》之后，我深感铁凝主席的评语十分深刻到位：“明刚以真诚、笃实之心书写着从乡村少年到边防战士，到共和国将军的生动、奋进之路。他的超常勤奋，他对事业始终葆有的敬畏、激情、朝气，以及对故土、亲人、战友淳朴、深情的描述，让我从中看见了一位时代追梦者有血有肉、有胆识、有担当的英姿和风貌。”张明刚将军是我们后辈学习的榜样，他和他的著作给了我再踏新征途的力量。

张明刚将军的《军履回望》，诉说着对故园的回望，对亲人的回望，对战友的回望，对生命的回望，对心迹的回望。而“回望”的目的，决不是流连在往昔、纠缠于过去、趑趄自记忆，而是为了更好“砥砺前行”。将军的《军履回望》，不仅是他对自己从军足迹的回望，而是对每一位走过军旅之路的赤子们的回望，是对每一位守卫祖国安全的勇士们的希望，同时也是对像我一样的“老兵”的期望。

《军履回望》激励着我奋斗人生，教诲着我思考未来，指导着我为人处事，使我明白了今后应该怎样学习、工作和生活。特别是每当我们对未来期许与徘徊时，书中的答案很清楚哦。

（本文作者傅先举系武警新疆总队某部近期复转待安置高级士官，读书爱好者）

畅读《军履回望》，把握青春方向

熊浩翔

本人大学主修数学，文学造诣一窍不通，但数学的尽头是哲学，所谓文理之分殊途同归。写作要“弄斧到班门”，故我也斗胆装一装“读书人”，谈一谈读后感。

张明刚将军理论功力深厚入骨，看人看事炉火纯青。

何其有幸，通过明刚将军亲笔签名版《军履回望》，得以窥见他浩如烟海、丰富多彩的精神世界一角；承蒙厚爱，经与明刚将军穿越历史和现实的精神共鸣，得以感受他对年轻人的深切关怀与殷切期望。

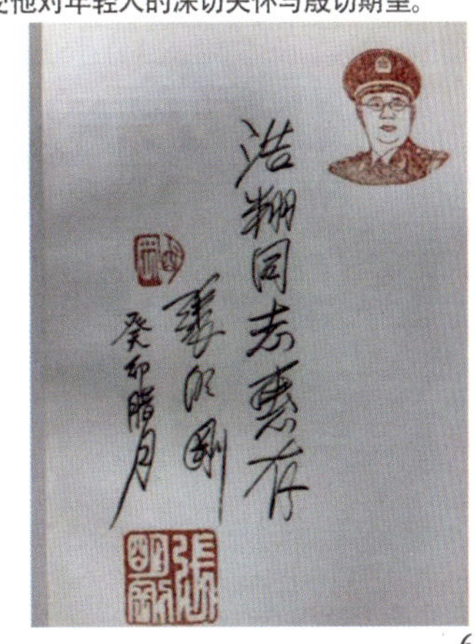

读书人的事，交往通常纯粹。星光璀璨的共和国将军和我这个一无所有的穷小子身份上的巨大差距因读书似乎彼此亲近了不少。

斗胆称呼张明刚首长一声前辈，明刚前辈其文，明快，刚毅。文如其人，简洁明快，朴实厚重；文抒胸臆，坚韧刚毅，情真神锐。

我于文学宇宙中遥望各位前辈大贤、文学大家的熠熠星辉，蹒跚一二、朝圣再三。青春多迷茫，难以把方向。多读《军履回望》，有助于年轻人从三个方面把握青春方向。

一、坚定理想信念，补足精神之钙

明刚前辈所著《军履回望》内容十分丰富，但我首推《永葆攻坚克难的锐气和斗志》。此文读来，一遍直击天灵，两遍灵魂颤栗，三遍锐意觉醒。

还有《艰苦奋斗，攻坚克难，做一名新时代优秀共产党员》、《争做新时代忠诚干净担当的党员干部》等催人奋进之文都让我更加坚定理想信念。“革命理想高于天，理想信念之火一经点燃，就会产生巨大的精神力量”。

现实生活中，一些党员、干部出现各种问题，说到底是信仰迷茫、精神迷失。信念不坚定，精神“缺了钙”，就会得“软骨病”。

精神要补钙，归根到底靠的是真理力量，马克思主义特别是习近平新时代中国特色社会主义思想就是我们最根本指南。然而“一口吃不成个大胖子”，饭要一口一口吃，路要一步一步走。

文中这段就是我如今最合口的精神之钙——“人是要有点精神的。共产党人是用特殊材料制成的，必须永葆攻坚克难的锐气和斗志，永葆一往无前的的革命精神、战斗精神、斗争精神，生命不息、冲锋不止，坚决战胜前进道路上的一切困难和风险，以昂扬姿态奋力开启全面建设社会主义现代化国家新征程，努力建功伟大新时代”。

坚定信念，就是始终坚持不忘初心，以坚忍执着的理想信念，以对党和人民的一片赤诚之心，把对党和人民的忠诚和热爱牢记在心目中、落实在行动上。

心中有信仰，脚下有力量。我立志把对马克思主义的信仰、对中国特色社会主义的信念作为毕生追求。

我们年轻一代要永远信党爱党为党，顽强拼搏，锐意进取，不断把为共产主义远大理想不懈奋斗的实践推向前进。

二、赓续精神血脉，担当时代重任

《零点哨位》一文，让我的脑海里如电影画面回放般快速闪过军校期间站过的每一班岗和我见过的一天24小时中每个时辰校园的模样。

特殊重点时期站岗，就像《零点哨位》中：“此时此刻，普天同庆……在这样的时刻为祖国母亲和十亿亲人站岗，我在欣喜和激动中，感到无比的幸福、无上的光荣”。

哨位，是为守护一方平安，除了有形的还有无形的。

记忆犹新，毕业前夕遭遇郑州“7.20”特大暴雨。当要选举并组织“敢死队”前出抗洪抢险时，本来这是很危险的事，可意外的是无论平时性格或软或硬的同学此时竟都争相报名。

断水断电条件下，昏暗的走廊内我望着同学们影影绰绰举起来的臂膀，看不太清，但又分明看见他们在发光。

本人水性奇差，却也“中二魂”燃烧，妄自抱着“赴死之心”混进了“敢死队”。

我想无论是谁，当守护万家灯火，还百姓一片安宁的神圣使命如此直白地摆在面前时，他都理应义不容辞且无比荣耀地去担负此使命。

这是数千年来铭刻于中国人血脉里的使命感。

明刚前辈有言，“赓续共产党人精神血脉，始终保持革命者的大无畏奋斗精神，鼓起迈进新征程、奋进新时代的精气神”。

一代代共产党人的精神血脉就是在“明知征途有艰险，越是艰险越向前”的奋斗伟业中赓续传承。

一代人有一代人的使命，我们青年党员要接好历史的接力棒，站好“共产主义哨位”，继承革命前辈意志，勇于担当时代重任。

三、探索精神宝藏，实践检验真理

习主席指出，“所有知识要转化为能力，都必须躬身实践。要坚持知行合一，注重在实践中学真知、悟真谛，加强磨练，增长本领”。

纸上得来终觉浅，绝知此事要躬行。明刚前辈所著犹如一座座精神宝藏，探索“宝藏”不能光纸上谈兵，既要有“宝藏图”指南，也要“冒险家”实地深入攻坚“寻宝”。

探索《龙的晚会》，如同神龙天降，好一条东方神龙活灵活现地跃于纸上，血肉丰满，神采飞扬，龙吟不止。

探索《干事论》、《十论写作》，恭喜你发现了黄金秘藏！干货满满，方法、路径和经验无一不有，堪称“新手大礼包”。

探索《长寿的姥姥》、《妈妈笑了》，恍惚间就走回了家，是那样的朴实无华，是那样的情真意切，家国情怀感人至深，游子思乡潸然泪下。

探索《血战封丘》，仿若化身革命年代特务连指导员，星夜急调，临危受命，古堡血战，夜祭忠魂……

“寻宝”必须实践，检验真理的唯一标准就是实践，实践还要在总结中提高。

结合工作实际，我感到要当好一名善于“寻宝”的“冒险家”需具备如下能力：一是深邃洞察力，二是敏锐领悟力，三是全局谋划力，四是精准判断力，五是高效执行力，六是昂扬战斗力，七是旺盛生命力，八是原初创造力。

各位“冒险者”尤其是年轻“冒险者”们，要想开启奇妙“寻宝”之旅吗？那就快去往《军履回望》的世界探索吧！

《军履回望》越嚼越有味，越品越醇厚。如明月照心，清泉润物，感谢张明刚将军，让我们广大读者一饱眼福，受益匪浅，得享精神洗礼。

感谢《学友周报》王洪平社长、韩宾主编和其他幕后工作人员，特别是【学习摘记】发起者王振存政委，提供一个好平台连载张将军文章，并吸引汇聚来自五湖四海如此众多志同道合之学友。

感谢诸位同仁读者，思想闪耀，文字激扬，共享精神盛宴。

（本文作者熊浩翔系解放军驻京部队某部中尉助理工程师）

耕耘者，必有收获
——《军履回望》读后感

张 胜

有幸结缘张明刚将军自选集《军履回望》，感触良多。几十万字，读下来不仅毫无违和感，反而倍感关切。其后记《耙耕，从田间到军营》更是坦露了他的心声：“耙耕，少时在课堂，后来在田间，如今在军营”。“耙耕”两字，较鲜见。”耙“字源于农村耙田的农具，这是张明刚将军的起点，是其初心，更是他待人谦卑平和的真实写照。“耕”字指的是耕耘、奋斗。我读完后最大的感受是，人生在于耕耘，有耕耘必有收获，而耕耘的过程最美丽。

耕耘，是源于内心深处的那一份热爱

《军履回望》一书全书分为理论之光、军营之声、心灵之窗等。既有理论高度，也很接地气，无论是高级干部、知识分子，还是普通战士、市民，都非常适用。全书涉及的各类人物成千上万，在张明刚将军的笔下，都成为一个个鲜活的人。一口气读来，字里行间无不流露着对党、国家、军队、对战士、对亲朋、对家人的热爱。如果没有这份热爱，张将军是不可能做到数十年如一日的笔耕不缀。

我与张将军是同乡，比张将军要小1岁，同样与文字有着不解之缘。大学毕业后我回到随州中行，最初被分配至基层做储蓄员，因总有豆腐块见诸报端，后来被领导选中去当了5年的文书，爬了5年的格子。后来去武汉大学读了本科插班生、新闻学硕士，心中始终有一个新闻情结在里面。当初为了这个情结，还把去深圳某知名金融企业的三方协议毁了，毅然来到了京城。在那个年代，或许是我缺乏一点像张明刚将军在基层时吃苦耐劳的精神，抑或是那个时代所固有的一些浮躁，没有坚持在新闻领域一直扎下去，还是转头去了待遇更高的企业做宣，到后来转到经营管理方面。

现在看来，或许人生道路的选择并不得我们。但无论做什么，都要胸怀热爱，着于斯。这才是最重要的。

耕耘，是源于浓浓的亲情与乡情

张将军是一个极其孝顺的人。这与其长经历有关。他是地地道道的农村人，6岁父，初中毕业时农村分田到户，作为家中长子，彼时他年仅15岁，家里还有2个弟弟为分担母亲的压力，其吃过的苦、承担的任可想而知。但这些幼年所吃过的苦，不没有压跨他，而让他更加积极地汲取养份更加茁壮的成长。

“自古忠孝不能两全”，由于家里没劳力，最初部队来村里征兵时，村里并不意其入伍。是张将军的母亲，宽厚大义，动说服了村里，让张明刚自此走入军营，上一条全新的人生道路。张明刚一直惦记家乡，即使是当上了将军后，他仍然惦记家乡，甚至与小学、初中的同学都保持着厚的感情。春节回到家乡，还会请儿时的学一起吃顿饭、聚一聚。这份纯朴的感情是张明刚将军的坦荡人生，也是张明刚将耕耘的动力。

耕耘，是源于对未来的憧憬

“我是个军人是个战士，无论何时何何种处境，都必须保持着战斗姿态，一如前、一往无前。”张明刚将军浑身散发着种自信、刚强与奋进。“我将一如既往，着自己的这支笔，昂首阔步踏上新征程，功新时代。”这是张明刚将军对未来的憧憬。

张明刚将军不仅有着在文字方面数十年的深厚积淀，他从田间到军营、从普通士兵到将军的传奇经历，他在讲好中国故事、军队故事方面的统筹能力，无不闪耀着他过人的智慧。

“幸福都是奋斗出来的”，“撸起袖子加油干”，习近平总书记如是号召。正是由于对未来的憧憬，张明刚将军才能做到数十年如一日的耕耘。张明刚将军谦逊地将自己的奋斗比喻成“耙耕”，其核心精神与总书记所提倡的奋斗精神是一致的。或者说，张明刚将军数十载如一日，就是在践行这种奋斗精神，就是在践行习近平总书记所指引的强军之路。

让我们祝愿与期待张明刚将军在讲好唱响中国军队主旋律、讲好中国军人故事的道路上，做得更好，走得更远。

（本文作者张胜系经济学博士（后）、副研究员，添慧保创始人）

读张明刚将军《军履回望》有感

王洪平

作为社长，在阅读张明刚将军的《军履回望》后，我深感震撼。这本书不仅记录了将军的个人经历，更反映出国家和军队的历史变迁。在书中，将军展现了对军事事业的深厚热爱，对战友的深情款待，以及对军旅生活的深入思考。

读完这本书，我深感将军在复杂国际形势下的战略眼光和决策能力。他对于军事战略、战术的深入分析和独到见解，以及对军队改革的重要思考，都让我深感敬佩。这本书不仅对军事专业人士有重要的参考价值，也对普通读者了解军队生活、理解国防事务有着积极的普及作用。

同时，我也注意到这本书中的人生经验和价值观念，对于激励人们在各自的岗位上贡献力量，为国家的繁荣稳定做出努力，具有积极的意义。这不仅是一部军事回忆录，更是一部充满智慧和启示的人生指南。

我深感将军的奉献精神和崇高境界，对他的人格魅力和业务能力表示由衷的敬佩。我将会把这本书的精神和内容融入到我的日常工作和文化传播中，以期能够更好地推广和宣传军事文学，增强国民的国防意识和社会责任感。

在这个快节奏的时代，我们常常为了追求物质生活的丰富而忽略了精神的滋养。然而，阅读张明刚将军的《军履回望》让我深受震撼，仿佛经历了一场心灵的洗礼。这本书不仅仅是一部文学作品，更是一部反映时代精神、传承红色文化和展现军人风貌的重要作品。它让我深刻理解了什么是真正的忠诚、什么是真正的担当，也让我明白了无论身处何地，都不能忘记自己的根和源。

《军履回望》记录了张明刚将军从一名乡村少年到边防战士，再到共和国将军的奋斗历程。在阅读过程中，我仿佛跟随着将军的脚步，走过了那段充满挑战与成长的军旅生涯。我看到了将军的真挚情感、不懈追求、对事业、对故土、对亲人和战友的深厚情感。这些情感让我深受感动，也让我明白了人生的真谛。

书中，将军用生动的文字描绘了他在军营中的生活，让我对军营生活有了更深入的了解。我看到了将军在面对困难时所展现出的坚韧不拔，也看到了他在取得成绩时所表现出的谦逊低调。将军的文学梦和军旅生涯相交织，构成了这部丰富多彩的文集。

阅读《军履回望》让我对红色精神有了更深刻的理解。红色精神是我们民族的灵魂，是我们在面对困难时所展现出的坚韧不拔，是我们为实现梦想所付出的不懈努力。这本书让我明白，我们每一个人都应该传承红色精神，为实现中华民族伟大复兴的中国梦贡献自己的力量。

这本书不仅仅是一部记录个人奋斗历程的作品，更是一部反映时代精神、展现军人风貌的文学作品。它让我明白，我们每一个人都应该珍惜现在的美好生活，为实现中国梦而努力奋斗。同时，它也让我明白，我们每一个人都应该传承红色精神，为实现中华民族伟大复兴的中国梦贡献自己的力量。

在阅读《军履回望》的过程中，我深感将军的文字有着强烈的感染力，让人不禁为之动容。他的文字让我明白了什么是真正的忠诚，什么是真正的担当。将军用他的行动和文字告诉我们，作为一名军人，要时刻保持对祖国的忠诚，对人民的忠诚，对事业的忠诚。

这本书不仅仅是一部记录个人奋斗历程的作品，更是一部反映时代精神、展现军人风貌的文学作品。

（本文作者王洪平系中国作家协会会员，《学友周报》社长）

读《军履回望》我倍感亲切

王振存

品读《军履回望》，使我往事历历在目，心中热血沸腾，我们在军中的学习、工作、生活不就在“三卷”的描述之中吗？为此，我对作者首长在敬佩之外，又增添了一种格外亲切之情。

一、读《军履回望》，我品出亲人“味道”

视老干部如亲人。《军履回望》二卷“军营之声”中“宏观视野”、“晚霞满天”、“深度报道”的篇篇文章都饱含着党和人民对老干部的亲切关怀，句句话语都渗透着机关首长对老干部、老干部工作者的关心爱护，条条目标、任务、措施和办法都在推动着干休所的全面建设。作为多年的老干部工作者，我对这些温馨话语谆谆教导和一些要求、标准是多么的熟悉和亲切呀！如：“老有所养、老有所学、老有所乐、老有所为”；“政治坚定、思想常新、理想永存”；“爱心、诚心、细心、耐心”；“政治空气浓、团结互助好、服务质量高、生活环境美、有良好道德风尚的老干部之家”。如今回念这些经典语言，回忆明刚将军在原总政机关为全面推进干休所建设的显著业绩，再品读《军履回望》之后，更深深地体会到老干部工作同其他工作一样，离不开党中央、中央军委的英明决策，离不开执行和统领老干部工作的首长和机关同志的谋划指导和辛勤付出。

二、读《军履回望》，我在愉悦中受益

只举一个例子。比如：《零点哨位》这篇文章就有这样一段描述：“此时此刻，普天同庆。全国各族人民都沉浸在节日的喜庆之中，或举杯畅饮，或诉说亲情，或欣赏“春晚”的精彩节目……

在这样的时刻为祖国母亲和十亿亲人站岗，我在欣喜和激动中，感到无比的幸福、无上的光荣。”

“此时此刻，我看见夜空中的鹅毛雪花，在北风的伴奏下翩翩起舞，然后悄然飘落；我听见呼啸的北风，象一个庞大的管弦乐队，奏响了春天的序曲。雪花呀，你是在用优美的舞姿喜迎新春吗？北风呀，你是在用动听的音乐祝福我们吗？……”

“啊，哨所除夕之夜的神韵是那样的奇妙！”

读了这段情景相融的叙述，我仿佛就像听一曲美妙的音乐一样，抑扬顿挫、优美动听、令人赏心悦目。同时也深深地感受到革命军人的胸怀和担当，不惧艰难困苦，以苦为乐的革命精神。此时，一种对边防军人的敬佩之情油然而生。向边防军人学习！向边防军人致敬！

三、读《军履回望》，我激情满怀

1、作者明刚将军在《“龙”的晚会》一文结尾中叙述：“王龙的话被刺耳的炮声淹没了，于是，指战员们龙一样飞向阵地……”。“炮声”“老山前线”，这刺耳的字句激起了我一段难忘的记忆……1979年2月，我入伍已近满十年，在中国人民解放军某部司令部机要科工作，当南疆边境反击战打响之后，我们虽在后防，但部队已进入到紧急战备状态。我们机要科当然也不例外，处在体系一线工作重中之重的位置。机要科全体同志群情激愤，不分昼夜，奋战在第一线，随时保证上下左右信息畅通……记得当时，我仿佛看到铁流滚滚开赴前线的将士们；耳边常常响起前线隆隆的炮声、将士们舍生忘死的厮杀声……。我心想，前线将士面对的是流血牺牲，我们面对的高度紧张、不眠之夜和“累、苦、困、乏”又算得了什么？我们在老科长黄子清、主管业务挂帅领导邵迺扬的带领下，全员同志团结一致圆满地完成了任务。我们的出色表现，受到上一级首长和业务主管机关的表扬。

2、这两笔“数字”，勾起了我一段难忘的回忆。明刚将军在军营之声“老红军老八路情系灾区”一文中讲到：“全军和武警部队干休所工休人员共为灾区捐款1726.1万元”；“捐款千元以上的老干部有2687人”。

那是1998年入汛之后，长江流域发生了自1954年以来又一次全流域性特大洪水，松花江流域嫩江也出现超历史记录的特大洪水。在严重的自然灾害面前，党中央领导全党全军和全国人民同心同德，团结奋战，取得了抗洪抢险的伟大胜利。为支援抗洪救灾第一线，全军老干部系统组织了这次捐款。明刚将军在文中通报表彰了积极踊跃捐款的老首长老领导。在这次捐款中，我们所的工休人员也积极响应组织号召，踊跃参加捐款捐物，其中千元以上的也占到一定比例。老首长李喆珠老伴有病卧床，儿女们收入不高，在家境困难的情况下非要捐上1000元钱。

也许我们参加了这次有意义的活动，今天读到明刚将军这篇报道倍感亲切。对那些舍小家顾国家为人民的老红军老八路十分敬佩。感谢明刚将军在《军履回望》中收集了包括我们工作情况的历史资料。

（本文作者王振存系北京市海淀区军休干部）

作者及作品皆不同寻常
——读《军履回望》有感

刘爱一

自古荆楚多豪杰。张明刚同志在入伍时起点不高的情况下，从一个普通边防士兵做起，经过火热军营的摔打锤炼，逐步成长为一名共和国将军。作为一名军队转业到地方工作的干部，我深知他从士兵到将军的不易，以及他为此付出了怎样的艰辛努力，我发自内心地感受到，张明刚将军及其著作《军履回望》不同寻常。

张明刚在长期的自我革命修炼中，形成了忠诚、善良、乐学、低调的优良品格。在做好自己本职工作的同时，他四十多年如一日，辛勤地耕耘在党和军队的思想理论宣传文化战线上，默默奉献，成绩卓然。四十年磨一剑。是金子总会发光的。现在，他犹如一颗璀璨夺目的耀眼星星，闪闪发光，不同寻常。他的佳作《军履回望》我认真拜读后，感到特色鲜明，不同寻常。

一是理论涵养不同寻常。理论之树是长青的。在几十年的军旅生涯中，他初心如磐，勇于担当，厚植理论根基。他以党的创新理论为引领，以先进的理念传播正能量，聚焦强国梦强军梦，阐释理论热点，呕心沥血，著书立说，高扬主旋律，唱响正气歌。他胸意宽阔，卓识远见，思想理论水平的高度和深度，达到了超常的境界，令人赞叹折服！

二是思想素质不同寻常。恰似一个勇立潮头的尖兵，他极积研究探索新时代我军思想政治工作的新观念、新途径……形成了自成一体的鲜明风格：明体达用，融会贯通，见解独到，思维深邃；善于引经用典，晓之以理，动之以情，再辅以鲜活的事例阐释……达到感染人、激励人、鼓舞人的效果；善用共产党人的光荣精神谱系，我党我军的光荣传统和优良作风，营造自信、自立、自强的浓厚氛围，鼓舞人心，提振士气，夯实志气、骨气、底气的根基；善长以清新优美、深入浅出、通俗、好读、耐品的笔法，让新思想、新观念……春风化雨般的淌进读者的心田，着力提升人的思想精神境界。

三是文字功底不同寻常。见字如面，文如其人。读书破万卷，下笔如有神。整部文卷笔锋洗练、老辣精到，言之有物、语句鲜活，观点上新颖独到，表述上精琢细磨，用字上精准考究，如行云流水、自然流畅，收放自如、金句频出，展现出驾驭语言文字的高超能力和水准。读这样的好书，就是一种美的享受。正如古诗所言，腹有诗书气自华，他的书引人入胜，给人启迪，让人难忘，令人感叹！

阅读此书，浮想联翩。瑾以此文，表达我这名老兵对《军履回望》的读后感想，以及对明刚将军的诚挚感谢和崇高敬意！

最后，将我刚才专门写的一首小诗，献给明刚将军！

持枪握笔著佳论，一字一句浇灵魂。
书香致远识明理，将军本色是文人。

（本文作者刘爱一系陕西省西安市公安局未央分局退休干部）

读《军履回望》有感

药灵取

初读军履回望，认识张明刚将军，
我心中的英雄。军营这座大熔炉，
铸就你钢铁意志，培养你如此优秀。
军队这个大学校，培养了军人气质，
使你更坚定刚毅，让常人无法比拟。

从乡村走到军营，从士兵直到将军，
从耙耕改为练兵，你留下闪光脚印。

四十年军旅生涯，你经过战火洗礼，
钻过了那猫儿洞，趟过了那地雷场，
不怕流血与牺牲，在战场建立战功。

六十万字的著作，你付出多少心血，
熬了多少不眠夜，军魂使你不停歇。

几十年笔耕不辍，不停的挥毫泼墨，
写出了军旅生活，写出战友情不舍。

再读我更有收获，难抑激动情如火，
将军回望情难舍，我读回望如解渴。

（本文作者药灵取系山西省永和县退休教师）

张明刚《军履回望》读后感

百度文库

《军履回望》是一本引人深思的作品，作者张明刚以细腻的笔触描绘了自己从乡村少年到边防战士，再到共和国将军的奋斗历程。整本书不仅展现了作者对事业、对故土、对亲人和战友的深厚情感，还通过军旅生涯中的点点滴滴，传递出一种坚韧不拔、勇往直前的精神。

在阅读过程中，我深感作者张明刚先生的真挚情感与不懈追求。他以近乎自传体的方式，将他的军旅生涯娓娓道来，每一个阶段都充满了挑战与成长。从他身上，我看到了一个时代追梦者的形象，他勇敢、坚定，无论面对何种困难，都始终保持对事业的敬畏与激情。这种精神让我深受启发，让我明白在人生的道路上，只有不断努力、不断追求，才能取得更好的成绩。

这本书的内容涵盖了军营生活的方方面面，从学习、工作到战斗，每一个细节都展现出明刚先生的严谨与专注。他不仅在军旅生涯中取得了卓越的成绩，还以笔为剑，创作了许多感人至深的文学作品。最让我印象深刻的是明刚先生对故土和亲人的描述。他的文字里充满了对家乡的眷恋和对亲人的思念，这种情感深深地打动了我。他以自己的经历告诉我们，无论身处何地，都不能忘记自己的根和源。这种情感让我深感共鸣，也让我更加珍惜身边的亲人和朋友。

此外，《军履回望》中也不乏理性思考的真知灼见。明刚先生在书中所表达的观点，不仅有深度，而且有新意。他对军旅生活的观察和思考，不仅仅停留在表面的现象上，更是深入到了事物的本质。这种深入的思考和分析，让我不禁为之叹服。在阅读过程中，我不禁想起了一些我自己的经历。那些曾经困扰我的问题，在明刚先生的文字中似乎找到了答案。他的经历和思考，给了我很多启示和鼓舞。

总的来说，《军履回望》是一本充满正能量的书。它不仅让我看到了一个时代追梦者的形象，更让我感受到了那种对生活、对事业的热爱和执着。我相信，每一个读过这本书的人，都会从中得到启发和鼓舞。

（本文作者系百度文库机器人）

老山情深　战友谊长
——读张明刚《军履回望》有感

宋伟

近年来，我通过有关媒体、美篇自媒体和朋友圈，陆续发表了一些关于我老山前线亲密战友、生死兄弟张明刚自选集《军履回望》的评论。但由于多是即兴而作，颇显片段化、零散化、初浅化，感觉不完整、不透彻、不过瘾。近日，我得空进行了整理集成。

——题记

人生在世，几十上百年的光景，接触过的人和事浩如烟海，许多人、许多事如过眼烟云随即忘却，然而有些人、有些事不一样，即便过去了几十年，在心间、在脑海依然还是那么清晰和深刻。

那是1987年11月的一天，在东北吉林大台营城，正值我们新组建的第13侦察大队，经过近半年的临战训练之后，准备开赴云南老山前线作战的关键时刻，上级为我们派来一名叫做张明刚的新闻报道员。这意图很明显：我们“不但仗要打好，新闻宣传也要上去。”

张明刚23岁，在老山前线战场

“大家好！张明刚前来报到！”一名着湖北口音普通话的士兵，突然出现在我政治处办公室的门口。彼时，我恰在门处，连忙热情地接过了他手中的行李兜子“欢迎你呀，张明刚！快进来，快进来！”

马上就要上前线打仗的部队，来了人，大家很自然地围拢上来，很亲热地和明刚相互交谈，表示欢迎。我也主动地向介绍了自己，然后说道：“我知道你，张明刚，你在我们集团军可是大名鼎鼎的哟！”

见第一面我就看出，张明刚具有热情朗的性格。我想大凡搞新闻报道的人，也都有这个特点，并且都善言谈，都具有较的政治敏锐性和新闻职业敏感。这些优点正是我所感兴趣的，也是我正在努力具备需要向他学习和追赶的。因而，我俩的接和交谈，甚为融洽亲切，大有相见恨晚感。

这天晚上，我和张明刚单独交谈起来话就打不住了：古今中外、天南地北，海天空、滔滔不绝；政治、经济、文化，事、哲学、法律……我们侃侃而谈，没完没了。酒逢知己千杯少，话谈投机万言也不多，我们的交谈，那可真叫一个爽啊！……我庆幸自己遇到了一个明白人，况且同样都是战士，年龄相仿，志趣相投，不存在什么障碍、级差和鸿沟。我想不管他今后怎样，现在我们有共同语言，就足以让我度过许多美好时光。

张明刚（下蹲者），宋伟（左一），王强（左二），周崇棠（中），裴义群（右二，后任第16集团军政治部大校副主任），彭修玉（右一）

最使我感到欣慰的是，从此我在新闻写作上有了一个学习的榜样，因为榜样的力量是无穷的。我有一个心理预期，那就是张明刚今后在思想上能给予我关心和提领，在新闻写作上能给予我指导和帮助，这将会使我受益匪浅，取得新的进步。我在心里为这次争取到参战机会暗喜，因为能结识这么优秀的人。

在老山前线的合影。左二为张明刚，右二为宋伟

为什么我和张明刚一见面，就特别投机撞出思想火花呢？这是有原因的。1986年，我参加全军院校考试未能成功被军校录取，于是就开动脑筋，积极寻求今后的人生出路。时值全军开展培养军地两用人才活动，各部队都在举办两用人才培训班，我根据自己的兴趣爱好和写作特长，报名参加了师里举办的新闻写作培训班的学习。

培训期间，有一天我在沈阳军区《前进报》上看到一条消息：某部报道员张明刚被评为"军地两用人才标兵"、"优秀士兵标兵"，被聘为集团军军长的信息员，并因新闻报道工作成绩突出，荣立了二等功。这使正在"兴奋点"上的我，一下子就记牢了张明刚这个名字和他的事迹。

用现在流行的一句话来说，当时张明刚在我的心中，简直就是"神一样的存在"，完完全全的就是一个战士从事新闻写作的天花板，一个充满传奇色彩的"大人物"，我崇拜极了！但他是我在报纸上看到的名人，离我很远啊，从未想过和他能见上面，更没有奢望能和他一起共事，成为亲密战友。

然而山不转水转，水不转人转。我做梦都没有想到的事情，竟因为参战这一共同目标，使我们在云南老山前线第13侦察大队政治处相见相识了。晴天白日，不是梦幻，眼前和我交谈的这个人，就是报纸上的那个张明刚，真真切切的，我宋伟何其荣幸！

我们在一起的日子，是非常愉快的，也是无话不谈的。也许是我们当年都是年轻战士，也许我们都有差不多的性格和爱好，尽管他在我面前已经是天花板级别的"人物"，但我在与他交流时也毫不客气和示弱，经常展示我的博闻强记和"川军特色"，以期引起他的注意，让他不能小看我！

我记忆犹新的是，那时张明刚曾经送给我一个外号：包打听。意思是说我知道的东西还不少，有点像当年上海滩那些好打听消息或知道消息很多的人。

我欣然接受了这个别人都不知道，当然也无法理解的外号。因为我认为这个外号带有褒义的成分更多一些，是对我知道很多东西的肯定，当然也有提醒的意味，希望我更稳重一些。可我的想法是，尽管他是老兵，是哥哥，是我的新闻写作老师，可我也不差啊！我也想在这个"了不起的人物"面前显摆显摆，展示我的综合素质……

后来，因为我从机关下到侦察连队，离开了政治处，我和张明刚之间的交流和联系就少了。直到1988年10月，我"二进宫"——重新调回政治处，我们又回到了从前，再续前缘，左右相伴，无话不谈。恰在这时，张明刚迎来了他人生的重大转折——在前线被破格直接由士兵提拔为军官！宣布命令后，我比他还高兴，随即采访他，为他写了一篇人物新闻，投给他家乡的《湖北日报》，被刊登出来。

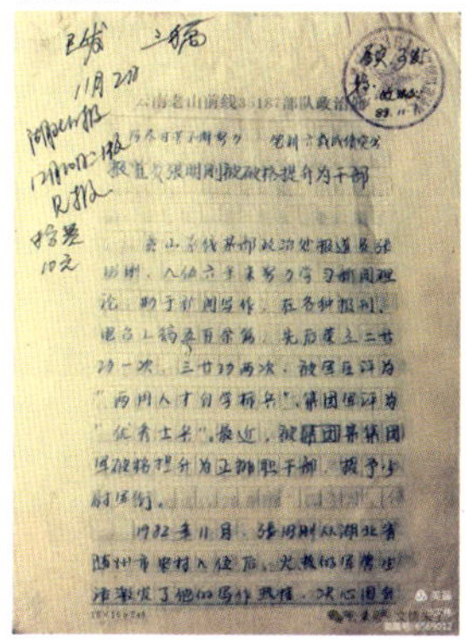

已发 二稿
11月2日
湖北日报
报道员张明刚被破格提升为干部

1988年宋伟采写的张明刚在前线被破格提拔时的报道手稿

1989年1月8日，在我们第13侦察大队接到上级命令，即将离开云南老山前线驻地麻栗坡县八布乡，归建沈阳军区老部队之前，我和张明刚彻夜长谈、难分难舍。谈至动情处，他挥笔给我题写了"与宋伟友共勉：扼住命运的咽喉！"的临别赠言，激励我不服命运，通过不断努力奋斗改变前途。他的这个赠言，我保留至今，视若珍宝。

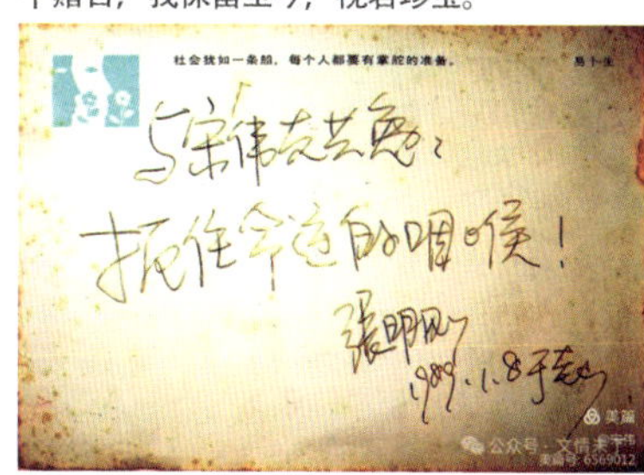

1989年1月12日，我们从战场凯旋前夜，包括张明刚在内，我们政治处3名报道员一起小聚，挥泪抱头喝了场分别酒。因为第二天一大早，即1989年1月13日凌晨零点，我们侦察大队就将开拔、离开战区，凯旋在子夜。然后我们归建，回归战前所在部队各自岗位。让我未曾想到的是，这一别，竟然就是整整35年，我和明刚战友至今未再见面！

2015年，我回吉林省吉林市参加侦察3连战友联谊活动时，从一名战友口中得知张明刚的情况：他仍在部队服现役，已升至正师职军官多年，目前在北京总政治部工作。这名战友还给了我张明刚的电话号码，我立即拨通电话，他的声音和热情仍和当年一样，没有变化……直到今天，我们经常沟通，亲热如当年。

2017年，张明刚提升至武警新疆总队任职，成为军级干部，被授予少将警衔。从1982年入伍，到1988年提干，张明刚整整奋斗了6年；从1988年被授予少尉军衔，到2017年被授予少将警衔，张明刚整整奋斗了29年。此时的张明刚，已入伍35年、53岁。2023年，张明刚被改授陆军少将军衔，调回北京某部任职至今。

2022年10月，人民出版社出版发行张明刚自选文集《军履回望》后，张明刚第一时间通过快递给我寄来了一本。他在书的扉页上题写了"宋伟兄弟雅正"几个刚劲有力、我称之为"明刚体"的大大的钢笔字，并盖上了他的大印。字如其人，文如其人，35年不见，明刚还是老山前线时的那个明刚！

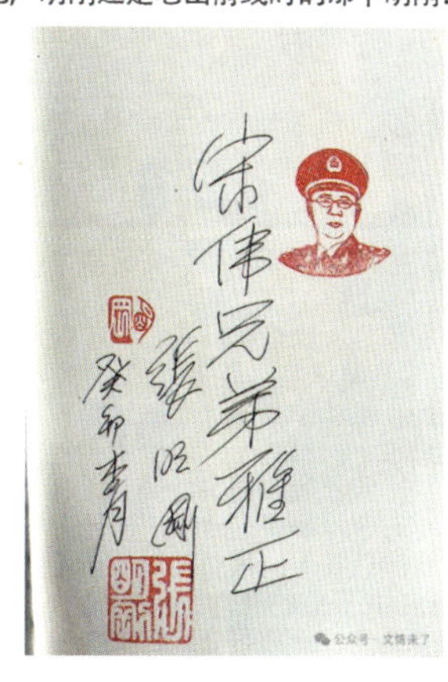

收到张明刚佳作《军履回望》的那天，我出现了少有的兴奋和激动，又是发朋友圈，又是发美篇，并不仅仅是祝贺他著作出版，因为我深知明刚这个人的人品学识，深知明刚这部作品的意义价值。在美篇里、在朋友圈里，我陆陆续续地写下了许多关于张明刚的回忆，以及关于读书的感想：

"我迫不及待，如饥似渴的翻看起来。无论是理论之光、军营之声、心灵之窗三卷所对应的理论文章、新闻作品、文学作品，我似乎都曾相识，又十分陌生；既在意料之外，又在情理之中。

"因为，这部集明刚战友四十年心血智慧汗水之大成的文集，篇篇雄文本身就是明刚战友从军报国、筚路蓝缕一路走来的真实写照；本身就是明刚战友为人、为友、为师、为文、为事的集中体现。每一篇都浸透着他的智慧心血，每句话都凝结着他的忠心赤胆，每个字都闪烁着他的思想火花。可以说，他奉献的这部精神食粮，已经成为经典。

"我与明刚战友，神交于原沈阳军区《前进报》之上，深交于老山前线侦察大队政治处之中，惜别于参战凯旋吉林之时。当年他在老山前线被破格从士兵直接提拔为正排职干部，授予少尉军衔，我通过采写他的奇特经历和卓越成绩，深刻地认识到，他的写作钻研之深，吃苦精神之强，意志品质之坚，令为弟为友的我，深深为之折服而自叹弗如。这么多年以来，我一直为曾经与他相处相交、采写过他的新闻而自豪！

"明刚战友四十多年来，在各方面能取得如此成就，不是投机钻营而来，不是浪得虚名于身，更不是什么幸运之神眷顾，而是脚踏实地、艰苦奋斗，一步一个脚印干出来的。他饱受磨难，从多灾多难的少年时期开始，就经历了苦其心志、劳其筋骨、饿其体肤、行拂乱其所为的一番番寒彻骨，才有了今天诱人的梅花香。

"因此，我曾数次编发关于明刚战友及其作品的美篇和文章，《军履回望》连载后，我也常常在微信上发圈，不时在亲朋好友中推荐。我发自内心、心悦诚服的以曾经和明刚成为亲密战友，有过共同一段战斗岁月而傲骄、而自豪！

"………"

我写这些，决不是因为张明刚如今成为了军级干部，当上了将军，我想要去攀附他，而是因为：确确实实是我们曾经有过较深的交集，当年就是无话不谈的战友，挚友，他的人品和作品都让我感动和难忘，他在我的思想上、精神上、写作上都给予了很大的帮助，使我收获很多，受益终身。我说的都是真心话。要说攀附他，我已经转业20年，且已年近花甲，再怎么和他套近乎，也无助于我自主择业的退休生活呀，是不是？

唯有一点，那就是在人生的二十郎当之时，在战斗的青春岁月里，我们共同经历血与火的考验和洗礼，共同怀有对新闻写作的热爱和追求，共同度过许多推心置腹长谈的不眠之夜……

分别三十多年之后，张明刚著作出版发行，他在第一时间亲笔签名赠送，我对此心领神会：明刚战友是在以这种独特方式，填补我们由于分别太久而造成的各种空白……啊！老山情、战友情、兄弟情，情深谊长、情深似海，一生一世、永世难忘！

不是说人生得一知己足矣吗？宋伟与张明刚有此缘分，夫复何求？！

（本文作者宋伟系四川省泸州市军队自主择业干部）

回忆明刚战友
——读《军履回望》有感

苏 锋

看到张明刚将军的《军履回望》竟会博得这么多战友、专家和地方读者们的推崇，说明他在数十年的军旅生涯中，通过自己持之以恒的求索、锲而不舍的耕耘，终于获得了金秋的收获，可谓瓜熟蒂落、理所当然。他的成绩是勇敢、恒心和汗水的结晶，这更是他努力从必然走向自由的过程。我为这位老战友感到分外骄傲！

明刚战友和我同在一个集团军，在赴滇作战时是一个侦察大队的战友。无论平时还是战时，我与这位小老弟多有接触。他的勤劳勇敢和对理论、新闻、文学的钻研，我深有感受。我们这些从战火硝烟中走出来的战友不乏优秀人才，有"武将"也有"文臣"，但能称之为"能文能武"将才的，明刚战友就是突出的一个。作为一个从农村走出的孩子,一步一个脚印走出今天，取得的辉煌业绩实属不易。

明刚战友从有火炉之称的湖北，参军来到满天冰雪的绥芬河边防。经不懈努力，用他的笔记录了战士们的战斗执勤和风雪哨所的生活，使内地人民了解了边防军人的担当和高尚情操；在战场上，他随队采访，写出一篇篇感人肺腑的报道，使后方人民真实的看到，我们的边防军人用鲜血筑成的对党和人民的忠诚！他几十年攥着这支笔记录了我们军人闪亮的足迹……我们感谢明刚和他手中那支永不放下的笔！明刚和他那支笔同样使我感到骄傲！

明刚战友四十多年的军旅生涯可谓丰富多彩，这体现在他的经历上。他曾在极地冰寒的边防值过勤，又曾战斗在硝烟战火的南疆战场，并在火线上提干；既有在基层和战场上的经历，又有在总部机关工作的经历；既有在反恐一线的历练，又有在部队政治工作领域数十年的耕耘。凭着他那种锲而不舍的精神，实现了他的出彩人生！他从一个农村娃子奋斗成状元，从一个普通士兵一步一个脚印成长为一位共和国将军，业绩突出、成绩多多，着实令我们战友们称赞和佩服！我要对我的明刚战友说："你用成功诠释着奋斗的意义，青春年华没有虚度，你付出了那么多的心血智慧和汗水，但也值了！"

（本文作者苏锋系张明刚所在参战部队副部队长）

读老战友张明刚著作
《军履回望》有感

王成志

明刚好！

我已经在网上阅读了好几遍，作为老机关老战友倍感亲切温暖，备受振奋鼓舞，为你骄傲自豪。

《军履回望》凝聚了你无数辛勤的汗水，渗透了你奋斗的足迹，表达了深深的家国情怀，展示了自强不息的风骨，树立了新时代军人的风范，表达了一位军官的风采。应该说是一部军人特别是年轻官兵教育的生动教材！！！

为此，我特赋诗一首并书之，以示祝贺！

王成志2023年12月22日

青冠从军握钢枪，迎风斗雪戍边疆。
转御外敌战前线，奋勇浴火卫国防。
楚天极目翔展翅，西北镇守警武装。
才思敏捷柔韵墨，挥毫但著妙文章。
持笔有神书智慧，对党忠诚真明刚。
胸怀四海强军志，祝愿九州国安康。

（本文作者王成志将军系中央军委机关事务管理总局原政委、军旅书法家）

学习的标杆 敬重的兄长
——读《军履回望》有感

吴 军

近期，我利用业余时间学习了《军履回望》原著，以及名家点评、读者感言和系列书评文章。真心感到，越看越想看，越学越有味，越读越有劲，越读越有思。

首长的每篇文章由浅入深、由表及里，通俗易懂，引人入胜。字里行间反映出首长忠诚担当、爱岗敬业、无私奉献、严于律己、善于思考的爱国从军情怀。通篇体现首长系统思维、辩证思维、战略思维和底线思维的大格局、大理念。这是一部佳作、一本好书、一片美景、一桌硬菜、一壶美酒、一剂良药！本人有一些思考感悟，向广大读者汇报交流。

我曾经是一名军级政治机关干事，张明刚首长是我的直接领导。平时与首长接触比较多，经常汇报工作，交流看法。首长的为人处世、领导能力、为兵情怀、模范表率、严格自律，深深的影响和激励着我，指引着我成长进步，终生难忘。

我印象最深的是首长平等待人。记得刚和首长接触的时候，原以为首长是从军委机关下来的，应该很有架子和派头。哪曾想，初次和他见面就有一种“一见如故”的感觉，很亲切，没有一点将军的架子，就像一位老大哥。我每次到首长办公室请他签阅文件，首长都面带笑容，平等待人，嘘寒问暖，感到很温暖，也很受鼓舞。每次从他办公室出来，我都感觉浑身是劲，进一步增强了干好工作的信心。

我体会最深的是首长文字功底深厚。我作为一名年轻干事，办文水平层次比较低，有时领会首长意图不够准确，起草的材料缺乏高度、逻辑，往往一时陷入困境，没有思路。首长经常深入到我们干事办公室，面对面的帮我们理思路，出主意，教方法，讲利害。有好几次深夜里，他都亲自在电脑上帮我们改材料，首长每改一处都讲清为什么这样表述，有何意义。首长思考深、阅历广，使我们受益匪浅。

我感受最深的是首长作风务实扎实。在机关工作期间，曾几次随首长下基层检查调研，首长心系基层、心系官兵，每次下基层都进班排、上哨位、看厨房，与战士们打成一片，促膝谈心、交朋友；给基层干部理思路、教方法、传经验、解难题，走一路帮一路；经常顾不上吃饭，晚上还要思考研究部队反映的矛盾困难，亲自撰写调研材料。首长确实是我们学习的榜样，他的一言一行深深的鼓舞和激励着我，是位真正的好领导、好兄长。

总之，首长真正是有经历、有阅历、有思想、有能力、有性格、有感情、有激情的领导干部，深受广大官兵欢迎和敬重。

《军履回望》一书是首长学习的积累，经历的再现，见识的沉淀，思考的收获，积累的升华，读后回味无穷，受益终身。

最后，作一首小诗送首长：

有志男儿去参军，四十年来守初心。
一心为兵解难题，奉献边疆写忠诚。
严以律己做表率，军履回望有真经。
人回京城著作在，书香致远润心灵。

（本文作者吴军系武警新疆总队某部上副政委兼纪委书记）

张将军：我一生的导师
——读《军履回望》有感

张银博

我是张明刚将军带的兵，他是我军旅人的灯塔，是我一生的导师！我们在天山脚因工作相识，也因工作结下了深厚的战友

笃实真诚如沐暖阳

这是首长给我的第一感觉，至今难忘。是7年前的事儿了。一天，听说部队来了一刚履新的将军，是从军委机关来的，还是搞新闻的大咖。这一消息，让我这个刚干新闻没多久的小兵瞬间兴奋起来，心里总盼着能够向首长拜师学习。

一次我去他办公室请他审批文件的机会，他把他曾经发表过的稿件剪贴本送给了我们新闻站，让我们这群搞新闻的小年轻可以借鉴借鉴，少走点弯路，我们如获至宝。

后来，我才知道，这本剪贴是他一路打拼的“见证者”和“陪伴者”，印刻了他从一个农村放牛娃成长为一名共和国的将军，从入伍时的初中文化通过自学取得研究生学历、成为国防大学硕士生导师的成长足迹。

我想，如此珍贵的资料他却给了我们，他心里肯定是不舍的，但却为了把写作这份热爱传递给更多热爱写作的人，他无私地献出了自己最宝贵的财富。

在反复学习中，我们写稿发稿的命中率和稿件质量有了质的提升。同时，在他的悉心指导和大力推动下，总队先后推出了“反恐尖刀中队”和“八一勋章”获得者王刚等在全国响当当的一大批先进典型，总队的新闻宣传工作也推到了一个历史新高度。

有一次，张明刚赴南疆喀什红星村参加新鲁武警爱民幼儿园揭牌仪式，我有幸作为工作人员并随队采访宣传。一路上，他手把手地教我写稿，定稿后还在稿件上批阅了“很好！”二字以兹鼓励。更令我没想到的是，他还主动帮我联系媒体发稿，这令我感动万分。

“搞新闻的都是一家人！”回机关没多久，他送我了一本《纪念刘恩华女士》。拿到这本书，我既惊讶又好奇，便迫不及待地拜读起来。原来，这是在他母亲逝世三周年时，他特意组织家人编写的，目的是纪念母亲、传承家风，文章情真意切，书也图文并茂，书中饱含的对母亲的感情，深深地打动了我。

百善孝为先，这样一位钢铁将军，内心是如此地柔软，为了母亲出版一本书，这是我们多少军中男儿梦寐以求想做，而既没有勇气，也没有能力，更没有毅力完成的事，他做到了。军人自古忠孝难两全，他却用自己独特的方式表达了对母亲的忠孝，是多么值得敬佩和学习啊！我暗下决心，一定要向张明刚将军一样，做一个有情有义的顶天立地的军人！

精进谨细攻坚克难

带着张明刚将军又一优秀品质的指引，我在工作中迅速成长，渐渐成为新闻宣传的骨干，也向着他努力学习和靠近，也有幸参与整理了《军履回望》的部分文章，对这本毕四十年之功于一书的经典之作有了更深的领悟。

恰逢张明刚将军从军40周年之际，在这一重要的时间节点，他想给自己的军旅生涯打个结儿。40年散见于报刊和书籍上的文章，就像他走过的一串串脚印，是对过去的最好纪念。

可此事说起来容易，做起来难。资料查找难，时间跨度40年，其间纵横驰骋5个正战区级大单位，转战6省、市、自治区，资料难免散失，查找起来着实不易；稿件取舍难，从大几百万字里面选出几十万字，选什么？怎么选？确实犯难；时间难保证，他身兼数职，军务繁忙，难以抽身。时间，是个大问题。

“骨子里的不怕苦、不畏难，加上军人的刚毅和勇敢，注定了他的坚强性格，有恒心、有毅力，不气馁、不放弃，善始善终、善作善成。”正如樊希安所说，只要下定决心就没有克服不了的困难，他这个人凡事要么不做，做就要做好。

看着那些历经岁月沉淀的经典文字，我仿佛进入了一个清澈的世界，那时的人是多么的纯粹啊，《血战封丘》、《零点哨位》、《爬山踏雪采冬青》、《长寿的姥姥》、《妈妈笑了》《少北先生》等等，直抵心灵、涤荡人心，正如那句“清澈的爱只为中国”，让我感受到了老一辈的革命军人朴素的爱国情怀，那是怎样的一种境界，又是怎样的一种担当，他们的英勇顽强，值得我们每一名新时代军人去学习。

最让我惊艳的还属“十论写作”。正如刘宅宅评价的那样，“这组文章，我以为是当代新闻写作启蒙的典范，甚至是可以跟夏丏尊与叶圣陶合著的《文心》、朱光潜的《谈文学》看齐的‘经典入门小册’，探彼幽芳，发此秘色，启迪后昆，功德无量。”

中国军网以《佳作选读|张明刚：“从拓宽写路”谈起》为题转载了这组文章，并在编者按中说：“这个系列生动活泼接地气，读后给人以深刻启迪。虽时隔三十余年，其中蕴含的新闻理念、创作思路、话语形态等，对我们今天创新推动新闻工作仍具有十分重要的学习借鉴意义。”

《军履回望》2022年10月首版后，次年1月即出第2版，1年时间5版7印，累计印数达13万册；新华社、人民日报、解放军报和诸多网络媒体倾力推介；铁凝、邵华泽、孙晓云三位主席和孙继炼、徐贵祥、樊希安等名家高度评价；共青团中央和人民出版社，向全国各地1千余所高中推荐赠阅；一些机关、社团、学校、街道、企事业单位、部队和地方，相继举办读书会、朗诵会、分享会、研学会、导读教学、赠书仪式等活动；学友周报以“学习摘记”的形式从头至尾逐篇对全书进行连载，带动数十家媒体和许多朋友圈跟进转载转发，好评如潮、形成热点，在社会各界引起强烈反响；中关村数字媒体产业联盟获得授权后，投入人力物力将该书制成音频、视频，运用新媒体、元宇宙广泛传播；他的许多师长亲友和广大读者，纷纷通过面谈、电话、微信、短信和自媒体，忆往事、谈体会、说感受、给鼓励，并撰写书评文章，一时间引得“洛阳纸贵”。

传世经典，谁读谁受益。书里的故事感动着我，引领着我，让我浑身上下也充满了遇事须扬斗争气、攻坚克难誓不休的精气神。

谦逊博爱传道流芳

一位哲人说：“我终于知道了，人们会忘记你说过的话，人们会忘记你做过的事，但人们绝不会忘记你带给他们的感受。”

是的，张明刚将军给我的感受总是如沐暖阳温暖如春。“你方便接电话吗？”“等你忙完，可以来一下我办公室吗，不急！”“很好！加油！”这些简短的话语，是我和张明刚将军的工作对话。要知道，他是将军，而我却是一个小小的干事。

刘宅宅和张明刚素未蒙面，但却和我的感受惊人地相似，“当时他给我的感觉，大抵是一个温厚长者，工作极忙，读书宏富，

谦退谨细，不惟见解很深刻，阅历似乎也很广，身居高位而不改书生本色，这是我能想见的；但如此‘大牌’还这般谦光自抑，绝无崖岸高峻之感，则实在是始料未及的。我能感受到，这是一位‘平民将军’。”

他总能照顾到身边每个人的情绪和感受，不失尴尬，又温暖相随。大到一个文件签批，小到一个电话、信息的回复，他都会一一顾及他人感受。机关工作繁忙，文件往来密集，他每次总会尽快签批完，并让他的公务员给办件人第一时间打电话取回，从不压件，给我们这些机关小干事带来的感动无以言表。我们一致认为，“这也许就是德高望重的智者的标配，与其交往，就像假日里躺在一望无尽的大草原上仰望晴空那样安静舒适。”

带着首长传递的正能量，我下到基层锻炼。打开基层这本百科全书，我带着张明刚将军这些年传递给我的价值观和做人做事的态度，照猫画虎地学，谦逊地对待身边的战友，很快地我就融入了基层，开创了新局面，也得到了官兵的认可。

工作中，面对繁忙的琐事，难办的事，我还会经常翻翻这本书，从里面汲取方法和力量，那些鲜活的故事和带兵工作经验，对着就能学、照着就能做，对于基层带兵人来说不失为一本“带兵手册”，也再次印证了网友们对此书的评价，“越读越想读，谁读谁受益。”

40载寒来暑往，半生孤灯恒心。在《军履回望》中，张明刚以一个兵不怕苦、不畏难、不服输的劲头，书写着他的奋斗故事，书写着这支军队走过的奋斗历程，也书写出了千千万万个正在奋斗前行的人应该有的模样和品格。

如今，虽然张明刚将军在京履新，但他传递的精神和意志，永远激励着战斗在边疆的战友们，书中的浩然正气，书中最清澈的爱，这一切的一切，都在我们每个边疆军人心底流淌，时刻滋养着我们每个人的军旅生涯。

谢谢您，张将军！您是我一生的导师！

（本文作者张银博系武警新疆总队某部中校教导员）

明刚同志印象
——读《军履回望》有感

李锦堂

机缘巧合，幸运的是我和明刚同志有一段共同工作的经历。那时候，我们共同战斗在东北边城牡丹江，并且在同一支部队机关的同一个科室，他当新闻干事，我是宣传科长。

《军履回望》出版后我用一个星期时间仔细研读，既对他入伍初期走向写作之路产生一些难以忘怀的回忆，又对全书文章的深度、广度、高度感到十分震撼。

情感是作品有血有肉、有品位、有高度的基础。明刚同志之所以能从一个偏远乡村的放牛娃成长为一名共和国将军、国防大学的硕士研究生导师暨军人作家绝非偶然。

我深深感到他身上有一种强烈的感恩之情、报国之情、笔耕之情。为感谢父母养育之恩，他谨遵母亲嘱训，18岁毅然参军入伍，忠孝之间选择尽忠，实现了母亲的心愿。为实现报国之志，他从黑龙江边陲勇敢地奔赴南疆战场，从京城总部奔赴新疆武警部队任职，胸怀祖国，忠贞不二。为实现笔耕之愿，他“从戎酷爱一支笔，乐在边陲写秋”。

他四十年如一日，坚持边工作边写作，耗尽心力，以苦为乐，从“豆腐块”短文见报到长篇新闻稿件获奖，从理论文章不断刊载报刊杂志到因著文而立功，从理论研究、调研报告到《军履回望》正式出版，四十年军旅人生，笔耕不辍。书中每篇文章都充满了正能量，充分展现了一个热血军人对党、对国家、对军队、对人民的赤子情怀，是一部不可多得的现实版的爱国主义教科书。

坚持和毅力，是明刚同志成功的原动力。他当战士、当报道员、当干事，为了完成份内工作而努力写作比较容易做到，但走进顶层机关，当上领导干部，尤其是担任师以上领导干部仍坚持写作，这很难能可贵，没有坚强的毅力和定力断难做到。因为这些完全可以靠机关职能部门和秘书来完成。

明刚同志入伍之初在冰天雪地的黑龙江大山沟里、在训练、施工高度紧张之余能坚持写作；在战火纷飞的南疆战场上能冒着生命危险坚持写作；在军师旅团级机关乃至在军区总部机关能坚持写作；在走上军师领导岗位之后仍能坚持写作，仍然没有放下他手中的那支笔。

在他的笔下，有连队战士的奋斗身影；有基层干部的模范事迹；有机关工作人员的优秀成果；有战场上的英雄壮举；有离退休人员发挥余热的经典镜头。就是这种坚韧不拔的毅力和矢志不渝的精神成就了他今天的成绩，得到了军队、地方以及新闻出版界的认可和赞扬，受到了社会各界和军队官兵的一致好评。

《军履回望》出版后受到了我国当今文坛多名大家泰斗的高度评价和广大读者的喜爱，一年之内四版六印，累计印数达 12 万多册，还向全国一千余所高中赠阅一万余本，受到广大青年师生的热烈欢迎。现在，学友周报的连载又产生了良好的社会效果。

之所以产生这么大的轰动效应，我感到，关键是是明刚同志的文章接地气、有深度、耐品味，见证了新时代人民军队强军兴军的伟大进程，充满了积极向上的正能量。

明刚同志之所以能撰写出如此高质量的理论文章、新闻作品和文学作品，是因为他有深厚的政治根基和思想基础。他入伍之初当战士报道员期间，因表现突出就曾荣立一次二等功和多次三等功，并先后被沈阳军区评为学雷锋积极分子、新闻报道先进个人，集团军“优秀士兵”、“两用人才”、“自学成才”标兵。参战期间，他又荣立战功，被评为“火线优秀党员”并在前线由战士直接破格提拔为军官。

是的，政治上的优秀与成熟，是他能写出优秀作品的思想基础。再次翻阅细品他的作品，虽然里面没有华丽的词藻，但实实在在，坦坦荡荡，有血有肉，紧跟时代步伐，写出了自己真情实感的“这一个”的作品，确实是一部洗涤心灵、激发斗志、激励广大青少年精神力量和立志成才的优秀图书，为社会各界人民暨军队官兵提高政治素质，发扬优良传统提供了一部上乘教材。

阅读明刚同志的作品，回顾他走过的历程，我感到他既是军队优秀的指挥员、战斗员，又是文采飞扬、辛勤笔耕的园丁、作家。我相信他今后在笔耕的道路上能够走的更加坚实、更加辉煌。

（本文作者李锦堂系中国工商银行周口分行原纪委书记）

想起明刚老战友
——读《军履回望》有感

魏传江

《军履回望》张明刚自选集这本书，现已出版印刷十余万本，受到社会各界广大读者的喜爱和热议好评。我认真阅读过该书和贵报的连载，感到里面都是满满的正能量、满满的干货，的确是一部好书，一部激发人们学习和奋斗动力的好书。

明刚老战友，从一名边防部队普通战士做起，经过几十年的不懈奋斗，逐步成长为一名共和国将军，这个过程非常不容易。作为他当战士时的老领导，我知道，他付出了超常的心血与汗水、努力与勤奋。

正如战友们所说，四十年寒来暑往，半生孤灯恒心……如不然，他不可能写出那么多的名篇佳作，不可能在人民出版社出版自选文集《军履回望》，也不可能出版后能够产生这么大的社会影响！

四十年前，我和明刚同在边防某团政治处工作，我是宣传股长，明刚是战士新闻报道员。我们部队驻地在完达山区、绥芬河畔，冬季漫长而寒冷，冰天雪地，冷风刺骨。白天，明刚去连队采写新闻，没有车，他就顶着寒风，爬着没膝的积雪，步行十几公里，从不叫苦叫累；夜晚，他在办公室看书、写作到深夜，有时通宵达旦；为赶稿件，他经常错过食堂开饭时间……

明刚老战友这种刻苦钻研、忘我工作的精神，边学、边写、边总结的学习方法，使他的写作水平提高很快。几年时间，他便是闻名全集团军乃至全沈阳军区的战士报道员了。大家不但喜欢他这个人，也都喜欢看他深入部队基层写出的好文章。

每次他的文章在报刊电台发表后，他都很高兴地告诉我，又发表了一篇文章。明刚老战友以坚强的毅力、刻苦的精神、学无止境的信念，在当战士报道员期间，在各大报刊，特别是解放军报上刊登了许多好文章。同时，他还为每个连队培养一名小报道员，手把手地教他们写出许多有份量的报道文章。

1987年，沈阳军区选派骨干去云南老前线轮战，成立侦察大队，他积极报名战。在老山参战，在血与火的战场上，他扬一不怕苦、二不怕死的革命精神，在战间隙写出大量宣传英雄人物的好文章，对舞参战人员斗志起到积极作用，受到大家迎和称赞。他因此荣立战功，被评为“火优秀共产党员”，并在前线直接破格提拔干部。消息传来，当时我们全团、全师的友都为他感到高兴和自豪。

随着时间的推移，明刚老战友在不断习、奋勇前进的同时，经过各职级、多多位的历练，如今已成为一名共和国的将军听到这个消息，我特别为他高兴。明刚老友为我们的老部队争了光、添了彩。我信，明刚老战友在写作和工作上，一定会续努力，再创辉煌。

（本文作者魏传江系黑龙江大庆市税局退休干部）

张明刚将军轶事
——读《军履回望》有感

聂邦同

《学友周报》编辑部：

贵报连载张明刚将军《军履回望》一书，我每期必读，深受启发，深受教益！因此我想说，贵报的连载，为广大学友送来了优质精神食粮，做了件善事，功莫大焉！

我有幸在2023年春节期间，得到一本《军履回望》（第二版）。当时只是随手翻阅一下，谁知道，这一翻就放不下了，大概是连续一周吧，我居然一口气读完了这本大书，并且接着又复读了一遍！

真的是一本好书！我深知这本书的价值与份量：它是书写正能量的一串“珍珠”，谁读谁受益；它是作者用心灵采集的精神之歌，可以增强读者精神力量；它是文化自信和时代需要的风向引领，鼓舞人启迪人……

因为我是张明刚将军的邻村乡亲，两家相距约三华里，同在一所学校读过书，交往也不少，所以对他还是比较熟悉和了解的。在这里，我把《军履回望》作者张明刚的几个小故事写出来，与大家分享：

他超常勤奋上进，充满激情魅力。我清楚记得，那是1980 年代中期，张明刚入伍三年以后，回随州老家休假探亲。那时候，我在随州市委组织部工作，他来走访看望我和其他同志。交流中，他充满激情、自信，谈了他作为部队新闻报道员的工作情况，谈了他如饥似渴的学习情况，重点谈了他拟在《随州日报》上开设"随州好男儿在北疆"专栏的具体打算……他的亲和力和感染力很强，使我和市委宣传部的同志、报社的同志深受感动……回到部队，他为办好此专栏写了大量稿件，随后报纸开始连载、电台也连续广播……他的这个专栏连载文章，成了一品牌，在古城随州引起强烈反响，取得了很好的社会效果，促进了军地互动交流。他也因此与宣传部、报社电台领导和工作人员结下了深厚友谊，并且几十年不变、保持交往以师相尊。我感到，他当时作为一个21岁的年轻战士，能够做到这个份上，非常难能可贵，是他的人品人格、能力素质的综合体现，所以印象很深，三十多年后仍然记忆犹新。

他不忘家乡，情系乡亲。《军履回望》从某个角度来说，是张明刚将军不忘初心的凝聚和见证。几十年来，张明刚一如既往，始终保持了农民本色和对家乡人民的热爱。只要遇到乡邻有困难，他都会尽力主动帮助。在扶贫攻坚时期，一次他回到家乡，找到当时的村支部书记，了解村里扶贫情况，然后自己拿出一万余元，让村干部每户一千元、分发给十几户贫困群众进行帮扶，并且反复叮嘱村干部要注意保密，不要对外宣传……我当时因故就在村里，并且他帮扶的乡亲里面还有我的大姐聂邦珍，所以我是此事的见证人之一。他还把自己老家的房子修缮好，无偿提供给邻里使用。

他人好心善，是孝敬老人的典范。《军履回望》对这方面的追忆所述，只是星星点点，据我所知，他几十年里，对其姥姥和母亲的孝道，那真叫贴心悉心、无微不致，自不必说了。他还有一个老姨，每次回来都登门看望，送钱给物，拉手问安，畅叙亲情。老姨晚年，逢人便说明刚的好……去年 2月中的老姨病故，享年96岁。老人之所以走的安稳，是因为 2月初，明刚路过武汉时，专程回随州看望了老姨，满足了她老人家临终前要见明刚最后一面的愿望……其他熟悉的家乡老人，只要明刚一回来，也都去看望。明刚还曾到吴山镇福利院，看望调研过农村老人的养老情况……其精神可嘉，令人敬佩！

总之，耙耕是张将军领悟人生的起点，《军履回望》是他在耙耕路上的收获，也是奉献。读了《军履回望》，我的收获很大，深感该书给人以情感共鸣，因真实生动有痕，因能量满满而激励教育化人。祝愿张将军在耙耕的征程上向社会、向人民创作出更多更好的精神财富！

（本文作者聂邦同系湖北省随州市政府原食品药品安全委员会办公室主任）

我发自内心地感谢您，
张明刚老师！
——读《军履回望》有感

郭贵生

我和张明刚同志是同乡、同岁、同年兵，是一支部队的亲密战友加兄弟。更重要的是，他是我早期新闻写作的启蒙老师，以后新闻写作的指导老师。因为特殊的机缘和共同的爱好，志同道合的我们并肩战斗，结下了深情厚谊，可谓一爱好、一段缘、一辈子、一生情。

那是将近40前的事了。当时，我经常在报纸上看到他发表的一篇篇文章和图片新闻，也能从收音机里听到他的文章广播。于是，自幼爱好写作的我，萌发了拜他为师的想法。当我有一天终于鼓足勇气，向他表达这个心愿后，他爽快地答应了，并且立说立行，当时就给我讲上了。从那以后，业余时间里，新闻写作他从“五个W”给我讲起，摄影照相他从光圈、快门、速度给我教起……他还带我采访实习，批阅我的习作，介绍我认识新闻界的老师……

我和明刚虽然同龄，但我心里十分敬佩他，他又是我正儿八经的师傅，所以我在他面前，从来都是执弟子之礼的。他从湖北一个偏僻的小山村来到东北边防，再到西南战场，再到首都北京，再到西北边陲……一路打拼不停，从一个农村放牛娃成长为一名共和国的将军，从入伍时的初中文化通过自学取得研究生学历、成为国防大学硕士生导师，出版了《纪念刘恩华女士》《军履回望》两本好书大书。可想而知，在辉煌的成功和成就背后，他经历了怎样的苦难，又付出了多少超常的艰辛、勤奋和努力！他是我们战友的学习楷模，更是我们家乡人民的骄傲。

明刚热情、执着、勤奋、务实的作风和人格魅力，让我永生难忘。他的事迹和精神时刻都在感动着我、激励着我。他做事认真，追求完美极致，坚韧不拔、毫无懈怠，比如他把学习作为终身的习惯，他把写作当做毕生的事业……从明刚的《军履回望》中可以看到，要想写出好新闻、写出精品力作，必须要有他这种孜孜不倦、锲而不舍、精益求精的劲头。尽管我退伍后不能当面向他请教了，但几十年来我一直在跟踪学习他，因此对他的写作经历，对他的每一篇作品，我总是可以如数家珍，娓娓道来的，每到这时，我的感觉都非常好，神清气爽，犹如春风拂面，沁人心扉。我深感他对文章标题、导语、正文、结尾等重点部分以及语言文字、标点符号，都是非常讲究的，真的有一种工匠精神，千锤百炼、精雕细刻。

清楚记得我在部队和明刚共事期间，向他请教最多的是怎样写好新闻标题这个问题，他对我说，标题如同人的眼睛，起到画龙点睛作用，题好一半文，因此必须……我还向请教过其他许许多多关于写作和摄影方面的问题，他都毫无保留地把自己多年的成功经验和盘托出，让我受益匪浅，终生难忘。最让人惊叹的是他的那些标题大气，内容真实、角度新颖的作品。

特别令人敬佩的是他40多年如一日，无论职务怎么晋升，从事什么工作岗位，地方变动到哪里……他都一如既往，边工作边写作，用自己手中的那支笔，从不间断地坚持为部队改革、建设和发展鼓与呼！是啊，好的作品都是被生活中的有心人发现和写作的，如果没有明刚这样积极向上、心怀感恩的宽广胸怀，没有明刚这样深厚的综合素养和文字功力，那是一定写不出如此之好的文章的。《军履回望》里面的文章，篇篇段段都浸透了明刚同志的心血和汗水，字字句句都凝聚了他的脑力和智慧。他正是凭借着对写作的热爱与执着，才写出了数以千计的让人感动、引人深思、令人难忘的好作品。

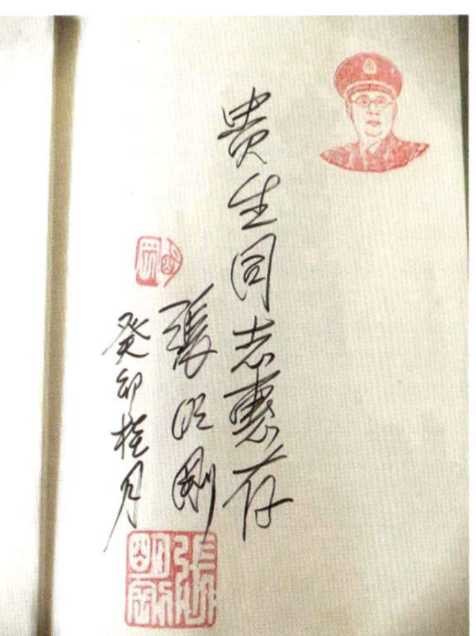

退伍后我曾经当过记者编辑，从事新闻工作多年，可以说明刚是我的老师、我的学习榜样，是他无私地教了我一技之长，从而改变了我的人生轨迹，也改变了我的前途命运。他还改变了我许多陈旧观念，影响着我对新闻写作的热爱和追求，无论是以前在部队，还是我回到地方以后，我们之间交流探讨的话题，主要是新闻写作和摄影方面的。直到现在，他仍然还是那样耐心、诚心、热心，不厌其烦、不厌其详的给我指导新闻写作问题。既便他做了将军，我也仍然感觉到他一点没变，还是40前的那个明刚——我的亲密战友加兄弟，我的好老师！

我永远难以忘怀的是，明刚老师教了我许多真经：要做一个有心人，处处留心皆新闻，生活处处有新闻；要把你想写的每一条新闻认真揣摩透彻再动笔，行文时每一个标点符号都不能马虎，只有反复打磨才能出精品；要在实践中积累，在积累中提高，在提高中出佳作；要博览群书、严于律己、勤学苦练，热爱是最好的老师；要广交朋友，以文会友……他指导我的林林总总、点点滴滴，不仅是新闻写作的诀窍，也是为人做事的至理名言，使我终生受用！

俗话说“师傅领进门，修行在个人”。明刚同志对我新闻写作给予了极大的帮助，将我领进了新闻这个行业，并且扶上马送一程，一直关注和指导着我！我当然不会辜负他的期望。从部队转业回来，我依靠在部队发表的三本刊发作品剪报本，顺利进入了我老家的报社——《老河口日报》。连续多年发稿数量、质量、字数等，在报社综合考评排名中位列前三，多次受到市委、市政府表彰，被市委评为十佳记者。我的这些荣誉，都与明刚同志密不可分，明刚老师功不可没……

写到这里，我的耳旁又响起了明刚老师那亲切的声音：贵生，你转业当上党报记者，已经是专业新闻工作者了，必须十分热爱新闻，认真研究新闻，把新闻当成事业干才行！……一定要多读、多看、多学、多思、多练、多写，才能厚积薄发，写出真东西；一定要活学活用，不把自己当机器人，才能发现和写出好新闻；一定要勤动眼、勤动脑、勤动腿、勤动手、勤动嘴，不断学习新事物新知识，才能紧跟时代步伐写出时代最强音……

几十年来， 明刚同志如同一盏明灯，时刻照亮我前行的路！我要一辈子向明刚同志学习！虽然我即将退休了，但退休不退志，我更要把大量的时间用在新闻写作上，以无愧于组织的培养，无愧于这个伟大的时代，也无愧于明刚老师！

以上说了这么多，都是关于我这个学生和明刚老师的事儿。这里，我要顺便说一下，我只不过是明刚老师门下几十上百号学生中的、一个普普通通的学生罢了。明刚老师在师、旅、团等部队当新闻干事的时候，十分注重带徒弟——那些年，他几乎每年都要举办新闻报道培训班，不但一个人讲课，还带学员实习，批改学员习作……现在，他当年面对面、手把手教出来的学生，在部队成为上校、大校级别的一把数不过来，在地方比我干得好的也有的是。

明刚老师，我要以我个人的名义并代表您的学生，衷心的向您表达我们的敬意和感激!

明刚老师，我发自内心的感谢您，永远的！

（本文作者郭贵生系湖北省老河口市委宣传部干部）

我和同桌张明刚的往事
——读《军履回望》有感

胡义俊

人们常说触景生情，而我自去年以来，在这一年多的时间里，却是触“书”生情。这本书，就是我的同桌同学张明刚所著的《军履回望》。

话说去年春节我回老家过年，得知老同学张明刚也从部队回来了，便邀请他和我们几位四十多年前的老同学小聚一下。期间，他将自己刚刚由人民出版社出版发行的佳作《军履回望》，签名赠送我们每人一本。

没想到此后不久，他的书便轰动家乡、轰动军营乃至轰动全国。尤其是《学友周报》连载以后，更是产生了巨大的社会影响力……无论多忙，我坚持每期必读，不但读张明刚的每一篇连载文章，还读每一期的“读者感言”和“社长点评”。平时，这本书就放在我的办公桌上，一看到它，我就想起我和张明刚的一些往事。

记得上小学五年级的时候，我的学习成绩曾一度“下滑”，于是班主任老师就给我“开小灶”，让我和学习好的张明刚同学坐在一张学习桌上，以便他帮助我提高学习成绩。当我拿起学习用品放进抽屉里的时候，惊讶地发现，同桌张明刚的抽屉里摆满了各种学习书籍，还有翻烂了的像千豆腐卷一样的四大名著。而我的抽屉里多半是陀螺、铁环、小人书这些东西……难怪他的学习成绩一直那么好。

说实话，那时候我还不知道四大名著都是些什么，于是就很好奇，偷偷地把张明刚的书拿过来读。由于是翻烂了的老旧书，有些页码已经破损缺失了，有些字迹已经模糊不清了，我读起来很费劲。张明刚后来知道了这件事，他不但没有责怪我，还帮助我解读那些模糊不清的字，并将破损缺失页码上的内容告诉我……啊，原来小学五年级的时候，他就已经通读过全部的四大名著，并且记住了。

打那以后，读着读着我也读上了瘾，跟着张明刚读了不少书，就不再贪玩了……非常怀念那段美好时光，我和张明刚同桌相处的很好，他对我的帮助确实很大，使我在学习上进步很快，及时追赶上了队伍。大概三个月左右，我就“毕业了”——班主任老师调整了我的座位，让我不再坐在张明刚的旁边，轮换其他学习差的同学坐过来，由张明刚给他“开小灶”，进行帮带。现在，回想起四十多年前的点滴往事，再看看老同学张明刚如今在各方面取得的成就，我突然明白了其中的道理。

1982年秋末冬初，张明刚参军入伍以后，我们的联系就很少了。记得从那时到现在，这中间的四十余年，我们也就见过大约四、五次面。每次见面时间都很短暂，只看到他的精神面貌很好，只知道他又有新的进步。至于他当兵后的详细情况，就不得而知了。

现在好了，通过反复阅读张明刚《军履回望》这本书，我什么都知道了，也什么都弄懂了！原来，在部队的这四十余年，他一直在学习着、工作着、写作着，一直在努力着、奋斗着、拼搏着……

随着阅读和思考的深入，老同学张明刚的精神和他的《军履回望》，深深地震撼了我。今年春节期间，我情不自禁地在我们同学群里，发表下面这段发自内心的话，并得到了同学们的积极响应：

“深读明刚同学的书，我进入了境界、感同身受，深刻理解了他从小就有的理想抱负和奋斗精神，深刻理解了他作品的博大精深和对现实的冲击力！深深感到，谁读懂了明刚同学这个人和他这本书的思想精髓，谁就会获得意想不到的精神力量！如果同学们也按照我的这种方式进行深读，那么大家一定会有更深的感悟启发和更大的收获体验！……”

张明刚，好样的，我为同桌的你骄傲！《学友周报》，连载张明刚的文章很有意义，我为你点赞！

（本文作者胡义俊系河南泰投产业园区主任、河南泰投股份有限公司董事长）

我来说说张明刚
——读《军履回望》有感

曾宪琨

自人民出版社正式出版发行以来，《军履回望》张明刚自选集就红遍大江南北，成为一本热门的畅销书，在军内外都有不同程度的轰动效应，是一部青年励志、壮年报国、老有所为、满满正能量的好书。

我手头上的这本《军履回望》，是一位老战友赠予我的，我已经读了多遍，而且让孩子也拜读了，感受颇深。尤其是《学友周报》的连载，使我对该书有了更进一步的深入解读，收获颇丰。贵报的连载我每期必“听”，非常感谢周报设置“听”的功能，学习起来很方便。

我和张明刚是同学又是战友，并且是一起长大的“发小”。曾记得上小学的时候，他就是班干部、三好学生，特别是他的作文写的相当好，经常受到班主任杜老师的表扬。他《军履回望》中的名篇《少北先生》，写的就是杜老师，杜少北。那时候，每次杜老师布置完作文题，都有同学找他“套近乎”，悄悄抄他的作文。

1982年10月，我们从当时的同一个生产大队（村），一起入伍来到部队。在黑龙江东部的一个边防部队，我们共同学习、生活、战斗了5年。所以，对他收入这部书的早期作品，我还是比较清楚的，写的就是身边的人和事，当时就读过，现在读来感到格外亲切。

那时候，他是团政治处的专职报道员，我是一个连队的文书。在他从事写作之初，特别是小有名气以后，我经常去他那里向他请教学习写作方面的问题。我经常看到，他为了写出一篇好的作品，深入基层一线采访，之后反复修改打磨，加班加点工作到深夜。他在学习和写作上非常刻苦勤奋，熬一个通宵是常有的事情。

有一次周末我到他那里，他让我和他一起下连队采访。我清楚记得，当时正值冬季，大雪纷飞，刺骨的大烟炮打在脸上，让人十分难受，一出门我就不想去了。他见我犹豫的样子，就对我说：“你不是想学习写作吗？怎么这点苦都受不了呢？今天是考验你的时候，你现在吃点苦，坚持住，以后你就能体会到丰收的快乐！”

他这么一说，我就没法溜走、不去了，只好跟着他，趟着一尺多厚的积雪，艰难地行走着。我们步行两个多小时，终于来到一个位于大山沟的连队，对一名首批地方大学生入伍的“学生官”指导员，进行现场采访。返回的时候，他一路上谈的就是如何把这个人物新闻写好，琢磨的很透彻。回到连部，顾不上休息，他就开始动手写作，深夜写好抄清，第二天一早把稿件寄出。几天后，这次采访的成果见诸报端，并且在文末尾添加了我的名字，这是我有生以来，第一次看到署我名字的文章变成铅字，即感激又惊喜……

后来在他的推荐和帮助下，我也参加了牡丹江日报社举办的通讯员学习班，写作水平也不断提高，并在不同的报纸和电台发表作品20多篇。对我写的每一篇作品，他都热情的给我帮助指正，并提出能够更进一步向好的地方，使我受益匪浅。我在部队向张明刚学习写作的这些经历，成为我人生的一笔宝贵财富，为我后来转业在地方工作奠定了良好的基础。

老同学、老战友张明刚，通过自己不懈的努力，克服种种困难和艰难险阻，40年如一日，坚持边工作、边学习、边写作，公开发表作品近2000 篇。这本书，收录他精选出来的具有代表性的理论文章、文学作品、新闻作品183篇，55万字，只是他公开发表作品数量的十分之一。值得欣喜的是，他的事迹通过《军履回望》一书展现出来，受到社会各界广大读者的喜爱和热议好评，产生了巨大的社会影响力！确实是一本好书。

张明刚是上过前线、真刀真枪地打过仗的军人，经受了血与火、生与死的考验，这是他和我们不一样的地方。他从小就很优秀，胸有大志、眼界开阔、不怕吃苦受累，长大后在各个岗位上都干得很好，表现出色，多次立功受奖，获得很多荣誉，荣立几次三等功，还有二等功。

所以我要说，张明刚取得今天这样的各种成就，决不是一种偶然，而是一种必然，是顺理成章、理所当然的事情，我对此一丁点儿也不感到意外，因为我对他太了解了。我还要说，张明刚从一名边防部队普通战士，通过数十年不懈努力奋斗，在组织的关怀下，逐步成长为一名共和国将军，为家乡人民、为老部队和老战友们争了光、添了彩；张明刚的《军履回望》给人以精神滋养，鼓舞人们通过奋斗实现自己的人生理想，感染人、激励人、启迪人，　已经、并将继续产生重大社会影响，这也为共和国的将军们争了光、添了彩。

时代在发展，社会在进步。坚信老同学、老战友张明刚，在未来的写作和工作道路上，一定会与时俱进，继续努力，再创辉煌。

（本文作者曾宪琨现旅居澳大利亚）

他是这样说的，也是这样做的
——读《军履回望》有感

任代民

《学友周报》编辑同志：

贵报以学习摘记形式连载张明刚将军《军履回望》，配发主编导读、社长点评和读者感言，版式新颖、富于创新、耳目一新，我每期必读，收获很大……读着读着就引起了共鸣，产生了联想，回忆起张明刚将军的一些往事，点点滴滴的，比较琐碎……我在这里整理一下，作为一个读者感言吧，看看能否刊登。

我曾经是一名军队干休所主官，张明刚将军曾经是军委总部负责老干部工作的领导同志。由于我们都在一条战线工作，上下对口，所以我们相识已经好多好多年了。特别是在那个时期，因为工作关系，我们联系比较多，对他还是比较熟悉的。

我印象最深的是，张明刚将军为人处事作文，堪称楷模，令人敬佩。他虽然出生贫苦，但从不向苦难和命运低头，总是勇于挑战应战，乐观奋发向上。他干一行爱一行，干一行专一行，积极有为，各项工作都干得很专业、很出色。凭借那股狠劲拼劲，起点不高的他，后来者居上，令人仰望。活的通透、明白、值得，会做人、做真人，能做事、做成事，勤思考、擅总结，生而为人，到了这个份上，正可谓“不白活一回”。

我体会最深的是，张明刚将军的作品既有理论高度、思想深度，又同实际、实践和现实联系、结合得非常紧密，富有时代新意；既不是那种坐而论道、空对空的所谓“理论派”，也不是那种浅表性、照葫芦画瓢的所谓“实录派”，而是这种理论与实践相结合的、顺应时代和人民需要的“实务派”。我认为，他的这部《军履回望》，其实就是他对自己四十多年学习、工作和生活实践的理性总结。

首先，就说如何当好干事吧。可以说他最有发言权，从基层干事一步步干起，一直到总部干事。对干事的内涵外延、属性本质、能力素质、实践要求、行为规范等等，也就是如何才能当好一名优秀干事的问题，他理论上研究的很深很透，实践上做的相当出色。所以，由他来讲如何当好干事这堂课，可以说是找对了人。这一课，他讲的都是实战中的真经、干货，如数家珍、得心应手，娓娓道来、酣畅淋漓，形象、生动、细致，真可谓讲到家了。只要照着他讲的去做，基本上就是一名合格的干事了。他的《干事论》讲课提纲，我认为就是一本经典教科书。

还有，他给新疆邮政银行系统上的那堂党课也很经典。站位高落点实，针对性很强，不是空泛地讲大道理，而是从理论和实践的结合上讲的很到位、很深透，列举的正反例子生动形象，很有感染力和说服力，整堂课讲得入心、入理、入情，让人乐意听、好接受、记得住，相信会产生较好效果。他讲党课所运用的这种针对听众、有的放矢、事理结合、深入浅出的授课方法，值得提倡和推广。

再有，那篇讲新形势下，如何深入扎实做好老干部服务保障和教育管理工作的文章，讲的也非常到位和精彩，真不愧为老干部工作的行家里手。文中提出的管理理念和服务措施，字里行间充满了对老干部的深厚感情和对服务管理工作的深入思考。这对于做好新时代老干部工作，具有很强的现实指导和借鉴作用。值得称赞。

………

我感受最深的是，张明刚将军不但文章写的漂亮、授课讲的精彩，而且是一位脚踏实地、不尚空谈、担当有为的实干家，工作做的比他讲的更到位。就像在报纸上经常看到的那句话一样：他不但是这样说的，也是这样做的。我们在基层工作的同志，真切地感受到，张明刚将军真的是一位习惯深入基层、联系群众，善于发现和解决问题，积极给基层办实事、解难题的领导干部。这方面我也不能讲空话，随便举几个事例吧。

比如，军队干休所老干部住房，大都是中高层楼房，随着高龄期、高发病期的到来，老干部爬楼梯上下楼越来越困难。明刚将军以及他的领导和同事们，在基层调研了解到老干部的难处后，就积极向高层反映，推动、协调有关部门为老干部加装电梯，解决了老干部上下楼难的一大难题。

还比如，曾经有那么一个时期，干休所老干部使用的车辆，大都破损陈旧，影响老干部出行。张将军和他的领导、同事们一道，积极协调有关部门为老干部配备一部分新车，有效缓解了老干部出行难的问题。

再比如，为解决某一时期参加革命的老干部群体的某项补贴问题，张将军和他的领导、同事们，经过多年的艰辛努力，终于使问题得到解决，惠及军内外的老干部……

总之，张将军不是那种光说不练的人，他做的比他说的还好。他求真务实，作风扎实，深入基层，心系老干部，解决了许多基层急难愁盼的问题，深受部队和老干部欢迎。

（本文作者任代民系湖北省军区襄阳军分区中原路干休所原副局级所长，北京市海淀区军休干部）

回望来时路　清气满乾坤
——读张明刚《军履回望》

曹晶

从相识的那一天起，就一直称呼明刚局长，这个称谓保持了近二十年。那时我是一名老干部战线的新兵，明刚局长在总政干部部老干部局负责离退休干部教育管理工作。他不仅是我的领导，更是入门的老师，在他的关心培养下，我们这些当年的年轻干事，逐渐从老干部工作的门外汉，经风雨、长本事，最终成为了这一专业的行家里手。

去年听说明刚局长出书了，不少同仁都翘首企盼，还没看到样书，仅仅看了目录，就觉得一定大受欢迎。这不仅是他多年工作经验的总结，更是半生心血的结晶，还是人生感悟的凝炼，应该说厚积薄发、博大精深、不可多得。

果不出所料，《军履回望》一出版就好评如潮。在休干系统被传阅被珍藏。有人拿它作为老干部工作业务的工具书，有人把它当作行文办事的教科书，还有人视它为启发年轻人积极向上、顽强拼搏的人生励志书。

当前，军队老干部工作进入深度“两高期”，如何一方面用心用情地做好这些耄耋老人的服务保障，另一方面扎实细致地搞好老同志和身边人员的教育管理是个难题，两者既对立统一，又联系发展，关键是要用用好习近平新时代中国特色社会主义思想和习近平强军思想这个法宝。

让我特别欣喜的是，在《军履回望》里能找到问题答案，比如：如何解决初入军营、对老干部工作认知不够、感情不深的问题？如何解决老同志年大体弱带来的生理机能退化、心理需求增多的问题？如何解决从事宣传报道工作，找不到问题线索、打不开“新闻眼”的问题？如何解决身为军队机关干部，打不开工作局面、找不准发展定位的问题……这一个个曾经让当年的我们为之苦恼失意迷茫的问题，随着阅读《军履回望》的层层深入，当你读完全书的那一刻，相信就心头一亮，这些问题也就迎刃而解了。

于是我不免有点羡慕今天的年轻人，你们赶上了好时候，遇到了《军履回望》，让你们少走了很多弯路、提升了工作效率，成功的几率自然也就增加了，所以我特别要替今天的年轻人感谢明刚局长，“授之以鱼不如授之以渔”，您为年轻读者送上了解决问题的桥和船。

突然想起王冕的一句诗，用它来结尾既是对明刚局长《军履回望》的小结，也是对他官品人品文品的概括。正所谓：不要人夸好颜色，只留清气满乾坤。

（本文作者曹晶系陕西省军区机关大校军官）

好读耐品 常读常新
——读《军履回望》有感

肖启波

老战友张明刚所著的《军履回望》，刚一出版我就通读过了。现在，跟着贵报连载的节奏重读，又有新的收获和感受，使我深受启发和教育，鼓舞我走好今后的人生路。

为什么张明刚的书具有如此魅力，让人常读常新？我认为最主要的原因是，他的文章来源于真实的生活，接地气、有气场，有高度、有格局，有灵魂、有情怀，好读耐品，满满的正能量，鼓舞人、激励人，给人以向上的精神力量，契合了我们这个时代的需要、人民的需要。

翻开《军履回望》张明刚自选集，开篇就是《艰苦奋斗精神的时代价值》《永葆攻坚克难的锐气和斗志》《主动来一场学习革命和头脑风暴》……都是给不甘平庸的人们呐喊、加油和鼓劲的。再往下读，就会发现，书里的文章都是读者所需要的、对读者有益的东西。并且，每读一遍，都有新的收获。这样好的书、这样好的文章，谁不喜爱？！……读着明刚老战友的书，我就想起了他这个人。

明刚和我都是 1982年10月，从湖北随州应征入伍，来到东北边陲林海雪原、威虎山下、绥芬河畔的部队的。我们积极响应祖国号召，挥泪告别父老乡亲，把人生最美好的青春年华，献给了我国国防和军队建设事业。我们在部队里，依靠组织的培养、领导的教诲、战友的帮助、自己的努力，不断地进步，入了党、立了功、提了干，没有辜负家乡父老乡亲的殷切期望。

明刚是我们这批战友中，在部队干得最好的。他内心强大、努力刻苦，从入伍开始就抱有远大理想抱负，从希望的田野走来，从东北边陲哨所一名普通士兵、新闻报道员做起，后来又到老山前线，经过战火硝烟的锤炼，火线提干。他几十年如一日，严格训练、努力工作、勤奋学习，低调做人、高调做事，一步一个脚印，从一名初中生、普通士兵到国防大学硕士研究生导师、共和国将军，这需要多大毅力，付出多少汗水，印证了“有志者，事竟成”。所以他的成功是必然的，他是我们当年一起入伍的一千多名湖北籍战友的骄傲。

我在部队服役十七个春秋后，转业回到家乡。虽然离开了部队，但我和明刚一直保持着联系，他回老家探亲我们也能见面，共叙战友情谊。每次交流，他都不忘给我加油鼓劲，希望我在地方干出一番事业。明刚战友这个人，就像他的书一样，充满正能量和干事创业的激情，总是给我力量和信心，让我鼓足战胜困难的勇气。

在明刚的鼓励和影响下，转业后的二十多年，我一直奋斗在农业战线，始终保持军人本色，时刻牢记共产党人的初心使命。通过勤奋学习、努力工作，也得到了单位党组织、领导和同事们的认可。虽然我没有他那么优秀，取得像他那样的成就，但应该说也没有辜负他的期望。

虽然现在我已退休，但我要把阅读明刚战友《军履回望》所激发出的热情和动力，也就是从这本书中获取的精神力量，转化为今后的实际行动，继续坚定理想信念，退休不退志，发出自己的光和热，为家乡的经济建设、乡村振兴再立新功。

（本文作者肖启波系湖北省随县农业农村局供销联合社退休干部）

张明刚《军履回望》给我的启示

张奇志

我和明刚有“四同”：同族、同龄、同乡，同在1982年初冬踏上绿皮火车，从鄂北随州奔赴遥远的东北边疆。1987年我服役五载奉命回乡，明刚却超期服役，继续坚守在自己的岗位上。他为了捍卫祖国的尊严，为了保护人民的安宁，写下血书请战，义无反顾地奔赴血与火的南疆战场！……

四十余年后的今天，我入列的是退役老兵的方阵，脸上的皱纹霸占了昔日青涩的模样。明刚战友则肩扛将星，成为共和国的钢铁栋梁，继续彰显保卫祖国的神圣荣光。

逐篇认真拜读完《军履回望》，我猛然发现，该书无疑是明刚战友军旅生涯奋斗足迹的真实写照，也是他奋发图强、刻苦自学成才的一座丰碑。全书内容章节页码，恰似一部纪录幻灯片，那一帧帧、一幕幕，呈现给我们的是一个乡村少年逐步成长为共和国将军的生动画面，更是一个励志人生、逆袭人生的成功典范，亦是一部对新闻从业工作者极具参考价值的工具书。

我作为明刚的战友、一位普通读者，读完了他的《军履回望》，掩卷抚书沉思、回味、联想，我感到：明刚能取得今日令人瞩目的成就和成功，显然是综合因素共同作用的结果，以下几点毋庸置疑最为关键：

一、人生处在低谷时，不能屈服于命运

明刚6岁丧父，又是长子，这对于一个农家少年来说，意味着他必须辍学回家挑起家庭重担。接下来的便是，周而复始的迎阳探月的田间劳作，弱柔身躯将与疲惫永久相伴，人生价值的最大化将永远无法实现。庆幸的是，出身贫寒，但心有不甘，严酷现实的阴霾，并没有遮挡住早已扎根内心深处萌动待发的理想。在开明母亲的劝导和启发下，懵懂的明刚干了两年多的农活之后，怀着复杂的心情，憧憬着走出山村后的梦想，毅然携笔参军入伍，并由此惊现他人生的重大转折。

前几日，读明刚老山前线战友宋伟的文章，有幸看到 明刚35年前的手迹——他在宋伟笔记本上写下的临别赠言 ：“与宋伟友共勉：扼住命运的咽喉！张明刚1989.1.8于老山”这无疑是一个弱者对现实命运发出的理性抗争，更是一个强者对未来命运把控而作出的正确抉择。事实再次雄辩的证明：一个妥协于现状并屈服于命运的人，其人生轨迹无疑是难以获得改变的。

二、理想是奋进者的灯塔

明刚自幼热爱文学，且极具语言表达天赋。热爱是最好的老师，天赋又给热爱插上腾飞的翅膀。明刚从事写作的经历告诉我们，理想的种子一旦发芽，就会以难以置信的力量破土而出。在砥砺前行中遭遇困难或挫折时，远方理想的灯塔将给奋进者明亮的指引和导航，在不偏向、不迷航的人生进取征程中，任何力量不可阻挡。

《军履回望》如今已成为理想之灯塔，将引领无数前进中的勇士去思考、去迎接、去探索。尽管充满未知，但每一次的行动都是包含希望和成功的奋起。

三、人生第一学历，并不是成功者不可逾越的障碍

现如今，学历不等于学识，文凭不等于水平，已成为共识。但明刚初出茅庐时，却不是这样的，那时过分看重学历，甚至唯学历。因分田到户回家务农辍学原因，明刚第一学历始于初中。这学历足以使一切“好事”远离他。但他凭着一颗上进的心和一股不怕苦、不怕累、不服输的精神，在用心做好每件事情的同时，通过在职学习，先后取得高中、大学和研究生学历，并且成为我军最高学府——国防大学硕士生导师。事实证明：高考是成才的最佳途径，但绝非唯一之途径。在有围墙的校园里学习的天之骄子固然令人羡慕，但对于好学、会学、善学的明刚来说，火热的军营，广阔的社会，大千的世界，遍地是校园，处处是课堂，人人是师长。没有羁绊的束缚，集天地之灵气，就像一棵顽强扎根于高山峻岭岩隙中的青松，久经风雨雪霜考验后的身姿必将更加挺拔和俊美。

四、坚守初心，四十年痴情不改的毅力定力是成功的关键

我曾读过明刚一首叫做“自题”的小诗：“笔耕四十年，方著一拙作。莫言张某痴，个中亦有乐。”虽有自谦，但其甘苦、执着与自信跃然纸上。明刚无疑是一个极其耐得住寂寞的人。55万字的鸿篇巨著得以出版发行，而且是由国家顶级权威出版机构——人民出版社出版发行，可见是对他四十年来耐得住寂寞、守得住初心、抵得住诱惑、扛得住挫折的最好诠释和所取得巨大成功的充分肯定。由此，我们也知道了，究竟什么叫做恒心、毅力和定力。明刚携着一支笔杆闯天下，长期从事写作工作，尤其是走上领导岗位后，在做好本职工作的同时，远离尘嚣，心无旁骛，四十年如一日笔耕不辍，其超强的毅力和执着的坚守令人钦佩和感动。

心静如水，才能耐得住寂寞；耐得住寂寞，才能不计繁华；耐得住寒冷，才能欣赏到春天花儿的盛开。耐得住寂寞并不等同于苦行僧，只有像明刚这样志趣高远目标如一的人，方能感知勤耕于方格之间苦中有乐的趣味，亦能享得铅字散发而来的特殊芳香。身处喧嚣浮华的世界耐得住寂寞，不为任何名利所动，这种定力无疑是经过千锤百炼的打磨修得的内功。明刚在文字海洋里，悠然自得的畅游其间而乐此不疲的同时，也使得他本身演变成了“一本书”，“一本”朴实典雅、魅力四射、为众人所折服称奇、争相“一读”为快的“好书”。

五、谦逊低调是行健致远的法宝

明刚辛勤耕耘四十年，如今硕果累累，又是一位少将军衔的军级领导干部，按世人一般认知，到了这个年龄、这个程度、这种级别，自然是功成名就之人。明刚的每一篇文章，不论是新闻作品、理论文章和文学作品，流畅自然的字里行间无不溢发出质朴而优雅的气息，平实之中透露出缜密和深刻。

从明刚的文章里和他身上，既看不出文人墨客的那种失去风骨耍弄文字的“痞气”，更看不出身为军队高级领导干部身上容易沾染的那种不良的“霸气”。

熟读明刚的文章或与其打过交道的人，我深信都能从其文中感受到其人，又能从其人身上感受到其文，正所谓人以文名、文以人贵。这种人文自然融合的佳境，如同陈年老酒般醇厚而悠长，芳香不散，历久弥新，令人回味无穷。

总之，我认为，明刚《军履回望》展现给我们的是：一幅将星闪耀与人文魅力交相辉映的绚丽画卷！并且我坚信，时间一定会证明它永久存在的宝贵价值和无穷力量！

（本文作者张奇志系湖北省随州市国有粮食企业原书记）

将星闪耀　军人骄傲
——读《军履回望》有感

敖卫中

我的战友张明刚，一个从湖北农村走出来的青少年，一个从北疆边防走出来的普通士兵，成长为共和国的将军，他以对军队的热爱、对战友的情怀、对故乡的眷恋和对人生美好的追求，笃行了一名共和国军人对党、国家和人民军队的赤子之心。

凭我对明刚的了解，他的童年是苦难的，他的历程是艰难曲折的，他在遥望故乡，回望军履中，能够不忘初心，不忘来时路，在繁杂的公务中解脱出来，挑灯夜读，将所思所想流于笔端，实属难能可贵。《军履回望》包括“理论之光”、“军营之声”、“心灵之窗”三卷、共有　50多万字的理论文章、新闻和文学作品。这些文章作品中，既有初出茅庐时的那种青涩，又有意气风发时的行云流水，更有走上领导岗位后的真知灼见、行稳致远。一句话，就是明刚40多年军营生活的奋斗史。

俗话说得好，机会总是留给有准备的人。我却要说，明刚的成功，在于他坚持一下的努力之中。当年，我们同在黑龙江省军区守备第九师二团政治处做新闻报道员。他能够从温暖的南方来到冰天雪地的北疆，他迎着绥阳小金桥山野的风，踏着白桦林哨所的雪，继而奔向中越边境血与火的南疆战场，他跨越天山南北，又去拱卫西北边防，北疆的积雪、南疆的雨林、西北的大漠戈壁，古道西风，四十余载《军履回望》终于传来驼铃悠扬，这种坚持就是他成功之路的真实写照。“坚定正确的政治方向、艰苦朴素的工作作风、灵活机动的战略战术”，明刚作为新时代军人、共产党员，能够始终坚定理想信念，牢记根本宗旨，践行军人职责，保持共产党人、革命军人的蓬勃朝气、昂扬锐气和浩然正气，能够和战士、群众同呼吸、共命运、心连心。

愿我的战友张明刚，不忘初心、牢记使命，在建设中国特色社会主义现代化强国和一流人民军队的新征程中，续写新的篇章，让将星在军营中永远闪耀。

（本文作者敖卫中系黑龙江省依兰县文局原书记、局长）

我所认识的明刚
——读《军履回望》有感

刘瑞成

在2023年的4月份，我的好友在大连市委工作的志刚给我邮寄一本书，并告诉我张明刚如今成为了武警部队的少将，且出版了这部著作《军履回望》。令我情绪激动，高兴异常，为当年的小文友，如今的共和国将军点赞加油！

三十四年前，在牡丹江驻军有个81650部队，部队政治部里有两位年轻的新闻报道员，当时都是农民出身的小战士，一个年龄大点的就是张明刚，另一个年龄刚刚17岁的是邱志刚。当时二人年轻好学，勤奋过人，是从全师选拔上来的苗子，新闻敏感度高、笔头子硬，新闻稿子写的特别快，在《前进报》和《黑龙江日报》经常有81650部队的新闻稿件发表。特别是在牡丹江的日报、电台、电视台几乎每天都有驻军81650部队的新闻，令同行羡慕嫉妒恨，他们的发稿率超过了专业记者。

我当时在牡丹江地方也是一名新闻工作者，与邱志刚成为好朋友，经常去部队看望他，有幸认识了张明刚。每次我去部队与邱志刚聊天，而张明刚不是伏案写作，就是下连队采访，请他吃点饭都没有时间。有一次去志刚告诉我，张明刚马上随另一支部队去执行任务，去经历过特殊的考验(后来知道去老山前线）。所以特别珍惜时间与业务工作，经常深入边防连队采访，有的哨所特别偏远，为了采访到第一线战士的真实素材，他要步行七八个小时，有时连饭都顾不上吃，特别勤奋辛苦，新闻稿件频频见报。我非常敬佩欣赏他，知他才华，只是因为他忙而交往少有点遗憾。后来，81650部队解散，志刚一直有联系，但与明刚失去联系。当我听到张明刚如今成为将军，又出版新著，岂不兴奋乎！

通过志刚，我看到了明刚《军履回望》这本书，书中的文章是讲述部队的建设和指战员的工作、生活。但是更是记载着明刚将军在81650部队的奋斗足迹，仿佛又让我又看到了当年勤奋好学的青年才俊，争分夺秒伏案疾书写作的样子，他对老战友情谊的回顾，仿佛也有我的影子，虽然我不是他的战友，但曾经在新闻战线上一起奋战过，经历过，所以特别为他感到自豪而骄傲。

《军履回望》读完后我还想说印刷成册的是书，其实明刚将军他自身的出身、成长和阅历印记就是一本书。

他一个从鄂北农村走出来的青年，来到北疆；从边防战士到师机关做报道员；从北国到南疆的火线战场，火线提干；从北疆到京城，再到新疆重镇，如今成为共和国的将军将领。他一路走来不单是对我们老一代新闻工作者的鞭策，更是对全国广大青少年在校学生、励志创业的青年们是一本最好的教科书。

希望明刚将军再接再厉，更上层楼，写出更多的好作品，讴歌祖国繁荣、部队建设、兄弟情战友谊。再一次回望林海雪原与青春。

（本文作者刘瑞成系专业作家，出版长篇小说《袁世凯情事》、《苍龙戏凤》等）

我与张明刚将军的真情故事
——读《军履回望》有感

乔仁强

《军履回望》张明刚自选集刚一出版就很火，　随着众多文坛大家、权威媒体的推介和《学友周报》的连载，现在可以说是更火了——我看到有的网上时不时的都卖到脱销了，留言“本地暂无现货，为你推荐类似商品”，云云。

跟随着连载再次阅读该书，看到众多【读者感言】，抒发着对该书的赞美以及对作者的敬佩……我再也按捺不住自己内心的激动，炙热的情感像岩浆一样迸发出来：我也要写个感言！……因为这本书，近两年已经成为我和我家人生活的一个重要部分，围绕着该书在我身上发生了不少十分有趣、很有意义的故事。

提前看到样书

由于特殊的渊缘关系，本书出版前，我就有幸拿到了样书——征求包括我在内的一定范围的人的意见。当时我想，将军首长前辈要出的书稿，以我的水平即使看了又能提得出什么好的意见呢？所以一开始，我是抱着很随意的心态翻翻，随便看看。

不曾想，作者随后亲自联系我，要我认真地看，特别是看看有无错别字。这使我意识到先前的态度有问题，以后不能再马虎了。于是，我开始仔细地阅读每一篇文章。随着阅读的深入，我渐渐地被书中的文章吸引住了，看了上一篇忍不住又看下一篇……每看一篇都有新的收获和感悟，尤其是“十论写作”和“干事论”，用心看完之后，心里顿时有种豁然开朗、大彻大悟的感觉。

看完样书，我打心眼里认定：好书啊，一部不可多得的好书！

沉浸式开箱

开卷有益，奇文共赏，何况这是一本难得的好书！早在阅读样书时，我就决定待该书出版了，我要购买一些赠送给家人和亲朋好友。

2022年10月，《军履回望》正式出版后，我婉言辞谢作者要寄送该书给我的心意，在第一时间，通过人民出版社官方渠道购买了一百本。因为我认为，该书是作者付出数十年心血的结晶，自己出钱购买，更能彰显对他的人和书的尊重。

书邮寄到我家的那天，我们一家人面对牛皮纸包裹完好的书籍，由孩子用剪刀剪开包装绳，我逐层打开外层牛皮纸，双手捧出印刷精美的图书，用虔诚的心情，完成了喜得此书的沉浸式开箱仪式。之后，在我们家开展了读书比赛活动。

“一字一百元”

我们一家人开展的《军履回望》阅读比赛活动，除了交流读书心得体会外，主要内容是开展寻找错别字的比拼竞赛。我和当时读高一的儿子、还有我当护士的妻子，就谁能寻找到书中错别字，展开了一场比速度、比数量、比质量的较量。

那时候，在相当长的一段时间内，每一天的晚饭之后，我们全家人不看电视、也不玩手机，饶有兴趣的一遍又一遍地对照《词海》和《汉语字典》，来检测、校对和甄别每一个我们有所怀疑的词和字。我们挑出来的错别字，作为阅读成果，迅速反馈给了作者。

作者对我们全家认真阅读并帮助他提高

书籍质量的举动非常肯定，一定要坚持按自己说的“一字一百元”的价格，给予我们微信红包现金奖励。前前后后，我们家一共得到了作者数百元的奖励金。我把这笔钱全部给了孩子零用，孩子高兴得不得了，感慨地说，“书中自有黄金屋”，原来老师说这话我还不信，现在我知道这是真的了！

到了第二版、第三版……作者相应的提高了奖励标准，二版每字二百、三版每字三百……但我们寻找错别字的难度越来越大了。我仔细回忆，第二版以后，我们可能就得到过一次奖金，其他有所怀疑的字，反而证明是我们错了。比如有一次，我们对《军履回望》后记中的“我出生在鄂北随州市的一个小山村”这话句有怀疑，心想明明是“湖北随州市”嘛，怎么写成“鄂北随州市”呢？……

原以为又发现一个错字，这下又能得到奖金了。谁知作者说：我的出生地随州市在湖北省的北部，写“鄂北随州市”有错吗？“鄂北随州市”——既说明随州市是湖北的，又明确了随州市的方位在湖北省的北部，言简意赅，有错吗？……

“真乃神人也”

我在驻宜昌市某部队服役时的老团长王中华，是我一直非常敬佩的老首长。他与作者张明刚是同年龄段的人、同时期的兵，转业后和我共同生活在武汉这座城市，常有往来。购得《军履回望》后，我首先赠送给了他。他阅读该书后，给予了高度评价，说这本书写出了同龄军人的心声，引起了他的强烈共鸣，读着读着仿佛看到了自己的影子，仿佛又回到了那激情燃烧的军旅岁月。

打那以后，我经常把自己获得的上至中央级权威大报大刊大网、下至地方小报小刊小网刊载的有关《军履回望》评论和介绍文章，用微信分享给他和我的亲友们。一次，他看了我分享的关于这本书的评论文章，以及我在朋友圈大段大段地发表留言感慨后，对作者张明刚及其著作大加赞赏，佩服不已。他是个三国迷，最后竟然穿越到三国时代，用古人的话语赞曰：“张明刚，真乃神人也！……”

这句话，后来成为我们见面时的口头禅，见面后互相讲完这句话，然后点赞、击掌，然后哈哈大笑……

向朋友邮寄书籍

《学友周报》开始连载《军履回望》后，我每期必读必转，且转发时每篇必写心得感言，引起了我微信朋友圈里众多好友的阅读兴趣。他们主动向我询问该书及其作者有关情况，夸奖我转发的很好，特别是每篇转发时我配写的读后感，也成了他们随着连载阅读的一个重要部分，并向我索要该书。

“好书悟后三更月，良友来时四座春”。我在细细品读并分享这本充满正能量好书的同时，凡有询问者必答之，答不上来时就向作者求援；凡有索书者概赠之，手头没有了就再次购买。这样以来，我已经把书邮寄到了全国各地我平时无法见面的好朋友手中，他们读完之后，和我一起交流，分享感受，无形之中，也就加深了我和朋友们之间的感情和友谊。

早读早受益

说实话，《军履回望》这本书，我已经读过多遍，许多章节我都可以背诵下来了。但是我要说，这本书常读常新，早读早受益，谁读谁受益。有一次，我正在阅读张干事谈体会之五《揭短有章程》时，书中说到：“批评的目的在于改正，人家改了，应再写个表扬性质的‘回音’。”

看到这句话，我的心顿时猛的一颤——我想起了在部队工作期间，年轻的我热血澎湃，曾经喜欢提批评意见，虽然是对事不对人，但有时还是把自己搞的很被动，好心没有办成好事，原来就是“回音”这个最后“一公里”的“堰塞湖”没有打通！当时，我忍不住丢下书本，在微信群里写到：“话中有才，书中有智”，我要是早看到《军履回望》这本书，早看到《揭短有章程》这篇文章，那将少走多少弯路啊！……我在部队的发展何至于此啊！…

再比如《干事论》这篇文章，我反复阅读不下六遍，说话、写字和办事，不光是做好“干事”的基本功和秘诀，无论在军队或地方工作，按照作者文中指引，努力提高自身素养，就会达到“能干事、会干事、干成事、干好事”的水平。对照此文反思，我终于明白了年轻时在部队，自认为也兢兢业业、克己奉公，但仍不得要领、无大建树的真正原因，如果早能阅读并领悟这篇文章，那结果……能一样吗？！……

最后，我要说句真心话：《军履回望》，谁读谁受益，早读早受益，常读常受益。

（本文作者乔仁强系军队自主择业干部，湖北省武汉市融春律师事务所主任）

美图配美文
——张明刚《军履回望》装帧设计赏析

王国祥

先是从网上看到，继而得到作者的赠送。这本由人民出版社出版发行的张明刚自选集《军履回望》，以传统又新颖的装帧让人耳目一新。

说其传统，是因为采用了军队将帅文集的风格，书名下方用头像一目了然地彰显作者，重点突出，个性分明，于沉稳大气间给人一种历史感、厚重感。

说其新颖，是因为打破了传统的暖色调的色彩运用，用白色作为封面的主基调，含义开国领袖毛泽东说过的一句话：“一张白纸好画最新最美的图画”。

封面设者杜维伟先生独具匠心，于传统和新颖之间，基于他对全书内容的深刻理解铺展开来，在作者威武、英俊、帅气的头像之上，隆重推出书名“军履回望”四个大字，这书名出自当今书协主席孙晓云女士手笔，庄重、大气、浑厚、雄壮，军味浓郁、权威霸气，殊为难得、弥足珍贵；而作者头像下方，那张军人排着长长的队伍拉练负重前行的照片，采用超宽幅设计延续至封底，前不见头、后不见尾，让人自觉不自觉地想起了中国人民解放军军歌，“向前，向前，向前，我们的队伍向太阳……”

在白色背景主色调之上，书协主席题写的书名用香槟色，将军着礼服的肖像印章用浅黑色，副书名和作者名字用纯黑色，人民出版社的投标用鲜红色，均居中排列，左右对称、上下错落有致，加之与书名一样覆盖香槟色的超宽幅拉练照片，这些优美元素的巧妙组合，亲切雅致、低调奢华，浑然天成、恰到好处，深刻而艺术的浓缩和再现了全书的内容。

整幅封面入眼，立马感觉简洁之中蕴含厚重，大气之中不失细节，庄重之中带有动感。今天，这幅实实在在的图画摆在了人们的案头书柜，像星星之火，让每一位读者沉浸其中，尤其是激励年青一代逐梦理想，脚踏实地，高飞远航。一段时期以来，所谓的作品集比比皆是，但所载的内容千差万别。有的装帧精美，但华而不实，有的缺乏文采，却满目噱头。而《军履回望》一改其貌，新风扑面，达到知行合一。

书中有思想理论，有时代纵深，有探索实践。可见一个普通青年到革命军人的转变轨迹，可探家国情怀在人生中的助力作用，可感有志者追求理想的耙耕过程。封底尽管沿用名人语录，但用得恰到好处，不仅没有拔高之嫌，而且用他们的认识观为读者点开一扇窗，引出众多的人生思考，可谓“授之有渔”“众妙之门”。整部书籍的编排巧夺天工，用分卷的形式把不同的篇章融贯一体，张目分明，脉络清晰。

最美的图片配最美的文字。书中的文章堪称经典，作者和编者选用配图的标准亦很高，可谓精益求精、宁缺毋滥。不难看出，书中配图数量不多，质量上乘，都是线云强、王卫东、李翔这样的大摄影家的名作，起到了画龙点睛、为文增色的效果。

最后需要特别提到的是，书中需用作者近照，有专业人士推荐摄影家傅江宁。江宁是我的同事，空军原《航空杂志》副编审、美编，中国摄影家协会会员，空军航空摄影师，尤善人像摄影。千禧之年，他曾作为军队唯一摄影家在中国美术馆举办过名为《巡航丝绸之路》的影展，其人像摄影屡获大奖，在军内外拥有较高知名度。

作者的朋友联系江宁拍照，江宁被作者的人品作品打动，特地从老家赶回北京，忙碌了一整天，在自己的家中临时搭建摄影棚，为作者拍摄。人像摄影的关键是光的运用，离开光的效应，拍摄的画面就会因平淡而缺乏质感，成竹在胸的江宁采用多点布光法，把将军的精气神韵、军人的威武刚毅定格在画面中……

江宁这幅精心拍摄的人像作品，获得作者张明刚将军、责任编辑刘松弢先生和广大读者的广泛认可，大家纷纷点赞好评，赞誉有加。

（本文作者王国祥系空军原《航空杂志》编审，中国作家协会会员、中国书法家协会会员）

英雄的身影　时代的印记
——浅谈张明刚《军履回望》中的人物

韩宾

当我翻开《军履回望》这本书的时候，我仿佛进入了一个充满热血、激情、智慧、汗水与荣耀的世界。书中大量的主人公们，用他们的勇敢、坚强、奋斗和勤劳善良，为我们描绘了一幅幅生动而深刻的时代画卷、军旅画卷、人物画卷。

《军履回望》写到的人物众多，数量之大，我粗略地估算了一下，几百肯定挡不住，有可能多达数千甚至上万。这其中：既有领袖人物、英雄人物，又有普通人物；既有战争年代老红军、老八路、老解放中的著名人物，又有和平年代特别是新时代我军各个岗位上的优表人物；既有我国各条战线上的英模人物，也有平凡人物，甚至还有与作者合作、给作者支持帮助的师长、战友、朋友、街坊、亲戚这样的人物；既有古人，又有今人；既有中国人，又有外国人。

古今中外，林林总总，书中写到的人物宛如一个庞大的方队，蔚为壮观！如果给有名有姓的人都搞一个人物解释条目，那将足够一本书的容量了！如此众多的人物，在作者张明刚的笔下，或浓墨重彩，或轻描淡写，或点到为止，但都处理得恰到好处，令人叹为观止！他们有的形象鲜明立体饱满，有的隐隐若现似无还有，有的仅仅提到名字，有的用类别代指并无姓名，还有的则是某类人物的一个数字。但无论怎样，都给人留下深刻印，让人读后久久难忘。

因此，我要感谢《军履回望》这本书的作者和编辑们。他们用心记录下了如此众多的鲜活的人物，尤其是英雄人物和典型人物，这些人物和他们的故事，让我们能够更加深入地了解军人的生活、学习、工作、战斗，以及他们的精神世界。

我特别被张明刚将军的故事所打动。从一个怀揣报国之志的初中毕业生，到共和国的将军，他的每一步都充满了传奇色彩。在我国爆发部局战争的时候，他主动要求上前线，用自己的笔和镜头记录下那些震撼人心的瞬间。他不仅是一个勇敢的战士，更是一个敏锐的观察者、纪录者，一个有着深厚文学造诣的作家。

张明刚将军的故事让我深刻地感受到了军人的崇高、使命与担当。在战争年代，军人是最勇敢的战士；在和平时期，军人是最可爱的人。他们用自己的忠诚、热血、汗水和努力，为我们创造了一个安定和谐的生活环境。哪里有什么岁月静好，只是有人为你担当守卫、负重前行罢了。这句话，当我读完《军履回望》，算是彻底搞懂了。

明白了这个道理，我也就对书中的其他人物充满了敬意。书中其他人物的故事同样也给我留下了深刻的印象。他们或许不是将军，不是英雄，名气不是那么很大，但他们用自己的方式，为国家和人民做出了贡献。他们是无名英雄，是时代的印记。

读完这本书，我更加深刻地认识到了军人的伟大和崇高。他们用自己的青春和热血，守护着国家和人民的安宁。在未来的日子里，我希望更多的人能够了解军人，关心军人，支持军人。因为，他们是我们这个时代最可爱的人。

我相信，这本书将会成为一部经典的军旅文学作品，激励着一代又一代的人为国家和人民贡献自己的力量。

（本文作者韩宾系学友周报文化传媒（山西）有限公司法人兼总经理，《学友周报》执行主编）

张明刚《军履回望》：历史深处的震撼与启示

张文跃

当我翻开《军履回望》这本书时，仿佛被带入了一个波澜壮阔的历史长河之中。书中所描述或涉及的历史事件，不仅是一段段惊心动魄的过往，更是对我们今天有着深远影响的宝贵财富。

细读《军履回望》不难发现，党史军史中的许多重大历史事件，书中多有所涉及或提及，建国前和建国后的重要战争自不必说，建党百年、十八大、九八抗洪、抗战胜利五十周年、建国六十周年、十一届三中全会、七届二中全会、古田会议等等这样的重大历史事件也有所涉及。

书中提及的历史事件，无论是抗日战争的艰苦卓绝，还是解放战争的势如破竹，都充分展现了军人的英勇与坚韧。在这些历史事件中，我们看到了一个个鲜活的面孔，他们为了国家和民族的利益，不惜牺牲自己的生命，用鲜血和生命谱写了一曲曲壮丽的英雄赞歌。

这些历史事件不仅让我们铭记历史，更让我们深刻认识到和平的珍贵。正是因为有了那些英勇无畏的军人们，才有了我们今天的幸福生活。我们应该倍加珍惜这来之不易的和平，同时也要铭记那些为国家和人民付出巨大牺牲的军人们。

《军履回望》这本书还让我更加深入地了解了军人的生活和精神世界。他们在战场上英勇作战，为国家和人民的安全不惜付出一切；在平时，他们则默默奉献，用自己的汗水和努力守护着国家的安宁。这种精神让我深受感动和敬佩。

读完这本书后，我更加坚定了自己的信念和追求。我要向那些英勇无畏的军人们学习，用自己的力量为国家和人民做出贡献。同时，我也希望更多的人能够了解军人的付出和牺牲，给予他们更多的关心和支持。

总之，《军履回望》这本书让我深刻认识到了历史的重要性以及军人的伟大和崇高。它不仅让我铭记了历史，更让我更加珍惜和平、热爱生活。感谢这本书给我带来的启示和收获！

（本文作者张文跃系山西省音协理事，太原市音协副主席）

军魂与诗情的交响——张明刚《军履回望》诗作赏析

王洪平

《军履回望》张明刚自选集，共收录其诗作9首，都是自由派现代诗歌，长的四五十行，短的仅四行，绝大多数为作者上世纪 80年代的作品。

虽然张明刚将军诗作在其文集中占比不大，但这些作品清新自然、意境优美、富含哲理，读之朗朗上口，品之意蕴深厚，思之昂扬向上，以独特的艺术魅力给读者留下深刻印象。

正如文化出版界大家樊希安先生所言，张明刚将军诗歌吟出了战士的心声，唱响了时代的声音，表达了对生活的热爱，是其真情实感的自然流露，动人心弦，令人陶醉。

是的，张明刚将军的诗作以其独特的风格和深刻的主题受到了广泛的赞誉。他的诗歌描绘了军人的生活和情感，表达了对国家和人民的深厚感情。

在《老山，那绿色的精灵》中，诗人通过描绘老山的自然景观，展现了军人的豪情壮志和忠诚精神。诗中的旋转霓虹灯、潮湿的猫耳洞和战地舞厅等场景，生动地描绘了军人在战争与和平中的生活状态。

《你从战场走来》通过描述一个拄着双拐的军人，强调了军人的坚毅和对生活的热爱。诗中的军人虽然年轻，但已经经历了战争的洗礼，展现出了哲人般的思考与对待。

《北疆战士的诗》通过描绘北疆的自然环境，表达了军人的坚韧和奋斗精神。诗中的战士用青春和汗水书写了壮丽的诗歌，展现了他们对生命、事业和向往的追求。

《新年诗草（四首）》中的每一首诗都以不同的角度表达了对新年的祝福和对生活的热爱。诗人通过描绘迎春花、冰凌花、贺年片和日历等元素，展现了新年的喜悦和对过去的回忆。

《元旦，我站哨》通过描述一个在元旦站哨的军人的内心世界，表达了对祖国的深厚感情。诗中的军人手握钢枪，守护着祖国的领土和人民的幸福。

《哦，三月风》通过描绘三月的春风，表达了对生活的热爱和对自然的赞美。诗人通过描绘春风的温柔和清扫能力，展现了春天的美好和对未来的期待。

《北山公园的夜晚》通过描绘一个情侣在北山公园的相遇，表达了对爱情的赞美和对自然的热爱。诗中的情侣在月光下相会，展现了爱情的美好和甜蜜。

《融》通过描绘春光照在军衣上的场景，表达了对春天的喜悦和对丰收的期待。诗人通过描绘春雨和晴空，展现了春天的美好和对未来的希望。

《献给母亲的歌》是为母亲八十大寿而作的诗，表达了对母亲的感激和祝福。诗中的诗人通过描绘母亲的寿辰场景，展现了对母亲的敬爱和祝福。

张明刚将军的诗作以鲜明的军事主题、生动的描绘和深刻的思考，展现了军人的生活和情感。他的诗歌充满了对国家和人民的深厚感情，表达了对生活的热爱和对未来的期待。

我以为，具有与如此诗才的张明刚将军，诗歌创作一定是颇丰的，而文集仅收入9首，不够解渴，未免遗憾。这大概是张将军佳作甚多，而文集容量有限，只得忍痛割爱所致吧。期待有一天能读到张将军的更多诗作。

（本文作者王洪平系中国作家协会会员，《学友周报》社长）

任敬志、王玉刚读《营造节约为荣的良好氛围》一文有感

任敬志：张明刚将军这篇题为:《营造节约为荣的良好氛围》的文章，既散发着清新的文字墨香，又蕴含着深刻的发展哲理，既带给人们对历史责任的深度思考，又给予人们时代担当的现实启迪。

立体立意维度的精巧运用，让人首先感受到的是历史空间角度的内在驱动。光阴总是在与历史无声无息同行的过程中，把属于事物最本真的那份朴素质感，稳稳地放在一个时代固有的点位之上；传统总是在与现实相拥交织的实践中，把引领发展最深刻的那一思想伟力，实实地融入一种良好作风的形成之中。品读文章《营造节约为荣的良好氛围》，让人似乎听到了光阴漫步岁月长河时的声音，它是那样的婉转动听，又那样的清新自然。同时，又让人深深地沉浸在浩荡历

史之中，用心凝望党和军队走过的节约之路；在这条路上，既让人们看到了，用高尚品格锤炼而成的过硬作风，威风凛凛地站在那里，又让人们凝视着，历经雨雪风霜砥砺而成的优良传统，以顶天立地的姿态诉说着节约的过往与当下，奋斗无未来。

着眼事物本质的切入力度，让人深入感受到的是时代发展速度的外在动能。其实，节约既是一种传统，还是一种精神，更是一种美德。站在新时代全新的起点之上，双手捧起文章带有温度的思想观点、富有哲理的客观论断、紧贴实际的对策举措，深深地感到:要赓续这一传统，秉承这一精神，弘扬这一美德，既要靠红色基因的浸润砥砺，又要靠制度机制的有效规范，更要靠良好氛围的无形感召。这是因为，看似无形的力量最强大，深入无形的作用最管用，运用无形的支撑最长久；同时，也在告诉人们这样一个道理:节约不只是传统和精神，还有创新和发展，更需努力和奋斗！

（本文作者任敬志系解放军信息工程大学机关上校军官）

王玉刚：明刚将军这篇文章的切入点很明确，就是从要营造节约为荣的良好氛围出发，论述军队养成和巩固艰苦奋斗，厉行节约风气的重要性。关键词是：营造、节约为荣、良好氛围。简短精悍，一目了然。

上个世纪八十年代以前，我们经济落后，物质匮乏，全国人民的温饱尚难完全做到，因此铺张浪费的现象还没有出现。改革开放后，按照三步走的蓝图，从1981到1990年，国民生产总值翻了一番，1993年全国取消了粮票制度。后来又取消了各种票证。全国绝大多数人解决了吃饱穿暖的问题。第二步，从1991年到2000年。国民生产总值又翻了一番，除少数贫困地区外，全国大多数人生活达到小康水平。2000年后，随着经济的发展，物质的丰富，人民的生活越来越好。但是，社会上的追求排场奢侈和铺张浪费的风气渐渐膨胀起来。最突出的就是“舌尖上的浪费”和“车轮上的腐败”。婚宴、家宴、单位聚餐，学生食堂，整盘整碟倒掉的饭菜数量惊人！据统计，我国每年浪费的粮食数量在3500万吨至1.2亿吨之间，占全国粮食总产量的比例在16%至17%。我曾到一个小学做义工，给小学生分发午餐，亲眼看到孩子们把半盘半盘的饭菜倒进垃圾桶里，对于一个经历过三年自然灾害、知道粮食弥足珍贵的人来说，我内心感到深深的殷忧。这股风气也不同程度地刮进我们军队，各种铺张浪费现象时有发生。

党的十八大以来，习近平同志和党中央，多次指示和做出决定，要厉行节约，反对浪费。全国上下，全军上下都在抓落实，见成效。经过这些年反复多次的宣传和抓促整改。全国和全军厉行节约的形势有了很大的改观。特别是“舌尖上的浪费”和“车轮上的腐败”已经得到有效的治理。“光盘行动”在全国全军已初成风气。用车制度得到基本落实。但是，从现实情况看，各个领域的铺张浪费现象还不同程度地存在，明刚同志特别指出了“指尖上的浪费”这一新形势下的新问题。列举和分析了网购中铺张攀比，跟风浪费现象。进而提出对这些新情况、新问题，要综合施策，标本兼治。

很钦佩明刚同志看问题的方法和深度。他透过现象看本质、综合分析突出重点、提纲挈领以一持万的方法充溢本书各篇文章，值得我们学习。他在文章中指出，不能把节约粮食仅看成是一种饮食习惯，也不能就节约论节约，仅停留在“光盘行动”上。艰苦奋斗，厉行节约，核心在“奋斗”二字，是我军作风的重要体现，是我军奋斗精神组成部分。进而提出，每名官兵、各个领域、各条战线，都需要迫切涵养节俭情怀，永葆奋斗精神，勇于战胜一切艰难险阻。

节俭和奋斗是我们中华民族的优秀品质，也是我军的优良作风。抗日战争时期毛主席为抗大题写的校训：坚定正确的政治方向、灵活机动的战略战术、艰苦朴素的工作作风。团结、紧张、严肃、活泼。后来被总结为我军的“三八作风”。艰苦朴素、艰苦奋斗，一直都是我军胜利的保障。

自古以来“俭存奢失”的例证不胜枚举。历览前贤家与国，成由勤俭败由奢。纣王酒池肉林，荒淫无道，导致商朝灭亡。隋炀帝杨广，穷奢极欲，滥用民力，导致身败国溃。离我们最近的清朝，八旗贵族和官场奢侈腐化，与时俱增，仅从女子头饰由两把总到奢华大拉翅过程就可见一斑。清朝的奢靡和腐败，也导致了他们盲目自大，故步自封，拒绝变革，进而国力孱弱，在与世界列强的交往中，要么丧权辱国，割地赔款，要么不堪一击，甲午海战北洋水师全军覆没。所以，非俭无以养廉，非廉无以养德。俭则约，约则百善俱兴，侈则肆，肆则百恶俱纵。所以，俭则兴，侈则败。古今一理，概莫能外。

因此，不仅要把厉行节约，反对浪费的当作一项具体工作来抓，而且要提高认识，大力宣传，建立长效制度，制定适当法规，大力弘扬中华民族和我党我军的勤俭奋斗的优良传统。要一级做给一级看，一级带着一级干，一代接着一代传。在全社会营造节约光荣、浪费可耻的良好氛围，使勤俭节约、艰苦奋斗精神深入人心，蔚成风气。使勤俭节约成为全党全军和全社会成员的自觉行动。

（本文作者王玉刚系山东省青岛市军休干部）

王新生、贾文生、王洪平读《元旦，我站哨》一诗有感

王新生：又到元旦，北方的风卷着地上的雪在飞舞，在温暖的房间里看完张明刚将军自选集中《元旦，我站哨》一诗，短短的十三行诗又将我的思绪带回了五十年前的军营…

一个刚刚入伍的新兵，独自夜间站上山里的哨位，周围的山上黑黢黢一片寂静，营区的灯光一闪一闪的，心中既紧张又自豪。站过夜班岗的战友都知道夜间的第二班和起床前的倒数第二班是最难熬的，前一个是因为刚刚睡下就要起来，后一个是刚刚回去睡下就要起床早操了，这两班影响睡眠的时间段班长和副班长都留给了自己，让我们这几个新兵慢慢适应。在我第一次上哨的时候还陪我站了一班，人民军队大家庭的温暖就这样点点滴滴的融进了我的心中。

读了张将军的诗，诗中的文字又幻化成了一个个生动的画面，在海岛，在边防，在一个个祖国和人民需要的地方，从开春到年末，人民卫士永远都在为祖国站岗！

（本文作者王新生系解放军某部原机要战士）

贾文生：作者用拟人的手法描写有山和风的对话；严寒狂风算不了什么，反而像是陪伴我的朋友、向我招手微笑。

啊，新年我站哨！回到现实中，因为我肩负重任、心里装着国家，要尽到军人的职责、守护国家安全，让人民幸福的生活！

总的来说是一首砺志佳作，鼓舞人心，读后感慨万千……

（本文作者贾文生系山西省农民诗人）

王洪平：读完张明刚的《元旦，我站哨》，我深深地被诗中的意境和情感所打动。这首诗以边防战士的角度，描绘了他们在元旦这个特殊的日子里，依然坚守岗位，守卫着祖国的安全。

诗中的山、风、雪等自然元素，都在向战士们表达着敬意和祝福。严寒的刺骨和北风的怒号，都无法动摇他们坚定的信念和决心。他们手握钢枪，巡逻放哨，用自己的行动诠释着对祖国的忠诚和热爱。

诗中还提到了战士们的心里装着共和国的九百六十万平方公里的土地，包括高山、河流、湖泊、草原、良田和海岛。这些土地是他们的家园，也是他们守卫的对象。他们的艰苦、孤独、寂寞，都是为了守护着十几亿人民的欢笑。这种无私奉献的精神，让我感到由衷的敬佩和钦佩。

这首诗让我深刻地认识到，边防战士是我们国家安全的守护者，他们为了我们的安全和幸福，默默地在边境线上坚守岗位，付出了巨大的努力和牺牲。他们是我们的英雄，我们应该向他们致以崇高的敬意和感激之情。

同时，这首诗也让我思考到了自己的责任和担当。我们应该学习边防战士的奉献精神，为祖国的繁荣和发展贡献自己的力量。无论是在学习上、工作上还是社会上，我们都应该有一颗热爱祖国的心，为祖国的安全和繁荣贡献自己的力量。

读了张明刚的《元旦，我站哨》让我深受感动和启发。这首诗展现了边防战士的英勇形象和奉献精神，让我对祖国的安全有了更深刻的认识，也激励我为祖国的繁荣和发展贡献自己必胜的力量。

（本文作者王洪平系中国作家协会会员，《学友周报》社长）

《军履回望》书评文章选粹 二

JUN LV HUI WANG SHU PING WEN ZHANG XUAN CUI ER

背景提示：随着本书发行量的不断增大，众多媒体的持续推介，尤其是广大读者的热情、广泛和深度参与，2024年4月以后，关于本书的评论呈井喷式爆发。仅《学友周报》每连载本书一篇文章，就有数十上百人有感而发，撰写评论。该报不得不将【读者感言】栏目名称后面加上“精选”二字，每期控制在30篇（首、则）以内。

这里，以综合评论、诗歌评论、专题评论、连载百期评论、数字作品评论、作者加入中国作协评论为序，从成千上万读者书评中，再次精选一部分，随本书出版发行。面对这部被文艺评论界称之为“现象级”的作品，本社采取特殊补贴政策，继续加量不加价，以飨好读者。

军旅风景这边独好
——评张明刚自选集《军履回望》

曾高飞

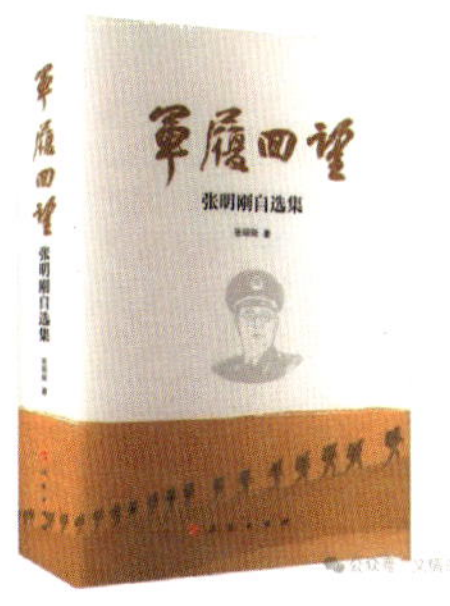

由人民出版社出版发行的张明刚将军的作品自选集《军履回望》不经意间成为近年来军旅作家的现象级作品。

这是两组颇具说服力的数据：一本书，三卷，近200篇，洋洋洒洒66万字；两年内9次重印，发行14万册，成千上万读者留言评论。

得益于神秘而独特的生活体验，新时期以来，有影响力的军旅作家雨后春笋，层出涌现，比较有广泛影响的有阎连科、乔良、王树增等。近年来，像《军履回望》这样影响深远，能够持续破圈跨界走红的作品却不多见。

不红有不红的原因，红有红的理由。笔者认为，《军履回望》意外出圈，至少有两个关键因素：一是该书的内容和质量，这是根本性的；二是作者本人的经历和故事，佐证了中国梦具有无限可能，成为激发年轻人追逐梦想的教科书式范本。

军旅生活很神秘，对我们来说，就像蒙上了一层面纱。在以往的军旅作品中，我们见惯了烽火硝烟，刀光剑影，激情燃烧，岁月峥嵘。《军履回望》作者别出心裁，娓娓道来，真实地再现了一个跨越不同时代的军人的成长历程，精神风貌，见闻感受。作者勤勤勉勉，一步一个脚印地践行，成就了人生;兢兢业业，一字一句地书写，写出了《军履回望》——这本让我们窥斑见豹，既能见识军旅生活的神秘，又能见证一个军人从普通一兵到共和国将军的成长。

将军作家张明刚这部著作，卷帙浩繁，是其从公开发表的1000多篇文章中精选出来，结集成册的，堪称“浓缩的精华”。作品共分理论之光、军营之声、心灵之窗三卷，真实全面地反映了一代军人几十年的成长和摸索，既是典型个案，又有普通性。在笔者看来，其实，这三卷，每卷都可以独立成书。

每卷之中，还分了小辑，理论之光卷有理论阐释、时政评论、工作研究、调研报告、讲义精选、十论写作等辑。这些理论文章，既紧跟时代步伐，又鞭辟入理，颇具个性和身份特征，是理论联系实践的典范作品，凸显出作者与时俱进，不断进取的人生态度。

军营之声卷是该书浓墨重彩，着笔最多的部分，分宏观视野、晚霞满天、深度报道、连续报道、问号拉直、英雄赞歌、典型宣传、人物新闻、青春芳华、鱼水情深、战友情真、军人婚恋、东北记忆等辑。可以看作作者的军旅生活报道的作品集锦，给我们展现了不同时期，不同职务，不同年龄，不同岗位的最可爱的人的形象，是军营生活的万花筒。

心灵之窗卷是纯文学作品，是作者放飞文学梦想，用情最深的地方，分为故乡情思、军营咏叹、那年那月、抗日烽火、先锋模范、名人访谈、荧屏回声、现场直击、凡人善举、浪漫军营、兵歌嘹亮、书声朗朗等辑。从这些作品不难看出，作者一直怀揣着一个作家梦，并为此笔耕不辍。独特的军营生活和个人经历，给作者提供了肥沃的土壤，丰富的养分。字里行间，无论是对故土亲情的回忆思念，还是对战友手足的动情描述，还是对家国情怀的直抒胸臆，都直叩心灵，抵达内心深处，给我们启迪，让我们动容，引我们深思。

难怪中国记者协会原副主席孙继炼将军作序时中肯地评价：该书底蕴厚实，让人看到了作者“思想的深度，足迹的广度，情感的热度，语言的高度”——理论文章言之有理，言之有物，言之有情，言之有新，紧跟党的理论创新步伐，学有所悟，学有所获，学有所用；新闻作品鲜活丰满，人物，事件，环境可触可摸，冒热气，有军味，读来犹如置身其中；文学作品忠实于内心真实情感，质朴中含理性，故事中有人性，文字中见率性。

除了优质内容，也许该书彰显出来的作者的个人进取和人生逐梦之旅更具魅力和诱惑。正如中国作家协会主席铁凝评价：读《军履回望》，我感受到明刚同志以真诚、笃实之心书写着从乡村少年到边防战士，到共和国将军的生动、奋进之路。……读者从中看到了一位时代追梦者有血有肉、有胆识、有担当的英姿和风貌。

张明刚将军是湖北随州人，出身贫苦，从军前只有初中文化。从军后，在他不懈努力下，拥有了研究生学历，成为国防大学的硕士生导师，中国作家协会会员，陆军少将。他文能激扬文字，妙笔生花；武能横刀立马，冲锋陷阵。作为现役解放军驻京部队某部少将军官，他曾参过战、反过恐，参加老山自卫还击战时荣立战功，被评为“火线优秀共产党员”，在前线由士兵破格提拔为军官；反恐时，任武警新疆总队少将副政委兼纪委书记、监委主任、政法委书记。

一路走来，将军作家张明刚心中有梦，眼里有光，脚下有路。他的经历证明，不要在意起点低，只要不放弃，人生就有无限可能。作者的经历、成长和成功，正是个人奋斗的最好诠释，中国梦的最妥贴注脚。这正是《军履回望》给我们的启示要义所在，也是其深受圈内圈外追捧的根源。

（曾高飞系资深媒体人，著名作家）

每一“槌”都敲在点子上
——我读张明刚将军的《军履回望》

李旭斌

爱上读书写作算来已经50多个年头，我一直信奉“不读万卷书，怎可立文章”，期间读了多少书无法数说，为某一本书所感动也是常事，可要说为某一本书而热血沸腾是十分少有的。当读到将军老乡张明刚的《军履回望》时，我浮躁的心被折服、被震撼了，我是为他平平常常中的不平常而折服，为他的崇高境界和家国情怀而震撼，只感觉需仰视而见，以至于说起这本书我只感觉语词不给力，几次动笔，都因缺少底气而停笔。

我与张明刚将军是同乡，虽然不是一个村，可两人出生的农家小屋只隔着一道叫横山岭山梁，一个岭南一个岭北，所以我们算是山相依地相连的老乡，两人共同背靠一座山梁生活和成长，他在山南边“大声地叫喊着驾驭耕牛的口诀——哒哒、咧咧”“……摔倒了，再爬起来时……”我在山北正拉着板车交公粮，一边擦汗，一边为卖粮难发愁。我们有着共同的乡土情结，同样的出身平淡，而一直保持着平常之心，要不然怎么会为他的“平常”之心和平常的认知而折服呢?

“耕”，我的体会就是在土地里耕耘果实。张明刚擅长“耕”，他的“耙耕”，从田园一直“耕”到了军营，最终收获了更可贵的“果实”，挖掘到了更伟大的“成果”。他的果实就是军魂、国魂，民族大义，家国情怀。《军履回望》的“理论之光”点燃人生梦想，体现时代价值，如同一串璀璨的明珠；“军营之声”情系官兵，步履坚实，战歌嘹亮；“心灵之窗”敞开心扉，大彻大悟，情满乾坤。他用务实的写作，使军魂、士魂与国魂、民魂通过一本书沟通了，融化为一体，并形成了一股不可战胜的力量。

历数灿若星河的英雄谱，历朝历代最

为耀眼的多是帝王将相，而战场上冲在最前面的，多是战车前、马蹄下的布衣战士，他们不是没有壮举，并不缺少英雄，只是缺少注目，少有记载。张明刚放低笔调，追寻平常，在古往今来的英雄谱上，正好填补了这最值得记载、最为辉煌的一笔。《军履回望》中，他笔下挖掘出了老山前线的“侦查英雄”张建刚，英雄那“106块弹片”动人心魄，感人至深；“危难时刻显身手”副连长赵军的故事传神，他为救战友三赴前线，直面生死，毫无畏惧。还有军中的孔繁森——林正书；虎面佛心的周连长；军旅诗人胡世宗；“战士激光专家”张兴强；拥军妈妈李秀云等等，先锋模范人物数以百计，他们都个性鲜明，大忠大爱，有一个共同特点，那就是平民壮举，布衣英烈，平常之人，出了不平常的事迹，高在低处出，事在平淡中。没有离奇，只有出奇。正是这种平常和平淡，才使读者更深刻地领会了他笔下一个个军人的人生精华。

张明刚从田野走出来，是个脚踏实地的人，他的文章如其说是写出来的，倒不如说以坚实的步履走出来的、开拓出来的。张明刚的采访脚步走遍大江南北，涉足过南疆老山前线血与火的阵地，北疆冰天雪地的军营，西部人烟稀少的边陲哨所，深入到人民子弟兵的各个行业和不同地域。他借助个人的体验方式，通过客观周密地实地采访和亲身的调查体验，掌握了大量的客观资料。通过对事件发展的起因、过程、结果，矛盾与冲突的各个方面，以及有关人物的具体经历和独特个性，反映军人生活中的真实人物与真实事件。他坚持的是一种心心相印的采访，在面对采访对象时，他注重现场体验，进入心灵、走入审美，深深的挖掘， 从而，实现了与采访对象的情感高度契合，感受到了当事人的实际情况和真实心态。《前线侦察兵宋世保的故事》生动地再现了宋世保在老山前线血与火的战场表现，没有现场体验，没有进入心灵的采访，就没有深刻翔实的细节描写，感人至深的心理刻画，是作者的深入，将读者“带入”英雄的心灵世界，使人读者感到如临其境、如见其人。张明刚巧妙地利用他的体验，真实地记述了各条战线军人的行走轨迹，让读者从中看到了中国军人的铮铮铁骨、赤胆忠心、敢打必胜、崇高品德以及伟大的牺牲精神！使人民内心里更加理解他们、敬重他们，热爱他们！

得了真话才能得真文。张明刚以真实的人物和事件为依据，在创作中强调创作内容的真实性， 凸显创作主体的“在场”感，他格外强调叙述者的亲历体验，他巧妙地将叙述者由“局外人”变成“局内人”。大量引用亲历者的体验与讲述，细致地刻画了人和事的全景动态以及现场情景。像“大王庄之战”中野飞雷的描述，感人至深，令读者有身临其境的感觉，印象深刻。《平凡的世界》突出的是孙少平式的不凡，他自强不息，少小之年勇担家庭生存重担，虽物质贫乏，但将军始终不放弃对文学的追求，在通往成长的道路上勤奋刻苦、自励明志，读者在一个平凡青年的身上，看到了不平凡的成功过程。《士兵突击》讲的是许三多式坚韧的意志磨砺，出自于农家的他，更多的是憨厚、木纳、紧张和拘谨。但将军能够数十年如一日，在部队坚守许三多式的“不抛弃、不放弃”理念，白天演兵场上刻苦磨砺“枪杆子”，夜间勤奋伏案练就“笔杆子”，走出了一条平常人的不寻常之路……这些人物就是当下的典范和灯塔。只有笔端常带感情，才能写出动人的文字。细读明刚的文字时，能让人感受到许多人间的温暖来，他的真情流露于字里行间，他的爱心播撒在读者心里。也许正是充满情感的创作笔调，使张明刚走进了战士情，走入了读者的心，使他的作品扎实深刻、朴实动人，具有浓烈的情感与人民性。

张明刚还有一个擅长就是对小人物的极致刻画。他勾画的小人物，人“小”境界高，形象生动，性格鲜明，没有多少华丽辞藻，都是平平常常甚至平平淡淡的家常话，其实都是真真切切的生活和感受。《106 块弹片》本是老山前线惊心动魄的英雄事迹，他就像聊天拉家常一样，有一说一，娓娓道来，如泣如诉，别具一格，很是亲切。有着最真真切切的现场感，读起来似乎他们就像在自己身边。《数据背后的赤诚》满是平实和赤诚，以情动人，没有过多加色彩的言语，没有任何词语让读者产生好恶情绪，一切评判都应该由读者自己来做。淋漓畅快，匠心独具，富有特色。读后确实让人感受到了人民战士那种英勇无畏的牺牲精神，他将人民战士对党和国家的忠诚和奉献体现得淋漓尽致。

读《军履回望》我对张明刚将军的奉献精神和崇高境界由衷的敬佩。他高扬主旋律，唱响正气歌，激励人们在各自的岗位上为国家的安全、繁荣、稳定贡献力量，都是满满的正能量。《军履回望》是一部历历在目、触目惊心的军人共生群雕，不仅是一段军营纪实，也是一部颇有力度的军营近代史诗，更是一部充满智慧的人生启示指南。他为军人立志，为英雄擂鼓，为民族立威，为官兵立传，如同战地鼓手，而且每一“槌”都敲在点子上。

（李旭斌系中国作家协会会员，湖北省随州市作家协会副主席）

我国当今文坛上的一道靓丽风景：热议《军履回望》张明刚自选集

唐启荣

炎炎夏日，热浪滚滚。当许多人热议电视剧《我的阿勒泰》的时候，也有许多人——其中知名的就有数百上千人——在热评张明刚将军的《军履回望》这部大作。

不讲别的，我们仅看学友周报每一期连载精选的【读者感言】吧。那上面每期都有十几位、二十几位标注作者姓名单位职务等信息的、来自全国各地社会各界的读者的感言留言。这些读者感言，皆为自觉自愿自发，有感而发，生动活泼，言之有物，视角独特，见解深刻，精彩纷呈。从读者感言数量看，每期都有十几、二十几位，这比一个正式筹备的作品研讨会的发言人数规模还要大。每期如此，延绵不绝，蔚为壮观。为一部作品几乎天天都在开着研讨会，这在我国当今文坛上，应该是一个独一无二的存在，也是一道分外靓丽的风景线，其盛况与热度无双也。

我想，这大概是冥冥之中的一种巧合吧，阿勒泰正是张明刚将军曾经战斗过的诸多地方之一。阿勒泰也许从此不再远在天边，因为我们每个人心中都有了一个阿勒泰，这正如我们每天读张将军《军履回望》一样，读的不仅是文章、故事与人物，更是将军作家的精神、情怀与风范，也是那一代人曾经的过往、梦想与追求。

作为一名铁杆的张粉刚丝，我对每一篇文章、每一个故事、每一个人物，每一条评论，都专心品读、用心体悟、静心思索！……这是一种非常愉悦和奇妙的阅读体验，它给了我许多知识、见识与学识，不仅给我带来对过往的回顾、历史的追溯、现实的思考、未来的憧憬，更催生我梦想的追求、思想的拔节与理想的坚守。

（唐启荣系解放军驻京部队某部上校军官）

张明刚：一位耀眼的将军作家——《军履回望》读后感

贺晶晶

在我国当今文坛上，有位耀眼的将军作家，他以戎马生涯为墨，以壮志豪情为笔，书写了一部叫作《军履回望》的辉煌著作。他的文字，如同号角般嘹亮，穿越时空的阻隔，鼓舞激励着每一位读者，传递着向上的力量与坚定的信念。

这位将军作家，曾在云南老山前线血与火的战场上参过战，还曾在黑龙江戍过边，在新疆反过恐……在长达四十多年的时光里，他以笔代枪，把军旅生涯的点点滴滴凝聚成一篇篇优美的文章，让我们得以窥见一代奋斗者的峥嵘岁月，感受那份刻骨铭心的家国情怀。

这位将军作家以细腻的笔触，描述了战争的残酷无情与我军将士的英勇无畏，刻画了战友间的深情厚谊，展现了军人在生死关头的大义凛然，以及他们对和平的渴望与追求……他笔下众多形象鲜明的人物、生动感人的故事，如同一面面镜子，映照出人性的光辉、崇高与伟大。

《军履回望》是这位将军作家的自选集，他以高度的责任感与使命感，生动纪录了那段波澜壮阔的历史。他的文章，不仅是对个人从军经历的回顾，更是对民族精神的歌颂、传承与弘扬。在他的笔下，我们看到了军人的忠诚、坚韧与勇敢，也看到了文字的力量、温度与美感。

这位传播正能量的将军作家，用他的文字点亮了“理论之光”、唱响了“军营之声”、打开了“心灵之窗”，引起了广大读者的强烈共鸣。他的一篇篇佳作，不仅是对历史的致敬，更是对未来的期许。在他的笔下，我们看到了军人的奉献与牺牲、荣光与梦想，同时也看到了文字的奇妙与力量……

这位将军作家叫张明刚，他的鸿篇巨著《军履回望》由人民出版社出版后，不断再版重印，已发行十四万余册，成为近年来军旅作家现象级的畅销书。众多权威媒体持续评论推介他的作品，从中国作协主席到普通陌生读者，成千上万人为他的作品所打动，心灵共鸣、情感共振，有感而发、撰写书评……

作为张将军作家的一名忠实读者，我怀着崇敬的心情写下的这些文字，并未完全表达出自己的切身感受，还是继续点赞转发他的作品连载吧！

（贺晶晶系瑞盈嘉华（北京）教育科技有限公司总经理）

有心·用心·匠心
——读《军履回望》张明刚自选集有感

江前明

我喜欢《军履回望》这部佳作，我更理解将军作家张明刚这个人——

张明刚是个格外有心之人。犹如在生活里赶海，他四十多年如一日，坚持把一枚枚精美的贝壳、一个个漂亮的珊瑚等拣拾起来，编织成色彩斑斓的华章，成就了这部鸿篇巨著。

张明刚是个勤奋用心之人。戎马倥偬，工作事业那么繁忙，他只能靠勤奋二字，挤占零零碎碎、针头线脑的业余时间，去发现、挖掘、酝酿和创作这些走心过脑的文章。

张明刚是个独具匠心之人。一块块玲珑零散的边角余料，被他发现并收拢起来，拿捏雕琢成精致大雅的艺术品，以小见大，在小空间里营造出大天地；曲径通幽，峰回路转，柳暗花明；意蕴深远，余音袅袅，韵味悠长。

张明刚是个爱绣党旗之人。虽与江姐绣旗工具不同，她用针线，他用笔墨，但本源同一，一针一线，一笔一划，耗费的都是心血，秉持的都是那颗赤诚之心……

文以人贵，人以文名——**优秀之人成就优秀之作，优秀之作彰显优秀之人！**于是，世人皆知张明刚和他的《军履回望》。

（江前明系著名军旅作家，陆军政治工作部原少将副主任）

读明刚同志《军履回望·军营之声卷》有感

雷雨

都说新闻是易碎品，事实上新闻是时代的见证，昨天的新闻就是今天的历史。明刚同志《军履回望》一书由人民出版社出版发行后，在军内外引起的热烈反响即为佐证。

今天的互联网时代已进入碎片化、电子书阅读时代，大部头纸质书的读者已很稀缺，而明刚同志的《军履回望》不但一版再版，而且借助网络的力量使其大放异彩，给同时代的新闻人很是长脸。阅读该书《军营之声卷》新闻作品，我得到三点重要启示。

第一，好作品打动人心。明刚的新闻作品源自基层，源自于火热的军旅生活，它承载了一代军人的集体记忆，最能引起强烈的情感共鸣。许多曾经穿过或正在穿着军装的读者，都有一个共同的感慨，那就是阅读明刚书中的新闻作品，实质上是对自己过往青春和军旅岁月的追忆和怀念。这说明，好的新闻作品可以经受住读者和时间的检验。

第二，新闻工作成就人才。明刚是由士兵成长起来的共和国将军，也是从战火中走来的军事新闻工作者，他的成长经历具有极强的激励和示范意义，透过其作品可以发现一些人生成长的规律和必然的轨迹，这在当下对青年读者来说，尤其且具有借鉴价值。在我军干部队伍特别是政工干部队伍中，从新闻工作起步、锻练成长，后来成为将官的高级领导干部不乏其人。

第三，互联网平台扩大传播效果。《军履回望》一书搭乘网络这一时代快车，通过《学友周报》的连载，让更多的网络受众能够非常便捷、非常省时地连续浏览，从中受益，让碎片化的阅读串联成系统性的知识积累和情感积淀，从而发挥正向激励作用。而明刚新闻作品具备的鲜活、精短、题材多样、内容丰富、表述接地气、语言有张力等特色，是其能够得以广泛传播的内在因素。二者互为条件，融合起来，相得益彰。

（雷雨系解放军报社原少将副社长）

《军履回望》：案头书+床头书=我人生的精神充电器

王湛博

书籍是人类进步的阶梯，读好书、多读书是我的终身追求。今年春节期间回沈阳老家探亲，我在父亲书房案头，看到了《军履回望》张明刚自选集这部佳作，父亲和家人也特别向我作了推荐介绍。我打开一看，爱不释手，秉烛夜读，并且从此就带在了身边，陪伴着我的业余时间！……特别是书中所蕴含的新闻写作思想方法，传递的人生智慧，弘扬的时代精神，对我的学习、工作和生活给予莫大帮助！

人生所有的好运，都蕴藏在下班后的读书学习习惯中。从今年春节到现在，几乎每天晚上睡前一两个小时，研读《军履回望》纸质书，细阅学友周报每期连载文章和读者感言，都成为我的必修课，成为日常生活的重要组成部分。我感到，每天都有新的感动和收获，真的是“饥读之以当肉，寒读之以当裘，孤寂而读之以当友朋，幽忧而读之以人当金石琴瑟”，人生境界得到一次次升华，灵魂受到一次次洗礼。

不饱食以终日，不弃功于寸阴。时下刷手机玩电脑的人多了，捧起书读好书的人少了，而真正提升能力素质的途径就是要多读书，唯有经常给自己“充电”，才不会在奋进新时代的大考中“断电”。鲁迅说“哪有什么天才，我只不过把别人喝咖啡的时间用在了学习上”，我们应有闻鸡起舞的恒力，悬梁刺骨的毅力，掩卷三更的定力，坚持点滴积累，锲而不舍，集腋成裘！唯有如此，才能使自己出类拔萃，与众不同。

真的就这么神奇！一部看似普通的书，从我父亲的案头来到我的床头，成为值得我钟爱一生的宝贝！真心感谢将军作家奉献的这部佳作——《军履回望》张明刚自选集！因为这部书已成为我人生的精神充电器，令我振奋、教我奋起、催我奋进，给了我知识、给了我信心、给了我力量！……我也就自然而然地成为一名铁杆的张粉刚丝　！每期必学必转！

（王湛博系解放军新闻传播中心舆情部文职人员）

再读张明刚将军《军履回望》有感

石慧

张明刚将军著作《军履回望》出版后，受到军内外广大读者和各大新闻媒体的广泛关注好评。学友周报在连载该书的同时，发表了大量的读后感和书评文章。广大读者纷纷表示，读了该书之后深受启发，心灵共鸣，情感共振，收获很大。近期工作之余，我再次抚卷拜读，深刻感受到将军壮志有为、矢志不渝的奋斗人生华章。

一是孙少平式的不凡——《平凡的世界》的不平凡。将军出身于农家，自小志向远大，自强不息。然黄口之龄痛遭失怙，束发之年勇担家庭生存重担，幸有母亲识得大体助其成才，实现远胜于主人公孙少平的成长成才之路。那时生活中虽物质贫乏，但将军始终不放弃对文学的追求，在通往成长的道路上勤奋刻苦、自励明志，使读者在一个平凡青年的身上，看到了不平凡的成人成才过程。

二是许三多式的坚韧——《士兵突击》的意志磨砺。相较于富裕家庭子弟，来自于农家孩子对事物的认知，更多的是憨厚、木纳、紧张和拘谨等。但将军能够数十年如一日，在部队坚守许三多式的“不抛弃、不放弃”理念，白天演兵场上刻苦磨砺“枪杆子”，夜间勤奋伏案练就“笔杆子”……走出了一条“寒门出贵子”的不寻常道路，成为当下迷茫青年的典范和灯塔。

三是石光荣式的奋进——《激情燃烧的岁月》的奋斗经历。四十年来的从军经历、四十年来的风雨历程，四十年来的辛勤耕耘。作者张明刚从一名年少懵懂的毛头小伙，成长为共和国钢铁长城里的将军；从农村的童生案首，到人民军队最高学府的研究生导师。峥嵘岁月，奋进历程，如诗如画，可歌可泣。

衷心感谢将军以永不停歇的奋斗精神，在激情燃烧的岁月里，谱写了一曲对党忠诚、不忘初心、牢记使命、品端行正的时代赞歌，为我们奉献了一部十分优质的精神食粮。

（石慧系平安银行乌鲁木齐分行公司银行部总经理）

三读《军履回望》张明刚自选集之感想

王延生

“文可提笔安天下，武能策马卫边疆”，此言恰谓张明刚将军！……有幸拜读张将军的《军履回望》，感慨良多，受益匪浅，甚是欣喜！……初读时，书中流畅的语言、朴实的文风、鲜活的人物、生动的故事，让我仿佛看到了初入军营时的自己，引起了内心的强烈共鸣：青春年少，快意明朗，肆意张扬，满腔热血，风风火火地开启无悔的军旅人生！……再读时，我看到了张将军的英姿风貌，奋斗精神，有趣灵魂——将军是一位有血有肉、有情有义，有梦想、有激情、有才干、有担当、有情怀的共和国将军，在他身上，我学习到了攻坚克难、奋勇前行、终身学习、永不懈怠的宝贵精神！……三读时，我看到了中国军人对党忠诚、英勇无畏、报效国家、服务人民的无私奉献精神！“国有难，披戈操甲；人有危，众士争先”！张将军笔下的中国军人彰显了他们对党、国家、军队和人民最诚挚、最厚重、最深沉的爱以及他们的使命担当、奉献牺牲和家国情怀！……一本好书，胜似一名好的老师，愿更多的读者阅读《军履回望》，从中汲取更多的精神营养，争做新时代有理想、有本事、有担当、有品德的中国人！……我也是铁杆的“张粉”“刚丝”，每期必点赞、必转发的！

（王延生系河南省洛阳市老城区城管局市政园林和环卫服务中心副主任）

三生有幸逢盛世 一世多情咏华章
——《军履回望》读后感

黄志远

万人丛中一握手
使我衣袖三年香
说的是人。
眼前直下三千字
胸次全无一点尘
说的是书。
险夷原不滞胸中
何异浮云过太空
夜静海涛三万里
月明飞锡下天风
说的是致良知者得道之后的体悟。

托仁强兄的福份，有幸拜读了明刚先生的《军履回望》，目视神会，首先跳入脑海的是“有志者、事竟成”六个大字！志之所趋，无远弗届，穷山距海，不能限也。

湖北、随州、吴山、联申，明刚先生从这里出发。

东北边关、西南战场、首都北京、西域边疆，明刚先生在这里成长。

从士兵到将军，一路向前，书写了自己浓墨重彩的奋进史、创业史、当代史。事非经过不知难，成如容易却艰辛。字字看来都是血，卌（xì）载辛苦不寻常。集腋成裘，积土成山，一编在手，洋洋大观，尝一脔肉,而知一鼎之调，敢为先生贺！

“天下事有难易乎，为之，则难者亦易矣；不为，则易者亦难矣。”

方向就是道路，旗帜引领时代。

只要努力，我们就可以到达。

明刚先生《军履回望》千真万确的亲历叙述，向我们展示了家族浓厚的血脉亲情、个人奋斗的华彩乐章、时代精神的磅礴伟力、忠孝两全的家国情怀！化为文字、公之于众、惠及千人万人、千家万家，立德、立功、立言，功德无量！

一路走来，翻山越海，一步一个脚印，不纠结于一城一池之得失，不困惑于一时一地之荣辱，不斤斤于一时一事之成败，响应国家号召、顺应时代潮流、投身保家卫国、铸就光荣梦想。是命运的自强者、是真正的爱国者、是励志的真典范、是忠诚的橄榄绿、是“不忘初心，牢记使命”的践行者、成功者，值得我们每一个人好好学习！雨露所及，三生有幸，幸及三生，志远可谓幸运、幸会、幸福啊！

《孟子·万章下》:“颂其诗，读其书，不知其人可乎？是以论其世也。”

太史公云：“余读孔氏书，想见其为人。”

三生有幸逢盛世，一世多情咏华章。

一卷在手，夜阑卧听风吹雨，新一轮寒潮再次来临，窗外风疾雨急，“革命的道路千万里，天南海北想着你”。

稼轩的句子翩然而来

“正梅花、万里雪深时，须相忆。”
未曾拜见将军，戎装儒雅，刚毅有爱；
已经得见先生，蔼然仁者，仁者无敌。

一卷在手，瓣香床头，拜读之间、潜移默化、惠我多多、进而益我子孙，非文字所能万一，感激在心，岂独私淑而矣。

谢谢明刚先生，志远敬致谢礼、敬颂康祺！

（黄志远系湖北荆州市第三人民医院质控办副主任，业余爱好文学评论）

彰显中国军人本色
——张明刚自选集《军履回望》读后感

胡映卫

我与张明刚将军的相遇，是在某部队政治工作比武竞赛期间。当我看到将军资历章上第一排第一个符号，是有着醒目双枪的战功时，让我这个也曾参过战的老兵倍感亲近，一问才知道张将军的战功也是在老山自卫还击战中立下的，只是我们参战的时间、部队不一样。回京后有幸拜读张将军大作《军履回望》，一篇篇文章展开一个人民军队将军成长的精彩人生画卷，彰显出中国军人的革命本色。

忠诚。忠诚于党，是革命军人的政治本色，也是中国军人战胜一切敌人的最大优势。40 多年前，张将军从湖北农村参军入伍，在火热的军营大熔炉里戍过边、打过仗、反过恐，经过各级岗位的扎实历练，从普通士兵到将军，从初中文化到国防大学研究生导师……他认为，这一切都是组织培养关爱的结果，因此他始终对党、国家、军队和人民怀有感恩之心、报恩之意。在长达几十年的军旅生涯里，他经受住了苦与累、血与火、生与死的考验，向党和人民交出了一份合格的答卷。体现在他的作品上，就是始终贯穿着坚持党对军队绝对领导的根本要求，从思想上厚植听党话、跟党走的浓厚底色。1990 年，他就在《打牢理论根基，端正思想方法，某守备团从学哲学入手提高干部素质》中提出，解决部队存在的问题，“必须学好马克思主义哲学，厚实思想底蕴”。

善战。军人生来为打仗。不管是领导干部，还是基层官兵，只要在部队一天都要以打仗的标准要求自己，锤炼自己，确保在战场上圆满完成岗位任务。张将军的作品最浓重的味道是军味、战味，备战打仗成为中国军人最坚挺的使命担当。这在他的许多文章中都有体现，如他的《铁流扫千里，直取黄龙府，某炮兵旅向严格的战术训练要质量》一文，就把部队打仗必须面对的吃、住、走、打、藏写出了战略战术的实战意蕴。

血性。如果说军人与老百姓有什么区别，我作为一个当兵 40 多年的军人最深刻的感悟，也是张将军作品中展现最为突出的地方，那就是军人面对战争所具有的血性——英勇无畏、敢于牺牲。《红腰带》，让人们看到了战争的颜色，“战争是红色的，西南战场尤红。红的土地，红的旗帜，红的炮火，红的血液……还有红腰带，南疆将士们几乎每人一条的红腰带”……将军讲述了阿龙的故事，“他牺牲了，是几天前在那场恶战的紧要关头，他将红腰带解下，系于枪管，高高举起，高声怒吼着连续射击，以吸引敌人火力，掩护被围战友……”《一首歌的怀念》，将军最喜欢的一首歌的歌词“假如我有一天，邀请你到海边，在那里，有一艘织满了鲜花的小船”，在猫耳洞的 400 多个日日夜夜里，这首歌始终默默地伴随着他，给了战斗中年轻的心许多鼓励、温暖与激情，“伴随着我穿过弹雨雷场”，把军人战场的血性写出了温柔浪漫。《来到海边》，将军用搏冲击浪头的勇敢与拼搏，阐释出“勇敢的开拓者，请你到大海来吧，大海会给你创造的智慧”，展现了一个男人更是一个军人乘风破浪、勇往直前的精神风貌。

情怀。张将军既是一位策马能杀敌的军人，也是一位情感丰富细腻的诗人和作家，他的作品处处流淌着对生活的热爱和激情。《长寿的姥姥》，“我愿意永远给她老人家买手杖”，让将军心中对姥姥的爱和中国老人的厚重溢出纸面。《妈妈笑了》，将军母亲的大义、贤慧、勤劳、包容、守护形象，不正是我们每一个人心中母亲的丰碑吗？《少北先生》《老井》等，描绘出儿时的记忆，也是我们每个军人远离家乡最重的思念。《处处关照动真情，件件小事连兵心，守备某团注重解决战士物质生活难题》，从件件小事、实事之中体现出将军尊重基层官兵的态度，反映出我军尊干爱兵优良传统伟大力量。

一个人，一本书，只有深入地细读细品，才能感受流动其中的灵魂、血脉和情感。张明刚将军、《军履回望》，虽然我只是初读，却让我骄傲、让我自豪，中国军人的本色已经成为红色基因，正在英雄的人民军队代代传承。

（胡映卫系军事科学院军队政治工作研究院研究员）

读《军履回望》张明刚自选集有感

许茗柯

认真拜读张明刚少将自选文集《军履回望》后，我受益匪浅。张将军在他军旅生涯四十年之际，将他渊博的学识，丰富的见闻，深邃的思想，倾囊相授给读者。“为学之道，必本于思”，在学习领悟本书内容时，我时有茅塞顿开之感，遂以此文抒发心中所思。

作为一名军人，在战场上捍卫国家领土主权，是最高荣耀与价值的体现。20 世纪 80 年代后期，时任战士新闻报道员的张明刚将军，携笔奔赴云南老山前线。在祖国西南边境战场上，他英勇顽强，出生入死，记录下一个个前线英雄的故事；他穿过弹雨雷场进行战地采访，写出了百多篇弥漫着战火硝烟味的新闻和文艺作品……

我会铭记那位虽是高干家中独子，却主动要求去前线打仗，不顾危险三救战友的副连长赵军；我会铭记那位家贫而不报，伤病却不说，舍身挡弹，最后在骨灰里发现 106 块弹片的侦察英雄张建刚烈士；我会铭记那位纵身跳悬崖，不辱使命，屡出奇招接应战友顺利突围的侦察兵宋世保……“从戎酷爱一支笔，乐在边陲写春秋。”云南前线猫耳洞中，张明刚将军笔下的英雄人物生动又鲜活，可爱又可敬……烈士永垂不朽，英模在新中国恢弘的历史长河中熠熠生辉。

“我愿做一只蜜蜂，在新闻园地里不懈地追寻花的芳踪。”这是张明刚将军做基层报道员时，写在采访本上的警句。名言警语印证着攀登者足迹。四十年间，从东北哨所到西南战场，从军委机关大院到新疆反恐一线，张明刚将军从未放弃对新闻写作的求索，风雨无阻，不畏艰辛，笔耕不辍。拓宽思路，厚积薄发，抓住时令，敢于表达，争取支持，写文有神……既是张明刚将军对多年新闻工作的经验总结，亦是对广大新闻工作者的传道授业。

“写文章是艰苦并快乐的、复杂的、创造性的、个体的脑力劳动。”张明刚将军如是说。字字精雕细琢，日日挑灯夜战，这种艰苦并快乐的边工作边写作的状态，他坚持了整整四十载。张明刚将军曾在全国多地部队任职。他走到哪写到哪，新闻、文学、理论都写，用手中的笔丈量着祖国大地。正是这份对写作葆有的持久热忱和不懈追求，才使得他四十载军旅人生印记闪闪发光。我作为一个同样热爱写作并且踏入军营才两个月的新兵，有幸读到张明刚将军的事迹与作品，更应见贤思齐，好好学习他那份数十年如一日，携笔跨千山的坚守精神。

在此书的理论阐释部分，令我印象最深、感悟最多的是他艰苦奋斗的精神和攻坚克难的锐气。艰苦奋斗是中华民族传承几千年的美德。古人云“生于忧患，死于安乐”，“古之成大事者，不为有超世之才，亦必有坚忍不拔之志。”我们党在革命、建设、改革的各个历史时期，遇到了种种艰难险阻，我们的事业成功都是经过艰辛探索、艰苦奋斗取得的。从革命战争胜利到朝鲜战争胜利，从一五计划顺利完成到打赢脱贫攻坚战，我们勤俭节约，艰苦创业，终于实现全面建成小康社会、建成现代化军队的阶段性目标。

新时代以来，人们物质和精神生活都有了显著提高，很多 00 后、90 后在温室中长大，如何领会艰苦奋斗的精神呢？难道要重拾曾经吃树皮、穿草鞋的日子吗？读将军的文章我明白了——其实，艰苦奋斗精神也要与时俱进。进入新时代，艰苦奋斗精神更多的表现是干事创业过程中的探索创新之艰、埋头实干之苦。创业之路艰辛漫长，艰苦奋斗的品质更需磨练。现今有些同志贪图享乐，整日浑浑噩噩，这样非但不能实现幸福美好的人生，还容易陷入奢靡无为的陷阱。人类所有美好的理想生活都不可能唾手可得，艰苦奋斗精神是攻坚克难的必要条件。认清前路之艰，不畏浮云遮望眼，前路越艰越向前。只有坚信念、昂斗志、练本领、强作风、苦求索，方能永葆攻坚克难的锐气与斗志。

张明刚将军少年第一次耙耕时摔倒了，坚利的耙齿刺破了他的腿肚子，但他“若无其事地爬起来，继续耙耕……再摔倒了……再爬起来。”他带着这种耙耕精神，从希望的田野里来，往筑梦的军营里去。课堂、田间、军营，他以不断的耙耕来砥砺自己的人生。从一名乡村少年，到共和国将军，五十八载人生路，其中艰辛谁人知？……

仔细读完这本书以后，我陷入了久久的沉思。我想到，张明刚将军的《军履回望》向读者所传递的，远远不止是一个追梦的过程这么简单，最主要的应该是他的热爱与奋斗，他的激情与坚守，他的感恩与使命，尤其是他的思想与精神。

（许茗柯系解放军驻信阳部队某部新战士）

有梦想就要勇敢地追寻
——读《军履回望》张明刚自选集有感

刘奎

读完将军作家张明刚这部佳作，我掩卷沉思，问人到中年的自己：有多久没在夜深人静时扪心自问了？有多久没再和至亲好友谈过梦想了？是否还记得当年那个怀揣梦想、意气风发的自己？……是啊，这部书给我带来的启发、思考和收获太多了，使我不禁回想起我的童年、青少年、光荣参军到退伍至今的点点滴滴，继而展望未来的人生，真是别有一番感慨在心头……

对我来说，打开这本够厚的《军履回望》还是需要一些勇气的，因为我既想在书里找寻自己那激情燃烧的难忘的军旅岁月，又害怕如今“玩世不恭”的自己看不懂那些高尚的文字，更害怕那些神圣深奥的文字反衬出普通渺小的自己……终于在某个寂静的夜晚，我翻开了第一页……此后便欲罢不能了。于是，在每个属于自己的夜晚，我便痴狂地迷恋着它，它让我忘了时间，它让我忘了黑暗，它使我感到那么充实和振奋！

从该书第一卷《理论之光》开始，将军作家引经据典、娓娓道来，与时俱进、侃侃而谈……都说这部书凝聚了作者 40 余年的心血，我更觉得它是横贯中西、纵横百年的惊世之作，底蕴厚重、力透纸背、大气磅礴，鼓舞人心、催人奋进，给人以向上的精神力量。读完，肯定会有“一千个人心中有一千个哈姆雷特”这样的感触。正如名家评价将军作家“少年时做着文学梦，青年时做着新闻梦，现在做着强国强军梦”一样……无论谁读，都能在这本书里，首先找寻到作者的梦，然后找寻到自己的梦。

作为一名曾经的军人，该书第二卷《军营之声》是最先吸引我的篇章。在这里，我们可以与众多英雄前辈们共同回味自己的军旅生涯，共同见证那些不同年代英雄前辈们的感人事迹，除了耳熟能详的董存瑞、张思德、黄继光等战争年代的英模，还有雷锋、张建刚、林正书等新中国的英模，更有可歌可泣的“抗日烽火中的共产党员”“老干部战线的璀璨之星”等，生活在我们周边的许许多多的平凡而伟大的先锋模范……正是这些“共和国的脊梁”，铸就了我们伟大的强军梦强国梦。

……徜徉在《军履回望》中，一会儿仿佛坐在庄严肃穆的大礼堂里虔诚倾听大师作深入浅出的报告，一会儿仿佛坐在教室里聆听老师授课和谆谆教导，一会儿仿佛漫步在干休所的林荫小院里倾听着老干部们对激情岁月的细数家珍，一会儿仿佛置身于乡间小道和老友聊起“故乡情思”听听老友的姥姥、妈妈、老师等家人和亲友的陈年旧事，一会儿仿佛投身于“抗日烽火”战场和战友们一同“血战封丘”一同出生入死一同腥风血雨……

总之，无论长篇还是短文，无论论文还是纪实，无论写人还是记事，无论散文还是诗歌……《军履回望》给我们呈现了一个五彩斑斓的军人世界，呈现了多姿多彩的梦想，更指引着我们继续捡拾起那遗落在纷繁尘世中的梦想——感谢将军作家张明刚，感谢他的《军履回望》，给我带来了如此深刻有趣的阅读体验。

值此八一建军节之际，我恭祝将军作家张明刚节日快乐！……我是灵魂级铁杆张粉钢丝，特作此书评并转发他的连载文章！

（刘奎系新疆喀什徽疆集团公司董事长）

我所认识的张明刚及其作品
——读《军履回望》有感

梁恩奎

去年底，我在一个微信群里，看到一个链接出现张明刚的名字时，心里顿时荡起了涟漪：张明刚！莫不是当年我们一起在原沈阳军区政治部学习过新闻的那位老战友？……后经朋友证实，果然是！于是，我很是兴高采烈，因为分别三十多年，我们又“重逢”了！这个世界有时候还真的是小！

那时，我还是一个战士报道员，明刚首长就是一杠三星的青年军官了。我们朝夕相处了一年多……我深感他人勤奋善良聪慧，热情开朗，英气逼人，浑身上下散发出一股子精气神儿，洋溢着一种感染人、鼓舞人的向上力量，是一个很有故事、很有才华、很有情怀的人。他本在黑龙江边防部队服役，闻战则喜，主动请战，经批准到了老山前线，荣立了三等功，被评为“火线优秀共产党员”并火线提干。他的文笔很好，写了很多质量很高的新闻报道和文学作品，我悄悄地跟着他学习模仿……在我心目中，他各方面都是我学习的榜样。

这次“重逢”，让我既兴奋又激动，心里充满了对他的崇敬之情：一来他已经是共和国的将军了，是我们那批战友中的佼佼者；二来他的作品集《军履回望》出版后，得到了许多文坛大家的高度评价和广大读者的喜爱，一年半时间出到第六版，先后印刷九次，累计印数超过十四万册，如今又在《学友周报》连载，中关村数字媒体产业联盟还将该书制作成音视频，向新中国成立 75 周年献礼，他因此成为现如今著名的畅销书作家。

有一天，我给张将军发信息说，我今天看了您的简历，您的辉煌人生我很佩服，经历丰富、成就很大、荣誉很多！我渴望及时拜读您的作品集《军履回望》……从此以后，明刚首长就基本上把每期连载都分享给我，让我天天吸收营养，产生感情的共鸣，受益匪浅。

也许是因为我们曾经共同拥有一段相似经历的缘故，比如我们都是从南方农村来到东北边防部队服役，又都在部队从事新闻报道工作，所以阅读他的作品，我像遇到了知己不亦乐乎，不但感到非常亲切，而且还感到非常解渴……仿佛又让我回到了火热的军营生活中，又让我再一次地跟他学习提高，收获满满！……阅读者，悦读也！

我感到，张将军的新闻作品，来源于他深入部队一线的亲身体验，加之他独具匠心、精雕细刻，都是立意很高、角度很新、兵味很浓、读后能给人以启迪思考的优质作品……他的理论文章有自己的思想，且写的有高度、有深度、有广度，深入浅出，好读耐品，具有很强的指导性，读后给人一种醍醐灌顶的感觉。有一天，我读了他的作品连载二十七：赴韩国、新加坡军队考察情况报告，很有感触，就给他发信息说，拜读了您的这篇文章，感觉到对于我军建设具有很强的借鉴参考意义……

张将军的文学作品，都是来源于他自己真实生活、学习、工作和战斗体会，是他内心世界里的真实情感的自然流露，加之他的文笔又是那样清新灵动优美，所以很是打动读者，直抵人心。在他的文学作品中，有一小部分我过去就拜读过的。比如《军装的情感》这篇散文，我记得那时候，他是应《中国青年报》绿地副刊之约而写的。他刚刚写完，我就拜读过。时隔几十年再读，仍然让我心潮澎湃……因为文章真实表达了张将军对军装和军队的挚爱和崇敬，真实性思想性艺术性俱佳，读来动人心弦……

昨天，张将军把他的作品连载九十七分享到朋友圈，我看到后眼睛一亮，因为我又读到了当时在我心中就是“写兵范文”的《“战士激光专家”张兴强》这篇佳作！

于是，我读后立马给他发了一条信息：这篇稿子当时我的印象就特别深刻……！晚上，张将军在微信里和我聊天，问我怎么个深法，要我说说看，我就说了如下三条。

一个是立意新、影响大。上世纪九十年代初期，中央军委正式提出科技强军战略，而这篇报道就是反映军队掀起学习科技、钻研科技热潮的打头之作，第一时间树立了一个“科技兵”的典型，鼓舞了士气，激发了斗志。这在当时的影响是很大的。

二个是角度新、主题大。军队各级特别基层一线官兵，如何响应中央军委的号召，在科技强军上有所作为，这篇稿子给出了答案。模拟器材研究所，把一个“打下手”的兵，培养成了激光专家。从一个战士专家成长的小切口，深刻揭示了战士在科技强军上大有可为的重大主题。

三个是写法活、效果好。那时报纸版面不像现在这么多，头版头条位置更是寸版寸金，大记者想上都难。这篇从两千字压缩成几百字的人物新闻，被放在头条位置并加了编后，作了突出处理。张将军和他的合作者，把张兴强这个挚爱科学、学习科学、钻研科学且成果丰硕的战士写活了：写得生动、形象、鲜明，很有立体感。文章感染力很强，让人读后印象深刻，十分难忘！

说实在话，当时我作为报道员，感觉写战士最难，因为他们身处部队基层，做的工作也相对“单一”，千人一面写不出特色。我记得那时《解放军报》开了一个《兵写兵》栏目，鼓励大家来写兵，但真正写好写到能够发表的水平还是很难的。

而这篇稿子，张将军他们就把兵的故事写得特别好，所以我当时就把它当作范文学习……今天读来，犹如老酒，体会更深，味道更醇，仍然深感是篇“写人物”的上乘佳作，不但没有过时，反倒熠熠生辉！

（梁恩奎系四川省内江市委宣传部干部）

向张明刚首长学习
——读《军履回望》有感

何德宝

一周前，我发朋友圈点赞张明刚《军履回望》连载文章，并写下我的一些读后感想，张明刚首长看到后回复说：“向你学习！……”我对此战战兢兢，诚惶诚恐，坐卧不安……以为是哪个地方做错了，受到了首长高水平的批评！……其实，首长才是我学习、致敬的榜样，这几十年来，也正是因为不断地向首长学习，才有了我的成长进步，才有了我的今天！正是因为首长具有如此宽厚、仁慈、爱人、育才之心，所以才有了从基层部队到军委机关、从白山黑水到大漠荒原，从南疆战场到备战一线的人才辈出，桃李芬芳，以及众多的致敬者和称赞者。

向首长学习，做一个厚德高品之人。善于传道授业带徒育人，这是首长一个非常难得的品德。我清楚记得，1992 年开春后不久，首长在原沈阳军区某炮兵旅举办新闻报道员培训班，当时我也报名了，但是由于连队工作脱不开身，我就去了趟首长办公室：“报告张干事，我是红军连文书………”首长对我的情况表示理解，并送我培训教材和《胡世宗诗集》、《雷锋的故事》两本书，嘱我好好自学。也正是这教材、这两本书，特别是首长对我的教诲和期望，在我人生最需要指引方向的时候，对我起到了决定性的作用，产生了至关重要的影响！……（此事说来话长，这里不赘述）还有，孝亲敬老，这一点，我也是一直走在了首长的后面，追也追不上。首长自幼丧父，在做好一个儿子支撑起这个家的同时，又尽心竭力地做好一位兄长，带领弟弟们成长，这是多么难得！

向首长学习，做一个勤学敬业之人。作为一个第一学历并不高的人，首长能勤奋读书，刻苦自学，还能把所学所悟运用到工作实践中，取得让人仰望的业绩；作为一个普普通通的士兵，能在战火纷飞的战场上，被党组织、首长和同志们推荐，直接破格提拔为军官，从一个不谙世事就能耙耕的孩子，成长为一名优秀军人，成长为一位共和国将军！……这绝不是偶然的，而是水到渠成、名至实归。

向首长学习，做一个高雅洁净之人。这些年，一个个官员的落马失蹄，足以说明某个领域，甚至多个领域，是有问题的……首长能出淤泥而不染，保持个人良好品性，洁身自好，这是与从小家教分不开的，更是与首长严格自律，懂操守，有底线，知敬畏分不开的。前些年，在部队发展很不顺利的时候，我也曾想过去找找人……当我征求首长的意见时，被他坚决否定了。

向首长学习，做一个诚实守信之人。再回头说前面的事……当我把自己的心情向首长诉说之后，首长哈哈一笑，说他这样讲，是真心的、真诚的，丝毫没有正话反说批评我的意思，还说在我身上确实有许多值得他学习的地方，并列举了具体事例……我这才发现自己想偏了，想多了。是的，首长为人很真，诚实守信，求真务实，讲真话、察实情、办实事……几十年了，他的纪实作品能够经受住当事人、知情人和广大读者的共同检验，大家有口皆碑，众口一词地叫好，就从一个侧面充分证明了这一点。

最后，我想说的是，读了首长的《军履回望》后，受到首长的启发和影响，我也想把自己二十年来的作品编辑整理一下……到时候再请首长斧正吧。

（何德宝系山东省公安厅退休干部）

从张明刚自选集《军履回望》看新时代军旅文学创作的独特艺术个性（节选）

（原文约 1.6 万字）

李远山

当张明刚将军把他的自选集《军履回望》这部66万字的原创巨著摆在我面前时，我的眼睛为之一亮，精神为之一振！——我由衷地敬佩这位英姿飒爽、浓眉大眼的湖北随州籍将军作家！特别是细细品味他的作品与人生，给了我无穷的艺术感染和精神鼓舞！……让我们从四个维度去赏析《军履回望》这部文学巨著的艺术特点。

一、张明刚和他的作品概况、反响情况

（略）

二、张明刚的军旅新闻作品特色

（略）

三、张明刚的军旅散文特色

（略）

四、张明刚的军旅诗词歌赋特色

军旅诗词歌赋是中国文学宝库中的重要组成部分，它以独特的艺术形式，记录和反映了军人的生活、情感和精神风貌。当我读完张明刚选入书中的十余首诗词歌赋（见《军履回望·心灵之窗卷》之《兵歌嘹亮》版块）后，心情久久不能平静……以下是我的赏析述评：

1. 历史渊源：军旅诗词歌赋源远流长，自古以来就有描写战争、边塞、士兵生活等题材的文学作品。这些作品往往与国家的命运和民族的抗争紧密相连，体现了作者对国家和民族的深厚情感。诸如作者：在《兵歌嘹亮》的诗集里，我读到了张将军山花烂漫、战火纷飞的句子，内心格外的对军旅诗词升起一种特别新奇的芬芳感：老山/那绿色的精灵/是有山的气度/风的潇洒/草的品格/水的柔情………潮湿的猫耳洞里/弥漫着滚滚硝烟/轰响着隆隆炮声

/……这是《战争与和平》雄伟的乐章/。这是我们的军人在战地里血染的诗花，是红色的浪漫主义精典诗歌，我怎么不为之激情澎湃呢！

2. 主题内容：军旅诗词歌赋的主题内容丰富多样，包括但不限于战争的残酷、士兵的英勇、边塞的荒凉、思乡之情、战友之间的深厚情谊等。这些主题深刻揭示了军人的内心世界和精神追求。《军履回望》题材是多元的，容量很大的，感情是丰富多彩的！

3. 艺术特色：军旅诗词歌赋在艺术上具有鲜明的特色，如豪放激昂、壮志满腔、细腻深情等。它们往往通过生动的描绘、深刻的抒情和富有哲理的思考，展现出军人的崇高品质和不屈不挠的斗志。张将军的《新年诗草四首》《元旦，我站哨》都体现出鲜明军旅作家诗人的个性，我特别喜欢如此英雄的句子：

山为我自豪，风也说骄傲，
严寒不再刺骨，北风不再怒号，
热情地向我招手，向我微笑！
雪呢，跳起轻柔的舞蹈！
啊，元旦的边境线上，
我手握钢枪巡逻放哨！

啊，新年我站哨，
我的心里装着共和国
九百六十万平方公里的
高山河流湖泊草原良田和海岛……
艰苦、孤独、寂寞吗？
不！——
我的钢枪守护着十亿人民的欢笑！

4. 情感表达：军旅诗词歌赋在情感表达上直接而真挚，能够激发读者的共鸣。无论是对战争的控诉、对和平的向往，还是对战友的怀念、对家乡的眷恋，都表达了作者深沉的情感和对生命价值的思考。

5. 教育意义：军旅诗词歌赋具有重要的教育意义，它们传承了中华民族的尚武精神和爱国主义情怀，激励着一代又一代人学习军人的优秀品质，培养坚强的意志和不屈的精神。

6. 现代发展：在现代社会，军旅诗词歌赋依然具有强大的生命力。许多现代诗人和作家继续创作这一题材的作品，它们不仅继承了传统军旅文学的精神内核，同时也融入了新时代的特点和元素，展现出新的艺术魅力和社会价值。

7. 文化传承：军旅诗词歌赋是中华文化的重要组成部分，它们承载着丰富的历史信息和文化记忆，对于传承和弘扬中华民族的优秀传统文化具有不可替代的作用。

我感到，张明刚将军的军旅诗词歌赋以其独特的艺术魅力和深刻的思想内涵，在当下中国文学创作上是有其影响力的，它们不仅是军人情感的抒发，也是民族精神的体现，具有永恒的艺术价值和历史意义。

总之，我认为《军履回望》这部思想性和艺术艺俱佳的作品，对全社会各行各业的爱国主义者以及诗友文友，特别是现在的年轻人，都会有很大的鼓舞和激励作用，都会有共鸣、有启迪、有教益，都会获得健康向上的精神力量！……写到此，我用一首小诗表达对将军作家张明刚的敬意。

《军魂》

李远山

雪剑寒风立，
梅香气更高。
心门通宇外，
英气盖云霄。

（李远山系教授、博士生导师，作家、诗人、书法家，北京远山诗院院长）

试析《军履回望》张明刚自选集的成功要因

李旭斌

放眼我国当今文坛和图书市场，像《军履回望》张明刚自选集这样，一本书印数多达十四万册、上千人撰写书评，能够感动这么多人、拥有这么多的张粉刚丝、产生这么大的社会影响，我认为这真的是一种十分少有、难得一见的现象。

《军履回望》的成功，我感到首先是有思想，有精神，有灵魂。正是因为有了思想、精神和灵魂作为钢筋铁骨打底，才使得《军履回望》骨骼强健，血肉丰满，英俊伟岸，高大威武，份量重、站得高、立得住、走得稳。如此这般，初看令人满心欢喜，细看又很耐人琢磨挑剔。

再就是文学性、情感化、接地气以及真实性、现场感、画面感。这些因素使得该书人物有血有肉有特点，故事生动形象有看头，道理深入浅出有嚼头，语言生动活泼有张力……共同作用之下，该书历久弥新、鲜活水灵，富有穿透力、感染力，让人乐意看、记得住、受启迪，引起了读者心灵共鸣、情感共振。

第三个，应该是作者苦难辉煌的经历及其人格魅力。打铁必须自身硬。将军作家一路奋进不息，从种地的放牛娃到共和国将军，从入伍时的初中文化到我军最高学府的硕士生导师，且上过前线打过仗……历经磨难，百炼成钢，是励志的表率、过硬的榜样，加之文章又好，二者相辅相成、交织叠加，鼓舞人心，催人奋进，使该书具有了永恒的生命力。

第四个，还是那句老话，文艺来源于生活。将军作家四十多年如一日，深入生活，扎根军营，在火热的练兵现场求实追光，捕捉到了国魂军魂的磅礴力量；在基层官兵的日常生活中，抓住了生动活泼的"闪光点"；在一座座军营的生活现场，抓住一个个生动鲜活的人物和故事。

……我是个货真价实的铁杆张粉刚丝，不仅拥有两个版本的纸质书，还跟着学友周报的节奏看连载；不仅读透书，还用心写好书评。

（李旭斌系中国作家协会会员，湖北省随州市作家协会副主席）

《军履回望》张明刚自选集广受欢迎原因初探

张奇志

将军作家张明刚力作《军履回望》多次再版，累计印数超过十四万册；共青团中央和人民出版社，向全国各地一千多所高中赠阅一万余本；人民网、新华社、军报军网等军内外权威媒体倾力推介；铁凝、邵华泽、孙晓云三位主席高度评价；中关村数字媒体产业联盟将该书制作成音视频，拟向新中国成立七十五周年献礼；《学友周报》截止目前已倾情连载一百二十余期，并随连载发表读者书评上千篇（首、则）……这是多么难得一见的景象啊！

在现如今的这个快节奏的网络时代，在传统图书市场不那么景气的形势下，为什么该书如此广受欢迎，反响强烈，好评如潮？为什么该书能够产生如此极积、广泛而深刻的社会影响？……作为张将军灵魂级的铁杆粉丝，我一边反复研读该书，一边跟踪该书的点滴动向，对此现象作了认真研究思考。初步认为，《军履回望》之所以如此广受热议好评，如此畅销，如此火爆，至少有以下几个方面的原因。

一、普适性。最新版的《军履回望》长达 66 万余字、近 700 页，时间跨度大、文体多样、内容丰富、思想深刻、情趣健康、语言生动，给广大读者的个性化阅读需求提供了选择。不同读者，皆可从中欣赏到自己喜爱的精彩美文、感受到结构的精妙、学习到表达的技巧、汲取到宝贵的养分、寻找到求知的答案。正如原国务院参事、三联书店原主要负责人樊希安所讲的那样："我感到明刚这部文集具有教科书意义，不仅适合普通读者阅读，更适合党员干部和新闻工作者、理论工作者、文学爱好者、老干部工作者阅读，谁读谁受益。"

二、理论性。《军履回望》筛选收录入集的文章，可谓篇篇是精品、章章有味道。该书汇集的各类文章篇幅长短不一，文体也不相同。但倘若我们用相应的文体格式和要求去对照评判，再从文学艺术的视角去欣赏，就不难发现每篇文章如同教学范文般的严谨与规范，从中可以探寻到许多关于文章的写作要求与创新，感悟到一些写作教科书上都没有的实操经验与技巧。特别是其中的理论文章，既写出了历史深度、思想高度，又写出了时代新意，富含哲理，引人入胜，发人深省，被评论称之为教科书级别的理论读物。

三、专业性。明刚将军戎马生涯四十余年来，笔杆子与枪杆子互为作用，取得了丰硕的创作成果。他以写新闻报道为创作起点，将厚积薄发的内功完美体现在笔端之下：写人血肉丰满、记事真实感人、论理逻辑严密。明刚将军以新闻人特有的敏锐，能够捕捉到不被人注意的细节上的闪光点，并由此发掘升华现实生活中的真善美。通过平凡的小人物、小事件，讴歌他们在平凡中彰显出来的不平凡。这种"以小博大"的创作技巧，容易激发读者情感上的共鸣、思想上的共频和行动上的共振，出奇制胜，效果独特。明刚将军经过长期的岗位历练和实践锻炼，思想格局不断提升、创作视野不断开阔、文体风格不断创新、创作能力不断强大，成为优秀的将军作家当在情理之中。

四、真实性。新闻贵在真实，真实是新闻的生命和灵魂。新闻是不同时期社会现实的真实写照，如同社会的镜像反映。明刚将军深谙新闻写作的真谛，笔下的人物和事件大多过去几年、十几年、甚至几十年了，可至今读来，仍然显得那么新鲜而生动，丝毫没有过时之感，既经受住了时间的考验，又经受住了当事人和知情人的检验。究其主要原因，当然就是文章接地气，真实又可信。用真情实感去遵循、去尊重客观事实，是其文章常读常新、谁读谁受益的重要原因。

五、可读性。好读耐品、读书如赏画，这是广大读者对明刚作品读后的共同感受。读书首先得入眼，然后方能入心入脑。入脑的画面有别，感知各异，但夺人眼球的标题、精彩抓人的开篇、引人入胜的情节等等，激起的便是一种先读为快的欲望和不忍释卷的留恋。明刚将军文章画面感极强，生动形象、富有动感，读之如近在眼前、如身临其境，可摸可触、可视可感。这种“参与式”“互动式”的美妙阅读体验，通过人体生物电转换后，在大脑中枢形成的画面，分外赏心悦目。

六、稳定性。阅读完《军履回望》，我们会发现明刚将军坚持业余创作四十余年，时间有先后、体裁有变化、时空有转换，但求实的文风、朴实的语言、文字的严谨、逻辑的缜密、求精的习惯等等，皆一脉相承，没有改变、没有突兀、没有反差，延续得随性而自然。文风始终如一，是其稳定性之一；“文品如人品，人书合一”则为稳定性之二。明刚将军秉持朴实与真诚，以勤勉之姿态、开阔之胸襟、无畏之胆魄、坚忍之毅力，实现了人与书、书与人，人前与人后、书里与书外的完美结合……写就了人生的辉煌篇章。这，将永远成为励志成才、逆袭成功的典范。

作为资深的灵魂级的张粉刚丝，我要再次向明刚将军这位向祖国和人民奉献出如此优秀精神食粮的军旅作家学习致敬！再次点一个大大的赞！

（张奇志系湖北金禾食品公司原副总经理）

试解《军履回望——张明刚自选集》成功的基因密码

曾艳英

本书由人民出版社出版发行，短短一年多时间，印数超过十四万册，撰写书评的作者超过一千人，团中央推荐赠阅，主流媒体纷纷推介，诸位顶级名家高度评价，《学友周报》以【学习摘记】形式逐篇连载，中关村数字媒体产业联盟制作成音视频、向新中国成立75周年献礼，广大读者特别是粉丝持续热议、好评如潮，微信朋友圈持续刷暴……一个字：火！

作为一名资深铁杆张粉钢丝，我一直在思考：《军履回望》何以如此红火？何以打动如此众多读者的心？她的魅力究竟在哪里？张明刚何以从一个农村放牛娃成长为共和国将军，他的成功秘诀何在？……细细品读这部（新版）六十六万多字、近七百页的大书，近距离感受将军作家张明刚其人其文其事，我似乎从中找到了成功的基因密码，发现了偶然中的必然。今笔之于文，与同好者分享共勉。

这个基因密码是忠诚之魂。张明刚1982年参军来到东北边防部队，从此“从戎酷爱一支笔，乐在边陲写春秋”，在硝烟中捕捉新闻，在战场上火线提干，在苦与累、血与火、生与死的考验中，铸就了对党和人民的赤胆忠心，曾被评为“火线优秀共产党员”并荣立战功。40多年的军旅生涯，明刚始终不忘初心、牢记使命，永葆对党忠诚这个金科玉律，一路走到了人民军队最高政治机关，担当起共和国将军这个神圣称谓。

这个基因密码是质朴之本。明刚的这份质朴，源自于姥姥常挂在嘴边的“严以律己、宽以待人”，源自于母亲面对生活困苦的“有主有张、能忍能扛”，源自于少年时代在田间的“耙耕驯牛、开智悟道”。品读《军履回望》，字里行间无不浸透着明刚对祖国对军营对故土、对人民对战友对亲人的淳朴情愫，以及对国防和军队建设事业的执着热爱。熟悉明刚的同志都知道，这也正是他一以贯之的为人之道。

这个基因密码是勤奋之功。一时勤奋易，一世勤奋难。明刚四十多年的军旅生涯是漫长的，一切都在变化中，不变的是，他“一直没有停止对知识的渴求和对真善美的追求，一直没有放下手中的这支笔”。作为高级将领，军务何其繁重，明刚却在一年时间里，亲自从数百万字的文稿中撷珠拾贝、集腋成裘，如期出版了《军履回望》。这是对其超常勤奋的生动写照，也是对其“愿做一只蜜蜂”青春誓言的庄严兑现，更是对其四十多年来辛勤耕耘的最好回报。

这个基因密码是激情之源。品读《军履回望》，我从中感受到了风雪边疆哨所大年初一抢站的“零点哨位”，感受到了长白山演训场铁流扫千里、直取黄龙府的“金戈铁马”，感受到了在为军队离退休干部热忱服务中点亮的“火红晚霞”，感受到了在新疆军地专题党课教育中阐释的“真理光芒”，真正体悟到了明刚对军旅的热爱、对生活的热情、对工作的热忱和对事业的热恋。文如其人。现实生活中的明刚，也是一个始终对事业对工作对生活、对亲人对战友对他人充满喜气朝气、热忱激情的人。他以革命的乐观主义常常给人带来欢乐，和魅力四射、激情飞扬的他在一起，你会觉得很有意思。

这个基因密码是博学之美。纵观《军履回望》，既有诗词的风雅之美、散文的意境之美，也有新闻的真实之美、报道的新鲜之美，还有人物的形象之美、故事的生动之美，更有调研的深透之美、理论的光明之美……充分彰显出明刚深厚的语言素养、文字功底和文学涵养，生动阐释了明刚“走万里路，读万卷书，悟千座军营”的雄心壮志，以及勤学不怠、博学广知、笔耕不辍的精神品质！……让我们期待明刚将军作家出更多的佳作精品！

（曾艳英系解放军驻京部队某部大校军官）

周末读《军履回望》张明刚自选集有感

刘向阳

周末的夜晚，静谧而深沉，我沉浸在老战友张明刚将军的《军履回望》一书中。每一页都承载着他的军履历程，那些坚韧与奋斗的日子，在字里行间跳跃。透过文字，我仿佛能看到他在战场上的飒爽英姿，感受到他内心的坚定与执着。

阅读着他的故事，我不禁思考起自己的人生。我们都在各自的道路上前行，面对着种种挑战与困难。而他的经历，如同一盏明灯，照亮了我前行的方向。书中的每一个章节，都是他生命的烙印，记录着他的成长与蜕变。我能感受到他的热血与激情，也能体会到他的疲惫与无奈。然而，正是这些曲折与坎坷，磨练了他坚强的意志和高尚的品格。

在这个喧嚣的世界里，能有这样一本书，让我停下匆忙的脚步，去聆听一个将军的心声，是多么难得而美好的事情。周末的时光，因为这本书而变得格外有意义。它让我明白，无论身处何方，都要坚守自己的信念，勇敢地追求自己的梦想。

时光悄然流逝，而这本书带给我的感动与启示，将永远铭刻在我心中。我会继续前行，带着将军的思想、精神和灵魂，去书写属于自己的人生篇章。

我是将军作家张明刚老山前线的亲密战友和生死兄弟，同时也是他资深的铁杆粉丝，非常喜欢《军履回望》这部佳作，我点赞收藏转发给朋友们了！

最后，我题写一首小诗赠送张明刚将军。

张驰皆有度，
明白总无妨。
刚正怀文胆，
风仪自伟长。

注：张明刚是经过战争洗礼、从一名普通士兵走向共和国将军的新时代革命军人。

我与张将军相识三十七年了。读《军履回望》张明刚自选集，犹如身临其境，我倍感亲切。书中鲜活的人物，那是我曾经的战友；书中真实的烽火岁月，那是我曾经经历过的战地生活。非常感谢张将军将我们这一代军人记忆中的历史，用心血和汗水凝集成了这部厚重的大书，让我们革命军人的精神，可以一代一代地传承下去。

在读到《军履回望》“英雄赞歌”板块文章的时候，我的思绪如潮水般涌向那个战火纷飞的老山前线，凸起青筋的双手越发地颤抖起来，翻动每一个书页都变得无比艰难！……战地往事如影片，一幕一幕，紧扣着我的心弦，令我心潮起伏，夜不能寐，痛彻心扉！……那倒在血泊中的是我曾经的战友张建刚，无论过去多少年，他身中的106块弹片仍然历历在目……

几十年来，我曾无数次回到老山，因为“悲怀感物来，泣涕应情陨”，共和国的旗帜上有我们军人的热血与青春。我们应当铭记历史，缅怀英烈，不忘初心，保家卫国，强军泱泱之华夏。

我深切地感到，张将军身上有一种精神，就是锲而不舍、永远蓬勃向上的进取之心，值得我们用一生去学习、去追求。

最后我也期盼着，张将军继续写出更多更好的军旅作品，在创作的道路上华章连连。

（刘向阳系天津市滨海新区联宇石油机械制造有限公司总经理）

读张明刚《军履回望》连载随感（61则）

孙向东

……

2024年6月4日：《军履回望》每一篇都是经典佳作！夜读《妈妈笑了》一文，感人至深，强烈共鸣，把我的思绪拉回到那个年代，仿佛就在昨天……

2024 年 6 月 3 日：近四十年了，那些人物现在依然鲜活，那些故事现在依然生动，那些经验现在依然管用，那些道理现在依然有理！……心系基层、情系官兵是永恒主题，因为这是部队战斗力生成的基础。

2024 年 5 月 30 日：连载超过一百期了，可喜可贺！点赞收藏！

2024 年 2 月 20 日：明刚同志，下午好！您是怎么把业余干成了专业（仅指水准），副业干成了事业，从戎干成了从文，军内干到了国内……能让那么多的读者受益，反响越来越多，影响力越来越大，令人钦佩！……我们干着同样的职业，差距怎么这么大呢？看来怎么向您学习也学不到呀！

2024 年 2 月 6 日：年关将至，阅文集、起共鸣，就像陪老友重新走过 40 年军旅生涯，一步一脚印，一步一耕耘。同样是来自荆楚小镇的艰辛童年，我看到了不甘于命运的奋斗，看到了秉持于初心的坚守，看到了扎根于军旅的赤诚，回望的是军旅人生路，更是铿锵奋进梯。……向明刚同志致敬！

2024 年 2 月 1 日：虽然过去了那么多年，但是书中的很多做法今天同样适用！从军队干休所服务管理的实践经验中，我看到当下全面加强军事治理，要解放思想，革新思维理念，加强顶层设计；要大胆探索，立牢问题导向，多些结合实际的创新实践；要积极改革，用足用好政策，激发动力活力，推动部队建设高质量发展。……向明刚同志学习！这些都是很好的实践经验！

2024 年 1 月 16 日：我越来越觉得,《军履回望》中的每一篇文章，都传递着真实、善良和美好价值观，读后深受启发，受益匪浅！……为这本好书喝彩！为明刚同志点赞！

2023 年 1 月 10 日：今日读了明刚同志的《干事论》一文，感受颇深。干事——说话、写字、办事，精辟、经典、经验。……要建议参谋人员普学普研。2024 年 1 月 5 日：明刚同志，今读您这篇《赴韩国、新加坡军队考察情况报告》，感到情况简洁明了、启示深刻到位……写得很好啊，简直就是我们下次出国考察的最好范文！厉害了！

2023 年 12 月 17 日：明刚同志四十年笔耕不辍，佳作连连，被很多主流媒体关注推介，得到很多文坛大家高度评价！……明刚同志的成功，不仅在事业进步上，也体现在爱好得到极大升华，这样的成就，对己对他、于公于私，无疑都是正能量满满，大有裨益，值得我们学习的！

2023 年 12 月 11 日：明刚同志，我对连载文章认真进行了拜读，受益匪浅！……我想购买，不知大作《军履回望》哪里有售？

……

（孙向东系中部战区中将副司令员）

致敬张明刚将军
——读《军履回望》有感

松阳

我是在早晚时间和出差的旅途中，认真读完《军履回望》张明刚自选集这本书的。

谷雨时节，我又一次登上飞往杭州的班机。飞机在一阵轰鸣中一跃而上，徐徐飞翔。从机窗俯视大好河山，只见田野阡陌纵横，村庄星罗棋布，远山近树绿意葱茏……然后，我打开了《军履回望》，透过书中饱蘸深情的文字，阅读一个个感人至深真实故事。

读完一篇，我掩卷沉思片刻。天气晴朗，阳光明媚，一片片洁白的云朵从窗外掠过。透过机窗俯瞰大地，映入眼帘的是一条碧绿的玉带，蜿蜒呈现在斑驳的大地上，那是在峡谷与丘陵之间的金沙江，在静静地流淌着、延伸着，流向远方……

回想书里的一个个动人的故事情节，眼前的壮丽山河，似乎成为书中故事演绎的背景。故事里的情节如玉带般的金沙江，在我的脑海里流啊流，耳畔似乎响起了小时候爸爸教我唱的一首歌："金沙江啊金沙江啊，每天哗啦啦地流啊流，每天哗啦啦地流啊流……"

此时，我听到空姐甜美而温馨的声音："今日谷雨，谷雨是一年之中的美好节气，谷雨期间应多食温润食物……"我由此想起，妈妈也曾经这样叮嘱过我，恍惚之中，我似乎又回到了童年时代，也体会到了张明刚将军的母亲，在人生的关键时刻，把他送上从军征途的一片深情……

这时候，眼前又飘过一片白云……我突然感悟到，张明刚将军的成长本身，就是一个非常励志的故事，他的意志品质、奋斗精神、思维理念、文笔才华等等，都非常值得我认真学习。

不是吗？！他从一个贫寒的农村少年，入伍后不断拼搏进取，成长为共和国将军，可见其坚强意志；他从小体谅母亲的困难，长大后积德行善，对老百姓的疾苦怀着深深的同情，可见其高尚品质；他四十多年如一日，笔耕不辍、勤学苦练，许多数十年前的作品仍然熠熠生辉，可见其斐然文采……

当年农村贫寒少年，而今共和国将军、著名军旅作家。读该书，我深切地感受到将军勤奋而辉煌的战斗历程，深深敬佩将军优秀而可贵的思想品质和文笔才华。向张将军致敬！为张将军点赞！

（松阳系云南省丽江市纪委监委干部）

一本给我精神力量的好书
——《军履回望》张明刚自选集读后感

松阳

非常感谢人民出版社的出版发行、学友周报的连载、中关村数字媒体产业联盟的音视频制作发布，使得《军履回望》张明刚自选集这部优秀作品，全方位地陪伴我度过了人生的一段美好时光，给了我强大的精神力量。

自去年下半年以来，我阅读了人民出版社出版的《军履回望》纸质书籍，关注订阅了学友周报连载该书的公众号和新媒联盟传媒发布该书音视频的公众号。每天一早一晚，我都会根据有关公众号推送篇目，一边做事一边听《军履回望》一书，感觉特别有味道、有意义，也很入心入脑。书中那一篇篇生动纪实的文章，深深感动和鼓舞着我……在我工作辛苦的时候，常常想到与张将军和他的战友们遇到的艰难困苦相比，这些苦和累真的算不了什么，他们那可是直面血与火、生与死的考验，真枪实弹、流血牺牲嘞……

优秀的文学艺术作品能够鼓舞、激励和启发人，让人的内心充满一种精神力量，去克服、战胜前进道路上遇到的困难和挑战。将军作家张明刚的这部大作就很好地做到了这一点，那就是以这样的精神力量鼓舞着我，使我度过了一段工作中特别辛苦的日子！……该书让我在学习中得到提高，获得了思想上的成长，特别是写作上的长进更为明显，确实是一本具有教科书意义的好书。

我还真切地感受到，该书理论部分特别适合精读，这些文章有不少都是阐释习近平新时代中国特色社会主义思想的，读后收获满满。我是一篇一篇认真研读并给我儿子画重点、专门做了批阅，也做了重点笔记的。通过学习，感觉这些理论文章有高度、有深度，前瞻性、指导性很强，对我的思想认识很有帮助提高，相信也会运用到今后的工作实践中。

好文共享！作为张将军的一名忠实读者，对《军履回望》每期连载文章和每集音视频，我在认真读（听）了之后，都点赞评论转发朋友圈，分享给我的亲朋好友们，很受大家的欢迎！

（松阳系云南省丽江市纪委监委干部）

张明刚《军履回望》读后感

陈吕洋

读书先看书名是我的一个小习惯，一看《军履回望》这个书名，我就感觉这部大书的内容，应该是作者张明刚将军回忆从他乡村少年到共和国将军所走过的路。仔细一看果然如此，只不过他是用精选四十年所作文章来回望，而不是用常见的自传来回忆，反倒显得别具一格，不是大路货的那种。

整部书的内容含英咀华，既有有志青年参军报国的跌宕起伏，也有军营故事的扣人心弦；既有自成体系的理论文章，也有记录时代的新闻作品，还有来自心灵的文学作品。全书皆为真人真事、真情实感、平实自然，比起那些为文而文的充斥华丽辞藻的所谓美文来，我倒认为真诚的表达更容易打动读者的内心。该书一经出版就成为畅销书、引起广大读者的强烈共鸣便是明证！

比如，近日连载的《治虚打假的马副师长》，就是该书《军营之声卷》里的一系列人物新闻中的一篇。作者通过对马副师长几个故事的生动描述，表达了"坚持实事求是原则是共产党人的重要品格"的观点。书中的马副师长面对虚报业绩的农场、犯了错误的老典型、一味迁就部属的团领导，敢于动真情、说真话、真把关，不当庸官、太平官、老好人，彰显了一位军队领导干部坚持原则、勇于斗争，不信邪、不怕鬼的风骨、气节和胆魄，令人肃然起敬。几个小故事，寥寥数笔，作者便向我们生动展示了一位对党忠诚、实事求是、敢于较真碰硬、既讲原则又讲方法、具有深刻洞察力的副师长的光辉形象。

诸如此类，书中比比皆是……读后，

令人拍案叫绝，感悟多多，受益匪浅！

把自己在军营里的见闻感悟付诸笔端，既展示作者的才华又让读者受益，这应当是一位革命军人自我提高和发展的关键一环。《军履回望》所展现的作者四十余年的人生见闻与经验，成就了将军作者自不必说，相信也会成就许多有心读者。因为阅读这本书，可以让青年读者在与该书结缘的同时，一次次地成长与进步，不断实现人生的超越。

（陈吕洋系解放军驻厦部队某部上尉军官）

读《军履回望》有感

张国辉

作为一名军队退休干部，似乎很难找到这种感觉了：最近一段时间，我认真拜读了《军履回望》张明刚自选集一书，似乎有一种携着蜜罐回味着军旅生活且挥之不去的感觉！

阅读此书，我眼前闪现出很多亲身经历和历练自己的故事。这些与该书所载相类似的一幕幕场景，也曾演绎出了我的辉煌人生。为了国家的安宁，我们——共和国的军人们，在祖国大江南北的热土上流血流汗，无怨无悔地奉献了自己的青春年华！

阅读此书，我深感其厚重博大、涉及面广。书中，既有不少我党我军的重大历史事件，又有众多历史和现实人物；既有很多充满哲理的美文，又有许多生动有趣的故事；既有诸多人生道理的阐释，又有某些专业知识的传授……林林总总，宛如百科！阅读此书，我深刻体悟和享受到文章之美、文字之美。书中的文章逻辑思维严密，中心思想突出，情感真挚饱满，论理阐述深刻，写人个性鲜明，讲事条理清晰，叙述生动翔实，行文干净利落，语言简洁流畅！……

阅读此书，我坚定地认为“天生我才必有用”。内行人才知内行事，高手才能写出好文章。也许只有像明刚首长这样深扎军中四十余年、一直勤学苦练的军人，才能真正懂得军人，才能真正感知军人，才能写出这样精彩的文章！

阅读此书，我由衷感慨，这应该是明刚首长军旅四十年的人生结晶。该书完美展示了将军作者深厚的人生阅历、丰富的基层机关领导工作经验和过硬的思想作风文风……真诚感谢首长把自己大半生的成果，通过连载形式与我们读者共享！

最后我要说，这本书不但是我们退休军人的精神食粮，更是现役军人的生动教材，也是普通读者的人生教科书，真的是谁读谁受益！

（张国辉系甘肃省武威军分区原大校司令员）

青年官兵的教科书
——读张明刚《军履回望》有感

姜曦明

前段时间，一个偶然的机会，有幸得知学友周报正在连载张明刚少将著作《军履回望》。于是我在工作之余，就从连载第一篇开始，逐篇进行认真地拜读。后来觉得不过瘾，网上购买一本纸质书，开始了仔细研读。真是越读越有味，越读越有劲，越读越有收获，因为这是一部青年官兵的教科书。

首先，作为一名部队政治工作者、写作爱好者，我被此书作者精准生动、简洁朴实、自然流畅的文风所吸引，被作者深厚的语言文字功底所折服。我觉得，如果早读到此书，我的写作水平肯定要比现在高一些。“好饭不怕晚”。我也还算年轻，抓住这次机遇，应该还是很好的。

其次，随着阅读得越多、越深入，我越来越感到此书内容丰富、文体多样，有理论、有新闻、有文学，是一个“写作大全”式的宝贵资料库。特别是此书的内容，涵盖部队学习、训练、工作和生活的方方面面，并且是作者的亲身所见所闻、所感所悟，都是作者自己的“真经”，读起来感觉像教科书一样解渴，耐咂摸、有品味、能回味，可供读者反复研学。

最后，把全书所有文章篇目——从序言到后记，联起来、串起来，作为一个整体来读——比如说，你把这部书当作长篇小说来读，那么，他的三维立体效果就出来了，你会惊讶地发现，这部大书——不但是一位将军的自选文集，还是这位将军的成长史，也是过去40年我国社会和我军发展史的缩影，更是一部新时代青年官兵难得的生动教材。

总之，这是一部能够引发共鸣、启迪心灵的好书，尤其是一部值得我们青年官兵好好学习的教科书。因此，我要向作者张明刚将军致以崇高的敬意，并表示衷心的感谢！

（姜曦明系解放军驻沪部队某部少校军官）

读《军履回望》张明刚自选集有感

孔丽君

将军作家张明刚的作品自选集——《军履回望》一书，由人民出版社出版发行。该书犹如一缕清风正气，带给读者心灵的共鸣、慰藉与启迪。

张将军把40多年军旅生活中的见闻感悟，汇成了一个个鲜明的人物、鲜活的故事，读来引人入胜、令人感动、让人泪目，不禁让人对无私奉献、保家卫国的最可爱的军人们发出由衷的赞美与敬佩。

全书内容丰富，既展现了将军为人子的拳拳孝道，也展现了将军奋斗军旅的激情岁月，更展现了新时代的军人们为国家民族舍生忘死的耿耿忠心……鼓舞人心，激发斗志，催人奋进，值得我们走进书中，去探寻军人那种崇高、厚重、感人的精神世界。

好书如智者！当今浮躁社会难得看到这样一本好书。它让你沉下心来，去用心感受一位军人的心路历程、用心体味一位军人的家国情怀和赤诚担当。

言传身教！每个人的成长都离不开家庭的影响。我想张明刚将军能有今天的家国情怀和对生活的热爱，与他的父母言传身教是分不开的。在将军的文章中，看到了一个母亲在困难面前从不怯弱，用智慧营造一个家庭良好的生活氛围。她的爱就像一个圆心，把这个大家庭紧紧团结在一起，用善良和慷慨温暖着子女们的心田。正是父母的以身作则，坚韧不拔的毅力引领，润物无声的滋养，才有他在军营里刻苦学习和对自己的严格要求，才有《军履回望》这本书的完成。

《军履回望》这部佳作，让我迷恋，让我爱不释手。学友周报连载该书的文章，我每期必读，每期都点赞评论转发朋友圈！

（孔丽君系《世界知识画报 ·外交天地》杂志执行主编）

一部励志佳作
——《军履回望》读后感

姚建武

认真研读了《军履回望》张明刚自选集，我认为这是一部谁读谁受益，谁读谁进步，谁读谁成熟的励志杰作。

该书作者张明刚将军，是一位从桐柏山南麓走出来的农村娃，入伍后戍过边、打过仗、反过恐，把 40 多年的青春年华奉献给了国防和军队建设事业。通过组织培养和在部队这个大熔炉里学习、锻炼，他从一个农村少年成长为共和国将军，从入伍时的初中文化成为国防大学硕士研究生导师、中国作家协会会员。

将军作家张明刚文能提笔回望从军路，武能杀敌维稳守边关。在曾经有幸和张将军共同战斗的岁月里，我深感他的一言一行都饱含智慧力量，一举一动都体现师长风范。文如其人，文字是心灵的窗户，他的这部力作一字一句都朴实无华，一篇一章都催人奋进。从去年开始，我慢慢看、细细品，从他的书中悟出了很多东西，收获很大，受益匪浅。

《军履回望》虽然是张将军的一部自选文集，但读者从中可以清晰看到他一步步成长、一点点进步的脉络，看到他取得成功、走向辉煌的足迹，从而受到鼓舞和激励，获取成就自己的精神力量。我想，这也是共青团中央青年发展部和人民出版社，把它作为一部励志书籍，通过团组织系统向全国一千多所重点帮扶县高中推荐赠阅的原因吧。

好书难得，佳作共享。继续点赞评论转发朋友圈，与亲友们分享张将军的励志美文。

（姚建武系武警新疆总队机关原上校军官）

《军履回望》张明刚自选集读后感

魏铭

《军履回望》张明刚自选集自出版发行以来，一直被我奉为学习的靶标、精神的养分、工作的指南、鼓劲的利器。每次拜读都能引发不同的思考，给予新的能量。作为一名资深铁粉，我把学习心得简要地与同好者分享。

一是理论的阐释，质朴而通透。将军作家张明刚以实际的真事真言抽丝剥茧，提炼理论的精妙和蕴意，高明之处在于用深入浅出的方法，让略显枯燥的理论文章接地气、冒热气，好读耐品，使人喜闻乐见，不但能读得下去，还能记得住。

二是方法的传授，精炼而实用。将军作家张明刚在介绍一路走来，对新闻工作入门到熟悉、博学到精通，每一步都伴随着厚积薄发的印记。尤其是把新闻工作者面临的诸多疑难问题，阐述的像点穴般精准而贴切，让人感同身受，再以具体的方法加以破解，使人豁然开朗。

三是精神的激励，高昂而有力。将军作家张明刚对过往军史、战史的还原，对战场硝烟的刻画，对英雄的礼赞和对信仰的忠贞，传递出一种强大的精神力量，无不让我们内心澎湃激荡、感动不已、深受鼓舞！宣传思想工作的最高境界，我想也就在这里：以文激情，以情聚气，以气克敌。

作为一名新时代部队政治工作者，我今后还要反复研习理解，在不断学习中提升自己的综合素质。感谢将军作家张明刚分享的思想甘露和精神食粮！我点赞评论转发了！

（魏铭系解放军驻京部队某部大校军官）

读《军履回望》张明刚自选集心得体会

张媛

我仔细研读了张明刚将军的《军履回望》一书，书中每一篇文章都充满了正能量，充分展现了一个热血军人对党、对国家、对军队、对人民的赤子情怀，是一部不可多得的现实版的爱国主义教科书。

将军作家张明刚的这部书，虽然没有华丽的词藻，但实实在在，坦坦荡荡，有血有肉，紧跟时代步伐，是写出了自己真情实感的“这一个”的作品，是一部洗涤心灵、激发斗志、激励广大青少年立志成才的优秀图书。

我从张将军这部书里汲取了精神营养。作为一名年轻的综治干部，在社会治安维稳、矛盾纠纷调解等方面，我也遇到过很多难题……于是我就学习张将军，走出办公室，深入基层一线，认真调研，详细了解情况，改变了工作被动局面。

张将军的坚持和毅力，对我的影响也很大。在冰天雪地的黑龙江大山沟里、在高强度的训练工作之余，他能始终如一地坚持读书写作……这种坚韧不拔的毅力和矢志不渝的精神，也在深深的鼓励着我……

在今后的工作中，我要向张将军学习，要以一种奋发向上、自强不息的精神，不畏艰难、百折不挠的意志，脚踏实地、真抓实干的品格，努力为团场营造一个安全、稳定、有序的社会环境。

我喜欢《军履回望》张明刚自选这部佳作，每期文章连载我都点赞评论转发朋友圈！

（张媛系新疆生产建设兵团第7师124团平安办一级科员）

快意人生 美妙体验
——读《军履回望》张明刚自选集有感

王金良

回望军履人生，难忘青春岁月。我特别喜欢《军履回望》张明刚自选集这部佳作，是一个资深的不折不扣的铁杆张粉钢丝。我不但读纸质书，还读每一期连载文章和读者感言，并且每期连载刚一出门，都会第一时间分享至朋友圈——好文共赏嘛！

春风大雅能容物，秋水文章不染尘。我尤其喜爱将军作家张明刚笔下的人物，每当打开《军履回望》这本书时，一个个鲜活的人物形象便跃然纸上：主人公们各有性格特点和“闪光点”，不但在平凡的工作岗位上默默奉献、做出不平凡的业绩，而且在大是大非面前敢于亮剑，在矛盾冲突面前敢于担当，在急难险重面前敢于挺身而出，在歪风邪气面前敢于坚决斗争！……他们都是我学习的榜样，启迪我的思考，励志我的人生！

读书心爽方为福，种树花开总是缘。读将军作家张明刚的这部佳作，不仅能给人以思考启迪，更能给人以精神力量。秉持“咬定青山不放松”的定力，“众里寻他千百度”的勤奋，“不破楼兰誓不还”的挚着，我坚持在读中学、学中思、思中做，进入了一种全新的美好境界，深感快意军旅人生，梦回吹角连营！——我真心认为，这种美妙的阅读体验，不可多得、非常值得珍惜！

（王金良系原沈阳军区政治部干部部正团职副处长）

一路感恩一路行
——读懂《军履回望》作者张明刚将军

彭小亮

从耙耕人生中，感悟人生三个阶段，阅己、越己、悦己。如河，始于平静，流经曲折，终于宽阔。

阅己：在实践中认识自己，接纳自己。从"晴耕雨读，拿下耙地难题"，到"从戎酷爱一支笔，乐在边陲写春秋",耙耕课堂，耙耕田间，耙耕军营。读万卷，阅万物，经沧桑，在经历中丰富自己，期间，不停思考、分析、判断，终而形成信念、经验，固化成内心真理与智慧。这让自己增阅。

越己：在阅己的基础上，脚踏实地寻求改变，突破自己的能力极限和思维局限。东南西北、风霜雨雪，金戈铁马，边关冷月。带着心中的向往和肩上的重担，凭着一颗上进的心和一股不怕苦、不畏难、不服输的劲头，保持战士的冲锋、战斗姿态，一如从前、一往无前。这让自己超越。

悦己：耙耕的人生，是奋斗的人生，是对知识渴求，对真善美追求的人生，是感恩组织，砥砺前行的人生。一路走来，一路凯歌、一路胜利，奋斗、激情、感恩、向上，思想、精神、品质、价值、认知、方法等等，感染带动更多的人向着太阳升起的方向，初心如磐，启新程。这让自己愉悦。

（彭小亮系解放军驻乌部队某部上校军官）

读《军履回望》张明刚自选集随感

范明阳

将军作家张明刚的《军履回望》朴实而真挚，这在流行网络文学、快餐文化的当下，在处处都是赚流量、刷手机的当下，是非常难得的。张将军用最接地气的文字写出了最深沉的感情，用最普通的故事写出了最深刻的哲理，用一件件小事写出了做人做事的道理。

张将军经历丰富、阅历深厚，是读过万卷书、走过万里路、悟过千座营盘的饱学之士。在将军的文章里，我读懂了珍惜、关爱、执着、坚守和诚实。将军平易近人、和蔼可亲，正如他经常讲的，无论走到哪里都要记得自己是一个兵 ，都不能忘记自己的初心、使命。人间正道是沧桑。现代社会节奏加快，一些人比较浮躁，或许读了将军的书，思想会得到升华，心灵会得到净化，人生会得到沉淀。是的，作为一名普通读者，我深切地体会到，将军的书是一本朴实无华却充满哲理的书，一本很值得一读、谁读谁受益的书。……继续点赞评论转发！

（范明阳系解放军驻京部队某部大校军官）

读《军履回望》张明刚自选集有感

贺云峰

时代从甲骨文渐变到人工 AI，历史又岂能止步于网络化的今天？人的精神需求如何于网上取精？闹中取静，最好的营养大餐《军履回望》进入眼帘，大气而厚实，精炼而深邃。

雄文三卷既是智慧集成，更是心血凝聚，且极具穿透力、感染力、生命力。我感到，理论之光是忠诚之作、阐释信仰，军营之声是青春之作、英雄赞歌，心灵之窗是励志之作、家国情怀！可谓篇篇感人，篇篇精品。

《治虚打假的马副师长》务实求实，《厚积而薄发》是成功良方，《106 块弹片》告慰前线英魂，《红腰带》解读战地青春，《血战封丘》燃起抗日烽火，《零点哨位》无上光荣，《献给母亲的歌》情真意切……

可以说，《军履回望》解读的是军旅和人生，书写的是忠诚和勇气，阐释的是荣光和自豪！读来感人心脾，启迪心智，热血沸腾！不仅是时代佳作，而且是人生哲理；不仅是军旅心路，而且是英雄赞歌；不仅是初心回望，而且是新程再启。必将在时代大潮中激发斗志，引领风尚！

（贺云峰系解放军驻京部队某部大校军官）

发现一部好书
——读《军履回望》有感

商清瑞

《军履回望》张明刚自选集，以多个独特视角，静谧朴实地讲述革命战争年代以及和平建设时期部队发生的鲜活故事。该书底蕴深厚，脉胳清析，语言生动，人物形象鲜明，是继魏巍先生之后不可多得的军旅题材力作。

"醉卧沙场君莫笑，古来征战几人回"。没有参加过战争、没有深厚文学功底、没有家国情怀的作家，是很难准确、鲜明、生动而深刻地描叙战争生活的。而这几方面的因素，张将军都是具备的，所以他能巧夺天工、妙手回还各种战争场面、各色英雄人物……

总之，将军作家张明刚奉献的《军履回望》这部佳作，高扬主旋律，充满正能量，读之可以增强人民的精神力量。可以说，它既是一部优秀的励志书，又是一部进行爱国主义教育、国防教育的好教材。

我是偶然发现并且一读就对张将军的这部书爱不释手的，真心希望更多人特别是年轻读到这部好书，所以我点赞评论转发朋友圈了！

（商清瑞系毛主席特型演员、书法家）

一个美妙的小视频——读《军履回望》有感

刘柏言

每次读《军履回望》张明刚自选集，我的脑海里总是出现这样一个美妙的短视频：张将军作家坐在挂满文字的殿堂里，像演奏他的家乡——随州出土的曾侯乙编钟一样，通过对文字进行熟练、巧妙而神奇的摆兵布阵——调遣、排列、组合，然后拿捏、点拨、敲打……于是奇迹出现了——那原本没有生命和温度的一个个冰凉的汉字，突然间变成了一篇篇有血有肉有骨头、充满人间真情实感的深度好文！这一篇篇优美的文章，不但具有鲜活灵动的生命，而且具有一种积极向上的能够撼动大山、打动人心的巨大精神力量，在启迪、愉悦、感动广大读者的同时，也让张将军自己的人生在对文字的神奇美妙组合中，闪现出一道道分外耀眼的光芒！……至于背景音乐嘛，我想象应该是现代的激昂的打击乐，与这个视频图像匹配度高一些的才好！……继续点赞评论转发朋友圈！

（刘柏言系山西省吕梁市近期退役大学生士兵）

从《军履回望》张明刚自选集看新闻作品的生命力

王小文

这段时间，陆陆续续拜读将军作家张明刚的新闻和文学作品，倍感亲切，仿佛又把我带回了火热的军营生活，带进了熟悉的连队，熟悉的官兵中间。那些凡人锁事，那些对于部队建设的所思所感所悟，常常引人共鸣。谁说新闻是易碎品？！这些昔日故事，在今天看来，于带兵育兵，于建连育人，于加强基层建设，仍然具有很强的借鉴意义和指导作用。……张将军是从基层一步步成长起来的军队高级干部，这些作品伴随了他四十多年的军旅足迹，更是来自实践的带兵之道，具有强大的生命力、感染力。……愿更多的战友，更多的朋友能读到将军的佳作，并从中获得教益！继续点赞评论转发朋友圈！

（王小文系解放军驻疆部队某部原大校军官）

读《军履回望》张明刚自选集断想

肖一沙

从某种意义上说，一部《军履回望》就是一部青年士兵在部队大熔炉里的成长史，一部新时期人民军队的发展史，一部新中国改革开放的建设史。

或者说，该书见证了一名普通士兵成长为共和国将军的闪光足迹，见证了人民解放军不断发展壮大的光辉历程，见证了中华民族复兴的伟大进程。

你看啊，家国天下，战火硝烟，青春热血，胸怀格局，人性光辉，人情练达……都融入了这部平凡而又非凡、厚重而又精美的《军履回望》之中了。

我以为，只有经过新闻报道员的扎实历练，才会有这么细腻而又哲思的优美笔触；只有走上将军的领导岗位，才会有这么宏阔而又深远的思维视野……

在此，我祝贺张将军为自己的军旅留下这么美好的相册，也感谢张将军为我们所有军人留下了这么宝贵的记忆。

（肖一沙系人民武警报社大校社长）

读张明刚《军履回望》断想

赵立波

读《军履回望》，我感受到了作者张明刚少将的思想魅力，理论魅力，文学魅力，人格魅力！我要向作者首长学习！读《军履回望》，我学习到了作者的思想发展史，成长奋斗史，深感这是值得我一生学习的难得的宝贵精神财富！

读《军履回望》，我体会到了作者和他的战友们都是对党无限忠诚，对战友无比关心！为了党和人民的利益，他们不惜牺牲自己的生命；那浓浓战友情，情真意切、情深意重！值得我们学习致敬！

读《军履回望》，我认为这是一部军旅人生的励志好书，是一笔宝贵的精神财富！深感作者的人与文都是我的好榜样，我要好好学习领会！

（赵立波系解放军驻沪部队某部大校军官）

母子端午争读《军履回望》张明刚自选集

宋敏娜

这个端午节，我哪儿也没去，就想好好地读读书、充充电。泡好一壶茶，我打开书柜寻找要读的书……哎，对了，就是它了——《军履回望》张明刚自选集，我取出这本早就想好好读一下的书，开始认真地读了起来。

谁知我刚读了一会儿，同样喜欢读书的儿子陈正则跑过来，要我把书让给他先读。我说，去，小孩子凑什么热闹，读你自己的书去吧，让妈妈安静地读会儿书。

孩子见我不肯把书让给他，倔脾气上来了，一把将书抢过去，自己读了起来……为了怕我再抢走，还用两只小胳膊压着书！……瞧，他认真读书的这个样子，倒是很可爱的哦！……

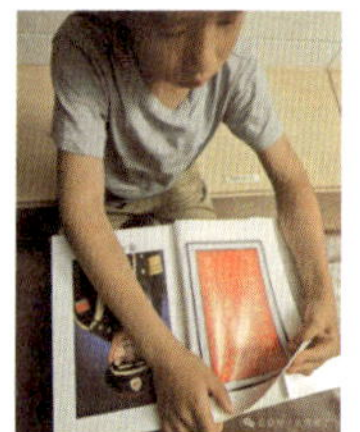

哈哈哈！……没想到我喜欢读的这本书，对儿子也挺有吸引力的！

《军履回望》张明刚自选集，如此受到读者的喜欢，殊为不易哦。

（宋敏娜系北京市朝阳区某单位干部）

广州读者乔丹：

今天是六一国际儿童节，我把《军履回望》张明刚自选集这本好书，作为节日礼物，送给我的宝贝儿子茆书言！书言小朋友，你要茁壮成长呀！尽快成人成才呀！……不要辜负长辈首长的期望哦！

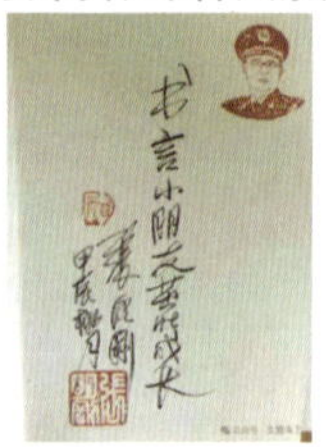

（乔丹系解放军驻穗部队某部中尉军官）

郑州读者姚辉：

作为资深的铁杆张粉钢丝，我读张明刚自选集《军履回望》的心得体会是：日学一文，功进一层！……我还专门为我儿子买了这本书，并请将军作家亲自签名，希望我儿子在暑假里好好学习，收获满满！点赞收藏转发了！

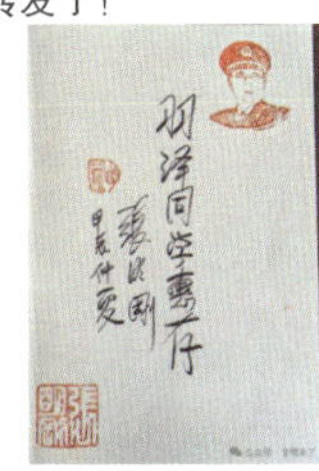

（姚辉系信息工程大学大校军官）

北京读者陈钟：

女儿的暑假读书生活（图片2幅）

（陈钟系解放军驻京部队某部上校军官）

北京读者刘程：

实属罕见！我注意到，《军履回望》张明刚自选集出版后，从中国作家协会主席到众多文坛名流大家，从社会各界精英人士到全国各地普通读者，从熟悉张明刚将军的亲友到完全不认识张将军的陌生人……不是几个人、几十个人，而是几百人、几千人都在为这部大作写书评、谈感受！……这在当今时代，应该是一种十分难得一见的现象！这种现象说明了什么呢？我想，至少可以说明以下七点：①这是一本好书。②喜欢这本书的人很多。③读这本书能够引起大家的共鸣。④网络时代优秀纸质图书仍会受到欢迎。⑤写书评的人对这本书真的阅读了、真的喜欢了、真的被打动了、真的思考了。⑥喜欢这本书但由于种种原因没有写出书评的大有人在。⑦作者张明刚将军有人格魅力，这从著作的热烈反响即可窥见！可谓人品见书品，书品见人品！……以后我要多向张将军学习！点赞！转发！

（刘程系原总装备部宣传部大校副部长）

武汉读者文坤斗：

读《军履回望》张明刚自选集，我感受到了将军作家的文武之道：张驰之间，情浓意厚，激情飞扬，力透纸背！……我也是个张粉钢丝，我点赞转发了！

（文坤斗系湖北省作家协会原党组书记、副主席）

北京读者李振东：

读《军履回望》张明刚自选集有感：一忠一孝一初心，一文一武一将军，一章一卷一真文，一生一世一乾坤。……继续为将军作家点赞！继续评论转发他的连载文章！

（李振东系原总政治部机关大校军官）

长沙读者肖顺平：

我感到，《军履回望》张明刚自选集这部大作站位高、底蕴深，内容全、写法活，有味道、耐咂摸……给人一种向上的精神力量！读后，让人深受鼓舞，深受启发，深受教育！……继续点赞评论转发将军作家的连载文章！

（肖顺平系国防科技大学教授）

成都读者赵开增：

通读了一遍《军履回望》张明刚自选集，我感到这部书写得很好！读后受益匪浅！……点赞评论转发他的连载文章！

（赵开增系原成都军区中将副政委）

武汉读者马清明（二则）：

①戎马倥偬，耙耕人生；慈母恩重，故乡情长！……我都看到了，《军履回望》张明刚自选集确实深受广大读者欢迎，张将军的粉丝确实太多了！我也算一个吧，我也点赞评论转发了！

②我喜欢汪曾祺的文章，也喜欢张明刚的文章。网上看汪曾祺的散文，每天至少一篇，最近又在读学友周报连载的张明刚《军履回望》电子版。别说这两人很多方面还真有一比：文章都很接地气，语言平实又生动，文风质朴且清新，都善于在生活细节中开掘出优美的意境，彰显出厚实的底蕴，篇篇皆精品。每天读一篇，每天都有新收获！继续为“军中汪曾祺”——将军作家张明刚点赞，继续评论转发朋友圈。

（马清明系湖北省随州市委原书记）

北京读者慈爱民（二则）：

①将军作家张明刚这篇文章虽短，事情不大，但寓意深刻。体现了作者善于运用生活中的这类小故事来阐发大道理的本领。……继续点赞评论转发了！

②我注意到，将军作家张明刚采访铁源的这篇专访，是发表在1992年6月的《解放军报》上的，那个时候他还年轻，能采访到这样的著名音乐家，能写出这样有深度的专访，的确很不简单。这篇专访的可读性很强，尤其是文尾借用铁源的话，写出了这位名家的“警示格言”：“我恪守的信条是，默默无闻时，我是铁源；大红大紫时，我仍是和过去一模一样的铁源。我从来都不为名利所动心，我更看重的是一个艺术家的作品的社会效益，以及他为人民奉献出多少高档次的精神食粮。”这段话虽是铁源的独白，其实也是写给我们每个人的。……继续点赞评论转发！

（慈爱民系中央宣传部《党建》杂志社原社长，现任中国编辑学会副会长、《世界英才》杂志社总编辑）

大连读者曲嘉钟：

这几天，我认真拜读了张明刚自选集《军履回望》，读后心潮起伏、心情久久无法平静。他的经历和我比较接近，都有军营的生活，都有新闻工作的经历。特别是他从普通农家子弟一路走来的艰辛和顽强的毅力让我钦佩，我要发自心底地想对作者说一声：张明刚，好样的，真棒！

从事新闻报道工作很是辛苦，作者的勤奋和睿智让他收获了丰硕的果实。军人的职业弥漫着风险和牺牲，作者用自己无畏和献身精神，书写了中国军人的血性和风采。作者的字里行间，有浓浓的战友情，有深深的亲情，体现了作者是一个有情有义的人。

一步步走来，作者的脚步是扎实的。他的成功，得益于平民的血脉和精气；得益于底层劳动人民的勤劳和奋斗；得益于夹缝中挤压出来的豪气和睿智。结集出版的作品，记录了他走过的不平凡之路，定格了人生不同阶段的苦涩和亮点。也让读者看到了一个时代、一座军营中诸多鲜活的人物和鲜亮的故事。感谢本书作者张明刚少将，为读者提供的优质精神食量！

随着年龄的增长和阅历的增加，作者对社会和人生会有更加深刻的认知和品悟，期待作者更加精彩的文学作品问世！

（曲嘉钟系辽宁职工报社原副总编辑，《劳动者》杂志原总编辑）

北京读者魏博文：

一个偶然的机会，我遇见了《军履回望》作者张明刚及其著作。初见明刚先生，一身便装难挡浑身散发的军人气质，刚毅正直，英俊威武，真个是想像中的将军；再一交流，儒雅随和，谈吐不凡，更像是一个温厚的学者……明刚先生，将军作家是也。

初读明刚先生著作，便让我深深震撼：一是跨度大、创奇迹，从农家子弟到边防战士，从初中文化到我军最高学府研究生导师，并且经历战火硝烟，淬炼成共和国将军！二是精神可嘉、可学，兼具追求卓越的志向，奉献牺牲的情怀，永不服输的意志，坚韧不拔的毅力，健康向上的品质，勤学苦练的韧劲，平易近人的态度等等！三是坚守初心、砥砺前行，军务繁忙、笔耕不辍，四十年如一日，用自己独特的视角和灵动的文笔，书写着军旅生涯中的闪光足迹，成就了一部催人奋进的伟大作品——《军履回望》张明刚自选集！

接下来的日子，我将静下心来，认真通读、精读、研读明刚先生的大作，从中汲取精神营养……因为我认为，在动辄怨天尤人、日趋浮躁的当下，读明刚先生的著作，是一件非常有意义的事情，将会使我的生活得到充实，思想得到升华，精神得到洗礼，灵魂得到净化……对于我的人生和事业都将大有益处！

（魏博文系某公司北京分公司业务负责人）

北京读者金娅楠：

我感到，《军履回望》张明刚自选集是一本好书，充满积极的、健康的、向上的正能量，正气充盈，好读耐品，感染人，鼓舞人，启迪人，给人以智慧、力量和美感！因此，我向我的朋友们推荐了！

（金娅楠系北京瑞安蒂娅商贸有限公司董事长）

哈密读者于江风（三则）：

①日有所思，夜有所梦。也许是读《军履回望》“入戏”太深的缘故，前天晚上，我居然做梦梦见了该书作者张明刚老首长，并梦见许多人都在读他的著作！……

②我感到，《军履回望》张明刚自选集这部佳作，是值得反复阅读的人生教科书，越读越有味，越读越有感，越读越有劲，越读越受益！……点赞！收藏！转发！

③我很喜爱《军履回望》张明刚自选集这部大作，读过纸质书之后，对学友周报连载该书的每一篇文章，以及中数联盟制作的每一集音视品，我都认真学习，深感受益匪浅！……继续点赞评论转发了！

（于江风系武警新疆总队哈密支队上校警官）

随州读者申宗斌：

明刚战友每期《军履回望》连载文章我都认真、仔细、反复拜读，文章内容丰富多彩，实实在在，贴进生活，反晌热烈，读后深受启发，收获很多，印象也很深刻。

军旅生涯42载，明刚战友从随县吴山镇小山村一名初中生，到如今的一名共和国将军。他的奋斗史，他所经历的历程，是我们这批战友无法比拟的。明刚战友的自选集《军履回望》赢得家乡——随县，随州市，湖北省乃至全国全军各行各业读者的普遍赞许，是进行爱党、爱国、爱军教育的优质精神食粮。

明刚战友是我们这批湖北随州籍战友的骄傲，学习的楷模。我们以他为荣，同时也激发我们在各自岗位上奋发图强。珍惜当下，展望未来。

（申宗斌系湖北永鑫医疗器械有限公司法人代表、总经理）

雅安读者王军（三则）：

①我与张明刚将军未曾谋面，经新疆战友推荐，冒昧添加首长微信并从网上购买了《军履回望》一书。通过拜读张将军佳作，品读读者感言，更加深切地感受到，张将军是一部厚重的大书，人如其文，文如其人。

②每次学习张明刚《军履回望》连载文章，都是思想的洗礼，知识的充电，素质的提高。

③因为真心喜欢张明刚自选集《军履回望》这部佳作，我不但自己认真拜读、学以致用，还推荐给家人和亲朋好友们！昨天，我又把这本书推荐给了一位军校刚毕业的新战友，他也很喜欢，还对我的推荐表示感谢！……继续点赞评论转发朋友圈！

（王军系四川省雅安军分区上校军官）

襄阳读者童光源：

字字珠玑，充满力量，催人奋进！谢谢张明刚将军美文！

（童光源系湖北省襄阳市委统战部副部长）

北京读者王炳怀：

每天晚上都认真阅读学友周报的连载。我感到，张明刚《军履回望》的每一篇文章，都是他的亲身经历，亲身感受，都是第一手材料；都凝聚了他的心血、汗水和智慧；都很有文采，读起来引人入胜，每次都是一口气读完。感谢作者张明刚同志，为我们奉献这么好的精神食粮。致敬

（王炳怀系北京市西城区军休干部）

北京读者魏统晓：

张明刚首长笔下流淌出的一曲曲英雄赞歌，淋漓尽致的展现了人民军队的英雄本色。首长写英雄、赞英雄、学英雄，实际上首长更是一位英雄，首长经历的不平凡的人生旅程，更加值得我们学习品味。

（魏统晓系解放军驻京部队某部少校军官）

北京读者冯冰：

今天是假期最后一天，我要特别感谢张明刚将军赠送的大书《军履回望》，使得我在这个五一国际劳动节的读书生活，过得充实而有意义。

这部书非常励志鼓劲，开篇就讲艰苦奋斗、攻坚克难。一边读着首长的大作，我一边想到，人的一生是漫长的，会遇到许多艰难困苦和这样那样的现实考验，能否战胜困难、经受住考验，是检验一个党员干部的重要标志。我在这部书里找到了答案。这个答案，让我豪情满怀，浑身是劲！

书中推介的先进典型人物众多，比如林正书，在这方面就做得非常好。他当架线连指导员时，带领连队到边境架线，那时困难很多，但他不怕困难，敢于战胜困难。他生命不息，奋斗不止，用自己全部的青春和热血，书写了一部光辉的人生历史。他的事迹和精神，非常值得我们学习。

（冯冰系中科亿海微科技合作办公室主任）

成都读者王广军：

我读张明刚《军履回望》的最大感受是，平凡的事件，丰富的生活，简朴的文字，生动的哲理，无不蕴含于他的字里行间！读后，让人轻松愉快，又收获颇多！真正的良师益友！超赞超赞！

（王广军系四川省贸促会干部、退役大校军官）

襄阳读者柏遵国：

我们这个社会需要正能量！读张明刚《军履回望》连载文章，总是让人热血沸腾！……

（柏遵国系湖北省襄阳市南漳县政协副主席）

成都读者魏琪：

向张明刚首长学习致敬！《军履回望》一书的文章都是至臻宝库，读后深受教育启发！非常感谢！

（魏琪系解放军驻蓉部队某部上校军官）

上海读者华菁：

张明刚《军履回望》一书中的许多文章，都是以小案例说法，既教思想又教方法，读后受益匪浅！

（华菁系解放军驻沪部队某部大校军官）

北京读者易赛键：

《军履回望》张明刚自选集满满正能量，详实感人，反响热烈，发行量大，影响深远！

（易赛键系求是杂志社副编审）

沈阳读者吴溪：

张明刚《军履回望》连载的每一篇作品，我都认真浏览学习。之前连载的一些文章，都是站在全军或高级领率机关角度，理论和实践相结合、领导机关和基层部队相结合，具有很强的针对性、辐射力和指导意义。近期连载的新闻作品，当年多数刊发在《解放军报》《前进报》上，每一篇读着都很亲切，因为许多报道当时都认真拜读过。这些精品大作，都是他学习、思考、实践、梳理和提炼的“真经”“好经”，应该成为各级政工干部和部队报道人员的教科书和工作指南。

（吴溪系原沈阳军区前进报社大校社长）

北京读者郭彩丽：

我感到，《军履回望》张明刚自选集这部书，满满正能量，妙笔传神，生动感人，启迪思考，是进行党纪学习教育的辅导素材……认真学习中。

（郭彩丽系北京邮电大学信息与通信工程学院副院长）

北京读者滑翔：

张明刚将军的成长经历本身就很感人，3名新战士的读后感发自内心，充满真情，让大家产生共鸣，催人奋进，这就是《军履回望》的现实和深远意义！

（滑翔系海军驻京部队某部原大校军官）

三亚读者胡道清：

张明刚自选集《军履回望》这部书，如同一面镜子，映照的是外在，体现的是内在，连在一起的都是真实纯粹，打动人，激励人，塑造人。感谢首长！敬礼首长！为首长喝彩、点赞！

（胡道清系驻海南三亚部队某部大校军官）

乌鲁木齐读者孙玉：

最近一段时间，我静下心来，把《军履回望》张明刚自选集通读了一遍。深深感到，张将军确实讲出了高度，让人读后有很多启发、感悟和收获！好书！点赞！

（孙玉系新疆国际大巴扎文化旅游产业有限公司董事长）

北京读者敖铭华：

最近，我有空就看《军履回望》张明刚自选集。这是我爸向我推荐的一本好书。读后，我感到大有裨益，倍感励志！

将军作者的勤奋与刻苦让我汗颜，将军作者的专注与执着更令我惭愧。干点活就叫苦叫累，感觉事业不景气就转换方向，用我爸教育我的话讲，"这就是为啥人家能当将军，而你连基层都做不好的原因"。

我告诉我爸，将军的作品我一定要坚持读、反复读。书常读常新，人常思常有所悟。待我学有所获，再写个像样的读后感。我爸对此很满意。

（敖铭华供职于北京拉卡拉支付股份有限公司）

北京读者吕能亚：

每篇都很精彩，部队气息很浓，沾满了军营生活烟火气。有味道！点赞！转发！

（吕能亚系武警福建省总队原政委）

北京读者王海峰：

拜读了张明刚《军履回望》连载文章，感觉一篇一篇地读似乎有点不过瘾，希望能够订购纸质书！

读完此书，能让人找到刚入伍时那种热血沸腾的工作干劲，更让人感觉到保持这种干劲的重要性。

只要思想有光芒，便可无处不青春！感谢首长作者！点赞转发！

（王海峰系解放军驻京部队某部大校军官）

北京读者崔淑妮：

我发现不少亲朋好友都在读《军履回望》张明刚自选集，可见这本书的影响力太大了！……好书！点赞！

（崔淑妮系清华大学先进院资质办主任）

北京读者姜巍：

今晚，我们单位理论夜校和学习小组进行集中学习，逐字逐句精学《军履回望》张明刚自选集"理论之光"卷中的部分文章……太棒了！我要点个大大的赞！

（姜巍系解放军驻京部队某部上尉军官）

孝感读者王国义（二则）：

①我认为，《军履回望》张明刚自选集有"七强"：真实性强，可读性强，操作性强，吸引力强，感染力强，说服力强，影响力强！点赞收藏了！

②明刚将军军旅生涯四十余载，东西南北服从组织安排，始终牢记使命、不忘初心，扑下身子、干事创业，艰苦奋斗、攻坚克难，脚踏实地、求真务实，勤学苦练、笔耕不辍……以这种坚强毅力和拼搏精神，成就了大作《军履回望》，非常难能可贵，是值得我一生学习的楷模。……我要点个大大的赞！转发了！

（王国义系湖北省孝感军分区原副局级干部）

北京读者石建元：

周六（5月25日）上午，我网上订购的《军履回望》张明刚自选集一书到手了。午饭后，一切料理完毕，适逢天公下雨不停。于是，我静下心来，雨天读书，顿感沁人心脾，受益匪浅，似乎又回到了学生时代……这是一种久违的享受，美哉！妙哉！

（石建元系解放军驻京部队某部大校军官）

随州读者杜秋：

从《军履回望》张明刚自选集中，我吸收了足够的精神营养，点燃了"信仰之火"，鼓起了"理想之帆"，启航了"思考之船"，搭建了"过河之桥"，耸起了"担当之肩"，激发了"干事之劲"，……多谢作者奉献的这部好书！

（杜秋系湖北省随县机关事业单位社会保险服务中心办公室主任）

乌鲁木齐读者曾建华：

深夜连读三遍张明刚《军履回望》连载文章，感受颇深，受益匪浅。为张将军骄傲，为张将军点赞，向张将军学习致敬。转发了

（曾建华系武警新疆总队原大校军官）

北京读者李楚坤：

《军履回望》张明刚自选集是座宝库，作者点亮《理论之光》、奏响《军营之声》、打开《心灵之窗》——既传播立德树人的道理，也传授办文办事的方法；既有阳春白雪的高雅，也有直抵人心的朴实；即是半生戎马的回望，也是开局启新的指引。读之或感叹于思想有力，或流连于故事有趣，或敬佩于事业有为，很受启发、很有裨益。

（李楚坤系解放军驻京部队某部中校军官）

北京读者袁泽杰：

我感到，张明刚《军履回望》是一部好书，学友周报的连载很有意义，这次调整优化改版后，有利于更加方便快捷地阅读，令人耳目一新。这些文章非常好，挺有味道，很耐咂磨……看得出来，作者从当年到现在，一直非常努力，非常能吃苦……后来成长为共和国将军，也充分印证了这一点！向明刚同志学习！点赞！

（袁泽杰系军委办公厅大校军官）

北京读者郭福友：

我是个在部队工作的老百姓，认识张明刚将军已经三十年了。当年认识的时候，觉得他没架子，好相处，后来慢慢的感觉到他这个人低调做人，高调做事，很不简单，很有"两把刷子"！……有个小事到现在我还没有忘记，就是有一次我从他办室门前路过时，被他看到了，就把我请进办公室喝了杯茶，走的时候还把他的茶叶分给了我一半。这使我特别受感动，因为也不是哪个领导都能像他这样，对我们这些不穿军装的工作人员还这么关爱的。他写的《军履回望》我很喜欢，每篇都学，不是领导让学的，是因为书好，我自觉自愿学的。学习了以后感到确实有学头，有看头，学了有劲头！点赞！

（郭福友系原总政治部机关职员）

北京读者刘平（二则）：

①明刚将军，您好！您是著名的军中儒将，文武双全的将军作家，您是家乡随州人民的骄傲，学习的楷模！我们这里收藏有您的大作《军履回望》若干，同志们都很喜欢，常常对此书温故知新！希望您方便的时候，过来小坐一下，在书上签名留念，我们也好藉此当面聆听您的大作背后的更多故事。谢谢！

②明刚将军的佳作《军履回望》，我一直作为床头书，每天睡前补充营养，让书中的正能量激发新一天的热情和力量。每每想书写一点儿读后感，但在他的如椽巨笔面前，不敢轻易置喙，所以有感而发的千言万语只能留存心中！……明刚将军是家乡随州的骄傲，明刚将军的书随州人民很爱读！向明刚将军学习致敬！转发了！

（刘平系湖北省随州市政府驻京联络处主任）

随州读者王波：

《军履回望》张明刚自选集读后感：老同学张明刚在他的军旅生涯中，取得了令人瞩目的成就。他的才华和勤奋使他独树一帜，成为我们学习的榜样。他用自己的心血、智慧和汗水谱写的这部佳作，已成为我们心中的一座永恒的丰碑。……点赞！

（王波系湖北省随州市吴山镇石材销售和运输从业者）

海南读者吕群：

很喜欢《军履回望》张明刚自选集，不但对《学友周报》的每一篇连载认真学习感悟，回到家里有空我就看摆在书桌上的这部书。感谢首长奉献的精神食粮！

（吕群系解放军驻琼部队某部原上校军官）

北京读者陈晨：

感谢张明刚首长定期推送的精神食粮，使我跟进学习，受益匪浅！……今日端午，看到首长发来的粽子图片，我突然有感而发：粽子的外衣都是平淡无奇的粽叶，却是内有乾坤、营养美味，这正如首长的文章，在一个个简单大气的标题之下，细细品味，无不包含着精神的营养、文字的美感和向上的力量！……敬祝首长端午安康。

（陈晨系解放军驻京部队某部上校军官）

福州读者胡东华：

很喜欢《军履回望》张明刚自选集这本书，不但读纸质版的，还读《学友周报》连载电子版的，对连载时发表的【读者感言】也很感兴趣，所以每期连载我都转发朋友圈，强力推荐给亲朋好友们，让他们和我一起学习张将军佳作，增添正能量！……继续点赞！继续转发！

（胡东华系解放军驻榕部队某部大校军官）

三亚读者代青：

读《军履回望》张明刚自选集，我感到作者用思想的火炬、时代的丰碑、铁骨的脊梁和博大的温情，在教育和激励着我们！……感谢首长作者！致敬首长作者！

（代青系解放军驻三亚部队某部大校军官）

北京读者卫星：

久闻张明刚将军大名，也拜读了将军的大作，仰望！点赞！学习！转发！……张将军格局情怀是我永远学习的榜样！军中有张将军，是我们随州人的骄傲，是国家之所幸！……期待将军有空到我们单位

交流指导！

（卫星系北京航天测控技术有限公司党委书记、董事长）

北京读者刘元海：

精选朋友圈留言2则——

❶将军作家张明刚的作品，总是娓娓道来，文字很细腻，感情很真切，深入人心，润物无声。读完很有感触，很受教育！……学起来转起来！

❷将军作家张明刚的作品，文虽短，意深远，总是能够引起读者的共鸣共情，这是文字的力量，更是人格的力量！……继续学起来转起来！

（刘元海系解放军驻京部队某部上校军官）

上海读者邬杰：

朴素的文字，真挚的情怀，不渝的追求，璀璨的人生……这是我读《军履回望》张明刚自选集的真实感受。点赞！收藏！转发！

（邬杰系解放军驻沪部队某部原副局级干部）

广州读者张晓文（二则）：

①《军履回望》张明刚自选集，我感到越读越有滋味，写得太好了！……特别是书里的文章画面感非常强，像是电影叙事！……比如，北疆边防连队战友真情令人回味，现在读来，勾起了我很多温暖的回忆。环境越艰苦，感情越深厚！……向张明刚首长学习致敬！转发了！

②《军履回望》张明刚自选集这部佳作，我一直在认真地读，读后深感收获很大。我和身边的朋友们交流，发现他们也都在读，读后也都有很多感受！……因为这部书，因为同是张粉刚丝，使我和朋友们增加了一个交流的话题，从而有了更多的共同语言！……点赞转发了！

（张晓文系解放军驻穗部队某部大校军官）

乌鲁木齐读者杜海刚：

读张明刚《军履回望》连载文章，听新媒联盟传媒音频，看有关视频，我感到特别亲切！……老首长张明刚的著作读后使我深受教育，激励着我安心工作，不断努力，做出新的成绩。每一期的连载文章，都让我心灵得到共鸣、精神受到鼓舞，坚定我扎根基层、奉献边疆的决心。点赞了！转发了！

（杜海刚系武警新疆总队机关中校警官）

崇左读者罗闰之：

读《军履回望》张明刚自选集感言：学以励志，学以促干！感谢首长推送！首长心系国家，胸怀家乡，功勋卓著，佳作绝伦，感人至深！……点赞转发！

（罗闰之系解放军驻广西崇左某部上校军官）

吕梁读者周昌盛：

看张明刚将军向家乡捐赠著作视频有感：军中翘楚，楚人之光！我们湖北人的骄傲！向首长学习、致敬！点赞了！转发了！

（周昌盛系山西省吕梁军分区原大校司令员）

哈尔滨读者迟宏波：

从乡村少年，到边防战士，到共和国将军！……《军履回望》张明刚自选集一书，虽然是部作品集，但透过一篇篇精美的文章，我看到了张将军从军40载所走过的一行行脚印，看到了他个人一步步成长的心路历程……催人奋进，感人至深，非常值得一读！……我是"刚丝"，点赞收藏转发！

（迟宏波系中国劳动保障报黑龙江记者站站长）

成都读者李魁魁（二则）：

①最近有机会阅读了《军履回望》张明刚自选集，深有同感，大有启迪，颇有收获，成为张粉了！……好书！点赞收藏转发！

②将军作家张明刚《军履回望》中的每篇文章，我认真看过之后，都感到深受启发，都是一次学习提升，都有很多收获体会！……继续点赞评论转发朋友圈！

（李魁魁系解放军驻蓉部队某部上校军官）

北京读者史小威：

跟着《学友周报》连载的节奏，每天学习老领导张明刚的大作《军履回望》，我仿佛又回到过去，倍感亲切，并且受益匪浅！……我是刚丝，点赞转发了！

（史小威系北京市总工会干部）

成都读者张翀：

我在手机上读了几期张明刚《军履回望》连载文章，感觉很好，但不太过瘾，就从网上下单购买纸质书。昨天书已到手，我迫不及待地打开一看，书很精美厚重，很是喜欢。接下来，我将对书中每个章节、每篇文章都好好品读，在感悟张将军军旅心路历程的同时，向首长学习、致敬……我是张粉我高兴我受益我转发！

（张翀系新希望集团服务投资发展中心战略投资总监）

郴州读者邓建军：

近期，拜读了《军履回望》张明刚自选集。我觉得这是一本难得的好书，满满的正能量，非常的感人，特别是对我们走好今后的人生路很有借鉴和启示意义！……"一个人的成就是他人生苦难的总和"这句话，在本书作者张将军身上得到了充分体现："从戎酷爱一支笔，乐在边陲写春秋"，"40年里，我的年龄在增长，阅历在加深，战场在转移，岗位在变动，职务在提升……一切都在变化中，不变的是，我一直没有忘记初心使命，一直没有停止对知识的渴求和对真善美的追求，一直没有放下手中的这支笔。"……人间正道是沧桑！……我成为一名刚丝了，我点赞我转发！

（邓建军系湖南铜一科技有限公司董事长）

烟台读者郭宗华：

近一年来，我一直在拜读《军履回望》张明刚自选集纸质版，并跟随着《学友周报》连载的节奏阅读电子版！……我深感自己的学习收获很大，深感这本书对年轻人的帮助巨大，因为书中都是满满正能量的文章，并且可读性很强！……我是铁杆刚丝我学习我转发！

（郭宗华系山东烟台鲁吉汽车科技有限公司创始人、董事长）

北京读者张祥塍（二则）：

①满满正能量，悠悠家国情。这八个字，是我读《军履回望》张明刚自选集的真切体会！……好文共欣赏！我是张粉我转发了！

②我觉得，《军履回望》张明刚自选集富有情感、充满激情、笔力强劲，非常真挚感人、鼓舞人心、催人奋进，特别适合我的阅读口味，因为我很喜欢读这类有浓浓的人情味儿的文章！……我是铁杆的张粉钢丝，我点赞转发了！

（张祥塍系北京市检察院第二分院干部）

南宁读者孙晓彦：

阅读《军履回望》张明刚自选集，我感到很有共鸣，很受启发，很有收获！感谢将军作家写的好书！……我也成为张粉刚丝了，我要点赞收藏转发！

（孙晓彦系广西南宁市数字信息化办公室原副主任）

长春读者裴义群：

作为曾经和明刚一同参战时的直接领导、老山前线战场上的生死兄弟，我感到《军履回望》张明刚自选集这部大作，记录过去难忘的峥嵘岁月，唤起我们一代人的美好回忆，留下不懈奋斗的宝贵精神财富，在教育、激励和鼓舞人们砥砺前行、实现幸福美好人生理想等方面，具有重要的现实和深远意义！明刚战友的军旅生涯取得圆满成功，成为一名光荣的将军作家，现在又重任在肩，希望他今后继续努力再创佳绩！……我也是个张粉刚丝，点赞评论转发！

（裴义群系原沈阳军区某部大校军官）

襄阳读者杜琛：

我现在不光爱看《军履回望》张明刚自选集纸质书，还喜欢看学友周报每篇连载文章后面发表的读者感言。我深深感到，将军作家的文章是朴实平实动感的华章，善用简单的语言勾勒出生动、形象而深刻的人物、故事画面，这不仅体现了他对生活细腻的观察和深刻的思考，更展现了他文章写作技巧的高超绝妙！……我也是个铁杆张粉刚丝啦，我点赞我评论我转发！

（杜琛系中共湖北省襄阳市南漳县委宣传部长）

北京读者田波：

品读将军作家张明刚《军履回望》这部佳作，作为一名湖北籍转业军人，我深为其中的丰富经验、领导艺术、指挥才能所惊叹。书中所体现的敬业精神，有助于我们更加专注于本职；书中所阐释的方法策略，有助于我们提升团队凝聚力和战斗力；书中所分享的领导思维，给我们带来很大的帮助和启发。我一边读着书，一边被其中的经验和故事所感动；一路回望，被作者深厚的阅历和渊博的知识所激励。书中的思想、精神和灵魂已传达给世界，希望在这种独特视角和思考方式下，我们一起前行，一路坚守！……我是铁杆张粉刚丝，我学习转发了！

（田波系新华通讯社总编室干部）

乌鲁木齐读者张泱：

我是个资深的张粉刚丝，《军履回望》张明刚自选集第一版刚刚出版发行的时候，我就买来拜读过；去年十一月以来，我又跟随学友周报连载的节奏，逐篇重温。在阅读学习的过程中，我经常深受感动，深受启发，收获很大！……我深感这是一部难得的好书，值得我永远学习！……张粉刚丝算我一个哈，继续学习继续转发！

（张泱系中信银行乌鲁木齐分行党委委员、纪委书记）

滁州读者吕威：

收到将军作家张明刚亲笔签名的《军履回望》后，我很感激、很感动、很感染！很感激，将军在百忙之中，亲自为我签名盖章并邮寄的这部佳作，是最珍贵和理想的藏书，其重要价值，在于读者与作者之间的一份独有联结；很感动，被将军作家字里行间倾注的真情所感动，被将军作家书里一个个生动形象的人物和故事所感动，被将军作家四十多年如一日的苦读勤耕、落笔有神所感动；很感染，全书 55 万字，183 篇文章记录着将军作家 42 载军旅生涯的不易，尤其是将军作家的新闻作品，让作为一名宣传干事的我很受感染，激励着我要向将军作家那样，不负韶华，自强不息！……我是刚加入到张粉钢丝里面的新兵，我点赞收藏转发了！

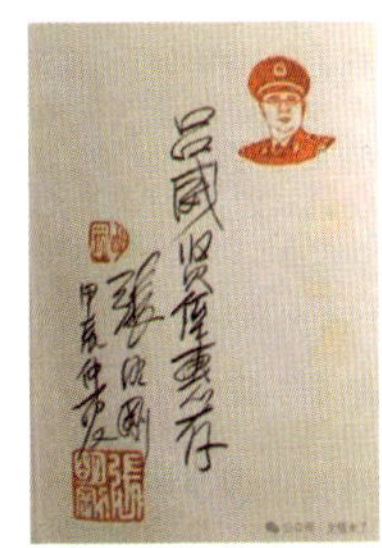

（吕威系解放军驻安徽滁州部队某部上尉军官）

上海读者喻琪林：

我很喜欢《军履回望》张明刚自选集这部佳作，我建议当兵的多读读，当官的也该多读读，老百姓闲暇的时候也值得读读！……因为我读这部书的体会很深、收获很大，是个铁杆张粉钢丝，所以我继续转发张明刚《军履回望》连载，希望朋友们都读读！

（喻琪林系上海宜邦富安科技公司总经理）

北京读者周国江：

认真拜读，深度好文！这是我读《军履回望》张明刚自选集连载以后，最想对朋友们讲的一句心里话！……我也是张粉，点赞转发了！

（周国江系解放军驻京部队某部少将军官）

石家庄读者李宝立：

我的血糖有些高，看手机多了视力就模糊，所以看手机时间不能太久！但我看手机时，只要刷到张明刚《军履回望》连载文章，都会必读必转发！因为我非常喜欢张将军这部大作，对他充满佩服、敬意和感激之情！……特别是每次读他书里有关咱们东北老部队的那些文章，都能唤起我的许多美好回忆，感到非常亲切！……当时我在团司令部当参谋，他在团政治处当报道员，我们同吃一锅饭，几乎天天碰面，书中的许多人和事，现在回想起来历历在目，经常有提笔想写点什么的冲动！……我是资深铁杆张粉钢丝，我点赞评论转发了！

（李宝立系解放军驻石部队某部原副处级文职干部）

乌鲁木齐读者张宏伟：

认真拜读了《军履回望》张明刚自选集，我感到这部佳作与一般文学作品有很大的不同，将军作家的作品是真经历、真感情、悟真道，全部都是来自军营的真善美，没有任何虚构的成分，这让我非常震撼，因为毕竟只有真才能打动人心！加之将军作家文笔清新、优美、流畅，富有现场感、画面感，使我读着读着就不由自主地进入了“情况”，仿佛置身于字里行间，与这部书融为一体，宛如昨日，又回到曾经的老部队，引起内心的强烈共鸣，深受感动，回味无穷！……我是铁杆张粉钢丝，我点赞转发给朋友们了！

（张宏伟系乌鲁木齐市纪委监委干部）

重庆读者郑佳军：

我一直在拜读《军履回望》张明刚自选集纸质书，还跟着看学友周报的连载文章和读者感言，这对我的启发很深，收获很大！……我在武警部队基层一线带兵，将军作家这部佳作中的许多思想和方法，很具体、很实在、很管用，对我干好本职工作的启发和帮助也是很大的！……向张明刚首长学习致敬！我是他的铁杆粉丝，我点赞转发了！

（郑佳军系武警重庆市总队某支队上校警官）

济南读者边保民：

将军作家张明刚的《军履回望》这部大作，我一直在认真阅读，很受感动，很受启发，受益匪浅！……我也是个张粉钢丝，我点赞评论转发了！

（边保民系武警山东省总队原少将政委）

北京读者杜迎畅：

今年以来，我几乎每天都在学习《军履回望》张明刚自选集，并且还在看学友周报对这部佳作的连载，以及随连载配发的大量评论文章，我感到每天都有新的收获，每天都有新的进步！……感恩将军作家张明刚！我是铁杆张粉钢丝我转发了！

（杜迎畅系山东省高密市原驻京办党委副书记）

北京读者谢刚：

我很喜欢《军履回望》张明刚自选集这部佳作，出差期间也带在身边抽空拜读，边座谈调研，边学习体会。今天，正好一个单位组织老领导授课，我们一起交流，感触更深，收获更多！……我是资深铁杆张粉钢丝，我点赞转发了！

（谢刚系解放军驻京部队某部大校军官）

成都读者张磊峰：

我感到，《军履回望》张明刚自选集，传播真善美，弘扬主旋律，满满正能量！文笔生动传神，文章好读耐品，情感真挚饱满，是一部上乘的军事文学作品！我认真地拜读了书中每一篇文章，深受启发，深受感动，收获很大！……向将军作家张明刚学习致敬！我是铁杆张粉钢丝，我点赞转发了！

（张磊峰系解放军新闻传播中心某部军官）

北京读者康玥洋：

我在单位经常做撰写材料这类文案工作，一直以来，总感到抓不住精髓，文字质量不高……《军履回望》张明刚自选集这部佳作，给了我很大帮助，认真拜读学习借鉴后，我的写作能力有了很大提高，受益匪浅！……非常感谢将军作家！我是张将军的铁杆粉丝，我点赞评论转发了！

（康玥洋系北京长数科技公司首席运营官）

北京读者张萍：

心中早已是无比崇敬！昨天，得到了将军作家张明刚的亲笔签名书，我特别开心、特别荣幸！……亲爱的朋友们，作为一个读书人，我深感《军履回望》张明刚自选集是本好书，畅销书，励志书，教科书，因此我强烈推荐！

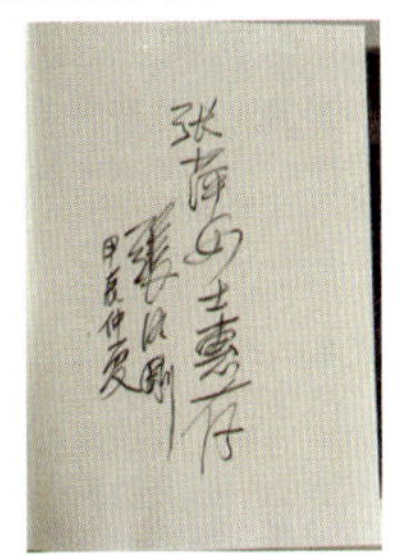

（张萍系北京红嫂（图书）文化科技公司经理）

北京读者翟林萍：

认真拜读了《军履回望》张明刚自选集，我感到将军作家以简洁、灵动而深情的笔触，勾勒出一幅幅生动形象的从军历史生活画卷。张将军的亲身经历，让我感受到了那份对党的忠诚、对国家的情怀、对战友的深情以及对故土的眷恋。书中不仅记录了艰苦卓绝的训练与战斗场景，更有对家人、对故土的深深思念，展现了军人铁骨柔情的一面。读罢此书，我被将军的坚韧不拔、无私奉献的精神所感动，更加敬佩那些默默守护国家安宁的中国军人们。这本书不仅是对个人军旅生涯的回顾，更是对广大军人精神风貌的讴歌，激励着我们珍惜和平，不负韶华，努力奋进！……我是资深铁杆张粉钢丝，我点赞评论转发了！

（翟林萍系解放军驻京部队某部原大校军官）

乌鲁木齐读者任军：

一位从士兵成长起来的将军，经受了战火的洗礼，经历了基层火热生活的历练。一部《军履回望》张明刚自选集，饱含着对基层官兵的深厚感情，充满着对人生的感悟与智慧，它不仅仅是对过去军旅生活的简单回顾，更是一支献给所有军人的赞歌。它让我们看到那些在严寒酷暑中坚守岗位的坚毅脸庞，以及在无数次挑战与困难面前，中国军人所展现出的无畏与担当。将军作家张明刚书写的这些故事，如同璀璨星辰，照亮了历史的天空，也温暖和鼓舞了每一个读者的心灵。我是张将军铁杆张粉钢丝，我点赞我评论我转发！

（任军系解放军驻乌部队某部大校军官）

北京读者王顺志：

将军作家张明刚的作品均来自部队基层官兵的生活实际，文笔清新优美，人物故事生动形象，理论文章通俗易懂，具有很高的推广传播价值！……我是铁杆张粉钢丝，我点赞评论转发了！

（王顺志系湖北省襄阳市南漳县驻京办主任）

北京读者周明生：

看了《军履回望》张明刚自选集后，我很受启发，很受鼓舞，受益匪浅！……我是铁杆张粉钢丝，我点赞收藏在看并转发了！

（周明生系北京财贸职业学院干部）

天津读者曹卫国：

我很喜欢《军履回望》张明刚自选集，不单读纸质书，还跟着学友周报的连载节奏学习，我感到那些读者的评论写的也非常好，读后很受启发，收获满满！……我是铁杆张粉钢丝，我点赞收藏转发了！

（曹卫国系天津市滨海新区大港油田监督检测中心三级工程师）

南京读者辜辉钦：

首长送“粮食”，我们享“大餐”！这是我读《军履回望》张明刚自选集后，最想对张将军和他的读者朋友们说的一句话。……我是铁杆张粉钢丝，我点赞转发了！

（辜辉钦系解放军驻宁部队某部大校军官）

郑州读者邱庆：

认真拜读《军履回望》张明刚自选集，我不禁为书中充满积极健康向上的正能量所打动，特别是将军作家从士兵到将军不凡的丰富历程，深厚的理论功底，赤诚的家国情怀，感人的真情流露，深深感染打动了我。作为八一建军节的礼物，我已将这部佳作推荐给了我的同为军人的妻子。……我是张将军的铁杆粉丝，我点赞评论转发了！

（邱庆系信息工程大学大校军官）

乌鲁木齐读者李梅：

我感到，《军履回望》张明刚自选集这本书，写出了形象鲜明的人物、感人至深的故事和通俗易懂的道理，满满的正能量，开卷有益，是本非常难得的好书，非常值得推荐学习！……我是资深铁杆张粉钢丝，我每期都点赞转发！

（李梅系中国银行新疆分行行政事务机构部干部）

北京读者郭明清：

我认为，将军作家张明刚《军履回望》这部佳作里面的每一篇文章，都是我们部队官兵现实生活的真实写照，不仅资料珍贵，文风独特，而且处处弘扬主旋律，充满正能量，是一部学习工作生活的教科书、指导书，读后深受启发、受益匪浅，非常值得点赞收藏推荐！……我是铁杆张粉，我转发了！

（郭明清系解放军驻京部队某部原副局级文职干部）

随州读者辛松：

文章朗朗上口，人物栩栩如生，故事生动感人，道理深入浅出，情感真挚饱满……这是我读《军履回望》张明刚自选集的突出感受！……我是资深铁杆张粉钢丝，我点赞评论转发了！

（辛松系湖北省随州市公安局原副局长、三级警监）

黄冈读者冯理强：

我真心感到，《军履回望》张明刚自选集写的太好了！人物形象鲜明，故事生动感人，理论通俗易懂，情感真挚丰满……不愧为是将军作家的大手笔！……我是资深铁杆张粉钢丝，我点赞评论转发了！

（冯理强系解放军驻黄冈部队某部原副局级文职干部）

乌鲁木齐读者雷存钢（二则）：

①生动的军史，基层的教材；强军必读，成才必学。这是我读《军履回望》张明刚自选集的真实感受。向将军作家战友致敬！……我是铁杆张粉钢丝，给我点赞转发了。

②读《军履回望》张明刚自选集有感：张将军作家笔力深厚，人物呼之欲出，故事跃然纸上，理论深入浅出；文章标题大气醒目，构思布局精巧雅致，语言文字生动形象！……继续点赞评论转发了！

（雷存钢系武警兵团总队原大校军警官）

北京读者丁玉贤：

我认真阅读了张明刚《军履回望》连载的每一篇文章，感到大作文笔流畅，人物形象鲜明，故事内容感人，道理阐述深透……阅后很受启发，获益匪浅。只是觉得隔日连载一篇，一周才三篇，节奏有些缓慢，没读过瘾！……我也是个铁杆张粉钢丝，我点赞评论转发了！

（丁玉贤系全国人大机关原局长）

北京读者孔凡军：

通读了一遍《军履回望》张明刚自选集，我最深的感受是：文风朴实！文章上乘！……我也是个张粉，我点赞转发了！

（孔凡军系原总参谋部机关大校军官）

长沙读者曹升洋：

走进《军履回望》，感受将军心路历程！…… 每天拜读将军作家张明刚的文章，我感觉太好了！……我是铁杆张粉钢丝，我继续评论转发了！

（曹升洋系长沙市芙蓉区委侨联副主席）

北京读者李剑：

读《军履回望》张明刚自选集，我真切地感到，将军作家字里行间真实而生动纪录着他的成长轨迹：《理论之光》照耀前行之路，《军营之声》吹响强军之音，《心灵之窗》点亮梦想之灯！……文字苍劲有力，情感真挚饱满，内容健康向上！……读之令人动容、催人奋进，给人以精神力量！……我是铁杆张粉钢丝，持续跟进学习中，持续点赞评论转发中！

（李剑系解放军驻京部队某部大校军官）

武汉读者彭孝扬：

通读了一遍《军履回望》张明刚自选集这部佳作，我从内心深处感受到，该书于朴实中见真情，于平淡处蕴真知，于自然里见功夫，是一部有真货干货的好书，能打动人心，催人奋进，给人以健康向上的精神力量！……我是铁杆张粉钢丝，我点赞评论转发了！

（彭孝扬系联投湖北工业建筑集团公司营销总监）

福州读者林志荣：

认真拜读《军履回望》张明刚自选集，我感受到了将军作家平实老辣的文笔之美，严谨深刻的思维之美，生动形象的语言之美，平易近人的态度之美，激情干事的工作之美，张驰有度的生活之美……我是铁杆张粉钢丝，我继续点赞评论转发了！

（林志荣系通用技术集团工程设计公司华南区域中心总经理）

北京读者黄振：

文笔流畅，感情细腻，画面感、带入感非常强！……这是我读《军履回望》张明刚自选集的突出感受！……我也是个张粉，我点赞评论转发了！

（黄振系解放军驻京部队某部大校军官）

新疆读者毋华强：

从士兵到将军，我以前只是听到过传说。后来的现实生活中，我有幸真的见到过将军作家张明刚，并熟读了他的自选集《军履回望》，使我受益匪浅，感慨很多！我甚至还在想，若早年能拜读他的著作，我的人生应该不是这样！……我是资深铁杆张粉钢丝，我继续点赞评论转发了！

（毋华强系新疆准东经济技术开发区恒宏电力检修公司董事长）

宜昌读者杨万益：

我很喜欢《军履回望》张明刚自选集这部大作，不光看纸质的书，学友周报连载的每一篇文章也都看了。最大收获和启示是，我从中看到了将军作家的艰辛和坚守，没有哪一个人能随随便便成功！……我是资深铁杆张粉钢丝，每期必读必评必转！

（杨万益系湖北省宜昌市自由职业者）

武汉读者齐道一：

最近拜读了将军作家张明刚的几篇散文，受益匪浅！张将军的散文情感真挚厚重，文笔行云流水，意境深邃丰富，读后被人民子弟兵来源于人民、忠诚于人民的鱼水深情深深打动！……点赞评论转发了！

（齐道一系湖北省随州市委组织部原副部长）

金华读者王建国：

军人的责任，重于泰山；军人的荣誉，

熠熠生辉。这是我认真拜读将军作家张明刚自选集《军履回望》后，体会最深的一点。学友周报的连载，我每期也都在拜读，并且每期都转发推荐给朋友们，大家都很喜爱，感到读后很有收获。

（王建国系浙江省金华市委老干部局副局长）

北京读者辛泽田：

我很喜欢将军作家张明刚自选集《军履回望》这部佳作，不但读纸质的书，还跟着读连载。印象最深的是《106块单片》这篇文章，写得非常感人，读着读着我就流泪了，内心深受震撼……点赞评论转发了！

（辛泽田系解放军驻京部队某部中校军官）

天津读者杜海科：

我很喜欢《军履回望》张明刚自选集这部书，一直在拜读，学友周报的连载也一直在跟进拜读，并且每次都转发朋友圈，推荐给我的朋友们。大家都说，这部书写的非常好，非常值得研读，读后非常受启发，收获满满！

（杜海科系武警特色医学中心急诊医学科主任、大校主任医师）

北京读者王瑛：

读《军履回望》张明刚自选集有感：军旅生涯四十余年，戍过边、打过仗、反过恐，满满的回忆，满满的收获，满满的正能量，读后感同身受！……将军作家张明刚讲的是亲情战友情，更是家国情怀，军人使命、职责与担当！点赞评论转发！

（王瑛系解放军驻京部队某部大校军官）

北京读者马东：

将军作家张明刚的军旅人生，脚踏实地，行稳致远，从一位普普通通的新兵到新时代共和国将军。他少时做着文学梦，后来和现在做着强国强军梦，正是这样一份对于理想信念的执着坚守，才成就今日的将军作家。他对于梦想的追逐、对于事业的执着、对于强军的信念都很坚定，正是这样一种百折不挠的坚强性格，才有了最终的成功。他的成功，是一步一个脚印、踏踏实实、扎扎实实筑建而成的，这是非常值得我们后辈学习并作为跟随者去继承接棒的。……点赞评论转发了！

（马东系解放军驻京部队某部大校军官）

襄阳读者谭慧莉：

非常感谢余飞叔叔的推荐，使我拥有了《军履回望》张明刚自选集这部佳作。认真拜读后，我深受启发，受益匪浅，非常喜欢，已被视若珍宝！……我感到，该文字里行间洋溢着浓浓的家国情怀，展现了崇高的精神风范，彰显出新时代革命军人的政治本色，以及保家卫国的英雄气概！……我认为，将军作家张明刚以渊博的学识、独到的眼光、睿智的见解、敏锐的思维，以及催人奋进的人生智慧、深入浅出的表达形式、生动形象的语言文字，让《军履回望》成为一部增强人们精神力量的优秀图书，成为新时代奋进者的精神乐园！……总之，这是一部难得的好书，我要点赞评论转发，推荐给我的亲朋好友们！

（谭慧莉系湖北省襄阳市高新技术开发区创业服务中心企业部长）

北京读者石志坚：

我非常喜欢《军履回望》张明刚自选集这部佳作，已经读过纸质版的书，现在又跟着学友周报的连载逐篇重温。我还很喜欢读每期连载后面精选的读者感言，我感到，这些来自全国各地的众多的陌生读者，说出了我的心里话，许多评论留言非常精彩到位。我的最大感受是，学习将军作家张明刚的文章，可以增添正能量——战胜困难的精神力量！……继续点赞评论转发了！

（石志坚系解放军驻京部队某部原副局级干部）

济南读者赵庆：

去年以来，我一直在读将军作家张明刚自选集《军履回望》这部大作。该书收录了作者从军40多年来，公开发表的具有代表性的理论文章、新闻作品和文学作品183篇。静下心来细细品味该书，我感到，一个个形象鲜明的军旅人物和生动有趣的军营故事，艺术地再现了军人生活的质感和温度，彰显了军人特有的精神品质和家国情怀。……好书难觅，点赞评论转发了！

（赵庆系解放军驻济部队某部大校军官）

北京读者朱博（二则）：

①我感受最深的一点是，《军履回望》张明刚自选集有人物、有故事，有情怀、有文采，有思想、有底蕴，有精神、有灵魂……我将认真学习，大力宣介，把将军作家张明刚的这部好书，传播给我所有的亲朋好友们！……点赞评论转发了！

②将军作家张明刚好文采，生动形象地展现了如何保持我们党的先进性、纯洁性，这样一个非常重要的问题！对于那些不符合党员标准和条件的人，不管他耍什么花招，一定要挡在门外！……继续点赞评论转发朋友圈！

（朱博系北京北信源智慧城市事业部总裁助理）

厦门读者李建海：

拜读将军作家张明刚《军履回望》纸质书，以及学友周报对其作品的连载，经常引起我的强烈共鸣，使我备受教育、备受启发、备受鼓舞，深感受益匪浅！……好书！点赞评论转发了！

（李建海系海军厦门水警区原大校军官）

北京读者张大庆：

一个偶然的机会，我得到一本《军履回望》张明刚自选集后，就迫不及待地开始读起来，从头开始，一篇接一篇，根本停不下来。说实话，已经好久没认真读过书了，更是好久没读过如此厚重和感人至深的书了。读后，我的心情久久不能平静……我深切地感受到，理论之光卷是政工干部实用的教科书，军营之声卷中的老干部工作读来倍感亲切，心灵之窗卷的文学作品直击灵魂深处！……每篇文章都是一幅幅动人的画面，整部著作有如一册长长的画卷，又似奔腾不息的大河，有时波澜壮阔，有时润物无声！……将军作家张明刚的丰富经历是我无法复制的，但张将军的精神和情怀却是值得我学习的！点赞评论转发了！

（张大庆系解放军驻京部队某部大校军官）

北京读者毕树礼：

读将军作家张明刚自选集《军履回望》，我的最大感受是：奋进之路，犹在眼前！国家是由我们每个人、每个小家庭组成的“大家庭”，军人则是这个“大家庭”的保护者。张将军用直击人心且朴实无华的笔触，将不平凡的军旅生涯表述出来，不仅使我对伟大的祖国的发展渊源有了深刻的理解，而且使我对中国军人的使命担当和奉献牺牲有了全新的认识。期待《军履回望》能给更多人带来人生启示。……继续点赞评论转发了。

（毕树礼系北京医路同行医院管理咨询公司总经理）

兵团读者杨振华：

因为喜欢，我一直在学习将军作家张明刚的大作《军履回望》，除了读纸质版的书，还读学友周报的连载，深感到收获很大，学到了很多东西，特别是那种不懈奋斗的精神！……继续点赞评论转发！

（杨振华系新疆生产建设兵团第7师124团政委）

北京读者张京宁：

学海无涯，学无止境。业余时间，我的最大爱好就是读书学习。读到一本好书，就是最美的享受。张明刚自选集《军履回望》就是这样一本好书，我沉浸其中，不能自拔，深受启发，受益匪浅！……向将军作家张明刚学习！继续点赞评论转发朋友圈！

（张京宁系北京中盛信鑫投资管理有限公司董事）

北京读者康馨予：

我很喜欢《军履回望》张明刚自选集，已读过纸质版的书，现在又跟着学友周报读连载。我感到，将军作家张明刚的文章写的太棒了，读后深受启发，感慨很深，受益颇多！……我也点赞评论转发朋友圈了！

（康馨予系麻省理工医学院生物学博导）

北京读者唐振兴：

多年没有见到明刚将军了，今读他的大作《军履回望》，深受启发，受益匪浅。我在感到十分亲切和欣慰的同时，不由得回忆起了和他交集的过往。我和明刚结识是在20多年前了，我当时负责全国老龄办的信息联络工作，他做为解放军总政治部的信息员和联络员，对全国老龄办的工作给予了大力支持和协助。明刚工作扎实肯干、文化底蕴深厚、性格豁达开朗、心态积极向上乐观，继承了姥姥身上的中华民族传统美德，爱工作爱家爱国家，展现了中国军人的风彩，成为我工作和生活中的良师益友。……为明刚将军的优秀作品点赞！继续转发朋友圈！

（唐振兴系全国老龄办机关退休干部）

乌鲁木齐读者苗龙：

我很喜欢《军履回望》张明刚自选集

这部佳作，前年底书刚一出版就开始认真拜读了，现在又读学友周报的连载，可以说一直在学习，常读常新，很受启发，收获很大！……好书！继续点赞评论转发了！

（苗龙系乌鲁木齐市副市长兼公安局局长）

北京读者俞能升：

我很喜欢《军履回望》张明刚自选集，已读过纸质的书，每期连载也都跟进重温，那数以千计的读者感言很有质量。我从书中汲取了知识和营养，学习了经验和方法，找准了方向和路径，明确了思路、举措和抓手……深感对我的启发和帮助很大！感谢张将军作家的好书，继续点赞评论转发了！

（俞能升系武警部队参谋部某直属单位大校警官）

北京读者高春：

拜读张明刚自选集《军履回望》，我感到，自古荆楚出英才，人杰地灵啊！作者身为农家子弟，一路走来，机遇与挑战并存，靠着一支笔走遍大江南北，从普通边防战士到共和国将军，从战士新闻报道员到中国作家协会会员，实属不易，由衷的佩服！……继续点赞评论转发朋友圈！

（高春系军事博物馆原上校军官）

大连读者张铁安：

文笔精妙，故事感人；生动形象，印象深刻！……无论何时解放军都是最可靠、最可爱、最可依赖的人！……读将军作家张明刚《午夜惊魂》一文有感！继续点赞评论转发朋友圈！

（张铁安系解放军驻连部队某部原正处级干部）

乌鲁木齐读者聂如凯（二则）：

①我很喜欢《军履回望》张明刚自选集这部佳作，每读一文，都深受感动！……继续点赞评论转发朋友圈！

②我很喜欢《军履回望》张明刚自选集，因为这部书非常接基层部队地气，作品情感真挚、行文流畅、意蕴深厚，富有现场感、画面感、代入感，穿透力、震撼力、感染力极强，是一部难得的好书！……为将军作家张明刚点赞！继续评论转发朋友圈！

（聂如凯系武警新疆总队原少将警官）

上海读者张真铭：

故事精彩，描述生动。——读《军履回望》张明刚自选集有感。好文共欣赏，继续点赞评论转发朋友圈！

（张真铭系上海上大鼎正软件股份有限公司董事长）

北京读者王春富：

读《军履回望》张明刚自选集有感：将军作家以优美灵动的文笔，将军营生活和经历跃然纸上，力透纸背！读后深有同感、深有共鸣、深受启发，受益匪浅！……点赞评论转发朋友圈！

（王春富系军委机关事务管理总局原大校军官）

北京读者张旗：

将军作家张明刚近期连载的作品，都是一个个生动有趣、引人深思的小故事，符合现在的阅读习惯，便于读者茶前饭后方便快捷地翻看阅读！……给我们办报人的启示非常深刻！继续点赞评论转发了！

（张旗系解放军报社上校军官）

北京读者叶海涛：

越读越有味，越读越有劲，越读越想读，越读越敬佩！……读将军作家张明刚《军履回望》有感！……继续点赞评论转发朋友圈！

（叶海涛系北京湖北大厦有限公司总经理）

武汉读者张英杰：

将军作家张明刚以优美灵动的文字，揭开军旅生活的神秘面纱，笔力雄劲，意蕴深厚，图文并茂，语言生动接地气，画面感、代入感、可读性很强！……读《军履回望》，使我"认识"一个个人民子弟兵的光辉形象，开阔了思维视野，十分感动，十分受教！……点赞评论转发了！

（张英杰系华中科技大学继续教育学院副院长）

北京读者蒋蓓：

我网购了《军履回望》张明刚自选集，读后收获很大！因为很喜欢这本书，现在又随着学友周报连载的节奏重温每一篇文章。我还很喜欢读那些伴随连载发表的众多的陌生的读者感言，这使我的体会更加深刻。……每期连载，我都会在第一时间转发朋友圈，大家也很喜欢，纷纷点赞留言。

（蒋蓓系解放军驻京部队某部大校军官）

北京读者阮芳：

近期工作之余，我都在研读《军履回望》，深感将军作家张明刚文字功力深厚，布局巧妙，富含哲理，回味悠长！读后使我深受启发，深受鼓舞，受益匪浅！……特别是对我们履行好岗位职责，具有极大的激励和指导作用！……因此我认为，这部佳作既是文学书，又是理论书、工具书！……每期连载，我都点赞评论转发朋友圈！

（阮芳系浙江波普环境服务有限公司驻京办主任）

北京读者田宝：

将军作家张明刚的自选集《军履回望》，充分展示了人类智慧和文学魅力，让我读后难以忘怀，深深地陶醉其中。书中主人翁的善良大爱，犹如一缕温暖的阳光，照亮了我们的世界，让我们感受到了人间的美好；书中主人翁是我们心中的楷模，为美好的世界注入了无限的力量，也让我们明白了真善美的真谛；书中主人翁让我看到了永恒的美德，它能够穿越时空，感动人心，让大家共同追求幸福美好的人生。……向张将军学习致敬！点赞评论转发朋友圈！

（田宝系北京社会主义学院•北京中华文化学院客座教授）

随州读者余正文：

我已读过《军履回望》张明刚自选集纸质书，现在每天又跟随学友周报的连载学思践悟，受益匪浅！……昨天，我那在部队当军官的儿子探亲回家了，和我提到有部队领导建议他读一读《军履回望》这部著作。我说这真是太巧了，我手头就有啊，并且是将军作家张明刚亲笔签名的。当他看到我案头上的这部大作时，欣喜若狂，视若珍宝，说总算见着将军签名的原著了，真是太好了！一定要好好拜读学习！……继续点赞评论转发朋友圈！

（余正文系湖北省随州市万福店农场场长）

南京读者徐哲：

我感到，张明刚自选集《军履回望》字字珠玑，深刻深情又接地气，读起来让人心潮澎湃，又倍感亲切。更重要的是，读后能给人以深刻启迪，使人深受鼓舞和激励！……我要转发朋友圈，推荐给我身边同志朋友，让他们也感受到将军作家的深情、智慧和文字魅力！

（徐哲系解放军驻宁部队某部少校军官）

齐齐哈尔读者王金忠：

每次看到将军作家、老战友张明刚的文章，都会让我想起在部队时的生活，那难忘的岁月、火热的军营、可爱的战友、燃烧的青春……我真的非常怀念！……向明刚战友学习致敬！继续点赞评论转发了！

（王金忠系黑龙江省齐齐哈尔市克东县烟草专卖局原局长）

北京读者刘红涛：

非常荣幸获得将军作家张明刚面签赠书《军履回望》，我和家人们都很高兴！认真拜读以后，我们认为这部佳作不仅是一部军事文学作品，更是一位军人对过往经历的深刻反思与精辟总结。张明刚少将作为一位有着丰富实战经验的军人，利用练达生动的文字展现了他传奇的经历和深刻的思考，为我们及下一代青少年提供了一个了解军旅生活和军人精神风貌的窗口，更为青少年一代树立了榜样，其深远的影响和重大的意义，令人赞佩！……点赞评论转发朋友圈！

（刘红涛系北京北咨私募股权投资基金管理公司高级副总裁）

北京读者戴汉忠：

我曾经为军队服务过几年，非常尊敬我们最可爱的人，也非常喜欢阅读军事文学作品。《军履回望》张明刚自选集我一直在读，今天非常荣幸的见到了该书作者、和蔼可亲的张将军，内心无比激动，仰慕之情无以言表！……我们家乡人都知道，将军作家是个很认真的人，做人很讲究，作文连一个标点符号都不放过的！向将军学习致敬，继续点赞评论转发朋友圈！

（戴汉忠系湖北省随州市政府驻京联络处工作人员）

郑州读者马传友：

拜读《军履回望》张明刚自选集这部佳作，我感到无论是装帧还是内容，都十分大气、高端，字里行间充盈着一位共和国将军的家国情怀。这也是将军作家入伍后，在人民军队这个大熔炉里用心学习、用心工作、用心做人的真实写照。张将军学习勤奋，思维敏捷，才华横溢，工作之余不忘笔耕，以自己人生的经验和体会鼓舞人、激励人、引导人……以书引路，功德无量！……继续点赞评论转发他的连载文章！

（马传友系信息工程大学大校军官）

随州读者韩起璞：

我认为，《军履回望》张明刚自选集是宝贵的精神食粮，它从多个层面和维度，全方位展现了一个共和国将军的家国情怀。张将军不仅是人民军队的骄傲，更是我们随州人民的骄傲！……继续点赞评论转发朋友圈！

（韩起璞系湖北省随州市摄影家协会主席）

徐州读者余睿喆（二则）：

①读将军作家张明刚《军履回望》有感：篇篇激励催人奋进，句句刚劲饱含力量，字字珠玑打动人心；故事情节跌宕起伏、扣人心弦，文字功底跃然纸上、力透纸背！……继续点赞评论转发了！

②读将军作家张明刚《军履回望》随感：字里行间，文采斐然，人物形象刻画的栩栩如生，军旅故事描述的动人心弦……继续点赞评论转发了！

（余睿喆系解放军驻徐部队某部中尉军官）

乌鲁木齐读者韩立博：

在一个偶然的机会里，我得到一本大书——《军履回望》张明刚自选集，一下子就喜欢上了。当天，我就开始认真拜读……现在又读学友周报连载的电子版……说实话，现在能读到这样好的书真的很幸运……很难得的作品，太值得推荐了，每次学友周报连载该书的文章一发出，我都立马转发朋友圈！

（韩立博系新疆乌鲁木齐市城市科技技工学校副校长、工会主席）

武汉读者杨丹：

《军履回望》是将军作家张明刚的一部自选文集。书中的每一篇文章都充满了力量和智慧，无论是理论阐述还是新闻报道，亦或是文学创作，都透露出作者对生活的深刻理解和对事业的无限热爱……这部书还让我较为全面的了解了军人生活的世界和他们的心路历程，使我对生活有了更多美好的期待……继续点赞评论转发朋友圈！

（杨丹系武汉大学继续教育学院培训部主任）

北京读者庄晏：

学友周报连载的张明刚《军履回望》系列文章，我陆陆续地读了一些，感觉篇篇都很精彩、很经典，满满的正能量！读后很受启发，受益匪浅！……继续为张将军点赞！继续评论转发他的连载文章！

（庄晏系空军指挥学院原少将政委）

北京读者赵刚：

读《军履回望》张明刚自选集，我感到将军作家的作品不但有军旅风格，还和地域特色和时代气息，内容丰富多彩，文笔清新流畅，可读性很强！……为张将军点赞！继续评论转发了！

（赵刚系军事科学院少将军官）

北京读者徐江凌：

学友周报连载的《军履回望》张明刚自选集很好，我一路追读，收获良多！……继续为将军作家点赞！继续评论转发！

（徐江林系解放军驻京部队某部少将军官）

无锡读者谢永涛：

久仰张明刚将军大名大作，他最近因公出差无锡，我终于得以第一次近距离接触！张将军给人的感受是，挺拔帅气的身姿，眼神透露出深邃和睿智，充分彰显出军人威严和力量……交流中将军道出：不论行业领域，但凡取得成功的人士，皆具备“勤奋、虚心、坚韧”六个字，我对此深有同感，印象深刻！……继续点赞评论转发将军作家的连载文章！

（谢永涛系解放军驻锡部队某部门诊部医生）

北京读者宫庆辉：

认真拜读张明刚《军履回望》连载文章，学习了解这么多军旅故事，印象深刻，感触颇深，收获很大，期待后续！……像我们入伍晚的官兵，书中很多故事都没听过，但感觉这才是部队最本真的样子！……为张将军作家点赞！继续评论转发！

（宫庆辉系军委政治工作部机关上校军官）

乌鲁木齐读者王自杰：

读《军履回望》张明刚自选集，我感到将军作家的作品写得非常有激情，精气神韵味实足！军人气度非凡，正能量充盈，鼓舞人心，催人奋进！……好文章值得学习赞赏！继续点赞评论转发朋友圈！

（王自杰系新疆乌鲁木齐市阆中商会副秘书长）

北京读者沙玛建峰：

我真心认为，将军作家张明刚的文字太生动了，比如吉林白城的盐碱地，许多人包括我也去采访过，但跟将军写出来的文章相比，感觉差的太远了，张将军真是不愧为新闻采写的大家高手！我想，这大概是因为他的文学素养极高的缘故吧！……继续点赞评论转发了！

（沙玛建峰系中国自然资源报社办公室主任）

北京读者陈雪梅：

感谢将军作家张明刚一直以来奉献的丰富而又精彩的精神食粮！……《军履回望》连载内容积极向上，情节生动感人，读后有身临其境之感，令我受益匪浅！……这些文章凝聚着张将军的心血汗水，展现出他的才华才情，令人敬佩！——真是一位有思想文化底蕴的新时代共和国将军！……继续点赞评论他的连载文章！

（陈雪梅系中国老年报社原终审）

廊坊读者蔡传庭：

将军作家张明刚在四十余年的军旅生涯中，凭借着无可指责的人品官德，扎实过硬的专业能力，相当强大的心理素质……在异常艰难困苦的环境条件下，不忘初心、不懈奋进，历经坎坷、不屈不挠，终于收获了属于他的成功！……继续为张将军点赞！继续转发他的连载文章！

（蔡传庭系河北廊坊市宏丰泰咨询管理有限公司副总经理 ）

新疆读者杨坤橙：

拜读将军作家张明刚的佳作，我深受启发，深受激励，受益匪浅！……《军履回望》凝聚了张将军四十多年的心血、智慧和精力，出此大作实属不易，教科典范，必定永传百世！……继续点赞评论转发他的连载文章！

（杨坤橙系新疆中橙普惠进出口外贸公司董事长）

襄阳读者晏兆品（二则）：

①乡情，亲情，家国情，将军深情！将军心，故乡情！——读张明刚《军履回望》连载有感。

②读将军作家张明刚自选集《军履回望》佳作，本人深受启迪，受益匪浅；从张将军身上，本人受教更多，十分荣幸！……谢将军垂爱，以文会友，不亦乐乎！……继续点赞评论转发将军的连载美文！

（晏兆品系湖北省襄阳市南漳县政协主席）

随州读者王文良：

我除了平时从手机上看到和转发老战友、将军作家张明刚的佳作连载以外，我的床头上还专门放着网购的一本《军履回望》纸质书，可以在工作之余慢慢拜读、仔细欣赏！……将军战友创作辛苦了！为他的革命精神点赞！

（王文良系湖北省随州市随县厉山镇东方村村医）

北京读者张亚丰：

看了几期学友周报的连载文章后，我觉得不够解渴，已经购买将军作家张明刚的自选集《军履回望》纸质书，并且开始了仔细拜读……张将军丰富的经历阅历，优美的文章，生动的故事，让我眼界大开，深受启发，受益匪浅！……向将军致敬！评论转发他的连载文章！

（张亚丰系解放军驻京部队某部中校军官）

成都读者王学军：

《军履回望》张明刚自选集这部大作，凝聚着将军作家四十多年的心血、智慧和汗水，闪耀着思想之光、文字之美和人性之美，是一部难得的优秀作品，实属不易、弥足珍贵！……赞了！赞了！转发了！

（王学军系解放军驻蓉部队某部少将军官）

北京读者有令泉：

虽然读过许许多多的书，但是当我读到《军履回望》张明刚自选集时，却让我感觉眼前一亮，很受震撼！……让真理之光永放光芒，祝将军作家明刚好友幸福安康！继续点赞评论转发了！

（有令泉系解放军驻京部队某部原少将军官）

乌鲁木齐读者陈克婷：

认认真真通读了一遍《军履回望》，我深感将军作家张明刚写的每篇文章都很传神，劲道有味，让人犹如身临其境，深有同感！张将军不仅是历史事实的见证者，更是豪情满怀的文学大家，透过他的文章可以看到国魂军魂民族魂，激励人心、催人奋进，读后收获满满的正能量！尤其是贯穿其中的艰苦奋斗、攻坚克难和无私奉献的精神，更是让我深感震撼和敬佩……读了张将军的书，我相信，只要我们坚定理想信念，奋力拼搏，勇往直前，就一定能够战胜前进道路上的一切困难和挑战！……好书共享，我要推荐给我的亲朋好友们！

（陈克婷系新疆乌鲁木齐市政府机关干部）

北京读者孟学政：

最近，读了将军作家张明刚的自选集《军履回望》，我认为这是一部十分珍贵的文学作品，是一位新时代革命军人的宝贵回望，思想性、艺术性、可读性很强，读者反响强烈，社会效益明显，影响越来越大。……点赞祝贺！收藏转发！

（孟学政系信息工程大学原校长，少将军官）

北京读者唐本高：

将军作家张明刚戎马一生，繁忙军务中利用业余时间笔耕不辍，著就这部可以领悟人生真谛的自选集《军履回望》！……祝贺他的军旅生涯成就辉煌！继续点赞评论转发他的连载文章！

（唐本高系武警黑龙江省总队原政委、少将警官）

合肥读者陈辉：

精选朋友圈留言 2 则——

❶我感到，将军作家张明刚的《军履回望》充满家国情怀、军旅情怀，高扬主旋律、满满正能量，文采飞扬、好读耐品，是进行爱国主义教育、国防教育的好教材，可以激发我们这代年轻人在新征程上砥砺前行、建功立业！……点赞评论转发了！

❷读《军履回望》张明刚自选集有感：文能吟诗作赋抒情怀，武能金戈铁马战沙场！……向老山前线打过仗、新疆维稳反过恐的将军作家张明刚致敬！继续点赞评论转发朋友圈！

（陈辉系安徽远佑教育管理集团有限公司董事长）

北京读者崔淑慧：

将军作家张明刚做出了榜样，他几十年如一日地坚持边工作边创作，他的作品启发、影响、鼓励着许许多多新时代的奋进者！……回望自己走过的路，充满自信和力量！人生最大的幸福和满足莫过于此！……祝贺并祝福张将军！继续点赞评论转发他的连载文章！

（崔淑慧系全国妇联机关原局长）

济宁读者唐伟：

在一个偶然的机会里，我得到《军履回望》张明刚自选集这部大作。好书难得，我在这个中秋节的假期里如饥似渴地拜读，并且推荐给了我正上高一的儿子。……我要向张将军学习，做一个既有奋斗目标又有奋斗精神的人！继续点赞评论转发了！

（唐伟系山东省济宁军分区中校军官）

西安读者张帆：

读《军履回望》张明刚自选集有感：把新闻写成巨著，把小文章写成大部头，将军作家不简单啊！……继续点赞评论转发朋友圈！

（张帆系解放军驻西安部队某部少将军官）

北京读者吴艺蔚：

由于朋友的推荐，中秋节放假休息的时候，我在京东下单购买了一部《军履回望》张明刚自选集。还别说，这真是一部值得一读再读、谁读谁受益的好书，从作协主席铁凝到许多陌生的普通读者，都给予了很高的评价；书的内容确实很好，真实生动，好读耐品，收获满满！……我也点赞评论转发朋友圈，推荐给我的朋友们！

（吴艺蔚系中央某部委机关干部）

广州读者曹俊杰：

我很喜欢《军履回望》张明刚自选集，一直在拜读将军作家的大作，读过纸质书以后，又跟随学友周报连载的节奏读电子版，还听中关村数字媒体产业联盟制作的音视品，感到很受启发，受益匪浅！……向张将军学习致敬！继续点赞评论转发了！

（曹俊杰系解放军驻穗部队某部大校军官）

北京读者顾虎：

近期，认真读过《军履回望》张明刚自选集以后，我认为，该书思想性很强，文采非常棒，人物形象鲜明，故事生动感人，现场感、画面感、感染力都很强烈，深受震撼、启发和教育，收获颇丰！……我要点赞评论转发朋友圈，推荐给我的亲友们！

（顾虎系中国钢研集团华普科技公司总经理）

北京读者刘兴森：

朋友圈留言三则——

❶最近正在拜读的《军履回望》张明刚自选集这本新书，对我个人日常工作特别有指导意义，非常感谢张将军能把宝贵的工作经验为大家分享。点赞！转发！

❷读书使人明智，读书使人聪慧，读书使人高尚。遇见一本好书是一种幸福！转发了！

❸美好的一天从读《军履回望》开始！转发了！

（刘兴森系解放军驻京部队某部上校军官）

北京读者黄参权：

朋友圈留言二则——

❶诚挚的感谢张明刚将军赠书。通过短暂的接触交流和初步翻阅浏览《军履回望》张明刚自选集这本书，让我对中国军人这个职业与爱国主义精神深刻印象，接下来我要仔细拜读。向中国军人学习！向中国军人致敬！

❷我认真学习后认为，张明刚将军的《军履回望》是本难得的好书。欢迎朋友们阅读，相信定能开卷有益，收获满满！学习了，转发了！

（黄参权系北京亚太环球国际贸易有限公司经理）

大连读者陈锡平：

朋友圈留言二则——

❶张明刚老战友，多年不见，变化挺大，进步很多，隔着屏幕都能感受到他的奋发上进速度和写作成就！祝贺！收藏！转发！

❷作为湖北老乡，明刚是我们那批一起入伍的战友们的骄傲！他这部大作的出版，可谓功成名就、无憾军旅人生的标志！我从内心为他高兴！……期待明刚随时来大连，相聚甚欢！点赞！转发了！

（陈锡平系辽宁大连鹏讯科技公司原技术总监）

武汉读者王兴会：

在朋友圈张明刚《军履回望》连载里面的二则留言——

❶每天看原著，看评论，喝杯茶，爽歪歪！……

❷每天读原著，读评论，勾起往事一串串！……

（王兴会系湖北省军区机关原大校军官）

牡丹江读者王凤德：

朋友圈留言两则——

❶我很喜欢《军履回望》张明刚自选集这部佳作，不但读纸质的书，还看学友周报的连载。我关注订阅了这个公众号，每期连载一出来，我都会在第一时间转发给朋友们看，大家也都很是喜欢，评价非常高！我自己每看一遍，也都有不一样的新的感受和收获，都很受教育、很受启发、很受鼓舞！……我是张粉刚丝我转发了！

❷牡丹江是个美丽的地方，号称塞北小江南，是将军作家张明刚从湖北入伍来到部队后的第一站，是他军旅生涯的起点，也是他梦萦魂牵的第二故乡。张将军书中有多篇文章写的就是牡丹江的人和事，其中有些人我都认识，有些事我都知道，所以读他的著作，我感到非常荣幸也非常亲切，我们这里的人们都非常感谢张明刚这位将军作家！……我是铁杆张粉刚丝我继续转发！

（王凤德系黑龙江省牡丹江市绥芬河市人民法院原纪检监察室主任）

长沙读者李驰：

朋友圈留言二则——

❶《军履回望》张明刚自选集是一部难得的好书，我阅读后深受感动，特别是对将军作家从一个农家子弟，携笔从戎，成长为一名共和国的将军深感钦佩！其艰辛困苦历程，可想而知，使人肃然起敬！对将军作家的文字功力，我更加深为佩服！……我也是张粉刚丝，转发了！

❷学友周报连载的张明刚《军履回望这部大作，每期我都认真拜读学习，很受启发，受益匪浅，胜读十年书！……谢谢张将军！作为张粉刚丝，继续转发！

（李驰系湖南省市场监督管理局原一级巡视员）

成都读者廖爱民：

我很喜欢将军作家张明刚的文章，

天用几分钟时间欣赏他的《军履回望》连载，很有感触，很受启发，很有收获！……作为铁杆张粉刚丝，我评论转发了！

（廖爱民系四川大学招生办主任）

北京读者陈蓠：

精选朋友圈留言三则——

❶湖北老乡、将军作家张明刚的自选集《军履回望》，沉思翰藻，发人深省！坚韧不拔+正确的三观，造就辉煌无悔的人生！……我是张粉钢丝我转发了！

❷湖北老乡、将军作家张明刚的励志书籍《军履回望》，读后让人充满精神力量！他是我们湖北人的骄傲！为老乡将军点赞！……我是张粉钢丝我点赞收藏转发了！

❸湖北老乡、将军作家张明刚的《军履回望》这部佳作，用自身正能量在新时代照亮、励志无数人！为将军老乡点赞！……我是张粉钢丝我收藏点赞转发了！

（陈蓠系中国智慧城市联盟副理事长）

北京读者杨恒：

朋友，半个多世纪前那些饱蘸着战火硝烟的春节，也许对生活在今天的人们有着深深的启迪！……我认真地拜读了《军履回望》张明刚自选集，真心认为写的很好！……我是张粉钢丝我点赞转发了！

（杨恒系国家电网公司营销部副处长）

北京读者陈龙：

我是一个80后，没有在部队生活过，但是读了张明刚将军《军履回望》这部佳作，我感到了深深的震撼。本书看似是在写军旅生活，其实每个篇章无不蕴含着华夏儿女的家国情怀和革命军人的使命担当！……可以说是一部壮丽的军事生活历史！……我也是个铁杆张粉钢丝，我点赞转发了！

（陈龙系北京优选空天科工集团董事长）

成都读者韩辰熹：

读了将军作家张明刚的文章，我深感成功离不开付出，而付出并不限于时间的堆砌、精力的消耗，更多的是在不断的尝试与挑战中，内心饱尝孤独、寂寞之后的那份执着和坚守。在这个过程中，一首歌、一句话、一杯酒、一个人……都将成为黯淡中的一束光、冬天里的一把火，伴随着我们战胜孤寂、拥抱未来……谢谢张将军以个人经历分享的励志故事，继续点赞评论转发朋友圈！

（韩晨熹系解放军驻蓉部队某部中校军官）

深圳读者萧荷：

朋友圈留言精选 2则——

❶《军履回望》张明刚自选集，生动形象地纪录了一个个军营钢铁男儿的英雄本色，这原本就是我们炎黄子孙应该有的模样！……好书佳作值得推荐，精神风范值得学习！我是铁杆张粉钢丝，我点赞评论转发了！

❷我用两个多月的业余时间，认认真真地把《军履回望》张明刚自选集通读了一遍。这部佳作对我产生了深刻影响，使我自觉不自觉地成了一名张粉刚丝，对将军作家的不懈奋斗精神和优美灵动的文笔，深深佩服，肃然起敬！……这部佳作给我的最大启示是，人生之路的每一步，都要靠自己努力走好！吃得苦中苦，方为人上人！……因此，我要尊重和珍惜自己的人生，不负韶华、自强不息，走好人生道路上的每一步！……学友周报的每一期连载，我都点赞收藏转发了！

（萧荷系中国书画家协会会员、泰中艺术家协会理事）

郑州读者李姿萱：

精选朋友圈留言3则——

❶作为一名张粉钢丝，今天特别超级荣幸，能和亲切和蔼的将军作家张明刚前辈一起，参加座谈会交流学习！还非常幸运地拥有了专属合照和签名赠书！

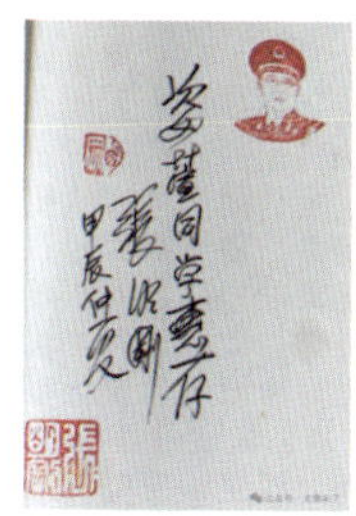

❷《军履回望》来时路，耙耕坚毅向前行！……向将军作家张明刚学习致敬！我是铁杆张粉钢丝，我点赞转发了！

❸张明刚自选集《军履回望》好书，推荐！继续读起来，继续转起来！

（李姿萱系信息工程大学在校学员）

汉中读者王勇：

精选朋友圈留言2则——

❶我感到，《军履回望》张明刚自选集中的主人公们，都是我学习的榜样，他们面对挑战，勇往直前！……我是铁杆张粉钢丝，点赞评论转发了！

❷《军履回望》张明刚自选集是一部优秀的军旅文学作品，非常值得弘扬和传承！……我是铁杆张粉钢丝，继续点赞评论转发！

（王勇系解放军驻汉中部队某部上校军官）

石家庄读者朱世海：

精选朋友圈留言3则——

❶深厚的功底，腹有诗书气自华！……我也是个张粉钢丝，我点赞评论转发了！

❷浓浓的乡情，难忘的回忆！……我是张粉钢丝，我继续点赞评论转发了！

❸学习的楷模，家乡人的骄傲！……我是铁杆涨粉钢丝，我继续点赞评论转发了！

（朱世海系河北省军区原少将副司令员）

广州读者宋学雷：

精选朋友圈留言5则——

❶自从有了将军作家张明刚的文章相伴，我的生活便多了一抹彩霞！……继续点赞评论转发朋友圈！

❷有真情才会有激情！向将军作家张明刚学习！……我也是个张粉，我点赞转发了！

❸没有一番寒霜苦，哪有腊梅扑鼻香！——读将军作家张明刚这篇大作有感！……我是资深张粉钢丝，我继续点赞转发了！

❹少时，母慈儿孝；长时，母以子贵！……这是我读将军作家张明刚这篇佳作后的真实感受！……我是铁杆张粉钢丝，我继续点赞转发了！

❺严师出高徒，高人更尊师！……今天，读将军作家张明刚这篇文章感受很深！……我是资深铁杆张粉钢丝，我继续点赞转发了！

（宋学雷系解放军驻穗部队某部少将军官）

北京读者张学兵：

精选朋友圈留言3则——

❶从乡村少年到普通士兵，从普通士兵到新时代共和国将军，将军作家张明刚的军旅生涯和传奇经历令人敬仰！……我点赞转发了！

❷拜读将军作家张明刚的大作《军履回望》后，我忍不住想写几句：该文集通过一个个鲜活的人物、生动的故事，书写了子弟兵的可敬可爱，诠释了军人的牺牲与奉献……点赞评论转发了！

❸将军作家张明刚笔下有爱，笔下有义，笔下有情，笔下有神。他用自己的方式，点亮了“理论之光”、唱出了“军营之声”、打开了“心灵之窗”，为读者奉献了一部优质的精神食粮！继续点赞评论转发！

（张学兵供职于中远海运物流供应链公司人力资源中心）

北京读者姜贵：

精选朋友圈留言2则——

❶将军作家张明刚妙笔箴言，充满哲思的散文，可看作“心灵的药石”：我若有功于人不可念，而我若有过于人则不可不念；人若有恩于我不可忘，而人若有怨于我则不可不忘。是以为记，一日三省！……点赞评论转发了！

❷将军作家张明刚文字干净灵动，少北先生的鲜明形象跃然纸上，熠熠生辉，清晰可见，生动感人。读完此文，两个人、一句话定格在脑海中：（两个人）严师、高徒，（一句话）严师出高徒！……继续点赞评论转发朋友圈！

（姜贵系解放军驻京部队某部上校军官）

武汉读者韩国清：

精选朋友圈留言4则——

❶明刚将军是我的老战友，早年，我们都在部队从事新闻报道工作，他为人谦逊，勤奋敬业，思维敏捷，文笔老辣，是同行中的优质高产作家、记者，是大家学习的楷模！……继续点赞评论转发他的连载文章！

❷当年的文艺青年，如今的作家将军！……为将军作家张明刚的美文点赞，继续转发朋友圈！

❸认真阅读了将军作家张明刚的这篇散文，我的眼睛为之一亮，几十年前就写出这样清秀的作品，令人赞叹！不愧为中国作家协会会员！……继续点赞评论转发了！

❹将军作家张明刚的散文作品写得很精致，很有特色，很有回味感，非常值得学习借鉴！……继续点赞评论转发朋友圈！

（韩国清系武汉作家协会会员、《都市作家》特邀专栏作家）

阿勒泰读者刘志勇：

精选朋友圈留言二则——

❶认真拜读之后，我觉得《军履回望》张明刚自选集写的非常好，非常值得认真研读！……继续点赞评论转发了！

❷让历史照进当下，闪耀精神光辉！——读张明刚自选集《军履回望》有感！……继续点赞评论转发朋友圈！

（刘志勇系新疆阿勒泰地区供销合作社党组书记、理事会主任）

乌鲁木齐读者向青青：

精选朋友圈留言3则——

❶《军履回望》张明刚自选集，不止是一本可以置于心头、随时拿来学习参考的新闻教科书，更是一汪能够启迪思考震撼灵魂、激发人生奋斗动力的心灵源泉！……点赞评论转发了！

❷《军履回望》再现了一个农村青年参军报国的励志故事，是一部增强人民精神力量的优秀图书，是一部激励广大青少年立志成人成才、紧跟党奋进新征程的生动教材。……继续点赞评论转发！

❸张明刚自选集《军履回望》——一位将军作家的军旅情怀！值得品读，耐人寻味！……继续点赞评论转发朋友圈！

（向青青系武警新疆总队机关中校军官）

南昌读者谢宇航：

精选朋友圈留言 2 则——

❶网购并拜读了《军履回望》张明刚自选集，我感到每篇文章都是一幅幅动人的画面，文字很细腻，感情很真切，直抵人心。读完一篇都很有感触，很受教育！……点赞评论转发朋友圈了！

❷读了将军作家张明刚自选《军履回望》纸质书以后，我跟着学友周报的连载节奏学习。我还向同学们推荐了这部佳作，他们都说里面的故事蕴含着深刻的道理，需要细细品读，对我们平时开展工作和思想认识也有很好的指导！继续点赞评论转发！

（谢宇航系陆军步兵学院本科大三在读学员）

济南读者王德坤：

精选朋友圈留言 2 则——

❶细微之处看人品，举止之间看德行！——将军作家张明刚近期连载所述故事，源自生活中的点滴，看似无奇，细品却感人肺腑，引人深思！……点赞评论转发了！

❷我真心认为，读《军履回望》张明刚自选集，无论做人还是做事都长知识长见识，都有很大的启发和收获！……为将军作家张明刚点赞！继续转发朋友圈！

（王德坤系山东宇节信息科技有限公司总经理）

北京读者陈多雨：

精选朋友圈留言3则——

❶读将军作家张明刚自选集《军履回望》有感而发：以小见大、手法娴熟，自然朴实、感情真挚，文笔细腻、栩栩如生，富有哲理、引人入胜……点赞评论转发朋友圈！

❷没想到张明刚将军作为我军的高级将领，对普通战士们的生活工作竟有着如此真实细腻的了解和刻画……让我对解放军的优良传统肃然起敬！继续点赞评论转发了！

（陈多雨系清华大学人文学院博士生）

呼和浩特读者闫钟鹏：

精选朋友圈留言 5 则——

将军作家张明刚是勤奋的，观察、思考、写作，时刻处于辛劳之中！篇篇小故事折射出大思想，闪耀着正能量的光辉！……继续点赞评论转发朋友圈！

（闫钟鹏系解放军驻呼部队某部原副局级干部）

郑州读者王一博：

读了《军履回望·军营之声卷》里面的篇章，我深感共鸣与激励。字里行间不仅是对军营学习、工作、生活和战斗真实而生动的描绘，更是对军人使命担当、奉献牺牲和精神风貌的深情颂歌。它让我仿佛置身于清晨的号角声中，感受到那份特有的庄严与使命。每一声口令、每一次集合，都是对纪律的坚守，对责任的担当。这种声音，激励着我更加严格要求自己，不仅在学业上追求卓越，更要在军事训练中锤炼意志，培养过硬的作风。军营之声，是成长的号角，也是心灵的洗礼，让我更加坚定了投身国防、报效国家的信念！……我是铁杆张粉钢丝，我点赞评论转发了！

（王一博系解放军信息工程大学在校学员）

沈阳读者冯凌宇：

读将军作家张明刚本文有感：1991 年发生的事情，对不符合入党条件的战士，不得入党，这样的指导员还是不容易的！……继续点赞评论转发朋友圈！

（冯凌宇系解放军驻沈部队某部大校军官）

上海读者刘旭：

会心一笑的小故事，发人深省的好文章！——读将军作家张明刚《特别存折》一文有感！继续点赞评论转发了！

（刘旭系上海上大鼎正软件股份有限公司董事长助理）

北京读者褚建华：

拜读将军作家张明刚的《将军带头为他鼓掌》一文，让我又回想起部队那火热的训练场，一不怕苦、二不怕死，平时训练多流汗、战时少流血，苦训加巧训，比学赶帮超，学先进赶先进，一帮一、结对子，等等，训练场景，铭记于心！……读完这篇文章，我又拜读张将军自选集《军履回望》纸质书，内心感受到了强烈的共鸣：因为作为将军的同年人，我们部队经历相似，我从战士到师职干部退休、从基层到军委机关，其间也曾赴云南老山前线参战，所以读每篇文章都很亲切……总之，我深深感到：这部书，名为《军履回望》，实为部队教科书，越读越有味，越看越有劲，是军人的良师益友。……向将军致敬！点赞评论转发了！

（褚建华系军委后勤保障部原大校军官）

北京读者吴卫新：

将军作家张明刚的文章太棒了！透过他对血战封丘的细腻描写刻画，我仿佛看到了当年硝烟弥漫的战场，烈士们的鲜血浸透了那一片土地。文章代入感非常强，使读者仿佛置身其中，产生出感同身受的情感共鸣。谢谢张将军的好文章，能够让我们永远铭记为了共和国的建立而英勇牺牲的革命前辈！继续点赞评论转发朋友圈！

（吴卫新系中央组织部原正局级干部）

北京读者郑杰：

读了这篇大作，我深感将军作家张明刚大才！……讲的是故事，怀的是使命，融的是真情，寄的是厚望！……向首长学习！点赞评论转发朋友圈！

（郑杰系军委政法委大校军官）

北京读者涂畅：

将军作家张明刚的《军履回望》连载文章，我每期必读。……今天这篇文章短小精悍，在事迹选取上非常精妙，它聚焦于“模范党支部”那些最具代表性、最能体现其先进性和独特价值的事迹，串联起来完整而生动地展现了“模范党支部”应有的模样：“在困难面前争着上、在享受面前总是让”……一句话，让我们相信这些先进模范就在我们身边，让我们在了解模范事迹的同时，内心也被这种精神所震撼！……好文！点赞！评论！转发！

（涂畅系国家开发银行机关副处级干部）

沉醉在《军履回望》风景里

李旭斌

我虽然是个作家，但不会写诗。只因为读了《军履回望》张明刚自选集，读得我热血沸腾、激动不已，忍不住发出了诗一般的感慨，居然提起笔来，一口气作了这首长诗。作为将军作家张明刚资深的铁杆粉丝，我献丑了。——写在前面

展开大气磅礴的《军履回望》
一页宏伟壮丽的巨幅画卷赫然呈现
一条令人魂牵梦绕的理想之路
在诗意的画间蜿蜒向上
跋山涉水、披荆斩棘、坚忍不拔
一路战天斗地、走向辉煌

那是一道由铮铮铁骨筑基
以赤胆忠心搭桥的“军履”
无论“展望”还是“回望”
都是时代精神、坚定的信仰
留下一串串奋进足迹
波澜壮阔，精彩纷呈
迈向胜利，直奔向往

这是铺满价值和信念的奋斗历程
是满载智慧和故事的民族脊梁
这是中华走向富强
斯人迈向卓越的岁月之履
这是民族伟大复兴
国人砥砺前行的无穷力量

在脚下水撵路、路盘山的旅途上
红男绿女、金戈铁马
都怀揣国强民富的中国梦
负重前行、步履坚强
那道蓝如丝带的潺潺小溪
蜿蜒跌宕、绿树摇波
涟漪起的“理论之光”启迪思想：

《艰苦奋斗精神的时代价值》《厚积而薄发》
以及《弄斧到班门》
《永保攻坚克难的锐气和斗志》……
鞭辟入里、把心灵之歌高唱
这些思考积淀的人生精髓
像火炬、似暖阳
闪着一束光
赫然坚定了人们的梦想与信念
把充满挑战的旅途照亮

抬头眺望
连绵不断的群山，披一身雄装、破半天白云
传递着信心和力量
她将以精忠报国为底色的巍巍长城高高托起
一边高呼：《记住共和国功臣》！
《数据后的赤诚》……
一边唱着“军营之声”
将前沿阵地血与火、生与死的故事传扬
《106 块弹片》《危难时刻显身手》
《前线侦察兵宋世宝的故事》……
讲不尽、说不完
每一个故事都演绎着牺牲和奉献
这是官兵追求崇高灵魂的精神史诗
争相把高尚的精神气质释放

前边是不尽的田园、山川、河流
田园扶水禾似梦
微风吹笛山如歌
更为显眼的要数那雄关、军营和哨所
她如同心灵的故乡
承载着难忘的峥嵘岁月
把红色精神传扬
无论西域的风、战地的花
塞北的雪、边关的月
以及军营的生动、哨所的严寒
都洋溢着军旅生涯的质感与斑斓
在精神的引领下，通过不懈追求
走近疆场那抛头颅、洒热血的英雄
走进顶风冒雪站岗的战士
走进抢险救灾的现场
走进军事训练基地
走进理论学习课堂
“军中孔繁森”“‘虎面佛心的’周连长”
“军旅诗人”“战士激光专家”“老基层”
以及“硬骨头战士”“学生官”“拥军妈妈”……
灿若星河的英雄谱，读不尽、数不完
满眼都是战士的“铁血”和“柔肠”
快意的军旅人生
通过信仰的渗透
放射出精神的光芒

在一汪目瞪蓝天和青山湖畔
停下专注的目光
我发现那充满情感寄托的水面
闪出一扇“心灵之窗”
窗里内涵深厚、博爱宽广
充满启迪和思考
窗外洋溢万种风情的暖阳
拽着一缕清新的风
洞悉滚滚红尘的沧桑：
《老井》的深情、《红腰带》的浪漫
以及《烽火中的共产党员》之忠诚
《田野一片金黄》之希望……
我早已泪流满面
醉倒在她慈爱的胸怀里
总想用自己的思绪穿透岁月，
进入理想的全新境界
随同白云深处的雄鹰展翅飞翔

走过《军履回望》
过去而没有失落的日子
依然在放飞希冀与梦想
神圣浑厚的底蕴
已经融进我的每一根血管
刻进了我纷飞的梦想
经历一场灵魂的洗礼
才最终理解什么是真正的忠诚
什么是真正的担当

（李旭斌系中国作家协会会员，湖北省随州市作家协会副主席）

散文诗·解读《军履回望》张明刚自选集

唐启荣

作为一名铁杆“钢（刚）丝”，我用近一年的业余时间，对张明刚将军的这部佳作，认认真真地读，仔仔细细地品，断断续续地记……现以散文诗的形式将其中的 18 则随感整理成篇。——题记

★《军履回望》：点亮“理论之光”、唱出“军营之声”、打开“心灵之窗”，三卷合一，奏出一曲新时代奋进者的交响乐章。

★感悟官兵生活、学习、工作、战备、训练、战斗……一个个鲜活人物、生动故事和理性思考正在广泛颂扬与流传。

★思想、精神、品质、价值、时代、人物、故事……一篇篇精选的美文照亮着广大读者的梦想与信念。

★百篇、万言、成书、三卷……一心只为谱写出那一首首优美动人的诗篇。

★耙耕在田间、在课堂、在军营、在人生……一路前行绘就一幅幅雄伟壮丽的画卷。

★我心无苦、我脑无难、我肩有责、我手有策……一个人生顿悟照亮着坚强少年的过往与期盼。

★白山黑水、西南前线、首都大院、大漠边关……一串串战斗足迹见证着从军的辉煌与璀璨。

★经历了爱与恨、苦与累、血与火、生与死……一次次不一样的考验蕴含着人生的思考与沉淀。

★学习过、生活过、工作过、战斗过……一段段美好时光洋溢着军旅生涯的质感与斑斓。

★有过悲伤、有过欢乐、有过失败、有过成功……一个个难忘时刻品味着生活的冷暖甘苦与欣慰坦然。

★西域的风、战地的花、塞北的雪、边关的月……一朵朵军旅浪花不失军人独特的审美与浪漫。

★手握一支笔，肩扛一杆枪，自强不息，向前向前……一个定格的光辉形象折射出彩虹般的光环。

★各大媒体倾力推介，团中央和人民出版社向全国高中赠阅，学友周报连载，中数联盟制作音视频……一书激起千层浪，反响非凡。

★作协主席、记协主席、书协主席、名流大家、各界精英、普通读者……全国各地千百人纷纷给予评论点赞。

★机关、社团、学校、街道、企事业单位，读书会、朗诵会、分享会、研学会、导读教学、赠书仪式……各种各样的活动相继举办。

★从第一版到第六版、从第一次印刷到第九次印刷……十四万册图书被售罄卖断，仅用短短的一年半时间。

★《军履回望》——奋进的足迹，耕耘的果实，草根的逆袭；心灵的故乡，精神的家园，榜样的力量……产生如此积极、广泛而深刻的社会影响，令人惊叹！

★《军履回望》——一团火、一盏灯、一束光！……一个在新时代风生水起、风风火火、风风光光传递着正能量的文化现象。

（唐启荣系解放军驻京部队某部上校军官）

三百六十五里路，一天一程
——读张明刚自选集《军履回望》连载有感

吕体云

姥姥的情
妈妈的爱
挽着裤腿教书的少北先生
还有故乡那口吐出甘泉的老井
三百六十五里路
一天一程

绿色的军装
热血青年的图腾
流淌在心里的那首歌
指引着生命前行
三百六十五里路
一天一程

战场上的炮声
置于死地而后生
大海的涛声
把人们从朦胧中唤醒
三百六十五里路
一天一程

从耙耕的乡村少年
到守卫北陲的边关战士
到新时代共和国的将军
戍边作战反恐一路前行
三百六十五里路
一天一程

（吕体云系北京莲花白酒业公司董事长）

赞《军履回望》

张晓伟

（一）
将军墨笔著回望，
军旅生涯映纸章。
热血征程铭岁月，
豪情壮志永流芳。
书中忆起硝烟事，
字里犹存铁骨香。
一部佳作传后世，

精神不朽耀荣光。
（二）
一部军履回望书，
豪情壮志映征途。
将军风采传千古，
热血军魂永不枯。
岁月留痕铭过往，
征程忆处绘宏图。
篇章尽显英雄气，
激励后人向远孚。
（三）
军履回望展荣光，
岁月如诗韵未央。
将军故事传万里，
热血征程谱华章。
烽火忆中铭壮志，
春秋笔下写辉煌。
一书承载英雄梦，
激励来人意气扬。

（张晓伟系信达证券北京五棵松营业部总经理）

有感于明刚将军赴新疆武警部队任职六年

尹海清

（一）
将军受命出天山，
反恐维稳不畏艰；
待到天下朗朗日，
官兵得胜笑开颜。
（二）
茫茫西域路虽远，
革命理想高于天；
祖国母亲在召唤，
谁怕关外几重山。
（三）
仗剑西出镇边关，
书生意气抛一边；
炎帝子孙仰天笑，
何惧马革裹尸还。

（尹海清系军事经济学院襄樊分院基础部主任）

致敬张明刚将军

弓军生

自古英雄出少年，
耙耕农田尝辛酸。
长子肩扛顶梁柱，
大孝无痕德在先。

意气风发正当年，
满腔热血守边关。
英雄男儿赴前线，
驰骋沙场把功建。

老山战场凯旋归，
新疆反恐上一线。
戎马一生保家国，
钢铁意志不褪色。

伟大军魂育后人，
挥毫笔耕扬美名。
文武双全能力强，
忠诚担当国栋梁。

（弓军生系太原市原平商会监事）

读张明刚将军《军履回望》随感

刘慧

（一）
理篇通透，
章语善详。
学富五车，
余音绕梁。
（二）
文风如翠漫清新，
芒种宜时胜春分。
沉醉晨暮勤耕读，
浓淡日常望自珍。
（三）
劳动时节论丰功，
劳逸结合似陶翁。
千秋沉浮多少事，
将军人间万丈峰。
大美河山书诉情，
巍峨气贯势如虹。
英雄气节笔端赋，
家国情怀铸心中。
（四）
将军奋笔忆往昔，
军履回望泪潸衣。
金戈铁马话英勇，
书中字字皆珠玑。
今朝拜读犹澎湃，
受益匪浅未有期。
愿君长伴书中意，
莫使年华负往昔。

（刘慧供职于中国银河资产公司风控部）

读张明刚《军履回望》连载有感

王成志

读者千千万，
感慨连宇寰。
生命诚可贵，
精神入云端。
留住根和魂，
力量高于天。
激励青年人，
奋发勇向前。

（王成志系中央军委机关事务管理总局原少将政委，著名军旅书法家）

读《军履回望》张明刚自选集有感

吴剑华

军履回望四秩情，
田间军营苦耙耕。
持枪握笔勇奋进，
明刚美文励众生。

军履回望四秩情，
楚韵文骚励志铭。
大义报国忠孝敬，
明刚佳作壮灵魂。

（吴剑华系内蒙古军区兴安军分区原政委、大校）

致敬明刚将军
——《军履回望》读后

孙临平

上马杀贼，
提笔著书。
将军豪气，
英雄深情。

（孙临平系解放军报社原副总编辑、少将军衔）

北京读者杜金荣：

作为灵魂级的张粉刚丝，自去年冬天到现在，张明刚《军履回望》连载我每期必读，读后均以诗句写下简要感想，然后和连载文章一并发朋友圈。现以逆时针为序，精选80则感言，与同好者分享。

……

2024年7月3日：
菩提历炼终成钢，
忠魂热血铸永恒！
每读皆有新意生，
回味细品不容易！
2024年5月29日：
凡事经历均从实干起，
应对百年变局自若暇！
2024年5月19日：
金戈铁马长空剑，
未战已定胜败时！
2024年4月17日：
军魂立国之威，
当前百年大变局的定海神器！
2024年3月28日：
列强窥视华夏地，
国人忧患不太平；
欲振当年援朝势，
但看今朝百万军！
2024年3月3日：
爱国强军前仆后继，
钢铁长城永葆本色！
2024年2月19日：
翻书再读新意出，
皆因底气真与切！
2024年2月8日：
刚贞显本色，
铁骨真英雄！
2024年1月25日：
百炼千锤终成钢，
唯有真理是信仰！
2024年1月22日：
国家繁荣则国防强，
军队强大则国家安！
2024年1月17日：
细读必有新收获，
大器皆由潜修心！
2024年1月13日：
不忘初心坚定信仰，
继往开来再创辉煌！
2024年1月6日：
书读三遍出新意，

事有感触更拓标！
2023 年 12 月 29 日：
与时俱进出真知，
板荡忠诚列钟铭！
2023 年 12 月 23 日：
学习多感悟，
体验添真知！
2023 年 12 月 18 日：
强军兴国源于清正，
拥军爱国来自信仰！
2024 年 12 月 17 日：
学习成就进步，
实践践行信仰！
2023 年 12 月 14 日：
岁月峥嵘千般苦，
不经砺炼岂有真？
2023 年 12 月 1 日：
信仰的力量不畏艰辛，
忠诚的理念战无不胜！
2023 年 11 月 25 日：
书鉴信仰真，
军履铁骨情！
……

（杜金荣系江苏建兴建工集团北京公司负责人）

【以下 22 篇（首、则）为《妈妈笑了》一文评论精选】

北京读者朱枫：

读完将军作家张明刚这篇佳作，一个平凡、坚韧、吃苦耐劳、深明大义的英雄母亲形象，栩栩鲜活地浮现在我眼前。她出身低微，却品性高洁；她身材弱小，但骨子刚强；她历尽艰辛，却乐观豁达。她自己忍饥挨饿，硬是将一众孩子拉扯成人；她生活在偏远山村，但心中始终装着集体国家；她本人文化不高，却将儿子培养成共和国将军作家……是呀，世间唯有母爱最为伟大！千千万万普普通通的中国母亲，为华夏文明的繁衍发展做出了巨大牺牲和贡献，她们才是中华民族屹立世界千年不倒的脊梁！……写到这里，我已是热泪盈眶，心潮澎湃……特赋诗一首，以颂之敬之。

七律·张妈颂

古有孟母三择邻，
今看张妈养儿经。
丧子失夫悲中泪，
使牛打耙苦亦辛。
无米烧柴食野菜，
有儿不用送参军。
中华民族屹千年，
世间伟大唯母亲。

（朱枫系中国建设银行总行机关干部）

郑州读者黄亚博：

我的内心被一种深沉而伟大的力量所震撼，那便是母爱的力量。将军作家张明刚文中的母亲，一生历经坎坷，饱经沧桑。从童年的贫苦到青年丧子，再到中年失去丈夫，命运的一次次重击都没有将她打倒。她以羸弱的臂膀，坚强地挑起生活的重担，为子女们遮风挡雨。

母亲的坚韧令人动容。在艰难的岁月里，面对家庭的困境，她拒绝接受救济粮，宁愿自己默默承受饥饿，也不愿给国家增添负担。分田到户时，年过半百的她不畏重活，独自劳作，展现出了非凡的毅力和决心。

母亲的深明大义更让人敬佩。即使家庭贫困，她坚决支持儿子参军，为国家贡献力量。当儿子奔赴战场，她没有丝毫的退缩和抱怨，反而展现出了无比的坚定和勇敢。

而最让我感动的，是母亲在天安门城楼上那复杂的情感流露。她爽朗的笑声和激动的泪水，是对生活变好、儿子成才的欣慰，是对国家繁荣昌盛的自豪。这一刻，母亲的形象在我心中无比高大！……

在如今的和平与繁荣中，我们更应铭记像将军作家张明刚母亲这样平凡而伟大的人物；在当今世界正经历百年未有之大变局，世界进入动荡期，我们更应该像将军作家及其母亲的那样：爱国，奉献！……我是铁杆张粉钢丝，我点赞评论转发了！

（黄亚博系华北水利水电大学在校生）

武汉读者乔存武：

将军作家张明刚的文章带入感很强，读之让人哭、让人笑，直击读者心灵深处，净化灵魂、催人奋进……这篇佳作就是代表。文中深情地描绘了一位历经风雨、坚韧不拔的妈妈形象，以及她与孩子之间深厚的母子感情。妈妈的笑容，成为了贯穿全文的情感线索，它不仅仅是对幸福时刻的庆祝，更是对过往苦难的一种超越和释怀。

妈妈一生坎坷多难，经历了青年丧子、中年丧夫之痛和艰辛困苦的磨难，但她的脸上却始终挂着对生活的执着与希望。她的笑容，或许不常展露，但每一次出现都显得尤为珍贵和动人。尤其是当张将军作为长子，在父亲早逝后早早承担起家庭的重担，最终在军旅生涯中崭露头角，并有机会扶着妈妈登上天安门城楼时，妈妈的笑容达到了情感的巅峰。

这一刻，妈妈的笑容是复杂的，它包含了高兴、激动、欣慰、感慨等多种情感。她高兴的是儿子终于出人头地，实现了家族的荣耀；她激动的是自己多年来的辛勤付出终于有了回报；她欣慰的是看到了儿子成长为一个有担当、有作为的人；她感慨的是自己一生的艰辛与不易。这种笑容，是对过去苦难的一种告别，也是对未来美好生活的向往和期待。

将军作家通过这篇文章，不仅表达了对妈妈的感激之情，也展现了对母爱的深深敬意。他用质朴而深情的语言，将一位普通农村妇女的伟大形象刻画得栩栩如生，让读者在阅读过程中感受到了母爱的伟大和无私。同时，这篇文章也传递了一种积极向上的生活态度，即无论面对多大的困难和挑战，只要心中有爱、有信念、有坚持，就一定能够迎来属于自己的幸福时刻。

我是张将军的资深铁杆粉丝，我继续点赞评论转发，每期必转！

（乔存武系武汉市江汉区常青街道退役军人服务站干事）

北京读者庞然：

前面一直在追将军作家张明刚《军履回望》连载，一幕幕尘封的往事生动地在文字间流转，婉如将我拉进了鲜活的故事，无数次给了我指引和力量。许久，一直在想张将军无形力量之源，今天读到这篇佳作终于明白了，那种力量是一种刻在骨子里的传承，是自强，是孝道。而今，没有了硝烟和艰苦的磨难，在这个新的时代，我们如何血脉相承，培塑情操，做好子，做好父，做好兵，做好官，恪守本分，坚韧自强，值得省思。……我是资深的铁杆张粉钢丝，我继续点赞评论转发了！

（庞然系解放军驻京部队某部上校军官）

武汉读者王平：

读罢将军作家张明刚此文，心中满是感动与敬佩。母亲的一生，是坚韧与爱的赞歌。她以瘦弱的肩膀，扛起了家庭的重担，用无尽的母爱滋养了每一个孩子。文中母亲的笑容，是历经沧桑后的释然，是对未来无尽的希望。她的泪水，是喜悦与感慨的交织，是对国家、对家庭深深的爱。这份爱，如此深沉，如此伟大，让人动容。母亲的形象，在我心中更加高大，她不仅是家的支柱，更是我们心灵的灯塔。感恩母亲，愿天下所有母亲都能被温柔以待，笑口常开。……拜读张将军作品，我大受启发，深有共鸣，受益匪浅！我是资深铁杆张粉钢丝，我点赞评论转发！

（王平系湖北省政协办公厅干部）

沈阳读者王金良：

读完将军作家张明刚这篇大作，我已是热泪盈眶，感同身受，心情久久不能平静……一个乡村的普通母亲，在那个特别困难的年代，独自一人，含辛茹苦，把孩子们一个个培养成人成才，让人感佩，摧人奋进。特别是在南疆战火硝烟弥漫，长子主动请缨时，母亲坚定地表示："我什么要求也没有。如果明刚在战场上牺牲了，请领导批准他的两个弟弟参军，接过他的枪。"看，英雄母亲多么的坚强无私！她的坚强源于对祖国深沉的爱，没有国，哪有家；她的无私源于相信她的孩子一定能够经受住战场上血与火的洗礼，牺牲奉献，精忠报国。……将军之所以成为将军，是因为他有一个伟大的母亲。……我是资深铁杆张粉钢丝，我继续点赞评论转发了！

（王金良系原沈阳军区政治部干部部正团职副处长）

母亲赞歌

尹海清

勤劳母亲刘恩华，
起早贪黑撑起家；
辛苦抚育五儿女，
平凡之中显伟大。

善良母亲刘恩华，
做人处世人人夸；
本是村里特困户，
尽心赡养爸和妈。

大义母亲刘恩华，
送子参军到边卡；
家中虽缺劳动力，
誓把军属牌匾挂。

坚强母亲刘恩华，
坎坷命运压不垮；
勇敢面对朝前走，
幸福日子乐开花。

（尹海清系军事经济学院襄樊分院基础部主任）

北京读者石建元：

将军作家张明刚这篇美文已拜读，每读一次都有深深的感悟，母亲心中“恩华”大爱，没有华丽的词藻，但却用实际行动来诠释，她潜移默化教育引导着她的儿女们报答国家……张将军的卫国戍边、老山前线的参战都是对党对祖国热爱和忠诚担当的具体体现。33 年前的《妈妈笑了》，如果母亲健在，看到今天她的儿女们的成就，祖国的繁荣昌盛，我深信她会笑得更加灿烂……我是张将军的铁粉钢丝，我继续点赞评论转发！

（石建元系解放军驻京部队某部大校军官）

天津读者王者：

将军作家张明刚母亲的伟大，不仅在于她含辛茹苦支撑着七口之家，更在于她坚持让儿子去参军的长远考虑，更在于那句“如果明刚牺牲了，请让他的两个弟弟上战场接过他的枪”的大义凛然……母亲在天安门城楼绽放的发自内心的酣畅淋漓的笑，饱含着对儿子已成大器的欣慰，对祖国繁荣昌盛的自豪，也隐含着心底里一路坎坷的辛酸……正因为母亲的伟大，共和国才多了一位功勋卓著的将军！……向张将军伟大的母亲致敬！向中国千千万万的伟大母亲致敬！……我是铁杆张粉钢丝，我继续点赞评论转发！

（王者系解放军驻津部队某部中尉军官）

北京读者梁宇磊：

将军作家张明刚通过细腻的笔触，描绘了母亲在艰难岁月中坚强、乐观的形象，以及她对家庭、对孩子深沉的爱。……我读到了伟大母爱，读到了信仰信念，读到了爱国情怀，读到了坚韧品格，读到了精神传承，读到了忠孝感恩……母亲是生命的灯塔，无论孩子走到哪里，都能从她那里获得指引和力量。……向张将军致敬！向英雄母亲致敬！我是资深铁杆张粉钢丝，我继续点赞评论转发！

（梁宇磊系解放军驻京部队某部上校军官）

海南读者薛冰：

看完将军作家张明刚这篇文章，我真的太受感动了！朴实无华的语言表现出惊天动地的爱！人世间最伟大的爱就是母爱！为了母亲的微笑，为了母亲的荣耀，做儿女的应当倍加努力，在各自岗位上用优异的业绩感恩组织！回馈父母！报效国家！……我母亲也是一个人把我和我哥带大，也是个很不容易、很伟大的母亲！……我是资深铁杆张粉钢丝，我继续点赞评论转发！

（薛冰系解放军驻琼部队某部上校军官）

北京读者吴远：

学习完将军作家张明刚这篇讲述母亲的文章，最强烈的感受就是“敬佩”。平日里只知首长将星闪耀、高瞻远瞩、才华横溢，却不知首长的成长经历这般不易，经历了这么多的艰辛磨难……琢璞方为器，淬火始成钢，正如这部《军履回望》，每篇文章没有空话，全是经历、全是经验；首长的成功也没有偶然，全是奋斗、全是打拼！……我是资深铁杆张粉钢丝，继续点赞评论转发！

（吴远系解放军驻京部队某部中校军官）

随州读者刘志恒：

我是带着感动和泪水读完将军作家张明刚这篇力作的。文章艺术再现了母亲勇挑重担，辛苦操劳的一生。她用羸弱而坚强的肩膀，默默承受许多难以想象的痛楚和灾难，在家庭接二连三发生重大变故，急需男劳力的关键时候，母亲却毅然决然把作为家中顶梁柱的长子送到部队，守卫北国边疆，让人动容，为之落泪！……“不经一番寒彻骨，哪有梅花扑鼻香！”经过不断摔打磨炼和战火洗礼，守卫边疆的长子成长为一名新时代的共和国将军，令人瞩目，令人敬佩，让家乡荣光，同时也折射出一位平凡而伟大的母亲的力量！为伟大母亲点赞祝福，祝福全天下母亲笑口常开，身体健康！……我是铁杆粉丝，我评论转发了！

（刘志恒系湖北省随州军分区上校军官）

北京读者任代民：

将军作家张明刚这篇文章非常生动感人，我忍不住连看三遍。这是对妈妈的真实生动写照。妈妈是一个坚强的女性，伟大的母亲。我虽然与她老人家见过几面，但没想到在她身上有这么复杂的经历，这么多艰辛的故事。一个早年失去丈夫，家中有五个年幼的孩子，还有两个患重病老人的家庭，别说一个瘦弱的女同志如何支撑的起，就连一个身强力壮的男同志都够呛啊！而且还不让生产队照顾，独自支撑起这个家。这样的母亲真是很难找的，太了不起，太伟大了……如果是老人家还健在，我真想给她献上一束花，祝她福如东海，寿比南山！……我是资深铁杆张粉钢丝，继续点赞评论转发！

（任代民系北京市海淀区军休干部）

北京读者薛艺：

我是从西北农村走出来的，很庆幸也有一位坚毅善良朴实的母亲。因而，反复品味将军作家张明刚这篇美文，字里行间的意蕴使我感觉更亲切更熟悉。现在每次休假，我心中最期盼的不是四处游玩，而是能多回老家和父母一起待着，并且随着年龄的增长，这种意愿越来越强烈了。……感谢张将军的书，能够让人在如今快节奏的生活中，可以有竹杖芒鞋轻胜马的惬意，可以享受这种不可多得的精神大餐。我是铁杆张粉钢丝，我继续点赞评论转发了！

（薛艺系解放军驻京部队某部少校军官）

沈阳读者苏锋：

母爱如海、母爱如山，母亲为儿子无私奉献，给儿子撑起一片温暖的天！儿子孝顺像一股清泉，滋润着母亲那颗疲惫的心……将军作家张明刚的字里行间，无不充满了对母亲深深的感激和浓浓的爱意，把母慈子孝体现的淋漓尽致！……我是资深铁杆张粉钢丝，继续点赞评论转发！

（苏锋系张明刚参战时所在部队副部队长）

随州读者辛松：

温暖、坚强，善良、慈祥，伟大的母亲、传统的美德！母慈子孝、一代佳话！……我是将军作家张明刚的铁杆粉丝，继续点赞评论转发了！

（辛松系湖北省随州市公安局原副局长、三级警监）

内江读者梁恩奎：

将军作家张明刚这篇文章确实感人，今天中午我推荐给老婆看了，她说写得真好，情真意切，感人肺腑！既写出了母亲的伟大，也写出了母亲的朴实……我是资深铁杆张粉，继续点赞转发！

（梁恩奎系四川省内江市委宣传部干部）

大连读者杨德廷：

母亲，总是家里最苦最累的那个人，这我知道。分田到户这件事，那时候我已当兵了，对此没有具体感觉，将军作家张明刚的文章让我身临其境……我流泪了！作为铁杆张粉钢丝，我继续点赞评论转发了！

（杨德廷系解放军驻连部队某部原副局级干部）

北京读者李强：

女本柔，为母则刚；孝感人，心兆日月！……这是我读将军作家张明刚这篇佳作的真实感受。我是铁杆张粉钢丝，我继续点赞评论转发了！

（李强系中国纪实文学研究会会员，北京盛世君阅文化签约作家）

北京读者杨培宇：

读了将军作家张明刚这篇大作，我感受到了母爱的伟大，也明白了将军是怎样培养出来的！……我是资深铁杆张粉，我点赞评论转发了！

（杨培宇系解放军驻京部队某部少校军官）

北京读者谷子：

母亲大爱，感人肺腑！……为将军作家张明刚和他的母亲点赞！作为铁杆张粉钢丝，继续评论转发！

（谷子系北京远山诗院秘书长）

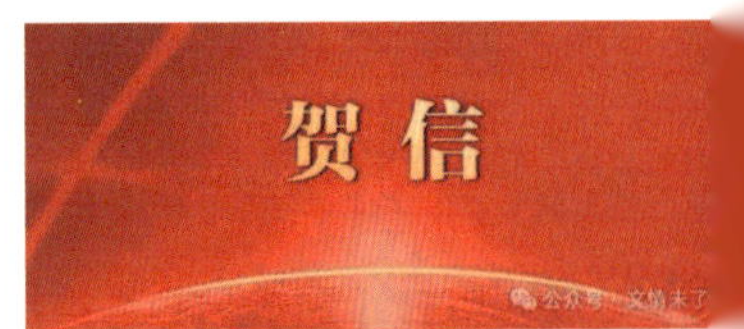

尊敬的张明刚将军：

值此您的大作《军履回望》连载 100 期之际，我们特向您致以诚挚的祝贺和崇高的敬意！

《军履回望》张明刚自选集这部佳作，不仅是您对自己 40 多年军旅生涯的深情回顾，更是您对新时代人民军队强军兴军伟大进程和我国改革开放40多年发展变化的生动纪录。您的作品如同您勇往直前的奋斗人生，充满了积极健康向上的正能量，朝气蓬勃、正气充盈，感染人、鼓舞人、启迪人，给人以智慧、力量和美感。您的作品连载以来，深受广大读者欢迎，反响热烈，好评如潮，产生了极积、广泛而深刻的社会影响。我们深深感到，您的这部书是一个农村青年参军报国的励志故事，是一部增强人民精神力量的优秀图书，是一本激励大家紧跟党奋进新征程的生动教材，已成为争相学习的经典。

我们对您和您的著作表示由衷的敬佩，再次向您致以崇高的敬意和热烈的祝贺。愿您的作品今后能够得到更广泛的传播，以发挥更好的引导作用，取得更大的社会效益，激励更多的人们在新时代的新征程上攻坚克难、砥砺前行，为实现中华民族伟大复兴的中国梦而奋斗！

此致

敬礼！

贺信发起单位（排名不分先后）：

人民出版社

学友周报社

长安街读书会

华夏诗社

中华善德网

北京远山诗院

中关村数字媒体产业联盟

全国军地人才联欢晚会组委会

中国大公报山西省大公书画院

中国互联网新闻中心生活频道

媒体支持单位（排名不分先后）：

人民日报人民网、新华网、军报军网、学习强国、光明网、央视网、中新网、中国网、中青报中青网、国际在线、中国日报网、中国发展网、中国作家网、文艺报、中华读书报、中国出版传媒商报、中国文化报、光明数字报、中国艺术报、中华英才杂志、中国新闻周刊、中国艺术品理财网、环球网、中国经济网、民生经济网、中宏网、中华网、央视书画频道、看中国网、今日头条、抖音、网易、搜狐网、新浪网、北京华易网、华夏名人访谈、东方早报网、上海财经网、上海传媒网，上海东方都市网，南方企业新闻网，中视快报网，农村日报网，湘江时报网、星空观察网、京都晚报、中国诚信观察网、华表陈情网，融媒信息网、大象网、上海都市网，新华都市网、TNT 新闻网、华都网、中视在线、艺视在线、中国老兵网、长江网、云南网、曲靖日报、曲靖新闻网、随州日报、随州市人民政府门户网、随县人民政府门户网、孔夫子旧书网等 421 家媒体。

二零二四年五月二十八日

一部大书的传奇
——张明刚《军履回望》连载百期回顾

王振存

没有规划计划，没有专门筹划，一切都是那么自然而然，甚至是自觉自愿自发……

事情要从去年 2023 年 11 月初说起。在一个偶然的机会里，我得到一本《军履回望》张明刚自选集，没想到打开一看，就再也没有放下……

从部队退休后，我致力于老年教育方面的公益事业，并义务帮助《学友周报》做些事情。得到该书后，看完第一篇就想看第二篇……于是，我开始以【学习摘记】的形式自我学习，并在相关学习群里发表我摘记的文章和学习心得。

我最先在群里发表的学习摘记，内容是“张干事谈体会系列”，即张明刚《军履回望·理论之光卷》“十论写作”板块里面的关于他谈论如何写好文章的十篇佳作，因为这符合学习群的宗旨和愿望，对提高大家的写作水平有帮助。

此后，我在学习群里，一天发一篇学习摘记。没想到几天后，就引起了社长王洪平、主编韩宾等报社领导的注意。他们对我说，好文共欣赏！张明刚将军的书这么好，何不在《学友周报》上连载一下，让大家共同学习提高呢？……我说我没问题呀，关键是张将军那边同意不同意呢？这样吧，我和张将军联系以后再答复你们。

像是领受了一个光荣任务一样，我带着一种使命感责任感，很快和张将军取得了联系，讲了《学友周报》想连载他的文章的想法。张将军回答我说，《军履回望》这部书，是严格按照有关规定，经过审批后正式公开出版发行的，你们想连载的话，这是应该没有问题的，因为文章写出来就是给人看的嘛……我这里是没问题的，关键是我和人民出版社签订了 10 年的合同，版权在出版社那里，主要是看他们同意不同意……

我说，我们和人民出版社联系不上啊，您帮我们和出版社那边沟通一下吧！一定要和出版社的同志讲，我们使用该书的目的，只是为了学友交流学习，是公益性质的，不以盈利为目的……张将军很爽快的答应了。两天后，我就得到张将军的回复。他说，他已经和人民出版社联系过了，出版社的同志讲，如果是一次性地使用该书全书内容，按照有关法规是应该购买版权的；但如果是用《学习摘记》的形式一篇一篇摘转，且具有公益性质，不收取费用，我们可以免除版权费。

一听张将军这话，我非常高兴，立即向《学友周报》的同志作了传达。他们听后和我一样高兴，立即开始了紧锣密鼓的连载准备工作，并对具体任务进行了分工：王洪平社长负责统筹，韩宾主编负责编辑，我负责【学习摘记】的录入……考虑到突然开始连载有些突兀，准备先以特刊的形式，发一篇关于张将军这本书的评介文章，并明确由韩宾主编落实具体采写工作。

一开始，韩主编想通过采访张将军的方式，来完成这篇文章。他向张将军说明情况后，张将军表示，由于某些特殊原因，他不方便接受采访……好在，张将军的这部书的影响很大，书上和网上的相关资料很多，韩主编只用一天时间，就通过现有的资料，组织编写完成了这篇文章，并配上了有关资料图片。

2023 年 11 月 12 日，《学友周报》以特刊的形式，隆重推出了《张明刚自选文集〈军履回望〉：一个参战军人 40 年书写的军营故事》这篇图文并茂的重磅文章，受到广大读者的热烈欢迎。统计显示，这篇文章发表后，收到 1092 个点赞，有 1039 个在看和 226 个转发，阅读量突破一万人大关！……太棒了！太火了！这些数字，刷新了《学友周报》自创办以来的历史记录，大家好不欢欣鼓舞。次日，张将军本人也在朋友圈转发了这篇文章，并配上了他的一首名曰《自题》的小诗：耕耘四十年，著就一拙作。莫笑作者痴，其中亦有乐。这说明，文章也得到了将军本人的认可。

2023 年 11 月 14 日，本报张明刚《军履回望》连载正式开始，隔日一期。一开始，只是想着连载“十论写作”板块里面的十篇文章，题目叫做“张干事谈体会”连载。没想到读者的反响很大，受欢迎的程度超出我们的预期，连载一上线，根本就“刹不住车”了，我们不得不顺应读者要求，连载完这十篇文章后，又开始按这本书的编排顺序，对全书进行连载……

关于起初“十论写作”连载时，读者反馈的热烈盛况，从张将军在朋友圈里的留言就可以看出。他说：我的 10 篇旧作小文，——是 30 多年前作的，并且是谈论新闻采写业务的，经《学友周报》连载后，许多媒体和朋友圈跟进转载转发，引发热议，并且使我由此：“结识”了许多新朋友，“找回”了不少老亲友，“惊动”了数十位好首长……他们纷纷与我交流谈论、向我索书并给予我充分肯定、有力支持和热情鼓励……

从第 11 期开始，对全书进行逐篇连载并加了编者按语。当时的编者按，侧重引用铁凝、孙继炼、徐贵祥、樊希安等名人的评语，同时简介连载的反响和编辑思路、安排打算等等。过了一段时间后，又对编者按进行了修改并沿用了相当一段时间。我记得那时编者按的主要内容是：

“2023 年 11 月，本报连载了《军履回望·理论之光卷》中的【十论写作】板块，在社会各界引起强烈反响：包括中国新闻网、中国军网、强军网军委机关网、中华善德网在内的 50 多家媒体跟进转载；众多学友尤其是作者亲朋好友纷纷在朋友圈跟进转发；广大读者朋友很是喜爱，跟进学习，好评如潮……偶有连载迟发，便有学友垂询敦促，媒体与读者良性互动、互促，成为热点。许多读者还表达了连载《军履回望》全书的强烈愿望。

“编辑部同仁因此大受鼓舞，深深感到：《军履回望》之所以产生如此积极、广泛而深刻的社会影响，是因为这本书不止是一本可以置于案头、随时拿来学习参考的新闻教科书，更是一部能够启迪思考、激发人生奋斗动力的心灵指导书，为人做事作文皆可参考，确实是近年来我国图书市场上非常难得的一部上乘佳作！

“因此决定，从第十一期开始，本报将继续以【学习摘记】形式连载《军履回望》。具体是，按该书编排顺序逐篇进行，自序言开始，至后记结束。连载时，前后分别设【主编导读】【社长点评】栏目，不定期开设【读者感言】栏目（选发学习心得感悟），以更好服务大家。”

以上述几段话为主要内容的这个编者按，一直使用到第 97 期。我们“自 98 期起，调整优化连载形式，进行全新改版，不再开设【主编导读】和【社长点评】栏目，继续保留【读者感言】栏目，以更加纯粹和直接的方式服务于读者。”

特别值得一提的是，针对每期连载文章或该书，都有许多读者写下感言、留言。这些评论作者遍布全国各地，性别、年龄、职业各异，文章题材、角度、风格、长短也不一样，但是，他们所谈皆为真情实感，有理有据，言之有物，所论皆有独特见解，入木三分，精彩纷呈……

因此，在连载过程中，我们发表了大量的书评文章。一开始，主要发表规范的成篇的文章，一期一般配发一篇，后来评论非常踊跃，来的太多了，每期都选发 15 篇（首、则）以上、30 篇（首、则）以内。截止目前，发表评论数量已多达数百上千篇、大几十万字，足够一部大书的容量了。书评文章的作者绝大多数为社会各界精英人士，其中有许多文坛名家、写作高手、读书爱好者和相当一级的领导干部，他们的评论文章水平非常高，深受广大读者欢迎，许多评论文章还被人民网、新华网、中国军网、中国新闻网、央视网、央广军事、光明网、学习强国以及解放军报、文艺报、中华读书报、中华英才杂志等中央级权威媒体转发或刊登。

据兼任该书责任编辑的人民出版社副编审刘松弢同志讲，《军履回望》张明刚自选集，一经人民出版社出版发行，即深受广大读者欢迎，成为近年来少有的畅销书。短短一年半时间，已出第 6 版，并先后 9 次印刷，累计印数超过 14 万册。中关村数字媒体产业联盟还将该书制作成音像制品，向新中国成立 75 周年献礼。人民出版社本着优中选优的原则，在今年 4 月份出版的该书最新一版的“附录”板块中，以《〔军履回望〕书评文章选粹》为题，采取图片形式，一次就收录了本报发表的书评文章 46 篇、11 万余字。

说实在话，现如今生活节奏如此之快，谁人不忙？写篇书评文章容易吗？首先，他得喜欢你的书，在读你书的过程中深受感动，也就是说，你的书打动了他，打动了他的心，他才决定要写。然后呢，他还得把你的书通读了、研究透了，还要做深入思考，找个好的角度，还要有时间和精力，还要具备一定的写作能力……只有当这些条件都具备的时候，才能完成一篇书评文章。

那么问题来了，不是一个人、几个人、几十个人、几百人，而是几千人为一本书来写书评，这种情况究竟说明了什么呢？究竟什么人写的什么样的书才能达到如此难得一见的盛况呢？！……这个问题，真不是一句话两句话能够说得清楚的……我得好好研究研究……

回顾明刚将军自选集《军履回望》连载 100 期的过往，我还有三个“没想到竟然”：一是没想到竟然我们一个不起眼的《学友周报》能同上百家主流媒体相伴而行；二是没想到竟然有成千上万的读者同我们心心相印一起互动；三是没想到竟然有那么多的战友和社会各界人士，因为跟随着我们的节奏阅读《军履回望》连载文章而激情澎湃感慨万千……

谁说现在纸质的读物没人看？谁说现在的图书没人买？……我才不相信呢！只要你的东西好，就会有市场。张将军的《军履回望》就是明证！

最后，衷心的感谢尊敬的各大主流媒体！衷心的感谢各位亲爱的读者！衷心的感谢明刚将军四十年心血之大作《军履回望》！

接下来，我们将继续按时连载《军履回望》，以利战友们学友们朋友们读者们及时分享到这份“精神大餐”，汲取营养，以更加激昂饱满的精神状态投入到党和人民的伟大事业之中。

（王振存系解放军驻太原某部原政委，现为北京市海淀区军休干部）

祝贺张明刚《军履回望》连载 100 期

王成志

读者千千万，受益无极限。
军营坎坷路，受尽苦和难。
家国情怀浓，理想高于天。
锋从磨砺出，硕果普新篇。

（王成志系中央军委机关事务管理总局原少将政委，著名军旅书法家）

热烈祝贺张明刚《军履回望》连载百期

谭江林

回望百篇观军履，
一路向前时光驹。
世事洞明皆学问，
文心雕龙言如玉。

（谭江林系解放军驻京部队某部上校军官）

北京读者冯正权：

致敬张明刚将军及其力作《军履回望》

起步鄂北明珠，从军黑土地。镀金川府之国，才气溢巴蜀。亲历南国烽烟，豪气干云天。俯身总部机关，潜心强军事业，功绩耀同行。移步西域重地，理论润心田。复返京师要域，执鞭监督重任。荣读将军《军履回望》，入脑又入心。书写强国兴军志，豪情入云端。

（冯正权系解放军驻京部队某部大校军官）

上海读者曹建勋：

恭贺张明刚《军履回望》连载一百期了！从大家的踊跃评论中，能看出对这本书的喜爱！这份喜爱，来源于真实的故事，来源于细腻的文笔，来源于借鉴的意义，也来源于对首长的佩服！继续学习首长大作！……

（曹建勋系解放军驻沪部队某部上校军官）

海南读者薛冰：

祝贺张明刚《军履回望》连载满一百期！每篇文章，我都认真学习拜读，不少故事我还推荐给单位的年轻人学习感悟，鼓励大家从中汲取成长和奋斗的养分！预祝首长再出佳作！转发了！

（薛冰系解放军驻琼部队某部上校军官）

北京读者赵寅寅：

祝张明刚《军履回望》连载一百期！百期连载，百篇佳作，百代文章！点个大赞！

（赵寅寅系解放军驻京部队某部上校军官）

广州读者吴边：

转发了！时逢张明刚将军《军履回望》连载一〇〇期，点滴感受，肺腑之言，感谢张将军收录“读者感言”！每当翻阅将军的签名赠书，感受家国情怀，枝叶关情，良师益友，三生有幸！……

（吴边系广东虚拟现实科技公司首席运营官）

北京读者童小辉：

朋友圈留言两则——

其一：湖北籍老乡张明刚将军新作《军履回望》是一本非常励志的书，非常值得学习。有喜欢的朋友，可以网上购买。多谢将军的好书！

其二：热烈祝贺张明刚将军《军履回望》连载一〇〇期！点赞！在看！转发！

（童小辉系湖北石花酒业北京市场总监）

北京读者雷蕾：

不知不觉间，张明刚《军履回望》连载已经 100 期啦！时间不快不慢，好评纷至沓来，文章依旧精彩，读者之幸运哉！

改版刊登，是调整形式、积极进取，更是与时俱进、实事求是，进一步拉进了与读者的距离，倾听了读者的心声。点赞！

100 期，是一个好数字，更是一个更好的开始。百期连载精彩纷呈，百尺杠头更进一步。

（雷蕾系解放军驻京部队某部上尉军官）

百集数字作品《张明刚–军履回望：致敬共和国 75 周年献礼作品》闪亮上线

中关村数字媒体产业联盟（公众号）

在新中国 75 周年华诞即将来临之际，中关村数字媒体产业联盟，精心组织创作出品的百集数字作品《张明刚–军履回望：致敬共和国 75 周年献礼作品》正式上线发布。

百集数字作品，凝聚着将军作家张明刚从军 40 余年深刻的人生感悟与浓厚的家国情怀，既励志又感人，堪称人生教科书，引起广大图书读者的强烈共鸣，成千上万人写下读后感想与书评。此次通过全新的数字创作，使这部被称为近年来我国现象级的优秀军旅文学作品，以更加丰富多元的数字音视频形式呈现在广大网友及大众面前。

百集数字作品，凝聚了将军作家和创作团队的汗水、智慧与心血。他们以先进的数字技术和全新的创作理念，将张将军文字作品中的豪情壮志、坚韧不拔与无私奉献，转化为一个个生动的数字音视频作品及交互体验。从时代精神的追求到理论之光智慧源泉，从军营之声的英雄赞歌到温馨的战友情谊，从坚定的理想信念到深沉的爱国热忱，从心灵之窗的那年那月到兵哥嘹亮的火热军营，每一集都反复打磨、精心雕琢，力求完美呈现将军作家的作品精髓。

而此次作品的策划、录制与播出更是团队精心设计安排，由我国著名演播艺术家贺彩老师领衔播诵、面向全国精选的优秀主播共同参与。他们通过创造性的二度创作，将张将军作品中的真情实感演绎得淋漓尽致。主播们各展其长，用不同的风格和特色，为作品注入了新的活力与美感。他们的声音如同灵动的音符，奏响了一曲曲激昂的军旅赞歌，带领听众走进那个充满激情、热血与荣光的军旅世界。

百集数字作品，不仅是对将军作家张明刚作品的精彩演绎，更是对共和国 75 周年的隆重献礼。它带领我们穿越时空，回顾共和国的辉煌历程，感受军人的崇高伟大与奉献牺牲精神，激发我们内心深处的爱党、爱国、爱军之情。在这个特殊的时刻，它如同一座璀璨的数字宝库，为我们展现了一段段波澜壮阔的历史画卷，激励我们奋进新征程、建功新时代，为实现中华民族伟大复兴的中国梦而努力奋斗。

让我们一同走进这百集数字作品的世界，领略《军履回望》独特的艺术魅力，共同为共和国 75 周年华诞献上最崇高的赞礼！致以最美好的祝愿！

我是贺彩，我为《军履回望》张明刚自选集喝彩

贺彩

在一个偶然的机遇里，我得到一本让我的眼睛为之一亮的好书，从而结下了一段不解之缘，接着发生了一串美丽动人并且还在继续进行的故事……

作为一位在播音领域耕耘多年的“老兵”，我去年在一次不经意的邂逅中，有幸得以品味张明刚将军的杰作《军履回望》，这主要得益于中关村数字媒体产业联盟理事长王斌先生的慧眼识珠。后来，王斌先生曾向我透露，最早向他推荐这本书的，是另外一位高人，他的朋友许彬先生。

《军履回望》张明刚自选集这部沉甸甸的巨著，不仅承载着一段段跌宕起伏的人生历程，更描绘了一个农村少年如何成长为共和国将军的壮丽画卷。它以文集的形式，承载了一位普通人与共和国同呼吸、共命运，从平凡迈向卓越的岁月之履、心灵之旅，既是个体奋斗四十余年的精彩缩影，亦是同时代人改革开放以来的共同记忆，更是人类追求崇高灵魂的精神史诗。

在这个泥沙俱下、思潮纷繁、自媒体多媒体盛行的互联网时代，《军履回望》作为一种精神力量，以纸质书、音视频、网络连载等各种方式悄然流传着，宛如一股清流在物欲横流的喧嚣中静静流淌。书中的每一个故事都透露着朴素的真情，每一个人物都闪耀着人格和时代的光辉，每一篇文章都构筑起一个人成长进步的骨骼与血肉，它们丰盈而质朴，执着而坚韧，真诚而温馨。

这是一种力量的传递，一种信仰的渗透，一种精神的引领。阅读《军履回望》，不仅让每一位读者深受启发，更让每一位读者获得精神营养。因为《军履回望》是一部赋予人信仰、助力人成长、展望未来的现代经典之作。随着阅读的深入，回味愈发浓郁，启迪愈发深刻，受益愈发匪浅。

接触交流中，张明刚将军的一句话深深触动了我：“哪里有什么岁月静好，我们之所以过着幸福安宁而美好的生活，是因为有那么多的军人在负重前行、默默奉献，日夜为我们守护着！”我从小就崇拜军人，视军人为守护神。我眼里的军人，肩负一种神圣的使命，凝聚一种崇高的精神，具有一种不可战胜的力量。正如人们常说的，军人是保家卫国的英雄，是最可爱的人。

在反复阅读和开始演播《军履回望》的过程中，随着阅读和理解的逐步深入，我深感这是一部震撼心灵的作品。它不只是一本书，而是历史的缩影，文化的传承，精神的分享，情感的寄托。在阅读和朗诵的过程中，我仿佛穿越了时空的隧道，亲历了那些波澜壮阔的历史瞬间，感受到了革命战士那份坚定不移的信念和大无畏的勇气。

经过近一年时间的阅读感悟、播音演绎、仔细品味和消化理解，以及和诸位同事、朋友们的相互交流，我感到《军履回望》张明刚自选集，具有以下几个突出特点。

首先，这本书的精神力量传递显而易见。作者张将军通过细腻传神的笔触，将一个个生动的故事、鲜活的人物和朴素的道理，展现在读者眼前。其中的人物和事迹至真至善至美，充满健康向上的正能量，不仅质朴感人、给人启迪、增强精神力量，更是时代变迁发展的见证。这种力量的传递，让我深刻体会到，无论时代如何变迁，人的精神力量始终是最宝贵的财富。

其次，信仰的浸润在这本书中得到了充分的体现。书中的人物，无论是面对艰难困苦还是生死考验，都坚守着自己的信仰，这种信仰的力量激励着他们不断前行，义无反顾地履行自己的使命责任。读到这里，我不禁反思自己，是否也有这样坚定的信仰支撑着我，让我在逆境和迷雾中不失方向，勇往直前。是的，信仰非常重要，它是人生的精神支柱，是我们精神上的钙，失去了它就会得软骨病！

再者，精神的引领是《军履回望》的又一重要主题。书中的每一篇文章都在告诉我们，榜样的力量是无穷的，精神的力量是无穷的，它们可以在一定程度上，超越物质条件的限制，成为推动个人、事业和社会进步的重要动力。这种榜样和精神的引领，让我认识到，一个人的成长离不开昂扬向上的精神状态，一个事业的成功离不开心齐风正、干事创业的动力活力，一个社会的进步离不开良好的道德风尚。

总之，阅读这本书，能给人以精神力量，给人以信仰力量，给人以成长进步的力量，给人以未来的希望。品读它，不仅是一次美好的阅读体验，更是一次有用心灵洗礼。随着时间的推移，我对这本书的理解和感悟也在不断加深。每一次重新开始的阅读和朗诵，我都能感受到新的启示，获取新的教益，得到新的力量。

《军履回望》是一部值得每个人深入阅读的作品。它不仅让我们了解了一个军人的成长史，更让我们认识到了人的信仰和精神的重要性。在这个快速变化的时代，我们需要这样的书籍来加油充电，获取信仰和精神力量，提醒我们不忘初心，方得始终。

好文共欣赏。我想以我的专业技能，为这部不可多得的优秀著作的推广传承，做一点自己应该做的事情，经与王斌先生商量，得到他充分肯定和坚决支持。在征得张明刚将军同意后，我们组织一批国内知名的播音员和朗诵艺术家，一起把这部巨著制作成音频作品，向共和国成立 75 周年献礼。在这件事情上，我和王先生不但一拍即合，而且我们合作也非常愉快，工作进展得非常顺利。

目前，我们的录制工作已进入到后期制作阶段。回想起每次录制的时刻，我和团队的同事们都心怀激动，每演播一集都深受感动，几名播音员特别是女孩子，经常被感动得流下热泪、声音哽咽！……我们热切希望以完美的声音形式传递出这部书要带给人的时代风貌、家国情怀和精神力量，使大家能够藉此感受到这部巨著的精神内涵、听觉盛宴和美的享受。

这里还需要说明是，在录制之初组建工作团队时，我们专门征求张明刚将军的意见，询问他有什么要求。他只讲了一条：所有演职人员必须是好人，最好是中共党员。我们不但严格落实了张将军的要求，而且对他更加敬重了。

现在，我们录制的《军履回望》音频其中的一集样稿，已经挂在了《学友周报》每期连载的开头位置，并在本文即将结束的这段话下面再次展示，欢迎大家收听并批评指正。我们将虚心接受，努力改进，使之成为精品。最后我想说，我贺彩也是个铁杆的张粉刚丝，我真心为《军履回望》张明刚自选集这部佳作喝彩，并愿意不遗余力地做好宣传推广工作。

（贺彩，又名彩叔，著名语言表演艺术家，中华经典诵读推广者，朗读评论家，喜马拉雅独家签约主播）

参与录制《军履回望》张明刚自选集有感

颜勇

接受贺彩老师的邀请，我参加了张明刚将军大作《军履回望》其中8篇作品的录音工作，进展顺利，合作愉快，收获很大，深感荣幸。

作为一位媒体从业者，我被这部佳作收录的一篇篇文章所吸引，所感动！书中既有报告文学、散文、诗歌等文艺作品，又有消息、通讯、评论、访谈、纪实故事等新闻作品，还有各种选题的理论文章，几乎包罗了所有文章种类！作品题材内容丰富，内涵底蕴深厚，用词造句考究，读之朗朗上口，回味悠长有韵，篇篇都是精品！……足见张明刚将军驾驭文字的能力，以及运用各种文体对军中人和事驾轻就熟的表现手法和创作功力，令人敬佩。

因此我也被书中作品所感染，所震撼！这些作品不由得激发了我二度创作的热情激情和强烈愿望，让我沉浸其中，深受感动，久久难忘！通过录制这些声音作品，也让我再次得到了一次很好地学习锻炼和提高的机会，特别是在录制过程中得到了贺彩老师的悉心指导，让我受益匪浅，也让我的声音表现力有了长足的进步！

在今后的有声语言艺术实践中，我要多向同行老师们学习，在声音艺术的创作中不断探索，不断提高！我更要向张明刚将军学习，生命不息，奋斗不止！……在作品录制过程中，我自然而然地成为一个铁杆张粉刚丝！

（颜勇系资深传媒人，陕西省朗诵协会副会长）

参与录制《军履回望》张明刚自选集有感

金婷

有幸参与了《军履回望》张明刚自选集的录制，我感到很高兴。这部佳作既有展现军人英勇顽强训练和战斗的故事，也有军人为人民服务的“雷锋”故事，还有对不良风气的直言不讳，让我们看到了军人的“铁血”和“柔情”。张明刚将军用他那细腻的笔触、朴实的言语，让一个个鲜活的军人形象、生动的军旅故事展现在我们面前，令人感动，让人肃然起敬！……我们将这部杰作制作成音频，向新中国成立75周年献礼，祝愿伟大祖国更加繁荣强盛！……我是张粉刚丝，祝愿《军履回望》收获更多的知己。

（金婷系上海市基层党务工作者，喜马拉雅有声书演播培训点评师）

参与录制《军履回望》张明刚自选集有感

优优女侠

我参与了《军履回望》的录制工作，读了张明刚将军的著作，最大的感受是文笔好、有文采。他的文章笔触细腻、意境深远，将身边的一个个人物、一件件事情写活了，既不是说教，也不显呆板，字里行间、书里书外都洋溢着将军作家洞察事物的眼力功力、思考积淀的人生智慧和独特的人格魅力！……我深受感动，深受启发，收获满满！我是张粉刚丝我点赞！

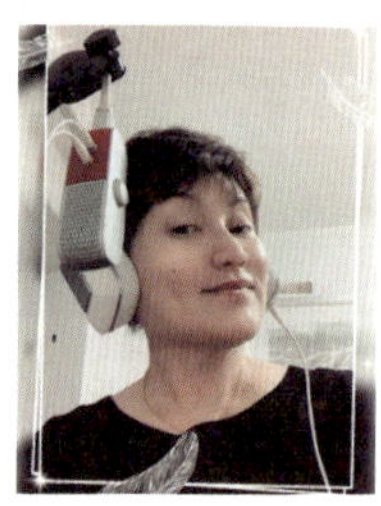

（优优女侠系喜马拉雅A+主播，作品入选2020年全国精品有声读物）

听中关村数字媒体产业联盟荣誉出品《军履回望》张明刚自选集朗诵音频

王洪平

贺彩老师等著名演播艺术家朗诵的《军履回望》张明刚自选集，为我们带来了一场听觉盛宴。他们用激越高昂的声音、饱满的情感，生动地展现了军人的英勇无畏和坚定信念。他们以高超的朗诵艺术，让我们更加深刻地理解了军人的忠诚、使命、责任和担当，也让我们为生活在这样一个伟大时代而自豪。

演播艺术家们的专业素养和扎实基本功，在这部作品中得到了充分体现。他们的声音饱满、真情投入，使作品富有感染力，让观众在聆听的过程中深感震撼。同时，他们在对作者张明刚和本书深入理解、独特见解的基础上，进行艺术化的二度创作和演绎，使得这部佳作更具艺术魅力。

在朗诵过程中，男女演播艺术家们相互配合，情感真挚。他们用声音描绘出了军人们坚守阵地的英勇形象，让我们仿佛置身于那场战斗之中，感受到了军人的坚定和勇敢。他们的朗诵既充满力量，又充满温情，让我们对军人这个群体有了更加深刻的认识和理解。

《军履回望》这部佳作通过朗诵的形式，让我们重新审视了军人的伟大事迹，让我们更加珍惜来之不易的和平生活。这部作品既是对军人的致敬，也是对历史的回顾。在演播艺术家的精彩演绎下，这部作品必将激发更多人为国家、为人民、为幸福生活而努力奋斗。

演播艺术家们朗诵的《军履回望》大作，完美展现了我国播音界的专业水准和艺术魅力。他们用声音传递了信仰、责任和担当，使人们在艺术享受中增强精神力量。让我们为这部优秀的音频作品喝彩，也为生活在这样一个伟大时代而自豪。

（王洪平系著名军旅作家、诗人，学友周报社社长）

襄阳读者尹海清：

朋友圈留言二则——

一、完完整整听了一遍张明刚将军的《军履回望》后记《耙耕，从田间到军营》，很是震撼！这是一篇感人至深、催人奋进、鼓舞人心的励志散文，完全可以单独成篇，完全可以编入初中高中语文教材之中！……作为一名从战士成长起来的将军，他没有高高在上的官架子，十分的平易近人。正所谓，文如其人，书如其品，德文双馨！……转发！

二、《耙耕，从田间到军营》越听越过瘾，越听越有味！这味儿，浓缩了将军近60年的人生感悟，凝聚着将军40多年军旅生涯的精髓，如同老酒般的醇厚浓香、回味悠长，可不是随便都能有的！……能品出这味儿，或许是因为我同将军是同龄人，相隔不远的同乡，同是有过“哒哒、咧咧”耙耕经历农村娃，同是上世纪八十年代的文学青年，还曾一同参战！……同是“刚丝”，好文共欣赏，再次转发！

（尹海清系军事经济学院襄樊分院基础部主任）

北京读者叶家兴：

我认真的听了《军履回望》张明刚自选集后记《耙耕，从田间到军营》音频，感觉非常好，很受启发，很受感动，很受鼓舞！……文章好，播音好，听着就是一种享受！我要多听几遍！

我有时一边听一边想，有时不听了还在想，明刚同志这些年真不容易，一边工作，一边学习，一边写作。很多时候还是在训练很辛苦、条件也很艰苦、工作很繁忙的情况下完成的。并且不是一时半会儿，而是坚持了四十多年。因此，我从内心里佩服他，为他点赞、为他自豪、为他骄傲。

明刚同志事迹很感人、文笔也很好、朗诵的也不错。除了我自己要多听、多看、多学以外，也特别希望有更多的人听到、看到，尤其是希望励志更多的年轻人。

（叶家兴系民政部机关服务局原副局长）

沈阳读者胡世宗：

深夜未眠，全文倾听《军履回望》张明刚自选集中的《耙耕，从田间到军营》一文，深为感动。一个农家子弟从课堂到田间到军营所走过的道路清晰难忘！祝明刚怀抱初心，紧跟党走，服务人民，坚定信念，继续前行，走向更加辉煌的未来！

我认为，最宝贵的是全国各地的陌生读者，主动地热情地发表反馈的感言。可见作品影响之广大。

（胡世宗系著名军旅作家、诗人，原沈阳军区政治部创业室副主任）

四川泸州读者宋伟：

赠张明刚将军——我的老山前线侦察作战生死战友：声情并茂，字字珠玑。催人泪下，撼人心魄。人生赢家，得来奇崛。回望军履，无悔人生。经典！

听这些朗诵艺术家演播明刚将军佳作，我深受震撼，感到音频有时比文字，听觉有时比阅读，更能直击人心……干得漂亮，很有一套！为明刚将军喝彩、点赞！

（宋伟系军旅作家，四川省泸州市自主择业军转干部）

哈尔滨读者敖卫中：

听了《军履回望》音频链接，感到很专业、很艺术、很有味道，写的好、播的好、制作的也好！不愧国家级水平！我点赞并收藏了！

（敖卫中系哈尔滨市依兰县文体局原书记、局长）

大连读者乔桂珍：

专业朗诵，声情并茂，真情演绎，很具感染力，打动人心，听后难忘！我要点赞！转发！

（乔桂珍系大连市总工会退休干部）

随州读者陈晓林：

声情并茂的朗颂，文字与声音的完美结合。点赞！转发！

（陈晓林系湖北省随州日报社副刊部主任）

学友周报号外特刊：
张明刚加入中国作协成为将军作家

本人赋诗一首表达心情众文友分别赋诗撰文祝贺

本报北京 6 月 14 日电　王振存报道：日前，中国作家协会正式公布了 2024 年新会员名单，正在本报连载其文集《军履回望》的张明刚少将名列其中。

得知喜讯，因公在京外出差的张明刚将军，随即赋诗一首表达心情。张将军的诗友李远山先生、李跃平先生等众文友分别赋诗撰文祝贺。

古风・圆梦
——加入中国作协

张明刚

少时梦想当作家，
苦读勤耕至华发。
军旅生涯四十载，
握枪奋笔再无暇。
苍天不负有心人，
肩扛将星证书拿。
耳顺更当自振踔，
携笔仗剑走天涯。

（张明刚系解放军驻京部队某部少将军官）

七绝・和张将军《圆梦》诗

李远山

少小童贞当作家，
一生勤奋为中华。
苍天不负军人志，
文武双全将士花。

（李远山系教授、博士生导师、作家、诗人、书法家、评论家，北京远山诗院院长）

古风・贺明刚将军加入中国作协

李跃平

欲向大洪问灵威，
神农尝草乃布衣。
长淮有意合此处，
山光秀丽人亦奇。
一钟双音旷世稀，
文韬武略傲紫薇。
园中花放千万朵，
惟望紫薇添生机。

（李跃平系著名诗人，现任中国建筑科学研究院外部董事，第八届北京仲裁委员会委员）

和张将军《古风・圆梦——加入中国作协》诗

孙正平

躬耕军地至华发，
喜得文武两开花。
不改少年青云志，
携笔仗剑走天涯。

（孙正平系武警新疆总队某部少校警官）

卜算子・咏梅
贺张将军加入中国作协

张志军

生就傲霜枝，
从来斗严寒，
三伏不畏酷暑天，
三九花更艳。
几经风雨吹，
昂首头不回，
待到山花烂漫时，
百花效红梅。

（张志军系新疆智圣投资发展有限公司董事长）

恭贺老首长张明刚加入中国作协

隋连军

三十年前，本人曾接受张明刚领导和教诲培养，近日喜闻他光荣加入中国作协，成为将军作家，甚为高兴和自豪，遂作诗一首恭祝。

随州走出少年郎，
将星闪耀张明刚。
从戎始于牡丹江，
勤奋好学很要强。

深入连队寻光芒，
大名频出各报章。
西南战场打豺狼，
火线立功心向党。

黑土地上美名杨，
出关晋京更担当。
天山脚下铸利剑，
铁血丹心稳一方。

军履回望成经典，
奉献精神好食粮。
而今荣登作家榜，
期待巨笔写辉煌。

（隋连军系北京市检察院三分院干部）

贺张将军加入中国作协

程中林

少年作家梦，
参军最光荣。
笔枪双手握，
文武两样弄。
肩上扛将星，
带兵责任重。
加入中作协，
再登新高峰。

（程中林系北京天地方圆文化发展公司总经理助理）

七律·贺张将军

谭江林

张明刚首长大作早已美名远播，此番加入作协成为将军作家实至名归，特作七律一首热烈祝贺！

携笔从戎四十载，
文墨才情映山红。
思想武装书万卷，
诗韵飘香战意浓。
华章溢彩传军民，
才思凌云展华中。
祝贺之意心内绕，
文坛添彩真英雄。

（谭江林系解放军驻京部队某部上校军官）

贺张将军加入中国作协

李旭斌

胸怀大志出山乡，
军旅走笔炼儒将。
战地击鼓扬军威，
英雄赞歌韵味长。

（李旭斌系中国作家协会会员、湖北省随州市作家协会副主席）

北京王宏：

今日，欣闻张明刚少将加入中国作家协会，成为将军作家，我对他表示热烈祝贺和崇高敬意！……明刚同志入伍四十余年，坚持一手拿枪、一手握笔，工作写作两不误、双丰收，持续刷新标高纪录，难能可贵、殊为不易，可圈可点、可喜可贺！顺祝明刚同志安康吉顺！

（王宏系解放军驻京部队某部少将军官）

北京程晓勇：

神威能奋武，儒雅更知文。热烈祝贺张明刚首长加入中国作家协会，成为将军作家！……向首长学习、致敬！点赞！转发！

（程晓勇系解放军驻京部队某部大校军官）

乌鲁木齐魏江靖：

张明刚首长加入中国作家协会，成为将军作家，实至名归，热烈祝贺！……得此良师益友，吾生所幸。良师者，其诲人不倦也！益友者，其励志如冰也！点赞！转发了！

（魏江靖系武警新疆总队大校警官）

天津丁登山：

恭喜张明刚加入中国作家协会，成为将军作家！……一分耕耘，一分收获。40年军旅生涯，40年踔厉奋发。苦心不负，实至名归。可喜可贺，可敬可佩！点赞了！

（丁登山系天津市南开区武装部原大校政委）

阿勒泰吴圣涛：

热烈祝贺张明刚首长加入中国作家协会，成为将军作家！首长入伍四十余年不忘初心、笔耕不辍、持续奋斗，是我们学习的榜样！……点个大大的赞！转发了！

（吴圣涛系武警新疆总队阿勒泰支队中校警官）

北京读者朱夏华：

热烈祝贺张明刚将军加入中国作家协会，成为一名将军作家！…….军旅征途四十载，携笔仗剑誉天下！点赞！收藏！转发！

（朱夏华系解放军驻京部队某部大校军官）

北京张敏：

“……耳顺更当自振蹄，携笔仗剑走天涯”！张明刚首长这首《古风·圆梦——加入中国作协》，既是回首感怀，也是自励扬鞭，更是给大家的示范引领！......热烈祝贺中国作家协会新增一员儒将！点赞！转发！

（张敏系解放军驻京部队某部大校军官）

长沙袁建凡：

热烈祝贺张将军加入中国作家协会，成为将军作家！我认为，这是水到渠成、众望所归、实至名归！……期待将军更多更好的作品问世！点赞转发了！

（袁建凡系湖南省军区原副局级干部）

北京杨洋：

恭喜张明刚首长实至名归，加入中国作协，站上了中国作家之巅！祝愿首长创作出更多的作品，培养出更多优秀作家，在推进中国文学事业发展上做出更大贡献！

（杨洋系解放军驻京部队某部上校军官）

成都高红兵：

热烈祝贺张明刚将军梦想成真，光荣加入中国作家协会，成为将军作家！……读《军履回望》张明刚自选集，我感到他勇往直前、甘于奉献的精神，非常值得我们学习！点赞！转发！

（高红兵系中国中铁科学研究院总经理、党委副书记）

北京刘程：

欣闻文友张明刚加入中国作协成为将军作家，我立即致电热烈祝贺！……从此，我国文坛又多一颗将星，将军里面又多一颗文曲星！笔耕闪耀军辉！点个大赞！

（刘程系原总装备部宣传部大校副部长）

北京孙戈非：

“……耳顺更当自振蹄，携笔仗剑走天涯”。凌云壮志，铮铮风骨，自强不息！……衷心祝贺张明刚首长！向首长学习、致敬！

（孙戈非系解放军驻京部队某部大校军官）

沈阳苟克锋：

热烈祝贺张明刚首长荣登上榜！实现儿时的梦想，了却一大夙愿，真乃人生一大快事、喜事！实至名归！可喜可贺！可敬可佩！……点赞了！转发了！

（苟克锋系解放军驻沈部队某部大校军官）

北京栗帅：

真诚祝贺张明刚首长加入中国作协成为将军作家！……近日陆续碎片化学习首长的作品，深深感受到其中蕴含的贴近生活和热爱生活、大道至简和正道沧桑、多彩人生和五彩世界！……很受感动，很受启发，很受教育，收获满满！希望能读到首长更多大作！点赞转发！

（栗帅系解放军驻京部队某部中校军官）

吐鲁番张荣：

热烈祝贺张明刚首长加入中国作家协会，成为将军作家！……我认为这是很有意义的一件事情，标志着张将军通过长期的不懈奋斗，实现了人生的梦想，功成名就了！点赞！收藏！转发！

（张荣系新疆吐鲁番市消防救援支队政委）

武汉苏桂明：

张明刚，好厉害的将军作家！读《军履回望》张明刚自选集很震撼，书中的内容深深地打动了我，一直想写篇书评文章，只怪自己才疏学浅，暂未成篇……只好先点赞、收藏、在看、转发，以表示热烈祝贺！

（苏桂明系武汉市江夏区园林和林业局干部）

成都读者罗焜元：

明刚将军加入中国作家协会，实至名归，热烈祝贺！《军履回望》这部优秀图书，适读群体非常广泛，很励志很好读，正能量满满，都是加油鼓劲的好文章，谁读谁受益！转发了！

（罗焜元系中铁科学研究院集团公司经营开发中心党委书记）

与《军履回望》部分读者见面合影集锦

YU JUN LV HUI WANG BU FEN DU ZHE JIAN MIAN HE YING JI JIN

禪茶一味

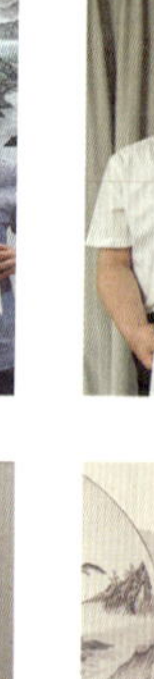

禪茶一味

禪茶一味

茶有至味

禪茶一味
Kellogg

后　记

宋伟（美篇）

今日欣闻我的老山前线战友，武警新疆总队少将副政委兼纪委书记、监委主任张明刚的《军履回望》一书出版。欣喜之余，找出当年我为他撰写的在前线被破格提升为干部的一篇消息，编辑于此，以示热烈祝贺并留念。

1988年的底稿

此文撰写于1988年11月1日，发表于1988年12月10日《湖北日报》2版

熊燕（朋友圈）

《军履回望》今天由人民出版社出版，书中呈现了作者张明刚将军四十年的军旅经历，满满正能量，张将军是我在部队时的直接首长，是我的恩师，也是我的好兄长。恭喜将军，本书正式出版面世!感谢首长，多年的言传身教让我一路前行……

吕璐Lumi（微博）

朋友们，快来!一起给张明刚将军的重磅新作《军履回望》打个call!

新书还在路上没来得及拜读，但张将军曾作为“火线优秀共产党员”的英勇事迹总让我们这些后辈为之所动容、折服。每每从旁人口中接收其事迹时总窃窃感怀:如此一位品质至诚、性情至真、文采飞扬的共和国将军，竟是如此可爱之人!作为湖北老乡，与有荣焉~

樊希安（朋友圈）

老朋友、文友、现任武警新疆总队少将副政委张明刚大作《军履回望》问世，形式内容皆好，堪称精品。本人应邀为之作序，与有荣焉。

胡义俊（朋友圈）

刚收到人民出版社寄来张明刚将军写的书:《军履回望》。

作者张明刚将军是我同村、同班、同桌的好同学好伙伴，他书里面所写的童年记忆可以说和我的经历一模一样，很多内容也是我想表达的。不同的是他长大后，成为一名共和国的将军……

中建八局西北公司（公众号）

李超、杨寿奇共同为新砼人代表赠送书籍《军履回望》……

陈璐（朋友圈）

拜读完《军履回望》，受益良多，对明刚将军其人其事也有了更加深入的了解。四十年初心如磐、笔耕不辍、踔厉奋发，从耕读少年成长为共和国的将军绝非偶然！为优秀的湖北老乡点赞！再次向大家推荐此书，确实值得一读！

索维华（朋友圈）

《军履回望》及其作者正气充盈，励志楷模，其人其文，就在身边，好书是帆，让我们学习起来！

林子文（朋友圈）

读张明刚自选集《军履回望》一书，仿佛又回到了昔日的81650部队。我觉得，此本书的内容很好，满满的正能量，对为商为政为人为事为官都有好处，从中学到了看事的角度广度深度，还有无我利他的那种大格局的情怀，真是佩服！静默五天学习中……

伊力特酿酒三厂（公众号）

酿酒三厂王九龙、制曲中心王永娥就《城南旧事》《军履回望》两本书与大家进行了读书分享活动。王永娥在分享中这样说：《军履回望》的作者张明刚同志来自农村，苦涩的少年求学经历，从小做着文学梦，然后携笔从戎……

郑州市第十二中学（郑州教育信息网）

3月20日晚，学生会干部会议上，学校团委书记王琨向团员代表赠送《军履回望》一书，并寄语学生：要常读常新，融入生活，把读书学习当成一种生活态度、一种工作责任、一种精神追求，用书本的厚度来提升人生的高度……

德格县中学（公众号）

德格县中学开展《军履回望》导读活动。3月10日，我校收到10本《军履回望》，这批书由共青团中央青年发展部、人民出版社和该书作者张明刚共同捐赠，目的是为助力培养“有理想、敢担当、能吃苦、肯奋斗”的新时代好青年……

西安外国语学校（公众号）

张明刚少将为我校赠送《军履回望》一书。该书叙写并反映了作者从乡村少年到边防战士、共和国将军的励志故事，点燃了学生的爱国热情以及对军人的敬佩之情……

咸阳退役军人

7月14日上午，泾阳县双拥工作领导小组成员单位、县文旅局举办张明刚先生《军履回望》捐赠仪式，为泾阳县退役军人事务局、驻泾部队及有关单位捐赠该书200余本。

王伟（朋友圈）

人生不易，面对明天，我总是信心不足，畏首畏尾、怕这怕那……正当我犹豫徘徊的时候，朋友送了我一本《军履回望——张明刚自选集》。当夜，我翻书阅读，结果前两篇文章就直击我的心灵：艰苦奋斗、攻坚克难，逢山开路、遇河架桥……我的心结蓦然打开，一下子变得什么都不怕了！……

王延生（朋友圈）

“文可提笔安天下，武能策马卫边疆”，此言恰谓张明刚将军。有幸拜读将军的《军履回望》，感慨良多，受益匪浅。

初读时，书中诚挚的语言、朴实的文风，让我仿佛看到年少时初入军营的自己，少年快意明朗，肆意张扬，满腔热血开启军旅生涯；再读时，我看到张明刚将军是一位有血有梦、有胆识、有才干的共和国将军，在将军的英姿里，我学习到了将军不惧困难、勇于挑战、终身学习的奋进拼搏精神；三读时，我看到了中国军人英勇无畏、敢为人先的先锋精神，“国有难，披戈操甲；人有危，众士争先”，中国军人彰显了对国家和人民最厚重、深沉的爱……

石慧（朋友圈）

读明刚将军著作《军履回望》有感

（一）初出乡关

自古荆楚多将相，明刚将军赛欧阳。
品学兼优农家娃，携笔从戎离家乡。
少年耙耕英雄志，一路豪情走四方。

（二）利剑沙场

北国疆场初试庐，军区大院蓄力量。
老山前线置生死，火线评优谱华章。
伯乐识得千里马，军委机关任翱翔。
笔耕不辍四十载，文武双全作榜样。

（三）边疆筑墙

西域反恐上一线，牢记嘱托勇向前。
初衷不改固守志，双手紧握正义剑。
整肃纲纪气象新，清风正气满天山。

敖卫中（朋友圈）

赞明刚！从湖北的村庄，走进东北边陲绿色军营，小金桥山野的风，白桦林哨所的雪，成为他笔端流淌出的优美华章。不忘初心，肩负使命，他主动奔向南疆战场，老山前线的猫耳洞里，有他写下的青春诗行。继而，他又从容跨越天山南北，拱卫祖国西北边防。

一名士兵成长为共和国的将军，他历经四十载雪雨风霜，艰难困苦、坎坷挫折，站起来挺直胸膛，向前行去实现理想！我问他成功的秘诀？他说，这都是党的培养！

大漠戈壁，古道风沙，传来驼铃悠扬，四十载《军履回望》，走来了我亲爱的战友——张明刚！

邱志刚（微信）

老同事明刚，《军履回望》我今晚读完了，我读的很仔细，时间也比较长。读您的书，看到您从田园到军营，从士兵到将军的足迹……

刘奎（微信）

昨晚看了您分享来的文章，心里久久不能平静，直到今早跑步的时候，脑子里还一直在回味。让我对明刚兄的文采表示真心佩服的同时，也让我对原书更充满期待。学史以明智，鉴往而知来，读过一本好书，便交了一个益友……

胡世宗（朋友圈）

张明刚:《军履回望》

……大约是1997年，明刚在总政干部部做老干部工作时，他参与策划拍摄制作大型电视纪实片《火红的晚霞》上下集，并主笔撰写解说词，他邀我和铁源合作了片子的主题歌，这首歌由杨洪基演唱，很好听……

李锦堂（老科长）

明刚，书已拜读完，文章都是您从事写作以来的经典之作，总结出版一下十分必要。尤其对当代年青人大有好处。其实您还是沈阳军区学雷锋先进个人。大概是八六或者八七年，军区要表彰一批学雷锋先进个人，当时师里就以“从戎酷爱一支笔，乐在边陲写春秋”为题总结了您的先进事迹……

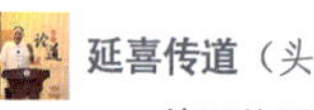
延喜传道（头条号）

……一件不能再小的小事，明刚却念念不忘，这说明他虽然做了将军，却依然是四十年前的明刚，依然是一位有情有义的人。

感谢信

随州市教育局
2023年2月21日

张明刚（朋友圈）

中国西部，激情燃烧的岁月！

掐指一算，自2017年8月15日到2023年3月29日，共2052天！

说的是，来到新疆近六年的每一个日日夜夜，都叫我如此的感慨和难忘！

此时此刻，当我奉命离疆回履新乘坐的飞机即将起飞的时候，我真的很有点依依不舍，泪水早模糊了双眼……

啊，新疆！在我心灵的深处对你这片神奇的土地，是那样的爱和眷恋……

张山迪 2023年3月29日 17:13
首都人民欢迎你归来🌹

彭无情 2023年3月29日 14:32
张将军常回新疆看看🌹

伍正华 2023年3月29日 14:39
六年辛苦不寻常，平生最忆是新疆。抛却身前身后名，我心归处即故乡。

闫秦生 2023年3月29日 15:41
将军戍边载誉归，步履不歇重任催。梦回吹角连营处，西望楼兰满余辉。

耙耕，从田间到军营

呈现在您眼前的这本叫作《军履回望》的书，是我的作品自选集。

戎马倥偬，光阴似箭。我自 18 岁参军入伍，到 2024 年 10 月，已走过 40 多年的军旅人生。孩童时总盼望快点长大的我，如今已至耳顺之年了。

往事历历在目，仿佛就在昨天。我出生在鄂北随州市的一个小山村，村里有所小学校，在这个小山村里我度过了童年，在这所小学校里我读了小学和初中。就在初中将要毕业时，农村分田到户了。作为 6 岁丧父又是长子的我，彼时年方 15 有余，纵然心里有千般不舍，却不得不中断心爱的学业，回家种那分得的 12.5 亩地了。

穷乡僻壤，晴耕雨读。我一边种地，一边读我所能找到的书。那个年代，生活物资匮乏，精神食粮短缺，我经常为无书可读发愁。时值初夏，正是收割了小麦，准备种水稻的时节。最先干的农活，是耙田，即把水田里的土块耙平整、松软，以便插秧。我的这个农之初，刻骨铭心，影响深远。

那天，我起了个早，太阳刚一露头就扛着耙、赶着牛来到了田间。没有师傅，也没实习，上来就干。学着别人的样子，我在耙前用牛套子和牛兜嘴套好两头耕牛，赤脚站在耙上，一手拉着系在耕牛头部的缰绳，一手拿着牛鞭并握住提耙用的另一根绳子，开始耙水田。

或许耕牛欺我年少不听话，或因我是新手驾不住，开局不顺。任我大声地叫喊着驾驭耕牛的口诀——“哒哒”“咧咧”，不断地挥扬着手中的牛鞭，那两头耕牛却无动于衷，拒不配合，要么耍赖站着不走，要么故意猛走两步，如此反复，步调一致。我实在没招也没耐心了，就用牛鞭抽打耕牛，没想到耕牛突然使劲往前一蹿，将我摔倒在耙下，尖利的耙齿刺破了我的腿肚子，浑浊的水面上顿时漂出了殷红的鲜血。

我咬紧牙关，忍着疼痛，止住眼泪，一骨碌从水田里爬起来，不顾满身泥水，也不包扎伤口，若无其事地继续耙耕……再摔倒了，再爬起来……就这样，一天下来，耕牛被我驯服了，耙地的技术被我掌握了。

到了晚上，尽管我累得精疲力竭，但翻来覆去，怎么也睡不着。首战告捷，我豪情满怀，信心十足，坚定地认为今天收获很大，将终生受益！村里一位老庄稼把式曾对我说耙地是最难、最危险的农活，而这个“难题”今天已被我“拿下”，今后还有什么大不了的事呢？我深感痛并快乐着，回味今天，憧憬未来，放飞思绪，浮想联翩，以至于最后，我向自己宣布：从此，我长大了！从此，我心无苦，我脑无难，我肩有责，我手有策了！……

很快，各样农活我都学会了。人勤地不亏。我种的地第一年就有了好收成，终结了吃不饱饭的历史。我书也读得不错，尤其是文科大有长进，常有写作的冲动、激情和幻想。劳作之余，我舞文弄墨，做起了作家梦。

“明刚，你去当兵吧！”两年多后的一个晚上，我正在煤油灯的微弱光亮下写作，母亲悄然走过来，坐在我的对面，认真地对我说。见我发愣，母亲接着解释说，她这段时间里总是睡不着，满脑子想的都是“明刚以后怎么办呢？”可是她想过去、想过来，怎么也想不出一个好办法，“只能送你参军了”。

“那家里怎么办呢？”我怔怔地望着母亲。她平静地说：“家里还有我和你二弟他们呀！你父亲走得早，我这个当妈的不中用，已经耽误了你的学业，你再不出去当兵，一辈子窝在家里，能有啥出息？再说，你现在长大了，不再是小孩子了，是男子汉就要走出去，为国家出力！……”母亲的话让我热泪盈眶，我点点头，然后站起身来，深深地给她老人家鞠了一躬……

母亲领着我报名当兵。我的体检、政审都合格，可人民公社、生产大队的领导却不同意，因为“你们家就明刚一个劳动力，他当兵谁种地”。眼看着征兵的日子就要结束了，母亲仍在挨个找领导央求表态：“让我儿明刚当兵去吧，天大的困难我们自己克服，决不给政府添麻烦！……”

自古忠孝不能两全。在母亲的坚持下，我在两难的抉择中，背着一挎包书，第一次走出故乡，南下武汉、北上京城，然后继续一路北上，经过三四天的行程，最终来到位于原中苏边境的绥芬河畔，成为一名边防战士。

穷人的孩子早当家。我深知自己心中的向往和肩上的重担。凭着一颗上进的心和一股不怕苦、不畏难、不服输的劲头，我刻苦学习，努力工作，严格训练，用心做好每件需要我做的事情……东北边境守边关，老山前线去打仗，军委机关献智囊，天安门城楼搞保障，新疆反恐上一线……不知不觉中，我的军旅生涯已有40多年。

40多年里，东南西北、风霜雨雪，金戈铁马、边关冷月。我学习过、生活过、工作过、战斗过，经受过爱与恨、苦与累、血与火、生与死的考验，有过耕耘、有过收获，有过悲伤、有过欢乐，有过失败、有过成功……但我一刻也不曾忘记，我是个军人是个战士，无论何时何地何种处境，都必须保持着战斗姿态，一如从前、一往无前。

40多年里，我的年龄在增长，阅历在加深，战场在转移，岗位在变动，职务在提升……一切都在变化中。不变的是，我一直没有忘记初心使命，一直没有停止对知识的渴求和对真善美的追求，一直没有放下手中的这支笔。“从戎酷爱一支笔，乐在边陲写春秋”，这是我在团里当士兵时，集团军机关总结我个人事迹材料用的题目。一位深知我的师长，也常对我说：“明刚，你是扛着一支笔杆闯天下！……”

萌发出本文集的想法是2021年秋天的事，原因有三。一是朋友们对我的鼓励和支持，有多位朋友数年前，就曾希望我能将散发于报刊的文章结集出版。二是想更好地发挥这些作品的作用。近几年，每次我的文章在中央级大报发表后，有关网络媒体均予转发，有些文章转发版本达百余个，有的单个转发版本浏览量即达150万+，浏览总量数以千万计。我的文章被当作教学范文拆解学习赏析，朋友们也纷纷点赞，给予好评。一些军地单位还组织集中学习，并邀请我为他们作理论学习辅导授课、讲授专题党课。顺应这些需要，编个集子也是为需求者和读者提供方便。三是2022年恰逢我从军40周年，这是我人生和军旅生涯中的重要时间节点，想想觉得也有必要打个结儿，回望一下自己走过的路。而我散见于报刊和书籍上的文章，就像我走过的一串串脚印，是对过去40年军旅生涯的最好纪念。盘点这些脚印，有利于自己继续砥砺前行。

可此事说起来容易，做起来难。一是资料查找难。时间跨度40年，其间纵横驰骋6个战区级大单位，转战6个省、直辖市、自治区，多次的调动，记不起次数的搬家，资料难免散失，查找起来着实不易。二是稿件取舍难。40年里，我一直在写，文学的、新闻的、理论的，手写的、打印的、刊发的……都不少，尤其是机关的各种内部文稿，多得不可胜数。看着每篇稿件，都像是自己的孩子，抛弃哪个都舍不得，而集子的容量终究是有限的，即便只选公开发表的作品，那也是从几百万字里挑出几十万字。十选一，选什么？怎么选？确实犯难。三是时间保证难。编辑整理和出版这部书稿，头绪繁多，工作量不小，需要大块时间；加之我这个人凡事要么不做，做就要做好，这就更需要时间了。而我所在的部队担负着特殊的光荣使命，责任重大，任务艰巨；我本人又身兼数职，军务繁忙，难以抽身。时间，是个大问题。

好在办法总比困难多。只要下定决心就没有克服不了的困难，更何况还有那么多的师长和亲友在期待、鼓励、支持和帮助着我。我决心在不影响工作的情况下，见缝插针、零打碎敲，用一年时间做好这件事情。资料基本找齐之后，困难就集中在如何取舍稿件上。经过反复考虑，我决定忍痛割爱，原则上只选公开发表过的文章，尚未发表的和内部的文稿，一律不选。在此前提下，注重突出思想、精神、品质、价值、时代、人物、故事7个关键词。坚持做到：一般性稿件不选，过时性稿件不选，以图片为主的稿件不选。

基于上述考虑，最终确定，选集收入本人作品183篇（首），长的万余言，短的仅有20字，总计79万余字（含24万余字的评论，这要特别感谢人民出版社，重印过程中先后2次加量不加价）。全书由“理论之光”“军营之声”“心灵之窗”三卷组成，分别与理论文章、新闻作品、文学作品相对应，三卷合一、不再分册。各卷分门别类，设置相应板块，共计31个。各板块之内，本着宁缺毋滥原则，精选代表性篇章。时间顺序上，大体从现在到过去，以逆时针为序编排，内容重要的，适当前置予以突出。原文刊登时配发的社论、评论、短评或编者按、编后等，以及几篇与原文或我本人有紧密关连的文章，作为一个整体，一并收录。各篇均在首页下方注明原载报刊或书籍名称、发表或出版时间、刊发位置等，如非本人独立采写完成，则注明合作者姓名。为方便阅读，对第一卷的“调研报告”“十论写作”和第三卷的“血战封丘”“荧屏回声”等板块或文章有关背景情况，作必要提示说明。

苦心人天不负。接下来的一切皆如我所愿，2022年10月，在我军旅生涯40周年的时候，本书如期由人民出版社出版了！……在本书即将第10次印刷之际，我要再次特别感恩我们的党、国家、军队和人民。我从学生到农民，从农民到士兵，从士兵到将军，从立功受奖、破格提干到获得诸多荣誉，从入伍时的初中文化到后来取得的高等教育学历，乃至成为我军最高学府——国防大学硕士生导师……所有这一切，虽然有我个人奋斗的一面，但归根结底，主要是党组织关怀、培养和教育的结果，是在人民军队这个大熔炉里学习、锻炼和提高的结果，是祖国和人民养育的结果。

我要衷心感谢下列师长和亲友（排名不分先后）：

中国共产党第二十届中央委员会委员、第十四届全国人大常委会副委员长、中国文学艺术界联合会主席、中国作家协会主席铁凝女士；

中华全国新闻工作者协会名誉主席、人民日报社原社长兼总编辑、北京大学新闻与传播学院原院长邵华泽先生；

他们——我国文学界、新闻界德高望重的大家泰斗，于百忙之中，读了拙作样书后，分别欣然挥笔为我题词或题字。

中国书法家协会主席、江苏省文学艺术界联合会副主席、江苏省书法家协会主席孙晓云女士——我国书坛实至名归的掌门人，得知有关情况后，欣然挥毫泼墨，为我题写书名。

中华全国新闻工作者协会原副主席、解放军报社原总编辑、解放军新闻传播中心原少将政委孙继炼先生；

中国作家协会副主席、中国作家协会军事文学委员会主任、原解放军艺术学院文学系主任徐贵祥先生；

原国务院参事、生活·读书·新知三联书店原总经理、中国出版传媒公司原副总经理樊希安先生；

他们——我国文坛德艺双馨的领军人，读了拙作样书后，不辞辛劳，分别欣然提笔为我作序。

中国摄影家协会副主席、辽宁省摄影家协会主席、我的老同学和战场上的生死战友线云强先生；

解放军图片社社长、解放军新闻传播中心高级记者王卫东先生；

新疆摄影家协会副主席、新疆阿丑视界创始人李翔先生；

他们——我国摄影界有实力有影响的摄影大家，得知我有部分文章需要配图后，慷慨相助，倾其所有，为我提供照片。

中国楹联学会副会长、书法家李传印先生，闻讯后即为我撰题贺联。

我的朋友迪丽娜尔·阿布都拉、陈俊彤、施治玲、黄娟女士等，王君正、韩晓东、李军、刘新建、李跃平、傅振邦、蒋茂凝、刘松岦、曹翔、俱伟、曾广杰、张钰祥、王振存、王洪平、韩宾、单大伟、苏心灵、饶金才、杨涛、许彬、王斌、王军、杜顺华、杜顺鹏、杨明方、宋明亮、李德华、高潮、李旭斌、陈晓林、王董斌、李远山先生等，我的战友张银博、蒲微同志，我的弟弟张明军、夫人乔存秀、女儿张乔枝，亦为本书的出版做出许多贡献。

我要同时衷心感谢——

40 多年来，我工作和战斗过的各地方、各单位、各部门的师长和同志们，特别是那些有恩于我、有教于我、有帮于我以及与我有过合作的师长和同志们；

40 多年来，我遇见的各地方、各新闻出版单位的领导和编辑、记者们。

我还要感谢我的亲友团……

有道是众人拾柴火焰高。本书 2022 年 10 月首版后，次年 1 月即出第 2 版，2 年时间 7 版 10 印，累计印数达 15 万册；新华社、人民日报、解放军报等主流媒体和诸多网络媒体倾力推介；铁凝、邵华泽、孙晓云三位主席和孙继炼、徐贵祥、樊希安等名家高度评价；共青团中央和人民出版社，向全国各地 1 千余所高中推荐赠阅；一些机关、社团、学校、街道、企事业单位、部队和地方，相继举办读书会、朗诵会、分享会、研学会、导读教学、赠书仪式等活动；学友周报以【学习摘记】形式从头至尾逐篇对本书进行连载，并配发大量评论文章，带动上百家媒体和许多朋友圈跟进转载转发；中关村数字媒体产业联盟将本书制作成音视频，向新中国成立 75 周年献礼，运用新媒体、元宇宙广泛传播；许多师长亲友和广大读者，纷纷通过面谈、电话、微信、短信和自媒体，忆往事、谈体会、说感受、给鼓励，并撰写书评文章……一流出版社的抬爱，主流媒体的关注，顶级名家的好评，团中央的欣赏，学友周报的连载，中数联盟的支持，亲朋好友的鼓励，广大读者的喜爱，使本书产生了积极、广泛而深刻的社会影响……我在欣慰和感激的同时，考虑的主要问题就是如何把这种精神和情感的力量转化为自己今后的实际行动了。唯有如此，才不会辜负大家。

是啊，立足当下，回望过去，正是为了开创未来，走好今后的路。

40 多年后的今天，不是终点而是新的起点，我的军旅生涯没有结束。

我是将军也是士兵。我将一如既往，带着自己的这支笔，昂首阔步奋进新征程，建功新时代。

最后，我想说，回顾我 60 年来的人生，可以用两个字概括：耙耕。是的，耙耕，少时在课堂，后来在田间，如今在军营。

耙耕，我将继续进行。

张明刚

甲辰年菊月定稿于北京